LA DERNIÈRE ODALISQUE

Fayçal Bey est né au palais de Carthage sous le règne de son arrière-grand-père. Après des travaux de recherche en biologie moléculaire, il est aujourd'hui consultant.

FAYÇAL BEY

La Dernière Odalisque

ROMAN

STOCK

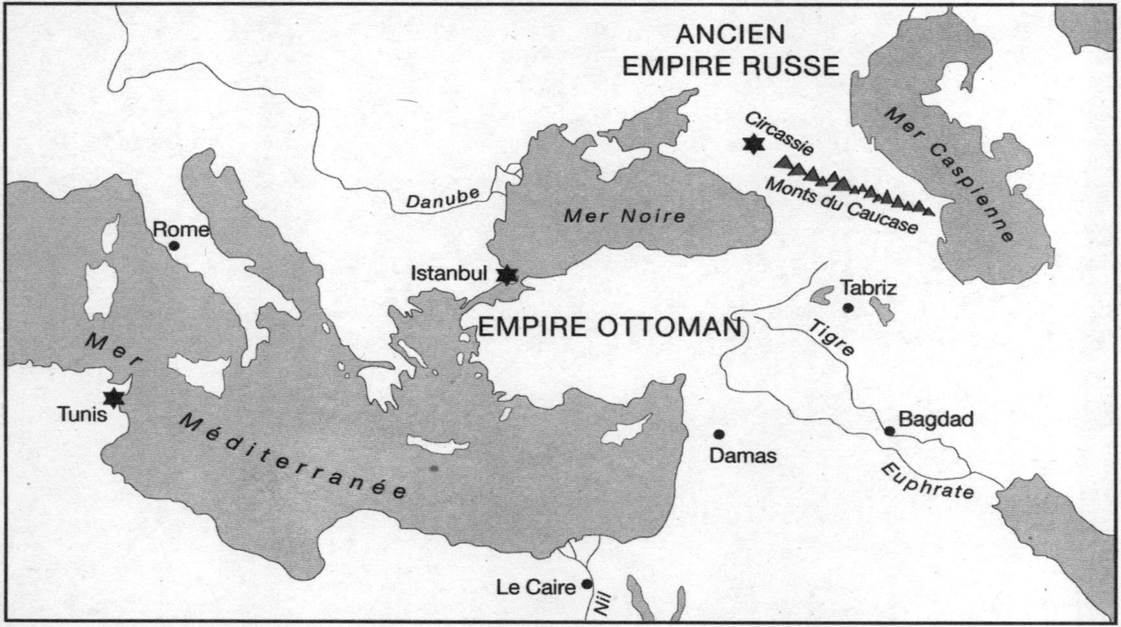
ANCIEN
EMPIRE RUSSE
Mer Caspienne
Circassie
Monts du Caucase
Danube
Mer Noire
Rome
Istanbul
Tabriz
EMPIRE OTTOMAN
Tigre
Mer
Tunis
Méditerranée
Bagdad
Damas
Euphrate
Le Caire
Nil

Arbre généalogique simplifié de la dynastie des beys de Tunis

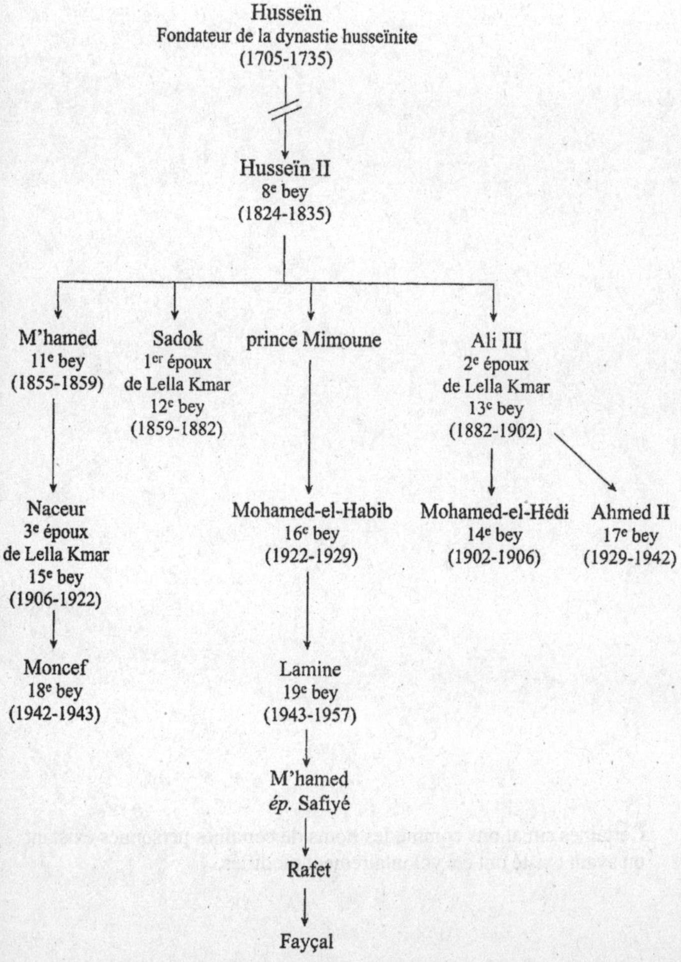

Certaines situations comme les noms de certaines personnes existant ou ayant existé ont été volontairement modifiés.

Novembre 1957
Prison civile de Tunis

« *C'est la frivolité de la reine Marie-Antoinette qui a entraîné la chute du roi !* » Curieusement cette sentence lui revint fugitivement en mémoire au moment où la lourde porte se fermait. La princesse Safiyé perçut le grincement des loquets qu'on verrouillait à double tour. Était-ce la frivolité qui avait entraîné la chute de la monarchie tunisienne et avec elle celle du bey et de sa famille ? Ce n'était pas ce que lui avaient reproché ses accusateurs. Leurs mots lui étaient parvenus dans un brouillard. Ils parlaient d'indignité nationale, de biens mal acquis, de trahison, le tout entrecoupé d'un jargon juridique ampoulé qui lui avait donné l'impression d'être une criminelle appartenant à une famille qui depuis des siècles trahissait son pays.

Son regard balaya la cellule. Elle comprenait mieux aujourd'hui ce qu'avait dû éprouver la malheureuse reine de France. À l'angle de la pièce aux murs suintants, deux tinettes placées côte à côte faisaient office de réserve d'eau. Une gamelle cabossée pendait tristement au-dessus. La paillasse étendue sur une natte était enveloppée d'une couverture et occupait l'angle opposé. Il paraît qu'autrefois, à l'époque coloniale, les cellules réservées aux détenus français étaient munies de bat-flanc. Depuis, l'uniformité des grabats assurait l'égalité entre tous.

Allait-on les pendre comme le réclamaient certains proches de Bourguiba ? L'image de Marie-Antoinette conduite à l'échafaud lui traversa l'esprit. La princesse Safiyé avait déjà vu mourir un homme, un condamné dont le recours en grâce avait été rejeté par le souverain. Toutes les princesses avaient assisté ce jour-là, par les moucharabiehs du palais du Bardo, à l'éxécution de cet homme qui avait violé et sauvagement assassiné de jeunes enfants. Elle revoyait la grande salle de Justice aux marqueteries de marbre de couleur où l'on menait, revêtu d'une *kachebia* neuve, le condamné enchaîné devant le bey assis sur son trône. Le souverain avait prononcé la formule consacrée, reprise à haute voix par le chambellan : *Daourouhou*, dirigez-le ! Les soldats de la Garde avaient rendu les honneurs à celui qu'on conduisait d'un pas lent vers la potence. La vie d'un homme, fût-il le criminel le plus endurci, méritait bien cet apparat. Puis la trappe s'était ouverte, un bruit sinistre produit par la tension de la corde, quelques longues secondes de convulsions du supplicié, et enfin plus rien, le silence. C'était fini, le spectacle était terminé.

La princesse Safiyé n'avait pas peur de la mort ; les musulmans l'attendent toujours avec une grande résignation, le cœur en paix. Mais son cœur n'était pas en paix. Il n'était rempli ni de hargne ni de haine à l'égard de ceux qui l'avaient arrachée à son univers, mais d'un sentiment de révolte.

Chaque fois qu'elle avait cru planter ses racines et construire son nid, chaque fois une tornade l'avait emportée. Cette fois cependant, elle n'était plus seule, cette fois l'ouragan n'emporterait que le feuillage de l'arbre, laissant les racines bien en place.

La princesse Safiyé leva le regard vers la lucarne grillagée à hauteur du plafond ; l'azur s'était obscurci. En Tunisie, la pluie est un don du ciel, un signe de lendemains prospères.

Elle leva les paumes de ses mains ouvertes dans une prière muette. Depuis toujours, Safiyé courait vers des lendemains lumineux, depuis que, quarante-sept ans plus tôt, elle était née dans ce village reculé des montagnes du Caucase...

CAUCASE

Décembre 1918

1

Djemal-Nour, « Lumière de la beauté » se tenait timidement dans l'encadrement de la porte, laissant à Pakizé tout le temps de la détailler. Comme ses sœurs, elle était vêtue de la tenue circassienne traditionnelle, de longs pantalons de soie serrés aux chevilles, recouverts d'une robe à manches bouffantes. Sa coiffe indiquait son rang aristocratique de fille de chef circassien : une calotte de velours brodée d'argent et de perles, ornée de petits glands et de laquelle pendait un long et léger voile, si fin qu'il masquait à peine son teint de lys, ses superbes yeux bleus et sa chevelure blonde.

Pakizé sourit. Jamais Djemal-Nour n'avait été prénom aussi bien porté. La fille avait réellement tous les atouts pour orner le harem des plus grands palais de l'Orient.

La petite expédition que Pakizé avait montée jusqu'à ces villages reculés du Caucase allait enfin donner ses fruits. Le voyage avait été particulièrement éprouvant. Depuis Istanbul, un petit bateau à voile les avait conduits, elle et un serviteur noir, jusqu'à Trébizonde puis Batoum, Poti, Soukhoumi en pays abkhaze et enfin Sotchi où ils avaient suivi les routes des montagnes de Circassie. Partout, des réfugiés, des soldats démobilisés ou des déserteurs encombraient les routes et les ports ; des irréguliers et des bandes armées semaient la panique et ajoutaient à la confusion générale. En ces temps troubles, les pourvoyeurs comme Pakizé devaient effectuer de longs voyages pour se procurer leur marchandise. Car Pakizé tenait un commerce particulier ; elle fournissait les harems des plus grandes maisons d'Istanbul et de l'Empire d'odalisques, de jeunes esclaves destinées à devenir peut-être des reines du sérail. Si la marchande n'avait pas hésité à affronter les dangers d'un tel périple jusqu'au fin fond du Caucase, c'est qu'elle savait bien que les beautés circassiennes étaient les plus prisées dans tout l'Empire ottoman et même au-delà, jusqu'aux Indes ou aux tréfonds du Yémen.

Depuis l'arrivée de Djemal-Nour, le silence s'était fait autour de la marchande. Chacun lui laissait le soin d'observer l'enfant tout à son aise. Et les yeux de la fille acceptaient le regard de la pourvoyeuse, se baissant juste, de temps à autre, en signe d'humilité. Mais la beauté seule ne suffisait pas et Pakizé entreprit de compléter son examen :

— Tu ne démens pas ta réputation. Une beauté comme la tienne ne doit pas manquer de prétendants...

— Mais aucun ne saurait m'attacher à cette contrée.

Pakizé se sentit soulagée. Elle ne bégayait pas. Cela aurait été rédhibitoire. La voix de la fille était même à l'image de son corps. Tout chez elle, jusqu'à ses propos, dénotait un mélange de charme, de pudeur et de fierté. Une vraie Tcherkesse [1].

— Tu as une mine très reposée. Tu dois avoir un sommeil très calme.

L'important maintenant était de savoir si elle ronflait ou non. Ce handicap dépréciait toujours la marchandise.

— On dirait que les anges veillent sur son sommeil, assura l'aînée des sœurs, qui avait deviné les inquiétudes de Pakizé.

1. Circassienne.

Celle-ci remua légèrement sur sa banquette et désigna le décor de la pièce qui les entourait, les carpettes et les tapisseries aux riches couleurs, les plateaux en argent incrustés d'or qui décoraient le poêle en céramique.

— Cette maison est vraiment belle ! Tu dois y être très attachée.

— J'y suis attachée, c'est vrai. Mais comme la feuille à l'arbre. Qui sait s'en détacher quand la nature le veut. Comme beaucoup des nôtres l'ont déjà fait, je saurai partir pour construire mon destin...

— Toute petite déjà, elle avait la superbe d'une Kadine, glissa la première des sœurs.

— Et feu notre mère, parmi toutes ses qualités, lui a légué un autre don : c'est une brodeuse des plus habiles.

Toutes deux étaient manifestement décidées à arracher un engagement clair à la marchande.

— Ah ! Comme j'aimerais voir un de ses travaux !

L'immobilité timide de la fille ne permettait guère d'apprécier la grâce de ses gestes, autre critère important.

Djemal-Nour s'empressa vers un coffre, dans un angle de la pièce.

Elle revint, avec à la main un canevas, où l'on pouvait distinguer un bouquet de fleurs.

Pakizé la complimenta tout en caressant la dentelle. À vrai dire, elle était plus convaincue par la grâce de la démarche que par la broderie.

Djemal-Nour baissa pudiquement la tête devant les éloges de la marchande. C'était maintenant à Iskander, son frère, de prendre la parole. Comme il était resté jusqu'ici immobile et silencieux, Pakizé avait presque oublié sa présence.

— Les temps, tu le sais, sont durs. Et depuis la guerre, les privations sont nombreuses. Tous, ici, te connaissent. Tu as bonne réputation. Nous croyons que notre sœur aurait tout à gagner à te suivre pour se construire un destin digne d'une fille de chef. Mais j'imagine que tu désires rester un moment seule avec elle...

Pakizé acquiesça. Si l'entretien se déroulait sous les meilleurs auspices, l'examen n'était pas terminé pour autant et elle appréciait qu'on lui facilite la tâche.

Iskander sortit suivi de ses sœurs. Pakizé sourit à Djemal-Nour et lui fit signe d'approcher. La fille fit timidement quelques pas.

— La beauté seule ne suffit pas à donner le bonheur et elle peut se perdre aisément. Dis-moi, as-tu eu la scarification ?

C'était ainsi qu'on appelait alors ce qui, plusieurs décennies plus tard, allait devenir la vaccination. C'était, en Circassie et en Géorgie, une pratique déjà fort développée pour préserver des atteintes de la variole les beautés à vendre ou à placer.

Djemal-Nour hocha la tête.

— Approche-toi encore, dit Pakizé, et elle entreprit d'examiner la fille de plus près, laissant glisser ses doigts le long de son cou, caressant doucement ses boucles blondes.

Sans le soutien de sa famille, l'enfant devenait plus tendue, méfiante presque. Jamais personne jusqu'ici ne l'avait palpée de la sorte et inspectée comme du bétail. Pakizé ne prêta aucune attention à ses réticences et poursuivit :

— Dénoue ton foulard et tes nattes.

Un flot doré et soyeux inonda le regard de Pakizé. Elle en apprécia le volume, la lourdeur et les ondulations.

— Ouvre la bouche maintenant !

Déconcertée, Djemal-Nour entrouvrit délicatement les lèvres, s'efforçant d'offrir son plus doux sourire.

— Non, pas comme ça ! Plus grand !

De ses doigts la marchande écarta davantage les

lèvres, plongeant un œil suspicieux jusqu'aux dernières molaires. Djemal-Nour semblait avoir reçu la beauté comme un don du Ciel : non seulement aucune dent ne manquait — une dent qui manquait équivalait à une remise sur le prix — mais sa dentition était parfaite.

— Et tes pieds. Montre-moi tes pieds maintenant.

La fille souleva pudiquement le bout de ses pantalons, dévoilant ses chevilles.

— Non ! La plante de tes pieds.

Djemal-Nour se déchaussa. Révélant des pieds solides mais beaux.

— Marche encore un peu.

Elle n'avait pas non plus les pieds plats, signe réputé de mauvais augure.

Pakizé admira le balancement des hanches, le port de la tête et la légèreté des talons sur le sol, convaincue par l'harmonie des mouvements du corps. C'était par pur plaisir qu'elle lui demandait de continuer.

— C'est bien, tu as de la grâce ! Reviens !

Djemal-Nour vint se placer non loin de Pakizé, toujours assise sur sa banquette.

— Non. Plus près. Viens plus près de moi.

Djemal-Nour fit prudemment un pas, puis deux. La marchande avança alors la main vers sa taille. La fillette eut un mouvement de recul. Calmement, Pakizé leva les yeux vers elle et lui murmura d'une voix douce :

— Laisse-moi faire. C'est indispensable.

Délicatement elle défit le cordon du pantalon. Celui-ci chuta sur le sol. Djemal-Nour tremblait légèrement. Pakizé palpa le mollet et examina les jambes qui s'offraient maintenant à elle dans toute la fermeté de leur jeunesse. Sa main remonta lentement vers la cuisse.

La fille se crispait de plus en plus.

— Détends-toi ! Ça aussi, c'est indispensable...

Délicatement, son doigt crocheta le sexe. Pakizé

sentit la moiteur tiède de l'intimité. L'hymen était là, bien en place.

Levant de nouveau les yeux vers Djemal-Nour, elle lui sourit franchement, révélant l'éclat d'une rangée de dents en or.

Encore une fille comme celle-ci et elle pourrait s'offrir la rangée du bas.

*

— Je vais aller à *Dar-ü-Saadet* ! Je vais aller à *Dar-ü-Saadet* !

Djemal-Nour serrait son amie entre ses bras.

— La Cité des Félicités ? Istanbul ?

Safiyé ne comprenait pas ce que lui racontait Djemal-Nour. Jusqu'à ce qu'elle prenne conscience de la présence, en arrière-plan, de la femme qui ne les quittait pas des yeux, leur souriant de toutes ses dents. Elle l'avait aperçue dans leur village des années auparavant et elle se souvenait qu'elle était repartie avec la fille cadette de ses voisins, de quelques années son aînée. C'était alors que Djemal-Nour s'était mise à rêver de suivre le même chemin, celui qui faisait des jeunes Circassiennes des princesses et des reines. Elle avait maintenant onze ans et était pour ainsi dire en âge de partir.

— La Cité des Félicités... oh... c'est... c'est merveilleux !

Safiyé, comme Djemal-Nour, comme toute Circassienne, était nourrie des histoires merveilleuses que l'on racontait aux enfants sur celles qui étaient parties vers un avenir prodigieux. Dès le plus jeune âge, on leur avait ancré dans la tête cet espoir, qu'un jour elles épouseraient un pacha, un prince et qu'elles régneraient sur les plus grandes cours.

Les deux enfants s'étreignirent.

Safiyé sentait la joie et le bonheur de son amie. Elle

n'en crut pas ses yeux quand celle-ci, en haletant, lui murmura, entre deux rires ou deux sanglots :

— Et... et... toi aussi !

— Moi aussi ?

— Enfin si... si la *hanoum* veut... bien entendu...

Instinctivement, toutes deux se tournèrent d'un même mouvement vers Pakizé. La marchande leur souriait, sa rangée de dents en or pareille à une oriflamme sur l'horizon de leur vie.

Safiyé s'inclina.

— Venez voir mes parents. Suivez-moi, ajouta l'enfant d'un ton de commandement qui laissa la marchande sans voix.

*

La *saklia* était plus modeste que celle de la famille de Djemal-Nour. Pakizé songea qu'avec une somme d'argent raisonnable l'affaire serait vite réglée. Elle avait d'ores et déjà évalué que la petite valait au moins quatre cents pièces d'or, elle n'en proposerait donc que cent, espérant ainsi, après marchandage, s'en tirer à environ deux cents.

Safiyé appela sa mère.

Joli timbre, apprécia la marchande, doux, cristallin, vif lui aussi, à son image. La fillette avait un ton déterminé qui séduisait. Si elle savait se montrer docile, elle pourrait devenir une véritable reine de sérail.

La mère arriva aussitôt, bientôt suivie du père.

À peine eurent-ils vu Pakizé qu'ils comprirent et s'empressèrent d'envoyer Safiyé dans une autre pièce.

Tandis que, conformément aux règles de l'hospitalité, la mère lui servait une pâte épaisse à base de millet et cuite à l'eau, accompagnée d'un grand bol de thé, Pakizé entreprit d'engager les négociations. Comme avec la famille de Djemal-Nour, elle omit de préciser qu'elle avait déjà une « commande » d'un haut personnage qui souhaitait épouser deux beautés circassiennes. S'agissant d'un émir du Hedjaz, mieux valait ne pas s'appesantir : un désert d'Arabie sonnait toujours moins bien dans l'imaginaire que le sérail d'Istanbul ou d'Égypte, voire des Indes ou de Tunis. En ces temps difficiles de guerre et de privations, il ne fallait pas détruire tout de suite les rêves de ces enfants.

— Vous aimez votre fille, n'est-ce pas ?

La mère ne pouvait qu'acquiescer. Le père restait taciturne mais hocha la tête.

— Alors, si vous l'aimez, c'est que vous voulez son bonheur, non ? Ne repoussez donc pas la fortune qui lui sourit !

— C'est que..., commença la mère en tournant un regard interrogateur vers son mari.

Pakizé ne la laissa pas aller plus loin.

— Croyez-moi, ma bonne maîtresse, une beauté comme votre fille ne peut être promise qu'à un très grand destin. Faites-moi confiance et je peux vous assurer que les princes les plus puissants et les plus riches se la disputeront ! Vous avez une perle et je ne serai pas embarrassée pour la placer !

Le père leva la main, interrompant la marchande :

— C'est que...

Il hésita avant de reprendre :

— Elle est d'ores et déjà promise. À son cousin...

— Oui. Dès sa naissance, elle l'était, confirma la mère.

Pakizé ne put que s'incliner. Elle savait qu'en Circassie, reprendre la parole donnée était un déshonneur qui aurait entraîné des générations de vendetta sanglante.

2

Perchée sur le petit promontoire qui surplombait l'*aoul*, Safiyé frissonnait. Presque à son insu, des larmes lui étaient venues aux yeux. En tremblant, elle se répétait les paroles que la vieille Kanaria ne cessait de marteler : « Une Tcherkesse ne pleure pas. » Quand, un demi-siècle plus tôt, les Russes avaient massacré sa famille, Kanaria n'avait pas pleuré. Elle avait simplement sauvagement mutilé le cosaque qui tentait de la violer puis tué de sa propre main celui qui gardait les chevaux avant de prendre la fuite vers un village voisin. Dans tout l'aoul, Kanaria était considérée comme une héroïne et une sainte femme.

C'était encore Kanaria qui clamait à tous la supériorité évidente des Circassiens sur le reste de l'humanité. Elle racontait qu'en des temps glorieux tous ceux qui régentaient l'Empire ottoman étaient de sang tcherkesse. Généraux, pachas, beys ou dignitaires, presque tous étaient des mamelouks circassiens ; de jeunes enfants du Caucase enlevés par des brigands, capturés lors de rapines ou de vendettas ou tout simplement vendus par leurs parents pour se forger un destin digne de leurs ambitions. « Même les sultans ottomans, commandeurs des croyants, sont plus circassiens que turcs », ajoutait Kanaria avant de se lancer dans les magnifiques histoires de toutes ces jeunes filles des aouls environnants que leur beauté et leur force de caractère avaient conduites aux plus hauts sommets du pouvoir et de la fortune.

Sans cesse, Safiyé pensait à ces deux fillettes d'un village voisin, deux sœurs disait-on. Vendues au sérail, l'une était devenue Hoshyar Kadineffendi, la khédiva-mère qui donna naissance au Khédive Ismaïl, le vice-roi d'Égypte ; et l'autre Pertevniyal Validé-Sultane, la toute-puissante et influente mère du sultan ottoman Abdelaziz. Deux Circassiennes devant qui même les princesses de sang s'inclinaient avant de leur baiser la main.

Safiyé avait souvent rêvé qu'elle suivrait un jour leurs traces et qu'elle aussi serait *Taj-ul-Mastourat*, « Diadème de la Pudicité », l'un des titres prestigieux qu'avait portés la validé-sultane Pertevniyal.

Après le départ de la marchande, sa mère avait bien essayé de la consoler, lui rappelant le vieux proverbe : « L'homme ne reçoit jamais que ce qui est écrit dans son *kismet.* » Seulement son kismet, son destin, Safiyé en était convaincue, ne s'accomplirait pas dans le Caucase mais dans les palais et les allées du pouvoir de la Cité des Félicités.

Dépitée de ce qu'elle estimait être une injustice, elle était sortie sans mot dire de chez elle et avait erré dans le petit village. Elle avait ensuite marché jusqu'au seul endroit où elle pouvait surmonter son amertume et son chagrin, ce petit promontoire que les gens d'ici appelaient le seuil des merveilles et du haut duquel elle surplombait l'aoul, s'en échappait presque.

L'enfant resserra l'épais manteau ouatiné dans lequel elle s'était enveloppée. Le froid était vif et elle s'apprêtait à se remettre en marche quand elle vit le cavalier arriver sur l'esplanade plate et dégagée. La fillette n'avait pas besoin qu'il soit près d'elle pour savoir de qui il s'agissait.

*

Sursam n'avait pas eu besoin, lui non plus, d'être près de la petite forme emmitouflée pour la reconnaître. Il savait qu'elle avait coutume de venir là. Lui-même ne chevauchait ce matin que dans l'espoir qu'elle s'y trouverait.

Son père, la veille, lui avait offert l'*akhal-teké*. Sursam avait toujours été fasciné par sa prestance autant que par ses qualités d'endurance hors pair. Petit, sec et nerveux, c'était la monture idéale pour un jeune garçon autant que pour un cavalier émérite.

Sursam avait monté son premier cheval avant l'âge de trois ans et avait été capable de chevaucher seul dès sa cinquième année, mais c'est en accompagnant son père, dans les foires de la région ou encore dans des chevauchées interminables, des traversées de fleuves et de rivières gelées qu'il s'était forgé la trempe d'un cavalier autant que celle d'un homme.

Mais plus que tout, c'était son talent d'acrobate qui le distinguait. Sursam pouvait se tenir la tête en bas sur le dos d'un cheval au galop ou, à la belle saison, cueillir, sans ralentir ni mettre pied à terre, un bouquet dans la prairie en fleurs. Safiyé, qui en avait reçu plusieurs, ne se lassait pas de la prouesse, chaque fois enviée par les autres filles de l'aoul, séduites par l'adresse du jeune garçon autant que par son allure.

Avec douceur, il caressa la crinière peu fournie du cheval. Son père lui avait conseillé de le monter au moins une bonne journée pour se familiariser. « Si tu sais t'en faire un allié, tu n'auras alors jamais de compagnon aussi fidèle que lui », avait-il ajouté. Sursam avait acquiescé. S'il avait eu une seule réserve à formuler à l'égard de sa monture, elle n'aurait pas porté sur son caractère, mais plutôt sur le fait que, provenant des steppes russes, il était ferré, ce qui était tout à fait contraire aux habitudes des cavaliers tcherkesses.

*

Le cheval ralentit et, lentement, d'un seul mouvement, s'affaissa, inclinant tout l'avant de son corps aux pieds de Safiyé. La fillette retenait son souffle. Sursam, qui se tenait déjà debout, enjamba l'animal et s'inclina à son tour en souriant devant son amie.

Voilà moins d'un an, la famille de Sursam, d'origine chapsougue, avait quitté le littoral de la mer Noire, c'est-à-dire l'extrême bout du monde, pour venir s'établir dans le petit aoul de Safiyé. Depuis, une véritable amitié s'était nouée entre eux, qui, pour le jeune garçon, ne pouvait qu'être un prélude à un grand amour.

Sursam fixa Safiyé ; au premier regard, il comprit que quelque chose était arrivé.

— Je suis passé à côté du fleuve et il coulait tristement.

— Mais ton cheval galopait allègrement.

— Des retrouvailles rendent toujours un cheval joyeux mais un adieu suffit à affliger un fleuve.

— Djemal-Nour est partie, Sursam.

— Alors, c'est pour elle que la hanoum est venue ?

Safiyé lui fit alors le récit de ce qui s'était passé la veille. Sursam baissa les yeux :

— Ainsi, toi aussi tu veux partir ?

— Je veux vivre. Je ne veux pas attendre que les chiens aient dévoré ma vie pour me décider.

Sursam regarda Safiyé et hocha la tête.

— Tu as raison : quand on ne peut plus vivre là où tant d'hommes et de femmes ont vécu et vivent encore, il faut savoir partir.

Elle savait que c'était pour cela que ses parents et lui avaient quitté la vallée de l'Abine et la mer Noire.

— Tu vas partir ? Mais comment ? La marchande doit être loin maintenant.

— Avec l'aide du Ciel, rien n'est impossible.

Et, à mi-voix, elle ajouta : « Du Ciel et d'un cheval. Un seul suffirait. Surtout s'il est vif comme l'éclair. »

Sursam la regarda avec gravité et demanda :

— Mais... et tes parents, que diront-ils ? Tu ne les reverras plus...

— Pourquoi ne devrais-je plus les revoir ? Je dois vivre mon destin, celui de toutes les Tcherkesses dignes de leur race. Mais à une sultane, rien n'est impossible. Ils seront toujours avec moi.

Sursam se tut. Puis il leva de nouveau les yeux vers elle :

— Et... et moi ?

— Toi ? Eh bien, tu ne me quitteras pas ! Je serai sultane et tu seras mon pacha. Tu pars avec moi...

Elle n'avait jamais imaginé qu'il pût en être autrement. Elle avait dans la voix l'assurance qui levait tous les obstacles.

Sursam, sans mot dire, s'avança et la souleva de terre. Écarlate, elle sentit les mains fermes du garçon la placer sur le dos de sa monture. Il lui enjoignit de l'agripper. Bientôt l'aoul disparut derrière eux. Peut-être rejoindraient-ils Pakizé avant la tombée de la nuit.

*

Ils avaient peu parlé mais leur cœur avait imploré Sekoutcha, le dieu des voyageurs, et Séossérés, le dieu de l'eau et du vent. À l'origine des sources montagneuses, c'est lui qui soumettait mers et nuages et les préserverait des risques d'avalanche.

Convertis à l'islam au XVIIe siècle sous l'influence des Ottomans et des khans de Crimée, les Circassiens avaient gardé dans leur mémoire des réminiscences de leur passé chrétien, tout comme un panthéon de dieux païens, conservant ainsi au cours des siècles des reliquats de toutes les religions qu'ils avaient embrassées.

Les deux enfants filaient si vite que même les montagnes semblaient se balancer à leur passage. Ils galopaient avec d'autant plus de hâte que l'un comme l'autre craignaient qu'on ne finisse malgré tout par se douter de quelque chose et qu'on ne les recherche pour les ramener à l'aoul.

Sursam avait bien noté un détail préoccupant : l'absence étrange, même en cette saison, de tout animal sur leur passage. Il n'avait rien dit, ne voulant pas inquiéter inutilement Safiyé. Le jeune garçon était empli de fierté de suivre les traces des aînés de son clan où il était de coutume pour les amoureux d'enlever celle qui, un jour, deviendrait leur compagne.

C'est au détour d'un bosquet qu'il comprit.

En contrebas, un énorme nuage de poussière blanchâtre s'avançait et grandissait à vue d'œil. Le bruit des sabots, jusqu'ici assourdi par la neige et les montagnes, commençait à se distinguer. Très vite, les deux enfants ne purent rien entendre d'autre.

Instinctivement Sursam fit reculer leur cheval et ils descendirent derrière un talus planté de trois sapins. Ils mirent rapidement pied à terre et se couchèrent sur le sol. Tapis dans la neige, ils scrutaient la menace qui s'approchait. Instinctivement, la fillette se blottit contre son compagnon.

Les cavaliers ne portaient pas d'uniformes à proprement parler. Combien étaient-ils ? Cinquante ? Cent ? Plus ? Ils leur semblaient innombrables.

La horde hurlait, glapissait, brandissait ses armes dans leur direction. Certains tenaient leur *chachka* dégainée, le soleil se réverbérant sur la lame du grand sabre. Ils ne semblaient rien redouter pour négliger à ce point la coutumière prudence des Tcherkesses. Non seulement ils ne prenaient même pas soin d'habiller de feutre les fourreaux de leurs armes, ni d'éviter le cliquetis que pourrait provoquer le frottement d'un sabre sur un étrier, mais ils paraissaient sûrs de leur force au point de braver jusqu'au moindre guetteur, comme réjouis d'avance par un possible affrontement. Quelques-uns bandaient même des arcs et feignaient en riant de tester la résistance des cordes. Sursam remarqua les fusils à pierre, les pistolets aux ceintures, aucune des armes communes aux Tcherkesses ne manquait et toutes étaient prêtes à servir.

Safiyé avait crispé sa main sur celle du garçon. Ils avaient dû oublier d'implorer aussi Soubareg, le dieu du brigandage, afin qu'il les épargne.

Au bout d'un long moment, le nuage s'éloigna enfin et bientôt, le silence revint. Sursam croisa le regard de Safiyé. Tous deux venaient de comprendre. La cohorte meurtrière ne pouvait avoir qu'une seule destination : leur propre aoul.

— Tu crois que nous aurons le temps de les prévenir, Sursam ?

— Ces montagnes sont pleines de petites voies. Nous avons jusqu'ici suivi la route, celle qu'aura utilisée la marchande, mais en prenant des raccourcis, nous les devancerons.

Safiyé était déjà sur la croupe du cheval qui n'attendit que le poids de son maître pour se redresser, nerveux, comme si les deux enfants lui avaient transmis leur tension.

La fillette s'agrippait du mieux qu'elle pouvait ; les images de ses parents, de sa famille, de tout l'aoul, de tous ceux qu'elle aimait et qu'elle avait quittés sans un adieu, défilaient. En ce moment, la Cité des Félicités était bien loin de son esprit.

Sous les encouragements répétés de l'adolescent, le cheval filait. La route fit place à des pistes plus étroites et rocailleuses, sur lesquelles chaque faux pas pouvait être fatal.

Au sortir d'une gorge étroite, ils débouchèrent sur une esplanade enneigée. D'impressionnantes congères s'étaient formées çà et là. La violence du vent les aveuglait et ils avaient grand-peine à maintenir les yeux ouverts tant la neige tourbillonnait. Ce fut quand il était déjà trop tard qu'ils se rendirent compte que cette piste-là finissait en abîme.

Safiyé cria de frayeur mais Sursam ne ralentit pas. Calmement, le garçon avait sorti un bandeau de sa poche qu'il plaça sur les yeux du cheval. L'animal ne devait pas voir le vide devant eux, il aurait ralenti. Il le cingla au contraire afin qu'il gagne encore plus de vitesse. Sursam avait déjà réussi cet exploit par le passé. Il cria à Safiyé :

— Ne regarde pas ! Surtout ne regarde pas ! Et cramponne-toi !

Sursam sentit les sabots heurter la surface dure et glacée du plateau. Une fraction de seconde, il sourit en grimaçant mais il se maudit aussitôt.

Le vent de ce côté-ci était si glacial que la neige avait gelé. Les jambes postérieures du cheval glissèrent, s'écartant sur la glace : toute sa croupe s'affaissa. Sursam lâcha les rênes afin que sa monture retrouve par elle-même son équilibre. L'animal leva la tête. Son encolure était encore assez haute et il essayait de se rattraper avec ses antérieurs mais ses sabots patinaient. Sursam jura. Les sabots ! En longeant les congères, la neige avait fini par créer une épaisseur sous les fers et, en se tassant, elle avait gelé et rendu impossible toute adhérence sur la glace. Si, comme le voulait la coutume tcherkesse, son cheval n'avait pas été ferré, il aurait pu réussir.

L'akhal-téké s'arc-bouta, mais en vain. La glace du sol conjuguée à celle de ses sabots ruinait ses efforts et il s'effondra de tout son corps.

L'eau gelée d'un ruisseau fit le reste, entraînant monture et cavaliers contre un rocher qu'ils percutèrent de plein fouet.

*

Safiyé fut la première à reprendre connaissance. Non loin d'elle le cheval commençait à s'ébrouer. Lui aussi était vivant, quoique apparemment incapable de se redresser.

Mais Sursam gisait immobile sur le sol.

Elle se releva, tremblant de tous ses membres. La tête lui tournait.

En chancelant, elle rejoignit le garçon. Il était blême, plus pâle que jamais. Elle se pencha au-dessus de lui. Près de ses lèvres elle posa sa joue, sentit un souffle léger et reprit courage. Son propre malaise se dissipait. Elle murmura : « Sursam, Sursam. »

Au bout d'un long moment, qui lui sembla une éternité, le garçon reprit enfin conscience. D'un seul mouvement, ils se jetèrent en tremblant l'un contre l'autre.

Sursam s'approcha ensuite de l'akhal-teké ; le cheval était incapable de se relever. Sursam regretta qu'il n'ait pas été tué sur le coup. Il n'y avait plus qu'une solution, celle à laquelle un cavalier doit se résigner la mort dans l'âme. La gorge nouée, le garçon demanda à Safiyé de se retourner et il sortit son *kindjal*[1] en fixant le cheval. Celui-ci avait compris ce qui l'attendait mais ne semblait pas vouloir s'y opposer.

Ce ne fut pas long. Un flot de sang colora la neige fondue, quelques soubresauts puis tout fut fini.

Sans se retourner, Sursam prit Safiyé par la main et l'entraîna d'un pas vif. Il fallait atteindre au plus vite leur village.

Les deux enfants ne savaient pas ce qui les y attendait mais ils le pressentaient. L'un comme l'autre avaient surpris des évocations, tantôt à mots couverts, parfois plus explicites. Tous deux connaissaient la réputation de férocité des bandes armées qui terrorisaient la région. Ils imaginaient déjà les morts, les blessés, les maisons incendiées, les récoltes détruites, tout comme les vies, à jamais. Chacun, le cœur serré, pensait aux siens, espérait un miracle sans y croire vraiment.

1. Poignard.

Bientôt, ils aperçurent les premières colonnes de fumée, un immense nuage noir recouvrait l'aoul.

*

Quand les deux enfants pénétrèrent dans le hameau, l'incendie commençait à peine à se calmer. Leur aoul n'était pas un des habituels villages en terrasses, faits de maisons groupées en cercle pour opposer une meilleure résistance aussi bien au vent qu'à l'ennemi, mais un effilochement de bâtisses. Ce qui avait dû faciliter la tâche aux assaillants.

Rien n'avait été épargné. À commencer par le chêne sacré qui veillait depuis des temps immémoriaux sur les sépultures du village et qui gisait maintenant calciné. La croix gravée, qui, de haut en bas, en fendait l'écorce, n'existait plus : le tronc avait été coupé en deux, comme si l'on avait voulu par cet acte priver la communauté de sa surnaturelle protection. Safiyé se souvenait d'avoir entendu ses grands-parents raconter que leurs propres ancêtres eux-mêmes y grimpaient pour mieux prier. Le chêne détruit, aucun sacrilège ne pouvait plus être épargné au village. Aucune divinité invisible n'était plus là pour le protéger.

Safiyé regarda autour d'elle. Çà et là, des murs écroulés, des portes enfoncées, et quelques flammes sortant des fenêtres ou s'élevant d'une toiture effondrée figuraient les seuls signes de vie.

Sursam dénombra bientôt une cinquantaine de maisons et de granges incendiées, la majeure partie du village était dévastée. Certains de ses habitants avaient essayé, en vain, d'échapper à la mort en se ruant hors de chez eux, mais leurs dépouilles gisaient maintenant à demi carbonisées dans la boue. Safiyé et Sursam ne pouvaient détacher leurs yeux des corps qui se trouvaient sur leur passage. Ceux de leurs parents ou de leurs proches étaient peut-être parmi eux.

Aucune voix ne retentissait plus. Aucune lamentation. En quelques heures l'aoul avait été vidé de toute présence humaine.

Safiyé frissonnait et tremblait de tout son corps.

Sursam fut le premier à se mettre à courir.

— Le cheval... c'est le cheval de mon père !

Il se précipita vers le *mouleki*. Sa robe grise était maculée de sang. Sursam se pencha en avant, le visage pétrifié, le regard fixé sur les yeux proéminents, ouverts à jamais.

Le garçon se rua aussitôt vers la demeure familiale.

Encore dans un cauchemar, Safiyé s'approcha lentement de la bâtisse.

Elle connaissait la maison, ses cinq pièces, les écuries et les dépendances. De l'entrée elle vit Sursam figé dans une longue immobilité. Elle resta ainsi un instant interdite sur le seuil, puis se mit à courir à son tour. Elle devait absolument savoir ce qu'il était advenu des siens.

*

Sursam s'inclina vers son père, du moins sur ce que le tranchant des sabres en avait laissé. Il s'agenouilla et se pencha au-dessus de lui ; ses larmes tombaient sans discontinuer de son visage sur le sien. Il prit sa main et la porta à ses lèvres, elle était comme tout le reste ici, glacée. Après lui avoir fermé les yeux, il se mit à la recherche des autres membres de sa famille. Dans une autre pièce, sa mère était étendue, morte. Le garçon enfouit son visage contre elle, cherchant à se perdre dans les plis de l'épaisse jupe, puis, du bout du doigt, lentement caressa son visage. Un peu plus loin, sa sœur gisait elle aussi, jupe retroussée, yeux et bouche ouverts, une large plaie déchirant sa gorge de part en part. Il s'approcha d'elle, l'étreignit et lui ferma également les yeux.

Quand il se redressa, Sursam sentit son menton qui tremblait et la nausée l'envahit.

Il ressortit d'un pas rapide. Safiyé n'était plus là. Un goût amer de bile dans la bouche, il réussit à articuler son nom. Sa voix retentit enfin entre les maisons vides. Sans réponse.

Sursam se précipita vers la maison de la fillette.

Face aux décombres de la demeure de ses parents, prostrée, Safiyé fixait l'incendie qui s'achevait.

Très pâle, elle s'était assise sur une roue, raide et muette. Le garçon s'approcha d'elle.

Elle leva vers lui ses grands yeux couleur noisette. D'une voix entremêlée de sanglots, elle lui dit :

— Ils ne sont pas là, Sursam. Ils ne sont plus là.

Le garçon s'avança vers les ruines encore fumantes. Les gravats ne dissimulaient aucun cadavre. Tous deux entreprirent de fouiller les alentours.

Ils se mirent à inspecter chaque maison, la moindre grange. Partout des cadavres, des connaissances, des amis. Près de la maison de Djemal-Nour, le corps d'Iskander barrait le passage. Tous deux allèrent de pièce en pièce. Aucune trace des deux sœurs de Djemal-Nour. Manifestement les assaillants avaient emmené des prisonniers.

Un râle plaintif les fit sursauter. On appelait. Ils se ruèrent au-dehors. Dans un renfoncement voisin, derrière une écurie, ils découvrirent la vieille Kanaria. La courageuse Circassienne qui forçait le respect de tout l'aoul agonisait ; elle n'avait pu cette fois opposer la même résistance que cinquante ans plus tôt face aux cosaques.

Safiyé se pencha vers elle. La vieille la reconnut et lui prit la main. D'une voix entrecoupée de longs silences, elle leur raconta.

Tout était allé très vite. Formés par des années de guerre et de rapines, les assaillants avaient tué tous ceux qu'ils avaient pu et s'étaient saisis des autres qu'ils vendraient comme esclaves. Tous n'étaient pas morts. Kanaria leur confirma qu'ils avaient fait des prisonniers.

— Et mes parents, Kanaria, as-tu vu mes parents ?

Kanaria baissa les yeux sans répondre.

— Dis-moi la vérité, je t'en supplie, les as-tu vus ?

Après un moment d'hésitation, Kanaria bégaya qu'elle avait aperçu son père sauter dans une charrette et emmener sa mère mais deux cavaliers les avaient poursuivis. Après elle ne savait plus.

Le souffle de la vieille femme se fit plus pesant, sa respiration s'accéléra. La moindre parole semblait maintenant lui provoquer une douleur insoutenable. Elle leva un doigt vers le ciel en regardant les deux enfants. Kanaria voulait réciter la *Shahâdah*, la profession de foi qui proclame l'unicité de Dieu. Les enfants comprirent qu'elle leur demandait de prononcer pour elle ces paroles que sa bouche ne pouvait plus proférer désormais.

Quand tout fut fini, Safiyé et Sursam s'éloignèrent en silence.

Safiyé s'approcha de son compagnon et se serra contre lui.

— Crois-tu que nous réussirons à les retrouver, Sursam ?

Le garçon fit un geste évasif. Leurs chances étaient infimes. Si, par miracle, les parents de Safiyé étaient parvenus à échapper aux assaillants, ils devaient errer en cet instant dans l'immensité enneigée. Dans tous les cas, de l'aide serait nécessaire aux deux enfants. Sursam proposa à Safiyé de rejoindre un de ses oncles qui habitait un village voisin.

Le garçon avait maintenant retrouvé tout son calme. Il leva les yeux. Une forêt d'étoiles les surplombait. À mi-voix il ajouta :

— Nos parents, mon père, ta mère, tous, ne sont rien, Safiyé, ou alors ils sont tout. Ils sont chaque lueur dans ce ciel, les cimes à jamais enneigées de l'Elbrouz ou cette terre aujourd'hui boueuse et demain asséchée, le moindre insecte et les volutes de l'air et de la poussière aussi, l'éclat de la lumière et le verdissement des plantes au printemps, tout ce qui en ce monde à jamais vit et reverdit, disparaît et renaît. Nos parents ou cet aoul ne connaîtront peut-être jamais un lendemain mais toi et moi nous devons persévérer, lutter et entreprendre, Safiyé, pour eux, pour nous et par-dessus tout pour Allah.

Safiyé observait son compagnon en silence. Doucement, tendrement, Sursam l'attira contre sa poitrine.

3

L'adieu fut muet. De ces instants Safiyé ne se souviendrait que de la brume, celle qui baignait les montagnes et celle à travers le voile de laquelle elle voyait Sursam s'affairer.

Pendant toute la matinée, elle avait parcouru ruelles et maisons, charrié corps et pierres, sillonné en tous sens ce village où elle avait toujours vécu et où désormais elle ne serait jamais plus chez elle.

Elle avait, bien sûr, guetté une fois encore une trace, un signe de ses parents. Dans leur maison, elle avait erré de pièce en pièce et fixé les rares objets qui lui avaient été si familiers, essayant d'en graver le souvenir dans son cœur. Mais eux non plus elle ne parvenait plus à les voir. Le monde qui l'entourait était devenu étrangement flou ; encore une fois, elle cherchait à se réveiller d'un mauvais cauchemar.

Seules quelques images surnageraient de cette interminable matinée : Sursam récitant la sourate *Ya Sin*[1] et éparpillant sur les pierres entassées en guise de sépulture une poignée de fleurs séchées. Les trois tombes de ses parents étaient toutes orientées vers La Mecque. Au sommet du tertre, l'adolescent avait placé une petite pièce de bois représentant la lune nouvelle

1. La sourate Ya Sin est celle que, traditionnellement, on récite devant les mourants et les morts.

qu'il avait sculptée à la hâte. C'était elle qui devait éclairer la route des siens vers le paradis.

Puis ils avaient rassemblé affaires et vivres, ceux que les pillards avaient dédaignés. Il ne restait par contre plus aucune monture au village. Les assaillants avaient emporté celles qui étaient valides et avaient égorgé les autres.

Ils durent donc marcher. Sursam estima qu'il leur faudrait bien trois jours pour atteindre le village où se trouvait son oncle.

Quand l'aoul eut définitivement disparu à l'horizon, les deux enfants, presque simultanément, éclatèrent en sanglots. Ils pleuraient encore quand le ciel, peu avant le crépuscule, commença à virer au rouge.

*

Les pépiements réveillèrent Sursam. Il écarquilla les yeux ; à quelques mètres d'eux se tenait une dizaine de perdrix, enfoncées dans la neige tassée autour d'elles.

Sursam n'osait pas bouger ; allongé, il retenait son souffle, le moindre mouvement les effaroucherait. Lentement, il avança la main vers son arc. Aussitôt, tout le groupe jaillit en caquetant et s'envola à tire-d'aile.

Le matin était aveuglant. La tempête avait cessé et le ciel était enfin redevenu vaste et haut. Tout en regardant les perdrix des neiges s'éloigner entre les falaises, Sursam s'interrogea. Combien de temps pourraient-ils tenir ? Avec le retour du soleil, ils savaient à nouveau quelle direction emprunter mais ils étaient affaiblis et s'étaient éloignés de leur destination. Il passa la main dans sa chevelure ébouriffée et reporta son attention vers l'enfant endormie. Elle paraissait si fragile ; pourtant, à aucun moment, elle n'avait perdu espoir.

Safiyé commença à bouger et à s'étirer. Le garçon s'approcha. Instinctivement, elle se blottit contre lui. Les mains de Sursam lui caressèrent tendrement les épaules, descendirent le long de son dos. Ils s'enlaçaient toujours comme des enfants, mais n'étaient plus tout à fait des enfants.

Autour d'eux, la clarté de la neige et du soleil était à ce point lumineuse qu'elle leur redonnait espoir. Sursam devait profiter de cette accalmie pour dénicher un lagopède ou un lièvre. Son expérience de chasseur le lui avait appris, plus le temps se radoucissait, moins le gibier se montrait farouche.

Sursam fit part de son intention à Safiyé. Elle n'aimait pas le voir s'éloigner mais il avait raison, il devait aller chasser. Le jeune garçon se retourna et lui sourit. Il porta ses mains à son cou et en détacha un pendentif qu'il tendit à la fillette.

— Cette amulette chapsougue protège celui qui la porte. Je la tiens de mon grand-père.

C'était une pierre bleue gravée suspendue à une chaînette d'or. Safiyé, une lueur reconnaissante dans le regard, la passa à son cou sans mot dire.

*

Sursam grimaça, la réverbération était intense. Avant de se mettre en route, il s'était taillé à la hâte deux petites pièces de bois, de dimensions égales, entaillées en leur largeur d'une fente, qu'il attacha et fixa autour de sa tête au moyen d'une cordelette. Cela ne lui permettait pas une très bonne visibilité mais du moins protégeait sa vue.

L'après-midi était déjà avancé et il était en train de traquer un groupe de lièvres qui s'enfonçaient dans la neige en petits bonds vifs, quand il découvrit la silhouette de l'homme.

D'un même mouvement, tous deux s'accroupirent. Ils n'étaient qu'à une portée de flèche l'un de l'autre. Mais le temps pour Sursam de rajuster ses lunettes de bois, et la silhouette s'était déjà évanouie.

S'agissait-il d'un des brigands qui avaient dévasté leur aoul ou d'un éclaireur cosaque ? Que n'aurait-il donné en cet instant pour reconnaître la bonne face large et les yeux clairs d'un Adyghé ou d'un Géorgien, voire la pilosité développée et le nez busqué d'un Tchétchène !

Il n'eut pas à s'interroger plus longtemps. Un raclement de gorge derrière lui le glaça. D'un bond, il se retourna et dévisagea avec effroi l'homme qui le regardait, amusé.

Sursam observa les yeux à peine bridés, le nez mince et légèrement aquilin, la bouche petite ornant un visage rond aux pommettes bombées. Il scruta la boîte métallique de l'amulette que l'homme portait à son cou, cherchant à découvrir une indication.

Le jeune garçon ôta son bonnet et s'inclina en signe de paix. Un sourire aux lèvres, l'homme s'approcha à petits pas silencieux en continuant à le fixer. Sursam se demanda quelle langue il pouvait parler. Ces montagnes étaient le refuge de tant de dialectes qu'on disait que, lorsque Dieu avait distribué les langues aux peuples, Il avait renversé malencontreusement son sac et déversé ainsi sur le Caucase tout ce qui restait dans Sa besace. Certains dialectes n'étaient parfois parlés que dans quelques villages, voire par seulement quelques anciens. Tout en connaissant lui-même quelques idiomes, Sursam était néanmoins habitué à s'exprimer par signes. Mais l'homme prononça le traditionnel « Sois libre ! » qui était le salut tchétchène pratiqué par ses propres parents. Sursam sut alors qu'il n'aurait rien à craindre et sourit à son tour.

*

L'inconnu s'appelait Boro. Il était né d'un père mongol et d'une mère tchétchène, mais les rivalités des deux clans avaient très tôt contraint ses parents à se séparer. Sa mère dut fuir aussi bien son compagnon que sa famille et sa tribu, et il avait grandi ainsi en errant d'un aoul à l'autre. Rejeté par tous, Mongols ou Tchétchènes, il avait fini par se mettre au service d'un chef circassien. Celui-ci avait tout de suite saisi le parti qu'il pourrait tirer de cet étranger capable de servir de messager autant que d'interprète auprès d'une bonne partie des tribus des environs, tchétchènes, ossètes, kabardes ou bien sûr mongoles. En ces temps troublés où conflits et alliances allaient bon train, il était un aide des plus précieux. Le guerrier voulait réunir plusieurs des peuples des montagnes pour mettre fin à l'activité dévastatrice des pillards qui sévissaient dans la région et Boro avait passé ces derniers jours à sillonner les monts alentour, allant d'aoul en aoul et mobilisant les principaux clans et leurs troupes.

Sursam et Safiyé furent vite convaincus qu'ils n'auraient pu trouver meilleur allié et protecteur.

Sa tente était recouverte d'épais tapis de feutre maintenus par un réseau de lanières de crins de cheval. Munie, au sommet de son dôme, d'un trou permettant à la fumée de sortir, elle constituait l'abri idéal. Les deux enfants retrouvaient une sensation de sécurité et de confort.

Boro leur confia qu'il était aussi un peu *nikoakoa*, poète, et qu'il avait bien souvent dû sa survie à ses talents alors qu'il errait d'un aoul à l'autre.

Sursam avait déjà rencontré de ces bardes itinérants qui étaient capables de chanter d'interminables poèmes épiques ou, au détour d'une conversation, de délivrer sous couvert d'allégorie un enseignement secret remontant à la nuit des temps.

Malgré son épuisement, Safiyé, tout ouïe, s'imprégnait de la magie du moment. Boro se saisit d'une flûte en roseau et se mit à en jouer. Sursam sentit les doigts de son amie se glisser doucement dans sa main, un geste qui, en présence d'un tiers, aurait été impensable d'impudeur et de promiscuité s'ils avaient encore été dans leur aoul mais qui, en ce lieu, dans la bénédiction de l'Elbrouz, devenait soudain naturel.

Puis Boro troqua la flûte contre la *dombra* et, tout en faisant résonner ses deux uniques cordes pincées, commença à leur chanter les origines du Caucase et comment Cronos, chassé par les Titans, vint se réfugier en ces monts.

Sans même qu'elle s'en aperçoive, les yeux de Safiyé se fermèrent. Elle s'endormit au moment où le barde contait comment Cronos avait tué le berger scythe Caucasos qui donna son nom à la chaîne montagneuse.

4

Hikmet se retint de jurer.

Il avait beau être un des chefs les plus puissants et les plus redoutés de la contrée, il s'était depuis longtemps résigné à accepter l'évidence : même après avoir vaincu maints ennemis et affronté d'innombrables dangers, nul guerrier ne maîtrisait jamais pour autant sa propre maisonnée.

Il rassembla le peu d'autorité qui lui restait et tenta une fois de plus de faire face aux trois furies, ses épouses.

L'une d'elles, massive à force d'enfantements, ne décolérait pas :

— J'ai toujours été une bonne épouse et même si je ne suis plus telle que tu m'as connue, je ne mérite pas la place à laquelle tu cherches à me reléguer. Je t'ai donné douze enfants, tous des garçons, forts et courageux, de vrais lions du Caucase, de solides Circassiens dont tu peux être fier, tu devrais t'en souvenir !

La deuxième des plaignantes hocha la tête en signe d'approbation et de solidarité. Ne lui ayant donné que quatre enfants, des filles de surcroît, elle ne jugea pas bienvenu de surenchérir. Hikmet qui continuait d'honorer occasionnellement ses deux premières épouses avait cependant recherché des étreintes plus ardentes auprès d'une troisième et plus jeune compagne.

— Tu choisis de nous éloigner, nous qui t'avons

tant aimé, pour conserver auprès de toi celle qui, en deux ans, n'a jamais su te donner la moindre progéniture !

Hikmet se racla la gorge.

— Ainsi donc votre nouvelle maison ne vous plaît pas ?

Sous la pression de la belle et dernière épouse, qui, contrairement aux usages, refusait toute cohabitation avec ses rivales, il avait dû se résigner à installer celles-ci dans une saklia au pied de la montagne.

Hikmet passa pensivement ses doigts dans sa longue barbe teintée au henné. À la veille de partir en guerre, ces incessantes récriminations commençaient à l'exaspérer. Les yeux mi-clos, il réfléchissait à un moyen de mettre fin à ces litanies, quand Pakou-Béké, qui jusqu'ici s'était contentée de ruminer, désigna les deux autres femmes avec dégoût et mépris :

— Chiennes ! Que Chiblé vous foudroie !

Elle avait glapi avec tant de hargne que Hikmet en sursauta. Évoquer le dieu de la Foudre était signe que l'orage, loin de s'apaiser, risquait fort d'éclater. Il aurait dû répondre avec plus de fermeté aux deux autres ; maintenant elle aussi était mécontente.

Hikmet en arrivait à se demander si le temps n'était finalement pas venu pour lui de prendre une quatrième épouse, quand un serviteur l'informa que son messager approchait.

Il sourit. Allah l'avait exaucé : cette interruption était inespérée.

— Boro arrive, il est à une lieue du village. Mais il n'est pas seul, il est accompagné de deux enfants.

— Deux enfants... ?

*

Safiyé s'était étonnée de ne pas avoir remarqué l'aoul plus tôt, il devait luire devant eux depuis plus d'une heure déjà ; elle n'aurait jamais pensé être si épuisée. Sursam, derrière elle, ne disait pas un mot. Peut-être sommeillait-il lui aussi.

Une vache meugla sur leur passage et tout le troupeau l'imita. Des Tcherkesses travaillaient sur la rive non loin du fleuve. Certains hissaient sur le bord de gros troncs de zelcova et des traîneaux attelés à des buffles attendaient déjà le chargement. Boro leur expliqua que ce bois, de couleur jaune foncé, prendrait au polissage l'éclat étincelant de l'or. D'autres s'affairaient à consolider les branches flexibles des radeaux qui étaient encore à sec ; plus tard, attachés entre eux, ceux-ci formeraient de véritables trains de bois. Plusieurs hommes s'interrompirent et les saluèrent. Ils semblaient connaître Boro et des interjections amicales fusèrent.

Safiyé et Sursam avaient chevauché en compagnie du Mongol. Le messager craignait qu'une nouvelle tempête ne vienne les ralentir et ils n'avaient plus fait de halte, sinon pour permettre à leur monture de récupérer. Durant tout le voyage, Boro était resté tel qu'il leur était apparu, bourru et attentionné à la fois. Il ne leur avait pas caché que, à ses yeux, c'était un miracle qu'ils fussent encore en vie.

Safiyé aurait voulu se montrer souriante mais elle ne parvenait qu'à saluer d'un regard vide les visages qui les entouraient. Certains étreignaient les poignes de Boro de leurs deux mains, formulant des paroles de bienvenue, tandis que des coups de fusil d'allégresse déchiraient la quiétude de l'aoul. Le messager était très attendu.

Au fur et à mesure qu'ils avançaient, les femmes aussi, les unes après les autres, étaient sorties sur le pas des maisons, bientôt suivies des enfants. Très vite, tout autour d'eux, une activité fébrile s'était créée et le village avait pris des allures de fourmilière.

— *Allahummé ! Achdyr tachdyr !* « Ô Allah !

Accorde l'abondance et la profusion ! » Une clameur retentit autour du grand chêne où une dizaine d'hommes, debout, pointaient leurs fusils vers le ciel en tirant des salves de réjouissance.

Sursam murmura à Safiyé qu'il s'agissait de Tatars de Crimée. Boro approuva. C'était des réfugiés qui avaient fui leurs villages pendant la guerre, ici ils étaient moins exposés. À mi-voix, les hommes reprirent en chœur la récitation de la *Fatiha*, la première sourate du Coran.

— Qu'Allah nous apporte la victoire et écrase nos ennemis !

Puis, découvrant la fille qui était aux côtés de Boro, tous s'interrompirent. En un clin d'œil, les fusils furent baissés, les armes rangées dans leurs étuis et le silence se fit. Safiyé n'eut pas besoin d'explication. Ces hommes, volontiers bagarreurs et querelleurs, voire capables de pratiquer le rapt et la rapine, bref, toujours prompts à s'enflammer, respectaient tous l'*adat*, le code de l'honneur qui proscrivait toute parole et tout acte de violence en présence d'une femme et même d'une fillette. D'ailleurs pour la majorité d'entre eux, à dix ans, une fille n'était déjà plus tout à fait une enfant.

Tous s'écartèrent et un homme s'avança. Il n'était plus très jeune mais possédait encore une belle prestance. Il ajusta à son cou l'agrafe de sa *bourka*, une ample cape en poil de chèvre qui l'enveloppait majestueusement, laissant deviner les reflets argentés des cartouchières richement décorées qui garnissaient sa poitrine.

— Béni soit ton retour, Boro, notre messager ! Et vous, qui que vous soyez, vous êtes les bienvenus dans notre aoul !

L'homme s'inclina et sourit à Safiyé.

— Salut à toi, ô fille de l'Aurore, je suis Hikmet, le

chef de ce clan, qu'Allah lui accorde victoire et prospérité !

Sous l'épaisse toque en astrakan noir, les grands yeux clairs en amande brillaient d'une lueur fiévreuse tandis qu'ils plongeaient dans le regard vacillant de Safiyé.

— Ma maison est la vôtre. Mes serviteurs prendront soin de vous deux et mes épouses sauront te faire oublier les douleurs de ton voyage.

Il lança un ordre bref à deux de ses hommes qui aussitôt s'avancèrent. Boro fit signe aux enfants de les suivre.

Ils les conduisirent auprès de trois femmes, toutes d'âges différents, aux visages fermés. Elles ne leur posèrent pas de questions et les installèrent chacun dans une petite pièce où trônait un lit. Sursam et Safiyé échangèrent un regard mais aucun des deux n'avait plus la force de parler. Épuisée, Safiyé se laissa tomber sur la couche.

*

Quand elle reprit conscience, Safiyé n'aurait su dire si la journée s'achevait ou si une nouvelle commençait. Paupières encore mi-closes, elle écouta le martèlement des forgerons et des chaudronniers, le bruit des soufflets, mêlés au hennissement des chevaux et aux cris guerriers de leurs cavaliers.

Lentement, elle se dirigea vers une des deux fenêtres de la chambre. Celle-ci donnait sur la berge du fleuve. Des femmes d'âges divers, foulard noué autour de la tête, assises en tailleur à même le sol près d'énormes paniers débordant de pelotes multicolores, confectionnaient de superbes carpettes. Rassurée, Safiyé se risqua à quitter la maison.

Au-dehors, le centre du village paraissait en proie à une vive agitation. Un cavalier était en train de quitter l'aoul et Safiyé reconnut Boro. Tout à sa hâte, il ne sembla pas la voir et s'éloigna au galop, porteur sans doute de quelque nouvelle missive. Des hommes çà et là s'activaient et personne ne lui prêtait attention. Certains dépiautaient un gros mouton, d'autres chargeaient des outres, des victuailles en nombre, de quoi nourrir une armée. Dans un groupe, elle reconnut Sursam.

Son compagon écoutait avec attention les paroles d'un cercle de cavaliers et d'hommes en armes. Certains des guerriers étaient coiffés de bonnets en feutre de forme conique. Plusieurs ethnies se mêlaient. Un homme cependant se détachait de la masse des combattants. Elle le reconnut, c'était Hikmet. Tous les regards étaient centrés sur lui. Il parlait avec assurance et les hommes hochaient la tête, convaincus. Sursam approuvait lui aussi. Elle s'assit à l'écart au pied d'un grand chêne et attendit.

Au bout d'un moment, le groupe se dispersa et Sursam s'approcha. Le regard décidé, il semblait débordant d'énergie. Le garçon lui expliqua que les hommes qu'elle voyait étaient oubykhs, chapsougues et abadzèkhes. Tous s'étaient ligués contre les troupes de brigands qui dévastaient la région.

— C'est Hikmet qui les conduira. Il les mènera à la victoire et ils le sentent...

Sursam s'interrompit. Hikmet les avait rejoints.

Un instant les yeux de Safiyé rencontrèrent ceux du chef circassien. Celui-ci lui sourit.

— Salut à toi, Safiyé, c'est bien ainsi que tu t'appelles, n'est-ce pas ?

La fillette acquiesça. Hikmet avait le regard profond, dur mais rassurant.

— Boro m'a tout raconté. Vous revenez de loin, Sursam et toi.

Il désigna de la tête les troupes qui effectuaient les derniers préparatifs avant de partir au combat.

— Nous vengerons les tiens, je te le promets.

De la pointe de la longue lame courbe de sa chachka, il traçait machinalement des signes dans la terre humide. Safiyé hocha la tête sans mot dire.

— Toi et ton ami avez dormi plus d'un jour sans interruption. Mes épouses ont veillé à tour de rôle sur vous...

Il plongea à nouveau les yeux dans ceux de la fillette. Jamais aucun homme ne l'avait regardée avec autant d'intensité. Instinctivement, Safiyé baissa le regard.

— Ton ami Sursam se sent maintenant bien rétabli et il veut se joindre à nous.

Safiyé tressaillit. Elle n'essaya pas de retenir son jeune compagnon, il voulait venger les siens.

*

Les troupes partirent le lendemain matin. Safiyé ne quitta pas l'horizon des yeux jusqu'à ce que le dernier cavalier ait finalement disparu à sa vue. Elle caressa pensivement le pendentif de Sursam. Le garçon avait refusé de le reprendre. Le départ mobilisait tous les hommes qui partaient au combat et leurs adieux avaient été brefs. Hikmet était sûr d'un retour victorieux le lendemain. Sursam n'en doutait pas.

Safiyé avait passé la matinée à errer dans le village, désœuvrée et pensive. Sa tristesse et son inquiétude n'avaient pas échappé aux femmes de l'aoul qui s'en étaient émues.

Les trois épouses de Hikmet s'étaient même pour une fois mises d'accord : on ne pouvait rester ainsi dans l'attente et l'anxiété. Elles avaient proposé d'organiser, sinon une fête qu'elles réservaient pour le retour victorieux, du moins des réjouissances qui consoleraient l'enfant et les encourageraient elles aussi.

On égorgea un mouton et on le cuisina, enrobé d'une

couche de gras épaisse comme un doigt et agrémenté de riz, de carottes et de raisins secs. Les femmes s'installèrent ensuite en cercle ; certaines étaient parées avec soin.

De belles outres en peau de chèvre fumée se mirent à circuler. Elles contenaient du lait de jument fermenté. Les vapeurs mêlées à l'odeur enfumée de genévrier, de viande aromatisée et de fromages alourdissaient l'atmosphère.

D'un pas mal assuré, Safiyé alla s'étendre sur une couche où d'autres femmes, légèrement titubantes elles aussi, la rejoignirent.

De la musique s'éleva.

Les chants évoquaient la beauté de celles qui, au fil des siècles, furent achetées par les émissaires des sultans, leurs sœurs promues favorites, c'est-à-dire « esclaves », du sérail. Ces chants semblaient aussi vieux que l'oppression et tous brodaient de vengeresses mélopées où amour et mort s'entremêlaient. Entre les vers, c'était la jalousie impuissante de tout un peuple, son orgueil bafoué et son désir de vengeance qui s'exprimait. Beaucoup de chansons englobaient d'ailleurs en une même haine les parents qui vendaient leurs filles et les marchands qui les achetaient.

Écouter ces poèmes, où « je t'aime » rimait souvent avec « je te tue » ou « je me tue », et où le baiser des lèvres rouges allait de pair avec le sang des veines entrouvertes, ne pouvait que rappeler cruellement à Safiyé la visite de la marchande aux dents d'or et tout ce qui en avait résulté.

Et pour quelques pièces d'or,
Tu l'as vendue à des esclaves
Qui iront la vendre, à leur tour,
Au marché de la chair humaine.
L'enfant libre de nos montagnes
Tu l'as faite esclave à son tour.

Elle ira servir les plaisirs
De quelque ennemi de notre race,
Gros, énorme, qui a peine à marcher
Et dont le ventre cache ses pieds à ses propres yeux,
D'un ennemi dont la corpulence
Empêche l'étreinte d'amour...

La voix était belle, triste aussi. Était-ce donc à cela qu'elle avait échappé ? songeait Safiyé. Ces chants populaires, remontant à une époque si éloignée, étaient à ce point l'opposé de l'image que les mères circassiennes s'efforçaient de donner à leur fille dès leur plus jeune âge. Qui avait raison : les chanteuses enivrées et leurs messages pleins de rancune et d'appels au sang, ou bien les mères et leurs rêves de luxe et de volupté ? Oui, et si ses parents avaient su et, en refusant de la vendre, l'avaient protégée ?

La tête de Safiyé chancelait. Elle cessa d'écouter les paroles, s'abandonnant à la mélopée de la *zourna*[1], à ses modulations lentes et tristes. Sa pensée ne cessait de revenir vers Sursam. Où était-il maintenant ? Elle en venait presque à souhaiter que les brigands soient déjà au loin et qu'il n'ait pas à combattre. Elle se mordit les lèvres, honteuse de telles pensées, indignes de sa race. Les vibrations de la zourna se faisaient de plus en plus profondes.

— Elles vous bercent sans vous endormir et vous plongent dans un rêve tout éveillé.

Sans que Safiyé s'en aperçoive, Pakou-Béké s'était approchée. Étendue sur le divan, elle lui parlait d'une voix douce et lui souriait. Elle lui expliqua que les sonorités de la zourna étaient telles que bien souvent les interprètes finissaient par perdre l'ouïe au fil des ans.

Une conteuse commença à narrer la légende des Amazones et elles se turent pour écouter le récit de ces

1. Sorte de hautbois.

anciennes habitantes du Caucase. Dispensatrices de vie et de paix, elles se transformaient, s'il le fallait, en farouches guerrières, capables de couper le sein droit de leurs filles pour leur apprendre à manier l'arc et de réduire les hommes avec lesquels elles vivaient à l'état de pasteurs et de gardiens de troupeaux.

— Même soumises comme nous le sommes, toutes, en nos cœurs, nous demeurons leurs filles. Oui, toutes, nous sommes encore des Amazones, lui murmura Pakou-Béké quand les derniers accents de la cithare eurent cessé.

Et, comme pour faire écho à ces paroles, plusieurs femmes se mirent à interpréter la *lesginka*, une danse aux accents guerriers mimant la conquête de la femme par l'homme. De nombreuses convives, à la manière tcherkesse, avaient posé un genou à terre et frappaient dans leurs mains au rythme de la musique. Safiyé, entraînée par Pakou-Béké, se prit bientôt à les imiter.

*

La vallée resplendissait des lueurs du couchant quand les femmes se séparèrent, marchant sans hâte silencieusement, les yeux flamboyants de rêves et de nostalgies.

Safiyé regagna sa chambre un peu étourdie. Les charbons ardents du *mangal*, le petit brasero en cuivre jaune au pied de sa couche, avaient conservé à la pièce une douce chaleur. Adossée à un oreiller rempli d'edelweiss, elle caressa pensivement la soie finement brodée du divan où elle s'était assise, jambes repliées. Son regard s'attarda sur les doubles tentures de velours, brodées de soie d'or et d'argent, qui recouvraient les murs de la pièce. Safiyé retrouvait ici le décor familier des saklias de son village.

Elle se redressa et s'approcha de la fente ménagée dans la tenture à l'endroit des fenêtres et, à la façon d'un rideau, la souleva pour regarder au-dehors. La nuit était noire et aucune lumière ne perçait l'obscurité.

Ils ne reviendraient pas ce soir.

*

Aux premières lueurs de l'aube, Safiyé était déjà au-dehors. Elle n'était pas la seule à guetter le moindre signe de retour. Tout le village avait passé la nuit dans l'attente des guerriers et des cris de joie retentissaient maintenant. Poussière, odeurs, fumée et bruits emplissaient l'air. Ils revenaient et, comme l'avait prédit Hikmet, ils étaient victorieux.

Safiyé sentit son cœur battre à tout rompre et se mit à courir. L'allégresse était générale. Des yeux elle cherchait Sursam, plus rien d'autre ne comptait. Seule la vue de son visage l'apaiserait. Autour d'elle, on disait que la victoire n'avait pas été complète, seule une partie de la horde avait été anéantie ; il leur faudrait repartir bientôt. Certains des guerriers continuaient même de traquer les brigands dans les monts. Safiyé roulait désespérement les yeux autour d'elle, Sursam était sûrement parmi eux. Un homme vint la prévenir que Hikmet l'attendait. Elle se rua vers la maison.

Le chef circassien était entouré de ses trois épouses. À sa vue, les rires cessèrent brusquement. Safiyé n'eut pas besoin qu'on lui explique ; elle reconnaissait ces regards, c'étaient ceux qui annonçaient la mort.

Hikmet lui parla de la bravoure de Sursam, de ses qualités de guerrier, mais elle ne parvenait plus à entendre. Elle se répétait les paroles de la vieille Kanaria. Elle était tcherkesse, elle ne pleurerait pas.

Hikmet s'avança vers Safiyé ; elle tremblait de tout son corps et il la pressa contre lui :

— Le présent est rude, mais n'aie crainte pour

l'avenir. Considère désormais cette maison comme la tienne.

Il s'inclina pour les saluer, étreignit la fillette et ressortit.

Safiyé resta avec les autres femmes, hébétée, tremblante, se répétant qu'elle ne pleurerait pas. Et elle ne pleura pas. Elle hurla sa douleur.

*

Hikmet était en train de donner des ordres pour le départ quand il aperçut Pakou-Béké qui s'approchait le visage fermé. Tout de suite, elle l'apostropha :

— J'aurais dû me méfier ! Cette petite a l'air de te plaire ! Est-ce pour me remercier d'avoir pris soin d'elle que tu l'invites à partager notre toit ?

Hikmet eut un geste agacé.

— Ce n'est pas le moment de...

Elle l'interrompit :

— Tu ne te souviens pas de tes promesses ? Tu m'avais pourtant juré : pas de nouvelle épouse !

Hikmet haussa les épaules en souriant.

— Tu ne trouves pas cette Safiyé un peu jeune ? C'est une enfant, elle n'a que neuf ou dix ans ! ironisa Pakou-Béké.

— Quand Dieu apporte une reine à un chef, refuser serait faire un affront au Ciel. Et puis, comment mieux que par des noces célébrer une victoire !

Pakou-Béké blêmit.

*

Pakou-Béké ne reparut pas auprès de Safiyé de toute la journée. Les deux autres femmes la consolèrent du mieux qu'elles purent et lui firent boire des tisanes apaisantes. Les heures s'étaient ensuite succédé, mornes, nues et désolées, à l'image de sa douleur.

De la fenêtre, elle avait fixé le paysage alentour, y cherchant un signe, un espoir. Elle resta ainsi sans sortir toute la journée, sa solitude parfois interrompue par la visite des deux épouses du chef. Mais la pitié des femmes la gênait. Leur sollicitude même l'oppressait. Pakou-Béké aurait peut-être compris, mais elle n'était pas là.

Safiyé aurait voulu pouvoir parler à Djemal-Nour, mais son amie était loin. Comme ses parents. Comme Sursam.

Elle se sentait désormais incapable de rien faire que rester prostrée, étendue à jamais sur ce lit. À peine fermait-elle les yeux, le visage de Sursam lui apparaissait, souriant, plein de douceur. Elle essayait de se souvenir de ses dernières paroles en pressant le pendentif contre elle. Serait-il encore vivant s'il l'avait conservé ?

Il faisait nuit quand on frappa à la porte.

C'était une servante. Pakou-Béké la priait de venir la rejoindre, elle n'avait pas le cœur à la laisser seule cette nuit.

*

— Oui, ma pauvre enfant, je ne pouvais me résoudre à te laisser passer la nuit seule. Je sais à quel point la solitude peut être difficile, surtout dans le malheur...

Sur ces paroles, Pakou-Béké tendit à Safiyé un petit coffret. L'enfant la regarda, hésitante.

— Prends ! C'est un cadeau pour toi.

Safiyé ouvrit l'écrin avec précaution. Celui-ci contenait un rubis.

— Quoi de mieux qu'un rubis pour sceller une amitié naissante ? Il fortifie les cœurs, concourt à la bonne santé et est signe de réjouissance et de prospérité. J'ai pensé que c'était la pierre qu'il te fallait.

Elle-même portait plusieurs bagues et l'une d'entre elles était ornée d'un énorme saphir.

— Ah ! Tu regardes ma bague ! Sais-tu que le saphir rend pacifique, aimable et pieux ? D'ailleurs, toutes les pierres ont une vertu. Ainsi que le recommandaient certains de nos saints, dans les jours qui précèdent le mois sacré de ramadan, j'ai pour habitude de tenir un diamant dans ma bouche. Cela, dit-on, préserve du mensonge, aide à nourrir son intention et facilite le jeûne.

Tandis qu'elle servait une tisane d'herbes aromatiques au parfum enivrant, Pakou-Béké expliqua à Safiyé que l'émeraude était à déconseiller avant le mariage car elle réfrénait la lascivité mais qu'elle était bien sûr excellente si l'on vieillissait.

— Oui, elle est réputée augmenter la mémoire.

Safiyé porta l'infusion à ses lèvres et apprécia les senteurs qui s'en dégageaient. L'enfant avait du mal à croire que la femme qui s'adressait à elle avec autant d'intelligence et de cœur pût être autant detestée par les deux autres épouses de Hikmet.

— En revanche, il est toujours bon d'avoir sur soi une perle. Surtout une fois mariée.

Pakou-Béké rit d'un air entendu.

— Tu es jeune et ne connais encore rien des hommes, mais tu verras qu'il faut savoir se prémunir contre leurs exigences répétées.

Safiyé se demandait pourquoi Pakou-Béké l'entretenait de façon aussi volubile sur la vertu de ces pierres, mais elle se tut. Sa tête devenait lourde et une étrange torpeur la gagnait.

Pakou-Béké semblait ne rien avoir remarqué. Safiyé se sentit pâlir en même temps qu'un tremblement la gagnait. Prise d'éblouissements, elle était sur le point d'interrompre sa nouvelle amie quand le malaise s'intensifia, l'empêchant d'articuler le moindre son.

Instinctivement, elle porta sa main à sa gorge. Elle

étouffait. Des taches vertes et rougeâtres obscurcirent sa vision. Pakou-Béké s'était tue et se penchait maintenant vers elle, un sourire étrange aux lèvres. Seul un murmure inaudible parvenait aux oreilles de la fillette. Bientôt, elle ne l'entendit plus. Sourde et muette, Safiyé sentit son corps s'affaisser. Et tout devint noir et silencieux.

TURQUIE

1919-1921

5

— *Tea is served, Sir.*

Le Sikh, cérémonieusement, indiquait la table où un thé fumant attendait. Andrew ne leva même pas les yeux. Son regard, rivé à son bureau, était plongé dans un volumineux dossier sur l'insécurité dans les rues d'Istanbul à la nuit tombée. Un dramatique sujet qui avait d'ores et déjà coûté la vie à plus d'un loyal serviteur de Sa Majesté.

La fenêtre était entrouverte malgré la saison et l'officier percevait distinctement la rumeur continue de la Grand-Rue de Péra. Andrew avait toujours détesté le bruit mais, au bout de quelques mois passés dans la capitale ottomane, il avait dû se résigner. À Péra, le quartier le plus moderne de Constantinople, l'étranger parlait haut, riait et plaisantait plus fort encore, comme pour bien rappeler au Turc que, trois habitants sur quatre y étant non mahométans, il se devait d'avoir le fez moins arrogant qu'à Stamboul ou à Scutari.

Pour l'Empire ottoman, la guerre commencée en 1914 aux côtés des Allemands, des Autrichiens et des Bulgares — l'unité virile — s'était achevée le 30 octobre 1918. L'armistice imposait à l'empire des sultans des conditions draconiennes, sur le plan tant militaire que politique. Malgré les promesses des Alliés, une longue file de bateaux britanniques, français, italiens et même grecs était venue occuper Istanbul[1].

1. Chez les Ottomans, la double appellation d'Istanbul et de Constantinople pour désigner leur capitale a longtemps coexisté. Mais les Européens utilisaient exclusivement Constantinople pour nommer ce qui avait été l'ancienne Byzance.

— He-em... *Your tea is served, Sir*, répéta le Sikh en haussant très légèrement la voix.

Andrew redressa lentement la tête, puis, sans le moindre regard ni signe d'acquiescement, il quitta son bureau et se dirigea d'un pas traînant vers la table autour de laquelle plusieurs autres fonctionnaires avaient convergé. Précautionneusement il saisit une tasse de thé qu'il porta à ses lèvres. Il grimaça aussitôt. Ces Sikhs étaient tout à fait incapables de comprendre quoi que ce soit à la civilisation : jamais ils ne sauraient préparer un thé à la bonne température.

Andrew avala une seconde gorgée et reposa sa tasse en soupirant. Il n'avait jamais aimé cette capitale. L'officier britannique observait toujours avec dégoût ce grouillement où toutes les races se côtoyaient, s'entremêlaient sans jamais fusionner. Andrew avait appris à distinguer le Kurde du Laz, le Tatar de Crimée du Tcherkesse, le commerçant grec du banquier arménien, l'Arabe de Syrie ou de Tripolitaine du Juif séfarade, bref, tous ceux que l'hospitalité du sultan avait accueillis en ces murs au cours des siècles et qui composaient désormais la moitié au moins de la population. Assurément, Constantinople recueillait tous les rebuts de l'humanité.

Heureusement, dans cette ville, que tous les Occidentaux considéraient comme la Clef de l'Orient, il restait les petits plaisirs suaves de la politique.

Andrew s'approcha de Lord Carlson.

— Il paraît, Milord, que vous avez vu Damad Férid l'autre jour ?

Le gouvernement du grand vizir, en place depuis peu, ne durerait pas et, comme tout le monde, Andrew pensait que Damad Férid, le favori du sultan et par ailleurs son beau-frère, serait l'homme de la situation.

Lord Carlson acquiesça.

— Il m'a reçu récemment dans son palais de Nichan-Tach.

Lord Carlson reposa son sandwich au concombre dans le petit plat de porcelaine qui se trouvait devant lui et prit l'air mi-rêveur mi-sarcastique, la norme chez les fonctionnaires britanniques dès qu'il était question de l'occupé.

— Figurez-vous qu'il m'a encore assuré qu'il ne croyait qu'en Dieu et en la Grande-Bretagne, poursuivit-il.

— Croyez-vous que nous pouvons avoir confiance dans sa parole ? demanda Andrew, dubitatif.

Lord Carlson fit un geste évasif et leva les yeux au plafond.

— Il est libéral, riche et cultivé, il n'aime ni les nationalistes, ni les unionistes et autres Jeunes-Turcs dont il est l'ennemi déclaré. À ce titre, on peut le considérer pour ainsi dire comme un gentleman. Pour un Ottoman bien entendu...

Des petits rires fusèrent çà et là. Damad Férid Pacha, avec ses rouflaquettes poivre et sel, ses ongles si longs et si bizarres et ses allures de petit vizir occidentalisé pétri d'obédience palatiale, passait pour ridicule aux yeux de tous.

Lord Carlson poursuivit :

— À vrai dire, j'aurais plutôt tendance à me méfier du sultan. On prête à Mehmet VI le caractère du renard et j'espère que l'avenir n'aura pas à nous en donner la preuve.

Andrew approuva :

— Mon informateur au palais de Yildiz m'a appris que, entre novembre et décembre dernier, il aurait reçu au moins à quatre reprises ce jeune général, sympathisant des unionistes, Mustafa Kemal, que la presse se plaît à proclamer « un des plus grands commandants de l'armée ».

Là aussi, on savait à quoi s'en tenir. Ce Kemal était un arriviste et un intrigant qui avait espéré devenir ministre de la Guerre mais son hypocrisie n'avait trompé personne.

— C'est un outrecuidant, figurez-vous que l'autre jour, au Péra Palace, des officiers britanniques, qui avaient lu ses déclarations prétendument amicales à notre égard et désiraient en savoir plus sur son compte, l'ont invité à venir boire un verre. Savez-vous ce qu'il leur a fait répondre ?

Andrew qui était responsable des renseignements militaires avait reçu un rapport à ce sujet.

— Il leur a fait dire : « Les hôtes ici, c'est nous. Et vous, les invités », et que c'était donc à eux de venir à sa table !

Andrew sourit. Indéniablement, la politique et ses cancans aidaient toujours à faire passer la médiocrité du thé.

Il allait poursuivre quand un vacarme soudain les interrompit. Bousculant un planton qui tentait de lui barrer la route, Tevfik Pacha, face empourprée, fulminant d'indignation, fit irruption dans la pièce :

— Messieurs, c'est inadmissible ! Voilà plus d'une heure que j'attends !

Andrew, qui ne supportait pas les cris, s'interposa :

— Calmez-vous. Nous sommes entre gentlemen ici, pas au bazar ! Nous avons suffisamment de soucis comme ça pour assurer la sécurité de cette ville !

— Parlons-en ! Pas plus tard qu'hier soir, un de vos compatriotes, ivre mort bien entendu, a failli passer sous les roues de ma voiture ! Heureusement mes chevaux l'ont évité au dernier moment.

Andrew jugea inutile de s'aventurer sur ce sujet. Le contingent britannique, pour être le plus nombreux parmi les Alliés, n'en était pas pour autant le plus discipliné. Tous les soirs, soldats et sous-officiers tanguaient, ivres, dans les rues de Péra. Andrew en était persuadé, l'atmosphère viciée de cette ville agissait sur le moral des troupes de Sa Majesté.

Andrew désigna au pacha un siège face à lui.

— Voulez-vous une tasse de thé ?

Sans même daigner répondre à l'invitation, Tevfik Pacha continua :

— Sa Majesté impériale, le Sultan, notre Maître bien-aimé, m'a confié la mission de porter de l'aide à certains de ses sujets dans le besoin. Comme vous le savez, la situation dans plusieurs régions est des plus préoccupante. Les ravitaillements n'arrivent plus. Les routes sont bloquées, certaines ne sont plus sûres...

— C'est vrai, la guerre a beau être finie, toute agitation ne l'est pas pour autant. C'est même exactement pour cela que l'amiral Calthorpe m'a demandé de vous convoquer. Nous aimerions connaître votre itinéraire précis. Il ne s'agirait pas d'ajouter un désagrément de plus à tous ceux qui nous accablent.

Le pacha eut un geste d'agacement :

— L'occupation n'a pas aliéné les droits souverains de notre Sultan, que je sache. Nous sommes encore les maîtres chez nous. Du moins je l'espère.

Andrew, sans même prendre la peine de le regarder, répondit d'une voix teintée de mépris :

— Avec les groupes terroristes qui commencent à proliférer, notre rôle est d'assurer la sécurité de chacun. Nul ne peut plus se déplacer à l'intérieur du territoire sans désormais nous en informer. Cela peut vous sembler déplaisant, mais c'est ainsi.

Il marqua une pause et reprit :

— Il sera donc indispensable de me préciser la nature et les conditions de vos déplacements. Les trafics d'armes, comme vous le savez sans doute, commencent eux aussi à se développer...

Tevfik Pacha continuait de maugréer. Mais, avant qu'il n'évoque les temps bienheureux et relativement proches où les Européens, et même les Britanniques, savaient quelle était leur place, Andrew le coupa.

— D'ailleurs, vous n'êtes pas sans savoir que les Italiens contrôlent une partie de la zone et les Français une autre. Sans laissez-passer vous ne pourrez franchir aucun barrage. Et nous n'en délivrons pas sans liste détaillée de votre convoi et de son trajet.

Tevfik Pacha laissa échapper un juron rageur et extirpa de sa jaquette une feuille froissée qu'il jeta au milieu de la petite assiettée de sandwichs au concombre.

*

— Ils m'ont demandé de revenir pour le laissez-passer !

— En tout cas, vous avez bien fait de leur tenir tête ! Ces chiens de Britanniques ne méritent pas mieux !

Tevfik Pacha sourit, satisfait. Sanglé dans son uniforme d'officier général, son hôte savourait avec gourmandise son dessert favori. Composé de jus et de chair de noix de coco ainsi que de lait d'amande, sa surface était recouverte d'une décoration à base de noix, noisettes, amandes et pistaches vertes finement hachées formant un motif aussi plaisant pour l'œil que pour le palais. Le militaire reposa sa portion de *keshkül-ü-fukara*, ou « marmite du pauvre », son sourire s'était fait amer :

— Ce dessert est vraiment des plus à propos aujourd'hui. Vous n'avez pas idée de l'état dans lequel sont nos gens !

La voix de l'officier s'était troublée et son regard se voila.

— Et dire que ça serait nous les barbares ! L'Empire a toujours bien traité les Européens et les voilà qui, aujourd'hui, nous agressent et nous humilient !

— Vous savez ce que les Grecs, pourtant chez nous

depuis des générations, disent entre eux de notre capitale : « Un Constantin l'a construite, un Constantin l'a perdue, un Constantin la reprendra. »

Tevfik Pacha faisait allusion aux prétentions du roi Constantin de Grèce. Refet acquiesça d'un air grave.

Tout en parlant, les deux hommes s'étaient levés de table et déambulaient dans le *selamlik*, l'aile du palais réservée aux hommes. Ils sortirent ensuite dans le vaste jardin, leur regard s'attardant sur les fenêtres grillagées qui se découpaient sur la blancheur marmoréenne des murs.

— Ce dont on a besoin, reprit Refet, c'est d'un véritable chef. On ne peut se cacher que le Sultan a les mains liées. Son cœur est peut-être avec nous mais, dans les faits, il n'est plus qu'un jouet aux mains des Alliés. Vous avez sans doute entendu ce que disent de lui les Britanniques ?

— Oui, qu'il faut qu'il continue à rester ce qu'il est pour eux : un appareil de télégraphe, de téléphone et une machine à écrire...

— Certains ajoutent : un tampon, un sceau et un chiffre impérial ! Non, vraiment, il est dommage que Mustafa Kemal Pacha n'ait pas épousé Sabiha Sultane au printemps dernier. La maison impériale aurait eu grandement besoin d'un tel gendre...

Le pacha se fit dubitatif, il ne partageait pas sur ce point la confiance de son interlocuteur :

— Ce Kemal est un *fermason* !

Dans la bouche de Tevfik Pacha l'appellation de franc-maçon désignait tout ce qui était peu ou prou athée ou impie.

— C'est lui, malgré tout, qui nous a donné la victoire à Gallipoli.

— C'est un excellent chef de guerre, c'est indéniable, mais il n'aurait jamais été capable de supporter le protocole du palais impérial.

— Si pourtant il pouvait se rapprocher du Sultan, dit Refet, qui ajouta, baissant la voix : Tout au long du mois de janvier des réunions se sont tenues chez les uns et les autres... Vous ne le savez peut-être pas mais des comités secrets se sont formés. Des choses pourraient se passer. Mais je ne peux en dire plus...

Tous deux, d'un même mouvement, venaient de lever les yeux.

À travers les ouvertures des fenêtres grillagées, ils avaient reconnu celle qui, à leur insu, les observait et qui, en cet instant, leur souriait.

*

Tevhidé Hanoumeffendi regarda s'éloigner les deux hommes. C'était curieux comme la seule présence du beau et ténébreux Refet suffisait à donner des allures de conspirateur à son pacha de mari.

Elle se détourna et arpenta la pièce, rêveuse. Elle aimait la sensation de ses pieds nus caressant les épais tapis de sa chambre. C'était doux et rassurant à la fois. Tevhidé revint se placer face aux miroirs portés par des colonnettes d'argent sur une petite coiffeuse et fit signe à sa *kalfa*[1] de venir la rejoindre.

Fille, petite-fille et nièce de vizirs et de grands vizirs, elle appartenait à une famille qui servait l'Empire depuis des générations. Le père de Tevhidé s'était même distingué aux côtés de Gazi[2] Osman Pacha contre les Russes et les Roumains à la bataille de Plevna. Membre du mouvement réformateur des Jeunes-Ottomans, il avait su associer avec brio politique et réussite sociale et avait initié sa fille unique autant au monde des arts et des lettres qu'à celui de la

1. Dame attachée au service du palais.
2. Gazi : le Victorieux. Titre accordé par le sultan à des chefs de guerre qui se sont illustrés dans les batailles.

politique, faisant d'elle une femme de tête brillante et admirée.

Dotée d'une solide fortune personnelle, Tevhidé avait épousé Tevfik Pacha une vingtaine d'années auparavant. Elle n'aurait su dire aujourd'hui si elle s'en réjouissait ou le regrettait. Le couple habitait le Mermer Konak, un somptueux palais de marbre blanc aménagé par le père de Tevhidé dans le goût mi-oriental, mi-occidental de l'époque.

Elle contempla dans la psyché ses cheveux encore humides du bain qu'elle venait de prendre. Ils embaumaient les pétales de roses ; elle s'en était fait répandre une vraie pluie sur tout le corps avant sa séance de massage. La kalfa entreprit de la coiffer. Tevhidé devait sortir et avait envie d'être belle.

Elle s'habilla ensuite d'une longue robe à volants à la mode européenne, qu'elle recouvrit cependant du *feradjé*, le manteau traditionnel qui masquait tout comme un voile. Tevhidé regarda la large pendule et mordit sa lèvre ; une fois de plus, elle allait être en retard. Elle et son amie la sultane [1], une nièce du souverain, s'occupaient sans relâche à remédier à la situation des plus défavorisés de la capitale, dont le nombre ne cessait de croître. Pour Tevhidé, toute richesse devait contribuer à répandre des bienfaits autour de soi.

Tevhidé demanda à la kalfa de faire appeler Sumbul Agha, son eunuque préféré. Les mœurs avaient certes évolué et la réclusion des femmes était moins sévère qu'auparavant mais, pour une dame de sa qualité, sortir en ville sans eunuque aurait été comme, pour une Européenne de la bonne société, aller dans le monde « en cheveux », sans chapeau.

Tevhidé pressa le pas. Le monde avait besoin d'elle.

1. Les sultanes ne sont pas les épouses des sultans mais les princesses de sang, filles ou nièces du souverain. Le titre de kadine est donné aux épouses du sultan et des princes impériaux.

*

Djemal-Nour tremblait légèrement. Depuis la veille au soir, au fur et à mesure que le navire s'était rapproché du détroit et d'Istanbul, elle avait senti croître cette sorte d'ivresse mêlée de crainte et d'espoir, cet anxieux désir qui ressemblait à quelque chose comme la peur du bonheur.

Au loin, les abords de la côte se dessinaient enfin.

Djemal-Nour regarda les toits de briques des villages turcs, les verdures épaisses et les teintes mortes des habitations. Elle avait d'abord cru que c'était là Dar-ü-Saadet, la Cité des Félicités, mais Pakizé l'avait vite rassurée. C'était seulement l'embouchure du Bosphore, Istanbul viendrait après.

Le navire remontait le détroit et on se serait cru sur un grand fleuve bleu de trois ou quatre kilomètres de largeur. Des minarets dressaient leurs fines aiguilles blanches parmi les toits rouges emmêlés de cyprès et de platanes. De petites villas roses et bleues aux balcons et vérandas abondamment fleuris, certaines baignées par la mer, apparaissaient çà et là en alternance avec des villages aux cafés à terrasses enguirlandées, tout un monde paisible, idyllique et serein.

— Bientôt tu verras les beaux palais, glissa Pakizé.

Elle lui enjoignit d'aller chercher sa compagne. Celle-ci n'avait guère mis le nez sur le pont depuis que la traversée avait débuté et cela la préoccupait. Elle connaissait suffisamment le cœur de ses protégées pour savoir que de tous les maux la mélancolie n'était jamais le moindre.

Djemal-Nour descendit à l'intérieur du navire. À l'approche du port, une agitation grandissante commençait à y régner.

Elle frappa à la porte de la petite cabine. Une voix étouffée lui répondit, méfiante. Elle insista.

— C'est moi, Djemal-Nour. Allons, ouvre ! C'est magnifique ! Viens ! On arrive !

La porte s'ouvrit et Safiyé la dévisagea :

— Si c'est vraiment aussi beau que tu le dis, pourquoi es-tu donc si pâle ?

Djemal-Nour sentit des larmes lui monter aux yeux. Elle n'aurait su dire si c'était de bonheur ou d'angoisse face à l'inconnu.

— Tu as peur, n'est-ce pas ? Maintenant que le moment est venu, tu regrettes peut-être, même... ?

Djemal-Nour éclata en sanglots. En séchant doucement ses larmes, Safiyé reprit :

— Ne pleure pas ! Beau ou laid, il faut accepter le monde tel qu'il est. Toutes deux nous avons tout perdu mais, si telle est la volonté d'Allah, tout nous sera donné.

Les yeux embués de Djemal-Nour se levèrent alors vers elle et un mince sourire éclaira son visage.

— Oh ! Safiyé, Safiyé...

Et elle se laissa envelopper dans les bras de son amie.

*

Quand, plusieurs jours auparavant, Safiyé avait repris lentement connaissance, la première chose qu'elle avait constatée, alors qu'elle était encore incapable d'ouvrir les yeux, c'était qu'elle ne souffrait plus. Ce qui la tenaillait et qui l'avait probablement éveillée, c'était la faim, une faim insolite et presque douloureuse.

Elle avait alors ouvert les yeux et vu son amie. Fermement, Djemal-Nour la tenait enlacée contre elle. Safiyé avait essayé de se dégager, comme pour sortir d'un rêve, mais l'étreinte s'était resserrée. Djemal-Nour se blottissait contre elle, ses lèvres, douces et chaudes effleurant ses joues et son cou.

Safiyé avait alors écarquillé les yeux et avait dû s'en convaincre, elle contemplait bel et bien le visage mince et régulier de son amie, ses yeux clairs et profonds, son front légèrement bombé, l'arc si fin de ses sourcils, son nez et sa bouche si harmonieux, comme tout dans ce visage. Le visage le plus familier, le plus inouï de tous ceux qu'elle aurait pu s'attendre à voir en cet instant.

Abasourdie, elle était restée longtemps allongée en silence sous le regard de la marchande et de son amie. Elle avait la sensation de perdre la tête. Mais, très vite, il lui avait fallu se rendre à l'évidence, non seulement elle ne rêvait pas, mais ils se trouvaient en effet maintenant à des lieues du village où Hikmet et son clan lui avaient offert l'hospitalité. Pakou-Béké l'avait trompée avec ses manières doucereuses ; profitant de son trouble, elle l'avait droguée puis transportée inconsciente jusqu'au campement de Pakizé qui sillonnait toujours la région à la recherche de la perle rare. Pakou-Béké avait vendu celle qu'elle avait considérée comme une rivale potentielle à la marchande d'odalisques.

Djemal-Nour, de son côté, avait eu bien du mal à ne pas s'en réjouir ouvertement. Cette fois, le destin de son amie était bel et bien lié au sien et ce serait pour le mieux. Safiyé aurait aimé pouvoir se sentir aussi heureuse que son amie. Mais le souvenir de Sursam et de ses parents était encore trop vif, trop de drames s'étaient déroulés en si peu de temps. Elle se sentait perdue, et la réalité lui apparaissait à son image, bien trop vacillante.

Pourtant, après une journée de repos, elle finit par avouer à son amie ce qu'il en était advenu de l'aoul et de leurs familles, et elle commença enfin à sortir de la torpeur dans laquelle elle était plongée. Djemal-Nour s'était abandonnée à de telles manifestations de désespoir qu'elle avait dû se ressaisir. Et finalement, c'était la fillette qui, du mieux qu'elle avait pu, avait insufflé à Djemal-Nour le courage nécessaire. « C'est la volonté d'Allah ! lui avait-elle répété, crois en Lui, Il est tout-puissant ! », essayant surtout de s'en persuader elle-même.

Escortées de Pakizé et de son serviteur, elles avaient fait à rebours le trajet de la marchande jusqu'à la ville de Batoum. C'était là qu'elles avaient découvert, avec une certaine appréhension, la mer. Ni l'une ni l'autre ne l'avaient jamais vue ni même imaginée. Entourée de hautes montagnes boisées, ombrées de lourds nuages, la mer Noire avait offert un spectacle enchanteur aux deux fillettes.

Voguer sur les flots fut également une découverte inouïe. Un temps, Pakizé crut même que cette expérience allait venir à bout de la tristesse de Safiyé, mais, au fur et à mesure que la terre s'éloignait, la fillette, au contraire, s'était encore plus repliée sur elle-même, comme si, brusquement, elle réalisait qu'elle tournait définitivement le dos au Caucase et aux souvenirs de son enfance. Face à cette mer étincelante, Safiyé avait finalement pleuré, pleuré ses parents qu'elle ne reverrait sans doute jamais, pleuré son compagnon Sursam, pleuré tout son passé.

*

— Ce n'est pas ce à quoi on s'attendait, n'est-ce pas ?

Safiyé ne répondit pas. Istanbul ne gagnait certainement pas à être ainsi exposée à cette lumière trop crue et trop solaire. Elle avait, au contraire, très certainement besoin de pénombre, de magie, de tout un poudroiement qui la révélerait et la masquerait tout à la fois, un peu comme certaines femmes qui, pour paraître irréprochablement belles, se doivent d'être devinées à travers une voilette. Si Safiyé avait en cet instant un regret, c'était que leur arrivée dans la capitale des sultans ne se soit pas effectuée au crépuscule.

Bien sûr, elles avaient admiré les rives et les palais. Pakizé savait ce qu'elle faisait en insistant pour que les jeunes Circassiennes sortent sur le pont à ce moment-là. S'il existait bien un rêve dans cette ville, il était là. Elles avaient donc contemplé le palais de Dolma-Batché, les profils grandioses et élégants des mosquées, le palais de Béchik-Tach, en grande partie bâti, comme bien d'autres, sur pilotis ; elles avaient admiré tout ce déploiement de colonnades, avec leurs barques dorées attachées aux quais. Elles avaient vu Tchéragan aussi. À lui seul il occupait avec ses dépendances toute la partie du rivage du Bosphore comprise entre les faubourgs de Béchik-Tach, au sud-ouest, et d'Orta-Keuy, au nord-est. Safiyé et Djemal-Nour n'auraient pu rêver plus de magnificence. À ce détail près que le palais avait été détruit voilà une dizaine d'années par un incendie, et que c'étaient ses ruines qui s'offraient maintenant à leur regard ; rebaptisées caserne Bizot, elles étaient occupées par un détachement du génie français.

La vision de ces lieux de rêve était de toute façon sérieusement entachée par la présence oppressante des nombreux navires de guerre qui avaient envahi les rives. Le Bosphore était noir de cuirassés et, peut-être plus que les somptueux palais, ce fut ce déploiement militaire qui impressionna les deux filles.

Passé Top-Hané, sa ligne de maisons aux couleurs vives et ses tours crénelées, elles commencèrent à découvrir la ville proprement dite. Elle se déployait au loin, à perte de vue. Mais la lumière crue du jour semblait prendre un malin plaisir à révéler au regard les dessous sordides de la cité, ses travers, ses difformités, troquant sa magie contre des bâtisses hautes et enfumées et d'immenses cheminées noires, sombres minarets d'un monde inquiétant, jusqu'ici insoupçonné.

Le bateau accosta enfin. Tous les voyageurs étaient réunis sur le pont ; familles turques et grecques mêlées, Juifs à la longue lévite doublée de fourrure, Persans en bonnets d'astrakan ou Arméniens au *kalpak* boursouflé, tous, debout ou accroupis, pêle-mêle, l'espace d'un moment, l'ami côtoyant l'ennemi, le bourgeois les moutons et les bœufs.

Safiyé était encore sur le pont quand le soleil doucement se voila. Une pluie, presque tiède, commença alors à s'abattre sur la ville. Safiyé sentait les gouttes couler sur sa peau. Cette eau venue du ciel était comme un soulagement et une bénédiction. Elle sourit enfin et tira Djemal-Nour par la main. En suivant Pakizé, toutes deux se dirigèrent vers le quai.

6

Enfant, Pakizé avait connu le sort de bien de ses protégées. Circassienne comme la majeure partie d'entre elles, elle avait été vendue par ses parents alors qu'elle n'avait pas huit ans. Les marchands l'avaient conduite à Poti sur la mer Noire et, de là, envoyée en Turquie. Des jumelles, femmes de rang moyen et vieilles filles toutes deux, l'avaient achetée et élevée du mieux qu'elles avaient pu. Elles avaient investi dans son éducation une bonne part de leurs économies et espéraient la revendre avec profit à un riche pacha, voire au harem impérial. Mais, très vite, elles avaient dû convenir que leur choix avait été hâtif. L'enfant en grandissant avait perdu toute sa grâce et les deux sœurs, comme Pakizé elle-même, avaient dû se résigner : sa beauté ne serait jamais suffisante pour qu'elle aspire à un mariage princier et elle devrait au mieux se contenter d'un officier subalterne. Perspective qui séduisit encore moins la fillette que les deux sœurs.

Pakizé décida donc que, faute de pouvoir s'élever socialement par le mariage, elle mettrait tout son esprit à bâtir une fortune qui seule lui ouvrirait toutes les portes. Elle employa toute son énergie et son intelligence à conquérir le cœur des deux sœurs qui, bientôt, ne purent plus se passer d'elle.

Quand, bien des années plus tard, la première d'entre elles tomba malade, Pakizé se dévoua corps et âme et resta à son chevet jour et nuit. La malheureuse n'en trépassa pas moins au bout de la deuxième semaine dans d'atroces souffrances. Les deux sœurs n'avaient jamais été séparées et celle qui restait se mit à dépérir elle aussi. Bientôt, elle eut la bonne idée de mourir à son tour. Pakizé pleura abondamment mais ses larmes séchèrent bien vite, à l'instant même où elle reçut, avec sa lettre de manumission, l'annonce qu'elle était la seule héritière du petit magot que les jumelles avaient amassé tout au long d'une vie de renoncements et de privations.

Elle décida de mettre à profit son pécule pour se lancer dans ce qu'elle connaissait le mieux, le commerce des odalisques. Très vite, la maison d'Eyoub se peupla d'une floraison de ravissantes Circassiennes qui ne tardaient jamais à trouver preneur dans les plus grands harems d'Istanbul et de l'Empire.

Les odalisques, à l'origine des chambrières au service des femmes du harem, avaient vu au fil des siècles leur statut évoluer. De « femmes *de* chambre », elles étaient devenues surtout des « femmes *pour* la chambre », ce qui, au demeurant, était le sens littéral du terme turc, *odalik*, formé d'*oda*, « chambre », et du suffixe *lik*, « pour la ». Pendant des siècles, elles avaient été, avec les pelisses, les fourrures et les mamelouks — leur corollaire masculin —, une des principales ressources commerciales de la Circassie, au point que bien des Anatoliennes ou des Kurdes, rêvant elles aussi de fabuleux destins dans les sérails d'Istanbul, s'étaient souvent prétendues Circassiennes afin de trouver plus aisément preneur.

Leur sort, tout comme leur destinée, était décidé par leur beauté et leur intelligence. Celles à qui la nature avait accordé peu de faveur et qu'on appelait des *molada*, coûtaient relativement peu cher et se trouvaient employées au mieux comme chambrières. Seules celles qui étaient réellement belles pouvaient espérer être achetées comme odalisques et réussir, à force d'attentions ou d'intrigues, à se faire remarquer et devenir ainsi concubines. Mais c'était à celles dont la beauté était en tout point merveilleuse et incomparable que revenaient la chance et le privilège d'accéder directement au harem sans passer par le stade, intermédiaire et, disons-le, fort peu valorisant, de « femme de chambre ». Au harem impérial, seules celles qui parvenaient à enfanter un fils étaient promues au rang de kadine et à ses privilèges : appartements privés, esclaves personnels, somptueuses toilettes, bijoux, parfums, bref, tout ce dont chacune des filles pouvait rêver.

Pakizé n'hésitait jamais à choisir ses protégées fort jeunes afin qu'elles soient dès l'enfance formées aux raffinements des harems princiers, sachant danser autant qu'exprimer par gestes ce que la modestie ne permettait ni de dire ni de décrire. C'était aussi la meilleure manière de les éduquer et de leur apprendre à être dociles, à savoir se soumettre.

Mais les temps avaient changé depuis l'époque où le personnel du sérail impérial était composé exclusivement de jeunes esclaves circassiennes ou géorgiennes, entrées en très bas âge au Palais, dressées et instruites avec le plus grand soin par les anciennes.

Ce système, qui avait fonctionné de façon parfaite et des plus heureuse des siècles durant, s'était dégradé avec la guerre et le déclin de l'Empire.

Une mauvaise surprise attendait d'ailleurs Pakizé à l'embarcadère. Avant même de descendre sur le quai de Galata, elle avait reconnu, planté aux côtés des bateliers, près des caïques, son fidèle Edhem. Elle en était encore à présenter ses papiers au contrôleur, que déjà il lui débitait fébrilement :

— Il est mort, Pakizé Hanoum, il est mort ! C'est une catastrophe !

— Il est mort, que dis-tu ?

— Oui, le cœur de l'émir a lâché. Ses médecins l'avaient bien averti d'éviter les excès ! Mais il s'ennuyait dans son désert d'Arabie. Il lui avait suffi d'apprendre que vous étiez partie lui chercher ses deux fleurs, pour qu'il ne se tienne plus d'impatience. Il a voulu vous accueillir en personne. Et vous imaginez ce qui a pu se passer une fois arrivé à Istanbul...

Pakizé n'eut pas besoin de plus d'explications et cracha rageusement sur le sol.

— La peste soit de ce luxurieux !

Et elle rajouta :

— Je déteste ces Russes blanches ! J'exècre ces *kharachos* !

Les kharachos, littéralement « bon » ou « bonne » en russe, désignaient selon l'appellation populaire ces émigrées qui, fuyant la révolution rouge, s'étaient, grâce à leur réputation de femmes légères et faciles, rendues très vite célèbres à Istanbul. On les croisait paradant au bras des nouveaux riches et des Levantins, et elles étaient pratiquement tout ce qu'on retenait ici de la masse sans cesse croissante des réfugiés que la terreur du bolchevisme rejetait sur les rives du Bosphore.

Pakizé soupira. Son périple dans le Caucase avait trop duré. L'émir bédouin n'avait pas su résister aux tentations de la capitale et à toute cette chair fraîche outrageusement étalée par les kharachos. Et ce vieil imbécile en était mort !

D'un geste rageur, la marchande éloigna les portefaix qui se pressaient auprès d'elle. Elle fixa la voiture à l'arrière de laquelle se trouvaient déjà les deux fillettes.

Qu'allait-elle pouvoir faire de ces beautés ? En ces temps difficiles, à qui pourrait-elle bien vendre deux ravissantes Circassiennes ?

Mais Edhem poursuivait :

— Sans vous attendre, Maîtresse, j'ai d'ores et déjà remis trois livres d'or au deuxième eunuque de Sa Majesté.

Pakizé se sentit soulagée. Edhem était véritablement des plus précieux.

— Malheureusement on m'a répondu que Sa Majesté avait en ce moment de plus sérieuses préoccupations que d'agrandir son harem.

Pakizé parcourut du regard la flotte imposante qui jetait une ombre menaçante à l'embouchure du Bosphore. Pas moins de cinquante-cinq bâtiments de guerre étaient ancrés devant Istanbul, arrivés au mois de novembre précédent. Personne ne décelait le moindre signe d'un prochain départ.

*

Safiyé et Djemal-Nour considéraient, stupéfaites, toute cette cohue, ces grappes humaines qui allaient, venaient et s'activaient en tous sens. Leur tête résonnait de sons, de dialectes, tous pour elles plus incompréhensibles les uns que les autres. Elles s'aveuglaient de couleurs, d'odeurs et de sensations. Que de fois leurs mères ne leur avaient-elles pas vanté avec ardeur les histoires de ce sol magique que pourtant elles-mêmes n'avaient jamais foulé ! Que de fois les avaient-elles écoutées avec passion ! Rien n'était pour elles plus fascinant que ce quai maritime. Elles étaient impatientes de circuler dans les rues étroites, de se perdre dans cette foule qui de tous les côtés les entourait.

Par les treillis de la calèche fermée, les deux Circassiennes observèrent avec ahurissement ces étranges véhicules qui roulaient sans chevaux et dont la toiture était reliée à des fils qui parcouraient la ville — de l'*alaktrisité* à ce qu'on leur avait dit. Il y avait aussi des voitures de la taille d'un petit carrosse mais qui, elles, n'avaient même pas besoin de fil pour rouler.

Pakizé leur expliqua qu'elles allaient changer de rive et quitter Galata pour l'ancien Istanbul.

Le pont sembla immense aux fillettes ; de l'autre côté, après la place Eminönü, une mosquée se dressait sous leurs yeux ébahis. « C'est la Yeni Djami, la Mosquée neuve, une des plus connues d'Istanbul, précisa Pakizé, c'est la mosquée de la Sultane Mère. »

La marchande était manifestement satisfaite de l'impression que le trajet produisait sur ses protégées. Elle savait par expérience que des filles sous le charme, embellies par le songe et le bonheur, seraient plus aisées à vendre. Même superbement belle, une bougonne causait toujours problème.

Safiyé et Djemal-Nour n'eurent pas le temps de dénombrer toutes les coupoles que la bâtisse offrait au regard, que déjà un autre édifice se dressait devant leurs yeux, la mosquée du grand vizir Rustem Pacha, l'époux de Mihrimah Sultane, la fille de Soliman le Magnifique.

Au bout d'un petit moment, la calèche approcha bientôt du quartier du Phanar. « On l'appelle ainsi du nom du phare, *Fener*, qui éclaire la navigation de la Corne d'Or. » La rue du Phanar était bordée de maisons élégantes, véritables petits palais qui donnaient tous sur le golfe. Pourtant, derrière cette luxueuse façade c'était un tout autre décor que les deux filles auraient découvert : des ruelles inhospitalières, encombrées d'ordures, où des groupes de femmes et d'enfants s'épouillaient mutuellement sur le seuil de maisons en bois grillagées qui tenaient plus du cachot que de la cage dorée.

La calèche prit la direction d'Eyoub où vivait Pakizé. C'était en fait un gros village au sein de la capitale, mais empreint de majesté, de souvenirs — un temps les princes avaient aimé y avoir leurs palais — et surtout de sainteté, car là se trouvait la tombe d'un des compagnons du Prophète, Eyoub Ansari, qui avait donné son nom au lieu.

*

La calèche avait quitté la rive du golfe et cahotait maintenant sur les pavés des hauteurs d'Eyoub qui dominaient le golfe. Vue de haut, Istanbul apparaissait sous son aspect le plus féerique. Le chemin que suivait la calèche coupait un cimetière et, à travers les cyprès et les tombes, la Corne d'Or se développait tout entière entre une succession de collines où les maisons s'étageaient dans un désordre pittoresque ; au dernier plan, le vieux sérail et les silhouettes vaporeuses des lointaines mosquées baignaient dans une lumière d'une infinie douceur.

Du cimetière elles débouchèrent sur des rues étroites puis traversèrent de petites places. Une grande agitation entourait comme toujours les fontaines. Safiyé commençait à comprendre qu'Istanbul n'était pas seulement la ville des palais ou des mosquées, mais aussi celle des fontaines. Une population colorée venait y emplir des outres, s'y livrer à des ablutions, se désaltérer ou même simplement s'y laver les pieds. Tout autour d'elles, se concentraient de petits marchés, admirables de fouillis et de mouvements ; là aussi on s'y bousculait parmi les étalages de toutes sortes.

Un cahot plus violent que les autres faillit soudain renverser Safiyé. La voiture s'était brusquement arrêtée. Instinctivement, la fillette se recula. Djemal-Nour, elle, s'accrochait toujours aux fenêtres grillagées de la calèche.

Des voix autoritaires retentirent dans des langues que ni l'une ni l'autre n'avaient jamais entendues. Pakizé laissa échapper un juron et leur fit signe de ne pas bouger.

Au-dehors, le ton montait. Elles reconnurent la voix

agacée de celui que Pakizé avait appelé Edhem. Malgré l'interdiction, Djemal-Nour s'était penchée et elle se retourna vers Safiyé :

— Ils ont des armes !

Safiyé blêmit et jura :

— Des Russes !

Elle se souvenait des récits de sa mère. Le danger, pour elle, avait toujours été associé aux Moscovites.

Pakizé leur intima l'ordre de se taire.

La porte s'ouvrit brusquement et une voix glapit : « *Check inside the car !* » Un soldat en uniforme rouge commandait à deux hommes, vêtus de tenues différentes. L'un était coiffé d'un tricorne chatoyant et l'autre était un géant noir dans un uniforme bleuté. Tous deux dévisageaient les fillettes et la marchande d'un air inquisiteur.

Safiyé se pencha vers Djemal-Nour et lui glissa :

— Un d'entre eux est noir, ce ne sont pas des Russes !

Moins rassurée qu'elle par ce constat, son amie s'accrocha à son bras. Pakizé fixait avec mépris les hommes. En turc, elle demanda à Edhem ce qui se passait. Il soupira :

— Comme d'habitude, Pakizé Hanoum : ils cherchent des armes et fouillent tout le quartier. Un dépôt a été attaqué, et ils essaient de retrouver les résistants et ce qui a été volé.

Les soldats écartèrent la marchande et les enfants et se mirent à soulever les fauteuils. Ils devaient patrouiller depuis longtemps car leurs chaussures impeccablement cirées étaient couvertes de poussière.

Une foule s'était attroupée autour de la calèche. Pakizé fit reculer les deux filles et cacha comme elle pouvait leurs visages. Elle avait reconnu les expressions de certains des hommes et ne tenait pas à se créer d'ennuis supplémentaires.

Au bout d'un moment qui leur parut une éternité, les

militaires les laissèrent enfin repartir. Au grand soulagement des deux fillettes encore effrayées par cette intrusion étrangère, la calèche se remit en route. Sur la petite place, les hommes reprenaient leurs activités tandis que les plus vieux retournaient à leur partie de trictrac interrompue, en caressant leur barbe d'un geste lent. Pakizé expliqua aux fillettes que, depuis quelque temps, les barrages se multipliaient dans la capitale. Les hommes qu'elles venaient de voir étaient un soldat de l'armée britannique, un carabinier italien et un tirailleur sénégalais. « Un échantillonnage des occupants dans toute leur splendeur », conclut-elle avec une moue de mépris.

Sans rien dire Safiyé regardait le ciel. Au-dessus des murs gris, un cerf-volant à ailes courbes et noires et à bec de faucon tournoyait. L'azur était maintenant d'un bleu de porcelaine.

*

Le parc du Mermer Konak comptait plusieurs kiosques situés sur des sites différents et chacun d'entre eux offrait sur le Bosphore un point de vue singulier et séduisant. Le préféré de Tevhidé, le *Bulbul-Kösk*, le pavillon du Rossignol, avait été bâti sur ses ordres. Ses parois étaient décorées de motifs floraux et de paysages romantiques ; entièrement en bois gravé, l'extérieur se signalait au visiteur par sa couleur rose profond, le fameux rose ottoman. Le pavillon ne comportait qu'une seule pièce dotée d'un balconnet qui donnait directement sur le vide. Tevhidé et son mari se plaisaient le soir à y écouter les chants des rossignols que la proximité d'une aire boisée attirait.

Ils venaient aussi y déguster le café et, comme aujourd'hui, s'y entretenir des affaires du monde.

— La peste soit de ces fils de porc ! Ils sont partout ! Ça grouille de tous les côtés ! Impossible de faire un pas sans tomber sur un d'entre eux !

Tevfik Pacha était rentré depuis peu, rouge et essoufflé, et il avait tout de suite rejoint Tevhidé qui le fixait, stupéfaite, une tasse à la main.

— Eh bien, que se passe-t-il donc ? Vous avez revu ces Anglais, on dirait. J'espère que rien de fâcheux n'est arrivé ?

Tevhidé dévisageait son époux avec inquiétude, elle n'était pas habituée à le voir dans un tel état.

— Ils ont encore refusé de vous accorder le laissez-passer ?

Le pacha reprit sa respiration :

— Non. Bien sûr qu'ils me l'ont donné. Non, ce n'est pas ça.

— Mais alors, qu'est-ce donc ?

La curiosité de Tevhidé était maintenant attisée.

— En sortant je me suis rendu à Stamboul. Je voulais passer voir Nedjet. Il devait m'apporter des livres au palais mais j'ai préféré aller les chercher moi-même. Quelle erreur !

Nedjet était le libraire attitré du Mermer Konak. Passionné de culture française, comme toute la cour ottomane, Tevfik Pacha, avant chaque voyage, se faisait toujours préparer une sélection des dernières nouveautés envoyées de Paris. Ce qui, depuis la guerre, était devenu beaucoup plus difficile.

— Il avait enfin reçu un nouvel arrivage de la *Revue des Deux Mondes* et je ne voulais pas attendre. C'est en sortant de chez lui que les choses se sont gâtées. Au lieu de reprendre le cabriolet comme j'aurais dû, j'ai dit à Omer de m'attendre et je suis parti me promener un peu. Par Allah, quelle erreur !

La librairie était située place Bayezid et le pacha avait toujours eu plaisir à flâner aux alentours de cette place, entourée d'édifices et de mosquées, et notamment dans les jardins de l'université qui la jouxtaient.

— Je m'apprêtais à aller m'asseoir sous un arbre quand des hommes ont fait irruption de tous côtés en criant : « Ils arrivent ! Ils arrivent ! » J'ai regardé autour de moi et, sans plus réfléchir, je me suis mis à courir comme tout le monde.

— Vous ? Courir !

Tevhidé n'avait pu retenir sa surprise. En vingt ans de mariage elle ne se souvenait pas d'avoir jamais vu son époux faire une chose aussi vulgaire.

— Un vent de panique s'était mis à souffler. Le danger semblait imminent et...

— Mais quel danger ? C'étaient les Anglais ? Les Grecs ?

Elle avait beau être coutumière des circonvolutions qu'affectionnait son époux chaque fois qu'il entreprenait de conter un événement, elle ne parvenait pas à s'y habituer.

— Ah ! Ne m'interrompez donc pas sans arrêt ! Laissez-moi finir !

Tevhidé sursauta légèrement, l'émotion avait dû être forte car il n'avait jamais élevé la voix avec elle auparavant. Elle préféra ne pas relever.

— Bref, je me suis mis à traverser moi aussi le Grand Bazar, les jambes à mon cou. La foule grossissait. Tout le monde abandonnait sa tâche, les ouvriers leur travail, les marchands leur échoppe, une vraie panique ! On a donc descendu ainsi Mahmutpacha et on a couru jusqu'à l'avenue Babiali, dans la direction du pont de Galata.

— C'est incroyable... Mais que se passait-il à la fin ? Il y devait bien y avoir une raison ?

— Eh bien, c'est là le plus extraordinaire : je crois que personne ne savait ce qu'il fuyait mais chacun était assuré d'une chose : il devait absolument fuir, à tout prix et au plus vite ! On a couru comme ça jusqu'à Galata !

— C'est... c'est de la folie ! Mais... et la voiture ?

— Je n'ai pas pu la rejoindre. Le flot de ceux qui fuyaient m'entraînait dans la direction opposée. Le plus fou, c'est que nous n'étions pas les seuls à courir, les Grecs aussi. Ils hurlaient : « *Erkhetai !* » et ils avaient aussi peur que nous !

— Vous avez su au moins ce que vous fuyiez ? demanda Tevhidé, incrédule, en observant son époux encore sous le coup de l'émotion.

— Même pas ! Je croyais, comme la majorité, qu'il s'agissait d'une démonstration de force des occupants mais les Grecs, eux, croyaient qu'il s'agissait de l'armée turque.

— Quelle histoire... Et Omer, comment l'avez-vous retrouvé ?

— C'est lui qui m'a rejoint. Il n'a eu qu'à suivre le flot vers Galata. De toute façon, vous vous doutez bien que je n'étais pas parmi les premiers.

Le pacha émit un petit rire.

— J'ai bien cru mourir. Omer m'a retrouvé chez *Tedjrubé* !

Ancienne *Mulatier*, c'était la pâtisserie la plus en vogue de Péra, là où le tout-Istanbul se donnait rendez-vous, assurément l'endroit le plus à l'abri du danger de la capitale. Le cocher avait eu le mot de la fin et expliqué à Tevfik Pacha : une rixe avait éclaté à côté de la place Bayezid et avait été interrompue par les cris « Ils arrivent ! ». Les auteurs de la bagarre avaient fui ce qu'ils croyaient être l'arrivée des forces de l'ordre, provoquant le vent de panique.

— Tout le monde à Stamboul est tellement à bout de nerfs ! Un attentat a eu lieu cette nuit : les Anglais sont fous de rage car un dépôt d'armes a été pillé...

— Je croyais que c'étaient les Français qui gardaient les entrepôts ? s'étonna Tevhidé.

— Justement. Les Anglais sont d'autant plus furieux : ils reprochent aux Français de ne penser qu'à la pompe et au panache au détriment de leurs responsabilités.

— Si ces chiens pouvaient s'entre-tuer...

— Bref, les contrôles se multiplient et la tension aussi. Ah ! Cette occupation est insupportable !

— Ils ont fouillé votre calèche ?

— Évidemment ! Mais que voudriez-vous qu'ils y trouvent ? J'ai pourtant reconnu l'officier qui dirigeait le groupe et je me suis présenté mais il n'a rien voulu entendre.

— Il devait se souvenir que nous avions refusé de loger ce général anglais qu'ils voulaient nous imposer.

— Je me demande où tout cela va nous conduire ! Tout va si mal. On a l'impression de vivre dans une autre capitale...

Tevhidé, pensive, précisa d'une voix attristée :

— Il paraît qu'il y en a qui ne trouvent même plus de charbon pour se chauffer !

— Et dans la ville les bateaux permettant de traverser le Bosphore se sont raréfiés. Les tramways sont presque toujours en grève. Et la nuit les grandes artères ne resplendissent plus. Quant aux ruelles, elles sont carrément plongées dans l'obscurité.

— Oui, j'ai entendu dire que les vols à la tire se multipliaient.

— D'autant plus que les policiers, eux, brillent par leur absence !

— Il faut comprendre les voleurs ; les prix des denrées alimentaires sont devenus exorbitants ! Vous verrez, si ça continue comme ça, un jour, nous aussi, on ne pourra même plus mettre du sucre dans notre café.

— Allons ! Vous exagérez toujours !

— En tout cas, dans certains quartiers, les gens commencent à avoir peur de sortir. Ils craignent d'être agressés. Surtout par les Grecs. Ce sont eux les pires ! Je les soupçonne de se servir des Alliés pour lancer une nouvelle offensive !

— J'ai entendu dire qu'il y en a déjà qui obligeraient, sous la menace, certains des nôtres à saluer leur drapeau. Ah, ces chiens ont vraiment toutes les audaces.

— Mais... attention ! Que faites-vous ?

De rage, Tevfik Pacha venait de laisser échapper sa fine tasse en porcelaine enchâssée dans un *zarf* d'argent. Elle s'était brisée à ses pieds, répandant le marc de café sur le sol et sur la robe de Tevhidé.

Tout en s'affairant, celle-ci s'efforça de calmer son époux :

— Enfin ! Reprenez-vous ! Vous devenez trop nerveux, mon ami !

Tevfik Pacha ne répondit pas. Tevhidé le dévisagea d'un regard plein de tristesse et d'amertume.

Il ne ressemblait vraiment plus au jeune homme fringant et passionné qu'elle avait aimé autrefois. Craintif et désabusé, son époux était un homme fatigué. Plus rien ne l'intéressait, même plus les livres qu'il achetait désormais plus qu'il ne les lisait. Peut-être avait-elle trop attendu de lui, trop exigé. Ils avaient désormais bien des difficultés à se rapprocher. Ils n'avaient du reste aucun grief à se reprocher l'un l'autre, ils vieillissaient sans passion et c'était tout. Ni lui ni elle ne se demandaient plus rien ; leur intimité physique, les rares fois où ils en avaient une, se réduisait à un silence étonné et un peu surpris de sa part. Tevhidé aurait bien sûr pu vivre comme tant d'autres dans la nostalgie, seulement elle ne parvenait pas à s'y résigner. Elle observait cet homme ventripotent qui autrefois avait été beau et s'étonnait d'avoir pu l'aimer et plus encore d'avoir pu croire que lui aussi.

*

Safiyé regardait les tombes. Chaque pierre tumulaire était couverte d'écritures dorées sur fond noir, bleu ou parfois rouge. Une folle végétation envahissait le lieu. Des visiteurs, accroupis à l'ombre des cyprès, psalmodiaient des versets du Coran. Pakizé lui avait expliqué qu'ici il n'était pas rare de découvrir de tels cimetières même au cœur le plus bruyant de la ville. À Eyoub, les tombes formaient un paisible enclos. Safiyé leur trouvait un charme mélancolique, comme un doux repos, sans rien en tout cas de glacial ni de funèbre. Elle fixait les stèles et caressait son pendentif ; elle était sûre que, de là-haut, Sursam continuait de veiller sur elle. Elle songeait à lui, elle songeait à ses parents et se demandait si elle saurait un jour ce qu'ils étaient devenus. Elle pouvait rester ainsi immobile parfois des heures durant à se raccrocher à ses souvenirs.

Safiyé n'aimait pas la maison de Pakizé. En bois, peinte en noir goudronné, avec ses balcons en encorbellement et ses moucharabiehs clos et grillés de légères claies, elle dégageait un air triste et vaguement sinistre. La bâtisse semblait d'une fragilité préoccupante, tout particulièrement quand éclatait parfois dans le lointain un de ces incendies dont Istanbul avait le secret. Comme la plupart des autres maisons environnantes, elle paraissait destinée à disparaître avec son occupante. Dans cette ville, seuls les tombeaux et les mosquées donnaient l'impression d'avoir été conçus pour durer.

À l'intérieur, la décoration était sobre. Les divans se transformaient en lits la nuit et le mobilier était réduit au minimum. Une unique servante kurde s'occupait de l'entretien de la maison et de la cuisine. Pakizé s'était chargée elle-même de perfectionner le vocabulaire turc de ses protégées, une langue qu'elles avaient un peu apprise dans le Caucase. Safiyé avait montré un réel entrain à percer les subtilités de la langue ottomane. Mais ces leçons étaient assez rares et la marchande bien souvent absente de la maison.

À vrai dire, plus les jours passaient, plus la mine de

Pakizé s'allongeait et plus elles-mêmes restaient incertaines quant à leur avenir proche.

Pourtant jamais elles n'avaient été aussi éblouissantes. Il fallait rendre grâces à Pakizé qui n'avait reculé devant aucun effort pour qu'elles apparaissent sous leur meilleur jour, belles et somptueuses comme savent l'être les Circassiennes.

Leurs seules sorties furent en définitive de rares et brèves visites dans les palais où, sans grand succès, Pakizé essayait de les vendre. Ce n'était pas qu'elles ne convenaient pas ni qu'on ne s'émût de voir deux filles aussi ravissantes, mais simplement aujourd'hui les gens avaient trop de préoccupations pour songer à s'entourer d'odalisques, si resplendissantes fussent-elles. Une épouse de pacha avait bien paru séduite mais, à la réflexion, elle avait renoncé.

— Ces petites m'ont plu mais le regard de la plus jeune...

— Il est beau, n'est-ce pas ?

— Oui, mais, comment dire, trop vif, trop perçant ! Elle me semble trop intelligente. En fait, elle m'effraie un peu...

Pakizé avait bien sûr argumenté — jamais elle n'avait été aussi éloquente — et la maîtresse de maison avait fini par promettre qu'elle y réfléchirait. Mais le temps avait passé et, quand la marchande était retournée à son palais, elle avait trouvé porte close.

Ces échecs répétés lui faisaient presque regretter que l'époque du marché aux esclaves fût révolue. En à peine un demi-siècle, que de changements ! Autrefois, vendre une fille était une affaire qui se réglait simplement. Il y avait au marché des enclos réservés où les plus belles séjournaient le temps de trouver un acquéreur. Elles n'étaient pas vendues aux enchères mais de gré à gré et, voilà peu, une Circassienne telle que celles qu'elle détenait pouvait atteindre jusqu'à mille livres-or sans même qu'elle eût à se déplacer. Mais les cubicules et le marché aux esclaves appartenaient désormais au passé et il lui fallait quasiment quémander aux portes des palais.

C'est pourquoi elle était si nerveuse aujourd'hui, doutant de tout et d'elle-même, ne sachant trop si elle devait suivre ou non l'usage et accentuer par des lignes de fard les yeux déjà si éblouissants de ses protégées.

— Cesse donc de fixer ces tombes ! Il ne s'agirait pas que tu deviennes mélancolique !

— Mais c'est la seule chose qu'il y ait à regarder ici.

— Ne réponds pas et écoute-moi plutôt quand je te parle. C'est de ton destin qu'il s'agit, tu entends ? Tu n'auras qu'à m'obéir, je sais mieux que toi ce qu'il te faut...

Safiyé baissa la tête sans répondre. À chaque visite, c'était maintenant pareil : les recommandations pleuvaient, de plus en plus acerbes.

— Je te demande simplement de sourire et de baisser les yeux quand la hanoum s'adressera à toi. Je ne veux pas qu'elle te croie insolente.

Safiyé redressa fièrement la tête et toisa la marchande d'un air de défi :

— Je ne suis pas insolente ! Je suis simplement moi-même. Une Tcherkesse n'accepte aucune humiliation !

Pakizé leva les yeux au ciel. Peut-être serait-il plus judicieux de n'emmener que la seconde des filles. Il serait toujours temps de régler la question de cette Safiyé plus tard.

Elle en était là de ses réflexions quand la servante kurde entra. Le fiacre de louage venait d'arriver. Pakizé secoua la tête, regarda les deux filles, rectifia un ruban dans les cheveux de Djemal-Nour, poussa un soupir résigné et leur ordonna de la suivre.

*

Le palais de marbre blanc avec ses larges corniches, ses lambris incrustés de fleurs, de cyprès, ses étages avançant en encorbellement, chacun soutenu par des piliers, en marbre eux aussi, avait enchanté les deux fillettes dès le premier abord. Au comble de l'émotion, elles avaient traversé la cour d'entrée sans même jeter un coup d'œil au figuier et au mûrier, leurs yeux rivés sur la porte centrale comme sur celle de leur destin.

Quand ses gigantesques battants s'étaient ouverts, Safiyé et Djemal-Nour avaient retenu leur souffle. Ce hall d'entrée était le plus immense qu'elles aient jamais vu, une famille entière pouvait y loger. Ses plafonds, incroyablement hauts, étaient magnifiquement moulés et peints, ses larges parois encore agrandies par d'immenses miroirs aux cadres finement dorés qui donnaient au visiteur la sensation que cette entrée se déployait à l'infini. Mais le plus impressionnant était l'escalier central, avec ses marches, en marbre elles aussi, et ses balustrades en cristal taillé, supportant des rampes en bronze qui s'élançaient vers les étages avec des courbes si parfaites qu'on aurait cru qu'il suffisait d'en gravir les degrés pour soi-même prendre son envol.

Dès la première fois où elle était entrée dans une de ces demeures, Safiyé s'était sentie à son aise. D'emblée, elle avait aimé le faste qui se dégageait de cette avalanche de marbre et de cristal. Une vraie puissance se reflétait dans cette magnificence et cette immensité ; plus que la richesse qui s'en dégageait, c'était cette impression de force qui dominait. C'était bien là le monde où, de tout temps, elle avait su qu'elle devait vivre, un monde qu'on avait appris aux fillettes de son village à considérer comme un simple dû à leur beauté et à leur tempérament.

Une kalfa vint les accueillir et les dévêtit de leurs manteaux et voiles. Cérémonieusement elle les conduisit ensuite dans le *haremlik*, la partie du palais réservée aux femmes et aux familiers. Tevhidé Hanoumeffendi les y attendait.

Djemal-Nour baisa la manche de la robe de Tevhidé, ainsi que Pakizé le lui avait enseigné, puis recula. Les yeux baissés, Safiyé, elle, ne pouvait s'empêcher de se demander à quoi la hanoumeffendi pouvait bien penser en cet instant. Elle leva alors le regard vers celle qui devait décider de leur sort et s'avança à son tour. Son visage s'était fermé, elle se sentait redevenir l'enfant du Caucase, la fille des montagnes, fière et libre, que rien ne faisait jamais plier. Elle s'inclina à peine devant Tevhidé qui eut du mal à masquer sa surprise. La fillette la fixait de ses yeux étincelants. À ses côtés, Safiyé aurait pu sentir Pakizé bouillonner pour s'efforcer de ne pas intervenir. N'y tenant plus, la marchande lui murmura :

— Petite effrontée, baise donc la manche de la hanoum, comme je te l'ai appris !

Safiyé se tourna alors vers la marchande et lui dit à haute voix, martelant chaque mot comme pour mieux se faire comprendre :

— Je ne suis pas une domestique pour baiser une manche ou le bas d'une robe. Je n'ai jamais baisé que deux mains, celles de mes parents.

Pakizé plissa les yeux, son visage était blême.

Pourtant Tevhidé ne se départait pas de son calme. Au contraire, une lueur de malice traversa son visage.

Elle s'avança vers Safiyé et, sans cesser de la couver d'un air bienveillant, lui tendit sa main.

Le temps semblait s'être arrêté. Pakizé retenait son souffle et se mordait les lèvres. Cette fois encore, c'était perdu.

Safiyé fixa une nouvelle fois les yeux de la maîtresse de maison, puis elle ploya son corps avec grâce et aisance. Respectueusement, elle saisit les doigts parfumés de la hanoum et les porta à son front en signe de respect. Fugitivement, les yeux de la fillette croisèrent à nouveau ceux de la femme. Un sourire imperceptible et bienveillant planait sur ses lèvres. Safiyé avait accompli ces gestes avec une grâce évidente comme si elle les avait pratiqués de tout temps.

Levant la tête vers la marchande, Tevhidé reprit :

— Cette petite m'enchante. Je la garderai comme ma propre fille.

En cet instant, Djemal-Nour sentit son corps s'effondrer. Elle retint à grand-peine ses larmes.

Safiyé, qui avait compris ce qu'éprouvait son amie, s'avança alors à nouveau sans y être le moins du monde invitée :

— Djemal-Nour est comme ma sœur, vous savez.

Pakizé s'interposa. Il fallait conclure cette vente au plus vite et éviter que cette petite insolente ne gâche tout :

— Mais, souvent, c'est le sort des sœurs d'être séparées.

Safiyé, sans se départir de sa superbe, répliqua en continuant de fixer Tevhidé :

— Je sais ce que nous sommes ici : des *muhadjirs* [1], des immigrantes. Peu de chose donc. Cependant, nous sommes issues toutes deux d'une race noble et prisée. Sans cela on ne s'intéresserait pas à nous. Tous, toutes, on nous sépare pour mieux nous affaiblir. Notre force et notre beauté vous attirent mais vous effraient aussi. Trop de nos compatriotes ont été jusqu'ici éparpillés à travers l'Empire pour mieux être intégrés par celui-ci, que ce soit pour former des barrages face aux rebelles ou créer un équilibre confessionnel dans les contrées où les chrétiens sont majoritaires.

Safiyé se rappelait tout ce dont Sursam lui avait parlé. Elle commençait même à comprendre ce refus de la vendre qu'elle avait tant reproché à ses parents.

1. Nom collectif qu'avaient donné les Russes aux réfugiés du Caucase pendant les invasions russes.

Tout en parlant, elle avait saisi la main de Djemal-Nour qui se sentait maintenant plus courageuse.

Pakizé n'eut même pas la force d'interrompre Safiyé. Cette fois, c'était certain, il n'y avait plus rien à espérer. Ce qu'elle redoutait le plus venait d'arriver ; l'insolence de sa protégée avait passé les limites. Tevhidé devait être en train de comprendre son erreur et n'allait pas tarder à se raviser.

D'une démarche lente, Tevhidé s'avança vers cette étrange enfant qui tenait des propos si surprenants et si inhabituels. Toute autre qu'elle l'aurait congédiée sur-le-champ, mais elle était Tevhidé Hanoumeffendi et elle se saisit affectueusement des deux enfants.

Les deux filles s'inclinèrent, Safiyé cette fois en baissant les yeux et Djemal-Nour sans plus parvenir à contenir ses larmes.

Tevhidé se tourna alors vers Pakizé qui avait encore l'air de suffoquer. Elle lui dit simplement d'apporter au plus vite les effets des deux enfants au palais et d'aller discuter des conditions financières avec Nöber Badji, sa fidèle suivante.

En cet instant, on n'aurait su dire qui de la marchande ou des fillettes risquait le plus de s'évanouir.

7

Bab-i-Aali, la Sublime Porte, désignait la monumentale porte baroque qui ouvrait sur l'enceinte administrative des Départements officiels de l'État. Ses murs avaient vu défiler tous les grands serviteurs de l'Empire ottoman. Refet était un habitué des lieux. Tout comme l'homme en grand uniforme qui, à ses côtés, en gravissait les marches d'un pas rapide tandis qu'un tambour battait aux champs et qu'une haie d'honneur de soldats présentait les armes sur leur passage. Les deux hommes saluaient d'un hochement de tête sans ralentir, manifestement pressés et tout à leur discussion.

— Et votre entrevue avec le grand vizir, hier soir ?

— Ne m'en parlez pas ! Damad Férid n'a soufflé mot durant tout le repas ! Djévad, le chef de l'état-major, et moi, nous demandions même pourquoi il nous avait invités. C'est une fois au salon qu'il s'est décidé à cracher le morceau. Il avait certainement dû ressasser sa question durant tout le dîner...

— Et donc ?

— Il voulait savoir ce que je ferais dans la région de Samsun. Je me demande ce qu'il espérait que je lui réponde !

— Il devait s'inquiéter. Après tout, vous n'êtes pas n'importe qui et il le sait. Vous êtes Mustafa Kemal Pacha, un des plus grands commandants de notre armée...

— Mis au rebut en Anatolie en tant qu'inspecteur général de la IXe armée, ne l'oublions pas ! Enfin, c'est du moins ce qu'ils espèrent...

Les deux hommes échangèrent un sourire complice.

— Bref, je lui ai répondu qu'en tant qu'inspecteur de Sa Majesté impériale le Sultan, j'essaierai de vérifier les allégations britanniques. Mais cela n'a pu dû lui suffire car il a insisté pour que je lui montre l'étendue de mon commandement. J'ai balayé la carte d'un geste vague et jeté un regard embarrassé à Djévad Pacha : après tout c'est lui le chef de l'état-major. Il a répondu pour moi — vous imaginez son ton dans ses moments-là ! : « Altesse, l'important n'est pas l'étendue de la région mais les forces affectées, or celles-ci sont minimes. »

— C'était l'argument qui avait dû convaincre les Anglais.

— En tout cas, ça a suffi. On s'est éloignés de la carte et on s'est mis à parler d'autre chose. Avant de partir, Damad Férid m'a annoncé que le Sultan m'attendrait aujourd'hui.

— Vous avez une journée bien remplie à ce que je vois ! Je ne voudrais pas vous retarder...

— Au contraire, vous pouvez même venir vous aussi. À moins, bien sûr, que vous ne craigniez de vous compromettre. Je comprendrai. Par les temps qui courent, on ne saurait être trop prudent !

Kemal fixait Refet de ses yeux bleu acier. L'officier avait toujours été impressionné par la vivacité de ce regard. Il haussa les épaules et sourit.

— Ce serait un honneur et un privilège pour moi. Ce n'est pas tous les jours qu'on côtoie un héros !

Kemal réprima un gloussement et se tourna vers son compagnon, l'air satisfait. Le vainqueur de Gallipoli aimait les compliments.

— Eh bien, faisons ensemble mon adieu au ministère !

Ils traversèrent de vastes antichambres, salués au fur et à mesure de leur avancée par les plantons. Kemal portait son grand uniforme de général ainsi que les enseignes d'aide de camp du sultan. Refet était sensible à l'aura et à la puissance qui se dégageaient du guerrier.

La journée de ce dernier avait commencé tôt.

Par la prison tout d'abord, où il était allé rendre visite à son ami Ali Fethi, un opposant à Damad Férid, incarcéré avec plusieurs ex-ministres unionistes. Ambassadeur à Sofia, Fethi ne comprenait toujours pas les raisons de cet emprisonnement, il était si loin d'Istanbul et de sa vie politique.

— Peut être n'aurait-il pas dû me soutenir dans les colonnes du *Minber* !

Kemal expliqua que l'entretien avait été bref car ils étaient conscients d'être épiés en permanence. En sortant, il s'était rendu à l'état-major. On l'y avait informé qu'il aurait à charge l'est de l'Anatolie.

— L'objectif, m'a-t-on dit, est de restaurer l'ordre et la sécurité, de rassembler les armes et les munitions des forces ottomanes sur place et d'empêcher toute résistance armée. En d'autres termes, je vais m'employer au contraire à retarder la démobilisation, à livrer le moins possible d'armes et de munitions aux Alliés et à organiser la résistance. Après tout, même avec des effectifs réduits, j'ai cependant autorité sur les civils de la zone et je ne vais pas m'en priver, croyez-moi ! En m'envoyant en Anatolie, ils viennent de me donner la chance de ma vie ! Je reviendrai, Refet, mais en vainqueur et rien ne sera jamais plus comme avant...

Soudain il s'interrompit. Les deux hommes venaient de pénétrer dans un salon où régnait une vive agitation. Un groupe de ministres allait et venait en tous sens en se lamentant. Intrigués et vaguement condescendants, Kemal et Refet s'approchèrent :

— À voir comment ces vieilles toupies tournoient, je pressens de mauvaises nouvelles. Attendez-vous au pire ! glissa Kemal.

Tout de suite, les ministres se ruèrent vers eux : « Êtes-vous au courant ? » « Quelle outrecuidance ! », « Par Allah ! » Ils parlaient tous en même temps.

— Les Grecs ! Les Grecs !

— Quoi, les Grecs ? Qu'ont-ils encore fait ?

La voix de Kemal avait vibré. Sa mère, sa sœur et lui, sept ans plus tôt, avaient fui leur ville natale de Salonique tombée aux mains de ces mêmes Grecs.

— Izmir ! Izmir !

— Ils ont débarqué à Izmir !

Kemal les fixa une seconde, impassible, puis s'enquit, calme, presque indifférent :

— Comment comptez-vous réagir ?

— Mais nous allons protester ! Protester bien sûr ! Que voulez-vous qu'on fasse d'autre ?

Kemal les regardait maintenant en souriant. Les vieillards semblaient démunis et impuissants. Devant son expression, ils se figèrent, affolés :

— Vous pensez qu'il y aurait mieux à faire, n'est-ce pas ? Mais vous vous rendez compte de ce qui se passerait si on envisageait *vraiment* quelque chose ?

Refet et Kemal ne s'attardèrent pas. En sortant, Kemal se pencha vers son compagnon :

— Quand je vois ça, je suis presque soulagé de quitter Istanbul. Ils ne méritent pas ce que je prépare pour eux. Cette invasion était prévisible. Les Britanniques ont facilité l'offensive grecque autant pour renforcer indirectement leur position dans la zone vis-à-vis d'une possible invasion bolchevique que pour contrer les ambitions de l'Italie dans la région. Ce qui est terrible dans tout ça, c'est que je suis sûr que ces chiens sont déjà en train d'égorger tout le monde dans le secteur ! Après quoi ils n'auront plus qu'à remonter vers l'Anatolie, sauf que, là, ils me trouveront !

— Vous voulez les affronter avec vos effectifs ?

Refet était perplexe. Plus de vingt mille militaires grecs avaient débarqué dans la ville, amenés par des bâtiments de la Royal Navy. Kemal ne répondit pas.

Bien plus tard, alors qu'une voiture les conduisait vers le palais de Yildiz, il revint sur le sujet.

— Vous avez raison : je ne vais pas les attaquer de front. Pas tout de suite en tout cas. Je vais d'abord consolider ma position d'inspecteur général, nouer des alliances et, quand on s'y attendra le moins, alors j'interviendrai. Il ne faut rien précipiter, c'est certain.

— Les victoires sont souvent à ce prix, acquiesça Refet.

— Ce n'est pas parce que nos ennemis ont décidé de nous enterrer vivants au lieu de nous exterminer qu'il faut que nous perdions espoir ! Oui, même au bord de la fosse, nous sauverons ce pays contre lui-même ! Et contre ses dirigeants s'il le faut !

Ils approchaient du palais de Yildiz où ils allaient rencontrer le sultan et Kemal redevint silencieux. Refet l'observait tandis qu'il égrenait machinalement le chapelet d'ambre jaune qui ne le quittait jamais. Manifestement, l'arrivée au Palais impérial rappelait au général le souvenir amer de ses tentatives infructueuses pour épouser la belle Sabiha Sultane, la fille du souverain.

Ils traversèrent la grande salle de réception du Büyük Mabeyn et pénétrèrent dans l'antichambre attenante aux appartements du sultan. Derrière les rideaux, ils apercevaient la flotte alliée qui mouillait dans le Bosphore.

Ils se détournèrent quand Yaver Pacha, le premier chambellan, leur annonça qu'ils allaient être introduits auprès du sultan.

Mehmet VI était comme à son habitude taciturne ; mains jointes, yeux mi-clos, il se tenait immobile dans son fauteuil. Un instant, les deux hommes crurent qu'il dormait mais, soudain, il se mit à parler :

— Pacha ! Pacha ! Ce que tu as fait ici est déjà passé dans l'histoire. Mais ce que tu t'apprêtes à faire maintenant sera plus important encore. Pacha, mon pacha, peut-être peux-tu sauver la nation !

Kemal et Refet tressaillirent. Comment le sultan pouvait-il être au courant ? Il était impossible qu'on ait pu entendre et rapporter leur conversation. Kemal se ressaisit et scruta cet homme maigre, au visage long et osseux, au nez busqué et aux épaules tombantes. Le monarque n'avait pas beaucoup changé depuis qu'il l'avait accompagné, simple prince héritier, en visite officielle en Allemagne. Kemal avait alors cerné quelle sorte d'homme ce personnage à l'apparence effacée pouvait bien être. Il songea que la réalité devait se révéler, comme souvent avec le vieux renard, plus prosaïque ; Mehmet VI, en politicien retors savait utiliser une formulation volontairement ambiguë. En réalité, il voulait probablement dire qu'il attendait de lui qu'il obéisse aux ordres des Anglais.

Kemal acquiesça. Ce n'était, de toute façon, ni le lieu ni le moment de tergiverser.

Lentement, précautionneusement, le sultan prit alors un petit coffret qui se trouvait près de lui et le tendit à Kemal qui s'inclina.

Le coffret contenait une montre en or.

Kemal et Refet s'inclinèrent une fois encore en reculant. Le sultan avait à nouveau les yeux clos et les mains jointes. L'entretien était terminé.

*

La place de l'Hippodrome n'avait jamais accueilli autant de monde. Cernée de drapeaux noirs, elle avait revêtu les couleurs du deuil et de la révolte. Des minarets de la Mosquée Bleue, de celle de Firouz Agha, de Sainte-Sophie même, de partout où l'on pouvait en accrocher ou en suspendre, de la moindre fenêtre au plus imposant des balcons, flottaient des drapeaux turcs, les hampes drapées de noir.

Jeunes, vieux, fonctionnaires, ouvriers, étudiants, tous les hommes d'Istanbul s'étaient rassemblés et même quelques femmes, entourées de soldats et voilées selon la tradition. Sur les vestons étaient épinglés des insignes ronds, eux aussi bordés de noir, sur lesquels était écrit en turc et en français : « Smyrne [1] restera turque — 23 mai 1919 ». Huit jours à peine s'étaient écoulés depuis le débarquement grec dans la ville et plus de cent mille personnes étaient réunies pour la seconde fois pour manifester contre l'agression.

Safiyé et Djemal-Nour, ébahies, entendaient les invocations des muezzins résonner du haut des minarets sur cette mer de drapeaux noirs, de fez rouges, de turbans blancs et d'yeux assombris et étincelants de colère que la place seule ne parvenait plus à contenir et qui débordait sur le chemin du tramway. Si elles avaient pu quitter leur véhicule et pénétrer dans une des mosquées avoisinantes, elles auraient constaté que les cours, les jardins et les rues adjacentes étaient eux aussi envahis de manifestants.

Elles étaient arrivées ici par le seul moyen qui leur était autorisé : une calèche aux stores soigneusement fermés. Et c'était une fois de plus dissimulées derrière des jalousies qu'elles avaient aperçu la ville. Ce que Tevhidé et la vieille kalfa leur avaient dit se révélait exact : toutes les boutiques étaient closes, Istanbul vivait un véritable jour de deuil et de colère. Des vieillards courbés aux hommes vigoureux dans la force de l'âge, jusqu'aux mutilés de guerre, tous avaient les yeux rougis de larmes.

Non loin de la voiture où les deux enfants se trouvaient, un mendiant à la barbe blanche criait : « Allah ! Allah ! » et déchirait ses vêtements. Nöber Badji, la

1. Smyrne est l'appellation française d'Izmir.

vieille kalfa, laissa échapper un geste d'agacement. À plusieurs reprises elle avait répété à Tevhidé que ce n'était pas une place pour une dame de son rang et encore moins pour des enfants. Mais Tevhidé n'avait rien voulu entendre :

— Ces filles seront peut-être, un jour, amenées par leur union à côtoyer les plus grands et il est indispensable qu'elles soient au fait de la réalité de ce monde. Les temps changent. Il faut savoir évoluer. Regarde donc autour de toi au lieu de maugréer !

Elle désigna à la vieille servante les groupes d'écoliers qui défilaient, arborant fièrement leurs brassards verts avec « Izmir » écrit dessus. Une même sincérité, une même gravité et un même désir de vengeance les animaient.

Les deux femmes s'interrompirent. Safiyé, fascinée par cette ferveur et la force qui s'en dégageait, s'exclama :

— C'est merveilleux ! Ces gens ont l'air presque aussi courageux que des Circassiens !

Ses yeux brillaient comme ceux de son amie. Toutes deux se sentaient gagnées par l'ivresse qui portait la foule.

— Tu vois ? Tu les entends, non ? glissa Tevhidé à la vieille kalfa. Il est bon qu'elles s'imprègnent de l'âme de la nation, crois-moi ! Il faut qu'elles fassent corps avec cette foule, avec son soulèvement. Leur enseigner la vie, voilà la vraie éducation !

Nöber Badji ne répondit pas. En silence elle regardait Safiyé. L'enfant vibrait à l'unisson avec les espoirs et les rêves de la foule, des larmes perlaient à ses yeux.

Les invocations qui, sans cesse, retentissaient du haut des minarets semblaient imprégner chacun de grandeur et de recueillement.

La vieille femme tourna la tête vers sa maîtresse. Tevhidé souriait. Ses yeux à elle aussi s'embuaient. La vieille kalfa murmura à son tour : « Allah ! Allah ! »

Tevhidé prit ses jumelles pour observer la tribune dressée au milieu de la place, non loin du mur d'enclos de la Mosquée Bleue. Les orateurs s'y succédaient. Celui qui s'exprimait, d'âge moyen et sobrement vêtu de noir, ne tenait pas un discours plus provocateur que ses prédécesseurs : « Quand la nuit est la plus noire et semble la plus éternelle, c'est alors que la lumière est proche. Tous, ici, nous croyons en Allah mais nous croyons aussi en nos droits. La nation est aujourd'hui désarmée mais nos cœurs, eux, sont invincibles. »

Tevhidé ajusta la focale de ses lunettes. Avec émotion elle reconnut Refet. Sur ce podium improvisé, il était transfiguré, plus beau que jamais.

Elle l'écoutait clamer qu'il y avait un Dieu et qu'Il les aiderait. De la foule, s'élevaient des sanglots. Les femmes voilées de noir se lamentaient et criaient, certaines même avaient relevé leurs voiles et leurs yeux brillaient de défi. Tevhidé se demanda pourquoi elle ne se trouvait pas parmi elles. Voilà quelques années, elle n'aurait pas hésité.

*

Safiyé et Djemal-Nour, elles aussi, avaient frémi en écoutant le bel officier. Le lendemain, sa voix vengeresse retentissait encore dans leurs cœurs.

Le meeting avait duré longtemps mais à aucun moment ceux qui occupaient Istanbul ne s'étaient montrés. Deux avions britanniques avaient bien survolé la place et piqué en rase-mottes, mais c'était à peine si la foule avait frémi. Elle s'était dispersée comme une vague au passage d'un bateau, pour mieux se reformer ensuite. Les occupants se terraient, les Grecs surtout, qui, voilà quelques jours à peine, paradaient dans Péra et hissaient leurs drapeaux à l'entrée de leurs boutiques. Elles n'avaient pu entrevoir que quelques troupes françaises, de jeunes recrues sénégalaises, tapies au fond d'une ruelle, prudentes et silencieuses. L'occupant semblait très conscient de ce que la moindre provocation aurait pu conduire à des accrochages sanglants, sinon au massacre. Bien des manifestants, et même certains enfants, étaient armés et tous fermement décidés à se battre si la nécessité s'en faisait sentir.

Les deux fillettes avaient éprouvé ce que chacun ressentait. Elles sentaient aussi que, cette occupation terminée, l'Empire dont elles avaient rêvé ne serait jamais plus ce qu'il avait été, que leur destin même ne serait peut-être pas celui, prestigieux, qu'on leur avait fait miroiter.

Les questions se bousculaient dans la tête de Safiyé. Allait-il y avoir la guerre ? Et dans combien de jours ? Allaient-elles devoir fuir ou bien vaillamment lutter au sein de la capitale ? Dans ce cas, qu'en était-il donc de cet Empire ottoman ?

Tevhidé leva la main pour endiguer le flot intarissable. Elle ne put dissimuler un sourire face à l'exaltation de Safiyé, mais elle éprouvait aussi de la tristesse en pensant à tout ce que ces questions remuaient en elle. Tevhidé ne croyait pas à une nouvelle guerre.

— Mais pourtant, Effendim[1] Safiyé entendait encore résonner la rumeur de la foule qui scandait : « Izmir ! Allahou Akbar ! »

— La Turquie... — Tevhidé soupira. — La Turquie est une réalité bien récente, tu sais. Voilà peu, au siècle dernier, il y a quelques décennies, le mot Turc ne désignait rien d'autre que le « paysan », le « rustre » et l' « homme de peu ». Cela te surprend, n'est-ce pas ?

La fillette la fixait avec une mine étonnée. Tevhidé hocha la tête.

— L'Empire, avant d'être turc, était musulman et ottoman. Les Turcs, les « paysans », étaient surtout les habitants des régions pauvres du royaume : l'Anatolie

1. Madame ou Monsieur. Terme utilisé pour manifester le respect.

et les montagnes environnantes. La civilisation et les mœurs qui dirigeaient l'Empire étaient, elles, musulmanes. C'est pourquoi plusieurs langues y ont toujours cohabité. L'arabe était la langue des théologiens et des juristes. Le persan était celle des soufis, des initiés, et des poètes. Mais le turc, lui, n'était parlé que par les domestiques et les paysans, et on ne l'employait que pour les châtiments. La langue de la cour n'était d'ailleurs aucune de ces trois-là. On y parlait, et on y parle toujours, comme partout à Istanbul, l'*osmanli*, l'ottoman, qui puise aux sources de l'arabe et du persan...

Tevhidé s'interrompit et sourit à Safiyé.

— Mais ça suffit sur ce sujet ! C'est bientôt l'heure de votre leçon d'écriture, non ?

*

L'écriture ne comptait pas non plus parmi les priorités aux yeux de Nöber Badji. « Savoir un peu lire est amplement suffisant pour une fille de bonne famille ! » La vieille kalfa connaissait les travers de la vie des palais et les tentations auxquelles deux filles aussi belles seraient soumises. Savoir écrire ne pourrait que les encourager à envoyer des lettres d'amour ou à y répondre trop volontiers. Tevhidé n'en avait pas moins maintenu les leçons.

Autant Safiyé et Djemal-Nour s'étaient senties abandonnées et emprisonnées durant leur séjour dans la vieille maison d'Eyoub, autant la vie au Mermer Konak les enrichissait et les ouvrait chaque jour un peu plus sur le monde. Elles ne revirent jamais plus Pakizé mais ne la regrettèrent à aucun moment.

Tevhidé veilla personnellement à ce qu'on leur prodigue les meilleurs soins aussi bien que la plus parfaite et la plus raffinée des éducations. Il ne s'agissait pas de faire d'elles de beaux vases d'ornement, mais qu'elles soient aussi versées dans ce qui procurait à l'esprit et à l'âme ravissement et conscience, et pour cela rien ne semblait jamais assez beau. Très vite, tout le palais n'avait pas tardé à comprendre qu'aux yeux de la maîtresse du Mermer Konak, Safiyé et Djemal-Nour représentaient les enfants qu'elle n'avait jamais eus.

Elle ne les avait pas pour autant parées d'habits somptueux ou de colliers magnifiques ; pour Tevhidé, l'essentiel ne résidait jamais dans l'apparence. Ce qui importait à ses yeux, c'était plutôt que l'on sème dans leur cœur les graines qui en germant feraient d'elles des âmes nobles au comportement irréprochable.

Elle se plaignait d'ailleurs parfois de Djemal-Nour qui parlait toujours trop fort et faisait volontiers des gestes de la main. Il avait fallu bien des efforts et des remontrances pour expliquer à l'enfant la vulgarité et l'indélicatesse de telles manières et endiguer sa spontanéité impulsive. Safiyé, plus réservée, n'eut, en revanche, pas à souffrir de tels reproches ; ses gestes naturellement raffinés ravissaient toutes les amies de la hanoumeffendi.

Chaque journée était un enseignement et chaque recoin du palais une source d'émerveillement. Safiyé aimait tout particulièrement se promener dans les deux petits jardins ornementaux qui flanquaient le palais à chaque extrémité, mais son lieu favori restait le parc. Séparé du reste de la bâtisse par la route menant au Bosphore, deux ponts en arche y conduisaient, l'un à partir de la grande salle à manger du selamlik et l'autre du harem. Le pont qui partait du harem était bien entendu entièrement couvert, « un peu à la manière du pont des Soupirs à Venise », avait précisé un jour Tevhidé. Ce pont permettait aux femmes du palais d'aller et venir comme elles le désiraient à l'abri des regards.

Le jardin du parc, abondamment fleuri, s'étageait en terrasses qui épousaient harmonieusement la pente douce du terrain. Safiyé avait l'habitude de s'y recueillir à l'ombre d'un kiosque ou bien d'un des grands arbres qui le jalonnaient, marronniers d'Inde et pins parasols. Elle admirait les massifs de magnolias qui semblaient fleurir jusque sur les pentes même du Bosphore et, étendue là, se souvenait du temps où elle allait contempler son aoul du haut de ce que les villageois appelaient le « seuil des merveilles ».

Mais, à peine à l'intérieur du Mermer Konak, le ravissement lui faisait toujours tout oublier. Un tel luxe et un tel raffinement y régnait que le moindre bibelot concourait à éduquer l'œil. Les styles les plus différents y voisinaient sans jamais se heurter. Mobilier européen du XVIIIe siècle en bois doré et sculpté, nacres syriennes, massifs acajous victoriens, tapis de la manufacture de Héreké, carpettes caucasiennes ou kurdes, glaces vénitiennes, porcelaines de Sèvres, bronzes chinois et peintures orientalistes ou résolument ottomanes, comme ce tableau préféré de Safiyé offert à la fin du siècle précédent au grand-père de Tevhidé par le pacha peintre Cheker-Ahmet.

Le Mermer Konak était tout entier à l'image de l'Empire : une foule de serviteurs y travaillait et les races les plus diverses s'y croisaient. Les cuisiniers venaient du Soudan et d'Anatolie, ceux qui apportaient dans le harem les larges plateaux de nourriture, les *ayvaz*, étaient arméniens tout comme les intendants, les jardiniers étaient bosniaques, les veilleurs de nuit albanais et monténégrins, les kalfas presque toutes circassiennes, les couturières grecques ou juives et les filles de cuisine africaines, d'Abyssinie ou du Soudan. Mais, à l'instar de ce qu'avait été l'Empire dans le passé, toutes ces races ici se mêlaient sans heurt ; chacun semblait oublier les appartenances et les rivalités et tous œuvraient dans le même esprit de loyauté que dans l'ancien temps ; tous y étaient d'ailleurs traités comme s'ils appartenaient à une même et grande famille.

Malgré son caractère fier et parfois hautain, Safiyé savait se montrer respectueuse envers les aînés, quel que soit leur rang, du Pacha jusqu'à la dernière des kalfas. Elle et Djemal-Nour avaient avec le moindre des domestiques des attentions et des délicatesses qui ne manquèrent pas d'être remarquées, mais ce furent avec les servantes du harem, de jeunes Turques et des Circassiennes, qu'elles se lièrent véritablement. L'âge et les origines les avaient instinctivement rapprochées. Elles ne manquaient jamais de les accompagner chaque fois qu'elles le pouvaient quand, chaperonnées par Nöber Badji et l'eunuque Sumbul Agha, elles allaient faire leurs courses au grand bazar. Les plus anciennes des servantes leur avaient raconté les achats d'avant la guerre et les filles rêvaient de pouvoir un jour elles aussi se rendre dans ces fameuses boutiques de mode où l'on recevait, au printemps et à l'automne, les dernières productions des grands couturiers européens. Djemal-Nour espérait que les esprits se calmeraient et que tout cela reprendrait bientôt. Safiyé, plus pessimiste, en doutait. Les événements lui donnèrent malheureusement raison et elles durent se contenter des colporteuses, les *bohjaji kadins*, du nom de *bohja*, le large carré d'étoffe dans lequel elles drapaient leurs articles. Ces femmes charriaient leurs paquets sur leur dos et allaient de *konak* en *konak*. Elles fournissaient tout ce qui pouvait servir pour la maison ou pour les vêtements. Leur venue était surtout l'occasion de plaisanter et d'échanger de croustillants ragots sur la vie dans les autres palais. Djemal-Nour adorait se mêler à ces discussions, séduite par toutes ces intrigues dont elle glanait ainsi les échos.

Safiyé préférait, elle, les visites des nombreuses amies de Tevhidé, les kadineffendis, épouses de princes impériaux, les sultanes ou les épouses de dignitaires. Là elle entrevoyait la vraie vie de ce monde auquel elles aspiraient.

Soucieuse de leur éducation, Tevhidé veillait à ce que leurs journées soient le plus enrichissantes possible. Dès le matin, assises sur des coussins en velours vert et face à des pupitres bas où étaient disposés leur nécessaire à écrire, en porcelaine, et leurs plumes de roseau, elles voyaient se succéder leurs enseignants. On leur apprenait évidemment le turc, un peu d'arabe et de persan, mais aussi l'histoire, la géographie, les sciences naturelles et les mathématiques. Apprendre était pour Safiyé un bonheur dont elle se réjouissait chaque jour. Toutes ces connaissances lui avaient jusqu'alors semblé si inaccessibles. Elle chérissait son petit cartable d'un merveilleux velours rouge garni de motifs d'argent ciselé dans lequel se trouvaient son abécédaire et ses « croissants de lune » en ivoire, des petits bâtonnets surmontés d'un croissant en argent à l'aide desquels elle montrait une par une les lettres qu'elle épelait.

Safiyé se souviendrait longtemps avec émotion de leur premier jour de classe et du premier « *Bismillâh* » qu'elle avait prononcé. *Bismillâh Ar-rahmân Ar-rahîm*, « Au Nom d'Allah le Clément et le Miséricordieux », était la formule par laquelle, traditionnellement, les deux enfants se devaient de débuter chacune de leurs leçons pour rendre grâces à Dieu. Ce jour-là, dans le harem, toutes les kalfas, les servantes et même les eunuques les avaient saluées en leur disant : « Qu'Allah éclaire votre intelligence ! » Tevhidé les avait prises à part et leur avait rappelé le respect dû à leurs maîtres, plus grand encore que celui qu'elles devaient à leurs propres parents ou à elle-même. Les deux fillettes avaient été émues et troublées.

Le répétiteur les attendait, le visage austère et grave tempéré néanmoins par un sourire accueillant. Elles l'avaient salué, les mains jointes devant elles, puis elles s'étaient assises face à leurs pupitres comme face à de véritables reliquaires. Le maître avait hoché la tête puis leur avait fait lire et recopier quelques lettres. Au bout d'une demi-heure, très vite, la leçon s'était terminée mais Safiyé et Djemal-Nour en étaient sorties avec la sensation d'être devenues les plus grandes savantes de la terre.

Au fil des jours leur programme s'était chargé et les matières s'étaient multipliées. Tevhidé tenait à ce qu'on leur enseigne aussi la musique et le chant. Safiyé n'y voyait que futilités alors que Djemal-Nour, dont la voix ravissait tous ceux qui avaient le bonheur de l'entendre, y trouvait une source de joie sans cesse renouvelée.

Les leçons de Coran étaient, par contre, l'occasion d'affrontements et de bien des désappointements. Dotée d'une piètre mémoire, Djemal-Nour était incapable de réciter correctement le moindre verset. « Avec une voix telle que la tienne, quel péché ! » se plaignait sans arrêt le malheureux répétiteur. Qui avait aussi fort à faire avec Safiyé. Celle-ci ne cessait de l'interrompre pour lui poser toutes sortes de questions sur le sens des versets. Ne connaissant que très peu la langue arabe, Safiyé rechignait à répéter sans la comprendre la Parole d'Allah. Au grand dam de l'enseignant : « Contentez-vous donc d'apprendre par cœur, malheureuses ! C'est le Livre sacré ! C'est un grand péché de chercher à comprendre ! » Safiyé, dubitative, subodorait que leur enseignant cherchait avant tout à masquer sa propre ignorance des nombreuses subtilités du Livre et le harcelait de plus belle.

Mais elles ne se limitaient pas à l'étude. Il y avait aussi les jours de fête. Jamais elles n'oublieraient celui qui avait suivi de peu leur arrivée au Mermer Konak. Quelle n'avait pas été leur surprise quand, à leur réveil, encore intimidées, elles avaient vu s'avancer vers elles Sumbul Agha. L'eunuque portait un énorme plateau en argent sur lequel se trouvaient, disposées dans de belles assiettes de porcelaine couvertes de tulle, des sucreries d'un rouge vif, saupoudrées de poudre d'or, et accompagnées de sept autres aliments dont chacun des noms, en turc, commençait par la lettre S, le sésame, le *simit* — un petit pain en forme d'anneau saupoudré de grains de sésame —, le *salep* — une bouillie à base de tubercule d'une sorte d'orchidée —, le safran, le lait, l'eau et l'ail. Jamais les deux fillettes ne s'étaient vu offrir des mets avec autant de grâce et de raffinement. L'eunuque leur avait désigné la confiserie rouge et expliqué que c'était de la « pâte de Névrouz ». On célébrait ainsi la fête du Printemps. Elles apprirent par la suite que de tels plateaux étaient distribués aussi dans tous les autres konaks ainsi qu'au palais impérial où même le Sultan, ses ministres et tous les hauts dignitaires en recevaient.

D'autres bonheurs les attendaient, comme les jeudis de *kabul günü*, jour de réception hebdomadaire de Tevhidé Hanoum. En ces occasions, elles avaient découvert avec délice le *talash tatlisi*, ce petit rouleau cassant qui fondait avec tant de douceur dans la bouche en dévoilant la saveur du *kaymat*, la fameuse crème pâtissière turque.

Ces jours-là, Safiyé n'avait plus la nostalgie des espaces, de la liberté. Elle en oubliait même qu'un temps, quelque part, elle avait eu des parents.

Durant leurs moments de loisirs, elles jouaient aux jeux qui étaient autorisés au Mermer Konak. Les kalfas leur apprirent des jeux très anciens, tels que le *keuz* — les jonchets — ou le *surmé* — un jeu à neuf pions — et d'autres, comme le trictrac, les dames ou les dominos. Une fois, Djemal-Nour s'était procuré par l'intermédiaire d'une des marchandes ambulantes un jeu de cartes, mais on l'avait surprise et Nöber Badji l'avait sermonnée : « Malheureuse ! Tu ne sais donc pas que les jeux de cartes sont interdits par le Coran ! Ils portent malheur ! » La mort dans l'âme, la fillette avait ainsi vu son jeu de cartes brûlé sous ses yeux.

Nöber Badji n'épargnait d'ailleurs jamais Djemal-Nour à qui elle rappelait sans cesse qu'elle ne devait pas se laisser amollir par le luxe qui les entourait. « Sois vigilante ! Les bienfaits affaiblissent le caractère, ne l'oublie jamais ! » Djemal-Nour, qui recevait toujours maint et maint compliment sur sa beauté, se contemplait en effet sans cesse dans les innombrables miroirs de la demeure comme pour vérifier que cette fameuse beauté ne disparaissait pas. Un jour, la kalfa, peinée plus qu'agacée par ce narcissisme effronté, s'était approchée d'elle et lui avait glissé : « Regarde, oui, regarde bien ce que tu chéris le plus car c'est toujours ce qui nous est le plus cher qu'on finit par perdre en premier ! » Et elle s'en était allée sans rien ajouter, laissant la fille interloquée. Dans la semaine qui avait suivi, Djemal-Nour avait veillé à éviter les miroirs avec obstination mais, très vite, sa coquetterie naturelle avait repris le dessus.

Pourtant Nöber Badji, comme d'une façon générale tout le personnel du harem, préférait Djemal-Nour à Safiyé, plus difficile à apprivoiser et à cerner. Les remontrances de la vieille kalfa n'étaient que de maternelles marques d'affection. De son côté, Djemal-Nour, contrairement à Safiyé, ne manquait jamais de témoigner à la vieille femme son attachement. Souvent, elle prenait la main de Nöber Badji et la couvrait de baisers. La vieille femme s'abandonnait alors, prenait la fillette sur ses genoux et la serrait dans ses bras en lui murmurant des vieilles formules de tendresse turque : *Atlasimda atlasim, kadifemde kadifem, elmasimda elmasim*, « Satin ô mon satin, Velours ô mon velours, Diamant ô mon diamant ».

Safiyé n'approuvait jamais ces débordements.

— Sois donc plus pudique ! reprochait-elle à son amie.

— Oh ! comme tu peux être dure, Safiyé !

— Une Circassienne qui veut devenir reine un jour doit savoir se comporter en souveraine !

En retrait, Tevhidé écoutait sans intervenir. Incontestablement, la fillette avait déjà le tempérament et les manières qui font les plus grandes reines de sérail.

8

Après une brillante carrière militaire de plus de vingt années passées au service de l'Empire, Refet se sentait bien trop vigoureux pour se laisser reléguer dans un honorifique placard. À tout prendre, il aurait encore préféré revivre cette période terrible et récente de son histoire où pratiquement toute la Turquie européenne était encerclée par les Grecs, les Serbes et les Bulgares et où chaque affrontement se soldait par une défaite de l'armée impériale.

Comme son père, Refet avait d'abord étudié au très français lycée de Galatasaraï avant de suivre une carrière militaire au collège de Harbiyé. Premier de sa promotion, il avait servi dans le prestigieux régiment Ertoughroul [1], sous le commandement du prince Mehmet Abdulkadir Effendi, fils du sultan Abdulhamid. Nommé peu après attaché militaire en Russie, Refet n'avait pas tardé à devenir l' « enfant gâté » du tout-Saint-Pétersbourg et y vivre ses plus belles années.

Pourtant ce matin, brutalement réveillé par son ordonnance affolé, Refet maudissait toute la Sainte Russie.

La veille, en quittant le Cercle d'Orient, lassé des interminables palabres de politiciens, il avait atterri à *La Rose noire*, un bar de Péra où d'accortes serveuses

1. Ertoughroul — faucon viril — était le régiment d'élite de la cavalerie.

russes — une première à Istanbul — lui avaient servi coup sur coup plusieurs gins-vermouth. L'esprit un peu embrumé, il avait hésité à dîner chez *Tokatlyan*, sur la Grand-Rue de Péra, pour finalement aboutir au *Café de Pétrograd*. Ce fut là sa grande erreur !

À peine était-il entré, un géant blond avait foncé sur lui. Il avait reconnu Dimitri Nicolaïevitch, un ancien colonel de la garde du tsar, réfugié depuis peu à Istanbul. Très vite, vodkas et zakouskis s'étaient mis à défiler, les souvenirs aussi.

— Et le Yacht Club ?

— Fini, avait soupiré Dimitri. Comme tout le reste...

La Russie que Refet avait connue était désormais bel et bien morte.

Titubant, Dimitri l'avait entraîné dans une mémorable tournée « des grands-ducs ». *La Turquoise*, avec ses serveuses aux cheveux coupés à la garçonne qui faisaient tourner la tête à tous les jeunes Turcs de bonne famille comme aux plus prudes des Alliés, *L'Oiseau bleu* et son fameux punch au cognac, *Le Pêle-Mêle*, où Masiroff, son propriétaire, leur avait même suggéré un aparté avec Madame Nathalie — la belle Natalia Mikhaïlovna —, leur danseuse vedette. « Plus fort la musique ! » avait hurlé Dimitri en abandonnant sur le comptoir les dernières livres turques qu'un usurier de Béchik-Tach lui avait échangées le matin même contre sa montre en or. Ils avaient échoué dans l'arrière-salle du *Kievsky*, face à une très grande table creusée de cannelures, dans lesquelles couraient des cafards attelés à des voiturettes en fil de fer. Des dizaines de clients, les yeux fiévreux et le cœur palpitant, pariaient avec acharnement ; certains étaient même arrivés avec leur propre écurie de courses, enfermée dans de petites boîtes.

— Où que nous soyons, nous autres Russes, tout devient extrême, avait conclu Dimitri et il avait fondu en larmes.

Ce matin, Refet avait donc l'impression que tous les wagons de l'Orient-Express traversaient son crâne torturé. Hébété, il fixait son ordonnance.

— Ils débarquent, ils débarquent ! répétait le garçon affolé. Depuis tôt ce matin ! Des soldats anglais arrivent en masse et investissent tous les centres névralgiques !

Refet se leva et s'habilla prestement. Il voulait s'assurer par lui-même de ce que bafouillait l'ordonnance.

Il se mit à arpenter les rues anormalement vides de la capitale. À l'approche du port, il se figea : d'importants groupes de soldats en armes étaient en train de débarquer des navires britanniques. Instinctivement il s'enfonça dans l'ombre.

Depuis le débarquement d'Izmir, et en dépit des nombreuses manifestations qui l'avaient suivi, la situation ne s'était guère améliorée, tout au contraire. Les congrès nationalistes s'étaient succédé, le grand vizir Damad Férid avait démissionné et, bien que le nouveau gouvernement d'Ali Riza Pacha ait été plus favorable aux nationalistes, les tensions s'étaient accrues. Tous s'accordaient désormais à penser que c'était d'Ankara, petite ville au cœur de l'Anatolie, où Mustafa Kemal et son armée de résistance s'étaient établis, que le futur de la nation se jouerait. À Istanbul les attentats et les vols d'armes se poursuivaient et, en début d'année, le cabinet britannique avait finalement décidé de laisser la capitale aux Turcs mais personne n'avait été dupe. À commencer par le nouveau grand vizir Ali Riza Pacha. Ne supportant plus les pressions des étrangers, il avait démissionné à son tour de son difficile poste. Non, personne ne croyait à un adoucissement des relations avec les Alliés.

Et ce n'était pas le spectacle de ces rues envahies par leurs soldats qui allait convaincre qui que ce soit du contraire.

Refet eut un petit sourire amer : ainsi donc ils occupaient maintenant une ville déjà occupée. Il se demandait comment les Alliés allaient justifier cette nouvelle ingérence, si toutefois ils se donnaient la peine de le faire. La raison, bien sûr, en était claire : il s'agissait de faire pression sur le Mouvement national afin de stopper la rébellion en Anatolie.

En voyant des tanks passer non loin de lui, Refet ne put s'empêcher de regretter que Kemal lui ait enjoint de demeurer dans la capitale.

Il se retourna vers l'ordonnance qui l'avait suivi dans sa pérégrination au cœur des brumes matinales et lui ordonna d'aller chercher des hommes et de les poster de façon à le tenir informé tout au long de la journée puis il partit, seul, cette fois.

À chaque carrefour, des groupes de mitrailleurs en faction arrêtaient et questionnaient tous les passants. À plusieurs reprises, Refet dut rebrousser chemin pour éviter les patrouilles de soldats anglais aidés de gurkhas hindous qui sillonnaient les rues. Il les avait observés tandis qu'ils dispersaient un attroupement. Les sticks sifflaient dans les airs et les insultes aussi. Bientôt, ils envahiraient les maisons, arrêteraient tous les suspects. Peut-être avaient-ils déjà commencé.

Il pressa le pas et atteignit enfin le central télégraphique face à la gare de Sirkedji.

Le poste était en plein émoi : les Alliés avaient proclamé la loi martiale et remplaçaient les forces de police turques par leurs propres troupes. Les occupants auraient même envahi le Parlement et arrêté certains membres connus pour leur nationalisme. Refet pensa que son tour ne tarderait plus maintenant. Comme il l'avait prévu, les maisons étaient envahies et passées au crible. Les cimetières aussi étaient profanés ; on y fouillait même les tombeaux, des armes pouvaient y avoir été dissimulées.

L'heure n'était plus à pérorer. D'autorité, il réquisitionna un télégraphiste et se mit à dicter un message :

« Au général Mustafa Kemal — Très urgent — Prioritaire — Vous informons ce matin troupes alliées débarquées Istanbul — Investissent et occupent ministères et centres d'autorité — Détails suivent — Attendons instructions — Refet. »

Une demi-heure à peine s'écoula quand la sonnerie grésillante de l'appareil retentit. Kemal répondait. Il allait informer les préfets et les commandants et protester auprès des plus hauts représentants des États de l'Entente. Il préparait une déclaration au pays et soulignerait que cette occupation mettait fin à l'État ottoman. La nation turque était invitée à défendre désormais elle-même son droit à l'indépendance. Il allait faire occuper les cols et les centraux télégraphiques de la région. Tous les militaires étrangers y seraient arrêtés et désarmés.

Kemal terminait en demandant à Refet de le tenir informé des étapes de l'occupation militaire.

Les heures suivantes furent un véritable va-et-vient entre ses informateurs placés aux différents points de la ville, les messages des télégraphistes et les ordres de Kemal.

Et puis tout s'interrompit brutalement.

Des militaires britanniques avaient envahi le central télégraphique. Refet et ses hommes sortirent leurs armes et les balles se mirent à siffler.

Refet respirait à nouveau avec ivresse cette odeur de poudre qui, depuis la fin de la dernière guerre, lui manquait tant.

*

Safiyé s'étira. Elle dormait mal ces dernières nuits. À cause des bruits. Une sorte de brouhaha diffus qui semblait ne jamais vouloir s'arrêter. Tant de choses avait changé au Mermer Konak depuis son arrivée.

La fenêtre de sa chambre donnait sur le jardin du palais. Auparavant, elle aimait s'éveiller à l'aube et voir le soleil raviver les rives et les promontoires, tout en écoutant le canon résonner sur Top Hané, suivi des voix profondes et mélancoliques des muezzins psalmodiant comme en se répondant : « *Allahou akbar ! Allahou akbar !* » et appelant à la prière. Par les ouvertures des claies elle pouvait sentir la terre imprégnée de rosée répondre aux parfums de brise marine. Elle restait parfois une heure entière à s'éblouir de lumière et de senteurs.

Mais tel n'était plus le cas désormais.

Le jardin, les dépendances, les écuries mêmes étaient habités et toute une agitation nocturne troublait les lieux. Au début, cela avait beaucoup intrigué les occupantes du harem, et Safiyé et son amie avaient passé de longs moments à observer les silhouettes qui allaient et venaient dans la nuit.

Des dizaines de réfugiés d'Anatolie et des Balkans, parents, amis ou proches de ceux que le konak employait, avaient fui la guerre et la misère de leur région et occupaient maintenant les annexes. L'initiative venait de Tevhidé ; Tevfik Pacha, absent, n'avait même pas été consulté. On murmurait d'ailleurs qu'il prolongeait à dessein son voyage, par peur que la guerre ne finisse par atteindre la capitale.

Le Mermer Konak s'était métamorphosé et le silence ouaté des corridors avait laissé la place à des toux, râles, chuchotements mêlés parfois de cris et de pleurs. Même le *Bulbul-Kösk*, le « Pavillon du Rossignol », pourtant le lieu de prédilection de la hanoumeffendi, avait été réaménagé. On y avait fixé des tentures pour isoler du vent l'intérieur qui était devenu une habitation.

Le parc était parsemé de tentes de fortune. Les réfugiés affluaient des quatre coins de l'Empire. Tevhidé avait réussi le miracle de faire cohabiter tous ces peuples, parfois ennemis, non seulement sans heurt mais aussi en bonne entente. Tous savaient que la misère logeait où elle pouvait mais aucun n'aurait jamais imaginé qu'elle aurait pu être accueillie un jour en un aussi luxueux décor.

Le grand salon du selamlik avait été transformé en hôpital improvisé et il ne restait plus que les lustres en cristal de Baccarat et les moulures dorées sur les murs et au plafond pour en rappeler les fastes d'antan. Étendus par terre sur des matelas ou dans des draps en fine étoffe de lin et de soie, des hommes et des femmes gémissaient. Certains des réfugiés s'étaient présentés malades ou blessés et on s'employait à les guérir ou, du moins, à apaiser leur douleur. Désormais, les loisirs de Safiyé et Djemal-Nour étaient consacrés à servir avec enthousiasme et conviction, et toute l'énergie dont elles disposaient, les déshérités qui avaient trouvé asile au palais. Aux côtés de Tevhidé, les deux Circassiennes s'affairaient, aidant les kalfas et les infirmières et distribuant les médicaments comme, autrefois, on distribuait les sucreries.

Safiyé avait désiré connaître le monde et le monde était venu jusqu'à elle. Maintenant, même au cœur de la nuit, il l'éveillait, la poursuivait de ses gémissements. Assise sur son lit, elle repensait alors à sa mère, à son père, se demandait s'il y avait quelqu'un en ce monde qui s'occupait d'eux et les aidait. Si jamais ils étaient encore vivants, eux aussi avaient dû connaître l'exode.

Souvent, elle tremblait, partagée entre le dégoût et la consternation. Elle revoyait alors son village natal transformé en charnier tandis que résonnaient les paroles que Sursam n'aurait pas manqué de lui dire s'il avait été là. Elle reprenait alors courage, surmontait sa répugnance et son apitoiement.

*

Tevhidé, que toute cette tristesse affligeait, avait décidé de mettre à contribution les talents des nouveaux arrivants pour essayer d'égayer les murs du palais. Elle avait prévu une petite fête et Safiyé et Djemal-Nour attendaient ce matin avec impatience. À peine leurs leçons achevées, elles se ruèrent pleines d'empressement vers le salon où se trouvait leur maîtresse.

La pièce était en pleine effervescence. De nombreux serviteurs entouraient Tevhidé et tous parlaient en même temps. Chacun racontait ce qu'il avait vu, chacun s'exclamait, se lamentait.

Les nouvelles étaient désastreuses et le désappointement et la colère se lisaient dans les yeux. À voix haute, comme pour elle-même, Tevhidé parcourait les titres du *Sabah*, un journal du matin. On y apprenait que les Alliés, face aux méfaits de l'organisation dite nationale, se voyaient contraints d'occuper provisoirement la capitale afin d'empêcher les rebelles d'entraver l'action du gouvernement. On y appelait bien entendu à l'obéissance au sultan.

— Sous-entendu : aux Alliés !

Tevhidé suffoquait de colère. Jamais Safiyé ni Djemal-Nour ne l'avaient vue ainsi.

Kalfas et eunuques se succédaient, chacun porteur d'une information, d'un détail, tous catastrophés. Les commentaires fusaient : les Alliés soupçonnaient désormais tout le monde et chacun se trouvait menacé. Ils arrêtaient aussi bien les civils que les militaires. On murmurait que, pour plus de sécurité, ils allaient déporter hors de Turquie ceux qu'ils avaient déjà emprisonnés. Les noms de personnalités circulaient. Un mot aussi revenait sans cesse : « kémaliste ». Safiyé l'avait déjà entendu prononcer lors des manifestations de l'année précédente, elle savait qu'il se rapportait à ce général qui se trouvait dans les contrées lointaines, là-bas, en Anatolie, et qui, lui, luttait, ne se soumettait pas.

Un eunuque s'exclama :

— Les armes, les armes ! Ils ne sont plus obsédés que par ça ! Ils veulent les retrouver à tout prix...

— Eh bien, qu'ils fouillent ! Cette ville est immense, ils s'y perdront avant d'avoir retrouvé quoi que ce soit !

Tevhidé ricana. Mais ses serviteurs, eux, poursuivaient :

— En attendant, les arrestations se multiplient.

— Les Alliés se font aider par les opposants des nationalistes ! J'ai vu plusieurs de ces traîtres avec eux ! précisa Sumbul Agha.

Même avec la promulgation de la loi martiale et les patrouilles militaires, les nouvelles circulaient à toute vitesse d'une rive à l'autre de la capitale.

— Plusieurs députés ont même été tirés de leur lit en pyjama pour être arrêtés !

— Et le général Mersinli Djemal Pacha...

— Quoi, l'ancien ministre de la Guerre ! Ils s'en sont pris à lui aussi !

Tevhidé était stupéfaite.

— Tout le monde, ils arrêtent tout le monde, Effendim !

— Le général aurait été trouvé dans les bras d'une femme qui n'était pas la sienne !

— Je le reconnais bien là ! sourit tristement Tevhidé qui connaissait le tempérament du général et, en d'autres circonstances, s'en serait amusée.

— Il n'a pas paru offensé outre mesure.

— Et la femme qui était avec lui encore moins ! Quand les soldats ont fait irruption, elle ne s'est pas troublée le moins du monde. Elle s'est juste précipitée vers le miroir de la chambre pour se repoudrer le nez !

*

Tevhidé n'annula pas la fête pour ne pas avoir l'air d'entériner la victoire des Alliés. Le Mermer Konak était un îlot de résistance, il continuerait de résister.

La fête eut lieu mais, pour la première fois, une rixe avait éclaté dans le palais. Une famille d'Anatoliens avait pris à partie des employés grecs et les choses avaient dégénéré. Sur les ordres de Tevhidé, Sumbul Agha avait dû intervenir. Depuis, les Grecs n'osaient plus se montrer.

Sous le frais ombrage des arbres séculaires du parc, Safiyé regardait les comédiens défiler. Tout, sur cette scène montée à la hâte, était si conventionnel et pathétique. Les hommes y jouaient les rôles de femmes, comme c'était la tradition, et le décor, quatre planches sommairement assemblées, y représentait, tour à tour et souvent dans une même scène, aussi bien l'intérieur d'une maison, les abords d'une mosquée qu'une place publique avec ses cafés et ses terrasses. Les acteurs, une fois leur réplique récitée, venaient s'asseoir dans un coin. Pour le public, ils étaient censés s'être retirés et on cessait de les regarder.

L'intrigue était comme le reste, bien conventionnelle : une histoire de mari jaloux, de galant entreprenant, avec un imam et un gendarme. Mais les spectateurs s'en contentaient et même s'en amusaient. Ils étaient venus pour oublier. Safiyé observait Tevhidé du coin de l'œil. Un sourire planait bien sur ses lèvres mais il était comme ce spectacle, artificiel et de convenance. Safiyé n'était donc pas la seule à ne pas parvenir à s'intéresser à ce qui se passait sur cette scène improvisée.

Pourtant, au moment du défilé final, les acteurs finirent par la captiver. Chacun y incarnait un ou plusieurs types d'habitants de l'Empire et en mimait l'accent et les caractéristiques. Le public s'y reconnaissait ou reconnaissait son voisin et tout le monde riait. On y voyait le Turc d'Anatolie, un peu simplet mais bon enfant ; le Zeibek d'Izmir, cuisses dénudées et armes entre les dents ; le Turc de Roumélie, fier-à-bras ; l'Albanais si terrible et qui ne parlait que de massacrer tout le monde si on ne faisait pas comme il le voulait ; le Kurde entêté à qui personne ne parvenait jamais à faire entendre raison ; l'Arabe un peu vaniteux et avare ; le Juif malin et poltron qui se débrouillait toujours pour rouler tout le monde ; l'Arménien si intrigant ; le Grec en commerçant qui démultipliait les métiers ; le Bulgare bucolique et berger qui jouait de la cornemuse et dansait si bien ; l'Européen enfin, maniéré et frivole, qui sautillait de façon ridicule en multipliant les moulinets de sa petite canne.

À voir ces acteurs aux vêtements fripés et aux manières canailles, Safiyé se disait que leur surnom de *kirlikols*, « troupes pouilleuses ou malpropres », était vraiment des plus approprié. Ces troupes, appauvries et déguenillées, illustraient parfaitement la condition de l'Empire lui-même. Les kirlikols révélaient à la fois la grandeur de ce qu'avait dû être cet empire multiracial et laissaient pressentir le peu qui bientôt en resterait.

Juste après la représentation, alors que la journée touchait à sa fin, les employés grecs du Mermer Konak vinrent trouver Tevhidé : ils avaient décidé de partir. La tension gagnait maintenant le palais ; certaines des familles cherchaient désormais, d'une façon ou d'une autre, à déverser leur rage contre des émissaires possibles de leur malheur.

Tevhidé avait essayé de préserver le Mermer Konak de toute la violence et de la haine qui déchiraient le monde extérieur mais ce monde et ses conflits avaient néanmoins réussi leur entrée dans son enceinte protégée.

*

Dans ses appartements, Tevhidé écoutait les sons de la zourna et les timbales qui battaient la mesure. Une musique simple, entraînante, joyeuse, s'élevait du parc.

— Oui, la fête continue et elle se poursuivra une partie de la soirée, mais...

Elle s'interrompit. Safiyé la fixait d'un air grave et peiné.

La fillette s'agenouilla, prit la main de la hanoum et respectueusement, tendrement, la baisa.

Tevhidé lui adressa un sourire triste :

— C'est ce spectacle, ce défilé surtout...

En silence, Safiyé acquiesçait.

— C'est comme si on avait voulu nier la réalité et qu'on se soit obstiné à faire revivre envers et contre tout une époque qui n'est plus et, je le crains, ne sera jamais plus. Les Bulgares qu'on a représentés n'appartiennent plus à l'Empire. Les Grecs, eux, nous ont envahis. Les Arméniens ont été massacrés par les Kurdes aidés par ceux d'entre nous qui appuyaient le triumvirat des Enver Pacha et autres Jeunes-Turcs. Quant à l'Européen, tu as entendu les nouvelles, c'est lui désormais qui règne en maître chez nous. Et les autres, on ne saurait dire combien de temps encore ils feront partie de l'Empire. Aujourd'hui, nos serviteurs grecs s'en vont mais, demain, qui sait combien d'autres ?

Elle s'interrompit. Un eunuque demandait à entrer. Il était porteur d'une nouvelle.

— C'est Halil, Effendim, un des jardiniers. Il a été arrêté au cours d'une rafle à Istanbul.

— Je croyais avoir donné l'ordre de ne plus sortir !

— Mais il était déjà absent quand vous l'avez fait.

Tevhidé esquissa un geste évasif et accablé. L'eunuque se retira.

— Effendim, pourquoi les chrétiens ne nous laissent-ils pas tranquilles ? demanda Safiyé.

Tevhidé soupira.

— Ils s'acharneront sur l'Empire jusqu'à ce qu'ils aient pu se repaître du dernier lambeau de son cadavre, crois-moi. Et pourtant, il n'en a pas toujours été ainsi, hier encore, nous cohabitions tous en paix...

Elle ajusta l'épingle en or et en brillants de sa coiffe avant de reprendre :

— Jamais empire n'aura été plus accueillant et plus tolérant que l'Empire ottoman. Sais-tu qu'à Istanbul, capitale de l'Islam, il y a bien sûr notre Sultan, calife de l'Islam, Commandeur des croyants et Gardien des deux Saintes Mosquées, mais on y trouve aussi le patriarche œcuménique des Grecs, le patriarche des Arméniens, le nonce du pape, sans compter l'archevêque des Arméniens catholiques, le Grand Rabbin ou l'exarque des Bulgares... Je ne comprends pas que l'on puisse convoiter une ville dont tout le monde possède déjà une parcelle...

— Mais, Hanoumeffendi, l'Empire sera à nouveau glorieux. Le Sultan est toujours là. Ce ne sont que des nuages dans le ciel...

— Mehmet VI, notre Padischah[1], est certes très intelligent, rusé même ; il ressemble beaucoup à cet égard à son frère Abdulhamid, mais les temps ont changé et il a les mains liées.

— Le Padischah, les mains liées ?

Safiyé avait eu beau entendre de nombreuses conversations concernant la situation de l'Empire, elle avait du mal à accepter l'idée qu'un souverain puisse être impuissant dans son propre royaume. N'était-il pas l'homme qui dirigeait et symbolisait le pays ?

Tevhidé leva la main et l'interrompit :

— Je sais que tu as envie de comprendre beaucoup de choses, Safiyé, et je t'en félicite, mais aujourd'hui n'est pas vraiment le jour...

Sans ajouter un mot, elle tendit d'un air las sa main à baiser à l'enfant.

1. Padischah : terme persan pour désigner le Sultan-Empereur.

*

Safiyé caressait pensivement la couverture du bout de ses doigts. En étoffe de soie fine, souple et légère, elle était recouverte d'un châle du cachemire et son contact était doux.

Nöber Badji acheva de fermer les persiennes à l'européenne et s'apprêtait à sortir pour poursuivre son inspection nocturne quand Safiyé l'interrogea :

— Crois-tu que notre Sultan, le plus puissant des souverains, le Commandeur des croyants, puisse être empêché de faire ce qu'il voudrait ?

— Si telle est la volonté d'Allah, sans doute...

Safiyé fronça les sourcils :

— Si j'avais été à sa place, il n'en aurait jamais été ainsi...

La vieille kalfa regarda la fillette et revint dans la pièce. Affectueusement, elle la serra dans ses bras.

— Tu aimerais être souveraine, Safiyé ?

— Je le serai, Nöber Badji.

La vieille femme caressa doucement les cheveux bruns de l'enfant et lui sourit avec tendresse.

— Demain peut-être. Mais en tout cas, ce soir, il est temps pour ma Lionne de se mettre au lit.

Safiyé sourit à son tour. Elle était émue : c'était par cette expression de « ma Lionne » que les kalfas s'adressaient traditionnellement aux sultanes et aux princesses de sang.

La kalfa partie, Safiyé se hissa sur sa couche. Ces lits étaient immenses et elle regrettait qu'on n'utilisât plus ces divans sur lesquels on s'asseyait durant la journée, à la mode turque, jambes croisées ou repliées, mais où, le soir, il suffisait d'ajouter un léger matelas afin de transformer le meuble en lit. Grimper sur ces monstres en noyer était, chaque nuit, une véritable acrobatie ; ceux qui les avaient conçus avaient dû oublier qu'ils avaient été enfants un jour.

Elle plongea son visage dans la fraîcheur des oreillers ; minces et plats, garnis d'ouate et enveloppés dans un petit drap en fine batiste, ils étaient une véritable invitation au repos.

Dans la pièce, Safiyé pouvait entendre un léger souffle. Djemal-Nour dormait déjà.

Une fois de plus, Safiyé n'arrivait pas à trouver le sommeil. Dans l'obscurité, elle fixait le plafond, les yeux grands ouverts. Soudain, un rai de lumière passa sous la porte, accompagné de bruits de pas, de chuchotements et d'un raclement insolite. À demi dressée sur sa couche, Safiyé dressa l'oreille. Le chuchotement indistinct avait repris. Elle sauta de son lit et s'approcha de celui de son amie. Le bruit des pas diminuait ; ils s'éloignaient. Elle secoua Djemal-Nour.

La fillette entrouvrit les yeux :

— Écoute ! Mais écoute donc ! Tu entends ?

— Entendre, mais quoi ? marmonna Djemal-Nour.

— Mais les bruits dehors ! Des bruits et des voix ! Écoute, on dirait que ça s'estompe !

Encore dans un demi-sommeil, Djemal-Nour tendit l'oreille.

— Vite ! Dépêchons-nous ! Habille-toi et allons voir ce que c'est !

Sans trop comprendre, Djemal-Nour obéit, son amie ne lui laissait pas trop le choix de toute façon.

Safiyé avait déjà entrebâillé la porte. Au bout du couloir, on voyait la lueur qui déclinait. Elle saisit la main de son amie et se précipita, le cœur battant, partagée entre la curiosité et la crainte.

Qui pouvait donc circuler à cette heure de la nuit ? Elles avaient entrevu les silhouettes. Des hommes ! En plein harem et de nuit ! Il fallait absolument en savoir plus ! Elles hâtèrent le pas.

Elles pénétrèrent dans un petit boudoir. La suite qui le prolongeait était normalement inhabitée. Avançant sur la pointe des pieds, les deux fillettes retenaient leur souffle. Soudain, elles se figèrent. Les pas revenaient. À la hâte, elles se faufilèrent derrière les amples replis de la première tenture sur leur droite, n'osant même plus échanger un regard.

Les pas se rapprochaient, lents et lourds :

— Fais moins de bruit, voyons ! Tu veux réveiller tout le harem ? Tu sais bien que la hanoumeffendi ne veut pas que nous nous fassions remarquer !

— Taisez-vous tous les deux !

C'était une voix de femme. Safiyé lui trouva une intonation familière.

Ses yeux commençaient à s'habituer à l'obscurité. Une lueur vacillante se rapprochait. Elle allait écarter un pan de la tenture pour jeter un œil quand la voix d'un des deux hommes se fit entendre à nouveau, il pestait :

— Bon Dieu, que c'est lourd !

Safiyé se plaqua contre la paroi ; ils étaient maintenant juste devant elles. Le moindre souffle pourrait les trahir.

Ce fut alors que le bruit résonna : violent et mat, prolongé par un autre plus métallique bientôt suivi des cris, étouffés et simultanés, des deux hommes et de la femme. Auquel se joignit, strident, le hurlement de Djemal-Nour.

Instantanément la tenture s'ouvrit et le canon d'une arme pointa vers elles.

— Ne... ne bougez pas !

La voix de la femme qui venait de parler tremblait au moins autant que les deux fillettes.

Interloquées, Safiyé et Djemal-Nour reconnurent Nöber Badji.

Safiyé allait ouvrir la bouche mais, impérativement, la kalfa lui fit signe de se taire.

Aux pieds des deux hommes une caisse était entrouverte et une partie de son contenu livrée à leurs regards. Elle contenait des fusils et des munitions.

Nöber Badji jeta un regard noir aux fillettes :

— Je ne vous savais pas si audacieuses !

Piteuse, au bord des larmes, Djemal-Nour n'osait plus lever les yeux.

Safiyé braqua son regard vers la caisse puis vers la vieille femme :

— Ces armes... ce sont celles que les Anglais recherchent, n'est-ce pas ?

Les deux hommes avaient dressé la tête et la fixaient, une étrange lueur dans les yeux.

— Une partie seulement. Une faible partie, murmura la kalfa et elle ajouta d'un ton qui ne souffrait aucune discussion : Mais suivez-nous, et sans bruit cette fois !

*

C'était à l'étage du haremlik que tout se passait. C'était là que les armes étaient entreposées. Tevhidé s'y trouvait. Ainsi que Sumbul Agha et un autre homme, dont le visage ne semblait pas tout à fait inconnu à Safiyé.

Les bruits et les cris avaient résonné jusque-là et tous avaient craint le pire. Sumbul Agha et l'homme, très pâles, les avaient accueillis armes au poing.

À la vue des deux fillettes, piteuses dans leur déshabillé de nuit, Tevhidé fut prise d'une irrésistible envie de rire et ne se retint qu'à grand-peine. Djemal-Nour ne soufflait mot, la mine contrite, elle attendait les reproches et la punition. À sa grande surprise, Tevhidé, une lueur de connivence dans le regard, leur sourit :

— Vous n'êtes plus tout à fait des enfants et vous savez désormais ce que vos cœurs avaient peut-être déjà pressenti : nous avons été vaincus mais nous ne laisserons pas l'ennemi anéantir notre nation et humilier notre peuple. Ces armes ont été volées à l'occupant et vont quitter le palais pour l'Anatolie. Elles serviront à libérer ce pays. Notre sultan aura les mains enfin déliées. Nous lutterons, et jusqu'au bout !

Safiyé se sentait grandir et rayonner de fierté.

— Vous allez maintenant regagner votre chambre que vous n'auriez jamais dû quitter — ne l'oubliez pas — et vous allez enfouir dans vos cœurs ce secret que, tous, ici, nous partageons.

Gravement, les deux fillettes acquiescèrent.

De retour dans leur chambre, les deux Circassiennes se couchèrent sans mot dire, sous le regard plein de reproches de Nöber Badji. La vieille kalfa leur avait interdit le moindre commentaire et, à son ton, les deux fillettes avaient compris que mieux valait obéir sans rechigner.

Djemal-Nour ne tarda pas à se rendormir. Les paroles de Tevhidé résonnaient encore dans l'esprit de Safiyé. Oui, partout comme dans le Caucase, la liberté était ce qu'il y avait de plus cher. Peu importait l'interdiction de Nöber Badji, elle avait besoin de sentir la liberté, de contempler la nuit, son immensité, les étoiles.

Sans faire de bruit, elle se dirigea vers le corridor. Doucement, elle déverrouilla la porte qui donnait sur le parc et sortit.

Une petite brise portait les senteurs marines du Bosphore. Une heure durant Safiyé contempla le ciel étoilé, essayant de retrouver ces constellations que Sursam lui avait appris à nommer.

Seule la fraîcheur de la nuit la décida à rentrer.

Mais, devant le haremlik, une déconvenue l'attendait ; la lourde porte en était maintenant fermée. Un eunuque, dans sa ronde nocturne, avait dû remettre le verrou. Safiyé sentit ses mains et son front devenir moites.

Son cœur se mit à battre à tout rompre. Elle risquait de payer son imprudence. Elle se ressaisit, il devait bien exister une échappatoire.

Elle se dirigea vers l'entrée du salemlik. L'accès lui en était d'ordinaire strictement interdit et, maintenant que le grand salon avait été transformé en hôpital, les risques d'allées et venues nocturnes étaient plus importants. Mais elle n'avait guère le choix et elle s'avança.

Ce côté-là aussi était verrouillé.

Safiyé revint sur ses pas, fixant rageusement les murailles de marbre. À l'étage, un grand balcon du haremlik lui sembla cependant entrouvert. Si elle parvenait à grimper jusqu'à l'étage, elle était sauvée.

Elle avisa un parapet. Il lui permettrait d'atteindre une gouttière. Elle se hissa sans difficulté jusqu'au grand balcon et reconnut les appartements de Tevhidé.

Safiyé allait se faufiler dans le boudoir quand une voix retentit. Un homme parlait dans la chambre voisine. Elle s'avança et tendit l'oreille.

— ... C'est le dernier chargement. De toute façon, tu as rendu assez de services à notre cause en finançant les achats d'armes et en cachant celles qui ont été volées. Après ce qui vient de se passer aujourd'hui, c'est désormais trop risqué.

— Tu dois avoir raison.

Safiyé tressaillit. Que pouvait bien faire Tevhidé avec cet homme dans sa chambre ? Safiyé nota que la voix de la hanoum semblait mélancolique et triste.

Mais l'homme reprenait déjà :

— Le caïque ne devrait plus tarder de toute façon. Dans une heure, ils seront là.

— Une heure..., murmura Tevhidé et sa voix se fit encore plus triste. Alors, c'est donc toujours pour demain ?

— Oui. Tout est prêt.

Safiyé s'avança encore un peu. Par le moucharabieh, elle parvint enfin à distinguer les traits de celui qui parlait. L'homme était assis dans un fauteuil et Tevhidé, sur le lit, l'écoutait.

— Karakol[1] me fera quitter Istanbul, avec le chargement. Bientôt je serai moi aussi en Anatolie. Kemal m'attend. Plus rien ne sera jamais comme avant.

— Oui, plus rien... Tevhidé murmurait presque. Espérons que Karakol existera toujours demain. Les arrestations se multiplient et...

— Je sais, je sais. Je me suis moi-même échappé de justesse. Si tu avais vu cette fusillade au central télégraphique ! Je me demande encore comment j'ai fait pour en sortir vivant.

Safiyé frémit. Elle venait de reconnaître le bel orateur qui les avait tant transportées, Djemal-Nour et elle, lors de la manifestation sur la place de l'Hippodrome, voilà près d'un an de cela. Son cœur battait à tout rompre.

— Tu as raison : Karakol n'existera plus très longtemps encore, c'est certain, mais, ne t'inquiète pas, la filière reste encore sûre. J'avais de toute façon prévu l'éventualité d'une fuite précipitée et j'ai déjà de faux papiers...

— Puisses-tu dire vrai ! Et... puisses-tu revenir, vite et triomphant !

La voix de Tevhidé tremblait. L'homme se leva. D'un pas lent, il s'approcha d'elle. Il se pencha et ils se serrèrent l'un contre l'autre.

— Refet, ô Refet, soupira Tevhidé. Ô *Shahinim,* ô mon Faucon...

Leurs lèvres se mêlèrent, puis leurs mains, bientôt leurs corps.

Safiyé retenait son souffle. Elle ne savait plus si elle devait continuer à regarder ou s'éclipser.

1. Littéralement « Troupes noires » : organisation de résistance et de luttes clandestines contre l'occupation.

9

Il n'y a pas de ligne de défense, il y a une surface de défense et cette surface, c'est la patrie tout entière. Pas un pouce de la patrie ne doit être cédé, sinon abreuvé du sang des nôtres.

Chaque unité de combattants doit tenir envers et contre tout et résister jusqu'au bout. Telle est la leçon que notre chef nous a enseignée et elle m'a convaincu. La victoire ne sera qu'à ce prix.

Nous avons subi des revers, des trahisons, mais nous ne nous sommes jamais laissé décourager. Quand, en janvier dernier, Ethem le Circassien nous a trahis pour s'enrôler avec ses troupes dans les forces grecques, ce fut un coup dur ; mais quand, quelques jours après, à Inönü, nous avons démontré que nos forces, et la Turquie avec nous, étaient capables de mettre l'ennemi en fuite, nous avons su que ce n'était qu'un début. Nous avons lutté comme des diables et avec un tel acharnement que les unités grecques ont commencé à plier avant même de battre en retraite. Notre conviction et notre fermeté sont certainement la meilleure des défenses du pays et de notre cause.

Je t'écris ces lignes de Moscou où Kemal m'a envoyé en raison de ma parfaite connaissance de la langue et des mœurs russes. Mais tout ici a tellement changé. Je n'y connais plus personne et tous mes amis sont soit morts soit en fuite. Tu ne peux imaginer dans quelle désolation est maintenant ce pays. Mais si c'est aux bourreaux qui sont à la tête de ce gâchis que l'on peut espérer devoir notre victoire future, je ravalerai ma répugnance et ma haine. Ici, je ne suis plus ni moi-même ni l'ancien officier impérial, juste le porte-parole de notre chef et du mouvement. Je ne pense plus qu'au but final : la liberté de notre sainte patrie. Plus rien d'autre ne compte.

Les négociations sont loin d'être simples. Mais la reconnaissance par la Russie du nationalisme turc est notre chance historique, et j'ai malgré tout bon espoir de réussir à arracher un accord. Je sais d'ores et déjà que les communistes n'entérineront pas le traité scélérat qui a été signé à Sèvres l'été dernier.

Je me souviens de tes paroles lors de notre dernière nuit, voilà bientôt un an déjà, et je me demande jusqu'à quel point ta méfiance envers Kemal est justifiée. Oui, c'est vrai, il est capable de tout pour arriver à ses fins, mais quand je pense à tous ceux que l'occupant a déportés à Malte, à tous ceux qui sont morts pour notre sainte patrie ; quand je songe que notre Sultan tout comme le Cheikh-al-Islam ont osé nous dénoncer comme des traîtres qui mériteraient la peine de mort ; et quand je vois cet homme lutter malgré tout aussi âprement pour notre libération, je ne peux condamner les moyens que parfois il emploie. Il faut le voir désormais en simple soldat, puisqu'il ne fait plus officiellement partie de l'armée ottomane et qu'Ankara ne lui a donné aucun titre militaire, il faut le voir diriger les opérations et faire en sorte que le mouvement soit partout à la fois, faisant sauter les ponts, pourchassant sans cesse l'ennemi, le harcelant aux endroits les plus inattendus, coupant ses moyens de communication et disparaissant toujours comme par magie dans les montagnes environnantes. Il sait parler aux cœurs des hommes et redonner courage à un peuple tout entier, abandonné de tous, même de son propre sultan. Quant à moi, quels que soient ses défauts — et par Allah, il en a ! — je le suivrai jusqu'au bout, dussé-je en périr !

Je sais, ce ne sont pas là les mots qu'un amant devrait écrire à sa compagne...

— Pourquoi un amant ne devrait-il pas écrire ces mots ?

— Mais parce que... parce que... ce ne sont pas des mots d'amour !

Safiyé n'osa pas questionner Djemal-Nour sur ces « mots d'amour ». Voilà un an, elle avait raconté à son amie la scène dont elle avait été témoin durant cette fameuse nuit. Et Djemal-Nour, qui n'avait pas oublié non plus le séduisant orateur de la place de l'Hippodrome, s'était mise à rêver. L'esprit romantique de la jeune Circassienne avait vite échafaudé des plans et des combinaisons pour favoriser une aussi belle idylle. Depuis, elle attendait impatiemment la moindre nouvelle du fringant officier. Mais, à la grande déception de la jeune Circassienne, ce fut Tevfik Pacha qui revint le premier.

Un émissaire d'Anatolie finit pourtant par se montrer. Djemal-Nour avait aussitôt reconnu l'un des deux hommes qui transportaient les armes dans le haremlik le soir de leur fameuse escapade nocturne. En l'absence de Tevhidé, il avait remis à Nöber Badji une missive pour celle-ci.

Cela avait été un jeu d'enfant pour Djemal-Nour de subtiliser la lettre religieusement enfouie sous des piles de couvertures.

*

Le retour de Tevfik Pacha avait marqué le début de l'austérité et du malaise au Mermer Konak.

La disette était telle à Istanbul qu'une simple soupe, garnie de viandes et de légumes, et accompagnée d'une tranche de gros pain complet, faisait figure de festin. En ville, le pain blanc avait disparu et on l'avait depuis longtemps remplacé par un mélange de farine et de paille hachée. Même le *boulgour*, ce blé concassé qui jusqu'ici avait été l'élément de base de la cuisine turque, était devenu introuvable. Certains en étaient arrivés à suivre les rats qui pullulaient, dans l'espoir qu'ils les mènent dans quelque entrepôt de blé ou de sucre.

Au Mermer Konak, on avait restreint le train de vie. Abdi, le cuisinier, avait menacé plus d'une fois de rendre son tablier et de retourner dans sa province de Bolu. Il était dorénavant astreint à cuire ses aliments dans de l'eau alors qu'autrefois, plus de dix livres de viande de mouton et de volaille étaient utilisées quotidiennement, uniquement pour le bouillon de cuisson. Le sucre et les gâteaux s'étaient raréfiés et on pouvait mesurer le rang de l'hôte à la quantité de sucre qu'on dispensait pour l'honorer. Le reste du temps, c'étaient des sultanines, des petits raisins secs très parfumés, qui servaient à sucrer le café ou le thé. Bien sûr, on ne recevait plus les succulentes pâtisseries à la crème de chez *Lebon* ou les traditionnels bonbons *akidés*, non caramélisés et délicatement parfumés, dont la confiserie *Hadji Békir* avait le secret.

Mais le plus dur n'était pas tant cette pénurie.

Tevfik Pacha avait découvert avec horreur l'état du palais, le grand salon du selamlik, le vestibule de marbre, le parc et les kiosques. Dans son propre cabinet de travail, le massif bureau Empire avait été déplacé pour laisser la place à un campement de fortune. Ses magnifiques bronzes avaient été arrachés et le beau vase en porcelaine de Sèvres, cadeau diplomatique qui ornait la console dorée, était en miettes. Excédé, le pacha avait menacé de s'installer au Péra Palace et s'était finalement retranché dans les deux pièces attenantes à son cabinet de travail, en interdisant l'accès à quiconque.

Les événements n'avaient pas tardé à se précipiter.

Les réfugiés, peu à peu, avaient quitté le havre de paix provisoire qui les avait abrités, au grand soulagement de Tevhidé dont la fortune, qui avait été colossale, s'amenuisait de jour en jour.

Par Nöber Badji, Safiyé et Djemal-Nour avaient appris que le pacha se plaignait des aides financières inconsidérées de son épouse. Les récoltes avaient été catastrophiques et Tevhidé avait accordé de larges facilités de paiement aux fermiers et aux métayers de ses propriétés. Alors même que les locataires européens des commerces et des immeubles de rapport de Beyoglü refusaient désormais de payer et que les banques grecques faisaient artificiellement monter le cours de la drachme contre la livre ottomane pour faciliter aux Grecs les achats immobiliers. En bref, les placements de Tevhidé fondaient comme neige au soleil.

Tout le personnel du palais avait fini par en percevoir les répercussions.

Mais ce qui préoccupait le plus les kalfas, c'étaient les échos selon lesquels Tevfik Pacha ne souhaitait plus entretenir un aussi grand train de maison et aurait préféré les renvoyer à leurs foyers ou les disperser dans des konaks amis.

Un jour, Safiyé abasourdie avait même surpris une conversation entre la hanoumeffendi et son époux. Celui-ci voulait convaincre Tevhidé de la marier ainsi que Djemal-Nour. Il avait des « partis en or », assurait-il. Il avait ajouté qu'il n'y aurait aucun trousseau à préparer : ces messieurs étaient même disposés à payer une coquette somme d'argent pour épouser d'aussi séduisantes jeunes filles. Tevhidé s'était récriée : « Mais ce sont des *Boulgourgeois* ! » Ainsi désignait-on cette classe de nouveaux riches qui avaient fait fortune durant la guerre en profitant du marché noir et des trafics en tout genre, particulièrement sur les produits de première nécessité tels que le boulgour. Ces profiteurs de guerre représentaient un type nouveau de richesse, qui se montrait et s'étalait. Pour Tevhidé, cette ostentation apparaissait comme une insulte en ces temps de misère.

Au grand soulagement de Safiyé, Tevhidé avait si fermement refusé que Tevfik Pacha n'avait pas osé insister.

*

— *Halvet ! Halvet !* Place ! Place !

La *stambouline* du jeune eunuque traçait un étrange sillage dans les corridors. Coiffé d'un fez écarlate et engoncé dans cette redingote noire haut boutonnée, il se déplaçait en mouvements amples et criait avec une voix de fausset qui contrastait avec sa prestance. Les kalfas et le personnel du haremlik, presque instinctivement, se reculaient sur son passage, s'inclinant jusqu'à terre devant celle qu'il annonçait.

Safiyé regardait la princesse pénétrer dans le salon. Muniré Sultane portait une robe de lourd tissu à quatre volants qui couvrait ses souliers en chevreau blanc. L'*orta kalfa* l'avait débarrassée de son *yashmak*, le voile de mousseline qui couvrait sa tête et son visage, et de son feradjé de soie gris perle, qui furent ensuite confiés à la *tezredji kalfa* pour être soigneusement repassés puis enveloppés dans des carrés de brocart et de velours.

Pour la visite de Muniré Sultane, Tevhidé avait voulu que tout fût fait selon le protocole et les fastes traditionnels. Tôt le matin, les kalfas avaient œuvré pour donner au palais son lustre d'antan et elles-mêmes s'étaient revêtues de leurs plus beaux atours. Il s'agissait de faire honneur à la nièce du souverain.

Muniré Sultane était arrivée par le Bosphore, en

caïque à trois paires de rameurs, sur lequel flottait le pavillon de la dynastie d'Osman. Elle avait accosté sur le ponton privé du palais où un eunuque lui avait donné le bras et l'avait débarrassée de son ombrelle de dentelles au long manche d'ivoire.

Tevhidé s'était avancée à sa rencontre et s'était inclinée en un cérémonieux *temenah*. Dans une ample salutation, sa main droite remonta du sol vers le cœur puis vers les lèvres et le front.

Safiyé couvait des yeux la princesse impériale. Elle se demandait si c'était la simplicité du ton et des manières, les yeux d'un bleu presque gris qui s'étiraient jusqu'aux tempes ou cette démarche majestueuse et digne, qui l'impressionnaient le plus.

Muniré Sultane prit place sur le grand canapé en bois doré et sculpté.

Tevhidé fit signe à Djemal-Nour.

Quand la fillette revint, elle portait un plateau d'argent recouvert d'une nappe de soie brodée d'or sur laquelle étaient déposées une cafetière et des tasses en porcelaine de Saxe. La kalfa chargée de café se tenait à ses côtés.

La cérémonie du café était très importante au Mermer Konak. C'était autant une marque d'attention qu'une épreuve. Safiyé nota d'ailleurs que son amie était aussi nerveuse qu'un jour de récitation coranique.

Djemal-Nour versa d'une main hésitante le café dans la tasse enchâssée dans un zarf, une coupe d'argent ciselé ornée d'émaux et de pierres. Selon l'usage avec les invités de marque, elle demeurerait immobile, debout jusqu'à ce que la sultane ait fini ses tasses. Muniré Sultane buvait à lentes gorgées, en fumant le narguilé de cristal que Safiyé lui avait présenté.

La sultane, après sa première tasse, buvait toujours un second café dans une seconde tasse qui avait été préparée pour elle à cette intention. Elle venait d'avaler la dernière gorgée de celle-ci et Djemal-Nour sentait la pression qu'elle éprouvait depuis le début de ce service enfin se relâcher.

La conversation roulait sur le sort des Russes blancs. La capitale avait connu en novembre leur invasion pacifique. Istanbul avait déjà vu arriver des réfugiés venant des horizons les plus divers, mais jamais aucun n'avait débarqué de façon si impressionnante qu'eux. Le général Wrangel, le plus irréductible des chefs de guerre de la Russie « blanche », contraint d'évacuer la Crimée, était arrivé avec cent vingt-six navires et cinquante mille exilés, sans compter le haras impérial du tsar.

Muniré Sultane comme Tevhidé avaient toutes deux entendu les récits de ces réfugiés si démunis et tenaillés par la faim et la soif que, du pont des bateaux, ils faisaient descendre au bout d'une ficelle leurs anneaux de mariage jusqu'aux caïques des commerçants grecs et arméniens en échange d'un peu de pain et d'eau.

— La majorité d'entre eux est toujours parquée au camp de San Stefano...

— Oui, exactement là où, en 1877, les armées victorieuses du tsar bivouaquaient. La vie est d'une insolence, n'est-ce pas ?

— Leur dénuement est tel que la zone est devenue une vraie infection. Nous-mêmes, nous hésitons à les visiter. Mais le pire des fléaux auquel ils sont confrontés, c'est le mal du pays. C'est sans doute le véritable responsable de leur mortalité.

— On dit que plus de la moitié d'entre eux pourraient mourir dans l'année qui vient.

— Dans de telles conditions, qui survivrait ? Certains nichent dans des fosses et se disent trop heureux d'avoir trouvé des ruines pour les accueillir. Il y a désormais tant de soldats russes dans nos rues qu'on croirait à une seconde armée d'occupation !

— Il y en a même qui vendent des chaussures, des lacets ou des poupées de bois pour survivre ! Ceux qui s'en sortent le mieux sont ceux qui ont réussi à conserver assez d'argent pour ouvrir un restaurant.

— Oui, je sais, dit la sultane d'un ton aigre, leurs serveuses font des ravages ! Ces agents du vice et de la luxure devraient être parquées avec fermeté ! Elles sont presque aussi nocives et dévastatrices que l'alcool et la syphilis réunis ! Comme si on n'avait pas suffisamment de soucis comme ça avec les occupants, d'un côté, et ce fou de Kemal, de l'autre ! On ne parle plus que de lui un peu partout dans le monde.

Tevhidé hasarda prudemment :

— D'un autre côté, on ne peut pas non plus laisser les Alliés nous occuper indéfiniment et il n'y a guère que lui qui tente quelque chose contre l'envahisseur.

La sultane sortit un étui en or où brillait son monogramme en diamant. Elle alluma une cigarette de tabac turc et reprit :

— Ce Kemal a toutes les audaces. Vous savez ce qu'il a osé faire au fils du prince héritier...

Tevhidé acquiesça. Refet lui avait écrit à ce sujet.

— Oui, il a refusé au prince Omer Farouk Effendi de se joindre à lui dans la résistance.

— Il a repoussé son aide ! Pour ainsi dire la nôtre ! Quel affront ! Si vous voulez mon avis, il n'a jamais accepté de n'avoir pu épouser ma cousine Sabiha Sultane.

Elle aspira une longue bouffée de sa cigarette, laissant flotter le parfum suave du tabac :

— Je me demande si, au fond, tout cela ne sonne pas la fin de notre glorieuse dynastie, la fin des Ottomans.

Trop troublée pour se soucier des convenances, Safiyé ne put demeurer silencieuse plus longtemps :

— Vous croyez vraiment que tout cela pourrait conduire à la fin du plus grand des empires, du plus puissant des souverains... ?

La mine inquiète de la fillette émut la sultane qui eut une moue évasive.

— Ah ! Ma pauvre enfant ! Qui sait quel avenir se prépare ! Remettons-nous-en à Allah.

Tevhidé posa sa tasse et hocha la tête en signe d'acquiescement.

Safiyé se tourna vers elles :

— Mais c'est à l'homme d'agir pour le mieux selon ce qu'Allah lui a remis entre les mains.

Impressionnée, la sultane la félicita pour son tempérament si volontaire. Tevhidé sourit et fit un signe à Safiyé. Celle-ci s'avança alors vers la sultane, secondée par une servante. L'une tenait un compotier de cristal posé sur un plateau et l'autre une serviette bordée de soie lamée d'argent, des verres, en cristal eux aussi, et une carafe d'eau minérale de Tach-Delen que Tevhidé faisait venir de la côte d'Asie. Safiyé tenait le rôle de la hanoum. Elle prit une cuiller de vermeil qu'elle trempa dans de la confiture de roses et la présenta à la sultane. Selon la coutume, celle-ci ouvrit la bouche en souriant, mettant fin à toute cette discussion. La servante tendit alors le verre d'eau puis lui présenta la serviette pour qu'elle s'essuie la bouche.

Muniré Sultane sourit à Tevhidé :

— Et à propos... j'oubliais !

Elle fit entrer l'eunuque qui attendait sur le seuil depuis le début de la visite.

Cérémonieusement, il présenta à Tevhidé un écrin.

— C'est un présent de Kmar Kadineffendi ou plutôt Lella Kmar comme on dit là-bas à Tunis ! précisa Muniré Sultane.

La nièce du sultan avait des relations étroites avec la Tunisie. Le frère et la sœur de Damad Salih Khereddine, son défunt époux, y demeuraient ; ils s'y étaient réfugiés après l'éxécution du Damad par les Jeunes-Turcs.

Tevhidé contempla le joyau que l'épouse du bey de

Tunis lui adressait. Sa première pensée fut qu'elle allait devoir y répondre par un cadeau de prix. Heureusement, elle comptait sur la connaissance des usages de Lella Kmar pour disposer d'un temps de répit. En Orient, il est en effet très malvenu de répondre immédiatement à un présent par un autre présent, comme quelqu'un qui chercherait à se débarrasser au plus vite d'une corvée.

Tevhidé avait fait la connaissance de Lella Kmar avant la guerre. En se rendant avec Tevfik Pacha aux eaux à Vichy, elle avait brièvement séjourné en Tunisie pour saluer son amie d'enfance, la princesse égyptienne Nazli Fazil qui y avait épousé un haut dignitaire. Depuis, Tevhidé et Lella Kmar échangeaient régulièrement lettres et cadeaux.

— Et ce n'est d'ailleurs pas le seul présent que vous recevrez aujourd'hui.

La sultane avait retenu l'eunuque auprès d'elle.

— Assad Agha, lui dit-elle en désignant Tevhidé, voici votre nouvelle maîtresse.

Tevhidé s'inclina révérencieusement en remerciant Muniré Sultane. Elle n'avait vraiment pas besoin d'un serviteur de plus à entretenir en ce moment, mais impossible bien sûr de refuser cette impériale faveur.

*

Sumbul Agha s'avança vers les appartements de Tevhidé, le regard sombre et la mine défaite. L'irruption d'un nouvel eunuque dans le palais n'était visiblement pas à son goût. Le nouveau venu était certes un *adjémi*, un novice dont il faudrait faire l'éducation, mais en tant que « cadeau impérial », ne risquait-il pas de passer avant les autres ?

Tevhidé devina le trouble de son serviteur :

— Tu es inquiet à cause de l'arrivée d'Assad Agha ? Rassure-toi et sache que tu seras toujours mon premier eunuque. Assad sera au service des deux perles de cette maison, Safiyé et Djemal-Nour.

Sumbul Agha se rasséréna. Avec l'âge il devenait de plus en plus anxieux. Il s'inclina respectueusement et remercia sa maîtresse. En hésitant, il poursuivit :

— Je n'ai pas voulu vous interrompre tant que la sultane était là mais l'Arménien est arrivé. Voilà même une heure qu'il attend.

Tevhidé pâlit légèrement puis se ressaisit.

— Je vais le recevoir puisque je ne peux faire autrement.

L'eunuque scruta le visage de sa maîtresse. Sa pâleur l'inquiétait.

— Souhaitez-vous que je reste, Effendim ?

Tevhidé eut un sourire las :

— Merci, Agha. Ta fidélité m'est précieuse mais je préfère être seule pour régler ces misérables questions.

D'un pas traînant, elle entra dans le salon où l'attendait ce visiteur inopportun.

Bedros Karadjian se tortillait dans le large cabriolet Louis XV qu'il occupait entièrement. Il avait la mine réjouie de celui qui se prépare à réaliser une bonne affaire. Son regard balayait la pièce, s'attardant pensivement sur les moulures et les boiseries peintes en vieux rose rehaussé d'or.

L'Arménien joignit les mains dans un geste qu'il voulait rassurant et sourit à Tevhidé :

— Mais bien sûr que je vous fais toujours confiance, *Effem*...

Il prononçait « Effem » pour « Effendim » à la manière de certains nouveaux dandys d'Istanbul. Tevhidé, exaspérée, avait du mal à cacher son mépris.

— Mais vous savez quelle époque nous vivons désormais. Les sommes, dans votre cas, deviennent de plus en plus importantes...

— Vous avez tout de même en gage mes propriétés

et mes immeubles, interrompit sèchement Tevhidé. Cela ne vous suffit donc pas ?

Bedros souleva ses gros sourcils noirs.

— Mais, Effem, Tevfik Pacha de son côté m'a beaucoup emprunté ces temps derniers. Vous avez eu d'énormes dépenses, des imprudences... Ce sont des millions de livres !

Tevhidé ne put dissimuler un sursaut.

— Et votre dernière traite sur Messieurs Rothschild frères vient de nous être retournée impayée...

— Et sur la Banque ottomane ?

— Pareil, Effem.

Tevhidé baissa les yeux.

L'Arménien ne lui laissa pas le temps de réfléchir plus longtemps. Déjà, il poursuivait :

— J'ai donc malheureusement été obligé d'informer Tevfik Pacha de la situation. Vous comprenez, il voulait gager ces propriétés que vous-même aviez déjà engagées.

Tevhidé était décontenancée. Bedros Karadjian ajusta ses grandes lunettes rondes en écaille de tortue, hésita un moment avant de reprendre :

— Il reste tout de même une chose que vous n'avez pas encore engagée...

— Laquelle ?

— Mais... ce palais, Effem !

Tevhidé se sentit vaciller. Elle aurait dû dire à Sumbul Agha de rester.

10

Assad Agha posa un verre de sirop à la violette sur le guéridon de fer forgé devant Safiyé. La jeune Circassienne était assise sur l'un des bancs de bois du parc et semblait étrangement mélancolique. L'eunuque lui annonça brièvement :

— Chevkidil et Chemsidjémal ont été retrouvées !

Les deux kalfas circassiennes avaient clandestinement quitté le palais quelques jours auparavant. Elles avaient abandonné une maison où elles ne voyaient plus d'avenir pour elles, emportant dans leur fuite une cassette de bijoux appartenant à leur maîtresse.

Assad Agha reprit sur un ton scandalisé :

— Autrefois, les esclaves qui s'enfuyaient laissaient leurs savates au pied du mur pour informer de leur départ ! Et elles avaient la dignité de n'emporter rien de plus que le baluchon qu'elles avaient en arrivant !

Il ajouta en soupirant :

— Avec tous les bienfaits dont la hanoumeffendi les comblait ! Quelle ingratitude ! Ce sont vraiment des filles de peu !

Plus que le vol lui-même, c'était la trahison de Chevkidil et Chemsidjémal qui avait meurtri Tevhidé. Celle-ci avait toujours considéré les deux kalfas comme des membres à part entière de la grande famille du Mermer Konak.

Safiyé qui écoutait le jeune Noir d'une oreille distraite se redressa.

— Car tu crois, Agha, qu'il faut attendre de la reconnaissance ou de la gratitude des personnes à qui l'on fait du bien !

Devant la mine étonnée de l'eunuque, Safiyé poursuivit d'une voix lointaine :

— Non, crois-moi, la seule chose qui compte aux yeux de ces gens-là, c'est la puissance et l'autorité !

Assad Agha ne répondit pas. Il regardait la fillette, une lueur affectueuse dans le regard. Depuis six mois qu'il était entré au service de Tevhidé, il s'était singulièrement attaché à Safiyé. L'eunuque avait appris à comprendre le cœur de la jeune Circassienne et à en apprécier la droiture et la fierté. Pour lui, il ne faisait aucun doute qu'elle était promise à un grand destin. Sa courte expérience du harem impérial lui avait appris à reconnaître du premier coup d'œil les odalisques qui se distinguaient des autres.

L'eunuque sourit, dévoilant une dentition impeccablement blanche.

— Ah, *Arslanim*, ma Lionne, il faudrait aussi...

— Ne m'appelle pas « ma Lionne », je ne suis pas une princesse !

Assad Agha allait répondre qu'elle valait certainement mieux que beaucoup de princesses de sang, quand ils aperçurent la jeune Nimet qui leur faisait de grands signes de la main. Les yeux rougis, elle grimpait dans une *araba* chargée de bagages.

Safiyé, qui lui avait déjà fait ses adieux le matin, n'eut pas le cœur de la rejoindre. Elle lui envoya tristement quelques baisers du bout des doigts portés aux lèvres. Nimet, qui avait été la compagne de jeux de Safiyé et Djemal-Nour, était la fille d'une kalfa du palais qu'une attaque avait terrassée le mois passé. Tevhidé aurait voulu veiller elle-même sur le destin de l'orpheline mais les problèmes étaient désormais tels au Mermer Konak qu'elle avait fini par se résoudre à la confier à un couple d'Albanais à son service. Elle leur avait alors offert une petite terre où la famille allait maintenant s'installer.

Depuis quelques mois, les départs du Mermer Konak s'étaient succédé. Tevhidé, dont la situation financière devenait désastreuse, essayait de placer ou d'installer du mieux qu'elle pouvait tous ceux qui étaient à son service. Même dans son état, elle restait consciente de ses responsabilités et de ses devoirs à l'égard de personnes qu'elle estimait sous sa protection.

Safiyé avait ainsi vu partir Fétanifer qui les avait toujours régalés de ses contes fabuleux, la grosse Chayesté à la gentillesse proverbiale et même Féleksou qui connaissait mieux qu'une autre toutes les danses du Caucase. Tevhidé avait également vendu quelques bijoux afin de pouvoir doter d'un trousseau honorable la belle Tirimujgan, qui méritait son nom, « Aux cils comme des flèches », lorsqu'elle l'avait donnée en mariage à un jeune officier prometteur.

Le regard éteint, Safiyé suivait la voiture qui emportait Nimet et sa nouvelle famille ; l'araba venait de franchir la monumentale grille d'entrée. Les deux T entrelacés qui ornaient le portail, jadis d'une dorure flamboyante, étaient désormais bien écaillés.

La jeune Circassienne sentit un frisson la parcourir. Elle se tourna vers l'eunuque :

— Je prie chaque jour pour que ces départs cessent, pour que tout redevienne comme avant et pour que nous restions toujours tous ensemble...

Elle le fixa et poursuivit la voix chargée d'émotion :

— Promets-moi, Agha, que, quoi qu'il arrive, nous ne nous séparerons jamais...

Assad Agha baissa les yeux pour éviter le regard de l'enfant. Il savait par Sumbul Agha que Tevhidé, consciente qu'elle était maintenant dans l'incapacité d'assurer un brillant avenir aux deux enfants, avait écrit à une princesse de la famille royale d'Égypte pour lui demander de recevoir Safiyé et Djemal-Nour et de les prendre sous sa protection.

Tendrement, l'eunuque passa son long bras osseux autour de l'épaule de la fillette et la serra contre lui.

*

Dans leurs rêves, ils auraient voulu faire l'amour au grand jour, nus près de la mer, puis examiner les traces de leurs corps sur le sable. Mais, une fois encore, ils s'étaient retrouvés en cachette, dans cette petite villa du quartier de Chichli qu'il avait louée en prévision de leurs retrouvailles. Elle, avait prétexté des courses au bazar. Toute correspondance étant devenue trop risquée, c'était la fidèle Nöber Badji, outrée d'assurer ce rôle, qui avait finalement dû tout arranger. Depuis son départ en Anatolie, c'était la première fois que Tevhidé revoyait Refet.

Il lui avait raconté la vaste steppe brûlée par le soleil, sa monotonie interrompue seulement par quelques rides montagneuses, et Tuz gölü, le lac salé, immense machine évaporatoire et principale ressource des nomades Yürük. Il lui avait raconté les fleuves aussi, le lac de Van, posé là comme un puits, entouré des monts Suphan, Nemrut et Esruk, il lui aurait raconté la plus humble maison en pisé pourvu que cela pût repousser le moment de lui parler de la vie dans les camps retranchés, de la guerre, de Sakarya ou comment à la joie de la victoire avaient succédé la perplexité et l'inquiétude.

— Il fallait le voir parader dans sa voiture bringuebalante, acclamé par une foule en délire. « Je crois que ce que je sais faire mieux que tout, c'est la guerre », m'a-t-il confié, et j'ai peur qu'il n'ait pas tort.

— Dieu fasse que notre pays ne la connaisse plus jamais, soupira Tevhidé.

— Si tu avais pu voir le regard de mépris qu'il m'a jeté quand je lui ai avoué que, si je me réjouissais de notre triomphe et du départ probable de tout occupant, je regrettais cependant que ce fût au prix de l'anéantissement de traditions séculaires et de l'harmonie du cosmopolitisme ottoman. « Qu'importe la tradition ? » m'a-t-il répondu.

— Il a dit cela...

— Il m'a même ricané au nez quand j'ai avancé les valeurs séculaires de l'Islam ! Il m'a alors vivement conseillé de ne pas gâcher bêtement mes qualités de stratège.

Refet se redressa appuyé sur un coude avant de poursuivre :

— Dans sa bouche, c'est une menace à peine voilée. Il écartera de son chemin tout ce qui pourra entraver son ascension. La moindre indécision ou la moindre tiédeur à son égard pourraient devenir fatales !

— Il peut rejeter l'autorité religieuse — après tout une *fatwa* a été lancée contre lui et il en aura conservé de l'amertume — mais le pouvoir impérial, le sultanat ! Non. Kemal n'osera rien contre le sultan. Notre dynastie est trop ancrée dans le cœur du peuple.

— Tu crois cela ? Tu aurais dû voir la foule à notre entrée à Ankara. Elle l'a acclamé au cri de « *Yacha, bin yacha, Mustafa Kemal Pacha !* »...

— Longue vie, mille vies... Mais c'est l'acclamation traditionnelle réservée au souverain !

— Tu comprends maintenant ? D'ailleurs, quand je l'ai interrogé sur le sort du sultan, il a à nouveau ricané : « Le sultan : je m'en charge ! » Tu l'aurais vu à Ankara, tu aurais compris ce qui attend la Turquie, ce qui nous attend. Ne nous illusionnons plus : il est dévoré d'orgueil et d'ambition. Nous avons donné des armes à celui qui va détruire le monde dans lequel nous avons vécu. Il est prêt à piétiner et anéantir ce qui a fait l'essence de notre monde au profit d'une culture aussi profanatrice que celle des occupants. Il ne les chasse que pour ne pas partager le pouvoir. Tout Ankara acclamait le nouveau Gazi mais ce qui réjouissait le plus Kemal, c'est qu'il ne devait pas sa nomination au Sultan.

Refet enlaça fougeusement Tevhidé, leurs lèvres se mêlèrent ; ce n'était plus seulement la passion qui le guidait mais aussi la peur et l'inquiétude de leur avenir incertain. Refet avait commis une erreur en tenant tête à Kemal ; le Gazi ne souffrait aucune contradiction et il avait la dent dure contre tous ceux qui pourraient contrecarrer ses ambitions.

Tevhidé se plaqua contre Refet et lui murmura :

— Je t'en prie. Ne rentre pas à Ankara. Reste à Istanbul. Reste avec moi...

Refet soupira :

— Allons, tu sais que c'est impossible. Et puis on ne pourra de toute façon plus continuer à se rencontrer ainsi.

Tevhidé resserra encore plus son étreinte :

— Bientôt je serai libre. Je vais divorcer de Tevfik Pacha. Maintenant que je suis presque pauvre, je crois qu'il ne fera aucune difficulté !

Refet sursauta :

— Pauvre ! Toi ! Mais tu étais riche à millions...

— Tout est parti... De toute façon, il nous faudrait peu pour vivre. Je garderai seulement ma petite maison de Nichan-Tach. Nöber Badji et Sumbul Agha suffiront pour l'intendance. De toute façon, ils ne me quitteraient pour rien au monde.

— Et les autres ?

— J'ai décidé de m'en séparer. Je vais les doter et les installer avec ce qui me reste. Mon seul souci reste mes deux petites, Safiyé et Djemal-Nour ; il faut leur assurer un destin digne d'elles.

Elle lui expliqua qu'elle avait déjà écrit à ce propos

à la princesse Shivékiar à la cour d'Égypte, mais avec la lenteur actuelle du courrier, elle n'avait toujours pas reçu de réponse. Elle avait alors profité du départ en Tunisie d'un ami de son père pour le charger d'un message à l'intention de l'épouse du bey de Tunis.

— Aujourd'hui, Tunis vaut bien Dar-ü-Saadet. Et je sais que, là-bas, on cherche toujours des odalisques pour les princes et les grands seigneurs.

Un peu gênée, elle avoua à Refet :

— Et puis... Lella Kmar m'a envoyé un bijou et je lui suis toujours redevable d'un présent. C'est de toute façon l'ultime espoir pour ces deux petites d'avoir un avenir radieux...

*

Tevhidé avait encore la sensation du corps de Refet sur le sien. L'un comme l'autre ignoraient quand ils pourraient se revoir et ils avaient voulu garder un souvenir parfait de cette rencontre, qui les accompagne et les fortifie dans les mois à venir. Refet avait été plus amoureux et passionné que jamais. Elle en avait presque oublié ce vers quoi elle marchait en cet instant, ce palais, cette prison de marbre blanc où elle ne pouvait faire autrement que revenir. Mais à peine franchie son enceinte, Tevhidé avait cessé de rêver. Sur le perron, Sumbul Agha, la mine défaite, semblait guetter avec impatience son retour. Tevhidé accéléra le pas, en proie à un mauvais pressentiment.

— Un malheur, hanoum ! Un grand malheur ! répétait l'eunuque en lui ôtant son yashmak et son feradjé.

— Les Anglais ? Ils... ils sont venus ?

— Non, non... C'est au palais que... elle... elle...

— Elle ? Il est arrivé quelque chose à Nöber Badji ?

Tevhidé dévisageait l'eunuque avec anxiété. Elle ne l'avait jamais vu ainsi. Le vieux serviteur était manifestement sous le coup d'une grande émotion ; il bafouillait et s'embrouillait, ne trouvant quasiment plus les mots pour parler. Elle le suivit du mieux qu'elle put, pendant qu'il gravissait les escaliers quatre à quatre dans la direction du haremlik.

— Venez, hanoumeffendi, venez ! C'est... c'est horrible !

Qu'avait-il donc bien pu se passer ? Serait-il possible que cela concerne une des filles du harem ?

— Azimé Molla, la vendeuse, était passée et Safiyé...

— Safiyé... c'est Safiyé... ?

Tevhidé était devenue blême.

— Non, non, Hanoum. Laissez-moi vous raconter. Azimé vendait de très beaux colifichets et Safiyé en avait acheté pour Djemal-Nour. Elle les lui apportait quand elle a entendu les hurlements !

C'était Djemal-Nour. Tevhidé se mordit violemment les lèvres et pressa le pas.

— Le docteur Mavroyenni est encore là... Il est auprès d'elle... c'est Safiyé qui a éteint le feu mais il était déjà trop tard !

— Le feu ? Elle... elle est... morte ? !

— Non, Effendim, non... pas encore mais...

— Je veux la voir immédiatement !

— Mais le docteur est encore là et...

Tevhidé le devança, courant presque dans les corridors.

— Au diable les convenances ! On n'est tout de même plus au temps où les médecins devaient prendre le pouls des patientes derrière un rideau !

En haletant, il lui répéta que c'était horrible, qu'il ne fallait pas.

— Horrible ? Mais parle donc, qu'est-il arrivé au juste ?

Elle s'était figée sur place et, face à lui, attendait une réponse.

Sumbul Agha lui expliqua en bafouillant que Djemal-Nour, déjà morose et mélancolique depuis quelque temps, jouait machinalement à brûler des allumettes-bougies. Accidentellement, la mousseline de sa robe s'était enflammée et les flammes avaient vite gagné sa superbe chevelure. C'était arrivé peu après le repas de midi et il n'y avait personne à l'étage hormis Nöber Badji. Celle-ci s'était précipitée et son premier réflexe avait été de rouler à terre avec la fille. Mais elle avait dû se rejeter en arrière pour étouffer le feu qui avait commencé à gagner ses propres vêtements. Elle s'était enroulée tant bien que mal dans un drap pour se protéger et avait saisi Djemal-Nour. Celle-ci portait une ceinture en argent autour de la taille et, malgré tous ses efforts, Nöber Badji n'était parvenue ni à dégrafer ni à ôter sa robe qui collait maintenant à sa peau. Safiyé les avait trouvées alors que Nöber Badji, mains et poitrine brûlées elles aussi, emportait Djemal-Nour à bras-le-corps en courant dans le vestibule à la recherche de secours. Safiyé n'avait pas cédé à l'affolement ; elle avait tout de suite hurlé à la kalfa d'arrêter de courir. Elle s'était alors saisie d'un tapis de prière et l'avait jeté sur son amie pour éteindre enfin les flammes mais il était déjà trop tard.

— Elle est en partie défigurée. C'est... c'est atroce ! Non, je vous en supplie, hanoum, n'entrez pas. Il ne faut pas que vous la voyiez ainsi !

Tevhidé, sans écouter un mot de plus, franchit précipitamment le seuil de la chambre.

Djemal-Nour était étendue sur le lit, immobile. Elle était entourée de Safiyé, de Nöber Badji, les mains pansées, d'Assad Agha et du médecin. Tout de suite, tous s'écartèrent et le docteur Mavroyenni s'avança. Ce vieil ami de la famille, sénateur de l'Empire, était l'un des rares Grecs d'Istanbul à défendre les valeurs ottomanes. Il s'inclina devant Tevhidé. Si l'état de l'enfant s'améliorait un peu, il proposait de la transférer vers un hôpital de Vienne où un spécialiste autrichien pourrait peut-être la sauver.

Tevhidé s'avança vers le lit. Djemal-Nour était couverte de linges. Lentement, elle découvrit son visage. Autour d'elle, on détourna les yeux. Le cœur serré, Tevhidé réussit à ne pas broncher devant les traits défigurés. Djemal-Nour avait les yeux ouverts. Tevhidé se pencha vers elle, posa un léger baiser là où la peau n'était pas brûlée et murmura :

— Ma fille, ô ma fille...

*

Nul au Mermer Konak n'oublia jamais la douleur de Tevhidé. Jusqu'aux derniers moments, les rares fois où elle parlait, c'était pour soupirer : « Qu'Allah me conserve ma fille ! » Elle était maintenant consciente que le sort de sa protégée n'était plus entre les mains des hommes.

Plusieurs médecins s'étaient succédé à son chevet. Le docteur Mavroyenni, qui passait quotidiennement matin et soir, avait même réussi à obtenir de son éminent confrère de Vienne qu'il se déplace à Istanbul. Le spécialiste autrichien n'avait pu que constater l'état désespéré de la fillette ; il avait simplement fourni des drogues puissantes qui apaisaient la douleur.

Safiyé et Nöber Badji non plus ne quittèrent pas le chevet de Djemal-Nour durant les trois journées que dura son agonie. Se relayant sans cesse, dormant à tour de rôle, attentives au moindre souffle.

Djemal-Nour ne pouvait plus parler mais Safiyé serrait la main valide de son amie en lui murmurant à l'oreille des paroles affectueuses dans leur langue natale. Au matin, Safiyé était tellement épuisée qu'on l'avait trouvé endormie dans les bras d'Assad Agha. Ce fut alors qu'on se souvint qu'elle avait bien dû rester deux journées entières sans dormir.

Avec le départ tragique de Djemal-Nour, le dernier fil qui rattachait Safiyé au Caucase et à son village natal se rompait. Tout le temps des obsèques de son amie, les visages de ses parents, de Sursam et de tous ceux qu'elle avait connus avaient défilé dans la tête de Safiyé.

Tous ceux qu'elle aimait disparaissaient, avait-elle un jour confié à Nöber Badji. Les yeux rivés sur les mains encore mal cicatrisées de la vieille femme, elle lui avait alors demandé pourquoi donc Allah était-Il si cruel avec eux. La kalfa s'était immédiatement récriée :

— *Allahou akbar* ! Ne blasphème pas, Safiyé ! Allah nous a créés et, quand tel est notre destin, Il nous reprend une fois notre heure venue. C'est Lui le Dispensateur ! Si terribles et affligeantes que soient les épreuves dans ce monde ici-bas, l'homme se doit de les affronter et de toujours remercier son Créateur ! Lui seul connaît le secret de toute chose...

Puis elle s'était brusquement tue et elle avait serré la fillette contre elle. Toutes deux avaient éclaté en sanglots.

*

Le personnel n'avait pas été le seul à partir du Mermer Konak. Le mobilier avait vite suivi. Les lustres de cristal, les belles glaces dorées de Venise, le grand brasero en argent du hall furent les premiers à disparaître.

Au fil des semaines, Safiyé avait vu les salons du haremlik et ceux du selamlik se vider peu à peu. Elle avait fini par comprendre que, lorsque Tevhidé n'aurait plus rien à vendre, ce serait probablement ce palais lui-même qu'elle devrait sans doute céder et quitter à jamais.

Safiyé serra les poings. Elle était bien décidée à lutter ; jamais, quoi qu'il arrive, elle n'abandonnerait sa bienfaitrice.

L'enfant fixait le mur du salon où ne trônait plus la belle peinture du pacha peintre Cheker-Ahmet. Un marchand l'avait très vite achetée pour une bouchée de pain, convaincu qu'elle n'allait pas tarder à prendre une immense valeur ; tous les nouveaux riches de l'après-guerre s'arrachaient maintenant à prix d'or ces vestiges des temps anciens dont ils meublaient leurs fastueux hôtels particuliers.

— Ne sois pas triste, Safiyé ! Tu auras un jour de bien plus belles choses...

Safiyé leva les yeux vers Tevhidé :

— Ne croyez pas que je suis triste parce que le luxe qui nous entourait a disparu !

Sa voix se troubla.

— Non, c'est depuis que Djemal-Nour nous a quittées que mon cœur est aussi triste que le vôtre...

Un pâle sourire se dessina sur les lèvres de Tevhidé :

— C'est la volonté de Dieu, ma fille ! Aujourd'hui, pourtant, je suis contente et triste à la fois. Contente, car je crois que ton destin est maintenant assuré, et triste car, je le crains, bientôt, je ne te verrai plus jamais...

— Mais, où que vous partiez, je resterai toujours avec vous, Effendim ! se récria la fillette.

Tevhidé secoua la tête.

— C'est que bientôt, ma pauvre enfant, je n'aurai plus de chez-moi...

Elle lui expliqua ce que Safiyé avait déjà pressenti : l'Arménien Bedros avait fini par se rendre propriétaire du Mermer Konak.

— J'ai une petite maison à Nichan-Tach. Avec mes derniers revenus je devrais pouvoir y vivre modestement, avait-elle ajouté.

Safiyé allait parler mais la hanoum posa sa main sur ses lèvres.

— Pour le moment, je vais vendre un petit lopin de terre et avec l'argent je partirai en pèlerinage à La Mecque.

Elle marqua une pause devant la mine désespérée de Safiyé.

— Je prierai Allah et Son Prophète de toujours te protéger et de t'assurer le destin que tu mérites, Safiyé.

La fillette se jeta aux pieds de Tevhidé. Elle ne rêvait plus d'un destin royal, si fabuleux soit-il. Le luxe et la puissance lui semblaient bien dérisoires aujourd'hui : la seule chose qui importait à Safiyé était de rester avec sa protectrice et de toujours recevoir cet amour et cette affection qu'elle savait dispenser autour d'elle.

Par pudeur et par fierté, la jeune Circassienne ne prononça pas un mot.

Tevhidé la releva et la serra contre elle.

— Je t'ai déjà parlé de Lella Kmar, l'épouse du bey de Tunis ? Elle est circassienne comme toi. Je viens de recevoir des nouvelles d'elle, ce matin ; elle m'a affirmé qu'elle sera très heureuse de t'accueillir à la cour du bey. Elle fera ce que les circonstances ne m'ont malheureusement pas permis de faire, elle te forgera un destin digne de toi.

Tevhidé posait des baisers sur le visage de l'enfant.

— Tu verras, la Tunisie est un pays magnifique. Tu apprendras vite à l'aimer et, bientôt, il te fera oublier tout ce que tu auras vécu jusqu'ici. Ce sera plus qu'un nouveau pays pour toi ; ce sera une chance, une porte ouverte vers un grand destin...

TUNISIE

1922-1927

11

Le bey Naceur avait du mal à enfiler sa redingote. Ce matin, le souverain tunisien avait congédié son valet de chambre, qui d'ordinaire préparait ses tenues. Il voulait rester en tête à tête avec Lella[1] Kmar, sa dernière épouse. Celle-ci l'aida à ajuster son vêtement. Il était devenu plus corpulent et chaque geste, chaque déplacement représentait maintenant pour lui un effort.

Lella Kmar observa sous la barbe blanche le visage sanguin au teint légèrement congestionné. Les yeux de son époux, déjà saillants quand elle l'avait connu, étaient désormais exorbités. Le souverain avait bien vieilli. Depuis quelque temps, sa santé donnait d'ailleurs du souci à ses médecins et à la cour. Voilà peu il avait encore eu une embolie et tout le monde avait craint le pire. Mais Allah en avait décidé autrement et, comme chaque année en cette saison, ils s'apprêtaient à prendre leurs quartiers d'été au palais de La Marsa.

Au-dehors, l'aube pointait à peine et Lella Kmar réprima un frisson. Le bey se leva ; d'un pas hésitant, il s'approcha d'elle et recouvrit ses épaules d'un léger châle de cachemire. Lella Kmar saisit sa main et doucement la porta à ses lèvres. Visiblement ému, il lui sourit.

1. Lella qu'on pourrait traduire par Madame est plutôt l'équivalent du Milady anglais.

— Vous me paraissez bien préoccupée, Madame, quelque chose vous chagrine ?

Lella Kmar lui sourit pensivement sans répondre.

— S'il s'agit de votre nouveau palais, ne vous inquiétez donc pas, poursuivit-il de sa voix rocailleuse et traînante.

Depuis quelques années, Lella Kmar avait entrepris la construction d'un palais personnel entouré d'un vaste parc à La Marsa. Le terrain faisait jadis partie du domaine de la Couronne, en principe inaliénable. Un astucieux stratagème juridique avait cependant permis son échange contre un lopin de terre ingrate aux confins du pays. Dûment chapitrés, les notaires désignés pour l'évaluation des biens respectifs n'avaient pas osé soulever la moindre objection.

— Ce palais est le vôtre, *Sidna*[1]. Ce sera, si Dieu le veut, *Kasr Essaâda*, le Palais du Bonheur, et il témoignera devant tous combien vous m'avez rendue heureuse. Ce que je suis aujourd'hui, je ne le dois qu'à vos faveurs et à vos bontés. Tout ce que je possède vous appartient.

Le titre de propriété avait quand même bien été immatriculé en son nom propre à elle. Veuve sans enfants de deux précédents souverains, Lella Kmar avait appris à ses dépens qu'il fallait préparer l'avenir.

Quand elle avait épousé le bey Naceur en 1906, alors qu'il venait de monter sur le Trône tunisien, l'odalisque circassienne avait tout de suite compris que son heure était venue. Follement épris d'elle alors qu'il n'était encore que prince héritier, Naceur n'avait pas attendu que le corps de son cousin et prédécesseur soit complètement froid pour faire d'elle sa troisième épouse. Elle avait alors trente-cinq ans et était pleinement décidée à saisir la chance qui se présentait.

1. Sidna : Notre Seigneur. Adresse utilisée pour les souverains en Orient.

Très vite, son emprise sur le bey était devenue totale. Lella Kmar avait su habilement doser les étreintes fougueuses et les minauderies, les choses de l'esprit et les plaisirs gourmands, la piété et les divertissements poétiques ou musicaux. Son grand moment de gloire avait été quand, sûre de son ascendant, elle avait presque supplié le monarque de continuer à honorer ses autres épouses, ainsi que le recommandaient les préceptes religieux. Ému devant tant de bonté, les larmes aux yeux, le bey Naceur s'était exclamé : « Vous êtes une sainte, Lella ! »

Une sainte qui n'avait quand même pas poussé l'abnégation jusqu'à partager avec ses *ortaks*[1] les riches présents que le bey lui faisait presque quotidiennement.

— Vous me gâtez toujours trop, Sidna !

Lella Kmar faisait jouer à son annulaire une bague montée d'un volumineux chaton de rubis que le souverain lui avait offerte la veille.

— Ce ne sont que des babioles comparées à vos mérites. C'est vous qui êtes le véritable joyau de ma couronne...

Le bey Naceur continuait de couver la beya, son épouse, de son regard bleu profond auquel une certaine myopie conférait un charme particulier. Tout le monde malheureusement ne pensait pas comme lui et l'ascendant de Lella Kmar sur le monarque suscitait de nombreuses jalousies à la cour. Mais la Circassienne avait su tisser sa toile et s'assurer des appuis fidèles aux postes clefs. Au faîte de sa puissance et de sa gloire, Lella Kmar n'en considérait pas moins que rien n'était jamais totalement acquis et qu'il fallait préparer l'avenir.

— À vrai dire, Sidna...

Elle marqua un temps.

1. Associées. Terme turc désignant aussi bien les associés en affaires que les coépouses qui sont « associées » pour le même homme.

— À vrai dire, je considère que vous avez été insulté...

Devant l'air un peu surpris du bey, elle désigna le journal qui reposait sur une petite table et enchaîna sans lui laisser le temps de réagir :

— La façon dont vos propos ont été retranscrits est une offense indiscutable à votre personne !

Naceur Bey avait accordé un entretien au *Petit Journal*, un quotidien français, et le directeur du protocole en avait fait une traduction « appropriée », ce qui avait permis à la Résidence générale[1] de déformer les paroles du souverain et de faire paraître une déclaration où il fustigeait les agitateurs nationalistes.

— Vous vous devez de montrer à nos sujets que vous n'êtes pas le souverain complaisant vis-à-vis de ces chiens d'occupants pour lequel ils veulent vous faire passer. Il faut que les Français comprennent de quelle trempe vous êtes !

— Vous avez sans doute raison, finit par répondre le bey après un court silence. Son ton était las et accablé.

Péniblement il se leva du canapé et se dirigea d'un pas lent vers la fenêtre à moucharabiehs qu'il ouvrit d'un geste sec. Il resta ainsi à respirer profondément l'air frais.

Depuis la minute même où elle avait lu cet entretien, Lella Kmar s'était décidée à utiliser l'incident à son avantage.

*

Assis en tailleur, les yeux mi-clos, Si Laroussi émit un long rot de satisfaction. Son épouse s'était encore

1. Depuis 1881, la Tunisie était placée sous un protectorat français. Le résident général était le haut fonctionnaire qui représentait à Tunis la République française et était en fait le véritable maître du pays.

une fois surpassée dans la préparation de ce ragoût aux pruneaux qu'il affectionnait. Son seul regret était de n'avoir pu profiter pleinement d'une sieste réparatrice, car sitôt la prière de l'*asr* terminée, il avait rejoint au plus vite son échoppe.

Il étouffa un bâillement et répondit à Si Tijani, un boutiquier voisin :

— Je ne crois pas que Sidna ait vraiment déclaré que tous les nationalistes ne sont que des agitateurs et qu'il s'en remettait pleinement à la France pour assurer le bien-être de ses sujets !

Les propos prêtés à Naceur Bey dans les journaux s'étaient répandus comme une traînée de poudre dans la médina et les souks et chacun y allait de son commentaire.

— Moi non plus ! Mais s'il a dit ça, c'est une pitié, assurément ! répliqua Si Tijani. Ah, le monde a bien changé ! Nos hôtes d'autrefois sont devenus les maîtres et ces chiens ne respectent plus rien !

— Ne nous mêlons pas de tout ça, marmonna Si Laroussi en décroisant ses jambes endolories. Le souverain est libre de faire ce qu'il veut tant que notre religion est respectée ! Pour le reste, laissons la politique à ceux qui n'ont rien à faire !

Il parcourut du regard la boutique pour s'assurer que son fils, occupé à ficeler des paquets, avait bien entendu sa remarque. Il était bon d'enfoncer dans le crâne de sa progéniture quelques vérités de base.

Leurs regards se croisèrent. Visiblement, Ahmed avait suivi toute la conversation et n'attendait qu'une occasion pour intervenir. Il fixa son père et débita d'un trait :

— Mais, père, la cause des nationalistes est le seul espoir pour notre pays. Ah, si le prince Moncef était notre bey, il en irait autrement ! Lui au moins tiendrait tête aux occupants...

Si Laroussi faillit s'en étouffer.

— Comment oses-tu ! Dévoyé ! Garçon de peu ! Parler devant ton père pour lui faire la leçon !

Avec fureur, il se saisit d'un éventail en osier et le lança violemment dans la direction du jeune homme.

— On dit pourtant que ce jeune prince Moncef et ses frères sont très proches des gens du parti du Destour qui réclame une constitution à la France, poursuivit Si Tijani.

— Que le fils du bey et ses frères fassent ce qu'ils veulent ! Moi, je sais ce que j'ai à faire !

Sur cette réponse catégorique, Si Laroussi tourna le dos à son voisin et se concentra sur le chapelet qu'il tenait à la main.

Si Laroussi était l'archétype même du *beldi*, le bourgeois conservateur de Tunis, qui devait toujours se tenir bien prudemment à l'écart des affaires politiques et des allées du pouvoir. Il avait fidèlement suivi la voie tracée par ses ancêtres. Il continuait de perpétuer leur métier, leurs traditions et leurs enseignements. Hostile au changement, il ne croyait pas au progrès et surtout veillait à ne se distinguer en rien, sinon par une conduite pieuse et le respect des usages établis. Tous les jours, le *chaouachi*[1] priait Dieu pour que son fils maintienne ce flambeau transmis d'une génération à l'autre.

Ahmed empaquetait avec hâte deux magnifiques chéchias au long flot de soie bleu foncé, destinées au palais beylical. Le jeune garçon avait hâte de quitter cette échoppe dans laquelle il se sentait étouffer.

Le paquet sous le bras, Ahmed salua son père en évitant son regard et s'engagea dans le passage couvert où ouvrait la boutique.

Il consulta la montre qui se trouvait dans le gousset

1. Fabricant et commerçant de chéchias, le couvre-chef national tunisien.

de son gilet brodé. Il arriverait à temps au *chmindifir*[1]. Il caressa machinalement la montre du doigt. C'était le prince Moncef qui la lui avait offerte quand il avait remporté les épreuves de *La Naceuria*, la société de gymnastique. Le garçon se souvenait encore avec émotion de sa rencontre avec le fils aîné du souverain. Ah, si Sidi Moncef avait été leur roi ! Ahmed conservait toujours le bristol, un peu écorné, où, sous une couronne royale surmontée d'un croissant et d'une étoile, on pouvait lire le nom du prince étalé en belles lettres anglaises. Curieusement, à l'endroit où d'ordinaire l'on indique sa profession, Moncef avait fait graver *« Fils de S.A. le Bey de Tunis »* ; une profession difficile en ces temps, mais qui en valait bien une autre.

*

Le prince Moncef n'était pas au Palais mais la grosse Taïta, elle, était fidèle au poste. Elle se réjouissait de voir Ahmed engloutir avec appétit une demi-douzaine de *makroudh*, des petits losanges fourrés de pâte de dattes. Une spécialité de la ville de Kairouan qu'un des cuisiniers du palais réussissait à merveille.

— *Saha, saha*, mange, mon fils, mange !

Pour Taïta, un bon appétit était synonyme d'une bonne santé ; et, comme chaque fois que le jeune garçon livrait des chéchias, elle s'employait à le gaver du mieux qu'elle pouvait.

— Ah ! comme tu es devenu beau ! Il faut voir le vilain canard que tu étais quand tu étais bébé ! Je dois te trouver une belle épouse...

— Et si tu commençais par te trouver un mari, *Ya* Taïta !

1. Déformation de « chemin de fer », passée dans le langage tunisien de l'époque.

C'était toujours le même jeu à chacune de ses visites et le garçon connaissait par avance sa réaction.

— Un mari ! *Adonaï* ! Qu'est-ce que tu veux que j'en fasse ! J'en ai déjà eu un et il est dans sa tombe, le malheureux ! Mais avant, il a mangé la tête de ma mère !

Dans son langage coloré, Taïta voulait dire que c'était certainement les récriminations répétées de son mari à l'encontre de sa belle-mère qui avaient fini par la précipiter dans la tombe.

Après son veuvage, Taïta avait pourtant été l'objet de nombreuses sollicitations de la part de la gent masculine, sensible à ses formes généreuses. Sous le foulard de couleur, les cheveux coquettement teints au henné encadraient un visage aux traits assez fins que la graisse ne parvenait pas à alourdir totalement. Au poids, Taïta ne manquait certainement pas de charme.

— On ne dira rien si on sait qu'il y a un homme chez toi ? demanda Ahmed, l'air sérieux. Depuis qu'un petit duvet brun recouvrait ses lèvres, le jeune garçon se considérait déjà comme un adulte.

— Un homme ! *Ya bghal*, espèce de bourricot, je t'ai vu naître ! Je connais mieux tes fesses que ta future épouse !

Devant la mine un peu déconfite du garçon, elle poursuivit sur un ton caressant :

— Et puis, tu sais bien que moi je suis juive, j'ai le droit de sortir et de voir des hommes.

Taïta n'était effectivement pas soumise à la claustration du gynécée ; au service de Lella Kmar, c'était elle qui assurait le lien entre le monde extérieur et le harem.

Pendant qu'ils continuaient de parler, la porte qui donnait sur le corridor du harem s'ouvrit et, timidement, une fille habillée à l'européenne s'avança. Remarquant la présence masculine, elle recula brusquement et fit demi-tour.

Ahmed en resta le makroudh en suspens devant les

lèvres. Il n'avait jamais vu plus de grâce et de beauté réunies dans un même visage et une même silhouette. Elle était encore jeune mais aucune des Européennes élégantes qu'il croisait dans les nouveaux quartiers de Tunis ne lui arrivait à la cheville.

Taïta, amusée, remarqua son trouble.

— Elle est belle, hein ? Mais attention : ne rêve pas, elle n'est pas pour toi ! C'est une Turque d'Istanbul pour Lella Kmar.

Pour les Tunisiens, tout ce qui venait de l'Empire ottoman était automatiquement qualifié de Turc.

— Comment s'appelle-t-elle ? demanda Ahmed.

Taïta hésita un moment puis, devant l'air suppliant du jeune garçon, finit par répondre :

— Elle s'appelle Safiyé !

La Juive s'était redressée.

— Et maintenant file ! Je dois te laisser ! Cette petite est là depuis hier et, la pauvre, elle est un peu perdue ! Elle a à peine douze ans, elle a vraiment besoin d'être rassurée, je vais la rejoindre !

*

Pour Taïta, la Tunisie était le plus beau des pays et Tunis la plus belle des villes au monde. Taïta ne connaissait du monde que Tunis et ses environs, mais elle restait inébranlable dans ses convictions.

— Et nos palais aussi sont les plus beaux du monde ! renchérit-elle, l'air satisfait.

Safiyé suivait la grosse femme qui semblait décidée à lui faire parcourir tous les salons et les moindres recoins du palais.

— Ici, c'est le « Salon doré » ! La grande salle d'apparat du harem ! Regarde comme c'est beau !

Safiyé observa, vaguement inquiète, la débauche de dorures : canapés rococo, fauteuils massifs sculptés et dorés à la feuille, consoles et miroirs vénitiens aux ors luisants, pendules sous globe, bronzes. Tout était flamboyant d'or jusqu'aux revêtements, tentures et rideaux de brocart et de lourdes étoffes brochées. Heureusement, quelques meubles recouverts d'une housse de protection de toile blanche reposaient le regard.

— Admire toute cette beauté ! Ce n'est pas à Istanbul que tu aurais pu voir ça !

Safiyé acquiesça poliment de la tête. Elle ne comprenait vraiment pas comment Taïta pouvait considérer ce salon comme la quintessence du luxe et du bon goût.

La grosse femme entoura les épaules de Safiyé de son bras dodu et l'entraîna dans un corridor dallé de marbre.

— Comment s'est passé ton voyage ? demanda-t-elle. Moi j'aurais été morte de peur sur ces gros bateaux.

Safiyé essaya de dégager son épaule et eut un geste évasif, ce qui ne découragea pas Taïta.

— C'est vrai que tu n'étais pas seule, mais avec Sidi Tahir Khereddine, poursuivit-elle.

C'était l'actuel ministre de la Justice. Taïta savait que Lella Kmar ne l'appréciait pas beaucoup, mais il lui était parfois utile car il avait encore des attaches à Istanbul.

La Juive observa Safiyé dont le visage restait fermé. Elle avait un regard étrange et lointain, comme voilé d'une immense tristesse. Un regard d'animal traqué et blessé, songea-t-elle. Qui pouvait savoir par quelles épreuves elle était passée avant d'aboutir ici ?

Taïta en avait le cœur fendu de la voir ainsi. Affectueusement, elle resserra son étreinte sur l'épaule de Safiyé pendant qu'elles arrivaient dans un vaste salon carré.

— C'est là où, en général, les femmes du harem se retrouvent, précisa Taïta.

C'était un grand patio dallé de marbre. Couvert d'un plafond de toile peinte et éclairé sur son pourtour de hautes fenêtres cintrées, il ouvrait sur plusieurs salons et chambres. Safiyé esquissa un pâle sourire. L'endroit était en effet accueillant et plutôt charmant. Mais en rien comparable au Mermer Konak. Rien, depuis la minute où elle était arrivée, ne réussissait à estomper le souvenir de ce palais où elle avait été heureuse et entourée. Les images du konak au moment de sa décrépitude ne lui avaient pas fait oublier celles du temps de sa splendeur. Le Mermer Konak restait pour elle l'endroit le plus magnifique au monde et elle regardait maintenant avec dédain les ors et le luxe de ce palais beylical.

— ... mais on va bientôt changer ces tissus qui commencent à vieillir !

Taïta poursuivait son babillage. Safiyé l'écoutait sans trop comprendre car le peu d'arabe que le répétiteur de Coran leur avait appris à Istanbul était nettement insuffisant pour suivre le dialecte tunisien et surtout le sabir judéo-arabe de la Juive. Jamais elle ne s'était sentie aussi seule.

Soudain, Taïta s'interrompit et l'entraîna d'un pas vif. Une jeune fille grande et élancée apparaissait, venant du salon qui donnait sur les jardins du harem.

— C'est Moulka ! C'est une odalisque venue de Turquie comme toi, mais il y a quelques années. Elle est circassienne elle aussi.

Moulka jeta un regard distant à Safiyé comme si croiser quelqu'un de sa race lui rappelait de mauvais souvenirs. Safiyé se porta néanmoins à sa rencontre et essaya son plus beau sourire :

— Je suis contente de te rencontrer ! Tu es la seule ici à parler notre langue et j'ai vraiment du mal à comprendre ce qu'elle raconte ! murmura-t-elle d'un ton complice.

— Il faudra pourtant que tu apprennes à parler l'arabe. Je ne suis ni ta dame de compagnie ni une interprète !

Taïta, qui n'avait rien saisi, arborait un large sourire.

— Eh bien, je vous laisse, je vais aux cuisines...

Avec un soupçon d'inquiétude, Safiyé regarda la Juive s'éloigner. Mais elle n'en poursuivit pas moins, le sourire aux lèvres :

— Tu es vraiment très belle et ce que tu portes est magnifique...

Moulka abandonna un instant son air revêche. Elle était de fait très séduisante ; des yeux vert foncé irisés, un teint mat et des traits fins et réguliers auxquels un petit grain de beauté sous la lèvre inférieure conférait un charme particulier. Et sa tenue dite tunisienne, en fait d'inspiration ottomane, soulignait son corps parfait.

— Ici, être belle ne suffit pas ! Tu ne tarderas pas à l'apprendre, crois-moi !

D'un air teinté de mépris, Moulka ajouta :

— Oui, tu vas vite perdre tes illusions ! Bientôt, tu regretteras de ne pas être restée où tu étais !

Et sans même la saluer, elle la planta là.

Dans le grand patio désert, Safiyé se mordit les lèvres pour endiguer les larmes qui lui montaient aux yeux ; elle se sentait réellement seule et étrangère. Pourquoi Tevhidé l'avait-elle ainsi abandonnée ? La hanoum lui manquait tellement. Tous lui manquaient, Assad Agha, Nöber Badji et, par-dessus tout, Djemal-Nour.

*

Ce n'est que le surlendemain que Safiyé fut présentée à Lella Kmar.

Elle ne s'était jamais trouvée face à une souveraine et elle en fut presque déçue tant elle imaginait des fastes pompeux. La simplicité de la mise de la beya contrastait singulièrement avec le décor surchargé. À demi allongée sur une méridienne de velours cramoisi, entourée de ses deux dames de compagnie, Aroussia, une Tunisienne, et Badraja, une ancienne odalisque, Lella Kmar était cependant impressionnante de majesté et de dignité hautaine.

La beya prononça quelques mots de bienvenue en circassien et lui fit signe d'avancer. À son accent, Safiyé jugea qu'elle devait être originaire d'Abkhazie, au sud de la Circassie.

Safiyé s'inclina et baisa la main fine et racée que la souveraine lui tendait.

— Je suis toujours heureuse de recevoir une jeune fille arrivant du glorieux empire, poursuivit Lella Kmar en langue turque. Comme tous les musulmans, je suis très peinée par les drames qui le secouent. J'espère que vous nous apportez de bonnes nouvelles !

Safiyé entreprit de raconter du mieux qu'elle put ce qu'elle connaissait de la situation à Istanbul et dans le pays. À vrai dire Lella Kmar semblait bien plus informée qu'elle-même ne l'était. Un imperceptible sourire s'était même mis à planer sur ses lèvres au fur et à mesure qu'elle parlait. Manifestement, la façon dont Safiyé répondait importait plus que ce qu'elle lui disait. Encouragée par le regard bienveillant de la souveraine, Safiyé se mit très vite à déverser un flot ininterrompu de paroles dans lequel les noms de son entourage côtoyaient dans un naïf désordre ceux des événements politiques et des personnalités.

Lella Kmar approuvait de la tête, provoquant un curieux balancement de l'aigrette de plume qui ornait sa coiffe de mousseline ; c'était une espèce de *hotoz*, une coiffe passée de mode depuis longtemps à Istanbul et qu'on ne voyait plus guère que sur les très vieilles personnes. Safiyé se retint de sourire.

Soudain, Lella Kmar se leva de sa méridienne pour se diriger vers une fenêtre donnant sur la cour intérieure. Elle fit signe à Safiyé de la suivre.

— Votre vie et votre destin sont maintenant ici.

La souveraine marqua un temps. Puis, tout en observant distraitement les va-et-vient dans la cour, elle poursuivit :

— Si dure que puisse être la séparation, si douloureux puisse-t-il être de couper des liens, il faut apprendre à oublier, oui il faut oublier, car c'est à ce prix seulement que l'on peut atteindre les sommets.

Sa voix ferme avait pris des accents inflexibles. Elle fixa la jeune Circassienne :

— Vous êtes belle et vous me paraissez intelligente, si vous avez aussi la force de caractère qui seule forge les grandes destinées, si vous savez suivre mes pas, alors, vous aurez devant vous un avenir brillant. Il ne tient qu'à vous !

La lueur de sévérité qui traversait maintenant le regard de Lella Kmar effraya Safiyé.

Jamais Tevhidé ne lui aurait tenu pareil langage. Safiyé se souvenait de la douceur de la hanoum, de sa bonté et de sa générosité. Elle croisa le regard de la beya, elle comprit. La bonté et la générosité étaient un luxe que l'ancienne odalisque devenue souveraine ne pouvait se permettre. Cette dureté qui apparaissait par moments dans son regard reflétait toutes les souffrances qu'elle avait endurées et tous les combats qu'elle avait menés pour se forger un destin à la hauteur de ses ambitions ou, peut-être, tout simplement pour survivre.

12

Safiyé fixait un point devant elle, le regard vide. En cet instant, elle aurait donné toutes les cours royales de la terre pour être auprès des siens, dans les montagnes du Caucase, à nouveau chez elle. Il était oublié, cet espoir d'un destin princier qu'on mettait dans la tête de toutes les filles de sa contrée. Si elle avait pu voler dans les cieux jusqu'au Caucase, elle leur aurait crié que le vrai bonheur, c'était tout simplement d'être aimée et entourée de l'affection de ses proches.

Taïta, qui n'écoutait que son bon cœur, l'avait entraînée dans le patio du harem pour lui vanter les charmes et les beautés de la Tunisie. Une fois encore, la jeune Circassienne perdue dans ses pensées acquiesçait machinalement.

— Elle doit vraiment t'embêter avec toutes ses histoires ! Dès qu'elle commence à parler, elle n'arrête plus...

Safiyé se retourna. Celle qui venait d'intervenir dans un turc hésitant était une fille d'une bonne quinzaine d'années. Personne ne l'avait entendue arriver par l'antichambre opposée.

— C'est Lella Amina, la nièce du bey, glissa Taïta en se précipitant vers la princesse pour l'embrasser.

Toute à la joie de retrouver sa princesse, elle n'arrêtait pas de la couvrir de baisers et de la palper de toute part.

— Mon Dieu ! Tu es maigre comme un clou, on ne te donnait pas à manger chez tes cousins ?

Lella Amina revenait d'un long séjour à la campagne chez une tante maternelle.

— Tu as raison, je meurs de faim, apporte-nous quelque chose, s'il te plaît, demanda-t-elle en prenant une mine suppliante.

Aux anges, Taïta se rua aussitôt vers les cuisines.

Lella Amina la suivit du regard et rit. Elle avait un rire léger, cristallin et tout son être respirait la bonne humeur et la joie. Elle sourit à Safiyé et, spontanément, prit sa main et l'entraîna vers un sofa.

— Lella Kmar m'a parlé de toi et j'avais hâte de te voir ! Viens, on va pouvoir parler ! C'est Baba Serour, l'eunuque de Lella, qui m'a appris un peu de turc, confia-t-elle à Safiyé.

Elle portait une robe de taffetas ivoire agrémentée de nœuds en ruban sur le plastron et de dentelles aux manches et au col. Ses cheveux auburn soigneusement coiffés étaient rassemblés à l'arrière en une longue et unique natte qui se balançait avec entrain de tous côtés.

— C'est Sidna qui veut que je sois coiffée ainsi. Moi, je trouve ça très laid, précisa Lella Amina en remarquant l'amusement de Safiyé.

Bientôt, les deux filles se lancèrent dans une longue conversation ponctuée du rire communicatif d'Amina. Safiyé se sentait peu à peu gagnée par la joie, la spontanéité et la fraîcheur de la princesse. Elle commençait à se détendre et c'était maintenant elle qui pressait Amina d'une foule de questions.

*

La princesse Amina avait vite adopté la jeune odalisque, ses grands yeux noisette et ses allures de petit animal sauvage l'amusaient ; depuis une semaine les deux filles ne se quittaient plus. Ce matin, elles s'étaient installées sur le divan bas qui occupait tout le pourtour de l'alcôve centrale de la chambre. Pendant qu'elles bavardaient, Flifla, la jeune servante noire d'Amina, coiffait les longs cheveux lâchés en cascade sur les épaules de sa maîtresse.

— Mais non, il faut dire *Amina* et pas *Eminé*. Tu me fais penser à Baba Serour ! s'esclaffa la princesse.

Safiyé, comme l'eunuque, prononçait le prénom à la turque.

— Mais on aurait pu tout aussi bien m'appeler Lella Manana comme mon arrière-grand-mère qui se prénommait Amina !

Safiyé était, manifestement déconcertée. Ici, au palais beylical, une chatte n'aurait pas retrouvé ses petits et elle se perdait allégrement dans toutes ces dénominations des personnes et ces liens de parenté réels ou fictifs. Ainsi, Amina désignait le bey, son oncle, par Sidna, Notre Seigneur, elle appelait Lella Kmar « ma tante » et sa vraie tante, à peine plus âgée qu'elle, « ma sœur ». Quant à sa propre grand-mère, c'était « ma mère ». Une autre tante était, elle, désignée du surnom bizarre de « Daïda » qui n'avait qu'un vague et lointain rapport avec son prénom. Car, à cet imbroglio familial, il fallait ajouter cette manie des Tunisiens, particulièrement dans les grandes maisons, d'affubler les familiers de diminutifs et de surnoms. Comment Safiyé aurait-elle pu deviner que Lella Douja pour certains, Lella Khedija pour d'autres, était en fait la même personne ?

Amina expliqua ainsi à Safiyé que Badraja, la dame de compagnie de Lella Kmar, s'appelait en réalité « Badr Jihane », que Bakhta, une vieille odalisque, correspondait à « Tej-ul-Bakht », « Couronne de la Chance », que « Housn-el-Oujoud » était Jouda et que la vieille Lla Zizi n'était autre que « Lla Nazli ».

— Et Moulka, que tu connais, s'appelle en réalité

« Tej-ul-Moulk » ! C'est Lella Kmar qui lui a donné ce nom.

Safiyé contempla en silence le beau plafond orné de *nakch hadida*, une véritable dentelle de plâtre ciselé au fer, un art importé de l'Andalousie musulmane et que continuaient de pratiquer les artisans tunisiens et marocains. La Circassienne n'avait pas oublié l'accueil méprisant que lui avait réservé Moulka et les deux odalisques s'étaient soigneusement évitées depuis.

— C'est une mauvaise fille, cette Moulka ! Elle est aigrie et méchante ! intervint Flifla.

— Voyons, Flifla, tu n'es pas charitable ! reprocha Amina à la négresse accroupie.

Safiyé se taisait toujours. Amina prit sa main et la caressa doucement :

— Ne lui en veux pas, elle est à plaindre ! Quand elle est arrivée de Turquie, il y a quelques années, elle était tellement belle et rayonnante que Lella Kmar n'a pas hésité à lui donner ce nom de « Tej-ul-Moulk » qui signifie « Couronne de la Monarchie ». Pour la Beya, comme pour tous, Moulka ne pouvait être que promise à un brillant avenir...

Flifla maugréa :

— Lella Kmar la traitait comme une princesse. Elle lui donnait la meilleure des éducations ! Les plus belles des choses ! Comme si elle était sa propre fille ! Elle avait même de plus belles robes que vous !

Amina leva les sourcils en regardant Safiyé, cette Flifla était décidément incorrigible. Elle raconta à son amie que Lella Kmar avait fini par arranger pour Moulka un brillant mariage avec un des grands princes proche des marches du Trône et, par là même, promis à un illustre avenir. Tout était prêt et l'alliance devait bientôt se conclure.

— Et le prince est mort ? hasarda Safiyé.

— Non, non, mais peu avant le mariage, Moulka s'est enfuie du palais !

— Cette fille est une garce ! marmonna Flifla qui n'en démordait pas.

Amina poursuivit sans se soucier de la remarque de sa servante :

— Tu l'auras remarqué, Moulka est très fière de sa beauté. Elle aguichait souvent les officiers et les hommes admis au harem. Un des officiers de la garde réussit un jour à la séduire et elle en tomba éperdument amoureuse, au point de s'enfuir pour le rejoindre en province. Mal lui en prit car, bientôt, il se lassa et, très vite, ne voulut plus d'une fille qu'il jugeait trop facile. Ne sachant où aller, Moulka est revenue au palais supplier Lella Kmar de lui pardonner.

— Et elle lui a pardonné ? s'étonna Safiyé.

— Oui, contrairement à ce que tout le monde croyait, elle l'accepta de nouveau au palais, mais pour Moulka les choses désormais changèrent du tout au tout !

Flifla ricana :

— Plus question pour elle de se pavaner ! Lella Kmar la traite désormais comme une simple servante ! Fini le beau mariage princier...

Amina acquiesça :

— Et c'est pour ça qu'elle est si jalouse et déteste autant toute nouvelle arrivante !

Devant l'air compatissant de Safiyé, Flifla ne résista pas à un dernier commentaire perfide :

— C'est peut-être triste, mais Allah donne à chacun ce qu'il mérite et elle a bien mérité son sort !

*

Amina était un véritable ouragan. Des princesses aux domestiques, personne ne savait rien lui refuser. C'est ainsi qu'elle avait réussi à arracher à Lella Kmar la permission de faire découvrir les beautés de Tunis à Safiyé. Intérieurement, la beya aurait peut-être aimé elle aussi qu'à son arrivée, petite fille, au siècle précédent, quelqu'un eût pris soin de l'imprégner de l'atmosphère et des coutumes d'une cité sur laquelle, un jour, elle régnerait. Autres temps, autres mœurs.

Soigneusement voilées, chaperonnées par Badraja et encadrées par deux eunuques, Baba Serour et Baba Amber, les deux amies étaient arrivées aux abords des souks de la ville. À la demande de Safiyé, Moulka avait eu le privilège de se joindre à eux et n'avait pas caché sa joie de leur tenir compagnie dans la *carroussa*[1] attelée à la Daumont ; les deux eunuques les précédaient aux rênes d'une *milorda*, une voiture découverte.

Pendant tout le trajet, Safiyé était restée les yeux collés aux stores soigneusement baissés de la voiture. Comparée à Istanbul, la capitale tunisienne était une charmante petite ville, provinciale, ensoleillée, constellée de maisons blanches et de jardins rieurs.

Quand ils longèrent le port, elle s'étonna cependant :

— Mais où sont tous les bâtiments de guerre ?

Elle ne comprenait pas l'absence de tout attirail militaire. Amina eut un petit rire. L'ingénuité de sa protégée la ravissait. Moulka se pencha vers Safiyé et lui expliqua que, ici, l'occupant s'était mis au diapason de la douceur de vivre tunisienne.

Badraja intervint :

— Il y a bien sûr des opposants à la domination française. Il y a même un parti nationaliste et indépendantiste, le Destour, mais il est, comme tout dans ce pays, plutôt paisible et inoffensif.

C'est vrai que dans cette Tunisie tout semblait débonnaire et bon enfant, songea Safiyé. Depuis le bey dont elle avait aperçu parfois la silhouette lourde et fragile à la fois, jusqu'à sa cour avec ses uniformes rutilants et chamarrés.

1. Déformation tunisienne pour carrosse.

Ils descendirent bientôt de calèche et se faufilèrent dans les étroites ruelles de la médina de Tunis. Badraja et Moulka, à tour de rôle, commentaient. Les eunuques les encadraient consciencieusement, attentifs à dégager leur chemin.

— Ici, c'est le Dar-el-Bey, le Palais de Ville où Sidna vient à l'occasion des fêtes.

Elles flânèrent, s'attardant sous les arcades, les contreforts et les voûtes, se perdant dans tout ce jeu varié d'ombres et de lumières. Au fur et à mesure qu'ils avançaient, Safiyé se laissait prendre aux charmes de cette ville avec sa lumière si particulière qui mettait tout à l'unisson.

Dans le souk des parfumeurs, elle fut assaillie par toutes les senteurs, poivrées, musquées, épicées qui s'en dégageaient. Par l'intermédiaire de Baba Serour, Amina acheta de petits flacons qu'elle offrit à Safiyé et à Moulka, jasmin pour l'une et essence de rose pour l'autre.

— On va déboucher sur Djemaa Ezzitouna, la Grande Mosquée de Tunis.

C'était l'une des plus vieilles mosquées-universités du monde musulman. Protégée par ses épaisses murailles, elle ne laissait apparaître que son escalier majestueux.

Le petit groupe dépassa hâtivement les échoppes des épiciers et des fabricants de gamelles en bois pour le couscous puis ralentit avant de passer devant les ferblantiers et les orfèvres juifs. Un touriste français en chapeau mou et veston, un mouchoir imbibé de « vinaigre des quatre-voleurs » sous le nez, essayait de se frayer un passage entre un âne chargé de paniers de marchandises, un Juif en calotte noire et gilet et un paysan au chapeau de paille immense. Un *garbaji* en haillons, son outre d'eau sur les épaules, le poursuivait de ses assiduités. Il lui proposait son eau bien fraîche contre seulement un sou en secouant sous son nez un verre de cristal de Bohême ciselé, sorti on ne sait d'où.

Sous le voile, Safiyé souriait. Elle se sentait à l'aise dans cette terre d'Islam et d'Orient avec sa magie et son mystère. Elle commençait à comprendre, sinon à admettre, la décision de Tevhidé de l'envoyer en Tunisie.

13

Dépêche tunisienne

LA MARSA

Retour de S.A. le Bey — Dimanche matin une animation extraordinaire régnait à La Marsa pour le retour de S.A. le Bey et de sa suite.

Vers dix heures trente S.A. la Beya accompagnée de ses dames d'honneur et escortée par les cavaliers de la garde a fait, la première, son entrée au Palais.

Une heure plus tard le Souverain arrivait en automobile en compagnie de LL. EE. Sidi Taïeb Djellouli, Premier ministre, Sidi Tahir Khereddine, ministre de la Justice, du général de la garde et de tous les princes et hauts dignitaires escortés par les spahis de l'Oudjak et la cavalerie beylicale.

Les étendards des zaouias étaient déployés sur tout le parcours de l'avenue du Palais et des jeunes gens porteurs de bouquets de fleurs suivaient et escortaient le vénérable Souverain en lui témoignant par des cris d'allégresse leur profonde affection.

Le service d'ordre était parfaitement organisé par M. Janet, notre sympathique inspecteur de police, et par tous ses agents que nous félicitons bien sincèrement.

Nous présentons à S.A. le Bey et à toute sa suite nos respectueuses salutations et nous leur souhaitons un très heureux retour parmi nous.

*

Safiyé ressentait un sentiment indicible de fierté. Les Circassiennes étaient indéniablement des souveraines nées. Une lueur admirative dans le regard, elle observait Lella Kmar assise sur son fauteuil surélevé. Les princesses du sang venues de leurs palais personnels, les épouses des princes, des ministres et des dignitaires, les dames d'honneur et les suivantes, toutes défilaient respectueusement et présentaient leurs hommages à l'ancienne odalisque. La beya tendait négligemment sa main à baiser, échangeant quelques paroles avec l'une, embrassant affectueusement une autre.

Le salon était noir de monde et les femmes s'étaient même dispersées dans les antichambres voisines et les nombreux salons en enfilade qui donnaient sur le parc.

— Regarde, une gazelle ! Oh ! En voilà une autre !

Amina et Safiyé passaient d'une fenêtre à l'autre pour suivre les animaux qui gambadaient en liberté dans le parc. Parfois, un paon aux plumes de couleur traversait les allées et déployait majestueusement sa queue devant leurs yeux émerveillés.

L'arrivée à *Dar-el-Tej*, le Palais de la Couronne, à La Marsa, avait marqué une nouvelle étape. D'emblée, Safiyé avait aimé ce palais, son parc à la végétation luxuriante et ses orangeraies, entourées d'épaisses haies de gigantesques géraniums.

— Tiens, prends, il faut en manger, même un tout petit morceau !

Amina essayait de convaincre Safiyé d'accepter un morceau de sucre qu'une servante était en train de distribuer à la ronde tandis qu'une autre proposait de l'eau dans des carafons de cristal taillé.

— C'est *Mabrouk*, de bon augure, tu comprends ? ça a été béni !

Depuis tôt le matin, le Palais avait été envahi par les lecteurs du Coran puis ceux du *Hizb-el-Latif*. Dans les deux halls du rez-de-chaussée, ils s'étaient succédé pour lire à tour de rôle le texte sacré et invoquer le Nom du Dieu Miséricordieux et Protecteur ; au centre du cercle qu'ils formaient, on avait alors disposé du sucre et de l'eau qui seraient ainsi bénis après leurs pieuses implorations au Tout-Puissant.

On attendait maintenant le bey, parti dès le matin visiter les *zaouias*, les sanctuaires religieux de la localité, pour accomplir des actions de grâces et remercier Dieu de lui avoir rendu la santé.

Safiyé et Amina passaient de salon en salon ; par petits groupes, les femmes devisaient tandis que des servantes proposaient sorbets et pâtisseries. Safiyé réussit à suivre quelques conversations.

— Je me demande ce qu'elle fait de tous les bijoux que Sidna lui offre !

Une vieille duègne, toute clinquante de chaînes d'or et de bracelets, était intriguée par le relatif dépouillement de la beya.

Lella Kmar ne portait en effet qu'un demi-diadème en diamants au centre duquel scintillait une pierre grosse comme un œuf de pigeon. Un brillant de même taille, monté en solitaire, ornait son annulaire droit.

— En tout cas, elle a l'air soucieuse, renchérit sa voisine. Mon mari m'a dit qu'elle ne décolère pas contre les Français depuis qu'ils ont fait paraître ces propos tronqués dans le *Petit Journal*...

— Vraiment ?

La dame engloutit un nougat aux amandes et prit son temps pour répondre, sûre de son succès.

— Oui, car tout le monde pense que le souverain réprouve ouvertement les nationalistes...

— Mais sa bague doit quand même valoir très cher !

La vieille duègne trouvait les bijoux de Lella Kmar autrement plus intéressants que toutes ces histoires de Français et de nationalistes. Elle ne comprenait d'ailleurs pas comment la beya pouvait être soucieuse pour si peu. Ne valait-il pas mieux laisser ces *roumis* conduire les destinées du pays ? Après tout, beaucoup de choses s'étaient améliorées depuis leur arrivée. Et puis le bey n'avait qu'à revêtir de son sceau les décrets qu'on lui présentait et jouir tranquillement des avantages de sa position et d'une confortable liste civile.

Safiyé sursauta.

Un coup de canon venait de retentir, mettant fin aux conversations. Amina la tira par la manche :

— Le cortège de Sidna !

Debout derrière la princesse, Taïta émit un premier youyou strident, aussitôt imitée par une servante qui ne voulait pas être en reste. Immédiatement toutes les femmes se levèrent et battant la paume de la main sur la bouche, essayaient de rivaliser dans l'amplitude et la sonorité des vocalises. Les youyous se mirent bientôt à résonner en cascade dans tous les salons du harem.

Safiyé remarqua la mine un peu pincée de Lella Kmar ; manifestement, elle devait juger vulgaires ces démonstrations d'allégresse générale. Entourée de ses dames d'honneur, la beya se dirigeait vers la loggia centrale où un sofa était disposé.

— Viens vite, sinon on ne verra rien !

Amina entraîna Safiyé vers la loggia, bousculant au passage deux douairières plongées dans la récitation de leur chapelet.

Prestement, elles s'installèrent sur d'épais coussins aux pieds de Lella Kmar. À travers les moucharabiehs du balcon, la vue dominait la cour d'honneur et les grilles d'entrée du palais.

Un nouveau coup de canon retentit. Rangés de part et d'autre de la grand-rue devant le palais, les membres des zaouias et des confréries religieuses commencèrent à incliner et à relever leurs étendards dans un chatoiement de pourpre, d'or et d'émeraude.

Safiyé perçut une grande rumeur monter jusqu'à

elles, entremêlée du son nasillard des fifres. Amina pointa du doigt l'entrée du palais et se mit à rire :

— Regarde !

Bientôt l'éclat de rire devint général et Lella Kmar elle-même esquissa un sourire.

Devançant le cortège, le nain, un des bouffons du bey, franchissait le premier la grille, monté sur un âne qui refusait obstinément d'avancer.

— Ah, voilà le colonel Aziz, chuchota Amina. C'est l'aide de camp de Sidna !

Le *kaïmakam* [1] déboucha au galop sur son fringant cheval noir qu'il fit caracoler sous les fenêtres du harem. Des murmures élogieux se firent entendre dans les rangs des femmes, les yeux collés contre les treillis en bois.

La musique attaqua alors le *Salam*, le Salut au Souverain. Encadré par les cavaliers de la garde et des goumiers en burnous blanc, le carrosse du bey pénétra au petit trot dans la cour.

Safiyé ne quittait pas des yeux le magnifique attelage, carrosse armorié, cocher à l'uniforme brodé de parements d'argent ou encore les six belles mules magnifiquement harnachées et montées par deux postillons en livrée.

Dans la cour, un énorme bœuf était lié et couché sur le sol ; un boucher, le pied posé sur le cou de la bête, attendait, un long couteau à la main. Aussitôt que Naceur Bey descendit du carrosse, il accomplit son office.

— D'autres bœufs vont encore être immolés et leur viande sera distribuée aux pauvres, expliqua Amina. Pour rendre grâces à Dieu.

— Oh ! regardez comme ils sont beaux ! lança Taïta en désignant la douzaine de bambins alignés qui entonnaient des hymnes à la gloire du souverain. En costumes brochés d'or et d'argent, c'étaient des orphelins qui allaient être circoncis aux frais du monarque.

1. Lieutenant-colonel. Dans la garde beylicale, les grades continuaient d'être désignés en langue turque.

— *Hout, hout*, poisson sur eux !

Pour Taïta, le poisson était un signe prophylactique évident qui éloignait le mauvais œil que ne manqueraient pas de s'attirer immanquablement les beaux enfants alignés devant le bey.

Les youyous reprirent de plus belle. Le bey venait de pénétrer dans le palais, suivi des princes, des dignitaires, des édiles de la ville et des notabilités musulmanes et israélites admises à présenter leurs hommages.

À l'extérieur de l'enceinte du Dar-el-Tej régnait une extraordinaire atmosphère de liesse. Une foule dense portant flûtes et tambourins se pressait autour des grilles. Le service d'ordre avait maintenant du mal à contenir les badauds qui se faufilaient adroitement entre les gardes. La foule finit par rompre les barrages et se précipita dans la cour en poussant des ovations et des souhaits de longue vie.

Safiyé, comme fascinée par ce déferlement, ne parvenait pas à détacher son regard. Amina battait des mains. Elle se tourna vers son amie, une lueur de fierté dans le regard :

— Tu vois comme le peuple nous aime !

Lella Kmar avait suivi l'excitation des deux filles et se pencha vers elles :

— Ne vous fiez pas toujours aux apparences. Le peuple peut brûler un jour ce qu'il a adoré...

Le regard absent, comme si elle se parlait à elle-même, elle ajouta :

— Je suis heureuse de voir que toute cette pompe ne vous a pas laissées indifférentes. Mais ne vous attachez surtout pas au faste et au décorum. Tout cet apparat et ce cérémonial minutieusement réglé selon des rites et des traditions séculaires ne sont faits que pour accentuer le prestige de la monarchie et du Souverain aux yeux de la population. Ils ne sont qu'une partie de la puissance. Le véritable exercice du pouvoir, c'est l'art de susciter les craintes et d'alimenter les ambitions.

*

Lucien Saint lissa ses moustaches d'un geste machinal du pouce et de l'index, pour se retenir de croiser les jambes. On lui avait déjà rapporté que le souverain ne pouvait supporter cette posture des Européens reçus en audience. « Le roumi m'a encore fourré ses orteils sous les narines ! » avait-il un jour fulminé après une réception. Dûment prévenu de cette aversion, le résident général prenait soin, chaque fois qu'il était en présence du monarque, de tenir ses longues jambes bien sagement immobiles contre les pieds du fauteuil.

Dès son arrivée au palais, le représentant de la France avait été introduit dans la chambre à coucher du bey qui l'avait rapidement salué et, de la main, lui avait proposé un fauteuil. Surpris par cette réception inaccoutumée, hors de la présence habituelle du grand vizir et des dignitaires, Lucien Saint n'en avait pourtant rien laissé paraître et avait pris place sur le cabriolet Louis XV.

— Le comité de la fête m'a prié de transmettre à Votre Altesse ses hommages respectueux et ses remerciements pour le haut patronage que vous avez daigné lui accorder...

Pendant que le *drogman*[1] traduisait, il observa le bey assis en vis-à-vis sur un fauteuil similaire. C'était la première fois que le résident général était reçu par le souverain dans cette tenue ; tête nue, il portait une djellaba de soie ivoire et des *belghas*, des mules de cuir souple, aux pieds. Le caractère insolite de cette audience reflétait peut-être tout simplement une marque d'amitié du bey ; il n'avait jusqu'ici jamais été reçu dans les appartements privés.

Lucien Saint continuait d'essayer de meubler la conversation mais le souverain semblait écouter d'une

1. Interprète et huissier des représentations diplomatiques françaises dans les Échelles du Levant.

oreille distraite. Puis Naceur Bey se leva brusquement. Il paraissait soudain avoir retrouvé toute son énergie. Par courtoisie, le résident général se leva à son tour.

— Votre Altesse souhaitera peut-être se faire représenter à cette fête par son directeur du protocole ou un de ses ministres ?

Le bey fit quelques pas jusqu'à la fenêtre puis se retourna :

— Je ne veux plus de ces ministres que vous m'imposez ! Ils n'ont plus ma confiance, m'entendez-vous !

Son intonation chargée de colère surprit le résident général. L'interprète de son côté traduisait d'un ton monocorde ; visiblement, il aurait aimé être ailleurs.

— D'ailleurs, poursuivit-il sans laisser au fonctionnaire français le temps de répliquer, j'ai décidé d'abdiquer !

— Mais, Altesse, Altesse !...

Lucien Saint était effondré. C'était une véritable catastrophe. Le président de la République était déjà au Maroc et on l'attendait dans moins de deux semaines en Tunisie pour une visite officielle. C'était un véritable camouflet, sans compter que cette abdication allait créer une situation pour le moins confuse et une agitation dans tout le pays.

— Ma décision est irrévocable. Je renonce au Trône de mes ancêtres ! martela le bey.

— Puis-je connaître les raisons de cette décision pour le moins surprenante ? murmura le résident général.

— Ma situation devient insupportable ! Je vous le répète : j'abdique !

Lucien Saint fixa le bey et se ressaisit. Il subodorait une habile comédie destinée à lui faire accepter des réclamations financières. Ces derniers temps, le souverain exigeait des fonds supplémentaires pour la construction d'un palais destiné à son épouse. D'un pas lent, il s'approcha du bey, faisant tinter la chaînette de décorations miniatures qui ornait le côté gauche de sa poitrine. En queue-de-pie, le résident général paraissait encore plus grand. Avec la mine réjouie de celui qui annonce une bonne nouvelle, il déclara :

— Que Votre Altesse se rassure, j'ai réussi à débloquer les fonds qu'Elle avait demandés ! Je peux même assurer que la direction des Finances a d'ores et déjà porté la somme au crédit de la liste civile de Votre Altesse !

Le souverain conservait son air grave. Il se tourna vers le drogman :

— Dites-lui que j'abdique et que je n'ai plus besoin de rien ! Je peux me contenter de pain et d'olives !

Lucien Saint ne comprenait plus. Il bafouilla :

— Mais le président Millerand va bientôt arriver et...

— Je lui écrirai une lettre pour lui expliquer mes raisons, mais je ne le recevrai pas !

D'un regard à l'interprète, le bey signifia que l'entretien était clos.

— Je conjure Votre Altesse de bien réfléchir avant de prendre une décision aussi importante...

Lucien Saint fit une courbette pour prendre congé du souverain. En reculant, il ajouta :

— Je supplie simplement Votre Altesse de garder cet entretien secret et de n'informer personne de cette décision. J'ai bon espoir que nous arrivions à une solution.

Naceur Bey hocha simplement la tête. À nouveau, il regardait au-dehors.

*

Les yeux d'Amina brillaient de convoitise.

— C'est vraiment superbe !

Safiyé et elle contemplaient un splendide collier de

saphirs et de diamants que Badraja, sur son insistance, avait accepté de sortir de son écrin.

Amina le laissa glisser entre ses doigts puis, sans l'attacher, le plaça sur le haut de sa robe. Elle s'admira un moment dans la glace de Venise en essayant diverses poses. La couleur profonde des saphirs faisait merveilleusement ressortir ses yeux bleus. Badraja resta un moment admirative, puis reprit prestement la parure qu'elle enferma dans le coffre encastré dans un meuble Boulle.

— C'est le cadeau que Sidna avait offert à Lella Kmar après leur brouille...

La dame de compagnie se tut subitement, comme si elle en avait déjà trop dit.

— Oh, je t'en prie, Badraja, raconte de quoi il s'agit !

Amina couvrit la dame de compagnie de baisers et se mit à la harceler pour connaître toute l'histoire.

Badraja soupira, résignée. On ne pouvait vraiment pas résister à Amina quand elle voulait quelque chose.

— C'était il y a quelques années...

Elle hésita, regarda par-dessus le guéridon pour s'assurer que la porte de communication avec la chambre de la souveraine demeurait bien fermée. Rassurée, elle se racla la gorge. Les deux fillettes étaient suspendues à ses lèvres.

À mi-voix, elle leur raconta que, comme tous les hommes, Sidna s'était laissé prendre par une intrigante que des ennemis de Lella Kmar avaient mise sur son chemin. Naceur Bey, subjugué par la beauté de la fille, passait de plus en plus de temps avec elle et les rumeurs de disgrâce et de répudiation se propageaient. Mais la puissante beya, certaine qu'il finirait par se lasser, avait adopté une attitude digne et méprisante et quitté le palais pour s'installer à la campagne. Trois jours n'étaient pas passés que le bey la réclamait. Lella Kmar fit la sourde oreille et refusa de regagner le palais. Rien n'y fit, ni les menaces, ni les supplications du bey. Finalement, en désespoir de cause, celui-ci avait sollicité l'intervention d'un chérif, un descendant du Prophète.

Safiyé écoutait, bouche bée, nettement plus intéressée par ces intrigues que par les bijoux de Lella Kmar.

— Quand le chérif s'était présenté, Lella était en train de prier. Sans lui laisser le temps de réagir, il s'était mis à genoux et lui avait baisé les pieds...

— Oh !

— Le saint homme lui a ensuite avoué avoir fait devant Dieu la promesse solennelle de revenir tous les jours lui baiser les pieds si elle s'obstinait à ne pas retourner chez le bey !

Amina conclut elle-même le récit :

— Bien sûr, Lella n'aurait jamais pu admettre de voir un descendant de notre Prophète, que le Salut soit sur Lui, s'abaisser à lui baiser les pieds.

Safiyé avait appris la déférence et la vénération dont jouissaient auprès de la famille régnante les descendants du très noble lignage chérifien. Le souverain lui même se levait à l'approche des plus considérés d'entre eux et les dispensait du baise-main pour les embrasser avec chaleur. Ne disait-on pas que leur seule présence dispensait les effluves d'une baraka protectrice ?

*

Safiyé se recroquevilla du mieux qu'elle put pour essayer de se faire oublier. Amina et elle étaient assises aux pieds du bey Naceur. Machinalement il caressait les cheveux de Safiyé. Pour lui, la jeune Circassienne devait être orpheline et il était traditionnellement de bon augure de passer la main sur la tête d'un orphelin.

— Ce chien de roumi n'en revenait pas ! lança le bey à la cantonade.

Manifestement fier de lui, le vieux monarque semblait avoir retrouvé toute son énergie et seuls quelques cernes lourds trahissaient encore sa récente maladie.

Lucien Saint était à peine monté dans sa voiture que Lella Kmar et les fils du bey l'avaient rejoint dans sa chambre. Amina avait prétexté devoir prendre congé de son oncle pour les suivre avec Safiyé. Comme on semblait avoir oublié leur présence, les deux filles s'étaient incrustées, trop heureuses de participer à ce qui était pour elles une conspiration.

— Croyez-moi, Sidna, le peuple tunisien vous en sera éternellement reconnaissant !

Le prince Moncef, l'aîné des fils du bey, piaffait de jouer un rôle. D'un caractère impulsif et entier, il était le plus engagé dans la cause nationaliste et aussi le plus proche du peuple.

— Je vais immédiatement aller porter la nouvelle aux clubs politiques ! ajouta le prince M'hamed, le plus jeune des fils du bey, en ajustant son stick de commandement sous le bras.

Amina donna un léger coup de coude à Safiyé pour attirer son attention sur son cousin. Elle lui avait déjà parlé du prince M'hamed comme du plus bel homme du royaume. Blond aux yeux d'un bleu très clair, impeccablement sanglé dans son uniforme de commandant de la Garde, le jeune homme aux traits parfaits aurait pu passer, sans sa chéchia rouge, pour un officier prussien d'avant la guerre. De fait, éduqué au prytanée de La Flèche et féru d'art militaire, le prince calquait ses manières sur celles d'un commandant en chef sur le front.

Le visage du bey se renfrogna :

— Non.

Il marqua un temps. Tous se figèrent.

— J'ai promis au résident général de ne pas parler de mon projet d'abdication...

Les trois frères, un peu abasourdis, se dévisagèrent

avant de porter leurs regards vers Lella Kmar. Elle s'était jusque-là contentée de féliciter le souverain sans vraiment prendre part à la conversation.

Elle posa sa main sur le bras du bey et, d'une voix calme et traînante, murmura :

— Mais, Sidna... il faut au contraire que tout le monde sache... Il faut que le peuple apprenne votre intention d'abdiquer si ses revendications ne sont pas satisfaites. Sinon, tout ceci ne servirait à rien !

Les épaules affaissées, le souverain marmonna qu'on fasse pour le mieux. Sa voix était redevenue lasse et fatiguée.

Lella Kmar retint un sourire de satisfaction et, du regard, commanda aux princes d'aller divulguer la nouvelle avant que son royal époux ne change d'avis.

M'hamed se chargerait du Cercle militaire ; de leur côté, Sidi Moncef et Sidi Hassine, le troisième des frères, réuniraient au plus vite les dirigeants du parti du Destour pour leur annoncer que la menace d'abdication du bey était liée au programme de revendications nationalistes.

Prestement, les trois princes baisèrent la main du monarque pour prendre congé puis s'inclinèrent de même devant Lella Kmar.

La beya affichait une mine satisfaite. Amina avait confié à Safiyé que, voilà moins d'un an, les trois princes, jaloux de son ascendant sur leur père, avait omis volontairement de baiser la main de leur belle-mère. Le soir même, ils couchaient à Habs-el-Beyat, la prison des princes au palais du Bardo. Depuis cet esclandre, la beya avait réussi à les retourner comme des crêpes et les trois frères ne juraient plus que par elle, lui vouant une nouvelle dévotion à la mesure de leur ancienne inimitié.

Safiyé observait le souverain tandis que la chambre se vidait. Il était à nouveau le vieillard fatigué qu'elle était habituée à croiser dans le palais. Elle se demanda ce qu'il ferait si jamais le résident général le prenait au mot et acceptait son abdication. L'idée ne paraissait pas l'avoir effleuré une seconde. Se sentait-il à ce point sûr de lui pour tenter une telle épreuve de force ou bien était-il simplement inconscient de la situation ?

*

Une fois encore, c'était la beya qui avait le plus impressionné Safiyé. Comme Amina le lui avait expliqué ensuite, dans cette affaire, Lella Kmar ne souscrivait pas uniquement aux revendications nationalistes pour restaurer le pouvoir du bey rogné par les Français, mais aussi parce que le scandale justifierait le renvoi du Premier ministre et d'une partie de son gouvernement. Ce serait alors l'occasion de placer son homme de confiance, Khelil Bouhageb. Son royal époux était malade et se faisait vieux. Il lui fallait ne rien négliger pour assurer au mieux son avenir.

Dès le lendemain matin, conformément à la volonté de Lella Kmar, le journal *Essawab* annonçait à la une la menace d'abdication du bey, assortie des propos échangés avec le résident général et de la charte des pétitions nationalistes.

— Lella Kmar est vraiment une femme exceptionnelle ! s'enthousiasma Safiyé.

La Circassienne était venue comme elle du Caucase en passant par la Turquie, voilà bien longtemps ; c'était un sultan ottoman qui l'avait offerte au bey.

— Elle était très belle et le bey de l'époque l'avait tout de suite épousée, lui raconta Amina.

De fait, c'était plus pour faire honneur au cadeau impérial que pour sa beauté que le bey Sadok l'avait épousée. Lui-même préférait les caresses des jeunes garçons dont il avait peuplé le harem beylical et il ne l'avait certainement pas touchée. À la mort de Sadok, Lella Kmar était encore toute jeune mais jouissait désormais du statut de veuve de souverain. Ali III, le nouveau monarque, la remarqua au harem et décida de l'épouser à son tour.

— Ali III était déjà vieux mais, dans notre famille, les princes sont plutôt chauds...

Elle fit un clin d'œil à Flifla et caressa ses cheveux crépus :

— Même cette vilaine noiraude de Flifla doit faire attention et repousser les avances de certains de mes cousins qui lui pincent les fesses...

Flifla ondula de la croupe d'une manière suggestive. Amina et elle partirent alors dans un grand éclat de rire qui laissa Safiyé un peu interloquée.

— Ali III mourut en 1902 sans que Lella lui ait donné d'enfants. Je n'étais pas encore née mais on m'a raconté qu'elle se retrouva alors très seule. Le nouveau bey se trouvait être le propre fils d'Ali III et il détestait Lella Kmar. Il l'avait reléguée sous les combles du palais, dans un triste appartement dont, les jours de pluie, même les toitures gouttaient. Heureusement, Lella connaissait déjà mon oncle qui n'était encore que le prince Naceur, héritier de la couronne. Quotidiennement, on voyait sa voiture devant les appartements de Lella, à la grande fureur du bey. Par chance pour eux, ce bey eut la bonne idée de mourir après un très court règne, léguant le Trône à son cousin, le prince Naceur, qui épousa aussitôt Lella Kmar.

Amina marqua une pause et s'allongea sur le divan puis précisa, les yeux pétillants de malice :

— C'est à ce moment que je naquis. Et c'est pour cela que mon oncle m'adore et ne me refuse rien. Il considère que je lui ai porté doublement chance, pour son accession au Trône et pour le mariage avec celle qu'il aimait.

Lella Amina s'interrompit. Des éclats de voix perçaient à travers la porte de l'antichambre qui s'ouvrit brutalement.

— Non, non ! Vous ne pouvez pas entrer !

Baba Serour, l'eunuque, essayait vainement de repousser un jeune officier.

— Voyons, Baba Serour ! Vous savez bien que le colonel Aziz est admis à la présence ! C'est un de nos familiers !

Baba Serour fulminait et son visage ambre foncé avait pris une couleur terreuse, presque grise.

— Mais, princesse, Lella Kmar n'est pas là ! Je ne peux pas laisser le colonel seul en votre présence...

— Eh bien, restez aussi et tout sera pour le mieux !

L'eunuque soupira bruyamment mais fit contre mauvaise fortune bon cœur. Visiblement, il n'approuvait pas ces débordements et ces nouvelles mœurs relâchées.

— Ah, Si Aziz, on ne vous voit plus ! Vous nous avez oubliées ! soupira Amina en minaudant un peu. Elle se maudissait d'avoir gardé cette natte tressée ; les reflets de ses cheveux fauves défaits auraient été du plus bel effet.

— Mais, princesse, j'avais mon service auprès de Sidna, répondit Aziz avec un grand sourire charmeur qui mettait en valeur deux profondes fossettes.

Son regard se posa sur Safiyé avec une lueur interrogative. Il avait des yeux en amande et des cils assez longs, presque féminins.

— C'est Safiyé, ma nouvelle amie.

Safiyé baissa timidement les yeux. Elle avait eu un imperceptible sursaut en voyant arriver le jeune officier. Ses yeux étaient marron et non bleus, il n'était pas blond mais châtain et mat de peau, mais à ces différences près, c'était l'image de Sursam qui lui revenait à la mémoire.

Elle baissa les yeux pour ne pas laisser deviner son léger trouble et, d'un geste machinal, caressa pensivement le talisman que lui avait donné son jeune compagnon circassien.

14

Safiyé et Amina jouaient aux osselets, un jeu que la Circassienne jugeait stupide et auquel elle prêtait une attention médiocre, quand un brouhaha qui s'élevait de l'extérieur du palais leur fit tourner la tête.

Aussitôt, elles traversèrent le patio central et dévalèrent les corridors et les antichambres jusqu'à la *galleria* qui donnait sur la cour d'honneur. Elles entendaient maintenant clairement les exclamations. Les deux filles se regardèrent, intriguées et vaguement inquiètes.

Elles plaquèrent leurs visages contre les moucharabiehs. Une foule impressionnante débordait l'avenue et avait envahi la cour extérieure du palais. Elle regroupait des hommes de tout âge et, à voir leurs vêtements, de toutes conditions sociales. Quelques curieux s'étaient aussi agglutinés à l'arrière ; des Juives en bonnet pointu sur le pas de la porte de leurs maisons voisines du palais et même quelques Européens en chapeau melon.

L'annonce dans les journaux de la nouvelle de l'abdication liée à des revendications nationalistes avait dû entraîner un vif émoi populaire.

Du doigt, Amina désigna à Safiyé une dame en robe à volants, portant une ombrelle et qui se tenait un peu à l'écart.

— Je me demande ce qu'elle fait là ! C'est l'épouse du consul anglais. Ah, voilà aussi ses deux pimbêches de filles !

À l'extérieur, les slogans redoublaient de vigueur. Les manifestants attendaient l'apparition du souverain à son balcon.

*

Ahmed se fraya un passage jusqu'à la fontaine d'albâtre au centre de la cour. Ses yeux étaient rivés sur le balcon du premier étage où devait apparaître le bey. Lui aussi scandait avec ferveur :

« Vive le Roi ! *Allah Younsour Sidna,* Que Dieu rende Notre Seigneur le Bey victorieux ! »

La foule était dense, serrée au coude à coude dans la cour du palais et à l'extérieur des grilles. Ahmed était fier de voir réuni ici tout ce monde si varié : journaliers en longues blouses de coton, paysans, pieds nus et en guenilles, bourgeois enturbannés, certains en burnous de laine, d'autres en veston à l'européenne mais tous coiffés de la chéchia ou du fez. Beaucoup de collégiens et de jeunes hommes de l'âge d'Ahmed étaient aussi présents parmi les manifestants.

La nouvelle avait secoué toute la ville. Dans les souks, les magasins avaient tiré leurs volets et les cafés avaient fermé leurs portes. Dès le matin, des attroupements considérables s'étaient formés en divers points de la capitale. Respectant les mots d'ordre du Destour, le défilé des manifestants, certains porteurs du drapeau tunisien, s'était déroulé dans le calme et la dignité ; aucun cri séditieux mais de simples louanges au bey. Malgré cela les autorités françaises du protectorat avaient cru bon de sévir.

— Ils ont suspendu le journal *Essawab* ! Et le *Cri du soir* aussi, pour outrages au résident général !

Le voisin d'Ahmed, un jeune homme d'une vingtaine d'années, paraissait enflammé ; sa chemise blanche, ouverte sur un foulard de couleur, dépassait du pantalon.

— Ils ont arrêté deux communistes et d'autres camarades...

— Je sais, répondit Ahmed encore sous le coup de l'indignation. Je les ai vus rue d'Italie avec les zouaves et le commissaire Campana à leur tête...

C'était dans la ville européenne, au niveau de la rue d'Italie, que les manifestants avaient rencontré le premier barrage de zouaves et de chasseurs à cheval. Sous la pression de la troupe, la manifestation avait fini par s'éparpiller pour se reconstituer plus loin au mot d'ordre de « À La Marsa ! Au palais beylical ! » Ahmed avait emprunté le TGM, le train qui reliait Tunis à La Marsa, d'autres étaient partis en fiacre ou en automobile, certains avaient même fait le trajet, soit une vingtaine de kilomètres, à pied. Tous voulaient se retrouver devant le Dar-el-Tej pour soutenir le bey face à l'épreuve de force qu'il engageait avec la France.

— Vive le roi ! Vive le roi !

Les cris reprirent. Le souverain venait d'apparaître au centre d'un balcon encadré de consoles à tête de lion et surmonté des armoiries beylicales en pierre taillée. Derrière lui, Ahmed vit se profiler l'ombre imposante du prince Moncef, les autres princes se tenaient en retrait.

Naceur Bey salua la foule d'un large geste de la main et une vaste clameur s'éleva. Quand le silence se fit, le bey leva les paumes de ses mains ouvertes et jointes vers son visage, aussitôt imité par tous les manifestants.

— *Bismillah Arrahman Arrahim !* Au Nom de Dieu Clément et Miséricordieux !

Tous récitèrent alors la Fatiha, la première sourate du Coran. Ahmed, ému aux larmes, sentit un frisson le parcourir ; cette prière sonnait comme la communion solennelle de tout un peuple uni autour de son souverain pour réclamer un avenir meilleur.

Le bey salua de nouveau la foule en portant sa main à son front et se retira.

— Sidna va faire recevoir une délégation par le général Zaccharia, le grand chambellan du palais !

Ahmed observa son voisin ; manifestement, il regrettait de ne pas en faire partie. Une sorte de fièvre ardente illuminait son visage aux traits volontaires. À son léger accent, le garçon jugea qu'il ne devait pas être de la capitale.

— D'où viens-tu ?

— Je suis étudiant et je viens de Monastir. Je m'appelle Habib... Habib Bourguiba !

*

— Votre conduite devant l'épouse du consul était inadmissible !

Lella Kmar fixait Safiyé, le regard chargé de reproches. L'odalisque, les lèvres pincées, baissa les yeux. Son visage s'était fermé.

— Vous avez pourtant dû apprendre à Istanbul que les hôtes sont sacrés et qu'on se doit de les honorer et les recevoir avec respect !

Safiyé explosa soudain de rage, ses yeux de couleur noisette avaient pris une teinte plus foncée et les traits de son visage s'étaient crispés.

— Du respect pour ces chiens d'Anglais ! Jamais !

Assise sur sa méridienne de velours, Lella Kmar observa un moment Safiyé debout devant elle.

Dès qu'elle avait appris la présence de Lady Sarell dans la foule des manifestants, la beya avait ordonné qu'on l'introduise auprès d'elle. L'épouse du consul britannique et ses deux filles avaient été reçues dans le petit salon de Lella Kmar, un boudoir tapissé de velours cramoisi.

Pendant toute la durée de leur visite, Safiyé n'avait pas desserré les dents, refusant ostensiblement de participer à la conversation d'Amina avec les deux jeunes Anglaises. Comble de l'impertinence, elle n'avait pas salué Lady Sarell à son départ.

— Avec tout ce que les Anglais ont fait à Istanbul et dans l'Empire, comment peut-on encore les recevoir comme des hôtes respectables !

Lella Kmar laissa planer un imperceptible sourire puis fit signe à l'adolescente de s'asseoir auprès d'elle sur la méridienne.

— J'aime votre caractère franc et direct, mais, voyez-vous, les choses ne sont pas aussi simples que vous l'imaginez. Pourquoi croyez-vous que j'ai reçu avec tant d'amabilité Lady Sarell ? Parce que, dans moins d'une heure, les Français de la Résidence générale vont savoir que l'épouse du consul britannique assistait à la manifestation et que la beya l'a longuement reçue par la suite...

Elle rectifia l'agencement d'une boucle sur le front de Safiyé, puis lui caressa affectueusement les cheveux avant de poursuivre :

— Ils vont en déduire que les Anglais soutiennent le bey dans cette épreuve ! D'autant plus que ces mêmes Anglais ont en ce moment des motifs de mécontentement !

Depuis quelques mois, le gouvernement britannique était en effet furieux des lois promulguées sur la naturalisation des étrangers. Tous les Maltais de Tunisie qui, jusqu'ici, relevaient du Consulat britannique, s'étaient mis à acquérir la nationalité française. Le consul avait beau avoir toujours considéré ces Maltais comme un sous-prolétariat grouillant et indigne d'être sujet de Sa Majesté britannique, ils n'en faisaient pas moins partie de la Couronne et, en tant que tels, n'avaient pas à s'en détacher.

— D'ailleurs, reprit Lella Kmar en souriant, si vous ne boudiez pas et si vous aviez écouté un peu, vous auriez entendu Lady Sarell assurer que, en cas de problèmes graves, les princes de la dynastie pourraient trouver refuge chez le baron d'Erlanger à Sidi Bou-Saïd...

Le baron Rodolphe d'Erlanger était le fils d'un banquier juif de Francfort qui avait fait une fortune considérable sur les emprunts tunisiens au siècle précédent. Amoureux de la musique andalouse et arabe — ainsi que des musiciens, ajoutaient les mauvaises langues —, il avait fait construire un superbe palais [1] sur les hauteurs de Sidi Bou-Saïd où il séjournait une grande partie de l'année. Le baron Rodolphe, devenu sujet britannique, était l'oreille du consul au palais beylical où il avait toutes ses entrées ; c'était lui aussi qui encourageait en sous-main les princes à se révolter.

— Voyez-vous, si à Istanbul, c'étaient les Français qui sympathisaient avec les nationalistes pour gêner les Anglais, ici, c'est le contraire !

Safiyé était perplexe :

— Mais pourquoi les Anglais sont-ils plus gentils ici ?

— Ils ne sont pas plus gentils, répondit Lella Kmar en riant, simplement leurs intérêts sont différents...

— Au fond, Anglais ou Français, ils se valent tous !

La beya caressa la joue de la jeune adolescente. Cette petite odalisque lui plaisait de plus en plus. Elle avait des traits fins, de beaux yeux noisette aux reflets dorés, de jolies mains, une taille bien faite et, par-dessus tout, elle semblait posséder ce tempérament fier et ce courage qui étaient particuliers à sa race.

— Oui, vous avez raison, ils se valent tous ! Ces roumis ne pensent qu'à nous asservir et à profiter de nos richesses ! C'est l'éternel combat de la Croix contre le Croissant !

Elle se leva.

1. Ce palais que l'on peut visiter à Sidi Bou-Saïd est devenu un centre et un musée de musique.

— N'oubliez pas cependant qu'il faut être prêt à composer, à plier ou même à s'allier avec ses ennemis pour atteindre son but !

Safiyé baisa la main de sa protectrice plus longuement qu'à l'ordinaire ; les doigts fins de la souveraine exhalaient un délicat parfum d'ambre. Lella Kmar posa un court baiser sur le front de la fillette.

— Et pour qu'on oublie votre comportement stupide, je vais immédiatement faire porter au consulat britannique un grand plateau de ces pâtisseries que ces dames ont tant appréciées.

Pendant toute la réception, Lady Sarell n'avait cessé de s'empiffrer de *baklawas* et de *kâaks*, des petits rouleaux farcis de pâte d'amande.

*

Grâce à l'appui de son beau-père sénateur, Lucien Saint avait réussi une ascension brillante et rapide dans le corps préfectoral et un parcours de carrière sans fautes. Il avait eu la sagesse de ne s'attarder à aucun poste et avait laissé chaque fois le souvenir d'un homme habile et aimable. Fin diplomate et psychologue averti, M. Saint connaissait l'art de tirer parti des faiblesses humaines.

Néanmoins, après les manifestations de Tunis et de La Marsa, au demeurant assez pacifiques, le résident général avait dû faire face dans son propre camp aux partisans de la manière forte qui le poussaient à réagir avec vigueur contre ce qu'ils estimaient être un affront fait à la France. L'atmosphère à Tunis restait tendue et des patrouilles de cavalerie et des pelotons de zouaves continuèrent de sillonner la ville accompagnés d'agents de police, alors qu'un détachement d'artilleurs surveillait les points névralgiques. Mais Lucien Saint gardait bon espoir de résoudre le conflit par la négociation et il dépêcha auprès du bey le Premier ministre et le ministre de la Justice que le souverain refusa fermement de recevoir. Reçu lui-même en audience dans la soirée, il se boucha les oreilles devant la colère exprimée par le monarque contre ses ministres qu'il accusait de l'avoir compromis et trahi. Finalement, usant tour à tour de cajoleries et de menaces voilées, le résident général obtint du bey une proclamation démentissant les rumeurs.

*

Des bruits répandus ont ému mes sujets. J'ai été touché des manifestations de leur affection et je tiens à les rassurer. Je n'ai pas l'intention de quitter le Trône de mes ancêtres ; j'ai confiance dans la France protectrice pour assurer le bonheur de mes sujets, dans l'esprit des traités qui lient la dynastie husseïnite à la France...

Safiyé était outrée :

— Comment la *Dépêche tunisienne* ose-t-elle publier ça ! Sidna n'a jamais pu renier sa décision !

Amina la regardait, un léger sourire aux lèvres.

— Oui, oui, et pourtant... Sidna a bien signé ce texte, Lella Kmar me l'a confirmé.

— Mais c'est un revirement complet ! Pourquoi n'a-t-il pas eu le courage d'aller jusqu'au bout ? Tout le peuple était derrière lui !

L'adolescente était révoltée et amèrement déçue. Les souverains étaient bien tous les mêmes ; ils pensaient plus à leur confort qu'au bien-être de leurs sujets. En Turquie, le sultan Mehmet VI exécutait les ordres des Anglais et condamnait les nationalistes, et ici à Tunis, le bey Naceur n'osait pas satisfaire les aspirations de son peuple et préférait suivre aveuglément les volontés du colonisateur français.

Amina s'amusait de l'indignation de son amie.

— Souviens-toi de ce que Lella Kmar t'a dit : « Il faut savoir plier. » Cette déclaration n'est rien du tout ! Ici, on est en Orient, tout est plus subtil et plus nuancé et les Européens ne comprennent pas toujours ! Viens avec moi !

Amina entraîna Safiyé à travers un dédale de corridors vers une antichambre meublée de bancs en encoignures aux quatre angles. Du doigt, elle lui intima l'ordre de se taire. Sur la pointe des pieds, elles s'approchèrent d'une lourde porte en bois massif que la princesse entrouvrit précautionneusement. Au fond d'un grand salon, Safiyé aperçut le bey Naceur et Lella Kmar, assis sur deux fauteuils surélevés. Les fils du souverain se tenaient debout derrière eux. Des hommes d'âge différent, la plupart en jaquette, la tête couverte d'une chéchia ou d'un fez, défilaient et s'inclinaient devant le couple. Un par un, ils posaient ensuite leur main sur un livre que tenait un homme aux moustaches en croc, l'air grave, une main glissée à l'intérieur de sa redingote.

— Ce sont tous les princes de la famille, chuchota Amina.

— Qu'est-ce qu'ils...

Amina plaqua sa main sur la bouche de Safiyé. Délicatement, elle laissa lentement glisser la poignée de la porte et entraîna son amie vers une des banquettes à l'angle opposé.

— Ils jurent tous sur le Saint Coran de refuser le Trône, au cas où le bey abdiquerait ! Les Français ne vont plus savoir quoi faire !

Devant la mine incrédule de Safiyé, Amina poursuivit fièrement :

— Et celui que tu as vu debout à côté du bey avec un air sévère, c'est Sidi Tahar, mon cousin. Il est armé et il a menacé de tuer les princes qui refuseraient !

*

Le prince Tahar ne tua finalement personne. Tout s'arrangea à la tunisienne, c'est-à-dire à l'amiable, avec des tergiversations, des volte-face et des hésitations, puis de grandes promesses.

Le résident général avait beau être normand, il en eut vite assez des atermoiements des Orientaux. Il décida de frapper un grand coup. En uniforme de cérémonie brodé, cape sur les épaules et bicorne à plumes blanches sous le bras, il se rendit au Dar-el-Tej, escorté d'un escadron de chasseurs d'Afrique qui encercla le palais et désarma la garde. Le bey, fatigué et impressionné par le déploiement des forces, promit tout ce que l'on voulait mais resta néanmoins intransigeant sur le départ de certains ministres. Lucien Saint avait cru la partie gagnée, mais quelques heures plus tard, le bey lui envoyait dire que, réflexion faite, il ne changerait pas sa position. Ce fut en définitive le général Robillot, que le souverain tenait en grande estime, qui, au terme de longues tractations, obtint gain de cause.

Naceur Bey n'abdiqua pas et reçut très chaleureusement le président de la République française qui lui suggéra amicalement qu'à l'avenir « les passions politiques qui agitaient parfois la population ne devaient plus pénétrer au palais beylical ».

Safiyé était amèrement déçue. Ce « complot » auquel elle avait cru de tout son cœur et pour lequel elle avait vibré de toutes ses fibres s'était révélé être un feu de paille, une farce.

— Mais au moins Lella Kmar a obtenu ce qu'elle voulait, argumenta Amina.

— C'est vrai, avoua Safiyé. S'il y a un seul homme dans ce palais, c'est bien elle...

Amina ne répondit pas, elle trouvait le jugement un peu sévère pour les princes de sa famille.

— J'admire vraiment son sang-froid et sa force de caractère, poursuivit Safiyé. Finalement la seule chose pour laquelle Sidna aura tenu bon était son exigence à elle...

Naceur Bey n'avait pas voulu en démordre et le résident général s'était résolu à sacrifier le grand vizir. Il avait jugé que ce petit compromis était préférable à une épreuve de force.

— Et maintenant, grâce à ce remaniement, Khelil Bouhageb son favori est devenu ministre de la Plume !

— C'est..., c'est son amant ? interrogea timidement Safiyé que plus rien n'étonnait.

Amina rit aux éclats :

— Mais non, c'est son favori, son homme de confiance ; c'est même elle qui l'a marié à la princesse égyptienne Nazli Fazil, une de ses amies...

— *Nanati*, Maîtresse, vite, vite....

Flifla, vêtue comme à l'ordinaire de couleurs bariolées, surgit dans le patio et se précipita sur Amina.

— Et bien quoi, Flifla, parle !

— C'est Sidna, Maîtresse...

Flifla se lança alors dans des explications à une vitesse et à un débit tels que Safiyé ne put saisir un traître mot. Mais l'air affligé d'Amina parlait de lui-même.

— Le bey mon oncle a eu une attaque et il est au plus mal !

*

Une semaine durant les médecins se succédèrent au chevet de Naceur Bey, ses docteurs habituels, Lovi, Triolo Errera ou Spezzafumo, mais aussi d'éminents spécialistes dépêchés à la hâte par le président de la République française.

Un léger mieux survint. On l'attribua pour moitié aux compétences des médecins et pour l'autre aux invocations du Tout-Puissant. Matin et soir, dans l'antichambre du Souverain, des lecteurs récitèrent infatigablement des versets du Coran ou des passages des *Dalaïl-al-Khaïrat*, un ensemble de prières et de litanies à la louange du Prophète rédigées par un mystique arabe du XVe siècle.

Mais il était écrit que Dieu en avait décidé autrement. Le cinquième jour, l'auguste malade cessa de parler et de reconnaître ses proches. Ce fut dans la matinée du 10 juillet 1922 qu'un nouvel accès d'urémie finit par le terrasser. Naceur Bey s'éteignit doucement, entouré de ses proches et de Lella Kmar.

*

Safiyé passa son bras autour des épaules d'Amina qu'elle attira doucement contre elle. La jeune princesse pleurait tout son soûl cet oncle qui remplaçait le père qu'elle avait tôt perdu. Les deux adolescentes habillées d'une robe de deuil bleu marine étaient à moitié allongées contre les coussins d'un divan bas. Flifla, comme à son habitude, était accroupie aux pieds de sa maîtresse.

Les pleurs et les lamentations redoublèrent. On venait de sortir le corps du bey pour le transporter au palais de Kassar Saïd, proche du Bardo. C'était de là que, selon le protocole, les obsèques du souverain défunt partiraient le lendemain matin. Seules Lella Kmar, quelques princesses et leurs suivantes l'accompagneraient pour le veiller toute la nuit. Amina et son amie resteraient au Dar-el-Tej, à La Marsa, parmi les femmes de tous âges et de tous rangs qui avaient envahi le harem. Toutes déversaient des torrents de larmes en se consolant mutuellement.

Safiyé ne parvenait pas à prendre part à ce deuil et à ce chagrin. Ses yeux restaient secs. La désolation et la consternation d'Amina la peinaient profondément et, certes, elle faisait de son mieux pour la réconforter mais jusqu'à cet instant, aucune larme n'avait coulé.

Elle sentit un instant le regard chargé de reproche de Baba Amber qui, plus loin, soutenait par le bras une vieille princesse en la montrant du doigt, comme pour l'accuser de ne pas compatir et participer à l'affliction générale. C'était un eunuque aigri et teigneux qui semblait en vouloir à l'humanité entière.

Au moment où le corps du souverain s'éloignait, les yeux de Safiyé s'embuèrent. Ce n'était pas la mort de Naceur Bey qui provoquait chez elle cette émotion soudaine. Son esprit était ailleurs, loin de cette vaste pièce aux murs lambrissés de faïences, aux plafonds délicatement ciselés, éclairés de gigantesques lustres de cristal qui dessinaient des ombres étranges sur les visages endeuillés. Les images de sa terre natale défilaient dans sa mémoire. Le sourire enfantin de Sursam, le regard rieur de Djemal-Nour, celui, décidé, de son père sous son kalpak d'astrakan noir ou celui, tendre, de sa mère quand elle la serrait longuement dans ses bras avant qu'elle ne s'endorme. Une douloureuse angoisse l'étreignit. Consciente qu'elle ne les reverrait plus jamais, l'odalisque ne put retenir plus longtemps un bref sanglot et des larmes qui, par saccades, inondèrent très vite ses traits crispés.

Amina tourna son visage encore humide vers le sien et tendrement posa plusieurs baisers sur ses joues moites. Safiyé devina dans son regard combien elle lui était reconnaissante de partager ainsi sa douleur. Elle s'en voulait de tromper son amie. Elle aurait voulu crier à Amina qu'elle se méprenait, que ce n'était pas le bey son oncle qu'elle pleurait, mais ses parents et ses amis disparus et, peut-être plus encore, son propre sort. Au moment où elle allait ouvrir la bouche, elle sentit des coups secs sur sa jambe.

— Ce n'est pas ta place ici ! File immédiatement !

La vieille que soutenait Baba Amber donnait des coups répétés de sa canne sur Safiyé encore engourdie.

Son visage ridé coulait en bajoues molles qui tressautaient d'indignation.

— Ta place n'est pas ici, à côté de tes maîtresses ! Va avec les autres !

Elle désignait un banc et des tabourets bas à l'angle de la pièce où avaient pris place quelques suivantes des princesses.

Safiyé n'eut pas le temps de réagir. Déjà, Amina s'était redressée et faisait effrontément face à sa vieille tante.

— Pardon, *Letti*[1], mais je crains que vous ne vous mépreniez !

La voix tremblante d'une rage mal contenue, Amina était étrangement belle en ce moment, avec ce regard bleu et ce visage sans fard qui passaient du chagrin à la colère. Elle poursuivit d'une voix adoucie, comme si elle parlait à un jeune enfant incapable de comprendre :

— Letti, votre vue doit encore baisser. Vous n'avez pas remarqué sans doute que ces places que vous indiquez sont celles des servantes. Et vous savez bien sûr que mon amie Safiyé est la fille de Lella Kmar...

Letti hésita un instant puis grimaça un vague sourire. On lui avait bien soufflé que cette petite insolente était une odalisque récemment venue d'Istanbul. Mais personne ne l'avait prévenue que Lella Kmar la considérait comme sa propre fille.

Elle scruta les robes identiques des deux filles. La physionomie élégante et raffinée de Safiyé acheva de la convaincre que Lella Kmar avait très bien pu adopter cette fille. La veuve de Naceur Bey n'allait certes plus être la beya en titre, mais elle n'en pouvait pas moins devenir redoutable dans ses inimitiés. Mieux valait donc ne pas chercher des noises à sa protégée. Sans un mot, elle adressa un large sourire aux fillettes et bous-

1. *Letti* : Notre Dame. Titre donné aux princesses d'un certain âge ou de haut rang.

cula Flifla, qui pendant toute la scène s'était recroquevillée du mieux qu'elle pouvait. Se rappelant sans doute qu'il lui fallait quand même passer ses nerfs sur quelqu'un, elle leva sa canne et assena un violent coup à Baba Amber en pestant :

— Et toi, ne reste pas planté là ! Dépêche-toi de me conduire à mon fauteuil !

*

Les yeux rougis, Lella Kmar posa un dernier baiser sur le front froid. Dans la mort, le visage du monarque avait enfin trouvé une expression reposée et sereine. Depuis la veille au soir, la dépouille mortelle de Naceur Bey reposait dans un salon du palais de Kassar Saïd, où l'on avait procédé à la toilette funèbre. Avec les fils du souverain et des proches, la beya avait veillé toute la nuit le corps de son époux. Des cierges brûlaient aux coins du salon et pendant toute la veillée, les nombreuses confréries religieuses avaient psalmodié d'un rythme lent et prenant les prières mortuaires, rappelant que « Tout passe, Dieu seul demeure ».

En public, Lella Kmar avait su garder son air digne et hautain, affichant simplement cette résignation que tous les musulmans se doivent d'avoir devant la mort. C'est seule qu'elle avait longuement pleuré cet époux qui l'avait rendue heureuse et qu'à sa manière, elle aussi avait aimé.

Les sanglots et les clameurs de désespoir des femmes présentes autour d'elle redoublèrent ; on plaçait maintenant le corps du bey enveloppé d'un linceul blanc dans un simple cercueil de bois. Très pâle, elle le regarda s'éloigner, porté par des princes et des officiers. Le nouveau souverain était arrivé peu auparavant à Kassar Saïd et, après s'être recueilli sur la dépouille de son prédécesseur, avait ordonné la levée du corps, pendant que les chasseurs d'Afrique, les zouaves et les troupes beylicales rendaient les honneurs. Dans le protocole beylical, un souverain ne pouvait être enterré que par un souverain et le nouveau bey avait déjà été investi de sa charge pour conduire le deuil.

Les femmes n'assistant pas aux obsèques proprement dites, c'est par les moucharabiehs que Lella Kmar suivit du regard le cercueil recouvert de soieries, qu'on plaçait sur un char funèbre posé sur un fût de canon. La corniche du char richement décoré laissait deviner la formule « Hôte de Dieu et de Son Prophète ».

À l'extérieur du palais, les soldats de la garde formaient une haie dans l'allée centrale et un escadron de cavalerie présentait les armes. Le drapeau beylical était voilé de noir, ainsi que les tambours, les clairons et les sabres des officiers.

Lella Kmar connaissait dans ses moindres détails l'étiquette immuable qui réglait les funérailles d'un monarque en Tunisie. Par la pensée, elle pouvait accompagner le cortège funèbre, entouré des princes du sang et des dignitaires, qui conduisaient Naceur Bey jusqu'à sa dernière demeure. La foule nombreuse massée sur la route, recueillie et grave, se joindrait vite au cortège de plus en plus imposant. La fanfare sonnerait la marche en notes très lentes et, à intervalles réguliers, la voix du canon résonnerait. Les tambours et les clairons voilés de crêpe feraient entendre leurs batteries et leurs sonneries assourdies.

À l'entrée de la ville de Tunis, près du mausolée de Sidi Abdallah, le nouveau bey ordonnera le transfert de la dépouille mortelle du char funèbre sur une civière de bois, commune à tous les fidèles de l'Islam, sans distinction de fortune ou de caste.

Dès que le convoi, précédé des *Quorras*, les lecteurs du Coran, parviendra à la place de la Kasbah, les troupes présenteront les armes et la musique jouera la sonnerie « Aux champs ». La civière portée à bras d'hommes sera installée sur la place, devant le perron où Lella Kmar imaginait la haute et frêle silhouette de Mohamed-el-Habib, le nouveau bey, entouré des ministres, du résident général, des princes, des consuls, des puissances étrangères et des dignitaires. Elle voyait le catafalque recouvert de l'uniforme d'apparat du souverain défunt ; pantalon rouge à bande d'or, tunique chamarrée de broderies sur laquelle brilleraient toutes ses décorations, tunisiennes et étrangères, l'ordre du Sang en diamants, les grands cordons de l'Iftikhar, de la Légion d'honneur, du Wissam Alaoui ou encore le collier de Saint-Michel et Saint-Georges que le roi d'Angleterre lui avait décerné après la Grande Guerre. Sur un montant en bois sera placée la chéchia de grande cérémonie ornée de ses aigrettes d'or et de pierres précieuses.

Le plus haut dignitaire religieux du pays, le Cheickh-ul-Islam, revêtu des châles en cachemire de sa fonction, présidera alors à la récitation de la prière des morts.

La cérémonie terminée, le bey recevra les condoléances des magistrats religieux puis, accompagné des dignitaires présents, il se rendra à pied à l'entrée principale du palais du Dar-el-Bey situé non loin de là. Le cortège funèbre suivi des princes du sang défilera alors devant le souverain avant de se rendre au Tourbet-el-Bey, mausolée de la dynastie husseïnite au cœur de la médina, où son époux sera inhumé dans la salle des Pachas, réservée aux souverains.

En évoquant ces obsèques auxquelles elle n'assistait pas, Lella Kmar avait l'impression de rendre un dernier devoir à son défunt mari. Elle lui demandait de continuer à la protéger de là-haut comme il l'avait toujours fait.

*

Lella Kmar avait déjà recouvré son air impassible quand Badraja introduisit le colonel Aziz.

— Je reviens de La Marsa et j'ai vu que Sidi Khelil avait déjà exécuté vos ordres ! annonça-t-il en baisant la main de la beya.

Quelques heures après la mort du bey, Lella Kmar avait demandé au nouveau ministre de la Plume, son protégé Khelil Bouhageb, de faire apposer des scellés sur la porte qui reliait ses appartements à ceux du souverain. Il fallait mettre ses biens personnels à l'abri d'éventuelles rapacités.

Le nouveau souverain, Mohamed-el-Habib, semblait animé de bonnes dispositions, mais il valait mieux tout prévoir.

La succession au Trône beylical de Tunisie, calquée sur le modèle ottoman, était héréditaire entre tous les princes de la dynastie husseïnite, par ordre d'âge. C'était donc toujours le prince le plus âgé de la famille qui montait sur le Trône ; on voyait ainsi souvent un frère ou un cousin, parfois mais plus rarement un fils, succéder au souverain défunt. L'après-midi même de la mort de Naceur Bey, son cousin germain, héritier présomptif de la couronne, avait reçu au palais du Bardo la *bai'a*, l'allégeance des ministres et des dignitaires religieux, par la traditionnelle formule : « Nous te reconnaissons pour Notre Souverain comme le faisaient les musulmans pour leurs émirs. »

Lella Kmar songea qu'il lui faudrait maintenant entretenir cette affectueuse amitié que le nouveau bey lui témoignait. Elle avait d'ores et déjà préparé une magnifique parure de diamants qu'elle comptait offrir à son épouse, dès qu'un temps décent se serait écoulé.

15

— Ça y est ! J'ai converti Bibino ! J'ai converti Bibino !

Taïta claquait ses mains contre ses cuisses et riait aux larmes.

— Mais... qu'est-ce que tu racontes ? interrogea Amina. Safiyé et elle étaient plongées dans une de leurs interminables parties de *chiche-biche*[1].

— *Ouallah*, sur Dieu, je l'ai converti !

— Bibino est devenu juif ?

— Presque ! presque ! articula Taïta entre deux hoquets.

— Il veut t'épouser alors ? Mais, enfin, pourquoi ris-tu ?

Bibino, déformation tunisienne de Pepino, était un peintre sicilien que Taïta ne laissait pas indifférent et, comme tout le monde, Safiyé et Amina avaient remarqué que le badigeonnage des persiennes des cuisines traînait en longueur.

— Oui, il est presque devenu juif ! Je l'ai circoncis !

Taïta mima de ses doigts une paire de ciseaux.

— Quoi !

— Vous savez bien qu'il n'arrêtait pas de m'embêter avec ses propositions enflammées...

1. Déformation du turc six-cinq, indiquant un beau lancé de dés au backgammon et désignant par là même le jeu proprement dit.

Taïta se posa lourdement sur un canapé pour reprendre son souffle.

— Il est revenu à la charge ! Je lui ai répondu que cette fois j'étais d'accord mais qu'avant, il fallait qu'il me montre son petit oiseau !

Amina et Safiyé s'étaient levées, abandonnant leur partie. Elles entourèrent la grosse femme.

— Tu es folle ! Et alors ?

— Alors, Dieu me pardonne, je lui ai dit qu'ensuite je serai prête à le satisfaire !

Taïta continuait de rire :

— Je me suis tenue prête mais avec le tisonnier brûlant à la main... Ah, il n'est pas près de l'oublier ! Il hurlait comme un cochon qu'on égorge, ce gros porc salace !

Les deux filles éclatèrent de rire.

— Mais tu aurais pu le mutiler à vie ! s'émut Amina entre deux hoquets.

La Juive les rassura, Bibino avait finalement eu plus de peur que de mal.

— Ne t'inquiète pas pour lui ; un peu d'onguent d'huile d'olive et de cire vierge sur son zizi et, dans quelques jours, il n'y paraîtra plus !

Sur cette affirmation qui allégeait sa conscience, elle quitta la pièce d'un pas vif, enchantée d'aller raconter sa bonne plaisanterie aux cuisinières et à toutes les autres femmes.

Safiyé restait médusée par la verdeur du langage et les manières parfois un peu lestes des femmes du gynécée. Elle voulut savoir pourquoi Taïta ne s'était pas remariée ; après tout, elle n'avait pas eu d'enfant de son premier mari. Amina éclata de rire :

— Et ce ne sont pas les prétendants qui manquent ! Elle vient même d'échapper de justesse à un mariage forcé avec son beau-frère !

Amina expliqua à Safiyé étonnée que, pour les affaires de statut personnel, les Juifs tunisiens relevaient des tribunaux rabbiniques, comme les musulmans de la Châaria.

— La coutume du lévirat, consacrée par la Loi mosaïque, fait obligation à un homme dont le frère est mort sans héritier d'épouser la veuve et d'attribuer au défunt les enfants nés de ce mariage. Et, bien sûr, Taïta ne voulait absolument pas épouser ce beau-frère qu'elle détestait.

Amina poursuivit :

— C'est Lella Kmar qui l'a tirée de ce mauvais pas. Elle a convoqué le beau-frère qui a commencé par jouer la comédie du dévot préoccupé avant tout de respecter les prescriptions de la loi religieuse.

— C'était surtout Taïta qu'il voulait... ?

Amina émit un petit rire sonore devant la naïveté de son amie.

— Non, pas du tout ! Il n'a d'ailleurs pas tardé à montrer le bout de l'oreille : ce qui l'intéressait, c'était la succession de son frère décédé, car la veuve qui n'avait pas de part à l'héritage, avait cependant le droit de prélever la dot qu'elle avait apportée. Et cet effronté a carrément laissé entendre à Taïta que, si elle renonçait à cette part, cela apaiserait certainement ses scrupules religieux.

— Et Taïta a accepté de laisser sa dot ?

— Pour se débarrasser de lui, elle y était prête, la pauvre, mais Lella Kmar le lui a interdit ! Elle ne pouvait plus faire fouetter ou jeter en prison l'impudent, mais, par contre, elle savait qu'il travaillait pour un important commerçant juif qui fournissait le palais. Elle l'a donc menacé, au cas où il persisterait, de retirer à ce commerçant toutes ses commandes et de lui faire savoir que son employé lui avait manqué de respect...

Safiyé conclut elle-même :

— Bien sûr, il aurait perdu son emploi et plus personne à Tunis n'aurait voulu de lui !

— Taïta n'en est désormais que plus dévouée corps

et âme à Lella Kmar et serait capable de donner sa vie pour elle.

Une clameur dans les couloirs du palais interrompit Amina : *Barani alla Barra ! Barani alla Barra !* « Que l'étranger s'en retourne ! »

La princesse leva les yeux au ciel, un sourire vaguement moqueur aux lèvres :

— Ah ! C'est Lella Nefissa ! Je reconnais la voix de son eunuque !

*

Moins d'un mois après la mort du bey, Lella Kmar avait abandonné le Dar-el-Tej au nouveau souverain et à sa cour pour s'installer dans son palais personnel. Kasr Essaâda était plus petit que les palais de la Couronne beylicale que Safiyé connaissait déjà. Il était surtout plus harmonieux, n'ayant pas connu les transformations et les agrandissements successifs. Sa principale particularité résidait en ce qu'il ne prévoyait pas de selamlik. Le palais était tout entier à usage de harem ; les hommes qui y venaient étaient soit des serviteurs, soit des familiers habituellement admis à la présence.

Safiyé et Amina pouvaient donc parcourir à leur guise les moindres recoins de la demeure et des jardins où s'élevait aussi un ravissant kiosque de bois peint qui rappelait à la jeune Circassienne le Mermer Konak et les souvenirs heureux d'Istanbul.

L'arrivée de Lella Nefissa, voilée et précédée d'un eunuque dans les couloirs, avait étonné Safiyé. Mais la princesse, une vieille tante d'Amina, était très à cheval sur les principes et le protocole, et elle tenait à ce que l'habituel cérémonial soit respecté.

L'eunuque ouvrit lui-même les deux battants de la porte du salon et s'inclina cérémonieusement au passage de sa maîtresse. Après une dernière courbette, il se retira à reculons, conscient d'avoir bien accompli son devoir : de la porte du palais à celles du salon, la vieille dame n'avait fait aucune rencontre masculine inopportune.

Amina se précipita aussitôt pour l'embrasser, lui cognant bruyamment la tête. La princesse Lella Nefissa avait la regrettable manie de pincer la joue des jeunes gens et de les attirer ainsi à elle pour les embrasser. Amina qui avait déjà souffert de cette habitude essayait toujours de devancer sa vieille tante, ce qui finissait bien souvent en entrechoquement de têtes.

Safiyé, qui n'était pas prévenue contre cette fâcheuse pratique, en fit douloureusement les frais. Après l'avoir embrassée à sa manière et scrupuleusement détaillée, la vieille princesse se répandit en compliments à son égard.

— Cette petite est vraiment délicieuse ! Et avec votre éducation, ce sera une véritable perle !

Lella Kmar acquiesça poliment en observant, amusée, la jeune Circassienne masser sa joue endolorie. Elle fit signe à la servante qui apportait une tisane de rapprocher le guéridon devant Lella Nefissa. Celle-ci examina la tasse d'un air approbateur ; c'était un beau bol bouillon en porcelaine de Sèvres bleu tendre à motifs d'oiseaux. Une tasse exclusivement réservée à l'usage de la vieille princesse, qui avait ainsi dans chaque maison où elle rendait visite son propre service, une autre de ses habitudes qu'on respectait scrupuleusement.

À peine avait-elle bu la première gorgée de tisane qu'elle interrogea Lella Kmar en fixant Amina de ses yeux plissés.

— Notre petite Amina va bientôt être en âge de se marier...

Amina baissa les yeux en rougissant.

— J'espère qu'on n'oubliera pas de demander l'avis de sa vieille tante !

Lella Kmar sourit poliment et répondit d'un ton doucereux :

— Ah ! ma tante, il est encore un peu tôt mais quand le temps sera venu nous ne manquerons pas de vous demander conseil, bien entendu...

Lella Nefissa se tourna vers l'ancienne beya, comme si elle avait oublié la présence des jeunes filles :

— C'est qu'aujourd'hui, tous ces jeunes gens ne savent plus rien de nos vieilles traditions et du mariage d'antan !

— Ah, la garce, elle peut parler ! souffla Amina à l'oreille de Safiyé. Sous ses airs de dévote, elle a déjà usé trois maris successifs ! Sans compter les amants !

Safiyé observa la vieille princesse dans son boléro brodé et sa *fouta*, une jupe de soie chatoyante sous laquelle le pantalon bouffant à la turque avait bien l'ampleur des crinolines du Second Empire. La Circassienne dut convenir qu'elle ne manquait pas de charme malgré son âge.

Lella Nefissa retira de son corsage une boîte à tabac en or. Elle posa avec précaution une pincée de tabac à priser entre le pouce et l'index de la main droite et renifla longuement de chaque narine. Elle se moucha alors bruyamment, puis entreprit de raconter à son hôtesse les derniers potins croustillants de la cour et les frasques de la nouvelle beya. Comme elle voyait bien que Lella Kmar ne manifestait qu'une attention polie, sans questions ni surenchère, elle se plongea alors dans la récitation de son chapelet en soulignant qu'elle disait ainsi tous les jours son rosaire.

Quand Lella Nefissa fut enfin partie, les deux filles reprirent leur liberté.

— Tu vois, confia Amina en marchant le long du corridor, dans notre famille, les princesses sont soit des putes, soit des saintes ! Et il doit y avoir plus de putes que de saintes ! Ma tante Nefissa que tu as vue avec son chapelet et ses simagrées, c'était une pute dans sa jeunesse et maintenant qu'elle est vieille, elle joue à la dévote...

Safiyé ouvrait des yeux ronds. La verdeur du langage d'Amina l'étonnait toujours. Pourtant, dans la bouche de la princesse comme dans celles d'autres grandes dames de la cour, des mots si crus étaient toujours prononcés avec une fraîcheur et une spontanéité désarmante qui leur enlevaient toute trace de vulgarité.

Safiyé n'osa cependant pas demander à Amina dans quelle catégorie elle-même se plaçait. Celle-ci, qui semblait avoir deviné les pensées de son amie, éclata de son rire joyeux :

— Ah, quant à moi, je ne suis ni une sainte, ni une putain !

Puis elle baissa le ton comme pour faire une confidence importante :

— Non, moi, je serai une femme moderne et émancipée !

Safiyé n'osa pas lui demander ce que cela voulait dire.

*

Pour Lella Kmar qui, malgré trois époux successifs, n'avait jamais eu d'enfants, il était clair que, si l'on ne choisissait pas les enfants que le Ciel vous donnait, du moins pouvait-on toujours choisir les odalisques que l'on achetait ou parmi celles que l'on vous offrait. Le gynécée de Kasr Essaâda comprit très vite que la beya avait fait son choix et distingué Safiyé, puisqu'elle lui prodiguait presque les mêmes attentions qu'à la princesse Amina. Pourtant, au moment de l'installation au Kasr Essaâda, Lella Kmar avait décidé que Safiyé et Moulka partageraient la même chambre. Certes, le palais regorgeait d'antichambres et de pièces inoccupées, mais seuls les couples et quelques rares personnes d'un certain âge disposaient d'une chambre individuelle.

Malgré le comportement un peu condescendant de Moulka à l'égard de Safiyé, les deux Circassiennes s'étaient peu à peu lancées dans des conversations sans jamais toutefois, par un accord tacite, évoquer leur terre natale.

Ce soir-là, Moulka avait remarqué que sa compagne de chambre n'avait pratiquement pas touché à son repas. Elle l'observa à la dérobée. Un voile épais recouvrait les yeux de la jeune Circassienne. Moulka avait déjà vu cette mélancolie. Dans un miroir, les premiers temps qui avaient suivi sa propre arrivée. Sur son lit, silencieuse, Safiyé caressait pensivement la pierre bleue qu'elle portait au cou. Moulka se glissa près d'elle :

— C'est joli ! Tu as l'air de beaucoup y tenir, tu ne t'en sépares jamais, même pour dormir !

Les yeux de Safiyé se remplirent de larmes.

— C'est mon porte-bonheur...

Moulka caressa l'épaule de sa compagne, puis examina la pierre, une agate bleue gravée d'un texte minuscule. Elle l'étreignit doucement et, tout en lui lissant les cheveux, elle lui murmura à l'oreille :

— Je suis ton amie, raconte-moi tout... C'est Aziz. Tu es triste de son départ ?

Au palais les hommes admis à la présence étaient rares et celui-ci était si séduisant. À l'annonce de son stage à Saint-Cyr, le harem s'était beaucoup lamenté. Moulka avait bien noté qu'en présence du bel officier, Safiyé rosissait, légèrement troublée.

— Parle-moi, tu peux avoir confiance : c'est Aziz, hein ? Il te rappelle celui qui t'a offert ce pendentif, c'est ça ?

Safiyé secoua la tête négativement.

Comme dans un rêve, elle raconta alors le Caucase, la dévastation de l'aoul, Sursam, la marchande d'esclaves et ses parents dont elle ne savait toujours rien. À l'évocation de ces derniers, des larmes coulèrent sur son visage. Moulka les essuya de ses doigts et, embrassant Safiyé, elle l'attira contre elle.

Serrée dans les bras de Moulka, l'adolescente sentait sa cuisse contre la sienne et son corps chaud et palpitant. Leurs deux visages collés l'un à l'autre, Moulka lui souffla d'une voix tendre et rassurante :

— J'ai une idée ! Demain, nous essaierons de savoir ce que sont devenus tes parents !

16

Ahmed pouvait prendre ses aises. À La Marsa, il ne risquait pas de croiser son père ou l'un de ses amis. À demi allongé, il tirait consciencieusement sur le tuyau de pipe d'un narguilé posé en contrebas du banc de maçonnerie. Après avoir livré un des commerçants des souks de La Marsa, non loin du palais beylical, le garçon avait rejoint quelques amis au *café El-Alia* où se réunissait la crème de la société musulmane de la ville.

Ahmed aimait la pénombre et la quiétude de ces lieux de rencontre. Quelle différence avec l'agitation du *café Riche* ou du *café du Casino*, les brasseries à la mode de la ville franque. À longueur de temps, on n'y entendait que des « Garçon, une demi-tasse ! Garçon, un mazagran ! Garçon, ceci, garçon, cela ! » Ici, dans ce café maure, régnait le calme du désert. Une économie de gestes et de paroles qui laissait pantois le client européen le plus averti. En entrant, le consommateur n'avait qu'à jeter son sou sur la patène de cuivre ; le bruit métallique avertissait le *kahvedji* qui mettait aussitôt une tasse à bouillir, puis, sans échange de mots inutiles, apportait le café brûlant au client. Aucun éclat de voix, aucun mouvement brusque, aucune agitation intempestive ne venaient troubler la quiétude du lieu. Quelques clients jouaient silencieusement aux cartes sous un baldaquin de toile, d'autres étaient allongés sur des nattes de paille, somnolents, et quelques-uns, enfin, assis le dos contre le mur, échangeaient avec gravité des propos entrecoupés de longs silences. L'atmosphère était presque au recueillement. Dans cette demi-obscurité, même les conversations les plus passionnées étaient feutrées.

— J'ai vu Sidi Moncef passer sur son *calice* ! intervint l'un des amis d'Ahmed qui connaissait son admiration pour le prince.

Tout le monde savait que le fils aîné de l'ancien souverain aimait tenir lui-même les rênes de sa calèche.

— Il a empêché les gendarmes d'expulser des Bédouins Fréchiches ! souligna le second qui aspirait par petites gorgées son moka en produisant un sifflement sonore.

Périodiquement s'élevaient, sur les terrains entourant la ville, des tentes de nomades Fréchiches, Amiras ou Souassis. Ils venaient travailler dans les champs voisins. Lorsque les campements étaient trop proches de la ville, les spahis ou les gendarmes intervenaient aussitôt.

— Il a affirmé qu'ils campaient près de sa villa et que désormais il les prenait sous sa protection !

À la mort de Naceur Bey, le prince Moncef, malgré une position moins en vue, continuait de défendre la veuve et l'orphelin.

— Bien sûr, les gendarmes n'ont pas osé les expulser ! fit remarquer le premier comme à regret. On n'avait vraiment pas besoin de tous ces Bédouins à nos portes !

Ahmed balaya du regard les peintures sur verre qui ornaient les murs et préféra se concentrer sur son narguilé. De tout cœur, il approuvait la démarche du prince. Curieusement, la famille beylicale, au sommet de la hiérarchie sociale, ne partageait pas les préjugés des citadins à l'égard des ruraux et des Bédouins, et se mêlait plus facilement au petit peuple, au grand dam des bourgeois de la ville qui jugeaient ces fréquentations indignes de leur rang.

Ahmed aspira une dernière bouffée de tabac et se redressa mollement. Il salua ses amis et quitta le café d'un pas lent. Le temps était clément pour la saison et il plaça son burnous de laine sur une seule épaule, le capuchon aux glands de soie blanche négligemment jeté à l'arrière.

Il ne se pressa pas ; la gare de Marsa-Ville n'était qu'à une centaine de mètres du café. Le TGM, le train électrique Tunis-Goulette-Marsa, du nom des trois principales localités qu'il desservait, le ramènerait en moins d'une heure à Tunis, en longeant le versant nord de la Bahira, le lac au nombreux flamants roses qui sépare Tunis de la mer.

À droite, il pouvait voir les haies qui entouraient ce fameux palais de Kasr Essaâda que l'ancienne beya avait fait construire et dont tout le monde parlait avec admiration.

Quatre silhouettes voilées marchaient à sa rencontre. Au vu de leur allure, elles semblaient assez jeunes. Il remarqua que l'une d'entre elles était une négresse ; les quatre filles étaient drapées gauchement dans de longs voiles qui les couvraient de la tête aux pieds, mais on pouvait quand même apercevoir leurs chevilles. Ahmed songea que Si Laroussi aurait été scandalisé par ce manquement à la pudeur la plus élémentaire. Il se souvenait d'avoir entendu un jour son père pester hargneusement contre une jeune nièce improprement voilée : « On commence par montrer ses chevilles et on finit par dévoiler ses cuisses ! »

Une légère brise gonflait les voiles de soie crème des jeunes filles. Elles étaient parvenues à la hauteur d'Ahmed quand le voile de l'une d'elles lui échappa et glissa par terre. Le regard embarrassé et honteux de la fille croisa celui d'Ahmed. Stupéfait, le jeune garçon reconnut la beauté turque qu'il avait croisée au palais de Hammam-Lif, chez Taïta. Un an avait passé mais il se souvenait toujours de son visage et de son nom : Safiyé.

*

— Je ne vais jamais parvenir à retenir ce voile ! Rentrons, c'est mieux !

— Mais non, on est presque arrivées ! Flifla, aide-nous !

Amina essayait tant bien que mal d'ajuster le voile de Safiyé.

— Tu ne pouvais quand même pas sortir voilée à la turque, en yashmak ou en *tcharcharf* ! On nous aurait remarquées !

Le voile à la turque, que Lella Kmar continuait d'ailleurs de porter, avait au moins l'avantage de tenir tout seul. Safiyé n'avait pas encore acquis la dextérité nécessaire pour s'envelopper du *sefsari*, le long voile tunisien qui dessinait une silhouette élégante et mystérieuse. Porté sur les vêtements, il recouvrait tout le corps, de la tête aux pieds, mais demandait de l'adresse pour le draper et le retenir d'une main, que l'on mettait ensuite sur le bas du visage pour le cacher. Difficulté supplémentaire, le voile luxueux était en soie et glissait plus facilement qu'un simple sefsari populaire de coton ou de lainage.

C'était cependant une protection indispensable pour circuler anonymement dans les rues ; personne ne pourrait jamais les reconnaître, avait expliqué Amina. Le voile ici était aussi sacré que les portes du harem.

— *Nanati*, rentrons, j'ai peur ! Si on s'apercevait qu'on est sorties..., bredouilla Flifla. Elle jeta un regard noir à Moulka. Sans elle rien ne serait arrivé.

— Calme-toi, il ne t'arrivera rien ! lança Moulka d'un ton sec à la négresse qui n'en maugréa que davantage.

Amina se tourna vers Safiyé et lui confia :

— Les filles de la cuisine ont fait croire à cette idiote que des ogres déguisés en hommes enlèvent les petites négresses dans les rues !

Elle donna une tape dans le dos de Flifla.

— Allez, tu n'es pas seule, on est là ! D'ailleurs qui voudrait enlever une vilaine noiraude comme toi ?

Amina fanfaronnait mais elle n'en menait pas large non plus. Leur trouble et leur maladresse à toutes les trois étaient bien manifestes et dénotaient l'immense effort que coûtait cette nouveauté. Seule Moulka semblait à l'aise dans ces ruelles.

Le matin, elle était allée trouver Amina et lui avait fait part de son projet. Tout de suite, celle-ci avait accepté.

Après le déjeuner, Lella Kmar s'était retirée dans sa chambre ; les filles en avaient profité pour s'éclipser, prétextant une promenade dans les jardins. Flifla les y avait alors retrouvées, quatre voiles pliés sous le bras. Il avait fallu très peu de temps à Amina pour convaincre Ba Salem, le gardien, de les laisser sortir par la petite grille qui donnait sur un chemin de terre. Dans la rue, au fur et à mesure, Safiyé sentait croître en elle une angoisse sourde et diffuse. Ce n'était pas la faute qu'elles commettaient en sortant seules qui l'inquiétait. Elle commençait simplement à regretter d'avoir accepté. Moulka l'avait persuadée qu'elle saurait enfin ce qu'il était advenu de ses parents. Fugitivement, l'adolescente se demanda si c'était bien ce qu'elle était venue chercher ou si c'était sur son propre destin qu'elle espérait trouver une réponse.

*

Ahmed était de plus en plus intrigué. Que pouvaient bien faire ces filles avec leurs luxueux voiles de soie maladroitement drapés, leur démarche furtive, parfois hésitante et gauche, seules dans les rues de La Marsa ? On croisait bien des femmes dans les rues de la ville, mais c'étaient des paysannes, d'ailleurs non voilées, ou encore des femmes du peuple ou des servantes qui ne pouvaient agir autrement. Dans les grandes maisons, les femmes n'étaient pas toujours séquestrées par la jalousie du mari. La claustration du harem était aussi à leurs yeux une forme de distinction ; en l'abandonnant, elles craignaient de déchoir au niveau de vulgaires campagnardes ou de leurs propres domestiques.

Les quatre filles se dirigeaient vers la plage ; un peu hésitantes sur le chemin à suivre, elles prenaient quand même soin d'éviter les rues commerçantes.

L'image de la belle Turque poursuivait Ahmed et il se décida. Il allait être en retard, mais tant pis.

Il leur emboîta le pas en conservant une certaine distance pour ne pas les effrayer. Près de la promenade du front de mer, il faillit tomber net sur une de ses connaissances attablée *Au Bon Caoua*, un café-épicerie au rez-de-chaussée d'un immeuble aux balcons ventrus. Prestement, il s'enveloppa dans son burnous et se plongea dans la lecture d'une vieille affiche placardée sur le mur, annonçant la reprise, pour la seconde fois au théâtre municipal, des *Amants de Ferrare* avec Mlle Madeleine Roch et Maurice Escande, le jeune premier.

Du coin de l'œil, Ahmed pouvait suivre les ombres blanches ; il releva le capuchon de son burnous sur sa tête et pressa le pas dans leur direction.

Elles allaient de plus en plus vite et dans ces chemins déserts, Ahmed avait des difficultés à ne pas se faire remarquer. Elles s'engagèrent dans la descente qui longeait le palais du prince Ismaïl et pénétrèrent sous un porche en torchis qui donnait accès à une ruelle bordée de masures.

Ahmed s'immobilisa contre le porche. La cahute en

contrebas, couverte de feuilles de palmes, était le repaire de Salouha *Liffrikiya*, Salouha l'Africaine.

*

Plus que jamais Flifla maudissait Moulka. Cette fille fréquentait des femmes qui frayaient avec les *djinns*. Elle était mauvaise et avait envoûté sa maîtresse, c'était certain. À peine arrivée, Flifla se précipita pour baiser les mains et les genoux de la vieille sorcière ; elle savait que certaines vieilles négresses étaient des *godias* et tenaient un commerce occulte avec les esprits ; celles-là inspiraient une véritable terreur à leurs congénères qui les comblaient de présents pour gagner leurs bonnes grâces. Amina et Safiyé, encore sur le pas de la porte, semblaient répugner à s'avancer dans le misérable réduit. Moulka, elle, souriait à la devineresse. Manifestement elles se connaissaient déjà.

Leurs yeux, lentement, s'habituèrent à la pénombre de la pièce qu'éclairait une seule lampe à huile. Un invraisemblable capharnaüm s'offrit à leur regard.

Des nattes, posées à même le sol de terre, étaient encombrées de coussins, de récipients en terre cuite et de livres, épars ou empilés. Dans un angle, à côté d'une haute gargoulette, un corbeau empaillé trônait sur un perchoir au bas duquel un coq bien vivant était attaché par une chaînette à la patte. Dans un autre coin, près de l'entrée, une grosse marmite de fer-blanc était remplie à ras bord de couscous, sans doute une offrande d'une visiteuse précédente.

Salouha Liffrikiya ouvrit les bras en signe de bienvenue. Elle était assise en tailleur sur un matelas posé sur deux nattes épaisses. Un fichu de coton rouge enroulé autour de sa tête descendait sur ses sourcils et masquait ses cicatrices rituelles. Devant elle une théière d'émail bleu reposait sur les cendres d'un *kanoun*, un réchaud en terre cuite.

La vieille Noire grimaça un sourire dévoilant quelques rares dents jaunies par les chiques de bétel et tira longuement sur sa pipe. Au premier regard, Salouha avait compris qui étaient ses visiteuses. Commercer avec les esprits n'empêchait pas d'être doté de bon sens.

Avec sa servante noire qui l'escortait, la fille aux yeux bleus qui portait une belle montre-bracelet en or ne pouvait être qu'une princesse du palais. Quant à l'autre, c'était à coup sûr une odalisque. Peut-être même une Circassienne comme Moulka. Elle en avait les traits fins et le port altier.

Salouha l'Africaine ferma les yeux. Cette belle fille était donc une *aljia*, comme on appelait à Tunis les odalisques. C'est-à-dire finalement une esclave blanche.

La vieille Noire songea amusée que, à la couleur de la peau près, cette fille était comme elle une esclave achetée à prix d'argent. Elle ricana et désigna aux arrivantes un parchemin brun attaché à un long bâton planté dans le sol. C'était sa lettre d'affranchissement. S'adressant à Moulka, elle ordonna :

— Montre-leur d'abord qui est Salouha !

Moulka fit signe à ses deux compagnes d'approcher. En plissant les yeux, Amina et Safiyé réussirent à déchiffrer en partie le vieux parchemin.

— C'est mon grand-père qui l'a affranchie, souffla Amina. Pour honorer la mémoire de sa tante. Regarde, lis en bas !

En lisant la date de l'acte de manumission, Safiyé fit un rapide calcul mental, Salouha devait être au moins centenaire.

La vieille Noire fixait Safiyé. Cette esclave blanche la troublait. Son destin était très différent de celui qu'elle avait pressenti pour Moulka. Elle voyait pour cette fille les sommets les plus élevés comme les abîmes les plus bas.

Sans se lever, Salouha l'attira vers elle. Safiyé, instinctivement, eut un mouvement de recul mais ne réussit pas à se dégager de l'étreinte de la vieille négresse. Sa main squelettique, d'une douceur de peau étonnante, était douée d'une force extraordinaire. Elle attira fermement la jeune Circassienne vers le matelas en gardant sa main dans la sienne.

— Comment t'appelles-tu, fille qui vient d'au-delà les mers ?

Safiyé bredouilla son nom.

La jeune Noire et sa maîtresse, accrochées l'une à l'autre, retenaient leur souffle. Moulka plissait les yeux, une expression étrange, mêlée de peur et d'envie, au visage.

— Je sens que ton cœur est aussi pur que le nom que tu portes[1] !

Salouha fourragea de sa main libre dans un récipient voisin et en retira une pleine poignée de gros sel.

— Je vais d'abord éloigner le mauvais œil et les djinns malfaisants de cette pièce !

Elle fit tourner sa main pleine, sept fois dans un sens et sept fois dans l'autre en récitant d'une voix mélodieuse :

— *Bourate oussif, his bourate alé aïn ! Men aïn ech houd, men aïn el aïn oud...*

En Tunisie, les devins et les sorciers puisaient leur savoir dans toutes les traditions de magie, musulmanes, hébraïques, grecques ou chaldéennes. L'invocation que récitait Salouha n'était autre que la bénédiction de Jacob qui commence par « *Ben Porath Yosseph* ». Transmise de bouche à oreille par les initiés, elle n'avait plus qu'un vague rapport avec le texte hébreu.

Salouha jeta la poignée de sel dans les cendres chaudes du kanoun :

— J'ai jeté l'œil et non le sel !

Elle saupoudra ensuite la cendre de quelques pincées de petits grains. Une puissante odeur d'encens envahit

1. Safiyé signifie « Pure » en arabe.

rapidement la pièce. Salouha resta un certain temps à en respirer le parfum ; sa main droite tenait toujours fermement celle de Safiyé. L'odalisque ne cherchait plus à s'éloigner, elle semblait au contraire faire corps avec la vieille négresse et suivait son rythme et ses mouvements.

Au bout d'un moment, Salouha se mit à balancer le torse d'avant en arrière en psalmodiant gravement :

— Je t'implore par ton nom antique, ô toi qui dures, toi qui ne finiras point, ô Seul, ô Unique, ô Victorieux, ô Éternel, ô toi qui n'as point engendré et n'as point été engendré, ô Maître des Maîtres, ô toi qui donnes et qui conserves, je te supplie de me soumettre un des serviteurs de ton nom qui fasse mes volontés ; car tu as la puissance en toute chose...

Les quatre filles semblaient tétanisées, comme hypnotisées par les oscillations de la vieille et sa voix envoûtante.

L'intonation de Salouha se fit soudain plus nuancée :

— Je vous conjure par le serment syriaque de venir vers moi, soyez bonnes et serviables pour moi, ô créatures excellentes. Où êtes-vous, Mimoûna et Yaqoûta et Yaloûcha et Fâtima la nuageuse et Rouquiyya, fille d'El Ahmar ? Approchez, ô filles des rois des djinns...

Safiyé sentit soudain un tremblement la parcourir. La négresse avait rejeté la tête en arrière, ses yeux s'étaient révulsés. Par la bouche ouverte s'échappa ce qui ressemblait à un pépiement :

— Tu es arrivée ici voilà peu. Tu as traversé beaucoup de pays, des mers peut-être même, avant de venir chez Salouha. Tu as beaucoup perdu en chemin... mais c'est ton destin...

Salouha scruta le visage de Safiyé :

— Tu as beaucoup perdu mais ce n'est rien comparé à ce que tu devras perdre...

La négresse grimaça un sourire :

— Tu es venue ici car tu cherches quelque chose, n'est-ce pas ?

Les lèvres de Safiyé tremblèrent sans émettre aucun son.

— Tu cherches quelque chose, oui, ou plutôt quelqu'un ! D'ordinaire, celles qui viennent ici cherchent l'amour !

Elle jeta un coup d'œil furtif à Moulka.

— Mais, avec toi, les choses sont différentes. Nombreuses ont été les forces qui se sont opposées à toi jusqu'ici et nombreuses elles seront encore. Deux puissances se partagent ta vie. L'une t'entraîne vers le haut et le bonheur, une autre t'afflige et te fait plonger dans le malheur. Tu es venue ici pour chercher quelqu'un mais c'est ta destinée que tu trouves. Ta destinée, oui. Plutôt que celui ou ceux que tu cherches... car ils sont deux en réalité, n'est-ce pas ?

Safiyé sentit la sueur lui inonder le visage. Elle était d'une rigidité de pierre.

— Oui, c'est ça, ils sont deux, un homme et une femme... Ceux-là, tu veux savoir ce qu'ils sont devenus mais, au fond de ton cœur, tu as peur. Peur de savoir.

Safiyé haletait, incapable de parler.

Salouha se redressa et lança une nouvelle conjuration d'une voix impérative :

— Par Celui qui a créé, qui a tout fixé et qui dirige tout, je conjure les tribus des djinns et ceux qui habitent ces lieux de lumière de se présenter à moi...

Elle continuait d'appeler les esprits par leurs noms ; Dehmoûch, commandant des esprits, Semtîl à la beauté éclatante, Chemtoûn, porteur du drapeau noir.

— Présente-toi, ô Moudhib, par l'ange Djebriaïl qui t'a vaincu ! Mets-toi à mes ordres, ô Chemhoûrech, par l'ange Cerfaïl qui t'a vaincu ! Faites lever vos serviteurs, maîtres de la septième sphère et de la clarté de Saturne !

Les yeux de la vieille se révulsèrent, les sons qui sortaient de sa bouche se firent gutturaux, saccadés.

— Je vois !... Je... je vois ! Ces deux que tu cherches, ce sont tes parents ! Je les vois !... Je...

Safiyé tremblait maintenant de tout son corps. Salouha soufflait, la sueur coulait de son visage, la pupille de ses yeux maintenant entièrement blanche la scrutait toujours. Soudain, la négresse poussa un cri. Safiyé sursauta et se raidit encore plus. Salouha essayait de dire quelque chose mais n'y parvenait plus. Elle semblait se battre contre une force puissante, elle paraissait faire des efforts immenses, colossaux, mais en vain. Soudain, son corps ne lutta plus. L'adolescente le sentit qui se relâchait, devenait flasque, comme si toute énergie venait de s'en retirer d'un seul coup. Salouha desserra l'étreinte de sa main et, péniblement, se redressa, comme si elle sortait d'un sommeil profond. D'un bond, Safiyé se précipita vers Amina et Moulka et se blottit contre elles.

La vieille négresse ferma les yeux et s'allongea, la tête contre le mur. Elle respirait avec difficulté et paraissait épuisée.

Moulka fut la première à se ressaisir. En rajustant son voile, elle se dirigea vers la vieille. Elle s'agenouilla et plaça dans sa paume décharnée deux pièces d'argent. Deux pièces au nouveau millésime que le bey distribuait à ses proches à l'occasion du Nouvel An de l'Hégire.

Salouha ouvrit les yeux. Elle observa l'odalisque un court instant, puis garda une des pièces et lui rendit l'autre. Troublée, Moulka insista pour qu'elle accepte la seconde pièce mais la vieille maintint son refus en murmurant :

— Ce n'est pas la peine, nul ne peut aller à l'encontre de la volonté divine !

*

Venant de la mer, un petit vent froid s'était levé et glaçait les os. Immobile contre le porche, complètement enveloppé dans le burnous de laine, Ahmed remua les jambes pour se dégourdir et se réchauffer. Il aperçut enfin les silhouettes blanches. Les quatre filles avançaient sans un mot, à une certaine distance l'une de l'autre, manifestement troublées.

Le garçon les suivit jusqu'à la gare où un train était en partance. Ahmed s'en moquait. Plusieurs autres risquaient de défiler avant qu'il ne se décide à rentrer à Tunis. Pendant toute son attente, il avait repensé à celle qu'il appelait la jeune Turque. Elle était encore jeune mais si belle. Son visage et son regard étaient restés inscrits dans sa mémoire. Si fugitive qu'eût été l'apparition, elle avait laissé une trace plus profonde dans le cœur du jeune garçon qu'il ne l'avait imaginé.

Les quatre filles avaient dépassé la gare. Ahmed continua de les suivre ; bien sûr, il n'aurait jamais osé les aborder.

Quand l'étroite grille à l'arrière du palais de Lella Kmar se referma derrière elles, le jeune garçon, le cœur rempli d'allégresse, rebroussa chemin jusqu'à la gare.

*

— Oh, princesse ! Vous m'aviez pourtant promis de ne pas vous absenter longtemps ! Dépêchez-vous, on vous cherche partout !

Le vieux Ba Salem était dans tous ses états et se maudissait à voix haute d'avoir cédé au désir d'Amina.

Les filles se débarrassèrent à toute vitesse de leurs voiles qu'elles roulèrent en boule. Amina en tête, elles remontèrent au pas de course le sentier qui contournait le kiosque et conduisait aux communs du palais.

D'un geste vif, Amina consulta le bracelet-montre en or serti de pierreries qui ornait son poignet gauche. Elle n'aurait jamais cru qu'elles s'étaient absentées si longtemps. Qu'allaient-elles pouvoir bien inventer pour se disculper ?

Elle lança un coup d'œil à Safiyé. Leur escapade secrète, la séance chez la vieille sorcière et maintenant ce retour en catastrophe paraissaient l'avoir complètement paralysée.

— En tout cas, ne me contredis pas si je mens ! la conjura Amina.

Flifla commença à pleurer sans cesser de maudire Moulka. La jeune princesse lui arracha des mains les voiles de soie et les jeta derrière un buisson.

— Et toi, surtout ne dis pas un mot ! Si on te pose des questions, contente-toi de pleurer plus fort !

Elles étaient presque arrivées quand Taïta se porta précipitamment à leur rencontre.

— C'est ma mort que vous voulez ! C'est ma mort !

Elle gémissait en se donnant des claques sur les joues.

— Vous allez finir par me tuer ! Où étiez-vous ? Regardez dans quel état je suis !

Elle continuait de se lamenter en martelant ses cuisses cette fois, produisant un bruit de chair molle qui réussit à amuser Amina.

— Nous étions dans le parc, nous nous sommes perdues !

Taïta écarquilla les yeux et en resta les bras en l'air. Un enfant de cinq ans n'aurait pas cru une seconde à cette explication.

— *Ouallah*, sur Dieu, nous étions perdues dans le parc !

Les mensonges les plus gros passaient facilement quand on y mettait de la conviction. Amina avait du reste développé une stratégie adéquate pour pouvoir jurer sur Dieu tout en proférant un mensonge : il suffisait simplement de jurer verbalement, tout en pensant très fortement dans son cœur et son esprit à la vérité vraie. Si l'action était bien simultanée, on n'avait alors rien à craindre des foudres du Seigneur.

— Lella est furieuse.

— Mais je te jure, nous étions...

Entre deux gémissements, Taïta finit par lâcher :

— Par la fenêtre, Baba Amber vous a vues sortir et il a aussitôt prévenu Lella Kmar qui est restée là à vous attendre !

*

Lella Kmar avait décidé que la sanction serait exemplaire. Elle dirigeait désormais seule, sans aucun homme à ses côtés, une maison importante entièrement peuplée de femmes, elle ne pouvait tolérer que son autorité soit mise en jeu. La sévérité de la punition servirait donc à l'édification de tout le gynécée.

D'emblée, elle avait jugé que Flifla n'était pas responsable ; ce n'était après tout qu'une simple domestique qui obéissait fidèlement aux ordres. D'un air ironique elle avait fixé Moulka et décidé de son innocence, puisqu'elle était elle aussi une domestique, avait-elle fait remarquer à voix haute. La faute incombait donc à part égale à Amina et à Safiyé.

— Attachez-leur les jambes !

Safiyé se laissa enrouler une cordelette autour des jambes. Visage fermé, lèvres pincées, elle ne laissait transparaître aucune peur. Amina, par contre, se démena comme une furie et l'eunuque dut appeler une grosse servante pour réussir à la garrotter.

— Lella, s'il vous plaît ! S'il vous plaît, pardonnez-leur !

Taïta en larmes se traînait aux pieds de Lella Kmar et suppliait entre deux sanglots :

— C'est ma faute, Lella ! Prenez-moi à leur place !

Lella Kmar la rabroua d'un ton agacé :

— Assez ! Si tu continues de pleurnicher, tu vas y passer aussi !

Badraja, la dame de compagnie, qui savait qu'il ne fallait surtout pas exaspérer sa maîtresse dans ces moments-là, prit Taïta par le bras et l'entraîna à l'angle du hall. Lella Kmar, installée sur un lourd fauteuil de bois sculpté, avait réuni tout le personnel du palais dans le grand hall de marbre.

Amina continuait de se débattre en vociférant des menaces à l'encontre de l'eunuque :

— Comment osez-vous me toucher ! Je suis la nièce du bey ; Sidna vous fera étriper quand il saura ! Il vous fera arracher la peau...

Lella Kmar ricana en ironisant :

— Pour le moment, c'est votre peau qui va être arrachée ! Et quand Sidna le saura, il me bénira et me félicitera ! Peut-être même jugera-t-il que j'ai été trop clémente.

Baba Amber, l'eunuque, emporta Amina par la taille jusqu'à un canapé et l'allongea sur le ventre. Il coinça ses deux jambes étendues dans les bras de la grosse servante qui l'avait aidé, mettant les plantes des pieds de la princesse à sa hauteur.

Un silence glacial régnait dans le hall entrecoupé par quelques gémissements étouffés de Taïta.

La première volée du bâton sur la plante des pieds d'Amina fut aussitôt suivie de son hurlement et de pleurs saccadés. Une strie rougeâtre commença à apparaître.

Safiyé ne lâchait pas son amie des yeux et priait Dieu de lui donner la force et le courage de tenir. Dans un coin, Moulka affichait une mine sombre où la colère le disputait à l'humiliation.

Lella Kmar avait interdit à quiconque de quitter la pièce. Elle avait ordonné une bastonnade de vingt coups à chacune des deux filles. Selon les règles, l'exécutant tenait sous le bras un pain pour n'user que de la force de son avant-bras et porter ainsi des coups d'une juste mesure.

Amina ne hurlait plus, elle sanglotait doucement. Dans l'assemblée, la plupart des femmes avaient les larmes aux yeux, certaines même pleuraient en cachette.

Au douzième coup, Lella Kmar estima que la punition avait fait son effet sur la coupable et suffisamment impressionné les spectateurs. De la main, elle signifia à l'eunuque d'arrêter. On détacha rapidement Amina qui se traîna par terre en pleurant. Badraja vint la prendre dans ses bras.

L'eunuque se saisit de Safiyé et la souleva comme un fétu de paille. Plus légère qu'Amina, elle était fine sans être maigre et la robe ajustée laissait deviner ses formes et une poitrine naissante.

Le silence envahit de nouveau l'immense hall quand l'eunuque plaça le pain sous son bras.

Au premier coup, Safiyé sentit une brûlure cuisante l'envahir ; celle-ci ne s'était pas encore estompée que, déjà, le bâton la frappait de nouveau. Safiyé serra les dents. Elle s'efforça de penser aux paroles de la vieille Kanaria. Elle était tcherkesse, elle ne pleurerait pas.

Les coups redoublèrent d'intensité. Elle se mordit violemment les lèvres. Aucun pleur ne coula, aucun gémissement, aucun son ne sortirent de sa bouche. Elle n'avait pas trahi sa race.

Dans le silence de mort qui régnait dans la pièce, on n'entendait plus maintenant que le sifflement du bâton d'olivier. Au huitième coup, l'eunuque faillit laisser tomber le pain qu'il tenait sous le bras : dans un mouvement de colère, il avait voulu arracher un cri à cette insolente qui subissait si stoïquement sa bastonnade. Baba Amber se vengeait toujours ainsi sur la race humaine de ce que d'autres hommes lui avaient fait subir dans son enfance.

Un murmure réprobateur parcourut l'assemblée et

l'eunuque, le visage luisant de sueur, réfréna à contrecœur ses élans.

Au douzième coup de bâton, Safiyé n'avait toujours émis aucun son. Lella Kmar se leva de son fauteuil et approcha. Elle voulait s'assurer par elle-même que la jeune fille n'était pas inconsciente. L'odalisque, les yeux secs, grands ouverts, fixa sa protectrice sans baisser les paupières.

Son regard exprimait non le défi mais simplement sa volonté de résister et sa rage de vaincre, un orgueil et une fierté qui lui permettaient de surmonter l'humiliation publique. Lella Kmar, lentement, regagna son siège.

La bastonnade continua jusqu'au vingtième coup.

*

À leur réveil, après une nuit où elles avaient dormi d'un lourd sommeil dans la même chambre, Amina et Safiyé avaient vu la pièce envahie par toutes les femmes du harem, les bras chargés de présents et de friandises. Elles voulaient leur faire oublier le douloureux supplice. Deux servantes leur avaient aussitôt massé la plante des pieds d'un liniment composé de guimauve, de henné et de plantes aromatiques. L'effet en avait vite été revigorant. Curieusement, Moulka ne s'était pas manifestée.

Taïta aida Safiyé à nouer le ruban qui délimitait l'encolure ouverte d'une robe de moire verte. En une nuit, les servantes du palais avaient confectionné deux robes identiques, l'une vert d'eau à ruban émeraude pour Safiyé, l'autre bleu tendre à ruban marine pour Amina. C'était un modèle que les filles avaient déjà admiré dans la page féminine de *La Dépêche tunisienne* qui, tous les dimanches, dévoilait à ses lectrices les dernières créations de la mode parisienne.

Taïta et Flifla entouraient la princesse et son amie et

essayaient de régenter avec autorité ce qu'elles considéraient comme leur domaine réservé.

— Non, pas ici, pose ça là-bas !

— Oh non, j'en veux tout de suite !

Amina, qui commençait à retrouver son habituelle joie de vivre, se précipita sur le plateau et engloutit une pleine poignée d'une friandise filamenteuse saupoudrée de pois chiches réduits en poudre.

— Humm, j'adore le *ghzil-el-benat*...

Elle s'interrompit, la bouche encore pleine, devant l'expression de Safiyé, puis toutes deux éclatèrent de rire. Ghzil-el-benat signifiait « Rage des jeunes filles ».

— C'est vraiment à propos ! grogna Flifla.

Toutes les femmes riaient maintenant en taquinant les servantes qui avaient préparé le plat pour Amina dont elle connaissait les faiblesses. Elles avaient passé une partie de la nuit à confectionner ce dessert dont le nom s'expliquait par la difficulté à le préparer. Une boule de miel mélangé à du sirop était étirée par deux filles à une certaine distance puis renvoyée comme une balle, étirée de nouveau, renvoyée et étirée maintes fois jusqu'à en faire des cheveux d'ange, des fils d'une incroyable finesse. On disait que les jeunes filles déversaient ainsi leur rage et passaient leurs nerfs en attendant le mariage.

Safiyé glissa à l'oreille d'Amina :

— Je vais chez Lella maintenant !

— Sois tranquille, tout ira bien ! souffla Amina. Elle savait que la beya avait envoyé Badraja demander à Safiyé de la rejoindre dans ses appartements sitôt qu'elle serait prête.

— Ne mets pas de souliers ! Tu vas avoir mal !

Safiyé enfilait en effet avec difficulté ses souliers. Elle continua cependant.

— Je ne vais certainement pas me présenter pieds nus devant la beya !

*

La tapisserie qui ornait l'un des murs du salon particulier de Lella Kmar représentait un fauve prêt à s'élancer sur une proie insouciante. Safiyé songea qu'elle n'avait nulle envie de jouer le rôle de la proie inattentive. Pourtant l'entretien avec Lella Kmar se déroulait sous les meilleurs auspices. La beya avait même fait assaut d'amabilités et longuement complimenté Safiyé sur sa tenue et sa bonne mine.

À aucun moment, Lella Kmar n'avait fait allusion à l'escapade de la veille ou à la punition qui l'avait suivie. Safiyé avait simplement décelé chez sa protectrice une lueur d'approbation dans le regard devant ses pieds chaussés et les efforts évidents qu'elle faisait pour marcher dignement. Tout de suite, elle l'avait entraînée vers le lourd canapé victorien capitonné de velours cramoisi.

Depuis la mort du bey Naceur, quelques rides supplémentaires étaient apparues sur le visage aristocratique mais la vivacité du regard ne s'était nullement atténuée. Malgré elle, Safiyé ne pouvait s'empêcher d'admirer l'autorité innée et l'aura de puissance qui se dégageaient de l'ancienne beya.

Lella Kmar jouait machinalement avec son long collier de perles qu'elle tordait et glissait entre ses doigts. Elle fixa Safiyé avec une expression satisfaite.

— À certains égards, vous me ressemblez, vous savez !

Elle se leva et Safiyé allait l'imiter mais elle insista pour que la jeune fille reste assise.

— À mon âge, il faut se dégourdir les jambes et ne pas rester assise trop longtemps !

À pas lents, elle se mit à déambuler dans le salon :

— Je crois, par contre, vous avoir déjà dit d'oublier le passé et tous ceux que l'on a laissés derrière soi.

Lella Kmar était visiblement au courant du but de

l'escapade de la veille. Puis, subitement, devant Safiyé qui n'osait ouvrir la bouche, elle poursuivit en langue circassienne :

— Je suis née sur la même terre que vous, où reposent tous nos aïeux. Pourtant, aujourd'hui, c'est ici qu'est mon mausolée et c'est sur cette terre tunisienne que l'on m'enterrera ! Ma vraie vie de femme, c'est ici que je l'ai vécue !

C'était la première fois que Lella Kmar évoquait leur appartenance à une terre et un passé communs. Safiyé, presque malgré elle, se sentit flattée de toute la complicité que la remarque impliquait.

— J'apprécie votre tempérament et votre courage ! Votre fierté et votre dignité sont bien celles de notre sang !

Lella Kmar regagna le canapé, un objet à la main.

— Mais votre avenir est désormais dans ce pays, apprenez à l'aimer et à le connaître !

Le visage de la beya s'éclaira soudain d'un large sourire.

— On vous a offert une belle robe, je vois ! Eh bien, acceptez aussi mon cadeau !

Elle lui tendit un lourd médaillon d'or ciselé pendu à une belle chaîne ouvragée. Au centre du médaillon, un superbe camée était taillé en profil de femme.

17

Safiyé n'avait jamais reparlé des prédictions de Salouha l'Africaine avec Moulka. D'ailleurs l'odalisque n'était plus la même avec elle depuis ce fameux après-midi.

— Crois-tu que j'ai pu l'offenser involontairement ? demanda Safiyé.

Amina haussa les épaules :

— Je crois que rien ne peut plus blesser Moulka. Elle l'a déjà tellement été. Si elle te boude, tant pis pour elle...

Safiyé restait néanmoins troublée : Moulka était quand même une de ses compatriotes, un lien ténu qui lui rappelait sa terre natale. Devant sa mine attristée, Amina pointa du doigt le camée que Safiyé portait autour du cou :

— Et puis je pense qu'elle est jalouse de ça ; Lella Kmar ne lui a rien donné à elle...

— Mais elle lui avait déjà offert tellement de choses !

Amina hésita :

— Oui, mais aujourd'hui... comment dire... c'est toi que Lella Kmar préfère.

Amina se garda de révéler le fond de sa pensée. Safiyé et Moulka étaient deux odalisques, deux esclaves : Lella Kmar avait choisi l'une pour lui préparer un destin de princesse, l'autre resterait une domestique, dans le meilleur des cas, une suivante ou une dame de compagnie. Amina ne s'y trompait pas. Ce qui avait dû blesser Moulka plus que tout, c'était que Lella Kmar l'ait dispensée de la bastonnade au même titre que Flifla, une servante noire.

La princesse passa son bras sous celui de Safiyé.

— Tiens, regarde plutôt le cadeau que je viens de recevoir de Paris ! C'est le colonel Aziz qui me l'a envoyé !

Amina rosit de plaisir en montrant à Safiyé le pendentif qu'elle dissimulait sous sa robe. C'était un petit médaillon avec une photographie du bel officier.

— Il rentre bientôt, s'émut Amina.

Safiyé était heureuse pour son amie. Elle espérait seulement qu'un jour, elle aussi, un homme aussi séduisant que le colonel Aziz s'éprendrait d'elle.

Amina cacha précipitamment le médaillon sous sa robe, Taïta arrivait vers elles tout essoufflée.

— Safiyé ! Viens vite, il y a une surprise pour toi, un visiteur que tu connais !

*

— Le Sultan s'est enfui ? Quelle lâcheté !

Mehmet VI avait secrètement quitté Istanbul à bord d'un navire anglais et Safiyé n'avait pu retenir son indignation.

Elle rougit légèrement et baissa la tête ; tous les regards s'étaient soudain posés sur elle. Lella Kmar sourit, amusée.

— Ne vous enflammez donc pas si vite ! Laissez Baba Assad continuer son récit, peut-être votre opinion changera-t-elle !

L'eunuque venait d'arriver de Turquie et le terme arabe Baba, père, avait remplacé le turc Agha, maître. Dans les deux pays, il était de tradition de s'adresser aux eunuques en employant des formules exprimant la considération due à leur fonction.

Émue, Safiyé ne quittait plus l'eunuque des yeux. Le revoir à Tunis lui paraissait une chose si incroyable. Mais le plus extraordinaire à ses yeux restait ce qu'il lui avait annoncé : qu'il allait demeurer ici, à ses côtés, au service de Lella Kmar.

Baba Assad portait toujours son éternelle stambouline, boutonnée jusqu'au col, et un fez rouge à glands foncés. Mais son visage s'était émacié, ses orbites s'étaient creusées et son regard avait perdu cette lueur gaie et juvénile que la jeune Circassienne lui avait connue au Mermer Konak. Le jeune eunuque avait vieilli prématurément et son expression était maintenant celle d'un homme mûr. Le monde ottoman se désagrégeant à vive allure, il avait rejoint le service du bey de Tunis. Baba Serour, qui, après la mort de Naceur Bey, avait continué ses fonctions de premier eunuque à la cour du nouveau souverain, l'avait alors placé chez Lella Kmar.

— Il ne faut pas en vouloir au Sultan, ma Lionne ! Tout a changé tellement vite ! répliqua Baba Assad d'une voix pleine d'amertume.

Khelil Bouhageb, le ministre de la Plume, qui était venu rendre visite à l'ancienne beya, avait questionné Baba Assad sur les circonstances de l'abolition du sultanat.

Le jeune Noir expliqua qu'une véritable explosion de joie populaire avait suivi les victoires des armées nationalistes et la reprise d'Izmir.

— Il y avait une telle affluence pour les prières à Aya Sofia [1] qu'il fallut ouvrir les galeries ; partout des voitures traversaient la ville, pleines de fleurs, et le peuple brandissait des portraits de Mustafa Kemal en lui souhaitant *bin yacha*, un millier de vies...

1. Sainte-Sophie.

Moins d'un mois plus tard, le chef nationaliste poussait l'Assemblée d'Ankara à voter la suppression du sultanat. Néanmoins, la dynastie ottomane était si profondément ancrée dans l'esprit des Turcs que, à ce stade, Kemal n'était pas encore assez puissant pour s'en passer. Il décida donc que le souverain ottoman ne serait plus sultan mais resterait calife de l'Islam, Commandeur des croyants. Un pape du monde musulman en quelque sorte.

— Mais, en Islam, on ne peut pas séparer les deux pouvoirs : le pouvoir temporel et l'autorité spirituelle sont liés ! objecta Khelil Bouhageb.

— C'est ce que certains ont voulu rétorquer, mais Kemal Pacha a aussitôt répliqué que, s'agissant d'une révolution couronnée par la victoire de la souveraineté nationale, des têtes pourraient tomber ; l'opposition se déclara alors « éclairée » par ce discours et l'abolition du sultanat fut votée à l'unanimité !

Par la suite, tout était allé très vite. Les hommes de Mustafa Kemal contrôlaient dorénavant tous les rouages de l'État et le vieux monarque n'était plus que l'ombre de lui-même. Le palais de Yildiz avait été abandonné par ses chambellans et ses courtisans ; seuls des Grenadier Guards cantonnés dans les casernes voisines continuaient de protéger le souverain.

— Le 10 novembre, l'hymne impérial ne put être joué à la prière du vendredi : l'orchestre avait déserté !

Se sentant acculé, sachant sa vie menacée et ignorant le sort qu'on lui réservait, celui qui n'était plus sultan mais uniquement calife n'avait eu d'autre choix que de partir. Le 17 novembre 1922 au petit matin, Mehmet VI avait embarqué à bord du HMS *Malaya* en direction de Malte. L'ancien sultan était accompagné de son fils Ertoghrul, de son premier chambellan et de six serviteurs.

— Contrairement à ce qu'on a essayé de faire croire, le souverain est parti les mains vides, sans emporter un seul objet du trésor impérial ! précisa Baba Assad.

Pour Safiyé, pétrie des souvenirs de son enfance circassienne, l'Empire ottoman était invincible et ne pouvait que dominer le monde. Jamais elle n'aurait pu imaginer que le sultan fuirait, et dans un navire britannique qui plus est !

Comme pour faire écho à ses pensées, Lella Kmar soupira :

— Ainsi chute donc cette dynastie bénie qui a servi et élevé l'Islam et la nation turque pendant plus de six siècles...

Baba Assad osa l'interrompre :

— Pardonnez-moi, Lella, la glorieuse dynastie d'Osman est encore là ! Abdulméjit Effendi, l'héritier du Trône, est désormais le calife vénéré de tous les musulmans...

Safiyé reprit espoir ; quand elle était à Istanbul, on parlait du prince héritier Abdulméjit comme d'un patriote sincère. On racontait qu'il jeûnait même une fois par semaine pour manifester sa solidarité avec le peuple éprouvé par les privations de la guerre.

— Je suis sûr, reprit l'eunuque indigné, que le peuple turc n'acceptera pas longtemps les idées impies de Kemal Pacha !

Khelil Bouhageb dodelina de la tête.

— En tout cas, Allah soit loué, ici en Tunisie, il n'y a pas de Mustafa Kemal ! Et il ne risque pas d'y en avoir ! Tout le monde chez nous est profondément attaché à la Couronne beylicale et à la glorieuse dynastie husseïnite !

— Mais il y a les Français...

Safiyé s'était de nouveau exclamée. Devant l'air bienveillant de Lella Kmar, elle s'enhardit :

— Oui, avec le protectorat, ce sont les roumis qui contrôlent tout ! Sidna, notre auguste souverain, a lui aussi les mains liées !

Khelil Bouhageb avait pris un air amusé. Il se tourna vers Lella Kmar :

— Eh bien, votre fille est une vraie patriote !

*

Baba Assad avait des sanglots dans la voix. Il avait rejoint Safiyé dans le petit salon où Lella Kmar buvait son thé après déjeuner. Tout le monde s'était retiré pour une courte sieste ; même Amina avait compris que son amie désirait se retrouver seule avec l'eunuque pour évoquer des souvenirs communs.

— Ah ! Arslanim, ma Lionne, que de choses se sont passées depuis votre départ !

Il observa Safiyé dans sa robe ajustée ; ses formes commençaient à se dessiner. Les cheveux châtains étaient ramenés à l'arrière en une courte natte et encadraient un visage fin et énergique que les épreuves avaient modelé ; l'odalisque n'était plus une enfant.

— C'est à La Mecque qu'Allah a rappelé notre maîtresse à Lui ! C'est là qu'elle repose ! Qu'Allah l'accueille dans Sa Grande Miséricorde !

D'un ton saccadé, Baba Assad entreprit le récit qu'il n'avait pas voulu livrer en public.

Tevhidé avait déjà divorcé de Tevfik Pacha quand était arrivée d'Ankara la triste nouvelle de la mort de Refet. L'officier avait formulé une fois de trop des réserves sur les décisions du Gazi et il avait été froidement conduit devant un peloton d'exécution.

— Kemal ne pardonne pas le manque d'ardeur révolutionnaire.

— Mais il avait pourtant risqué sa vie plus d'une fois pour sauver la patrie ! s'emporta Safiyé.

— Refet a été jugé trop tiède ! Le Gazi commence maintenant à se débarrasser de ceux à qui il doit la victoire !

Profondément abattue, Tevhidé avait alors vendu ce

qui lui restait et était partie en pèlerinage à La Mecque, emmenant les fidèles Nöber Badji et Sumbul Agha. Elle avait effectué toutes les étapes du pèlerinage et était même allée à Médine se recueillir sur la tombe du Prophète.

— Au retour de Médine, des vomissements et une forte fièvre l'ont terrassée...

C'était à La Mecque que Tevhidé avait rendu l'âme ; elle s'était éteinte doucement et c'était dans la Ville sainte, comme elle l'aurait certainement souhaité, qu'elle fut enterrée.

— De retour à Istanbul, Nöber Badji m'a remis un petit pécule. J'étais désemparé ; la situation dans l'Empire était si désastreuse ; quelle place y avait-il pour des gens comme moi ? Comme beaucoup, j'ai alors choisi l'exil. J'avais appris que certains eunuques étaient partis pour Le Caire ou Téhéran et que quelques-uns avaient même poussé jusqu'aux Indes. Le destin a choisi Tunis pour moi. Il était écrit, ma Lionne, que nos chemins se rencontreraient à nouveau !

Safiyé se tut. L'eunuque avait du mal à masquer sa détresse. Ses yeux étaient striés de rouge, comme s'il avait beaucoup pleuré.

Baba Assad brandit un livre simplement relié d'un cartonnage.

— C'est le dernier livre de Yakup Kadri...

L'auteur, rédacteur en chef du journal *Ikdam*, était célèbre à Istanbul pour avoir introduit le nationalisme turc dans le roman.

— C'est un peu notre histoire, soupira l'eunuque, ici l'effondrement d'un konak symbolise à lui seul la désintégration de l'Empire.

Le titre imprimé en gras sur la couverture se passait de commentaire : « *Kiralik Konak* », « Palais à louer » !

*

Dans les jardins de Kasr Essaâda, la grande volière aux perruches était l'endroit de promenade favori de Safiyé et d'Amina. Profitant des rayons d'un soleil éclatant, les deux filles, accompagnées de Taïta, s'amusaient à observer les évolutions d'une dizaine de ces oiseaux enfermés dans une gigantesque cage grillagée circulaire, au toit en bois semblable à celui d'une pagode.

— Regarde celles-là, comme elles sont belles !

Safiyé désignait deux perruches de couleur qui semblaient faire bande à part et ne se joignaient pas aux jacasseries des autres. Elle glissa toutes les graines dans le creux de sa main à travers le grillage vers le couple d'oiseaux. Ils se détournèrent, dédaigneux, laissant les graminées aux autres perruches qui s'étaient précipitées dans un concert de piaillements.

Quand Taïta s'éloigna un instant, Amina qui n'avait prêté jusque-là qu'une attention distraite, entraîna aussitôt Safiyé par le bras à l'écart du vacarme de la volière. La princesse paraissait attendre avec impatience le moment de se retrouver seule avec son amie. Elle lui chuchota, les yeux brillants d'excitation :

— Je... je crois que je vais épouser Aziz !

Devant l'air ahuri de Safiyé, la princesse pouffa joyeusement avant d'ajouter, sur le ton de la confidence :

— Ne sois pas étonnée, j'ai tout de même plus de seize ans ! Lella Kmar m'en a parlé à demi-mot tout à l'heure ; je pense qu'elle n'attend plus que l'autorisation du bey.

— Mais... tu es une princesse de la famille régnante et ce n'est qu'un simple aide de camp !

Amina balaya l'objection.

— Ce n'est pas grave ! Et puis, surtout je l'aime, ajouta-t-elle en sautant au cou de Safiyé.

Entre deux débordements de joie, Amina lui expliqua que, dans la famille beylicale, les princes et les princesses épousaient qui bon leur semblait sans que cela soit considéré comme une mésalliance. Ce qui faisait d'ailleurs frémir d'indignation les bourgeois de la ville, enfermés dans l'étroit carcan du conformisme familial et des préjugés sociaux.

— Les princesses étaient souvent données en mariage à des ministres ou des dignitaires qui étaient d'anciens esclaves affranchis, élevés et éduqués au palais. Oui, c'est parmi les conjoints des princes et princesses qu'on retrouve tout l'éventail de la société tunisienne : des plus hautes familles du *makhzen* [1] jusqu'aux esclaves achetés à prix d'argent, en passant par les familles maraboutiques ou beldis, voire des Bédouines ou de simples domestiques remarquées par leurs maîtres ! C'est la faveur et le choix du prince qui élèvent la personne choisie.

Le visage de Safiyé s'était fermé. Amina caressa doucement la joue de son amie :

— Ne t'inquiète pas, on habitera le même palais et on continuera à se voir tous les jours !

Spontanément, la princesse apposa deux baisers sonores sur les joues de son amie avant de reprendre, tout enjouée :

— Et à toi aussi, on va trouver un beau prince de notre famille qui te rendra aussi heureuse que l'a été Lella Kmar avec le bey mon oncle ! Et alors, nous serons véritablement sœurs !

*

Tout en déambulant dans le parc, Amina avait poursuivi ses explications. Aujourd'hui les mariages princiers la rendaient intarissable.

1. Le *makhzen* comprenait les grandes familles locales participant à l'administration et aux fonctions d'autorité, tout comme certaines tribus assujetties à fournir des hommes de troupe en échange de l'exemption d'impôts.

— La seule obligation pour les membres de la famille beylicale, c'est le consentement du souverain au mariage et, en général, il l'accorde bien volontiers ! D'ailleurs, Sidi Mohamed-el-Habib, le bey actuel, vient lui même de se remarier avec une fille du peuple.

Les mêmes usages avaient cours dans tout le monde ottoman. Finalement, dans ces civilisations arabo-musulmanes où les cloisonnements paraissaient si rigides, les sommets de la hiérarchie sociale étaient facilement ouverts à tous. La beauté ou l'esprit, parfois aussi une certaine dose de ruse ou de propension à l'intrigue pouvaient suffire pour s'élever.

Quand elles se séparèrent, Safiyé songea à toutes ces histoires de son enfance, à toutes ces odalisques devenues reines de sérail. La jeune fille ne rêvait plus à tous ces destins prodigieux et cette évocation ne la troublait plus. Elle se demandait simplement si elle n'était pas un peu jalouse et n'enviait pas en secret le bonheur d'Amina. La princesse n'avait pas besoin de soupirer après les sommets de la puissance et de la fortune ; par sa naissance, elle s'y trouvait déjà. Les seuls rêves d'Amina étaient de trouver le bonheur auprès d'un homme qu'elle aurait elle-même choisi. Safiyé, comme avant elle Lella Kmar, devrait combattre pour construire son destin et son bonheur.

Elle pressa le pas. Dans sa chambre, elle sentit des larmes lui monter aux yeux. Elle se mordit les lèvres pour ne pas pleurer.

18

— Aïe, Aïe..., ça fait mal ! !

Amina, presque entièrement nue, gigotait dans tous les sens en poussant de petits cris, ce qui ne facilitait pas le travail d'Ommi Founa, la *hennana*. Celle-ci, habituée à de telles démonstrations, n'en continuait pas moins d'appliquer scrupuleusement sur les cuisses et les jambes de la princesse une pâte qu'elle arrachait aussitôt avant de recommencer sur chaque centimètre de peau.

— Tu verras, après ça tu auras une peau douce comme le miel et blanche comme le lait ! encouragea Taïta en serrant la main d'Amina.

La Juive aurait souhaité procéder elle-même à l'épilation de sa princesse ; elle aurait certainement été plus douce qu'Ommi Founa. Mais cette circonstance solennelle requérait la hennana. C'était d'ailleurs elle-même qui avait préparé la pâte dépilatoire à base de sucre caramélisé parfumé au citron et additionné d'un peu de gomme. On l'appliquait tiède puis on l'arrachait par petites plaques avant de recommencer l'opération jusqu'à la disparition totale du moindre duvet. C'était particulièrement efficace et beaucoup moins douloureux que ne le laissaient supposer les plaintes d'Amina.

De longs mois avaient passé et la période de deuil qui avait suivi la mort du bey Naceur s'était enfin achevée. Les préparatifs du mariage d'Amina avaient été comme une flambée de joie et d'espoir dans tout le gynécée. Non seulement le nouveau bey n'avait soulevé aucune objection et avait immédiatement donné son consentement au mariage de la princesse avec Aziz, mais il avait même élevé le colonel au grade de *mirliwa*, général de brigade, assorti des insignes de grand officier dans l'ordre du *Nichan Iftikhar*. Et tout le monde supputait qu'il serait bientôt *férik*, général de division. On murmurait même que le bey pensait à lui pour de très hautes fonctions, *Cheickh-el-Médina*[1] peut-être.

Safiyé observait, amusée, son amie crier sous les mains de la hennana ; elle soupçonnait Ommi Founa d'arracher particulièrement brutalement la pâte, peut-être pour se venger insidieusement du mauvais tour que lui avait joué Amina.

Comme son nom l'indique, le rôle principal de la hennana était d'appliquer le henné aux futures mariées, comme une espèce de rite purificatoire. Ommi Founa avait pétri dans une écuelle d'argent la meilleure poudre de henné de Tripoli, puis roulé sur le bord de ses lèvres de petits cônes de pâte qu'elle avait alors artistiquement appliqués sur les paumes des mains et les doigts de la princesse, allant jusqu'à former un dessin se terminant en cornes vers le poignet. Elle avait ensuite enfourné les mains d'Amina entourées de coton dans de larges moufles de satin ivoire brodées aux armoiries beylicales en fils d'or et d'argent. Lorsque, après plus d'une heure d'attente, on enleva enfin les moufles, un éclat de rire général avait ridiculisé la vieille hennana. Malgré ses efforts laborieux, la teinture avait à peine coloré les mains de la princesse ; la coquine avait eu l'astuce de les enduire préalablement de vaseline. « Je ne veux pas avoir les mains rouges comme une Bédouine ! avait-elle confié à Safiyé. Un peu suffit pour la baraka ! »

1. Bourgmestre de Tunis.

— Aïe ! Aïe !

La main de la vieille venait de remonter vers l'entrecuisse d'Amina et son intimité, qu'elle avait préalablement rasée.

— Ton petit trésor va avoir un écrin digne de lui ! dit-elle en appliquant le caramel tiède autour du sexe de la princesse.

Il était d'usage pour les Tunisiennes de s'épiler entièrement le sexe, particulièrement avant le mariage.

— Crois-moi, quand le général Aziz verra ton petit joyau, il sera fou d'amour...

Ommi Founa avait une voix nasale et un peu croassante qui contrastait avec son apparence frêle et fragile. En continuant d'arracher minutieusement le moindre duvet, elle poursuivit :

— ... Et si tu suis mes conseils, tu verras d'abord son petit oiseau grandir et devenir dur, alors il faudra te décrisper puis écarter les cuisses et...

La hennana était aussi censée faire l'éducation sexuelle des jeunes filles peu avant le mariage. Ommi Founa était d'ailleurs installée à demeure depuis plus de deux semaines pour aider aux préparatifs et enseigner à Amina les rudiments des choses de l'amour. Des notions élémentaires qui consistaient surtout en la façon de procéder pour ne pas décevoir le futur époux et assurer son plaisir. Car, malgré les conversations souvent grivoises des femmes du harem, les connaissances des jeunes filles en la matière restaient bien souvent brumeuses et imprécises.

Du coin de l'œil, Ommi Founa fit signe à Taïta d'éloigner Safiyé qui ne perdait pas une miette des explications prodiguées à Amina. La vieille jugeait qu'elle était encore un peu jeune et que son tour viendrait bien assez tôt. Elle se promit d'ailleurs d'aller vanter ses mérites auprès des grandes maisons où elle se rendrait. Car les hennanas comme Ommi Founa, qui avaient accès à tous les palais et bénéficiaient de la confiance des maîtresses de maison qu'elles avaient bien souvent mariées, étaient aussi de redoutables entremetteuses.

Safiyé, qui avait suivi l'échange de regards entre les deux femmes, ne fut pas dupe quand Taïta l'entraîna vers le sofa voisin sous le prétexte de lui raconter son propre mariage. La Circassienne décida néanmoins de lui faciliter la tâche en la questionnant.

— Toi aussi, tu as fait la même chose avant de te marier ?

— Bien sûr ! Mais, moi, au moins, j'ai fait le henné jusqu'à la plante des pieds ! C'est *mabrouk*, de bon augure !

Visiblement, la Juive ne comprenait pas que, pour des considérations purement esthétiques, Amina ait pu refuser une telle bénédiction propre à éloigner tous les mauvais génies. C'était sûrement leur institutrice française qui leur mettait ces sottises modernes en tête.

— Avant le mariage, je suis restée un mois entier sans faire aucun effort dans une chambre aux volets tirés...

— Pour qu'on ne te voie pas ?

— Non, pour que ma peau reste bien blanche à l'abri du soleil.

Une peau bien blanche était un critère évident de beauté et reflétait une certaine aisance sociale, alors qu'une peau basanée désignait irrémédiablement une paysanne ou une personne de condition servile.

— Et puis, poursuivit Taïta, tous les jours on me forçait à avaler, en plus des repas, du lait au miel, des dattes, de la semoule au beurre rance et de l'huile...

Elle sourit en évoquant sa jeunesse.

— J'ai grossi de plus de vingt kilos, assura-t-elle, très fière, à Safiyé qui écoutait, ébahie.

— Mais pourquoi ?

Taïta resta un moment interloquée devant la question. C'était tellement évident !

— D'abord, parce que c'est plus joli, répondit-elle en affichant une mine coquine. Et puis, il ne fallait pas faire honte à ma famille ! Ce n'était pas une pauvresse maigrichonne que mon mari allait épouser !

Depuis, les signes extérieurs de richesse de Taïta n'avaient fait que croître en même temps que son poids qui avoisinait maintenant les deux cents livres.

Safiyé restait songeuse. Entre Amina qu'on polissait comme un objet précieux pour le plaisir de l'époux et Taïta qu'on avait engraissée comme une poularde pour sacrifier à des rites sociaux, il existait tout de même une troisième possibilité : celle de Lella Kmar. L'ancienne odalisque avait tracé elle-même sa propre voie, celle qui menait à l'influence et au pouvoir.

*

Les cuisines de Kasr Essaâda ressemblaient à une véritable ruche bourdonnante d'activité ; à la veille du mariage d'Amina, tout le gynécée était mobilisé pour terminer la confection des sorbets et des immenses plateaux de pâtisseries que les fours crachaient sans discontinuer. Lella Kmar s'était contentée d'une brève apparition pour encourager les unes et les autres, puis avait laissé comme à l'ordinaire l'autoritaire Ommi Maya, la *kommandjia*, régner sans partage sur son domaine. Tel un capitaine de navire en pleine tempête, celle-ci aboyait des ordres impérieux aux servantes, distribuait les tâches et s'assurait du bon avancement des préparations sans gaspillage inutile de sucre ou de miel.

Ommi Maya prodigua une fois encore ses directives à un groupe de femmes assises à même le sol autour d'un plateau circulaire de baklawas qu'elles arrosaient de sirop et fonça houspiller une jeune servante désœuvrée qui riait aux éclats, un tamis à la main.

— Cours aider les autres au lieu de t'amuser !

gronda-t-elle. Et puis lâche-moi immédiatement ce tamis, c'est un mauvais présage de le passer devant son visage !

Cette petite empotée fraîchement émoulue de sa campagne natale ne connaissait pas les usages. Ne savait-elle pas qu'une jeune fille ne pouvait passer impunément un tamis devant son visage sans risquer le célibat perpétuel ? La veille, elle l'avait également réprimandée pour avoir soufflé sur une bougie au lieu d'en étouffer la flamme : elle ignorait que l'odeur de la fumée éloignait les anges !

— Allez, va plutôt aider Moulka ! ordonna-t-elle à la fille en désignant la Circassienne occupée à rouler de la pâte d'amande dans des kaâks en forme de petits cerceaux.

Moulka protesta qu'elle avait bientôt terminé. Elle avait besoin d'être seule et ne tenait pas à supporter le bavardage de cette petite dinde qui ne manquerait pas de lui montrer une fois de plus le rond brunâtre qu'on avait appliqué sur la paume de sa main pendant la cérémonie du henné. Comme on l'avait fait d'ailleurs pour la plupart des jeunes filles du palais, pour leur porter chance en vue de leur futur mariage.

Moulka se mordit la lèvre. Tous ces préparatifs nuptiaux, au lieu de la réjouir, ne faisaient que lui rappeler son destin manqué. Elle avait cru un temps qu'après le pardon de Lella Kmar, à défaut d'un prince, sa maîtresse l'aurait finalement donnée en mariage à l'un de ses protégés, voire à un haut dignitaire pas trop regardant et heureux de se rapprocher ainsi de la puissante beya. Mais elle avait maintenant cessé d'espérer et devait se résigner à traîner sa faute comme un boulet de canon.

Machinalement, elle ajusta son corsage pour toucher le *herz* qu'elle y avait glissé ; un vieux *hadj* marocain avait rédigé pour elle ce talisman avec une encre spéciale faite de laine brûlée, d'essence de rose et de safran. Comme son effet bénéfique tardait à se faire sentir, Moulka avait multiplié les visites auprès des devins et des sorcières de la région ; elle avait ainsi accumulé talismans et potions miraculeuses censées apporter, sinon le bonheur, du moins un rapide retour en grâce assorti d'une union prestigieuse.

On pouvait dire qu'elle avait tout essayé pour forcer le destin. Mais, jusque-là, sans grand succès. Le temps passait et elle s'aigrissait avec l'amère impression que son atout le plus considérable, sa beauté, s'étiolait peu à peu.

Moulka aperçut Safiyé et un sentiment de rage l'envahit. L'adolescente passait dans les cuisines mais n'aidait guère. Elle se pavanait plutôt, à la manière d'une maîtresse de maison ou d'une princesse de sang. C'était Safiyé qui avait pris sa place aux yeux de Lella Kmar, elle-même n'était plus qu'une servante, comme le lui avait si cruellement rappelé la beya. Avec cette nouvelle odalisque, bien faite et distinguée, Lella disposait d'un nouveau pion dans son jeu de pouvoir et Moulka était écartée sans espoir de retour.

Moulka en était maintenant sûre, si les prédictions et les incantations de ses devins n'aboutissaient pas, c'était Safiyé qui en était la cause.

Elle serra les poings et plissa les yeux. Dans son cœur, un sentiment nouveau remplaçait la simple antipathie ou la jalousie qu'elle avait éprouvées jusque-là. C'était de la haine.

*

— Youyouyou, you... youyou... !

Les youyous fusaient par intermittence et Safiyé notait chaque fois les tressaillements de Mlle Dumonteil. Leur institutrice française avait visiblement fait des efforts de toilette et troqué son éternel ensemble noir au col et aux poignets blancs contre une robe à traîne de soie mauve aux épaules rembourrées. Malgré la saison, les manches étaient longues et, tout comme le sage décolleté, bordées de dentelle de Valenciennes.

— Notre Amina est vraiment rayonnante, s'extasia la vieille fille.

Elle regardait, admirative et fière, son élève trôner dans le vaste patio qui grouillait d'invitées. De fait, Amina était vraiment éblouissante. Sur son fauteuil surélevé couvert d'un dais, elle était parée comme une divinité antique, immobile et altière.

— Les brodeuses ont travaillé plus de deux mois, expliqua Safiyé à l'institutrice fascinée.

C'était la première fois que la Française assistait à un mariage princier. Elle avait l'impression de vivre un conte des *Mille et Une Nuits*, un songe d'Orient à la manière de M. Loti. Tout autour d'elle, soieries, brochés, lamés, or et diamants scintillaient de mille feux sous la lumière des grands lustres de cristal. De la plus grande dame jusqu'à la plus humble des servantes, toutes avaient revêtu les atours les plus chatoyants, parfois même les plus clinquants. Les opulentes poitrines, les bras, les coiffures et les mains rutilaient de bijoux, comme des vitrines de diamantaire. Un vêtement oriental sans ors ni pierreries aurait été d'une inharmonie criarde ; toutes ces belles toilettes cliquetaient donc et miroitaient de colliers, de pendentifs, de chaînes, de bracelets et de bagues aux cabochons insolents.

Mlle Dumonteil avait été particulièrement intriguée par l'usage, encore mal connu en Europe, des cosmétiques et des fards. La plupart des invitées étaient fardées, outrageusement même, jugeait-elle ; à la mode orientale antique, avec les ingrédients dont se servaient déjà les hétaïres d'Alexandrie : le *kohol*, la poudre d'antimoine, qui veloute le regard et préserve des irritations, le grain de galle pour noircir le sourcil ou appliquer des « mouches » sur le menton ou à la naissance du cou et, enfin, la pourpre qui incendie les joues les plus blafardes.

Tout ce monde, pomponné, enrubanné, miroitant, parfumé, caquetait bruyamment à travers les rythmes lancinants que déversait l'orchestre, tout en se gavant de sorbets et de pâtisseries que les servantes proposaient à la ronde.

Seule, Amina, installée sur son fauteuil de parade comme une sainte icône, encadrée comme le voulait l'usage des deux dernières mariées de l'année, était immobile et silencieuse. Elle se contentait de sourire simplement aux invitées qui la félicitaient et la complimentaient.

— C'est vrai qu'elle ne peut pas beaucoup bouger avec tout ce qu'elle porte ! s'émut Mlle Dumonteil.

— Son costume pèse plus de vingt livres, précisa Safiyé.

La princesse portait un large *séroual*, le pantalon bouffant doublé d'un dessous amidonné, et un boléro échancré qui s'ouvrait sur sa poitrine rondelette. L'ensemble avait été entièrement orné de fils d'or par des brodeuses de la ville de Nabeul, dont c'était la spécialité. Une belle broche de brillants épinglée à l'échancrure du décolleté faisait timidement écho à l'impressionnante parure de diamants, diadème, pendants d'oreilles, bracelets et bagues. Le collier de deux rangées de diamants encadrant un motif filigrané était, en revanche, d'un modèle différent : il appartenait à Lella Kmar. La tradition voulait en effet que la jeune mariée porte le jour de ses noces un bijou prêté par une parente proche, réputée avoir eu une union heureuse.

Amina avait complété son lourd costume d'un petit voile de tulle accroché à ses cheveux, qui retombait sur les épaules. Une innovation qui avait fait frémir quelques vieilles duègnes indignées : la tradition exigeait que la mariée cache son visage sous un carré de soie que la hennana n'aurait soulevé qu'au moment de la présentation à l'époux. Amina avait eu facilement gain de cause, arguant qu'il était inutile de la présenter au général Aziz qui la connaissait déjà.

Un nouveau youyou fit sursauter Mlle Dumonteil. C'était Taïta qui arrivait par-derrière et n'avait rien trouvé mieux que de pousser ce cri strident à l'oreille de l'institutrice. La Juive se vengeait comme elle pouvait de la place prise par la Française dans ce qu'elle estimait être son domaine réservé. Elle lui jeta un regard dédaigneux avant de s'adresser à Safiyé :

— Lella Kmar te demande !

Safiyé laissa Mlle Dumonteil, un peu désemparée au milieu de toutes ces dames, et se dirigea vers Lella Kmar. Sa protectrice était en compagnie de Lella Chadlya, la nouvelle beya. Toutes deux étaient installées près de la mariée, sur des trônes identiques en bois massif sculpté, la voix mélodieuse et traînante de Lella Kmar répondant aux inflexions fortes et haut perchées de la beya. Une voix de femme du peuple, jugea Safiyé qui commençait à reconnaître les différentes intonations de la société tunisienne.

— Venez, mon enfant, Lella voulait vous connaître, dit Lella Kmar en faisant signe à Safiyé d'approcher.

Lella Chadlya lui sourit, satisfaite, et tendit sa main couverte de bagues à baiser. Elle était encore gauche et n'avait pas entièrement acquis la nonchalance nécessaire à ce geste, moins facile qu'il n'y paraît pour qui n'avait pas l'habitude de recevoir cet hommage. Safiyé baisa néanmoins la main tendue avec beaucoup de grâce. La nouvelle souveraine croulait sous un poids invraisemblable de lourds bijoux, comme pour effacer ses origines modestes et étaler aux yeux de tous sa nouvelle dignité.

En regardant la beya, si lourdement chargée de pierreries, Safiyé ne pouvait s'empêcher de la comparer avec la silhouette élégante et sobre de Lella Kmar, drapée dans une distinction et une majesté naturelles. La jeune Circassienne en était convaincue, les atours les plus luxueux et les parures les plus somptueuses ne pourraient jamais remplacer la noble attitude que donnaient la naissance ou l'éducation ou que savait se forger une âme bien trempée.

— Comme elle est belle ! Et si gracieuse ! Venez m'embrasser, mon enfant !

Chaleureusement, la nouvelle beya la prit dans ses bras et lui posa deux baisers affectueux sur les joues, tout en lui caressant les cheveux.

— Asseyez-vous là, près de moi, fit-elle en désignant un épais coussin. Enfin une bouffée de jeunesse !

Le visage animé de la souveraine et son regard gourmand témoignaient d'une belle propension à croquer la vie à pleines dents. L'adolescente dut convenir que Lella Chadlya ne manquait pas d'un certain charme avec son allure joviale et ses manières cordiales et spontanées. Assurément, la souveraine ne traînait pas cet air de perpétuel ennui propre à la haute société qui y voyait un signe évident de distinction. De même qu'elle n'affichait pas encore cette mine satisfaite, indifférente et assurée des bourgeoises pourvues. C'était certainement cette joie de vivre, assortie de la gouaille d'un enfant des faubourgs, qui devait plaire à son royal époux et l'amuser.

— Ah, voilà cette vieille rombière ! chuchota la nouvelle beya à Safiyé.

Elle désigna d'un doigt indiscret une princesse qui venait de saluer Lella Kmar et s'avançait vers elles. Safiyé reconnut Letti, Notre Dame, la vieille princesse qui l'avait prise à partie lors des funérailles de Naceur Bey.

Forte de son nouvel appui, la jeune Circassienne la fixa un moment avec une lueur ironique avant de détourner la tête sans la saluer.

Safiyé était désormais bien décidée à se faire une place dans la jungle des palais et de la cour. Elle connaissait maintenant toutes les règles du jeu et savait quand il fallait se soumettre et plier et quand, au contraire, elle pouvait manifester sans crainte les traits d'un tempérament fier et hautain. Peu à peu, l'odalisque avait appris à suivre l'exemple et les traces de sa protectrice.

Les youyous reprirent de plus belle. Ils avaient redoublé d'ampleur et fusaient comme des cascades, du hall au patio. L'orchestre entama aussitôt l'hymne beylical. Les princes de sang arrivaient, seuls hommes à être admis dans cette fête exclusivement féminine ; les autres invités masculins étant regroupés dans un salon différent.

— Allez voir le spectacle, ma fille, allez !

En lui tapotant l'épaule, Lella Chadlya encourageait Safiyé. La Circassienne se leva d'un bond, laissant la vieille princesse Letti interloquée, et se faufila jusqu'à l'entrée du patio.

Les princes étaient reconnaissables au Nichan Eddem, l'ordre du Sang, un crachat entièrement en brillants qu'ils portaient autour du cou, signe distinctif de leur appartenance à la famille régnante. Ils entouraient le général Aziz, sanglé dans son uniforme de grande cérémonie à brandebourgs d'or, constellé de décorations, l'épée de parade richement décorée pendant sur le côté gauche.

Safiyé le vit se présenter devant Amina rayonnante ; il l'embrassa sur le front, puis tous deux trempèrent leurs lèvres dans une coupe de *sherbat* à l'eau de rose. Il lui murmura alors comme un souffle : « Tu seras mon épouse sur la terre et dans le Ciel ! » La Circassienne sourit en remarquant le pied déchaussé d'Amina glisser sur celui d'Aziz, s'y poser et s'y appuyer de façon imperceptible. Amina avait gardé la présence d'esprit de suivre cette recommandation ; le premier des conjoints qui marchait sur le pied de l'autre était sûr d'avoir toujours le dessus au cours de la vie conjugale.

Sous les youyous, Aziz se retira alors, suivi des princes, pour rejoindre les invités masculins. Il ne retrouverait son épouse que plus tard. Après la fête, Amina serait conduite dans leur chambre où la hennana et quelques servantes la déshabilleraient et lui tiendraient compagnie jusqu'à l'arrivée de son époux.

Safiyé resta un moment pensive, sans détacher son regard d'Amina. Malgré la joie qu'elle ressentait pour son amie, la jeune odalisque sentait confusément qu'une nouvelle page se tournait dans sa vie.

19

— Vous vous moquez de moi, Lella !

Taïta n'arrivait pas à y croire. Lella Kmar lui affirmait que certains curistes de Vichy y séjournaient uniquement pour suivre un régime diététique et perdre du poids.

— Cela vous aurait certainement fait du bien aussi ! La prochaine fois, je vous y emmènerai.

Taïta préféra changer de conversation. Elle n'avait nulle envie de se retrouver parmi ces fous de Français qui dépensaient de l'argent pour maigrir.

— Que Dieu vous garde ! Merci encore, Lella, pour tous ces magnifiques coupons de tissu !

Lella Kmar était rentrée d'une cure thermale à Vichy les malles pleines de cadeaux. Tout le monde, jusqu'à la plus modeste des domestiques, avait eu droit à un présent. Taïta, bien sûr, avait été particulièrement gâtée. Elle avait d'ailleurs déjà commencé à faire couper les somptueux coupons de brochés et de lamés pour elle-même, sa sœur Kamouna et ses nièces.

— Et cette glacière que vous avez apportée, vous la croyez vraiment utile ? interrogea la grosse Juive, dubitative.

— Bien sûr, « il faut du courant et c'est tout », a affirmé le vendeur.

Taïta n'était pas convaincue par cette grande armoire métallique de la maison *Frigidaire*. Une glacière qui fonctionnait sans approvisionnement régulier de glace, par le seul fait du courant électrique ! L'engin avait d'ailleurs un peu effrayé tout le personnel des cuisines qui refusait de s'en servir, craignant un djinn caché dans ses entrailles.

Entre le Frigidaire, un landau pliant pour Amina et le nouveau Kodak Brownie qu'elle avait offert au général Aziz, les cadeaux de Lella Kmar, cette année, étaient particulièrement marqués par les avancées technologiques de ce début de siècle.

Il y avait aussi des présents plus classiques mais achetés dans la capitale française, chez *Bichara*, le fameux parfumeur syrien de la rue de la Chaussée-d'Antin : charbons colorants délicieusement parfumés, *Mokoheul*, un kohol d'une qualité exceptionnelle, et d'autres cosmétiques dont le Syrien avait le secret. Aroussia, en tant que dame de compagnie, avait été privilégiée. Elle ne se lassait pas d'admirer l'écrin de cuir où reposait un superbe flacon de cristal taillé entouré de feuilles de nénuphar en pâte de verre : *Au fil de l'eau*, le nouveau parfum du célèbre Lenthéric de la rue Saint-Honoré. Son odeur capiteuse flottait déjà dans la pièce, Aroussia avait tenu à s'en asperger sur-le-champ.

Taïta épousseta prestement la méridienne et y plaça quelques coussins afin que Lella Kmar s'y installe tout à son aise.

— Tout le monde était à Vichy cette saison ! Le jeune prince d'Annam, le roi de Roumanie, la princesse Marie de Grèce, le grand-duc Dimitri et les sempiternels ambassadeurs et ministres...

Lella Kmar jeta un regard à sa dame de compagnie.

— Badraja aurait sans doute bien voulu que nous nous montrions plus. D'autant que MM. Gondoin, le préfet de l'Allier, et Lasteyras, le maire de la ville, n'ont cessé de nous faire porter invitation sur invitation.

Lella Kmar laissa échapper un petit rire méprisant.

— Apparemment, ces roumis ignorent qu'une beya de Tunis ne s'exhibe pas en public ! Non, je ne suis guère sortie. J'ai seulement accepté de recevoir le prince Ibrahim Hilmy, le frère du roi d'Égypte, et Lody Lotfallah, la charmante dame qui accompagnait le roi Fayçal d'Irak et qui était une grande amie de notre regrettée princesse Nazli.

La princesse égyptienne Nazli Fazil, de passage en Tunisie au début du siècle, s'était liée d'amitié avec Lella Kmar et avait longuement prolongé son séjour. La beya en avait profité pour lui faire épouser son homme de confiance, le jeune Khelil Bouhageb, dont le charme ne laissait pas insensibles les femmes.

— Sidna est passé à Vichy lui aussi, après l'inauguration de la Mosquée de Paris, et il y a bien eu quelques manifestations mais ces frivolités et ces parades m'importent peu !

— Le journal *Le Figaro* avait organisé pour l'occasion une *Féerie des eaux* suivie d'une *Fête vénitienne* sur le bassin de l'Allier en son honneur ! intervint Badraja, manifestement déçue de n'avoir pas été des réjouissances. On en a vu une partie du balcon de l'hôtel. Toutes les célébrités internationales présentes à Vichy s'y trouvaient !

Les regards brillaient. Chacune au gynécée aurait rêvé d'y être. Seule Moulka paraissait absente ; elle ne se remettait pas du présent offert à sa compagne de chambre. Lella Kmar réfléchissait donc déjà sérieusement à son trousseau en vue d'un mariage prestigieux. Elle lui avait en effet commandé auprès de la maison *Boulenger* une ménagère de princesse : plus de trois cents pièces d'argenterie dans le plus pur style art déco. L'artisan attendait simplement qu'elle lui fournisse le monogramme qu'elle désirait y voir graver.

Safiyé aussi était troublée par ce présent. Elle avait maintenant presque dix-sept ans et songeait de plus en plus souvent au mariage. Plus de trois années avaient passé et à son âge Amina était déjà mariée.

Plusieurs prétendants de haut rang s'étaient déjà présentés mais aucun n'avait encore trouvé grâce aux yeux de l'ancienne beya. On chuchotait même qu'un jeune prince de la famille beylicale aurait vainement supplié Lella Kmar de lui accorder la main de l'aljia, l'odalisque. Mais personne n'avait su lui dire si le refus de Lella Kmar était réellement motivé par le tempérament débauché qu'on prêtait au prince ou si celui-ci avait été jugé tout simplement trop loin des marches du Trône.

— Pardonnez-moi de vous déranger, Effendimiz !

Baba Assad venait soudain de pénétrer dans l'antichambre et s'avançait vers sa maîtresse.

Son fez rouge impeccablement vissé sur la tête, il affichait une mine solennelle, celle des grandes occasions.

— Qu'y a-t-il donc, Agha ?

Lella Kmar s'adressait parfois aux eunuques à la manière turque.

De sa voix la plus compassée, l'eunuque annonça cérémonieusement :

— J'ai le devoir de vous apprendre que Son Excellence le grand vizir Mustapha Dinguinzli a été rappelé à Dieu cette nuit ! Puisse sa vie racheter celle de Notre Seigneur le bey...

Un léger murmure parcourut la petite assemblée. Certaines arboraient déjà l'air peiné de circonstance. Lella Kmar soupira :

— *Allahou akbar !* Que Dieu ait son âme et l'accueille dans Sa Grande Miséricorde !

Puis elle se tut et regarda droit devant elle, pensive.

Safiyé se souvint que normalement, en pareil cas, c'était le ministre de la Plume qui était élevé au rang de grand vizir, c'est-à-dire son cher Khelil Bouhageb. Mais Tahir Khereddine, ministre de la Justice depuis l'époque du bey Naceur et plus ancien dans son rang ministériel, risquait fort de lui ravir la place. D'autant plus que les Français l'avaient toujours soutenu contre vents et marées alors même que l'ancienne beya œuvrait à sa destitution. Sans doute celle-ci se préparait-elle à agir sans plus tarder.

De fait, un mince sourire éclaira le visage de Lella Kmar en même temps qu'une lueur combative traversait son regard.

— Faites préparer la voiture, ordonna-t-elle à l'eunuque en se redressant.

— C'est déjà fait, Lella ! J'ai pensé que vous souhaiteriez rendre visite à la famille du grand disparu...

Lella Kmar fronça les sourcils ; les morts pouvaient attendre, rien ne les pressait. Il fallait d'abord s'occuper des vivants.

— J'irai demain. Non, je dois aller saluer ma chère sœur Lella Chadlya qui m'a terriblement manqué.

L'eunuque réprima un sursaut d'étonnement, il ne savait pas sa maîtresse si attachée à la nouvelle souveraine.

*

La journée était à l'image de la mer qui devant elles s'étendait resplendissante. Safiyé et Amina détournèrent les yeux de l'horizon et commencèrent à se sécher.

Accompagnées de Taïta, Amina et Safiyé s'étaient jointes aux princesses et aux dames de la cour pour une sortie en bord de mer. La jeune Circassienne aimait goûter aux joies de la baignade. Le premier moment d'appréhension passé, elle ressentait toujours un plaisir indicible au contact de cette eau si pure et vivifiante, et il fallait que Taïta se fasse vraiment insistante pour que les deux jeunes femmes sortent de la « piscine » d'eau de mer et viennent déjeuner. Car, bien sûr, ces sorties se déroulaient toujours à l'abri des regards indiscrets. Au pied de la falaise de Sidi Bou-Saïd, l'installation balnéaire, aménagée du temps de Naceur Bey, comprenait une construction élevée sur la plage qu'une passerelle couverte reliait à deux pavillons en bois dressés sur pilotis au-dessus de l'eau et réunis entre eux par un balcon à balustrade, tandis qu'une jetée s'avançait sur la mer.

La première fois, Safiyé avait été étonnée par les dimensions de ces pavillons ; pas moins de vingt-trois pièces aux boiseries de noyer reproduisaient, dans des proportions réduites, l'agencement habituel de la demeure tunisienne. L'un des pavillons était percé en son milieu d'une trappe permettant de descendre par un escalier en bois jusqu'à la mer et de s'y baigner à l'abri des regards, grâce à une bâche tendue contre les pilotis du côté de la terre. Un même toit en forme de parasol surmontait les deux stations. Et, quand les femmes se baignaient, c'était, bien sûr, toujours vêtues de longues robes de fin coton, les cheveux ramassés dans un foulard serré pour éviter de les mouiller.

Tout en se rhabillant, les deux jeunes femmes se rapprochèrent des princesses qui déjeunaient en bavardant. Toutes les conversations roulaient sur le grand événement de l'été : la nomination du grand vizir. Qui l'emporterait, du protégé de l'ancienne beya ou du ministre de la Justice ? Toutes y allaient de leur supputation. Sauf Amina qui, avec Safiyé, demeurait un peu à l'écart et parcourait des yeux un journal. Soudain, elle jeta le quotidien en s'exclamant, boudeuse :

— Rudolph Valentino est mort !

Safiyé haussa les sourcils ; même mariée et mère de famille, Amina continuait encore d'avoir des réactions puériles d'enfant gâté.

Elle avait adoré ce bel acteur italien dans son rôle de prince du désert et elle avait invité Safiyé et quelques amies à une projection privée de cinéma dans ses appartements. Le comédien était mort à New York de manière moins héroïque que dans ses films ; il avait succombé à une pleurésie succédant à une double opération de l'appendicite.

— Bah ! On continuera quand même à le voir dans ses films ! trancha la jeune Circassienne pour couper court aux pleurnicheries de son amie.

Celle-ci s'apprêtait à répondre quand des pleurs leur firent tourner la tête :

— Je crois qu'il s'est réveillé. Tu sais qu'il a encore grandi ! dit Safiyé en se penchant au-dessus du landau d'où provenaient les pleurs.

Réchid poussait des cris perçants et Amina le prit aussitôt dans ses bras avec toute l'attention attendrie d'une jeune maman. Le nourrisson se calma.

Safiyé les regarda, admirative et rêveuse. Amina, son enfant dans les bras, était radieuse.

— Comme il est beau ! Il a un regard superbe ! s'extasia-t-elle. Le ravissant poupon avait en effet hérité des beaux yeux bleus de sa mère.

— Ne le dis pas trop fort, ricana Amina. Sinon Taïta va encore lui accrocher toutes les amulettes du monde !

Les deux filles partirent d'un grand rire. Taïta avait failli frôler l'apoplexie quand Mlle Dumonteil, venue féliciter Amina, s'était longuement extasiée sur la beauté de l'enfant, son bon poids et sa taille déjà si grande. La malheureuse institutrice française ne savait pas qu'il fallait ponctuer cette longue litanie de compliments de retentissants « *Macha Allah*[1] », de sonores « *khamsa wa khemis*[2] » ou encore l'assortir de gestes prophylactiques évidents comme écarter avec ostentation les cinq doigts de la main. Sinon, c'était le mauvais œil assuré. Un regard envieux, presque toujours

1. « Dieu l'a voulu. »

2. Littéralement « cinq et jeudi ». La main ouverte est censée parer les mauvais coups. De là, dérivent le pouvoir du chiffre cinq qui éloigne les attaques malignes et la vertu du jeudi, cinquième jour de la semaine, considéré comme jour faste.

associé à des propos louangeurs excessifs, ne provoquait-il pas dans le corps une blessure invisible, une brèche dans la cuirasse, qui permettait aux djinns malfaisants de pénétrer et d'agir ?

Taïta, horrifiée, avait déjà considéré l'enfant comme perdu ; elle s'était néanmoins empressée de trouver au plus vite toutes les parades. Moins d'une heure plus tard, le berceau de Réchid était orné d'une *khamsa*, une main de fatma en argent, d'un poisson du même métal et d'une petite corne de corail fixée à une chaînette d'or, menace à peine déguisée contre les méchants aux yeux perfides. Depuis, en espérant ainsi tromper les mauvais génies et détourner leur attention du bébé, elle ne cessait de le traiter de « vilaine petite chose », de lui trouver des imperfections ou des défauts qui le mettaient à l'abri du malheur.

— Taïta ne voulait même pas que j'utilise le nouveau landau, poursuivit Amina. Elle prétend que cela ne fera qu'attirer tous les regards sur le petit !

Elle désigna du menton le magnifique landau pliant que Lella Kmar avait spécialement commandé à la maison *Dupont* à Paris et envoyé par le courrier de Marseille avec ses premières malles. En moleskine bleu marine et confortablement capitonné à l'intérieur, sa nouveauté résidait surtout dans le fait qu'il était transformable et permettait au bébé d'être allongé ou assis ; une innovation qui avait laissé tout le monde admiratif.

— De toute façon, aujourd'hui excepté, je ne l'utilise guère que dans notre parc, précisa Amina.

Car on avait beau, comme la princesse, avoir des idées modernes, il était inutile de chercher à provoquer bêtement les mauvais esprits.

— Par contre, reprit Safiyé en riant, c'est Taïta qui se gave de cette bouillie que Lella Kmar a envoyée par pleins cartons et que Réchid déteste !

Pour encourager le nourrisson, Taïta avait commencé

par goûter elle-même cette nouvelle farine lactée de la maison *Nestlé* qu'il suffisait de délayer simplement dans de l'eau bouillie pour en faire un repas de bébé équilibré. Devant les refus obstinés de l'enfant, c'est elle qui engloutissait désormais les préparations.

— On voit bien que Lella Kmar n'a jamais eu d'enfants ! dit Safiyé en songeant à l'invraisemblable quantité de cartons de farine que l'ancienne beya avait envoyée.

— Il y avait de quoi nourrir dix bambins ! répondit Amina. J'ai tout adressé à « La Goutte de lait », l'œuvre de charité créée par l'épouse du résident général.

— On m'a dit que la princesse qui s'est occupée de Lella Kmar à son arrivée en Tunisie n'a jamais eu d'enfants, elle non plus ? interrogea Safiyé.

— Oui, c'est vrai ! Et elle s'appelait elle aussi Lella Kmar. C'était une odalisque qu'on avait mariée au prince Hammouda et c'est elle qui a donné son nom à notre Lella Kmar ! C'est étrange, on dirait que c'est comme une malédiction qu'elles traînent. Pourtant le prénom de Kmar est réputé heureux dans notre famille...

Safiyé remercia le Ciel qu'on ne l'ait pas débaptisée pour sacrifier à l'usage de donner aux odalisques le nom de leur protectrice. À choisir entre le pouvoir solitaire et une descendance, la jeune fille n'aurait eu aucune hésitation. En voyant le réel bonheur de son amie, elle aussi désirait maintenant fonder un foyer et planter définitivement ses racines dans ce pays qu'elle commençait à aimer.

— Ah ! C'est l'heure de sa tétée, voilà Tijania qui vient le chercher !

Amina reposa délicatement Réchid dans son landau et se dirigea avec Safiyé vers une grosse femme à la poitrine plantureuse qui arrivait à leur rencontre. Cette robuste campagnarde avait depuis longtemps ses habitudes dans les palais beylicaux où elle avait allaité de sa poitrine généreuse plusieurs rejetons royaux. Lella Kmar l'appelait même « Oum Assiadi », la « Mère de Messeigneurs », en considération du nombre de princes qu'elle avait nourris de son sein. Tijania jouissait d'une position estimée au Palais et ses propres enfants, frères et sœurs de lait des princes et princesses, étaient soigneusement éduqués et confortablement dotés. Les liens de « lait » sont d'ailleurs tellement forts que l'Islam interdit le mariage, considéré incestueux, entre frère et sœur de lait.

— Cette interdiction de mariage s'étend même à tous les enfants nés après, avait précisé Amina. Mais pas à ceux qui sont nés avant, car on dit que le lait descend mais ne monte pas !

Bientôt le soleil se mit à décliner et il fut temps de rentrer. Safiyé et Amina achevèrent de s'habiller. Baba Assad les attendait devant le pavillon pour les raccompagner au palais. À la grande satisfaction de Taïta, elles dévorèrent avant de partir une nouvelle portion de *maâkouda*, une espèce d'omelette au persil finement haché en forme de gâteau. La baignade et l'air marin creusaient l'appétit.

Depuis quelque temps, Safiyé avait pris de petites rondeurs et elle songea fugitivement qu'elle ne devait pas se laisser aller si elle ne voulait pas ressembler à Taïta ou à une de ces femmes du harem, dodues comme des cailles.

*

Depuis le mariage d'Amina trois ans auparavant, les liens entre elle et Safiyé n'avaient fait que se renforcer. La princesse et son époux avaient emménagé dans une aile du palais et cette proximité avait permis aux deux amies de rester inséparables. C'était donc naturellement à Safiyé que la princesse avait confié ses premiers émois de femme mariée. Profitant d'ailleurs de ce nouveau statut qui lui offrait une nouvelle et relative liberté, elle avait entraîné la jeune Circassienne dans un tourbillon de sorties extravagantes dont elle avait le secret. Cependant, depuis un an, sorties et distractions s'étaient nettement espacées. La princesse avait donné naissance à son premier enfant et sa disponibilité n'était plus la même, aussi Safiyé appréciait-elle d'autant plus chaque occasion qu'elle avait d'être en sa compagnie.

Toujours désireuse de lui faire partager ses plaisirs, Amina l'entraînait cet après-midi dans la tournée des boutiques du quartier européen.

Il avait été décidé que Mlle Dumonteil les accompagnerait car la princesse avait obstinément refusé la présence embarrassante de Taïta.

— Tu comprends, elle va nous faire mourir de honte avec ses manières !

Safiyé avait souri ; parmi les clientes guindées des couturières réputées de Tunis, Taïta aurait pourtant été des plus pittoresques. Dépitée, la Juive avait déversé tout son fiel sur l'institutrice qu'elle accusait de tourner la tête aux jeunes femmes. Comme tous ces vieux serviteurs attachés à leurs maîtres et prêts à tout leur pardonner, leur ingratitude comme leurs bassesses et leurs trahisons, elle avait trouvé un bouc émissaire.

— Et puis, comme ça, on peut se passer de nos voiles ! Taïta n'aurait jamais voulu !

La Delage conduite par le chauffeur maltais avait à peine remonté l'avenue Jules-Ferry, l'artère principale de Tunis, qu'Amina avait ôté son voile et ordonné à Safiyé de faire de même. La jeune princesse s'était targuée de la permission de Lella Kmar pour leur sortie dans la ville européenne. Nullement convaincue, Mlle Dumonteil s'était cependant inclinée et c'est donc sans voile que les deux filles avaient fait leur entrée au *Tunisia Palace*, le grand hôtel de la capitale.

Mme Nathan, de la rue du Mont-Thabor à Paris, y exposait les dernières créations des couturiers parisiens et Amina, grisée par sa nouvelle audace de femme émancipée, essayait, choisissait et commandait les robes les plus extravagantes.

Elles avaient ensuite remonté l'avenue de Carthage jusqu'au Théâtre municipal, une bonbonnière dans le plus pur style art nouveau, que les deux jeunes femmes avaient toujours admiré un peu comme la huitième merveille du monde. Toujours chaperonnée de Mlle Dumonteil, elles avaient regardé, émerveillées, quelques élégantes et des messieurs en veston et chapeau mou se promener sur le terre-plein ombragé de ficus de l'avenue Jules-Ferry. Mais Mlle Dumonteil avait tout de suite pressé le pas quand les deux jeunes femmes l'avaient questionnée sur des jeunes gens qui y déambulaient, l'allure équivoque, les lèvres un peu trop rouges et les yeux languissants passés au kohol. L'institutrice elle-même ignorait qu'il s'agissait de travestis européens qui opéraient sur cette avenue en été et se rabattaient sur la rue Zarkoun en hiver. Heureusement, elles pénétrèrent enfin sous les arcades de l'avenue de France. Même si elles n'y venaient pas pour la première fois, le *Magasin général* leur faisait toujours l'effet d'une véritable caverne d'Ali Baba.

Pour finir, elles avaient devisé tout en prenant une collation au salon de thé du magasin. La présence de Mlle Dumonteil à leurs côtés excluait bien entendu certains cancans trop épicés et Amina entreprit de répondre aux questions de la Française sur le grand vizir.

— Dès son investiture, le bey lui confère l'ordre du Sang, une distinction réservée aux princes de la famille souveraine, qui lui octroie le droit d'être admis dans l'intimité de la beya et de la famille beylicale...

— Sauf que Khelil Bouhageb n'aura, lui, pas eu besoin d'être promu à ce poste pour jouir de cette faveur auprès de Lella...

— En tout cas, reprit Amina, s'il devient aujourd'hui la « bouche » du nouveau bey en accédant à la charge de grand vizir, il sera dès lors du même coup l' « oreille » de Lella à la cour...

Soudain, Safiyé rougit d'un air gêné. Un jeune homme les dévisageait avec insistance.

Safiyé chuchota, sur un ton de reproche, à Amina :

— Tu vois bien que nous aurions dû garder nos voiles !

Mais Amina haussa les épaules en souriant :

— Cela prouve simplement que nous sommes attirantes. Moi, j'aime sentir comme un frémissement sous le regard d'un homme. Ne me dis pas que cela te déplaît !

*

Ahmed regardait d'un œil distrait les œuvres de Jules Lellouche exposées dans le salon de thé du *Magasin général*.

Tandis que Safiyé s'était attablée avec ses compagnes à une table, il l'avait tout de suite reconnue. Un instant leurs yeux se croisèrent, sans qu'il pût déchiffrer ce qu'elle pensait. Un peu plus tard, d'un air fier, elle sortait. La ravissante odalisque entrevue chez Taïta était devenue une superbe jeune fille, au port altier, aux attaches délicates et fines, à la silhouette gracieuse et aristocratique. Il se souvint des circonstances insolites de leur précédente rencontre, des années plus tôt, tandis qu'elles déambulaient, voilées cette fois, dans les ruelles de La Marsa.

De telles coïncidences ne pouvaient signifier qu'une seule chose : le Destin lui adressait un signe.

*

Exténuées, Safiyé et Amina avaient repris la route de La Marsa, toujours chaperonnées par l'institutrice.

Les yeux d'Amina brillaient d'excitation :

— Quand tu seras mariée, tu auras toute liberté et nous nous divertirons encore plus !

Safiyé s'était contentée d'acquiescer. Elle ne partageait pas tout à fait cet enthousiasme. Après la griserie et l'ivresse de l'après-midi, la jeune Circassienne continuait de se demander si c'était bien cela, être une femme libre et émancipée. Libre de descendre sans voile dans les salons d'un grand hôtel, de se faire dévisager impudiquement par des inconnus et d'acheter sans mesure chiffons et colifichets avant de reprendre sagement le chemin du gynécée. Safiyé songea que la vraie liberté de la femme, c'était Lella Kmar qui en offrait l'exemple, elle qui avait su s'imposer dans une société d'hommes et conduire, avec discrétion mais efficacité, un destin à la mesure de ses ambitions.

Les bras chargés de paquets — Amina avait tenu à lui offrir une superbe robe en soie rose à pois blancs —, Safiyé ouvrit lentement la porte de sa chambre.

Les volets étaient tirés et une odeur étrange, mélange de benjoin et de myrrhe, flottait dans la pièce. Safiyé fronça les sourcils.

Accroupie, Moulka jetait par-dessus un kanoun aux cendres rougeoyantes des morceaux de plomb qu'elle laissait fondre dans une cassolette avant d'en verser le contenu dans une écuelle d'eau froide. Suivant la forme que dessinait le plomb, elle écartait certaines figures et en choisissait d'autres qu'elle repêchait avec une cuillère pour les aligner avec soin sur un grand mouchoir posé à ses pieds. Six figures de plomb étaient ainsi disposées selon un ordre de toute évidence précis. Concentrée, elle observait les formes fondues dans la cassolette.

Safiyé s'exclama :

— Qu'est-ce que tu fais ? On ne voit rien et ça empeste !

Moulka sursauta et faillit renverser les cendres

chaudes du kanoun. Tout absorbée par ses incantations, elle n'avait pas entendu la porte de la chambre s'ouvrir.

Safiyé s'avança jusqu'à Moulka qui bredouilla :

— Ce n'est rien, c'est de l'encens... c'est... c'est pour la baraka...

En hâte, elle essayait de dissimuler les morceaux de plomb rangés dans le mouchoir.

— Quelle baraka ? Avec cette odeur et cette obscurité ? Et puis qu'est-ce que tu caches ?

Moulka ne répondit pas. Safiyé se pencha vers le mouchoir et le défit. Les plombs se dispersèrent sur le sol. Moulka s'était redressée mais trop tard :

— Ne touche pas ! Je t'interdis !

Frénétique, elle rassembla les morceaux épars, comme si sa vie en dépendait. Le *deggaz*, le mage, lui avait indiqué dans quel ordre précis elle devrait ensuite les enterrer mais, une fois mélangés, ils perdaient leur efficacité. Et c'était à cette seule condition qu'il lui avait garanti un rapide retour en grâce auprès de sa maîtresse et une demande en mariage prestigieuse, moins d'une nouvelle lune après le rituel magique.

Safiyé considéra sa compagne de chambre avec stupéfaction. Moulka était au bord des larmes. Livide, tremblante de frustration et de rage, elle s'interrompit un instant et fixa Safiyé d'un regard chargé de haine puis explosa :

— Je te maudis ! Que tu sois maudite à jamais, toi et les tiens !

Elle cracha dans sa direction tout en l'apostrophant :

— Tu le regretteras !

Jamais Safiyé ne l'avait vue dans un tel état. Elle haussa les épaules et se dirigea vers l'armoire à glace qui contenait ses affaires pour ranger la robe qu'elle avait eu un moment l'intention de lui montrer. Puis, sans jeter le moindre regard à Moulka, elle quitta la pièce avec indifférence.

20

Comme l'avait souhaité Lella Kmar, Khelil Bouhageb était facilement passé par-dessus la tête de Tahir Khereddine et avait été investi de la dignité de grand vizir. Personne n'aurait su dire si le rôle de l'ancienne beya avait été décisif dans cette affaire mais tout le monde s'accordait à penser qu'il n'avait pu être indifférent.

Pour célébrer cette nomination qui la comblait et fêter son heureux retour de France, Lella Kmar décida d'organiser une sorte d'action de grâces à la prestigieuse zaouia de Sidi Belhassen, le siège de la puissante confrérie des Chadoulyas.

Un wagon spécial du TGM, vitres fermées d'un claustra de bois, emmena tout le gynécée de Kasr Essaâda et quelques invitées depuis la gare de La Marsa jusqu'à Tunis. Au terminus de l'avenue de Paris, des voitures fermées attendaient les pensionnaires du harem pour les transporter au mausolée de la confrérie, sur une colline.

Dans le wagon spécial, Safiyé et Amina regardaient par les croisillons du claustra les flamants roses qui s'ébattaient sur le lac séparant la ville de Tunis des villégiatures de la côte de Carthage. Malgré la puanteur qui se dégageait du lac en cette saison, le spectacle était de toute beauté et empreint d'une certaine sérénité qui constituait un bon prélude à une initiation mystique.

Badraja leur vantait *Kobbat Mamia*, le superbe mausolée pavé de faïences et surmonté d'une coupole verte qui jouxtait la zaouia du saint et que la princesse Kébira Mamia avait fait édifier.

— Il est placé sous la protection de Sidi Belhassen Chadly.

Safiyé demanda si c'était là où était enterrée la dépouille du saint. Souvent la tombe des grands maîtres spirituels devenait ainsi un lieu de pèlerinage.

— Non. Sidi Belhassen a choisi l'exil vers l'Orient. En butte aux sarcasmes et à l'hostilité du corps des savants rigoristes de son époque qui jugeaient excentriques, voire hérétiques, ses interprétations des textes sacrés, il est parti en Haute-Égypte. C'est là que, usé par la fatigue et les privations, il s'éteignit, en l'an 1258.

Les voitures étaient en train de gravir une petite colline surplombant Tunis. Badraja désigna le paysage alentour.

— Mais c'est sur cette colline que Sidi Belhassen Chadly reçut l'inspiration divine, pendant les fréquentes visites qu'il faisait à la *Moghara*.

Cette grotte, devenue depuis le cœur de sa zaouia, était un lieu de dévotion et de recueillement pour les nombreux initiés de la confrérie.

— Une source en sort. Vous en boirez de l'eau, elle est bénie.

Elle marqua un temps et ajouta :

— Mais n'oubliez pas d'offrir quelques piécettes à la vieille qui vous en aura donné. Ça aussi, c'est de bon augure. La princesse Kébira a même laissé une fondation pour l'entretien de son mausolée et pour qu'on distribue des aumônes en ce lieu après sa mort...

Safiyé se tourna alors vers Amina, bien silencieuse depuis le début de leur voyage :

— Mais les membres de votre famille ne sont-ils

pas enterrés au Tourbet-el-Bey, votre mausolée dans la médina ?

D'une voix légèrement traînante, Amina expliqua que c'était exact mais que, dans ce cas, c'étaient les volontés de la princesse.

Badraja se pencha vers les deux filles et, sur un ton de confidence, leur murmura :

— Et d'ailleurs Lella Kmar a fait savoir qu'elle aussi souhaitait reposer ici.

Safiyé hocha la tête. Toutes trois se turent. Tandis que le voyage se poursuivait, Safiyé observa son amie. Elle ne manifestait pas son entrain habituel ni cette insouciance dont elle l'avait étourdie ces jours derniers. Quelque chose semblait la préoccuper. Et la princesse, d'ordinaire si loquace sur ses états d'âme, ne semblait pas désireuse, pour une fois, de lui en faire part.

*

Les yeux d'Ahmed commençaient à s'habituer à la vapeur qui remplissait le local et il put bientôt distinguer ce qui l'entourait. Son ami Salah était installé comme lui sur un banc de pierre et tous deux suaient à grosses gouttes. Après avoir transité par le reposoir de la pièce tiède, ils avaient gagné le cœur du hammam, une véritable serre brûlante qui suffoquait toujours l'arrivant, impression pénible qui, heureusement, se dissipait assez vite. Au milieu de la salle pavée de dalles se trouvait une grande table de pierre, si chaude qu'il était impossible d'y appuyer la main. Autour, les baigneurs, ceints d'un pagne de toile et enveloppés jusque sur la tête de linges et de serviettes, transpiraient consciencieusement en échangeant de vagues paroles.

— *Tfadhal*, je vous en prie, Si Ahmed...

Son masseur habituel, un petit homme trapu,

commença à le débarrasser des serviettes qui l'enveloppaient, ne lui laissant que le pagne de toile autour des reins. Lui-même, des socques en bois aux pieds, était pratiquement nu et ne portait qu'un léger caleçon et une calotte rouge sur la tête.

Le masseur commença par le retourner en tous sens, donnant de petites claques sur toutes les parties du corps, tirant les membres en faisant craquer toutes les jointures, jusqu'aux doigts de pied. Il plongea ensuite la main dans un baquet d'eau chaude et en retira un gant de crin avec lequel il astiqua vigoureusement le corps du garçon, comme s'il étrillait un cheval. Ahmed avait à peine repris sa respiration que le masseur lui déversait déjà plusieurs seaux d'eau bouillante sur la tête et le corps avant de frotter ses cheveux de *tffal*, une argile spéciale. Après de nouvelles aspersions d'eau chaude, il le conduisit dans un petit cabinet attenant à la salle des étuves et le laissa seul effectuer ses dernières ablutions.

Enveloppé de la tête aux pieds dans des serviettes propres, Ahmed rejoignit son ami qui l'attendait, allongé dans une salle de repos.

Fils d'un parfumeur des souks, Salah l'avait entraîné au hammam du *diwan*, l'établissement de bains le plus huppé de la capitale. Salah estimait qu'un bon bain de vapeur nettoierait son corps mais laverait surtout son cerveau de certaines idées saugrenues.

Ahmed frissonna. Il avait beau être habitué du lieu, il ne parvenait toujours pas à s'y faire. La différence de température entre le cœur du hammam et la salle de repos était si grande qu'il avait chaque fois l'impression de pénétrer dans une glacière.

Il s'allongea à son tour.

— Alors, ça va mieux ? interrogea Salah dont on apercevait à peine le visage emmitouflé dans les linges.

Ahmed marmonna une réponse satisfaite. Il commençait en effet à ressentir une délicieuse sensation de bien-être.

— J'espère que tu as maintenant l'esprit plus clair. Ton père veut que tu épouses ta cousine et c'est très bien ainsi ! « Mariez ceux qui sont égaux », a dit le Prophète !

— Mais ce n'est pas ma cousine que j'aime... C'est cette fille du palais, si tu l'avais vue comme moi...

— Arrête ces folies ! Tu n'es plus un enfant ! Il n'y a pas d'amour qui tienne ! Allons, toi un fils de beldi, tu sais comme moi qu'on n'épouse pas une fille par amour ! On épouse une fille de son milieu, une fille qui connaît les usages et les traditions, bref, une fille qui permet une alliance avec une famille respectable. Voilà la vérité ! Voilà la vraie union ! Arrête de rêver ! Tu vas trop au cinématographe ! Toutes ces pellicules ont perturbé ton esprit : tu n'as plus les pieds sur terre !

Salah savait que son ami ne ratait aucune des nouvelles séances de l'*Omnia-Pathé* ou du cinéma *Nunez* en plein air sur l'avenue de Carthage. Il l'avait suivi une fois dans la toute récente salle de l'immeuble Colosio et était sorti tout émoustillé par la vision d'une belle comédienne aux épaules nues et au décolleté profond qu'un jeune premier embrassait fougueusement.

Comme Ahmed ne répondait pas, Salah décida d'enfoncer le clou :

— Et puis, tu connais la débauche qui règne dans ces palais ! Si cette fille est une princesse, elle te mènera par le bout du nez et divorcera quand elle en voudra un autre, et si c'est une servante ou une dame de compagnie, tu peux être sûr qu'il y a déjà au moins deux ou trois des princes qui lui sont passés dessus...

— Mais non, c'est une Turque, interrompit Ahmed.

— Ah ! Une aljia, une odalisque ! Alors, on doit la préparer pour la donner en mariage à un des seigneurs. Non, crois-moi, ces gens du palais, ce n'est pas pour des beldis comme nous !

Toujours sans répondre, Ahmed laissa le garçon continuer de débiter tous les tenaces préjugés des bourgeois de la ville. Non seulement le hammam n'avait pas lavé l'esprit d'Ahmed mais, au contraire, une idée folle commençait même à y germer.

*

Badraja ajusta correctement leurs voiles puis entraîna Safiyé et Amina par le bras vers l'escalier conduisant à l'appartement où se trouvaient toutes les femmes venues du palais. C'était l'étage de l'épouse du cheikh de la confrérie qui y recevait les dames de qualité.

Les fenêtres à moucharabiehs donnaient sur le patio central de la zaouia où une large assemblée psalmodiait avec dévotion des prières.

Bientôt, Safiyé vit un groupe d'hommes se détacher. Debout, ils se tenaient par la main et scandaient des prières, rythmant chaque fois leurs intonations de déhanchements saccadés du buste. Toutes les femmes étaient collées aux treillis de bois, fascinées ; la plupart murmuraient des invocations où se mêlaient les noms d'Allah et de Son Prophète.

La mélopée était envoûtante et Safiyé fut peu à peu gagnée par le rythme et la ferveur. Elle n'arrivait pas à détacher son regard du groupe d'hommes qui semblaient désormais en état de transe. Des lecteurs du Coran avaient commencé à réciter des versets. Jamais elle n'avait jusqu'ici soupçonné de tels raffinements et de telles nuances dans la lecture du texte sacré. Un calme immense l'envahissait, comme s'il émanait de ce lieu une sérénité et une paix, à l'origine parfaitement mystérieuse, une chaleur aussi qui se serait irradiée indifféremment alentour. Et il lui semblait que cette incandescence répandait une même paix intérieure sur les choses et les êtres. Safiyé frissonna.

C'était un trouble apaisant et délicieux à la fois. Plusieurs femmes autour d'elle avaient les yeux embués. Safiyé avait la sensation d'être appelée d'un pays lointain.

Sidi Belhassen Chadly était certainement le plus réputé des sanctuaires de Tunisie. Son fondateur avait composé un ensemble de poèmes, d'invocations et de prières, inlassablement reprises par les initiés de la confrérie de génération en génération, qu'il s'agisse de *Hizb-el-Bahr* ou de l'intercession auprès de la Divinité pour soulager les hommes de leurs misères. Safiyé s'abandonnait aux hymnes majestueux et envoûtants. Elle aurait aimé pouvoir se joindre aux hommes dans le patio et psalmodier elle aussi ces cantiques composés à la gloire de l'Éternel. Elle ferma les yeux et se laissa emplir par le son et les vibrations.

Elle n'aurait su dire combien de temps était passé quand les récitations s'interrompirent. Mais une autre rumeur, plus ténue mais tout aussi diffuse, vint mettre fin au frémissement d'excitation intérieure qui la parcourait. Les femmes commençaient à chuchoter et échanger des nouvelles. Le pèlerinage dans les zaouias était aussi une sortie mondaine où l'on pouvait s'enquérir des derniers ragots croustillants ; les mille potins de la ville, les informations sur les belles-mères et les brus, l'organisation de mariages étaient autant de sujets qui reposaient des prières et des invocations. D'autant que la cérémonie se poursuivrait jusqu'à l'aube.

— Prenez-donc un peu de *smâat*...

L'épouse du cheikh proposait à Safiyé et Amina des petits croûtons de pain et des olives noires. Comme le sucre et l'eau qu'on leur offrirait plus tard, c'étaient des aliments smâat, sanctifiés par les lectures et les invocations.

Certaines des femmes avaient également apporté des vêtements destinés à être bénis ; l'une avait le tricot d'un fils qui préparait un examen de fonctionnaire, une autre des langes de bébé et une troisième la chemise d'un gendre qui aimait taquiner la bouteille et qu'on souhaitait faire revenir sur le droit chemin. Bien sûr, elles avaient toutes fait la promesse, si leurs vœux étaient exaucés, d'offrandes et de dons au sanctuaire ou à ses œuvres.

Car comme partout, la sainteté était en Tunisie une profession très lucrative. Les grandes confréries disposaient de ressources considérables, dons ou legs de fidèles et revenus de leur immense patrimoine foncier, institué en *habous*, des biens inaliénables.

Dans le patio, Safiyé aperçut le cheikh. Le maître spirituel de la confrérie était en train de recevoir les hommages des visiteurs. Ils lui baisaient la main, parfois l'épaule, en quête de la moindre parcelle de baraka émanant de sa personne vénérée. Un peu étonnée, la Circassienne remarqua sur la djellaba immaculée du cheikh une petite tache rouge sang, une rosette.

— C'est le président de la République française qui lui a remis la Légion d'honneur lors de sa dernière visite, expliqua une des dames assises à proximité.

Depuis la conquête de l'Algérie, l'importance des confréries religieuses dans le tissu social et l'influence qu'elles pouvaient exercer sur les masses populaires n'avaient pas échappé aux Français. Leur prestige dépassaient les frontières, puisque la plupart des grandes confréries rayonnaient dans tout le Maghreb et même au-delà, en Égypte, en Turquie, voire en Asie centrale et aux Indes. Tout comme les Chadoulyas, les principaux cheikhs des Tijanias, Rahmanias ou Kaddyrias étaient vivement courtisés par les autorités françaises qui ne leur marchandaient pas honneurs et distinctions. Une politique qui contribuait certainement à instaurer un climat social apaisant pour le colonisateur.

Safiyé se dirigea vers Lella Kmar, assise sur une banquette de bois. L'ancienne beya s'était assoupie un moment. Encore sous le coup d'une vive émotion, la jeune fille lui déclara, très fière :

— J'ai prié et demandé à Sidi Belhassen de vous accorder...

— C'est à Dieu seul qu'il faut demander, interrompit Lella Kmar d'un ton sec. C'est Lui le Dispensateur de toutes choses.

Devant la mine déconfite de la jeune fille, elle lui caressa la joue et, d'une voix radoucie, poursuivit :

— Sidi Belhassen peut simplement intercéder pour nous auprès de Dieu ! Car c'était un saint homme qui, grâce à une vie de piété et de renoncements, a reçu la grâce divine. Le Très-Haut l'écoute.

Elle l'embrassa sur le front et lui fit signe de rejoindre Amina. La princesse semblait plongée dans la récitation de prières. Elle se passa la main droite sur le visage et le cœur et paraissait comme apaisée. Mais, dès les premiers mots, Safiyé nota un léger tremblement dans sa voix. La princesse se pencha vers son amie et murmura :

— Je remercie Dieu car je suis comblée !

— Qu'Allah vous garde, toi et les tiens !

Amina serra la main de Safiyé. Après un long silence, elle reprit, balbutiante :

— Je suis heureuse mais j'ai... j'ai peur ! Prie ! Prie pour moi !

En chuchotant elle lui révéla que, selon Moulka, Aziz la trompait. Safiyé secoua la tête. Il ne pouvait s'agir que de ragots malintentionnés. Elle l'avait dit elle-même, Moulka était une fille aigrie et un peu déséquilibrée.

Sans laisser à Safiyé le temps de poursuivre, la princesse enchaîna :

— Tu as sans doute raison. Moulka est un peu folle. J'ai confiance en Aziz. Même si j'ai... j'ai peur ! Aziz m'a comblée, c'est vrai, mais trois années ont passé et si jamais, demain, un jour, il venait à me délaisser pour une autre, je... je crois que j'en mourrais !

*

La fête de Jethro est particulière aux Juifs de Tunis. Elle ne fait partie ni des solennités édictées par Moïse, ni des fêtes prescrites par les rabbins, qui s'élèvent d'ailleurs contre cette pratique peu orthodoxe et souvent ruineuse.

Mais Taïta n'en avait cure, heureuse de rejoindre sa sœur et sa famille autour du *Sehudat Ythro*, le banquet de Jethro. Taïta se perdait un peu dans les origines de cette manifestation que certains attribuaient à la fin d'une terrible épidémie de croup ; elle savait simplement que, de fête de l'enfance en général, elle s'était transformée en fête des seuls garçons. De toute façon, jugeait-elle, un garçon est bien plus important qu'une fille et celles-ci d'ailleurs n'avaient pas à se plaindre car elles avaient elles aussi leur propre jour, *Rosh Hodesh al-bnât*, au cours duquel on confectionnait en leur honneur de délicieux gâteaux au miel.

Taïta était toute à la joie de retrouver ses jeunes neveux qu'elle gâterait plus qu'à l'ordinaire ; pour Haï et surtout Bichi, son préféré, elle arrivait les bras chargés de cadeaux. Elle les leur offrirait après le traditionnel pigeon qu'on servait à chacun pour l'occasion.

Habituée au confort et au luxe des palais princiers, Taïta n'en aimait pas moins se retrouver dans l'enchevêtrement des ruelles et des impasses de la ville arabe. Comme partout en Orient, régnait cette habituelle promiscuité de magnificence et de misère, de richesses et de dénuement, d'élégance et de grossièreté ; une cohabitation singulière où se côtoyaient les souillures et le parfum, la soie et la bure, le marbre et les planches de sapin, l'or et le fer-blanc rouillé.

Taïta était une vraie fille de Tunis et elle connaissait

les moindres recoins de sa cité. Elle laissa à sa droite la rue Sidi-Abdallah-Guèche où, tout le long, des prostituées arabes, juives ou maltaises, adossées à des encadrements de portes en simples tentures, proposaient leurs amours tarifées au chaland. Le quartier réservé, qui portait le nom d'un saint musulman enterré non loin de là, se trouvait dans la ville basse à la lisière de l'ancien quartier franc et de la *hara*, le quartier, certains disaient le ghetto, juif.

Un ghetto cependant ouvert, sans portes ni murailles et que rien ne distinguait des autres zones de la ville arabe, sinon la concentration de quelques commerces propres à la religion ou à la culture juives.

Taïta retrouvait toujours avec un infini plaisir l'effervescence et l'animation des rues populeuses de ce quartier, hélas plus misérable de jour en jour. La hara, qui avait été pendant des siècles le cœur vibrant de la vie juive de Tunis, se vidait maintenant de ses habitants les plus aisés qui lui préféraient le confort et la salubrité des nouveaux immeubles de la ville européenne ou des villas du Belvédère et des côtes de Carthage. N'y demeurait plus qu'une population laborieuse qui s'entassait dans les *oukalas*, de vieux palais ou d'anciennes maisons morcelés en logements multiples et menaçant ruine.

Kamouna, la sœur de Taïta, mariée à un comptable réputé pour son honnêteté, s'était installée non loin de là, dans une spacieuse maison à la périphérie de la hara, proche des souks où son mari traitait ses affaires. Encadrée par trois synagogues, dont celle qui portait le nom du vénéré rabbin Messaoud Raphaël el Fassi, la demeure était à coup sûr placée sous une protection efficace. Taïta n'en avait pas moins recommandé à sa sœur de prendre toutes les précautions élémentaires contre le mauvais œil et les attaques malignes, par exemple d'imprimer sur le mur extérieur l'empreinte de sa main trempée dans du sang de bœuf.

— Ya Taïta... Ya Taïta...

Perdue dans ses pensées, Taïta n'avait pas entendu le garçon qui s'époumonait à l'appeler du fond de la rue El-Karamed. Elle s'arrêta, un large sourire aux lèvres, en reconnaissant Ahmed qui la rejoignit tout essoufflé.

— Ya Taïta, c'est Allah qui t'envoie !

— Quelle tête tu as ! Qu'est-ce qui se passe ?

Taïta dévisageait le garçon. Il lui paraissait bien pâle et avait la mine défaite.

— Tiens, d'abord, mange ça !

D'un geste vif, elle souleva les torchons qui recouvraient l'un des couffins d'osier pour en sortir une assiette débordant de pâtisseries.

— Mais non, prends plus que ça ! Elles sont minuscules !

Taïta avait confectionné elle-même les gâteaux traditionnels auxquels, à l'occasion de la fête de Jethro, on donnait des dimensions réduites.

Ahmed avait visiblement d'autres préoccupations que de déguster en pleine rue des friandises, mais il se résigna, sachant bien qu'il n'y aurait pas moyen d'y échapper. La bouche encore pleine, il s'adressa à Taïta sur un ton suppliant :

— J'ai besoin de toi, il faut que tu m'aides !

— Mais bien sûr, bien sûr !

Elle le regarda, puis cligna de l'œil d'un air complice.

— Ah, j'ai compris ! Toi, quelqu'un t'a parlé d'une belle fille de bonne famille et tu veux que j'aille me renseigner, c'est ça ?

— Non, la fille que j'aime, je l'ai déjà vue ! C'est Safiyé, la Turque qui est dans votre palais !

Ahmed avait débité sa phrase d'un trait en observant attentivement le visage de la Juive. Sans montrer son étonnement, Taïta essaya de le raisonner.

— Et tes parents, ils sont d'accord ?

— Ils refusent absolument d'entendre parler d'un mariage pareil ! C'est pour ça que j'ai besoin de toi...

Au fur et à mesure qu'Ahmed exposait sa requête, le visage de Taïta se décomposait. Le jeune garçon ne voulait rien de moins qu'elle lui arrange une rencontre avec celle qu'il appelait la Turque afin de lui déclarer son amour et la convaincre de partir avec lui.

— Mais tu es fou, Ahmed ! Oui, tu es fou !

— Je t'en prie, Ya Taïta, tu es ma dernière chance !

La grosse Juive le rabroua cette fois d'un ton sévère :

— Tu es complètement fou ! Même si Rebbi Chammoûn [1] se levait de sa tombe devant moi, je ne le ferais pas !

Sur ce refus catégorique qui mettait en jeu les mânes du plus vénéré des saints hommes, Taïta laissa Ahmed dépité et fila d'un pas rapide, ses deux couffins à la main, jusqu'à la maison de sa sœur. Mentalement, elle se promettait d'élever des prières pour le jeune garçon. Incontestablement, il devait être sous l'emprise d'un mauvais djinn.

1. Rebbi Chammoûn est la déformation tunisienne du nom de Rebbi Siméon Bar Yohaï, un célèbre docteur de la foi persécuté par les Romains et considéré comme le père de la Kabbale.

21

En cette veille de la fête d'*Achoura*, une animation particulière régnait dans les places et les ruelles de la médina et Baba Assad avait du mal à frayer un chemin à celle qu'il escortait. Achoura était la fête principale des morts, consacrée à les honorer et à les visiter.

Safiyé et lui venaient de déboucher sur une petite place envahie par une foule grouillante qui se concentrait autour d'un édifice dont dépassait seulement la coupole blanche. Baba Assad récita intérieurement la Fatiha, la première sourate du Coran. Situé à l'ombre d'un énorme mûrier, l'édifice était la tombe d'un marabout.

Tout le long des rues avoisinantes, des étals improvisés supportaient des amoncellements de fruits secs coquettement disposés : noix, noisettes, amandes, pois chiches et raisins secs que l'on offrait abondamment aux enfants et aux visiteurs en ce jour.

Baba Assad repoussa d'une taloche un gamin qui les bousculait. Ses camarades dansaient et sautaient au-dessus d'une *lahliba*, un feu de joie que les enfants allumaient dans chaque quartier, comme en Europe le soir de la Saint-Jean. D'autres promenaient un fantôme de paille qu'ils allaient jeter avec force cris dans le feu. Toutes ces manifestations s'accompagnaient de hurlements, de roulements de tambour, de bruits de crécelles et de lancers de pétards et de fusées. Manifestement,

Achoura, dans ses démonstrations populaires, était aussi la fête du bruit.

Safiyé se bouchait les oreilles et sursautait à chaque explosion. Elle pressa le pas. Elle ne comprenait pas vraiment cette Achoura tunisienne qui mélangeait culte des morts et allégresse populaire.

C'est une fois qu'ils furent sortis des ruelles et installés à l'abri dans l'automobile qui les attendait que Baba Assad lui en conta les origines.

— En 680, le jour même d'Achoura, le petit-fils d'Ali, neveu du Prophète, que les musulmans de rite chiite considèrent comme le seul calife légitime de l'Islam, périt à la bataille de Kerbala qui consacra la scission définitive des Arabes sunnites orthodoxes et des Persans chiites. Pour ceux-ci, Achoura est le souvenir sacré de leur défaite et de la mort de leur héros.

Safiyé hocha la tête, attentive. Elle aimait écouter les explications de Baba Assad.

C'était parce que la Tunisie avait été au Moyen Âge sous la domination des Fatimides, adeptes des doctrines chiites, que la fête d'Achoura s'y était solidement implantée.

— La chute de la dynastie fatimide et le retour des doctrines sunnites a entraîné l'adoption des usages adverses sans mettre fin aux premiers. D'un côté, comme les chiites, on se lamente et on célèbre les morts, on se rend aux cimetières, on jeûne et on fait abstinence ; et, de l'autre, le côté sunnite, on se réjouit, on allume des feux de joie et on distribue abondance de fruits secs et de friandises.

Safiyé commençait à comprendre. En Tunisie, autour d'Achoura, c'étaient deux versants, souvent extérieurement opposés, de l'Islam qui se retrouvaient unis en une même fête.

— Mais c'est Notre Seigneur le Prophète Mohamed, que le Salut soit sur Lui, qui a le premier institué cette fête, poursuivit l'eunuque. Lorsqu'il arriva à

Médine venant de La Mecque, il avait remarqué que les Juifs de cette ville jeûnaient ce jour-là, en commémoration de la traversée de la mer Rouge et du miracle qui les sauva de Pharaon. Le Prophète approuva cette fête et conseilla à ses compagnons de la célébrer aussi par le jeûne, des libéralités familiales et l'aumône.

Safiyé regardait Baba Assad, admirative. Comme la plupart de ses pareils, l'eunuque était d'une grande érudition mais elle n'avait jamais soupçonné qu'il fût si savant.

— Le Prophète, sur lui le Salut et la Paix, rendit facultatif le jeûne de l'Achoura, une fois édicté le jeûne obligatoire du Ramadan. Mais, comme vous pouvez le constater, cela reste néanmoins une fête religieuse très importante puisqu'elle marque aussi divers événements de la vie des Prophètes de l'Ancien Testament : le repentir d'Adam chassé du paradis ; la fin du déluge et la délivrance de Noé ; celle d'Abraham sauvé du feu et celle de Moïse sauvé des eaux ou encore la sortie de Jonas du ventre de la baleine.

Baba Assad marqua un temps et reprit :

— Et, puisque vous m'avez dit que vous jeûnerez demain, sachez qu'un jeûne ce jour-là équivaut à trente jours ordinaires et vaut expiation de tous les péchés de l'année finissante...

Sans même qu'ils s'en aperçoivent, la voiture venait de pénétrer dans l'enceinte du palais. Baba Assad avait disserté sans s'interrompre durant tout le trajet. Safiyé se surprit à penser qu'elle aurait pu l'écouter des journées durant.

Baba Assad ouvrit la portière de l'automobile et donna le bras à la jeune femme pour l'aider à descendre. Il contempla avec fierté la Circassienne qui avait laissé tomber son sefsari sur ses épaules ; un voile de tristesse obscurcissait son regard souligné de kohol, comme c'était l'usage pour les jeunes filles à l'occasion de cette fête. Comme lui, l'odalisque n'aurait en ce jour saint nulle tombe à visiter, nul mort à honorer sur cette terre tunisienne qui était devenue désormais la leur.

En cette fête des morts, Baba Assad dédia alors une pensée à la mémoire de Tevhidé qui avait véritablement aimé l'enfant, d'un amour qu'elle savait donner, entièrement et sans rien attendre en retour. Il avait très vite compris qu'elle ne pourrait rien espérer de semblable de la part de Lella Kmar. L'ancienne souveraine avait elle-même enduré trop de souffrances et d'humiliations pour savoir répandre l'amour.

*

Incapable de s'orienter dans les dédales du palais, Ahmed choisit au hasard de s'engager à droite, dans un long corridor silencieux.

Il avait pris une décision. Si la Providence ne voulait plus l'aider, lui-même allait forcer son destin. Un heureux hasard l'avait conduit au palais pour livrer des chéchias. Après avoir remis les couvre-chefs à une vieille servante, Ahmed s'était silencieusement glissé dans une pièce attenante au grand hall et avait attendu. Retrouver la Turque dans ce dédale de couloirs et de salles lui paraissait soudain plus ardu qu'il ne l'avait envisagé, mais il était fermement décidé et n'abandonnerait pas.

Sans bruit, il s'approcha d'une fenêtre ouverte pour essayer de se repérer. Il tremblait légèrement. Il n'osait imaginer ce qu'il adviendrait s'il était surpris mais il se rassura. Il pourrait toujours prétexter s'être égaré. Il se pencha vers la fenêtre quand, soudain, il sentit une main se poser sur son épaule. Effrayé, il se retourna brusquement. Une jeune femme lui souriait d'un air ironique.

— Eh bien, mais on a peur, on dirait ?

Moulka éclata d'un rire un peu forcé. Elle avait

reconnu Ahmed qu'elle avait parfois croisé chez Taïta. L'autre jour, la Juive, hors d'elle, lui avait avoué dans la conversation qu'il était amoureux de Safiyé, qu'un mauvais djinn devait le posséder.

— Tu viens pour Safiyé, c'est ça ? Pour la Turque ? C'est elle que tu veux, hein ?

Ahmed se récria, bien décidé à justifier sa conduite et à éviter tout scandale :

— Mes intentions sont bonnes, je... je veux l'épouser !

Moulka le regarda d'un air ambigu. Elle marqua un temps.

— L'épouser... C'est qu'une fille pareille, c'est pour tes Seigneurs, pour les princes, pas pour toi.

Ahmed n'avait pas imaginé les choses de la sorte. Il était tenté de tout arrêter là et de prendre ses jambes à son cou. Il balbutia cependant qu'il saurait la convaincre.

— Et c'est pour ça que tu te penchais à la fenêtre ? Tu voudrais la voir, tu rêves peut-être même de l'enlever...

Ahmed regardait, hébété, Moulka et opinait :

— Mais pour... pour l'épouser...

Le sourire sur le visage de Moulka n'en finissait plus de s'élargir.

— Eh bien, c'est la Providence qui nous a fait nous rencontrer. Viens, je vais te montrer où elle est. Elle n'est pas seule en ce moment mais tu n'auras qu'à patienter.

*

Moulka guida le garçon. Elle avait été tout d'abord tentée de le décourager mais elle se réjouissait de n'en avoir rien fait. Elle se devait de saisir une pareille occasion. Intérieurement elle jubilait. Tout le monde conclurait à un rendez-vous secret et Lella Kmar punirait certainement Safiyé.

Après avoir soigneusement indiqué le chemin à Ahmed et l'avoir gratifié de dernières recommandations, elle se mit en quête de Baba Amber.

L'autre jour, dans sa chambre, à cause de Safiyé, elle n'avait pu enterrer les morceaux de plomb selon l'ordre requis. La nouvelle lune était passée et elle avait perdu une fois de plus une chance.

Certes, le mage lui avait bien proposé des solutions encore plus efficaces et rapides, comme d'utiliser en collyre, avant le lever du soleil, des yeux d'écrevisse, de chat domestique et de huppe, séchés à l'ombre et mélangés avec leur poids d'antimoine d'Ispahan. Mais tout cela était pour elle trop compliqué.

Par son inconséquence, Safiyé s'était associée aux forces qui s'employaient à maintenir Moulka dans son état de servante et qui l'empêchaient d'être ce qu'elle aurait dû être depuis longtemps : une princesse. Elle avait réduit à néant son opération magique. Elle méritait de payer. Dans le Caucase, beaucoup de vendettas sanglantes avaient été déclenchées pour des motifs beaucoup plus futiles.

Dès le lendemain, elle avait été visiter le deggaz pour lui rendre compte de son échec et lui demander son aide pour obtenir réparation mais, cette fois, il avait catégoriquement refusé. En ajustant le turban blanc torsadé sur son visage osseux, il l'avait même sévèrement tancée du haut de sa dignité ombrageuse : « Craignez Dieu, ma fille ; Lui seul sait ce qu'il y a dans les cœurs ! Le Très-Haut m'a prodigué des dons pour aider Ses créatures et non pour leur attirer des malheurs ! »

Elle devait donc s'en remettre à elle-même. La visite de ce nigaud était une occasion dont elle saurait se saisir. Et une fois Safiyé écartée, dûment parée et avec l'appui des philtres adéquats, elle saurait rentrer dans les bonnes grâces de Lella Kmar.

*

Ahmed se glissait le long du corridor, en proie à une excitation fébrile. Il arriva là où l'odalisque lui avait dit d'aller et il entendit des voix féminines en contrebas. Il se pencha et les vit. La Turque, Safiyé, était assise dans une véranda, en conversation avec une autre jeune femme qu'il reconnut également. C'était celle qui l'accompagnait au salon de thé. Ahmed sentait son cœur battre à tout rompre.

En lui indiquant la disposition des lieux, l'odalisque lui avait expliqué comment rejoindre la véranda. Il atteignit un balcon ouvert, d'où il distinguait clairement les voix proches des deux jeunes femmes. Il attendit patiemment, accroupi derrière le parapet du balcon. Il commençait à être un peu ankylosé quand, après un grand éclat de rire, la jeune femme blonde quitta enfin la véranda. C'était le moment. Il surgit comme un diable de sa boîte. La Turque sursauta.

— Qu'est-ce que vous faites là ? demanda-t-elle

Manifestement, elle n'avait pas peur et semblait surtout étonnée par cette présence insolite.

Ahmed bredouilla que c'était elle qu'il était venu voir. Les yeux de la fille s'écarquillèrent.

— Moi ?

— Oui, je... je vous ai déjà vue chez Taïta...

Ahmed estimait que le nom de la Juive, qu'il lançait d'ailleurs sans souci de la compromettre, pourrait contribuer à amadouer la jeune fille.

— Et aussi au salon de thé du *Magasin général*, poursuivit-il.

Le visage de Safiyé se ferma. Elle venait de reconnaître l'inconnu qui l'avait dévisagée.

— Et que me voulez-vous donc ? dit-elle d'un ton très calme.

Elle avait un accent un peu traînant qui ravit le garçon.

— Depuis que je vous ai vue l'autre jour, je..., je ne pense plus qu'à vous et...

Safiyé se leva brusquement. Ahmed recula d'un pas. Elle le toisa, une vague lueur amusée dans le regard.

— Arrêtez de dire des bêtises ! Et puis, partez maintenant ! Imaginez ce qui se passerait si jamais quelqu'un vous voyait...

Soudain, la Turque blêmit. Une voix retentit dans leur dos.

Ahmed se retourna. Un Noir au regard mauvais s'avançait vers eux d'un air décidé, une badine à la main. Ahmed se sentit défaillir.

L'eunuque se mit à les apostropher d'une voix virulente qui résonnait dans le couloir. Ahmed était si troublé qu'il ne parvenait plus à émettre un son. Bientôt, tout le palais serait au courant. Ahmed jeta un regard désespéré à la Turque qui se taisait.

Soudain, une voix s'écria :

— Bichi ! Mais qu'est-ce que tu fais là, Bichi ?

L'eunuque se retourna, interrompant ses vociférations. Taïta s'avançait vers eux, un large sourire aux lèvres :

— Bichi, tu es venu me rendre visite et tu t'es encore égaré, c'est ça ?

D'un air dépité, elle s'adressa à l'eunuque en levant yeux et bras au Ciel :

— C'est mon neveu ! C'est un vrai simplet ! Il se perd chaque fois ! Je me demande ce qu'on fera de lui !

Elle gratifia Ahmed d'une petite tape sur la joue.

— Je t'ai pourtant dit qu'il ne fallait plus chercher à venir par toi-même, nigaud ! Tu aurais dû me faire demander et comme ça tu ne te serais pas perdu ! Tu te rends compte un peu du tracas que tu entraînes ?

L'eunuque s'apprêtait à parler mais, sans même lui en laisser le temps, Taïta lui tourna le dos et, en clignant de l'œil, s'adressa à Safiyé :

— Il te demandait comment se rendre jusqu'à chez moi, n'est-ce pas ?

La jeune Circassienne hocha machinalement la tête en signe d'acquiescement. Manifestement, elle aussi était incapable de prononcer un mot.

Baba Amber chercha Moulka du regard mais celle-ci avait disparu. Taïta, tout en continuant de sermonner son nigaud de « neveu » jeta un regard furtif à l'eunuque. Il était en train de réfléchir à ce qui venait de se passer.

Avec un large sourire, elle entraîna le jeune garçon à sa suite. Des années passées au sein des harems lui avaient appris qu'il fallait être toujours prompte à réagir. Et maintenant ce crétin d'Ahmed allait devoir s'expliquer. Honteux, il avançait la tête basse. À aucun moment il n'osa se retourner pour voir l'expression de la Turque, de crainte de croiser le regard de l'eunuque. Quand la Providence n'était plus avec vous, il fallait savoir accepter son destin. Son père le lui avait toujours répété.

22

Voilée du long sefsari de soie ivoire, Safiyé marchait à petits pas dans les ruelles en pente pavées de grosses pierres. Elle s'appuyait parfois sur le bras de Baba Assad qui lançait interminablement des « *Balek, balek !* » pour écarter la foule des badauds. Au grand dam de l'eunuque, le chauffeur maltais avait obstinément refusé d'engager l'automobile dans les étroites ruelles du village de Sidi Bou-Saïd, jusqu'aux portes de la demeure Zarrouk. C'est donc à pied qu'ils rejoignaient la conduite intérieure qui les attendait à la sortie du village.

Mme Zarrouk avait passé une partie de son enfance à Istanbul. Son frère Damad Salih y avait même épousé une princesse impériale avant d'être exécuté par les Jeunes-Turcs. Elle avait donc insisté pour accueillir quelques jours Safiyé et évoquer avec elle des souvenirs de la capitale ottomane.

— C'est que nous ne sommes pas très nombreux à Tunis !

La Circassienne s'adressait à Baba Assad qui opinait. Avec surprise, Safiyé avait appris que beaucoup d'exilés avaient quitté la Turquie pour la France. Le calife y avait reconstitué une petite cour à Nice sur la Côte d'Azur. Mme Zarrouk, comme Safiyé, se demandait s'ils y étaient heureux.

— Du moins sont-ils ensemble, avait-elle fini par

conclure, et Safiyé en avait déduit qu'elle souffrait d'être désormais privée de la proximité d'une partie de sa famille.

Baba Assad ne répondit rien. Comme chaque fois que les souvenirs le ramenaient vers la Turquie, il était troublé. Safiyé pressa le bras de l'eunuque. Qui sourit imperceptiblement.

— Bientôt, demain peut-être, doit arriver Muniré Sultane. C'est Mme Zarrouk qui l'accueillera.

L'eunuque hocha la tête. Les deux femmes étaient belles-sœurs.

— Ainsi la sultane a été contrainte de fuir elle aussi.

Chaque fois qu'une nouvelle lui parvenait d'Istanbul, elle était mauvaise. Safiyé poursuivait :

— Mme Zarouk m'a raconté que Kemal s'en prend maintenant à tous les opposants. Les tribunaux et les purges se multiplient mais le pays reste calme.

L'eunuque secoua la tête, dépité.

— Oui, je sais : aucun soulèvement, pas de rébellion. Il est désormais le maître.

Pendant tout le temps du séjour de Safiyé, Mme Zarrouk n'avait cessé de se lamenter en soupirant : « Pauvre Turquie ! » Les arrivants avaient beau raconter que le peuple, les lettrés, les religieux et les commerçants étaient mécontents, il n'empêche que personne ne réagissait. La Turquie avait trouvé son maître. Tout cela plongeait la vieille femme dans une mélancolie et un découragement tels que la jeune Circassienne avait été presque soulagée de repartir. Elle avait déjà vu cette tristesse chez nombre d'exilés et elle-même l'avait suffisamment éprouvée pour savoir à quel point elle pouvait être contagieuse.

Safiyé et Baba Assad échangèrent un regard. Aucun mot n'était nécessaire. Tous deux savaient que, parmi tous les liens qui les unissaient, il y avait celui de ce monde auquel, un temps, ils avaient cru appartenir et qui s'était soudain dérobé à eux. Dans ces moments-là, ils savaient que parler ne servait à rien.

Ils passaient de plus en plus souvent de longs moments ensemble. Ils aimaient profiter des vaporeux crépuscules pour regarder des balcons le soleil se perdre dans le rougeoiement de la mer. Ils se tenaient en silence côte à côte dans cette intimité nonchalante et se laissaient emporter dans une lente dérive vers un sentiment que ni l'un ni l'autre n'auraient pu nommer et que ni Baba Assad ni elle ne se seraient jamais permis d'identifier. Il leur suffisait de se taire, de laisser les secondes s'écouler. Le temps, de toute façon, ne comptait plus. C'était paisible, presque idyllique.

Tout comme était paisible et idyllique, pour Safiyé, la vie au Kasr Essaâda. Il ne lui était plus arrivé grand-chose depuis un an, après l'irruption incongrue du jeune Ahmed, et rares étaient les ombres au tableau.

Aussi Safiyé se réjouissait-elle de revenir au palais et, lorsqu'elle avait demandé quelles étaient les dernières nouvelles, elle n'avait pas remarqué que l'eunuque avait pudiquement baissé les yeux et prudemment éludé la question. Ne l'avait-il pas accueillie comme chaque fois, le regard admiratif, un large sourire aux lèvres, en clamant que le palais était bien vide sans elle, sa Lionne ?

*

Les servantes sont les premières personnes que l'on appelle et que l'on voit à son réveil. Pour que la journée débute sous de bons auspices, il faut donc que leur mine soit avenante et que leur nom inspire des pensées douces et agréables. *Warda* — Rose —, *Fella* — Fleur d'oranger —, *Yasmina* — Jasmin —, *Zahra* — Fleur — ou encore *Mabrouka* — De bon augure —, *Messaouda* — Pleine de Bonheur —, *Jawhara* — Perle —, étaient les prénoms les plus en usage dans la gent domestique du palais.

Flifla, la servante noire d'Amina, avait été la seule exception.

Lella Amina l'avait surnommée ainsi, Petit Poivron ou Poivronnette, à cause de son caractère piquant et de sa vivacité. C'était une vraie diablesse, avec des yeux pétillants de malice et un visage animé constamment éclairé d'un sourire qui mettait en relief des dents bien blanches.

Ce matin pourtant, elle affichait un air bougon et tirait les lourdes tentures de la chambre avec des gestes secs et nerveux qui témoignaient d'une mauvaise humeur certaine.

— Je préfère me rendormir et me réveiller sur un visage plus souriant, lança Amina en s'étirant. Autrement ma journée va être fichue !

Flifla grommela une réponse bien sentie où il était question de princesses gâtées qui se prélassaient au lit et ne s'occupaient pas assez de leur époux.

— Qu'est-ce que tu marmonnes ?

Amina avait le ton contrarié de celle qui ne comprend pas très bien ce qu'on lui raconte.

La servante noire posa d'un geste brusque un plateau d'argent portant un bol de lait au chevet de la princesse et revint à la charge :

— Oui, vous ne vous occupez pas assez de votre mari ! Savez-vous où il est maintenant ?

— Mais enfin, Flifla, de quoi te mêles-tu ? Je... je ne sais pas, il doit être chez le bey, je pense !

— Oui, mais avant il s'est empressé d'aller chez Lella Kmar et...

Amina éclata de son grand rire.

— Et alors ? Il a été baiser la main de notre tante ! Ce n'est quand même pas Lella Kmar qui va me chiper mon mari !

— Lella Kmar, non, mais une autre peut-être !

Amina se redressa sur un coude et faillit laisser échapper son bol de lait. Elle était bien réveillée désormais.

— Qu'est-ce que tu veux dire ? Allons, parle !

Elle avait retrouvé la voix autoritaire des personnes habituées à commander et qui entendaient être obéies sur-le-champ.

Flifla, un peu décontenancée par la virulence inhabituelle du ton de sa maîtresse, essaya de se justifier :

— Oui, tout le monde au palais dit que, si le général Aziz s'est empressé aujourd'hui de passer chez Lella Kmar, c'est pour voir votre amie Safiyé ! Il y est venu pratiquement tous les jours avant son départ pour Sidi Bou-Saïd et, comme par hasard, le voilà qui s'y rue à peine celle-ci rentrée...

Comme Amina ne répondait pas, elle poursuivit :

— Vous savez comment sont ces odalisques, ce sont de mauvaises filles !

Amina avait maintenant retrouvé tout son sang-froid. Calmement, elle apostropha sa servante :

— Je t'interdis, tu m'entends, je t'interdis de dire des choses pareilles sur Safiyé ! C'est mon amie la plus fidèle, presque ma sœur ! Et les visites de Si Aziz ne sont qu'une coïncidence...

Dépitée, Flifla gardait le silence et s'affairait à ranger des vêtements épars sur les fauteuils. Amina jugea utile de lui manifester une fois de plus son mécontentement :

— Si je t'entends une fois encore rapporter de tels ragots, je me passerai de tes services ! Tiens, je demanderai à Fella de venir me réveiller et s'occuper de ma chambre ; au moins j'aurai un visage souriant de bon matin !

Fella était une autre jeune négresse élevée au palais et qui se posait en sérieuse concurrente de Flifla. Cette dernière marmonna une fois encore contre l'ingratitude des maîtres et, sans un mot, quitta la pièce.

*

Damouss-el-Karrita, au bas de la colline de Byrsa, renfermait les vestiges des impressionnantes citernes romaines de Carthage. Quelques tentes de bédouins s'élevaient parfois alentour pendant l'époque des moissons mais, en général, l'endroit, comme aujourd'hui, était totalement désert.

Moulka trébucha et faillit s'étaler de tout son long ; la Circassienne n'avait qu'une seule hâte : regagner le palais au plus vite. Elle venait de quitter la *saharra*, la vieille sorcière, et avançait machinalement, sans prendre garde aux obstacles et aux pierres qui jonchaient le sol, certaines encore gravées d'inscriptions latines rappelant la grandeur de la Carthage antique.

Encore une fois, la séance avec Mn'a avait été particulièrement éprouvante.

La vieille avait sa tanière dans l'une des grottes de Damouss-el-Karrita, une citerne romaine recouverte par endroits de branchages et de feuilles de palmier. Mn'a pratiquait des formes menaçantes de magie noire et était redoutée dans toute la région. On racontait qu'elle invoquait *Bliss*, le Malin, en sortant buste nu les soirs de pleine lune, barbouillée d'excréments de chien. Ceux qui avaient entendu ces jours-là son hululement lugubre en avaient encore le sang glacé. Le voisinage murmurait parfois le nom de tel mari volage devenu impuissant après qu'elle eut « noué son aiguillette » ou de tel autre qui avait vu la discorde s'installer dans son ménage à cause du fiel de lézard vert fourni par la sorcière.

La saharra avait demandé à Moulka de mettre à profit l'absence de Safiyé pour se procurer quelques éléments indispensables à ses sortilèges. Moulka lui avait rapporté, enveloppés dans un mouchoir volé à sa compagne de chambre, des cheveux qu'elle n'avait eu aucune difficulté à se procurer sur la brosse d'argent et d'ivoire, cadeau de Lella Kmar et que Safiyé était seule à utiliser.

Après des imprécations terribles, la sorcière avait confectionné une figurine d'argile qu'elle avait entourée des cheveux puis enveloppée dans le mouchoir de Safiyé.

Mn'a lui avait cependant recommandé d'accélérer le processus en continuant à se répandre sur sa rivale. « Insidieusement, régulièrement, quotidiennement, propage sur elle les propos les plus infâmes et les plus déshonorants, n'hésite pas, si tu le peux, à fabriquer des preuves de tes dires et, sois-en assurée, tu tiendras ta revanche ! »

Moulka dévala la pente abrupte en soulevant un nuage de poussière et retrouva enfin le chemin carrossable qui la conduirait à La Marsa. La Circassienne ne regrettait pas la chaînette en or qu'elle avait remise à Mn'a en gage de ses services. Elle était sûre maintenant d'être sur le point de savourer sa vengeance.

*

Baba Assad s'inclina jusqu'à terre. La voix tremblante d'une émotion mal contenue, il réussit à articuler :

— *Bouyouroun, Effendimiz*, je vous en prie, Notre Dame...

Les années semblaient n'avoir eu aucune prise sur Muniré Sultane. Toujours altière, elle était assez simplement vêtue mais n'avait rien perdu de sa superbe.

Dès son entrée, Safiyé avait exécuté un gracieux temenah qui avait suscité les propos louangeurs de Mme Zarrouk et des dames qui accompagnaient la sultane au Kasr Essaâda pour sa visite à Lella Kmar. La Circassienne était seulement déçue que son amie Amina, retenue par une poussée de fièvre, ne soit pas là.

Lella Kmar conduisit elle-même la sultane ottomane jusqu'au canapé central du grand salon où elle prit place à ses côtés. À un signe de la main de l'ancienne beya, les autres dames s'installèrent à leur tour sur les fauteuils et les chaises du salon, chacune selon son rang et sa condition. Safiyé demeura quant à elle debout, non loin de sa protectrice.

— Quelle joie de vous voir enfin ! s'exclama Lella Kmar.

Safiyé vit la sultane grimacer un léger sourire. En d'autres temps, on aurait fait état de l'honneur que valait sa visite.

Muniré Sultane était arrivée chez Mme Zarrouk, sa belle-sœur, le lendemain du propre départ de Safiyé. Celle-ci entendit la princesse raconter ce qu'elle savait déjà depuis son séjour à Sidi Bou-Saïd : après avoir destitué le sultan, Mustafa Kemal n'avait pas hésité, une année plus tard, à abolir le califat et il avait contraint le dernier calife Abdulméjit et la famille impériale à un exil forcé.

— Dire que le calife était vénéré de tous les musulmans, soupira Lella Kmar.

Le Maroc excepté, l'ensemble du monde islamique reconnaissait en effet le calife ottoman comme chef spirituel de la Umma, la communauté des croyants. C'était d'ailleurs une lettre de l'Agha Khan exprimant ses inquiétudes quant au traitement réservé au calife qui avait servi de prétexte à Mustafa Kemal. Le leader nationaliste s'était empressé de dénoncer un complot et une ingérence étrangère. Sous sa pression, la Grande Assemblée nationale d'Ankara avait voté le 3 mars 1924 l'abolition du califat et la proclamation de la république.

Les yeux de la sultane avaient viré au gris pâle.

— Les Turcs y voyaient, certes, une source de prestige international mais surtout une barrière à l'autocratie de Kemal...

Muniré Sultane but une gorgée de sirop de violette avant de poursuivre d'une voix presque neutre, comme si elle commentait des événements historiques lointains :

— Ils ont contraint Sa Majesté à partir à cinq heures du matin et, de peur de démonstrations populaires, l'ont embarqué dans l'Orient Express à la gare de Tchataldja, loin de la ville...

En partant, le préfet de police avait remis au dernier calife une enveloppe ; elle contenait des passeports pour lui et les personnes de sa suite, des visas pour la Suisse et deux mille livres sterling.

— Quant au reste de la famille impériale, nous avons eu une semaine pour faire nos malles et quitter notre chère patrie. Je me suis d'abord rendue en Égypte et maintenant me voilà ici...

Safiyé savait qu'aucune dynastie impériale n'avait duré aussi longtemps que les Ottomans et, malgré toutes les explications de Baba Assad, elle ne parvenait pas à comprendre comment un Empire, pour elle invincible, avait pu se disloquer aussi vite. Comment le Sultan ottoman, Padischah, Calife de l'Islam, Gardien des deux Saintes Mosquées, Ombre de Dieu sur la Terre, Possesseur des deux Mers et des deux Continents, avait pu s'effacer par la seule volonté d'un homme ambitieux et assoiffé de pouvoir.

Lella Kmar portait sur la princesse ottomane un regard compatissant. Celle-ci, très vite, dévia la conversation ; elle détestait être traitée en grande malade ou susciter la pitié.

— J'ai rendu visite au bey qui est un homme charmant et si plein d'humour !

Lella Kmar acquiesça poliment. Au cours de l'audience particulière, Lella Chadlya avait encore gaffé. Peu au fait des subtilités protocolaires, elle avait tendu sa main à baiser à la sultane. Mohamed-el-Habib avait dû intervenir. « Baissez donc votre menotte ! Apprenez que ce n'est pas à tout le monde que l'on tend sa main à baiser ! » avait-il grondé. Confuse, Lella Chadlya avait alors enlacé la princesse pour lui poser deux baisers sonores sur les joues. Muniré Sultane avait su ne rien montrer de sa stupéfaction.

Lella Kmar demanda le service du café et les conversations commencèrent à devenir moins formelles. Les dames qui accompagnaient la sultane bavardaient entre elles ; l'une d'elles, au visage maigre et anguleux pourvu d'un appendice nasal crochu, ne cessait de fixer Safiyé et de la complimenter d'une voix stridente. Exaspérée, la jeune Circassienne trouva un dérivatif en proposant des pâtisseries à la sultane et aux invitées.

— Ah, voilà le général Aziz qui vient vous présenter ses hommages !

Lella Kmar pria le général de s'approcher. Il revenait du palais beylical et portait encore son uniforme de cour. Il avait acquis une nouvelle assurance, perceptible dans sa démarche et ses gestes, qui lui conférait un charme supplémentaire. Aziz s'inclina presque militairement devant la sultane et, après les compliments d'usage, demanda la permission de prendre congé.

Ce fut en reculant qu'il bouscula Safiyé, toujours son plateau de friandises à la main. Quelques pâtisseries tombèrent à terre.

La jeune femme rougit :

— Pardon !

— Mais c'est ma faute ! C'est moi qui vous demande pardon, s'exclama Aziz en se baissant pour l'aider à ramasser les gâteaux. Il passa alors son bras autour de la jeune fille et lui tapota affectueusement l'épaule pour se faire pardonner son geste maladroit.

À peine fut-il sorti du salon que Safiyé entendit, claire et distincte, la voix perçante de la dame au nez crochu dire à ses voisines d'un ton indigné :

— Vous voyez bien que c'est vrai ! Cette odalisque est sa maîtresse ! Une honte, un homme marié !

*

Les couleurs de la tapisserie du boudoir de Lella Kmar avaient été patinées par les années et les rayons éclatants du soleil tunisien. Safiyé jugea que l'expression du fauve prêt à sauter sur sa proie était devenue moins cruelle qu'autrefois.

Après une dernière tournée de friandises et de sorbets, les visiteuses étaient parties et l'on avait fait cortège à la sultane jusqu'au perron où attendait l'automobile. Discrètement, Lella Kmar avait remis une coquette somme à la belle-sœur de Muniré Sultane et, repoussant ses protestations, s'était exclamée : « Nous devons tout, nous autres musulmans, à la glorieuse dynastie d'Osman ! Ce modeste présent n'est rien ; il aidera, je l'espère, la sultane à trouver l'installation parmi nous plus douce et l'exil moins amer ! »

Dès que l'automobile eut disparu, elle avait fait signe à Safiyé de la rejoindre dans son petit salon et avait congédié Badraja et Aroussia, ses deux dames de compagnie.

Safiyé continuait de fixer la tapisserie pendant que Lella Kmar s'installait sur sa méridienne. La jeune Circassienne n'osait pas entamer la conversation ; elle était consciente que cette convocation impromptue était liée à la remarque malveillante qui n'avait certainement pas échappé à Lella Kmar.

— Je sais bien que cette peste aigrie ne distille jamais que des méchancetés !

Safiyé retint un soupir de soulagement. Sa protectrice n'avait pas prêté l'oreille à ces calomnies. Le gynécée en regorgeait. Mais c'était la première fois que Safiyé en était la victime. Du moins l'ancienne souveraine n'avait-elle pas été dupe.

En silence, elle se dirigea vers celle-ci et sans un mot lui baisa la main. Lella Kmar conservait son air grave.

— Vous connaissez mon espoir de vous voir suivre un jour mes traces...

La jeune fille assura qu'elle ferait tout pour être digne de cet honneur.

— Vous n'avez rien à vous reprocher, poursuivit Lella Kmar. Mais il ne faut prêter le flanc à aucune critique, ni susciter le moindre soupçon.

Elle alluma une cigarette, aspira une longue bouffée qu'elle retint un moment dans sa poitrine avant de la rejeter par le nez. Son regard était toujours posé sur Safiyé.

— Je ne saurais tolérer le moindre reproche qui pourrait altérer la réputation de cette maison.

Elle se redressa avec souplesse et fixa la jeune fille de son regard inflexible :

— Je vous interdis donc à partir d'aujourd'hui d'être vue par le général Aziz ! J'entends que vous obéissiez à mon ordre et preniez vos dispositions en conséquence lors de vos visites à Amina ou des réunions familiales au palais. À partir de cet instant, je ne veux plus entendre aucun autre bruit vous concernant !

Devant l'air étonné et vaguement inquiet de Safiyé, elle poursuivit en se levant pour regagner sa chambre :

— Croyez-moi, c'est pour votre bien. Sachez que la réputation d'une femme est comme un miroir qui ne se répare pas quand on le brise.

23

— Je vous en supplie, demandez à entendre de la musique !

Safiyé et Amina se regardèrent, éberluées. Taïta insistait :

— Oui, demandez de la musique ! L'orchestre est déjà prêt dans la maison voisine et n'attend qu'un signe pour venir !

Taïta avait invité Amina et Safiyé à assister à la fête qui suivait la circoncision de son neveu, le dernier-né de sa sœur. Les deux filles s'étaient rendues dans la maison de Kamouna proche des souks de Tunis, où la famille et les invités les avaient entourées de toutes les prévenances et des plus grandes déférences. Tous étaient conscients de l'insigne honneur de la présence princière à cette fête familiale. Pour faire bonne mesure, Amina trônait même sur un immense fauteuil de bois doré, qu'on avait emprunté à la hâte à un antiquaire voisin.

Amina de son côté avait tenu à faire honneur à ses hôtes et avait revêtu des atours lourdement brodés d'or que complétait une superbe parure de diamants. Elle avait insisté pour prêter à Safiyé un collier et des pendants d'oreilles en turquoise et brillants qui exaltaient magnifiquement son teint. Baba Assad qui les avait accompagnées en avait eu le souffle coupé.

Taïta, bien sûr, jubilait, répétant à qui voulait l'entendre que c'était grâce à ses attaches au palais beylical que la princesse était venue s'associer à leur joie.

Mais pour le moment son souci majeur était l'orchestre oriental qui attendait à côté. Elle expliqua aux deux filles :

— Les beaux-parents de ma sœur sont très religieux et on sera mal vu si on fait jouer de la musique...

— Pourtant la plupart des musiciens professionnels de Tunis sont juifs ! s'étonna Safiyé.

— Oui, mais ils ne se produisent qu'en dehors de chez eux, chez leurs clients...

Taïta suggéra à mi-voix sa solution. Chez les Juifs, avait-elle dit, quatre crimes seulement demeurent condamnables en tout état de cause : le reniement d'Elohim, le vrai Dieu, la lacération sacrilège du Livre de Moïse, l'inceste et le meurtre sans motif légitime. Par contre, la loi religieuse fait obligation d'obéir au *gadoul* non juif qui détient l'autorité, même si cela conduit à commettre un péché.

— Si la princesse donne un ordre, aucun des religieux ne pourra nous critiquer !

Amina émit donc à haute voix le souhait d'écouter de la musique. Moins d'un quart d'heure plus tard, le luth, les castagnettes et les tambourins de l'orchestre déversaient leurs mélopées sirupeuses à la grande joie de la majorité des convives.

En écoutant, Safiyé ne put s'empêcher de penser que finalement, dans toutes les religions, il y avait toujours des arrangements possibles avec le Ciel.

Taïta poussa un youyou strident en clignant de l'œil vers les deux filles. Pour la circoncision, elle s'était vêtue de la traditionnelle tenue des Juives tunisiennes, étincelante de paillettes et de broderies brillantes. Sur la gaze lamée d'une courte blouse, elle portait une splendide *farmela*, un boléro de velours foncé chamarré d'or qui tranchait sur la teinte pâle du séroual tombant jusqu'aux chevilles, serré à la taille et attaché par une coulisse ornée de deux glands frangés d'or. Ses cheveux teints au henné étaient entourés d'un foulard de soie et des fleurs retenaient sur sa tête un long tulle blanc de mariée.

Après la cérémonie à la synagogue voisine où le père de l'enfant avait eu l'honneur de remettre le Livre saint dans le tabernacle, Taïta était allée chercher le bébé de huit jours dans la chambre de sa mère pour le remettre au *tahar*, le circonciseur. Celui-ci avait fortement pressé le gros orteil de l'enfant entre le pouce et l'index pour l'entendre pousser des cris bien perçants signifiant qu'il était reconnu apte à être circoncis. Le circonciseur et ses assistants avaient alors très vite accompli leur office en s'aidant d'une lame d'argent en forme de lyre couverte d'inscriptions hébraïques.

Toute l'assistance avait entonné des youyous de joie retentissants ; ils avaient une nouvelle fois célébré le geste du patriarche Abraham quand Dieu lui ordonna de circoncire tous les mâles de sa famille et ceux qui étaient dans sa maison.

— J'espère que nous aurons bientôt la même joie pour Réchid ! dit Safiyé.

Les musulmans comme les Juifs font circoncire leurs enfants mâles, mais contrairement à ceux-ci qui suivent l'exemple d'Isaac, circoncis le huitième jour après sa naissance, les musulmans attendent que le garçon atteigne l'âge de sept à dix ans pour procéder à cette opération qui signe son entrée dans la communauté des croyants.

— *Inch Allah*, répondit Amina sur un ton un peu las.

De nouveau, elle était étrangement absente. Safiyé l'avait bien remarqué un peu auparavant, la princesse faisait montre d'une humeur faussement joviale, puis soudainement paraissait plongée dans des pensées moroses. La Circassienne avait bien essayé de la questionner, sans succès.

Les yeux brillants d'Amina étaient légèrement striés de rouge et ses joues s'étaient empourprées. Incrédule, Safiyé n'osait imaginer qu'Amina ait pu boire de la *boukha*, cette eau-de-vie de figues dont les Juifs tunisiens raffolaient.

*

— Laisse, je vais le faire !

Mabrouka en resta la bouche ouverte. C'était la première fois que Moulka se proposait spontanément. La Circassienne était arrivée à la buanderie du palais alors que Mabrouka s'escrimait à repasser méticuleusement une des vestes d'uniforme du général Aziz.

Bien sûr, le fer électrique Calor que Lella Kmar avait acheté à Vichy était resté soigneusement enveloppé dans son emballage et la servante continuait d'utiliser ces gros et lourds fers que l'on chauffait régulièrement sur des braises ardentes.

— C'est vrai, tu veux bien ? J'ai mal au bras à force de repasser !

Elle désigna une haute pile de linge soigneusement plié sur un bahut.

— Bien sûr, va te reposer ! Ommi Maya a confectionné une crème aux pistaches dont tu me diras des nouvelles !

Mabrouka ne se le fit pas dire deux fois et fila vers les cuisines. Dans sa précipitation, elle faillit oublier le fer sur la manche de la veste. Heureusement, Moulka s'en était aperçue à temps. Finalement, cette Moulka avait beau être lunatique, c'était quand même une brave fille, et pas si fière pour une odalisque.

La Circassienne attendit que les bruits de pas décroissent pour examiner le vêtement. Il n'y manquait plus qu'un léger coup de fer chaud.

Elle retourna l'habit et se mit à examiner la doublure avec minutie. Dans ces vestes d'uniforme, il y avait souvent une double poche intérieure, qu'on assimilait à une pochette secrète. Moulka ne mit pas longtemps à découvrir un rabattant à glissière à l'intérieur de la poche droite à hauteur du cœur. C'était l'endroit idéal.

Moulka farfouilla dans son corsage et en extirpa une fine chaînette et un petit médaillon qu'elle enfouit rapidement. Elle remit le rabattant de la poche en place puis retourna la veste à l'endroit.

Elle ne tenait pas à traîner dans la buanderie. Elle brossa la veste et l'accrocha à un gros cintre qu'elle suspendit à sa place habituelle. Mabrouka irait ensuite la porter dans les appartements d'Amina avec les autres vêtements du couple et, bien sûr, sans oser avouer à personne qu'elle avait laissé Moulka finir le travail à sa place.

La Circassienne sortit discrètement de la pièce. Maintenant, c'était à elle de communiquer habilement l'information à sa destinataire.

*

Les rayons du soleil matinal qui perçaient par les fenêtres ouvertes éclairaient d'un jour lumineux la chambre à coucher d'Amina, toute de bois de rose et de marqueteries. Le grand lit, la commode, la coiffeuse, comme les autres meubles, semblaient s'étirer paresseusement en offrant leurs élégantes cambrures et leurs galbes délicats, chers au style Louis XV.

Amina, pourtant, ne voyait ce matin que le valet de nuit en bois d'ébène posé non loin du lit. Depuis un moment, elle tournait autour, pieds nus, en chemise de nuit, les cheveux lâchés sur les épaules. Sur le cintre reposait une veste d'uniforme du général Aziz.

Non, une princesse de sa race ne pouvait s'abaisser à fouiller les poches de son époux.

En la réveillant tôt ce matin, Flifla, usant de multiples circonlocutions, avait attiré son attention sur l'uniforme du général et ce qu'elle pourrait peut-être y trouver.

Moulka avait habilement joué. Elle s'était bien gardée de parler directement à Flifla ; elle s'était simplement arrangée pour que la jeune Noire surprenne une conversation confiée sous le sceau du secret à une cuisinière. Flifla ne pouvait qu'être convaincue qu'elle rapportait à sa maîtresse la vérité.

Une petite voix souffla à l'oreille d'Amina que tâter simplement une poche, ce n'était pas tout à fait fouiller. Elle s'approcha et palpa la veste. Elle sentit quelque chose de dur.

N'y tenant plus, son cœur battant à tout rompre, elle glissa sa main dans la poche intérieure et finit par accéder au compartiment secret que, dans sa hâte fébrile et son énervement, elle déchira.

Sa main sortit de la veste crispée sur une chaînette d'or. Au bout de la chaînette, elle reconnut l'agate bleue gravée ; c'était le talisman de Safiyé qui ne la quittait jamais.

Elle resta un moment le bijou à la main, prostrée, vidée. Puis, soudain, elle poussa un cri de bête qu'on égorge et se précipita vers la fenêtre. Avec une force décuplée par la rage, elle lança l'amulette dans les airs. À genoux, immobile, elle sanglota alors à grosses larmes.

Quand Flifla, alertée par les cris, fit irruption dans la chambre, elle trouva sa maîtresse toujours à genoux, plongée dans un mutisme profond.

*

Lella Kmar avait son visage des mauvais jours. Jamais Safiyé ne l'avait vue dans cet état. Ses yeux lançaient des éclairs et sa voix, d'ordinaire mélodieuse et traînante, avait pris des accents rauques.

— Je croyais vous avoir prévenue ! aboya Lella Kmar.

— Mais...

— Taisez-vous donc et écoutez-moi !

D'une traite, sans lui laisser le moindre répit, Lella Kmar lui signifia qu'elle avait trahi sa confiance et celle d'Amina, sa meilleure amie, qui avait tant fait pour elle.

— Elle a même essayé de vous protéger ! explosa-t-elle

De fait, ce n'était pas Amina qui s'était plainte à Lella Kmar. Devant les sanglots ininterrompus de sa maîtresse et sa mine désespérée, Flifla avait couru chez l'ancienne beya qu'elle avait presque traînée jusqu'à la chambre de la princesse. Amina avait essayé de garder le silence, mais en vain ; elle n'était pas de taille à résister à l'inflexible volonté de l'ancienne souveraine.

Safiyé avait l'impression d'avoir reçu un énorme coup de poing dans l'estomac. Elle sentait sa gorge se contracter et comme une boule de plomb bloquer sa respiration. Elle hoquetait d'indignation, de peur et de frustration. Elle voulait crier son innocence mais aucun son ne parvenait à sortir de sa gorge.

Sans plus la regarder, Lella Kmar conclut froidement :

— Je ne sais pas encore ce que je vais faire de vous, mais ce que je sais, c'est que je ne veux plus vous voir devant mes yeux, ni au palais !

TUNISIE

1928-1931

24

— C'est la frivolité de la reine Marie-Antoinette qui a entraîné la chute du roi !

Sœur Émilie-Julien martelait son affirmation avec toute la force d'une conviction forgée par des années d'enseignement. La religieuse avait sur l'Histoire des idées bien arrêtées et la malheureuse reine de France ne faisait visiblement pas partie de ses personnages historiques favoris.

— La pauvre ! souffla Joséphine. Elle était tellement belle !

Du doigt, elle désigna à Safiyé le livre d'histoire ouvert sur le portrait de Marie-Antoinette peint par Vigée-Lebrun. Les deux filles partageaient le même double pupitre en bois à la troisième rangée de la classe, une vaste pièce éclairée de hautes fenêtres cintrées donnant sur un jardin d'arbres fruitiers.

— Il ne suffit pas d'être belle pour être reine ! lui répondit Safiyé d'un ton sec.

Comme toujours, ces simagrées de petite fille avaient le don de l'exaspérer. Et puis, elle n'était pas loin de partager la sévère appréciation de sœur Émilie-Julien quant aux responsabilités de la reine dans la chute de la monarchie française. Ce couple royal, par faiblesse ou par bêtise, avait vraiment accumulé maladresse sur maladresse jusqu'à l'inéluctable fin.

La Circassienne sentit une main s'abattre brutalement sur son épaule.

— Vous, la reine des barbaresques, on ne vous demande pas votre avis sur notre histoire !

Clémentine, assise derrière, avait suivi la conversation et dardait sur elle un regard chargé d'une ironie méchante.

— Il faudrait d'abord que vous connaissiez vous-même votre propre histoire ! répondit perfidement Safiyé en soutenant son regard.

La veille, la jeune Française avait fait rire toute la classe quand, interrogée sur le roi Louis XVI, elle avait répondu sans sourciller que son épouse était Mme de Pompadour.

Il faut dire que, dès le premier jour, Clémentine Baizeau avait détesté Safiyé. La Française était la fille unique d'un riche colon qui exploitait plusieurs milliers d'hectares dans la vallée fertile de la Medjerda, véritable grenier à blé de la Tunisie. Sans compter le beau vignoble des environs d'Utique dont sa famille tirait un vin capiteux et ensoleillé, largement exporté en France. Renvoyée pour indiscipline de l'institution concurrente de Notre-Dame-de-Sion, son père n'avait pas eu trop de mal à la placer au pensionnat de Saint-Joseph, dont il patronnait généreusement les œuvres.

Avec toute l'assurance et l'arrogance que pouvait procurer une grosse fortune, elle n'avait pas tardé à s'imposer parmi les pensionnaires, se composant même une petite cour d'élèves qui lui obéissaient au doigt et à l'œil.

Safiyé n'avait jamais fait allégeance et observait au contraire un dédain teinté de mépris à l'égard de Clémentine. Leurs relations avaient tout de suite été tendues.

— Petite peste !

La flèche décochée par Safiyé avait atteint son but. Le visage de Clémentine s'était empourpré. D'un geste rageur, elle expédia sa plume sergent-major qui se ficha comme une lance sur le pupitre, éclaboussant d'encre le cahier grand ouvert. Pour calmer le jeu, sa voisine Joséphine proposa son papier buvard mais déjà Safiyé se retournait, faisant grincer sa chaise, prête à en découdre avec la fille du colon.

— Safiyé ! Encore vous !

Tout en continuant de débiter sa leçon, sœur Émilie-Julien s'était approchée silencieusement et la Circassienne ne l'avait pas vue venir. D'un geste précis, la sœur fit cingler sa règle métallique qui rata de peu la main de Safiyé posée sur le pupitre.

— Une fois de plus, vous perturbez ma leçon ! Levez-vous !

Comme Safiyé ne faisait pas mine d'obéir et la regardait effrontément, sœur Émilie-Julie l'empoigna violemment par le bras.

Toutes les élèves avaient fait silence. Ce n'était pas la première fois que la religieuse avait une prise de bec avec la jeune Circassienne et cela créait toujours une certaine animation.

Un jour, sœur Émilie-Julien avait lourdement insisté sur « les bienfaits du protectorat en Tunisie et l'action civilisatrice de la France dans ses colonies ». Safiyé n'avait cependant rien dit. Quand la sœur avait ensuite comparé les peuples arabes à « une nuée de sauterelles dévastatrices, n'ayant rien laissé des civilisations qui les avaient précédées », elle s'était levée de son siège ; la tête rentrée dans les épaules, les mains à la hauteur du visage, elle avait alors poussé des « bzzz, bzzz » bien sonores, imitant les bruits d'une sauterelle. Cela avait fait rire tout le monde mais pas sœur Émilie-Julien qui, depuis, ne cessait de rabrouer la jeune fille à la moindre occasion.

Tirant Safiyé par la manche, elle essayait de la sortir du pupitre mais la jeune fille restait vissée sur son siège. Le visage fermé, elle fixait la religieuse d'un air de défi. Un peu décontenancée par cet aplomb, sœur Émilie-Julien ne savait trop comment réagir et la secouait de toutes ses forces.

Le son strident de la nouvelle sonnerie électrique qui remplaçait l'ancienne cloche permit à la sœur de sauver la face. D'un air dégoûté, un peu essoufflée, elle relâcha son étreinte :

— Filez ! Filez, m'entendez-vous !

Toutes les filles s'étaient levées dans un certain brouhaha pour sortir en récréation. Les commentaires fusaient ; la plupart jugeaient que sœur Émilie-Julien s'était encore une fois dégonflée devant cette mijaurée qui prenait des grands airs et jouait les princesses.

— Mesdemoiselles, mesdemoiselles, en silence !

L'injonction de la religieuse ramena un peu de calme. Les filles rangeaient leurs affaires dans les pupitres avant de sortir profiter d'une demi-heure de récréation. Elles sortirent de la classe par petits groupes sans jeter le moindre regard à la « barbaresque » comme elles surnommaient Safiyé entre elles. La carapace de froideur ou de timidité dont elle s'était revêtue à Saint-Joseph, ainsi peut-être qu'une certaine morgue, avait aussitôt dressé les filles contre elle.

Pourtant, Joséphine aurait bien voulu lui glisser un petit mot gentil ; après tout, c'était un peu sa faute si sa voisine de table s'était fait prendre à partie par leur professeur. Mais elle sentait dans son dos le regard réprobateur de Clémentine et n'osait ouvertement défier la fille du colon, de peur d'être mise au ban.

Safiyé se retrouva donc encore une fois seule sous le vaste préau où s'étaient réfugiées les élèves des grandes classes pour bavarder en toute tranquillité. Malgré le froid, les plus jeunes jouaient dans la cour. D'un pas lent, Safiyé traversa le préau sans prêter la moindre attention aux chuchotements et aux sarcasmes, et se dirigea vers son lieu favori, à l'autre extrémité de la cour, au pied d'un grand chêne, presque aussi beau que ceux de son Caucase natal. En s'asseyant sous l'arbre centenaire, elle ne put retenir un profond soupir de tristesse ; encore une journée à passer...

*

Au pensionnat de Saint-Joseph-de-l'Apparition, Safiyé s'était vite recréé son monde à elle. Elle sourit avec malice en imaginant la tête que ferait sœur Émilie-Julien si elle savait que, dans ses pensées, elle l'avait surnommée Baba Amber, du nom de cet eunuque sec et teigneux qui lui avait infligé un jour la bastonnade. Avec sa bonne face rubiconde, son accent chantant du Midi et ses manières enjouées, mère Céleste devenait Taïta ; quant à sœur Rosalie, cette jeune novice un peu gourde et maladroite que tout le monde houspillait, elle la faisait immanquablement songer à Zohra, une jeune domestique honteusement exploitée et brimée par toutes les servantes de Kasr Essaâda.

Safiyé avait retransposé l'univers clos du gynécée dans celui non moins clos du pensionnat. Même mère Marie-Marthe, la sévère mère intendante, son éternel chapelet à la main, et mère Thérésiane, la très digne supérieure des sœurs de Saint-Joseph, devenaient dans l'imagination de l'odalisque telle ou telle figure du harem ; tantôt Lella Nefissa, cette vieille princesse confite en dévotions, tantôt Ommi Maya, l'autoritaire kommandjia du palais, ou encore Lella Bakhta avec ses tics et ses manies.

Il y avait cependant un nom que Safiyé n'avait encore jamais attribué, celui de Lella Kmar. Était-ce une forme non avouée de respect envers l'ancienne beya, ou peut-être tout simplement l'odalisque estimait-elle que nulle ici ne pouvait prétendre à cette comparaison ?

Le cœur rempli d'une bouffée de nostalgie, Safiyé tripotait machinalement le cordon qui lui serrait la taille. Toutes les filles du pensionnat portaient cette cordelette nouée sur l'uniforme. Chaque classe avait sa couleur propre. Le cordon de Safiyé était vert. La couleur de l'Islam, songea-t-elle, celle de l'espoir aussi.

Pourtant, pour elle, l'espoir commençait à s'amenuiser sérieusement. Cela faisait maintenant plus d'un an qu'elle avait quitté Kasr Essaâda pour rejoindre ce sinistre pensionnat dont elle n'était plus jamais sortie, même pendant les longues vacances d'été. Depuis juin 1927, deux saisons estivales étaient ainsi passées.

Comme toujours, la décision de Lella Kmar avait été sans appel : on placerait sur-le-champ Safiyé dans cette institution en attendant de voir.

Depuis, sa pension était régulièrement payée par le palais mais elle se sentait reléguée à jamais dans ce triste couvent. Une amère rancœur était née dans le cœur de l'odalisque à l'égard de sa protectrice. Blessée, meurtrie dans son orgueil et sa fierté, elle n'avait même plus essayé de se défendre contre les odieuses accusations dont on l'accablait. Elle s'était résignée à accepter avec docilité le sort qu'on lui imposait. D'ailleurs, qu'aurait-elle pu faire d'autre, sans attaches ni famille, dans un pays qui n'était pas le sien ?

Au fond d'elle-même, Safiyé avait quand même gardé le secret espoir qu'elle ne tarderait pas à retrouver ce harem qui, elle l'avait cru, était devenu sa famille.

Très vite pourtant, une rapide enquête d'Amina avait permis de désigner Moulka comme la véritable coupable de cette sombre machination. Amina s'était précipitée chez Safiyé, mais l'odalisque, meurtrie dans son orgueil, avait obstinément refusé de lui adresser le moindre mot. La princesse s'était alors traînée aux pieds de Lella Kmar pour la supplier de revenir sur sa décision. Sans succès.

Lella Kmar jugeait que cette histoire avait déjà fait suffisamment de vagues et avait décidé de trancher dans le vif. Moins de trois jours après le départ de Safiyé pour le pensionnat, la beya donnait Moulka en mariage à l'un de ses métayers. Le paysan, trop heureux de l'aubaine, avait aussitôt emmené sa nouvelle épouse dans sa lointaine campagne. Ironie du sort, les promesses que Mn'a avait faites à Moulka se réalisaient, la richesse et le prestige en moins. Pour faire bonne mesure, Lella Kmar avait également renvoyé Flifla, placée dans un autre palais ; une sanction destinée à servir d'exemple à toutes les langues bien pendues du harem.

En peu de temps, Lella Amina avait perdu sa plus fidèle amie et une servante dévouée.

Safiyé se souvenait encore des pleurs de la jeune princesse le jour de son départ du palais. Elle l'avait suivie jusqu'à l'automobile en protestant de toute son affection. La Circassienne l'avait froidement saluée et avait sèchement repoussé ses embrassades.

Par ses lettres et ses envois, Amina avait ensuite essayé d'adoucir l'exil forcé de son amie. Safiyé, toujours blessée, n'avait jamais répondu, déchirant les lettres et offant le contenu des colis de la princesse aux œuvres des sœurs de Saint-Joseph.

Depuis quelques mois cependant, le temps et la séparation s'étaient chargés de faire leur œuvre et les envois d'Amina s'étaient singulièrement espacés. Il faut dire aussi que des âmes charitables s'étaient dévouées pour susurrer à l'oreille de la princesse qu'il n'y avait jamais de fumée sans feu et que le départ de cette odalisque ne pouvait qu'être bénéfique à son ménage.

Transportée du cocon raffiné du palais à un environnement qu'elle avait tout de suite jugé vulgaire et hostile, la Circassienne s'était enfermée dans la plus totale solitude. Ce qui, il est vrai, n'avait pas contribué à faciliter son intégration au milieu des religieuses et des élèves.

*

Finalement, c'était dans sa chambre que Safiyé se sentait encore le mieux. De sa fenêtre du second étage, elle avait une vue superbe sur l'immensité du golfe de Carthage. Un panorama qui ne pouvait qu'inspirer des rêves d'évasion à toute prisonnière.

L'institution Saint-Joseph avait emménagé cinq ans auparavant à Carthage, dans des bâtiments flambant neufs, entourés d'un parc qui s'étendait jusqu'à la mer. La congrégation avait fait du chemin, depuis que, en 1840, la mère fondatrice avait installé ses premières recrues dans une petite maison arabe de la rue Sidi Sabeur, en plein cœur de la médina de Tunis.

Safiyé replia son tapis de prière. Elle venait de terminer *El Maghrib*, la quatrième prière de la journée, celle que les musulmans effectuent au coucher du soleil. Tournée en direction de La Mecque, l'odalisque avait récité des versets du Coran en se prosternant à terre puis, à genoux, le regard posé sur cette mer infinie qui semblait lui sourire, elle avait longuement invoqué le Très-Haut, Le suppliant une fois encore de l'aider à surmonter cette nouvelle épreuve. Elle avait prié jusqu'à ce que sa vue se brouille.

Elle glissa le mince tapis dans le guéridon qui faisait office de chevet près de son lit. Safiyé y avait aussi rangé quelques affaires personnelles dont elle n'avait plus l'utilité. Comme ce beau camée que lui avait offert un jour Lella Kmar. Au pensionnat, les filles, bien sûr, ne portaient aucun bijou. Sauf une croix passée autour du cou sur un cordon plat pour les chrétiennes, remplacée par une petite médaille de l'institution pour les autres. Safiyé ne portait pas la sienne ; les croix et les médailles étaient retirées de façon systématique par les sœurs quand la conduite de l'élève ou son travail laissait à désirer, afin de désigner les mauvais sujets à l'opprobre général.

La Circassienne fit glisser la chaîne d'or du camée autour de ses doigts ; l'image de Lella Kmar à demi allongée sur sa méridienne de velours cramoisi lui revenait en mémoire. Autant, dans son esprit, Safiyé n'avait jamais contesté le bien-fondé de la bastonnade reçue après leur escapade, autant cette sanction lui paraissait aujourd'hui cruelle et injuste. Le ressentiment qu'elle nourrissait à l'égard de sa protectrice ne réussissait cependant pas à occulter son jugement. Qu'aurait-elle fait elle-même à sa place ? Après avoir subi humiliations et brimades, Lella Kmar avait finalement réussi à se hisser aux plus hauts sommets. Elle avait toujours impitoyablement écarté de sa route non seulement ses ennemis, mais aussi ceux qui par leur comportement risquaient de la desservir — et Safiyé avait été de ceux-là.

Elle entendit deux coups brefs donnés sur la porte et s'empressa de fermer les tiroirs du chevet. Une tête coiffée d'une cornette blanche apparut dans l'entrebâillement.

— Pardonnez-moi, ma fille ; j'ai pensé qu'à cette heure, vous auriez certainement terminé votre prière !

Mère Céleste entra dans la pièce avec une grande envolée de robe noire, le chapelet à gros grains attaché à la taille battant la mesure de chacun de ses pas. La religieuse était suivie d'une jeune fille qui se tenait timidement en retrait, une valise à la main. Elle était vêtue d'une jupe grise plissée et d'un gros chandail de laine, et non de l'uniforme du pensionnat.

— Je vous présente Natacha, dit mère Céleste à Safiyé en désignant la jeune fille. Elle vient de nous arriver de notre école de Bizerte. Natacha, voilà Safiyé dont je vous ai parlé.

Natacha s'avança vers la Circassienne. Elle posa sa valise et lui tendit une main racée aux attaches fines.

— Je suis heureuse de vous connaître ! Pardonnez-moi de vous déranger à cette heure, mais il y avait des inondations sur la route et notre automobile a bien failli y rester !

Elle avait une voix un peu rocailleuse qui ne manquait pas de charme mais contrastait curieusement avec son apparence fragile. Ses yeux très clairs regardaient Safiyé d'un air presque suppliant. Visiblement, la jeune fille était épuisée et n'espérait qu'une chose : qu'on ne lui fasse pas trop mauvais accueil.

— Je suis aussi heureuse de vous voir ! s'efforça d'articuler la Circassienne.

Mère Céleste souriait, satisfaite.

— Ah, parfait ! Natacha qui va être des nôtres partagera désormais votre chambre ! Je suis sûre que vous vous entendrez très bien !

Safiyé retint un sursaut de dépit. Elle allait donc perdre son seul havre de paix, l'unique endroit supportable de ce pensionnat.

Mère Céleste désigna à Natacha le lit de cuivre symétrique à celui de Safiyé et l'armoire où elle pourrait ranger ses affaires. La religieuse fit mine de n'avoir pas remarqué qu'au-dessus du lit de la Circassienne le crucifix avait été décroché du mur.

— Comme Safiyé vous l'expliquera, nous dînons tous les jours à sept heures du soir ! À tout à l'heure !

En silence, Safiyé observait Natacha en train de déballer ses affaires. La nouvelle arrivée s'exclama aussitôt :

— J'espère que nous serons amies ! Je ne connais encore personne ici !

Elle lui expliqua qu'elle habitait Bizerte depuis quelques années avec une tante qui s'était occupée d'elle.

— Mes parents sont morts pendant la révolution, précisa-t-elle d'une voix étouffée.

Le regard clair s'était voilé ; la tristesse du moment dissimulait mal tous les malheurs endurés. Devant l'air surpris de Safiyé, Natacha poursuivit :

— Avant, nous habitions Saint-Pétersbourg ! Quand mes parents ont été tués, ma tante a réussi à me sauver et à m'emmener !

Elle s'approcha de Safiyé.

— Oui, je suis... je suis, comme on dit, une Russe blanche ! Une exilée en perpétuelle errance !

Safiyé se sentit pâlir. Elle allait devoir cohabiter avec une Russe, une ennemie jurée de sa race.

*

— Mon père était le professeur de musique du jeune tsarévitch !

À la table du réfectoire, Natacha répondait aux multiples questions des pensionnaires dont elle avait rapidement éveillé la curiosité. Suspendues à ses lèvres, elles étaient toutes attentives aux explications de cette séduisante nouvelle venue qui semblait avoir vécu des aventures bien dramatiques. Malgré toutes les épreuves qu'elle avait dû endurer, Natacha était demeurée joviale et enjouée, et son tempérament assez communicatif avait tout de suite charmé.

Safiyé remarqua l'air revêche de Clémentine ; elle ne semblait pas apprécier qu'une autre qu'elle ait la vedette.

— Tout ça est bien beau, mais nous avons faim, gronda Clémentine. Et sœur Rosalie ne semble pas pressée de nous servir !

Clémentine était le chef de table et en tant que telle responsable du bon ordre et de l'ordonnancement des repas.

En arrivant au réfectoire, mère Céleste avait aussitôt

attribué à Natacha une place libre au côté de Safiyé ; les pensionnaires étaient assises par groupe de dix sur des bancs en bois entourant de longues tables massives.

— Mais comment êtes-vous donc arrivée en Tunisie ? demanda Joséphine, toujours captivée et négligeant pour une fois de suivre les remarques de Clémentine.

Natacha raconta que sa tante et ses oncles avaient fui la capitale des tsars et rejoint les campements de l'armée du général Wrangel, le dernier chef des Russes blancs. Mis en déroute par les bolcheviques en Crimée, sans le soutien promis par les Occidentaux, les restes de l'armée blanche avaient fini, après de nombreuses pérégrinations, par mouiller un jour au port tunisien de Bizerte. De nombreuses familles russes, épuisées par la fatigue et les privations, y avaient débarqué, certaines comme une première halte avant de rejoindre la France, d'autres pour refaire leur vie et s'installer dans ce pays hospitalier. À la grande satisfaction du gouvernement français qui encourageait ce peuplement dans l'espoir de contrebalancer le nombre d'immigrés italiens, largement supérieur à celui des colons français.

Safiyé, qui n'avait pas prononcé un mot depuis leur arrivée au réfectoire, se surprit à écouter le récit de Natacha avec autant d'attention que ses camarades. Elle songeait à ces curieuses bizarreries de la vie qui faisaient qu'elle, Circassienne fuyant un Empire ottoman en débâcle, se retrouvait nez à nez sur cette terre tunisienne avec Natacha, aristocrate russe jusqu'au bout des ongles, rejetée elle aussi par son pays. À quelques années d'intervalle, l'Empire russe et l'Empire ottoman, les deux frères ennemis, avaient sombré dans la même tourmente.

Après le potage, sœur Rosalie fit finalement passer le plateau du plat principal. Les élèves tendirent alors leurs assiettes vers Clémentine qui servait chacune avec la condescendance d'une impératrice distribuant des aumônes. Safiyé, les lèvres serrées, avait gardé son assiette posée devant elle.

— Ah, c'est vrai ! Allah vous interdit de manger du *hallouf*[1], ricana Clémentine. Où ai-je la tête ? J'ai oublié de demander à sœur Rosalie de vous le remplacer et elle est partie maintenant ! Vous devriez goûter, vous avez tort, c'est si bon !

Le plat principal était du rôti de porc aux lentilles. Normalement, les religieuses veillaient à ce qu'en pareil cas un autre mets fût servi aux quelques musulmanes et Juives de l'institution. Cette étourdie de sœur Rosalie avait encore dû oublier que Safiyé serait à cette table.

— Prenez au moins des lentilles, proposa spontanément Natacha en jetant un regard désapprobateur à Clémentine. Elle ne semblait pas apprécier les plaisanteries grasses et vulgaires de la fille de colon.

— Merci..., je n'ai pas faim !

Safiyé jugea inutile de lui expliquer que des légumes cuits avec cette viande immonde ne pouvaient qu'être définitivement souillés.

— Je vous donnerai ma part de dessert, je n'en prends jamais ! promit Natacha en souriant à la Circassienne.

— Je vous remercie, mais je vous l'ai dit, je n'ai plus faim !

— Ne vous fatiguez pas, Natacha ! intervint Clémentine. Mademoiselle est très spéciale, c'est une princesse qui vient du harem et elle ne mange que des loukoums ! Ha ! ha ! ha !

La remarque de Clémentine fit glousser les filles autour d'elle. Seule, Natacha, visiblement écœurée par ce comportement stupide, ne participait pas à l'hilarité générale. Elle essayait, au contraire, de se montrer

1. Terme tunisien pour désigner le porc et ses dérivés. Le mot arabe est *khanzir*.

agréable envers sa compagne de chambre. Safiyé remercia du bout des lèvres sa voisine et puis, très vite, se leva du banc de bois, les deux mains posées sur le rebord de la table.

— Je suis fatiguée, je vais demander à mère Céleste la permission de me retirer, glissa-t-elle à Natacha.

La Russe semblait sincèrement désolée de ce départ anticipé. Pour manifester sa réprobation, elle plongea le nez dans son assiette, se contentant de répondre par monosyllabes aux sollicitations des autres filles.

*

Safiyé courut, plutôt qu'elle ne marcha, dans la longue salle du réfectoire, puis grimpa à grandes enjambées l'escalier qui menait aux étages.

Dans sa chambre, elle poussa un soupir de soulagement. Avec un peu de chance, elle pourrait faire sa prière du soir avant que sa voisine de chambre ne revienne. À son arrivée au pensionnat, elle avait eu pendant une courte période une voisine qui s'était empressée, dès le lendemain, de singer ses prosternations et ses prières en poussant des « *Allah ! Allahou akbar !* » devant toutes les autres élèves hilares. Elle ne tenait pas à renouveler cette pénible expérience.

Cette Natacha semblait pourtant différente. Malgré ses vêtements un peu élimés, même son allure tranchait nettement avec celles des autres élèves de l'institution. Mais pouvait-on faire confiance à une Russe ? Safiyé se souvenait des histoires qu'on racontait dans tout l'aoul sur les atrocités commises par les Moscovites dans les villages voisins. Il était vrai aussi que les farouches guerriers du Caucase n'étaient pas non plus très tendres avec leurs ennemis. Comment, songeait-elle, pouvait-il y avoir chez un même peuple autant de sauvagerie et autant de cœur ?

Elle retira le tapis de prière du guéridon, s'apprêta à

le déplier, hésita un instant, puis finit par le poser sur une chaise. On ne savait jamais, la Russe pourrait revenir d'un moment à l'autre.

Safiyé s'allongea sur le lit et commença à murmurer dans une douce psalmodie les versets du Coran. Dieu n'avait-il pas autorisé les malades et les impotents à prier du cœur, des lèvres et du regard, sans prosternation aucune ? Aujourd'hui, dans ce pensionnat hostile, Safiyé se sentait réellement impotente.

La porte de la chambre s'ouvrit sans bruit. Natacha n'avait effectivement pas tardé à la rejoindre. La Russe avait délaissé les autres filles et venait réconforter sa nouvelle compagne.

— Vous ne dormez pas encore, j'espère !

Safiyé psalmodiait à voix basse et ne s'interrompit pas.

— Oh, pardon ! Vous priez !

Elle prit un air gêné, confuse d'avoir troublé sa voisine dans son recueillement.

— Vous pouvez utiliser votre tapis, vous savez ! J'attendrai dans le couloir ! fit-elle en désignant le tapis de prière posé sur la chaise.

Son visage s'éclaira subitement d'un sourire, puis elle déclara les yeux brillants :

— Ou plutôt, si vous le voulez bien, prions ensemble ! À deux, Dieu nous écoutera peut-être mieux...

Tournant le dos à Safiyé, elle s'agenouilla devant son lit. Les mains jointes, elle baissa la tête et se plongea les yeux fermés dans une longue prière.

Sans un mot, Safiyé quitta son lit. Elle déplia le tapis qu'elle posa sur le sol et l'orienta vers la mer, en direction de La Mecque.

25

— *Le Seigneur soit avec vous !*

— Et avec votre Esprit ! s'entendit répondre Natacha en chœur avec toute l'assemblée.

La jeune fille estimait que, comparée à la liturgie de l'Église orthodoxe, cette messe de Noël catholique manquait singulièrement de panache. Elle-même ne fêterait Noël que dans deux semaines, selon le calendrier julien suivi par les Russes orthodoxes. Les sœurs lui avaient promis de l'emmener ce jour-là communier à l'église Saint-Georges, un sanctuaire érigé en pleine ville de Tunis par la petite communauté grecque orthodoxe au milieu du siècle précédent.

En cette période de Noël, la plupart des pensionnaires étaient rentrées dans leurs familles et la stricte discipline de l'institution s'était nettement relâchée ; les religieuses ne ménageaient pas leurs efforts pour égayer celles qui étaient restées, les orphelines, les pupilles de la nation ou bien celles qui, comme Natacha, ne savaient où aller.

Invitée par Clémentine à venir passer les fêtes dans sa famille, elle avait refusé. Elle avait tout de suite compris qu'on essayait de l'amadouer et, qui plus est, elle n'avait pas vraiment le cœur à laisser Safiyé toute seule pendant ces vacances. La jeune fille avait d'ailleurs profité de cette longue interruption des classes qui créait une nouvelle intimité pour se rapprocher de la Circassienne. Safiyé paraissait maintenant beaucoup plus détendue et n'hésitait plus à lui confier certaines de ses pensées. Péniblement, Natacha avait même réussi à lui arracher qu'elle n'était pas vraiment tunisienne, comme le croyaient toutes les élèves, mais qu'elle venait de plus loin et avait comme elle connu l'Istanbul d'après guerre.

Instinctivement, Natacha avait senti qu'elles étaient proches. Elle croyait même distinguer par instant dans les prunelles de sa voisine ce voile étrange, cette espèce d'attirance pour le malheur qui est, comme chacun sait, l'une des composantes extrêmes de l'âme slave. Pudique, la Russe n'avait cependant pas poussé ses questions plus loin.

— *Hosanna, Hosanna filio David...*

L'assistance entonnait en chœur l'un des derniers « *Hosanna* ». La messe de minuit n'allait pas tarder à prendre fin. Natacha, un peu engourdie, songea que ces messes catholiques avaient au moins l'avantage d'être assez courtes et ne traînaient pas en longueur pendant des heures comme celles de son pays natal.

Natacha ne communia pas ; profitant du va-et-vient des religieuses et des filles qui allaient vers l'officiant recevoir l'hostie, elle s'éclipsa discrètement. Elle avait sommeil et souhaitait retrouver son lit au plus vite.

En approchant de la chambre, elle marcha sur la pointe des pieds pour faire le moins de bruit possible et s'apprêtait à tourner délicatement la poignée. À travers la porte, la Russe perçut quelques gémissements étouffés. Elle entra sans faire de bruit. Les sanglots provenaient du lit de sa voisine.

— Safiyé... Safiyé... vous êtes souffrante ?

Les sanglots avaient cessé mais aucune réponse ne lui parvenait. La Russe alluma aussitôt la petite lampe de chevet à l'abat-jour froncé et se pencha sur sa voisine.

— Non... non...

Safiyé la regardait, les yeux grands ouverts, la respiration haletante, saccadée. Natacha vit ses joues encore mouillées de larmes. Affectueusement, elle posa sa main sur le visage de la Circassienne.

— Mon Dieu, mais vous êtes glacée !

Natacha regardait son amie avec anxiété. Elle se précipita vers l'armoire où elle avait rangé ses affaires et y farfouilla en toute hâte. Puis, elle se retourna, souriante, un long châle bariolé à la main :

— C'est de la laine de cachemire ! Prenez, je vous l'offre ! Cela vous tiendra chaud !

Safiyé s'était à demi redressée sur le lit. Son visage était encore pâle mais les pleurs avaient séché sur ses traits toujours crispés. Elle était visiblement à bout de nerfs. En cette période de fêtes où l'atmosphère du pensionnat était à la joie, où chacune entretenait de joyeux projets, la jeune Circassienne se sentait acculée, face à une impasse. Elle avait maintenant plus de dix-huit ans, allait-elle finir sa vie entre les quatre murs de ce maudit couvent ? Ce soir, en se couchant, elle avait prié Dieu et L'avait imploré de la rappeler à Lui. Très vite pourtant, les larmes avaient pris le dessus sur ses supplications. Une Circassienne ne pleurait pas, mais, Dieu, comme ces larmes déversées à torrent soulageaient de toutes ces angoisses et ces frustrations !

Elle grimaça un mince sourire.

— Je vous remercie, mais je ne peux accepter !...

Natacha s'assit sur le bord du lit, le châle déplié à la main. Elle insista :

— Je vous en prie, dites oui ! Ce châle appartenait à ma mère et, de là-haut, elle sera heureuse de vous voir le porter !

Après un court moment d'hésitation, Safiyé prit la pointe de cachemire des mains de la Russe. Ses couleurs étaient éclatantes.

— Merci...

Sans ajouter un mot, la Circassienne disposa le châle autour de ses épaules, il était doux et chaud.

Toujours assise sur le lit, Natacha l'observait, attendrie. Les yeux de Safiyé s'étaient emplis d'une lueur de reconnaissance. Un sourire éclairait maintenant son visage. Elle se sentait moins seule désormais.

*

— Remettez vite votre béret, sinon sœur Émilie-Julien va encore vous faire des remarques !

Natacha prit d'autorité le couvre-chef des mains de Safiyé et l'ajusta élégamment sur la tête de son amie.

— Et puis il vous va si bien !

C'était vrai que, sur les cheveux coupés assez courts de la Circassienne, le béret bleu marine lui conférait un petit air charmeur et coquin. Avec la capeline de même couleur, le béret était le complément indispensable de l'uniforme du pensionnat, obligatoirement porté lors de toutes les sorties.

Beaucoup d'élèves étaient déjà rentrées de leurs vacances familiales et, pour leur dispenser un enseignement plus ludique, les sœurs avaient organisé une grande excursion sur les ruines de Carthage, à proximité du pensionnat de Saint-Joseph. Les filles portaient toutes un petit panier d'osier, car on allait aussi profiter du franc soleil et du temps des plus clément en cette saison pour pique-niquer aux alentours.

Après le musée Lavigerie, proche de la cathédrale Saint-Louis, on avait visité les restes des villas romaines, puis le majestueux amphithéâtre que les siècles avaient heureusement épargné. Car il fallait dire que, de la Carthage phénicienne, romaine ou byzantine, il ne restait, hélas, que quelques vestiges bien décrépits.

Mais toutes étaient envahies par la majesté du lieu.

Assurément, Carthage, même en ruine, conservait toujours la suprématie de son nom magique.

Bien sûr, on avait aussi fait honneur à la Carthage des premiers chrétiens ; on avait ainsi visité les restes de la basilique Saint-Cyprien puis, sous un boqueteau d'oliviers, ceux de la *Basilica Majorum*, riches en épitaphes, excavés au début du siècle par le supérieur des Pères Blancs. C'était là, avait expliqué mère Céleste, que saint Augustin, le grand théologien de l'Église d'Afrique, avait prononcé le panégyrique des saintes Perpétue et Félicité. La bonne mère, les larmes aux yeux, avait évoqué le souvenir de cette patricienne et de sa servante, deux martyres de la foi, livrées aux cornes d'un taureau enragé sous les yeux d'une plèbe déchaînée.

Les filles, encadrées par les religieuses, avaient ensuite marché jusqu'à la belle avenue bordée de palmiers qui conduisait à la mer et au palais beylical.

Face au palais, se dressait le site impressionnant des thermes d'Antonin.

— Ici, c'était la *cella media*, le *frigidarium*, la pièce froide, commenta sœur Émilie-Julien en désignant un immense espace vide, entouré de quelques murs en ruine et de colonnes tronquées ; il restait malheureusement bien peu de l'imposant établissement de bains édifié à la gloire de l'empereur romain.

Sœur Émilie-Julien continuait ses explications en marchant de long en large. Un moment, elle fixa Safiyé et ajouta, l'air faussement navré :

— Malheureusement, les musulmans ont tout détruit ! Ils ont emporté les beaux chapiteaux et les colonnes pour décorer leurs mosquées !

Piquée au vif, Safiyé, une lueur ironique dans le regard, répondit, un sourire aux lèvres, à la religieuse :

— C'est exact, ma sœur, que ces chapiteaux convenaient mieux dans ces temples païens que dans des maisons consacrées à l'adoration du Dieu unique.

Derrière la Circassienne, mère Céleste faillit pouffer en voyant le visage écarlate de la sœur. Par charité, elle s'abstint d'intervenir mais se promit de chapitrer sœur Émilie-Julien en aparté. Toutes les civilisations n'avaient-elles pas toujours construit sur les ruines de celles qui les avaient précédées ?

Une clameur détourna l'attention du groupe. En voyant les sœurs, des Bédouins qui faisaient paître leurs chèvres accouraient.

— Les moniquettes, les moniquettes !

C'était ainsi qu'ils appelaient les religieuses. Non pas, comme on pourrait le croire, par référence aux fransciscaines ou aux carmélites du couvent voisin de Sainte-Monique, mais, par une déformation, typique dans la langue parlée tunisienne, de l'italien *monachetta*.

L'un d'entre eux, un grand gaillard entre deux âges, s'avança vers mère Céleste. Son œil droit était à moitié fermé, rongé par le trachome. Il porta sa main aux lèvres puis sur le cœur en signe de salut respectueux. Mère Céleste l'apostropha en arabe :

— Ah, M'barek, où es-tu passé, vaurien ? Je t'avais bien dit de me ramener ta femme qui a encore besoin de soins !

Embarassé, le Bédouin se gratta la tête.

— Mais elle est guérie ! Elle travaille aux champs !...

M'barek, affolé, avait un jour ammené sa jeune épouse brûlante de fièvre chez la *babassa* [1], dont tout le monde disait qu'elle soignait gratuitement les pauvres gens. Devant le Bédouin ahuri, mère Céleste avait immédiatement procédé à une injection d'électrargol dans la fesse de la malade pour créer un abcès de fixation et essayer d'enrayer les progrès de l'infection. La religieuse avait particulièrement insisté pour revoir

1. Autre terme typiquement tunisien pour désigner les religieuses. Féminin de *babass*, prêtre, c'est bien évidemment une corruption de l'italien *papace*.

très vite la jeune femme et lui prodiguer de nouveaux soins. Mais personne n'était jamais revenu.

Safiyé entendit le Bédouin marmonner quelques mots à son voisin. M'barek trouvait curieux qu'on soigne une forte fièvre en touchant la fesse alors que le marabout de Sidi Salah avait, lui, naturellement appliqué sa salive bénie sur le front brûlant de la malade. En échange, il était vrai, d'une douzaine d'œufs bien frais.

Mère Céleste continuait sans conviction de rudoyer le Bédouin.

— Ah oui, guérie ! Et toi, vieux fainéant, tu contemples les ruines ! Tu m'avais pourtant promis de venir défricher le potager !

M'barek fit mine de n'avoir pas entendu. Il farfouilla dans ses haillons et en retira des pièces de monnaie romaines et une lampe à huile en parfait état de conservation.

— Tiens ! J'ai ramassé ça pour toi !

À Carthage, il suffisait de se baisser pour récolter des vestiges antiques. M'barek ne comprenait pas vraiment l'attirance des roumis pour ces pièces de métal usé qui n'avaient plus cours ou pour ces vieux objets de terre cuite dont le plus pauvre des Bédouins de sa tribu n'aurait pas voulu chez lui. Mais il savait que cela ferait plaisir à la babassa qui en oublierait ses griefs. De fait, mère Céleste, radieuse, s'en alla montrer ses découvertes aux autres sœurs.

Quelques pièces encore à la main, M'barek aperçut Clémentine qui approchait. Avec un grand sourire, il lui tendit sa main grande ouverte sur les pièces.

— Tiens, prends pour toi !

À la stupéfaction du Bédouin dépité, la jeune fille détourna la tête en lançant au groupe de filles qui l'entouraient :

— Beurk ! Je n'ose même pas toucher sa main ! Il est tellement sale !

Elle s'était exprimée à voix haute, visiblement dégoûtée. De la tête, Natacha fit signe à Safiyé de ne pas accorder d'importance à ces inepties. Mais, forte du succès de sa première escarmouche avec sœur Émilie-Julien, la Circassienne ne put s'empêcher d'intervenir :

— Il n'est pas sale, il est pauvre ! C'est différent !

Clémentine haussa les épaules pendant que Safiyé poursuivait sarcastique :

— Et puis, lui, au moins, il ne se torche pas le cul avec du papier !

— Oh... Oh !...

La jeune Française en avait le souffle coupé ; ce n'était pas vraiment le vocabulaire habituel pratiqué à Saint-Joseph.

Il fallait dire qu'au pensionnat une des choses dont Safiyé souffrait le plus était justement de ne pas pouvoir se laver à l'eau courante, selon la coutume de tous les musulmans.

— Mesdemoiselles ! Mesdemoiselles !

Les sœurs rappelaient les filles pour le déjeuner.

Le temps était vraiment doux, presque chaud, et l'on s'installa devant les thermes romains, près de la plage, autour de grandes nappes posées à même le sol.

Safiyé mangea de bon appétit, satisfaite d'avoir cloué le bec à toutes ces pimbêches. Natacha et elle en avaient bien ri pendant le pique-nique. La Russe était partie ensuite marcher sur la plage, dans le périmètre délimité par les sœurs.

Face au site romain, Safiyé distinguait les moucharabiehs ventrus du palais de Carthage. Sur le grand mât du fronton, le drapeau tunisien flottait, signe que le bey Mohamed-el-Habib y séjournait en ce moment. C'était le premier bey à avoir choisi Carthage pour résidence balnéaire. Le souverain aimait tout particulièrement ce palais qui, disait-il, lui avait porté chance : c'était là qu'il avait appris son accession au Trône de ses ancêtres.

Devant l'entrée, Safiyé aperçut les sentinelles de la garde beylicale. Sortis de leur guérite, ils fumaient, débonnaires, une cigarette et semblaient bavarder gaiement.

Une bouffée de nostalgie envahit l'odalisque. Les corridors du sérail lui manquaient terriblement.

— Alors, c'est le cheval qui rêve à son écurie ? Mais c'est que vous êtes triste, ma parole !

Safiyé se mordit la lèvre. Elle ne voulait surtout pas que Clémentine remarque son état. La jeune fille, accompagnée de deux autres élèves, l'avait surprise en pleine rêverie.

— Ne pleurez pas ! Tenez, comme ça, vous allez pouvoir revoir votre harem !

D'un geste vif, Clémentine s'était emparée d'une nappe souillée et essayait d'en envelopper Safiyé. La fille de colon cherchait à prendre sa revanche.

— Voilà déjà votre voile ! Aidez-moi, vous autres !

Les filles qui s'étaient contentées de regarder se mirent alors de la partie, essayant d'immobiliser Safiyé afin de nouer le voile improvisé.

La Circassienne se débattait comme une diablesse contre les trois filles. Elle réussit à décocher un coup de pied à Clémentine qui poussa un cri aigu. La jeune Française lâcha prise pour masser sa jambe endolorie, puis, apercevant sœur Émilie-Julien qui arrivait, elle émit un nouveau hurlement. La religieuse accourut aussitôt.

— Que se passe-t-il ?

— Ah, j'ai mal ! J'ai mal !... C'est... c'est Safiyé, ma sœur !

Sans vraiment chercher à comprendre, sœur Émilie-Julien saisit la Circassienne par l'épaule. L'étreinte de sa main osseuse était puissante et la jeune fille grimaça de douleur.

— Petite sauvageonne ! Je vais vous mater, moi !

Le visage congestionné de la religieuse était penché sur Safiyé. Elle aperçut fugitivement la touffe de poils qui dépassait d'un grain de beauté au menton de la sœur. Sans réfléchir, instinctivement, elle l'attrapa et tira de toutes ses forces.

*

On ne pratiquait pas la bastonnade à Saint-Joseph. Safiyé avait donc été simplement consignée dans sa chambre avec interdiction d'en sortir pendant une semaine. Une prison dans une prison, songea la jeune fille, le regard porté sur la mer. Du moins, était-elle tranquille et n'avait pas à subir les avanies et les vexations des autres pensionnaires, ni leur verbiage futile.

Un moment, elle avait presque espéré être renvoyée. Elle ne savait pas ce qui se serait passé alors, mais cela lui aurait permis d'échapper à cette interminable réclusion.

Car, dès leur retour au pensionnat, sœur Émilie-Julien avait foncé chez Notre Mère et exigé le renvoi immédiat de la Circassienne. Du sang perlait encore de son menton poilu et elle avait noirci le tableau, accablant Safiyé qui avait osé lever la main sur une religieuse.

Mais mère Thérésiane, la supérieure en chef des sœurs de Saint-Joseph, en avait décidé autrement. La très révérende mère n'était pas entièrement satisfaite des accusations et des explications confuses de la sœur ; après avoir longtemps prié la Vierge, elle avait interrogé la coupable ainsi que mère Céleste et quelques autres sœurs. Safiyé n'avait pas hésité à reconnaître les faits, mais était restée muette quant aux circonstances de l'incident. La Circassienne n'avait nullement l'intention de dévoiler à la mère, ou à d'autres, l'humiliation dont elle avait été victime. Seule Natacha avait aussitôt été mise au courant avec la promesse de n'en rien divulguer.

Mère Thérésiane se voulait sévère mais juste. Elle avait fini par trancher ; pour cette fois, Safiyé resterait recluse dans sa chambre jusqu'à la reprise des classes. Bien sûr, la jeune fille serait aussi privée des autres sorties organisées en cette période de fêtes.

Mais, comme ce soir, Natacha était revenue aussitôt dans leur chambre pour lui en faire le récit. Durant ces jours de punition, elle s'arrangeait d'ailleurs pour arriver plus tôt qu'à l'ordinaire et tenir compagnie à son amie.

— Je vais tout vous raconter, comme si vous y étiez !

Natacha défit sa capeline et envoya d'un geste son béret sur le lit.

— Mais... vous n'avez pas dîné ?

Elle montra du doigt le brouet qu'on avait servi à Safiyé accompagné d'une miche de gros pain.

— C'est infect, répondit la Circassienne. Depuis que je suis au pensionnat, mon estomac s'est détraqué !

— J'ai pensé à vous ! Tenez, je l'ai acheté chez un marchand ambulant devant le théâtre !

Elle tendit à Safiyé une tablette de chocolat.

— Prenez aussi du pain ! Et maintenant installez-vous, vous êtes au théâtre, fit-elle avec un ample geste de la main.

La Russe revenait du Thêatre municipal où les religieuses avait emmené leurs pensionnaires se divertir du spectacle que donnaient les galas Karsenty en tournée à Tunis.

— Voilà la grande Madeleine Renaud et Roger Gaillard, de la Comédie-Française ! On applaudit s'il vous plaît !

Safiyé applaudit, amusée par la verve de son amie

qui s'était lancée dans une imitation des reparties des deux comédiens.

— Et maintenant l'incomparable Michel Simon dans *Jean de la Lune* !

Natacha commença par ânonner, bredouiller, bégayer à la manière de l'acteur avant de lancer comme lui une salve de bons mots. Elle mima ensuite, les épaules rentrées, sa démarche balancée d'ours en cage, puis les mimiques et les tics de son visage.

Safiyé riait aux larmes. Natacha avait un talent fou, surtout lorsqu'elle prenait la tête de Michel Simon, l'œil hilare dans la face stupide.

La Circassienne, pliée en deux, riait encore quand sœur Émilie-Julien ouvrit la porte et resta bouche bée. Devant la religieuse ahurie, les deux filles partirent dans un fou rire communicatif...

26

— Non, vraiment, Clémentine, je trouve que vous exagérez !

Joséphine regardait la jeune fille d'un air de reproche.

Quand elles avaient entendu l'écho lointain d'un coup de canon qui, en ce mois de Ramadan, annonçait la rupture du jeûne, Clémentine avait tout de suite proposé un traquenard qui ridiculiserait la « barbaresque » et ses rites saugrenus.

— Et puis arrêtez de l'appeler « barbaresque » ! Ce sont des gamineries stupides et ce n'est plus drôle !

Clémentine n'en revenait pas. C'était la première fois que Joséphine osait ouvertement défier son autorité. Furieuse, elle tourna le dos à son amie et passa à côté de Safiyé, claquant des mains et hurlant :

— Allah, Allah ! C'est l'heure ! C'est l'heure !

Mais, cette fois, la plaisanterie ne fit rire personne. Les élèves, debout dans le préau, adressèrent même à la Circassienne un sourire complice et gêné.

Depuis l'incident des thermes d'Antonin et la punition de Safiyé, la plupart des filles s'étaient désolidarisées de Clémentine et commençaient à lui battre froid.

Safiyé les remercia du regard et s'engagea dans le long corridor qui conduisait aux lavabos. À la fontaine, elle laissa couler un instant le filet d'eau sous le robinet puis but une longue gorgée dans le creux de ses mains.

— Louanges à Dieu, murmura-t-elle.

Elle s'essuya la bouche du revers de la main et, le cœur en paix, reprit le chemin du corridor en grignotant un quignon de pain qu'elle avait réservé pour ce moment-là. Dieu n'avait-il pas commandé de ne pas jeûner plus que nécessaire et de faire diligence dans la rupture à l'heure canonique ? Dieu soit loué, le mois de jeûne au pensionnat était moins difficile qu'elle ne l'avait craint. Avec les leçons, les journées passaient assez vite et, en cette saison, le coucher de soleil qui marquait le temps de la rupture du jeûne survenait assez tôt.

Après avoir grignoté son morceau de pain, elle n'aurait plus qu'à attendre l'heure officielle du dîner au pensionnat pour assouvir la faim qui commençait à la tenailler.

— Ah, ma fille, je vous cherchais !

Mère Céleste arrivait vers elle de sa démarche imposante. Le visage souriant, elle lui tendit un gros morceau de fromage.

— Tenez, ma fille, la sœur cantinière a pensé à vous en ce mois de Ramadan et m'a demandé de vous le donner.

C'était un pieux mensonge. Comme toujours, mère Céleste attribuait à une autre ses gestes de bonté. En réalité, c'était elle qui avait, Dieu lui pardonnerait, dérobé le morceau de fromage pour Safiyé, profitant d'un moment d'inattention de la sœur cantinière.

— Merci, ma mère...

Mère Céleste ne montra pas son étonnement. C'était la première fois que Safiyé l'appelait « ma mère ». La Circassienne n'avait d'ailleurs jamais appelé aucune des religieuses « ma mère ». C'était un terme que, dans son cœur, elle ne pouvait réserver qu'à sa propre mère ; ni Lella Kmar, ni même Tevhidé n'y avaient jamais eu droit.

Aujourd'hui, reconnaissante du geste simple mais

plein d'amour de la religieuse, elle l'avait spontanément prononcé.

Mère Céleste la couva d'un regard tendre et affectueux.

— Courage, ma fille !

Elle ne faisait pas allusion au jeûne du Ramadan. Avec la mère supérieure, mère Céleste était la seule à connaître les véritables origines de l'odalisque et elle devinait toutes les épreuves que la jeune fille avait dû endurer.

— Oui, courage ! Sachez bien que les épreuves, d'où qu'elles viennent, sont des instruments de la Divine Providence pour arriver à ses fins.

Elle lui serra fortement la main et, après un court silence, poursuivit :

— Croyez bien que, pour vous faire passer par de telles souffrances, la Providence doit avoir de grands desseins pour vous !

*

Sa Grandeur, Mgr Alexis Lemaître, archevêque de Carthage, primat d'Afrique, écoutait le concerto la tête penchée de côté, les yeux mi-clos et les mains jointes, plongé dans une douce béatitude. Sa calotte et son camail violets dessinaient une éclatante tache de couleur au milieu des robes noires des sœurs. Le prélat était venu en voisin de la primatiale proche rendre visite à ses ouailles de Saint-Joseph.

Un peu affolée par cette arrivée impromptue, la mère supérieure n'en avait pas moins très vite organisé une réception digne de l'auguste visiteur. Après le dîner, plus soigné qu'à l'ordinaire, que Monseigneur avait pris au réfectoire avec les religieuses et les pensionnaires, on était passé à la salle des fêtes où les filles des petites classes avaient commencé par réciter des poèmes et chanter des cantiques que l'archevêque avait écoutés avec beaucoup de satisfaction.

C'était maintenant au tour de Natacha qui était montée sur l'estrade et avait pris place derrière l'antique piano à queue. La Russe avait attaqué ce morceau difficile par un long *allegro* à quatre thèmes qui s'était intensifié en un *andante*, prolongeant à la fois la noblesse de l'*allegro* initial et contrastant avec le *rondo* final enjoué, exultant et volubile. Derrière l'immense instrument de musique, ses doigts fins virevoltaient d'une touche à l'autre dans un ballet bien réglé.

Quand les dernières notes éclatèrent comme un bouquet final, c'est Monseigneur, visiblement enchanté, qui donna le signal des applaudissements. Natacha s'était surpassée.

La jeune fille, encore émue, les pommettes colorées, s'avança vers le prélat. Après une génuflexion, elle baisa l'améthyste de son anneau et reçut sa bénédiction avant de se retirer sous les félicitations et les commentaires élogieux de toute l'assistance.

Debout, Mgr Lemaître bénit alors d'un geste large toute l'assemblée et remercia encore une fois les bonnes mères pour leur accueil, s'apprêtant à regagner la primatiale, quand l'abbé Boudange, son secrétaire, lui glissa un mot à l'oreille.

— Ah, très révérende mère, on me dit que vous avez une jeune Tunisienne du palais beylical parmi vos pensionnaires ! Ayez donc la bonté de lui demander de venir.

Heureusement que le bon abbé pensait à tout. Il n'était pas inutile que l'archevêque de Carthage manifeste aussi sa sollicitude à une jeune musulmane de condition venue quérir les lumières des religieuses. À l'école qu'il avait lui-même fondée, les sœurs missionnaires d'Afrique, ces bonnes Sœurs Blanches, on ne comptait pas moins de vingt-quatre princesses de la famille régnante et même la propre petite-fille du grand mufti de Tunis.

— Bien sûr..., mais certainement, monseigneur ! On va l'appeler sur-le-champ !

La lueur d'affolement qui traversa fugitivement le regard de mère Thérésiane échappa au prélat. La supérieure de Saint-Joseph connaissait le caractère impétueux de Safiyé et ses reparties cinglantes, tout comme elle connaissait aussi le tempérament de son archevêque. Le saint homme avait plus la nature d'un moine-soldat que les manières onctueuses d'un prélat de la Curie romaine. Quand le président Millerand avait effectué sa visite en Tunisie, l'archevêque n'avait pas hésité à se jeter les bras en croix devant le cortège présidentiel pour forcer la main aux autorités et obliger le chef de l'État à visiter la cathédrale Saint-Louis, au grand dam du résident général Lucien Saint. Mère Thérésiane savait aussi ce qu'en avait alors titré un journal socialiste de Tunis : « C'est le monde à l'envers, le Saint est à la résidence et le Maître est à l'archevêché ! »

Et, Dieu tout-puissant, c'était cet homme, le premier vicaire du Saint-Père sur la terre d'Afrique, que Safiyé allait rencontrer. Sainte Vierge, pourvu que la Circassienne, qu'on n'avait pas eu le temps de chapitrer, se montre respectueuse. Sinon la rencontre allait vite devenir explosive.

Safiyé, qu'on avait interrompue au milieu de grands éclats de rire avec Natacha, arriva détendue et souriante. À la satisfaction de mère Thérésiane, elle plongea dans une gracieuse révérence devant Monseigneur. Personne ne lui en avait rien dit, mais la Circassienne qui, comme toutes les élèves, faisait sa révérence à la mère supérieure avait en toute logique déduit qu'on ne pouvait faire moins pour un archevêque.

Dans l'assistance, la mère supérieure retint un soupir

de soulagement ; cette petite Safiyé était enfin intégrée à leur communauté.

*

Sœur Augustine, la sœur portière, avait bien failli tomber à la renverse devant ce grand diable noir au fez rouge qui voulait entrer à tout prix au pensionnat. À part les religieux, aucun homme n'était admis dans l'enceinte de la congrégation. Baba Assad avait eu beau essayer de lui expliquer qu'il n'était pas tout à fait un homme comme les autres, sœur Augustine n'en avait pas moins référé à Notre Mère qui, en souriant, lui avait accordé sa permission.

En roulant des yeux effarés, la sœur portière avait donc introduit « Monsieur l'eunuque », comme elle l'appelait, dans le parloir où Safiyé venait d'arriver.

— Pardonnez-moi, ma Lionne, avec la mort du bey, il ne m'a pas été possible de venir.

— Oui, je sais. Dieu ait son âme !

Comme tout le monde, Safiyé avait appris la mort du bey Mohamed-el-Habib par les journaux et les commentaires des religieuses.

Chacun s'était accordé à reconnaître que le règne du bey défunt avait été des plus calme. Le parti nationaliste du Destour décapité par l'exil forcé de son chef et ses activités gelées, le bey avait laissé le résident général gouverner à sa guise, se consacrant pour sa part aux délices du harem et à la peinture, sa grande passion.

Baba Assad était venu les bras chargés de friandises ; une quantité invraisemblable de toutes les pâtisseries généralement confectionnées pendant le mois de Ramadan : kaâks aux amandes et aux pistaches, baklawas et autres douceurs.

— Il y a des makroudhs que Taïta a préparés exprès pour vous !

À côté de ces gâteaux fourrés de pâte de datte, il y avait aussi des friandises qu'envoyaient Amina et plusieurs femmes du gynécée. Safiyé n'osa demander à l'eunuque s'il y avait dans tous ces présents une attention de Lella Kmar. L'ancienne beya semblait l'avoir totalement chassée de son esprit. Elle questionna néanmoins l'eunuque sur la santé de sa protectrice.

Baba Assad évita son regard. De toute évidence, c'était un sujet qu'il aurait préféré ne pas aborder. Fixant un point invisible dans la pièce, il murmura :

— Bien... bien ! Mais vous savez, avec le nouveau bey... elle est un peu inquiète !

Le bey Mohamed-el-Habib avait toujours témoigné les plus grandes marques d'affection à Lella Kmar. À sa mort, c'était son cousin Ahmed, l'aîné des princes de la famille, qui lui avait succédé selon la tradition de la dynastie husseïnite.

L'eunuque lui expliqua que son avènement avait été particulièrement bien accueilli par la population. C'était un prince austère qui avait toujours mené une vie simple et retirée, sans rapport avec les mœurs dissolues de certains autres membres de la famille régnante.

— Mais vous savez bien qu'il n'a jamais beaucoup aimé Lella Kmar...

C'était un euphémisme. Ahmed Bey détestait purement et simplement l'ancienne souveraine.

La Circassienne supposa Lella Kmar très affairée à dresser de nouveaux plans et à tisser sa toile pour échapper aux foudres du nouveau bey et préserver son influence et sa fortune. Elle conservait néanmoins toujours un allié précieux : son cher Khelil Bouhageb demeurait grand vizir du nouveau souverain.

Baba Assad changea très vite de sujet et s'empressa de lui annoncer la naissance du second garçon de la princesse Amina. Et il continua ainsi de donner des nouvelles de chacune à la Circassienne coupée de tout contact avec le palais.

Safiyé l'écoutait avec émotion. Au-delà des murs de ce couvent, la vie continuait sans elle, avec ses joies et ses peines. La nouvelle de la seconde maternité d'Amina lui rappelait son douloureux état et aiguisait son propre désir de connaître enfin l'amour.

— ... en tout cas, ma Lionne, vous nous manquez à tous et...

L'eunuque s'interrompit en voyant que le visage de l'odalisque s'était fermé. Il était trop fin pour ne pas être conscient de la nostalgie et du trouble que ces évocations du palais ne pouvaient que jeter dans son cœur.

Baba Assad se tortilla sur son siège, mal à l'aise. Bientôt, il se leva pour prendre congé et, dans un geste de suprême audace, qu'il ne s'était jamais permis avec aucune, il apposa un bref et léger baiser sur le front froid de Safiyé.

— Dieu vous garde, ma Lionne !

Le cœur serré, l'eunuque regarda la jeune fille s'éloigner d'un pas traînant. Elle regagnait sa maudite prison. Pourtant, tout le monde au palais, de Lella Amina jusqu'aux servantes, ne cessait de rappeler à Lella Kmar le triste sort fait à la recluse de Saint-Joseph. Mais l'ancienne beya avait aujourd'hui d'autres soucis que de se préoccuper d'un pion encombrant qui ne servait pas dans son jeu.

Dans sa poche, Baba Assad sentit un contact froid. C'était son stylet de laiton. Un accessoire que les gens comme lui utilisent parfois pour uriner sans douleur. L'eunuque songea avec amertume que sa prison à lui était intérieure. Et, il le savait, nul sur cette terre n'avait le pouvoir de l'en faire sortir.

*

La gourmandise était le seul péché mignon de mère Céleste.

— Jésus, Marie, Joseph ! Comme c'est bon !

La religieuse lécha ses doigts encore poisseux. Elle venait d'engloutir d'énormes *oreilles de Cadhi*, une pâte frite enroulée comme une laitue et dégoulinante de miel.

En revenant du parloir, Safiyé avait trouvé mère Céleste dans la chambre auprès de Natacha. La religieuse félicitait Natacha de ses talents de virtuose : « Monseigneur en avait les larmes aux yeux ! » répétait-elle toutes les deux phrases.

Safiyé avait aussitôt déballé tous les paquets apportés par Baba Assad et disposé sur un plateau de fortune un assortiment de douceurs. Natacha et la religieuse s'étaient extasiées devant ces merveilles et y avaient fait honneur sur-le-champ en gloussant de satisfaction. Les pâtisseries confectionnées au palais avaient la réputation d'être des plus raffinées. C'était la première fois qu'elles dégustaient les *baklawas du bey*, des baklawas particulières faites de couches de pâte d'amande rouges et vertes, les couleurs de la dynastie.

— Prenez-en encore, ma mère, proposa Safiyé en lui présentant le plateau.

La mère se saisit d'un *homss*, un losange à base de pois chiches réduits en poudre. La bouche pleine de la mixture un peu étouffante, elle réussit à articuler :

— Le Seigneur nous comble ! Après cette belle soirée musicale, voilà qu'Il nous envoie ces délicieuses nourritures terrestres !

Mère Céleste avait une foi inépuisable dans les bontés du Seigneur. Quand, parfois, les sœurs refusaient des malades, par manque de place ou de moyens, elle les grondait incessamment : « Recevez, recevez toujours, mes sœurs, le Seigneur y pourvoiera ! » Et, curieusement, le Seigneur y pourvoyait.

La religieuse suça consciencieusement ses doigts avant de les essuyer discrètement à sa taille. En levant les yeux, elle remarqua la mine préoccupée de Safiyé. Pourtant, tout à l'heure pendant le récital, la jeune fille semblait épanouie, presque joyeuse même du succès de son amie.

Mère Céleste parcourut du regard la table débordant de friandises ; et soudain, elle n'eut plus faim. C'était bien sûr la visite de cet eunuque du palais beylical qui avait mis la petite dans cet état. Ses évocations avaient dû réveiller en elle la nostalgie de son bonheur passé. Quel dommage que cela survienne juste au moment où l'odalisque semblait enfin s'intégrer à la communauté !

Il fallait la dérider et chasser ses idées noires. Ce fut la Vierge qui inspira mère Céleste :

— Bien sûr, ces gâteaux arrivent à pic pour fêter votre cordon, Safiyé !

À la Grande Assemblée mensuelle qui réunissait toutes les pensionnaires de Saint-Joseph, Notre Mère avait, pour la première fois, passé autour de l'épaule de Safiyé le cordon d'Application, destiné à récompenser les élèves les plus méritantes.

Mère Céleste, rassurée en voyant un sourire éclairer de nouveau le visage de la Circassienne, remercia la Vierge avant de lancer d'un ton taquin :

— Le cordon de Sagesse sera peut-être pour une autre fois, ma fille !

Elle se tourna vers Natacha :

— Quant à vous, ce n'est même plus la peine de vous féliciter !

Au cours de la réunion mensuelle, Natacha, après une gracieuse révérence devant la mère supérieure, avait reçu de ses mains le Grand Cordon. Depuis son arrivée à Saint-Joseph, la Russe avait toujours périodiquement obtenu cette distinction qui désignait la meilleure élève de l'institution.

D'ailleurs, c'était sans conteste grâce au soutien

amical de Natacha et à son influence bénéfique auprès des autres pensionnaires et des sœurs que Safiyé avait réussi à sortir de son isolement. Plus diserte et enjouée, la Circassienne participait maintenant aux conversations et aux activités des autres pensionnaires, et pendant les leçons montrait un nouvel enthousiasme qui avait étonné toutes les sœurs.

Deo gracias, loué soit le Seigneur, le papillon était enfin sorti de sa chrysalide, aimait à souligner la bonne mère.

C'était donc l'estomac bien rempli et le cœur joyeux que mère Céleste avait quitté finalement les deux jeunes filles en leur faisant promettre de se mettre au lit au plus vite.

*

— Écoutez donc ça, Natacha !

Safiyé lut à haute voix l'entrefilet à la première page de *La Dépêche tunisienne* :

— ... *deux vols de volaille ont eu lieu à Mutuelleville. Le premier dans la nuit du 30 janvier chez M. Joseph Durand, auquel quatre volailles ont été soustraites ; le second dans la nuit du 14 au 15 février chez M. Claude Morel, chez qui dix-huit volailles ont disparu...*

Elle continua en pouffant de rire :

— ... *un signalement détaillé de ces vingt-deux bipèdes ailés a été communiqué au service de la Ire brigade mobile qui a entrepris aussitôt des recherches...*

— Si elles sont déjà dans l'estomac des voleurs, les recherches ne vont pas être faciles ! s'exclama Natacha.

Les faits divers de Tunis étaient souvent ainsi, bien anodins ; les journaux de la ville n'en rapportaient pas moins, dans leurs moindres détails, les chapardages de tabac, les vols de poulets, de matériaux de construction ou de linge étendu à sécher.

— Il faut dire aussi que ce journal est plutôt idiot ! Mais c'est le seul qu'on nous autorise ici.

La Dépêche tunisienne n'avait pas la réputation de briller par son ton polémique et pouvait donc être lue sans risque par des jeunes femmes du meilleur monde. Insipide, incolore et sans saveur, son contenu était destiné à présenter la Tunisie comme un pays de cocagne en vue d'inciter des colons français à s'y établir et susciter la reconnaissance des indigènes devant l'œuvre civilisatrice de la France. Le résident général Justin Massicault qui, en son temps, avait poussé à la création du quotidien, en avait bien précisé le tempo : « Faites-moi un journal tel que les Français, les étrangers, les Arabes et les Juifs, les catholiques et même les francs-maçons n'éprouvent, en l'ouvrant, aucun frisson : un journal amorphe qui ne blesse les convictions de personne, et tout le monde le lira ! »

— À propos de poulet, j'ai encore faim, dit Safiyé en posant le journal. Si nous faisions encore honneur à ces pâtisseries ? La nuit va être longue ! Êtes-vous bien sûre de vouloir veiller avec moi ? Vous pouvez dormir si vous voulez, je ne vous dérangerai pas...

— Ta ta ta ! Taisez-vous donc ! Je vous l'ai déjà dit : à deux, Dieu nous entendra mieux !

Natacha quitta son siège et s'enveloppa d'une dentelle qui ressemblait à une mantille.

— D'ailleurs, si nous commencions, proposa-t-elle. Enfin, juste après avoir avalé un autre de ces délices !

Les deux filles s'agenouillèrent ; Natacha, le menton posé sur ses mains jointes, et Safiyé, prosternée, les deux mains grandes ouvertes devant le visage.

Et la petite pièce se mit bientôt à résonner de leurs prières murmurées, *Notre Père qui êtes aux Cieux* et *Bismillah Arrahman Arrahim* entrelacés.

Safiyé avait, peu auparavant, expliqué à son amie que cette nuit était particulièrement sacrée pour tous les musulmans. C'était *Lillet el Quadr*, la nuit du Destin, veille du vingt-septième jour de Ramadan ; une nuit consacrée à des mystères ineffables au cours de laquelle le Prophète Mohamed avait reçu la première de ses révélations.

Natacha n'avait pas eu besoin de savoir qu'une prière dite cette nuit-là avait plus de valeur que mille mois de supplications pour se décider à accompagner Safiyé dans ses dévotions, puisque celle-ci, qui gardait espoir, avait décidé de s'en remettre à Dieu.

27

— Ce sont les pêcheurs d'éponges de l'abbé de Smet qui ont remonté ces trésors !

Sœur Émilie-Julien désigna d'un large geste de la main les collections exposées dans la salle « Mahdia », du nom de la ville tunisienne au large de laquelle on avait trouvé une épave antique regorgeant d'œuvres d'art.

— C'était un navire presque entièrement chargé de créations d'artistes grecs, destinées à orner les palais des patriciens romains, expliqua la religieuse.

L'archéologie semblait sa passion plus que l'histoire de la Révolution française et, intarissable, elle ne négligeait aucun détail.

Safiyé et Natacha suivaient le groupe, émerveillées devant l'extraordinaire richesse des collections antiques. C'était la première fois que la Circassienne venait au palais du Bardo. La cité royale des beys de Tunis avait été jusqu'à la fin du siècle précédent le siège du pouvoir beylical et l'ensemble comprenait, outre le palais du souverain et son harem, les palais des princes et des dignitaires, un hôtel de la Monnaie, une caserne, des souks, une prison et même une ménagerie. Il ne restait plus aujourd'hui que le palais principal du souverain, toujours utilisé pour les cérémonies officielles, et l'ancien harem devenu le musée du Bardo ou musée Alaoui, du nom d'Ali III, le bey qui l'avait inauguré.

— Grâce à la découverte de cette épave, le musée du Bardo se classe aujourd'hui au premier rang des rares musées qui possèdent une collection de bronzes grecs...

Sœur Émilie-Julien montrait du doigt le superbe Hermès de Dionysas, au visage d'une noblesse toute classique, encadré des mèches calamistrées de la barbe et des frisons étagés en triple rang sur le front.

— C'est l'œuvre de Baéthos le Chalcédonien.

Tout le long de la visite, les deux filles découvrirent des œuvres qui rivalisaient de beauté : ex-voto en forme de proue de navire, demi-bustes d'Ariane ou de Dionysos couronnés de lierre, statuette d'Hermaphrodite ou Éros Campadophore tenant une torche, et une profusion d'autres objets décoratifs dont les riches Romains aimaient meubler leur domicile.

L'émerveillement se lisait aussi dans leurs yeux à la vue des splendeurs architecturales et décoratives du palais ; Natacha ne cessait de s'extasier devant les dentelles de plâtre des frises ou des plafonds, les marqueteries de marbre de couleur ou les loggias à encorbellement aux moucharabiehs ventrus. Même l'influence italianisante du XIXe siècle, avec ses dorures, ses galeries à colonnettes ou ses plafonds à caissons peints de motifs floraux, ne faisait qu'ajouter un charme particulier à ce délicieux rococo oriental.

Mais le plus étonnant était sans doute l'incroyable profusion de mosaïques de toutes sortes, pavant les murs ou les sols du musée. Toute la vie de l'Afrique antique, ancienne province romaine, s'y déroulait dans sa plus grande diversité. On pouvait y retrouver le maître d'un domaine agricole et son intendant, son épouse parée de bijoux avec son esclave, les étables, les écuries, le vignoble parsemé d'arbres fruitiers, la chasse d'un grand seigneur ou encore des pêcheurs tirant sur leurs filets, ou plus loin, dans des médaillons, les apprêts d'un festin, poissons, oiseaux, corbeilles de fruits et de légumes. C'était encore Neptune sur son char de triomphateur traîné par des chevaux marins, Bacchus tiré par deux tigresses ou Diane au bain surprise par Actéon.

Une débauche de mosaïques à ne plus savoir où donner du regard.

— Le musée du Bardo renferme la plus grande collection au monde de mosaïques romaines et byzantines, précisa sœur Émilie-Julien.

Elle l'avait dit sur le ton fier et passionné de celui qui aurait découvert toutes ces mosaïques.

— Ce n'est pas la modestie qui l'étouffe, chuchota Natacha. Avec son père Delattre, son abbé de Smet et tous les autres, on croirait qu'il n'y a que des religieux français qui ont fouillé ici.

Safiyé fit une petite moue et, à la grande surprise de son amie, ne surenchérit pas :

— Vous savez que j'aime être juste... Eh bien, pour une fois, sœur Émilie-Julien n'a pas tort ; ce sont effectivement les religieux français qui ont été les premiers à explorer les richesses archéologiques de ce pays.

Les élèves s'étaient un peu dispersées dans les différentes salles. Safiyé entraîna Natacha dans une pièce en forme de croix. Aux quatre extrémités, elle lui montra les quatre portes.

— Vous voyez, c'étaient les portes des chambres des quatre épouses du bey ! Toutes identiques.

Elle poursuivit en riant :

— Le bey M'hamed qui a fait construire ce gigantesque harem avait peut-être quatre épouses mais aussi une multitude de concubines.

— Oh Safiyé, vraiment !

Des pensionnaires étaient entrées dans la salle pour admirer la belle mosaïque représentant Virgile entouré de deux muses. En écoutant Safiyé, elles avaient délaissé le poète. Ces histoires de harem étaient autrement plus intéressantes que les explications de sœur

Émilie-Julien sur les mérites comparés de la statuaire grecque et latine.

— Oui, poursuivit la Circassienne. On dit que ce fut le plus grand harem depuis le roi Salomon. Il y avait des femmes de toutes nations, des Circassiennes, des Géorgiennes, des Grecques, des Italiennes, des Nubiennes...

— Oh...

— Et même des Françaises. Plus de mille femmes !

— Toutes pour lui ? demanda avec naïveté l'une des filles.

Un éclat de rire général accueillit la question.

— Bien sûr, répondit Safiyé en riant. Il faut dire que ce bey est mort bien jeune, à quarante-huit ans.

Safiyé évoquait là le grand-père de la princesse Amina. Un sujet que son amie lui avait maintes fois détaillé.

Toutes les filles marchèrent à sa suite et le groupe se faufila rapidement dans une autre pièce en apercevant sœur Émilie-Julien. Il ne restait plus que quatre élèves pour écouter les explications de la religieuse.

*

Pas moins de sept princes de l'Église, cent vingt archevêques et évêques et des milliers de prêtres, de séminaristes et de pèlerins étaient attendus. Après Chicago, Rome ou Sydney, c'était à Carthage d'accueillir les assises du trentième Congrès eucharistique international.

À Saint-Joseph-de-l'Apparition, c'était l'effervescence et les sœurs ne savaient plus où donner de la tête pour aider aux derniers préparatifs. On avait provisoirement arrêté les classes et toutes les élèves étaient mises à contribution.

Dans la salle des fêtes, transformée pour l'occasion en ateliers de travail, Safiyé et Natacha recopiaient avec fébrilité des bons de repas. Sur la colline Sainte-Monique proche, des campements avaient été dressés pour loger quatre mille prêtres et séminaristes français à qui il faudrait fournir aussi le couvert. Les prélats, plus confortablement installés, auraient tous les jours une table ouverte au *Tunisia Palace*.

— Vraiment, Safiyé, au Bardo, vous avez été magnifique ; toutes les filles en parlent encore !

Safiyé rougit. Les autres pensionnaires, captivées par son récit, ne cessaient depuis de lui témoigner les plus délicates des attentions.

— Merci. Mais... écoutez donc !

À l'opposé de la salle, la chorale de l'établissement commençait à répéter la cantate officielle du congrès qui devait être chantée à toutes les manifestations.

Les deux filles posèrent leur plume et, les coudes sur la table, le menton posé sur les mains, elles écoutèrent les premières strophes.

Sois notre force dans la vie,
Garde-nous purs d'âme et de corps,
Dieu vivant, caché sous l'hostie,
Ô pain des vierges et des forts,

Chrétiens de tous pays, de tout rang, de tout âge,
Pour t'acclamer nous accourons, ô Dieu puissant :
Sur le sol béni de Carthage
Que, jadis, les martyrs ont baigné de leur sang...

Natacha donna un coup de coude à Safiyé. Notre mère inspectait les préparatifs. Il fallait reprendre leur travail d'écriture, ou au moins faire semblant.

— Irez-vous avec tout le pensionnat à la grand-messe de clôture du congrès ? demanda la Russe.

— Oui, je suis assez curieuse d'y assister et puis ça me fera une sortie...

La Circassienne avait aussi appris que des princesses beylicales, élèves des Sœurs Blanches, seraient présentes. Elle mourait d'envie de les voir et de reprendre, ne serait-ce que fugitivement, contact avec ce monde d'où elle avait été bannie.

— Ah ! Safiyé, voulez-vous m'enfiler cette aiguille, mes yeux n'y voient plus rien !

L'odalisque saisit l'aiguille et le fil des mains de mère Céleste. D'un geste précis, elle réussit rapidement l'opération.

— Bravo ! Vous avez une vue d'aigle ! s'exclama la religieuse.

En désignant un groupe de filles, un canevas à la main, elle expliqua qu'elles brodaient la dentelle d'un rochet pour le cardinal-légat.

C'était Mgr Lépicier, le légat du pape, qui allait présider en son nom les assises du congrès religieux. On annonçait son arrivée pour le lendemain sur le *Città di Napoli*, un navire italien battant pavillon pontifical. Depuis les accords du Latran, récemment conclus, le Saint-Siège et l'État italien s'étaient finalement réconciliés.

Le congrès allait aussi être pour la France, fille aînée de l'Église, l'occasion de se faire pardonner une politique jugée anticléricale, qui avait abouti à la confiscation des biens de l'Église et à sa séparation de l'État. Prudent, le gouvernement français se réjouissait néanmoins que cette manifestation religieuse d'importance se tienne loin de la métropole, sur une terre de protectorat. À tous les milieux anticléricaux qui critiquaient l'implication de la France dans cette opération, on opposait alors les prérogatives souveraines du bey de Tunis et l'esprit de tolérance de ce monarque musulman.

— Aïe, mes doigts sont engourdis ! Je n'arrive plus à écrire !

Devant Safiyé et son amie, plusieurs piles de bons de repas étaient soigneusement alignées. Les deux jeunes filles posèrent leurs plumes en soufflant. Natacha, le regard brillant, se frotta les mains.

— Ah, il me tarde vraiment d'être à la semaine prochaine !

Natacha venait de recevoir une lettre de son oncle Mishka qui lui annonçait sa prochaine visite et son intention de l'emmener déjeuner à *La Maison dorée*, un établissement chic de la capitale. La Russe avait obtenu la permission de Notre Mère de passer tout le reste de la journée avec son oncle.

— Oncle Mishka m'a dit aussi qu'il allait m'apprendre une grande nouvelle !

*

— *Christus heri et hodie...*

Le légat du pape, en mitre et chasuble d'or, debout devant l'autel, commentait le mot de saint Paul.

C'était à l'emplacement de l'ancienne basilique Saint-Cyprien que se déroulait la célébration en plein air de la messe pontificale. Un large terrain plat d'où l'on pouvait apercevoir au loin le svelte minaret de la mosquée de Sidi Bou-Saïd ; c'était là, disait-on, que Monique, la mère de saint Augustin, désolée de son embarquement secret pour l'Italie, vint passer une nuit en prières et en larmes auprès des restes de saint Cyprien.

Safiyé jouait des coudes et étirait désespérément le cou pour profiter du spectacle. Elle cherchait aussi à retrouver des têtes amies, les princesses beylicales qu'on lui avait annoncées.

Pour leurs élèves, les religieuses de Saint-Joseph avaient heureusement réservé un emplacement assez proche de l'autel. Car, dès avant dix heures ce matin, une foule innombrable avait pris d'assaut le lieu pour occuper les meilleures places. Sur plus de deux cents mètres, on pouvait voir maintenant hommes, femmes et enfants, accrochés par milliers à tous les saillants de la colline de Sidi Bou-Saïd. Tous les regards étaient dirigés vers le ciborium jaune indiquant l'endroit où la messe était dite.

— C'est la montagne des Béatitudes au jour des pains multipliés ! s'émut une sœur novice.

— C'est plutôt un avant-goût de l'enfer, chuchota Natacha en s'éventant.

Il faisait une chaleur torride. Pour une fois, même sœur Émilie-Julien n'avait pas fait de remarques quand les élèves, suant à grosses gouttes, s'étaient débarrassées de leurs bérets et de leurs capelines ; en cette saison l'uniforme blanc remplaçait le bleu marine hivernal.

Safiyé distinguait les officiels sur une estrade à droite de l'autel et, face à eux, le trône du primat d'Afrique et l'estrade des cardinaux. Ils étaient logés à la même enseigne sous les rayons du soleil de plomb matinal. À côté du résident général en grand uniforme, la Circassienne reconnut un prince beylical à l'ordre du Sang en diamants, étincelant sous la lumière ; c'était le prince Taïeb, le fils aîné du souverain, qui représentait son père.

Toutes les élèves, les yeux écarquillés, avaient applaudi et poussé des vivats quand les notes du clairon avaient annoncé l'arrivée de ces hauts personnages ; un peloton de chasseurs d'Afrique, sabre au clair, et des tirailleurs sénégalais formant la haie leur avaient alors présenté les armes. Pour toutes ces jeunes filles, c'était un spectacle grandiose.

— *Nobis quoque peccatoribus*...

Une partie de l'assistance reprit : « Seigneur, à nous aussi, qui sommes pécheurs, nous vos serviteurs... » Certains des prêtres se frappaient la poitrine avec une ferveur particulière.

De sa place assez privilégiée, Safiyé était captivée par le déroulement de la cérémonie. À l'émotion toute naturelle que pouvaient susciter les dévotions communes de milliers de personnes, s'ajoutait la magnificence des apparats et des costumes. La pourpre et les ors qui flambaient au soleil dans ce lieu dépouillé, les chants de la maîtrise de la cathédrale Saint-Louis et du chœur des Pères Blancs ne pouvaient qu'amplifier l'intensité du moment.

— Regardez, ils ont chaud aussi !

Du doigt, Natacha désignait à Safiyé les cardinaux sur leur estrade. Ils avaient quitté la barrette et la calotte et restaient tête nue. La Circassienne vit aussitôt un cérémoniaire se faufiler derrière chaque éminence pour rabattre sur leur tête le grand capuchon de soie rouge qui pendait sur leur camail d'hermine.

— Qu'ils ont l'air drôle comme ça !

— Regardez, Safiyé, ça c'est encore plus drôle ! Le résident général ne connaît même pas le rituel !

L'officiant s'était présenté devant lui pour le baiser de paix. Avec un grand sourire, le représentant de la France lui tendait une main gantée de blanc.

Les sœurs commençaient à rassembler les pensionnaires qui participeraient à la procession jusqu'à la primatiale. Deux heures de marche sous un soleil de plomb ; Natacha préféra s'en dispenser et rester avec Safiyé qui n'y avait pas été invitée.

Sous son *ombrellino* de soie blanche, le cardinal-légat quittait la place en bénissant ; il était entouré des prélats de sa suite, portant le rochet plissé à la romaine. Les cardinaux, escortés de leurs gardes-nobles, étaient vêtus de leur *cappa magna* écarlate dont un servant tenait la traîne. Ils allaient suivre le Saint-Sacrement qu'un officiant portait sous un dais soutenu par des Pères Blancs.

Safiyé regarda la procession se former. Un long

défilé qui s'étendait sur plus d'un kilomètre, oriflammes au vent. Beaucoup étaient vêtus de la chasuble blanche à croix rouge des croisés de l'Eucharistie. Ils marchaient en conquérants, dressant leurs étendards et chantant leurs cantiques. La jeune Circassienne remarqua leur allure martiale. Ils n'étaient pas là uniquement pour glorifier le Dieu unique, mais aussi pour entreprendre en terre d'Islam une énième croisade. « L'éternel combat de la Croix et du Croissant », le mot de Lella Kmar, retentissait dans sa mémoire.

Safiyé, qui avait perdu de vue Natacha, joua à nouveau des coudes pour se dégager de la foule dense qui l'entourait. Elle chercha du regard son amie au milieu des groupes d'élèves des écoles religieuses.

— Douja ! Douja !

Le cœur battant, la Circassienne avait reconnu une jeune princesse qui leur rendait souvent visite à Kasr Essaâda. Elle cria pour se faire entendre :

— Douja ! Douja !

À l'appel de son nom, la jeune princesse se retourna. Son regard croisa celui de Safiyé. Ostensiblement, elle détourna la tête.

Safiyé eut l'impression qu'une chape de plomb l'écrasait.

*

Le mépris, oui, c'était bien du mépris. On les avait méprisés, ignorés, bafoués sur leur propre sol. Au lendemain du trentième Congrès eucharistique international, c'étaient ces mots qui revenaient dans la bouche de tous les Tunisiens.

Le Tunisien est un peuple spécialement tolérant ; bien avant le protectorat français, les différentes religions avaient droit de cité en Tunisie et, dans les synagogues, les églises ou les temples réformés, chacun pratiquait sa foi librement.

Mais les Tunisiens restaient particulièrement susceptibles quand on cherchait à porter atteinte à leur personnalité ou à leurs convictions. Les nationalistes les plus tièdes, les fidèles les moins pratiquants manifestaient souvent à ce sujet une sensibilité à fleur de peau.

Vénérant le Christ et la Vierge au même titre que Mohamed et tous les prophètes précurseurs, les musulmans ne comprenaient pas toujours l'agressivité de certaines propagandes.

Célébration du centenaire de la conquête d'Alger, croisade, croisés dans les rues, oriflammes au vent : tout s'était affiché sans discrétion ni réserve et c'était ce qui avait choqué les Tunisiens.

Sans parler des propos maladroits ou blessants, souvent cités par la presse, « persécutions des musulmans à l'égard des chrétiens », « destructions commises par les Arabes », autant de signes qui avaient été ressentis comme une agression.

Safiyé avait bien remarqué les regards gênés de mère Céleste ou même de Notre Mère quand les sœurs évoquaient devant elle le retentissement extraordinaire de cette manifestation chrétienne. Oui, pensa-t-elle, on avait méprisé les habitants de ce pays tenus pour éléments de décor d'un cadre idyllique et ô combien symbolique.

Un coup de klaxon tira la Circassienne de ses réflexions. Elle était assise à son endroit favori, sous le grand chêne de la cour, et attendait le retour de son amie, sortie pour la journée avec son oncle.

Elle entendit une deuxième série de coups de klaxon et vit Natacha descendre de la Renault torpédo blanche de son oncle. La Russe se précipita.

— Ouf, je suis épuisée ! Et un peu soûle aussi !

Le regard brillant, elle embrassa Safiyé jusqu'à l'étouffer.

— Oh, si vous saviez, Safiyé, c'est... c'est fantastique !

Natacha battait des mains. La jeune fille était visiblement sous le coup d'une grande émotion.

— Bon, je vais d'abord vous raconter ma journée et, ensuite, je vous dirai une grande nouvelle ! Regardez donc déjà ça : c'est un ami d'oncle Mishka qui l'a fait !

Elle lui montra un portrait d'elle esquissé au fusain. La signature de l'artiste était en arabe.

— C'est Alexandre Roubtzoff, un Russe blanc qui s'est installé en Tunisie. Il signe en arabe pour mieux s'intégrer à ce pays !

Natacha lui expliqua qu'après le copieux déjeuner à *La Maison dorée*, l'artiste les avait rejoints et avait spontanément croqué les traits de la jeune fille sans qu'elle s'en doute. Oncle Mishka avait ensuite emmené sa nièce au music-hall du Palmarium, le jardin d'hiver, où, après quelques coupes de champagne, il avait autorisé des jeunes gens bien élevés à l'inviter à danser.

— Je suis fourbue ! J'ai dansé tout l'après-midi ! Le one-step, le fox-trot et même le charleston !

— Ah bon ? Et... on vous a fait la cour ? interrogea Safiyé, taquine.

Natacha eut un large sourire.

— Mieux que ça ! Voilà ma grande nouvelle : tante Olga est d'accord, Alexis va m'épouser !

Oncle Mishka avait appris à Natacha qu'Alexis, un jeune garçon qui l'avait charmée à Bizerte, avait officiellement demandé sa main. Installé à Paris, il avait bon espoir de très vite trouver une situation en rapport avec ses qualités.

— Je n'aurai pas de dot, bien sûr, mais tante Olga va me donner quelques bijoux qui lui restent !

— Mais alors, vous allez partir ?

— Je partirai à la fin des classes pour Paris. Nous nous marions en septembre ! C'est magnifique !

Elle embrassa de nouveau Safiyé qui essayait de ne pas montrer sa tristesse. Sans Natacha et son amitié, elle allait de nouveau se retrouver seule dans ce couvent.

28

... et c'est vrai, je suis heureuse mais triste aussi. Oui, très triste de vous avoir abandonnée dans ce sinistre pensionnat ! N'hésitez-pas à toujours tenir tête à cette pimbêche de Clémentine comme vous savez si bien le faire !

Nous avons emménagé provisoirement chez l'oncle Piotr en attendant le grand départ. C'est une vraie maison d'émigré russe, il y a même encore un samovar et trois pièces d'argenterie qui n'ont pas été vendues : elles trônent dans le petit salon à côté d'une sainte icône sauvée de justesse et du portrait du grand-père peint par un illustre inconnu. Dieu merci, Oncle Piotr a trouvé un travail de bibliothécaire chez un homme d'affaires fortuné. Quelle chance ! Quand on sait que certains de nos compatriotes sont aujourd'hui chauffeurs de taxi ou concierges dans les grands hôtels ! Il faut dire qu'ils continuent quand même à faire ce que les Russes savent faire le mieux, c'est-à-dire la fête ! Je dois vous avouer que je n'ai jamais autant mangé de caviar ni bu autant de vin et de champagne que depuis que nous sommes en exil. Les lendemains, il y a bien souvent des patates bouillies mais, bah, c'est ainsi !

Alexis, mon mari, est un ange ; j'aurais tant souhaité vous le présenter. J'ai bien essayé de le convaincre de nous installer en Tunisie où il pourrait se faire une situation ; les Français proposent aujourd'hui des terres fertiles à exploiter à des prix ridicules (je sais, vous allez me dire qu'ils en ont chassé les véritables propriétaires !). Mais il tient à son projet. C'est donc décidé, nous partons pour les Amériques. Alexis est convaincu qu'avec l'aide de ses cousins déjà sur place, il va réaliser des affaires mirobolantes. J'ai la faiblesse de faire semblant de le croire.

J'ai vendu les deux bagues de tante Olga pour payer notre traversée : croyez bien que j'ai durement bataillé avec Alexis qui ne comprenait pas pourquoi nous ne voyagerions pas en première classe sur le paquebot. Comment expliquer à un mari russe que nous sommes pauvres !

Je l'entends rentrer et m'empresse de terminer. Dès notre arrivée à Philadelphie, je vous ferai savoir notre adresse.

Mille baisers de votre très dévouée et fidèle amie,

Natacha.

PS : Je ne comprends pas, diable, ce que vous allez faire d'une croix mais je m'exécute fidèlement. Je vous envoie donc dans ce pli celle que j'avais petite fille. Puisse-t-elle vous porter bonheur !

Safiyé lut pour la seconde fois la lettre de son amie ; Natacha était restée la même, pleine de cœur et d'esprit. La Russe lui manquait terriblement. Depuis son départ du pensionnat, la jeune odalisque ressentait de nouveau le poids angoissant de sa réclusion forcée.

Ah, si vous saviez, chère et bonne Natacha ! Pourtant, même cette pimbêche de Clémentine, comme vous dites, a quitté le pensionnat : elle épouse cette année un jeune officier plein de promesses.

Quant à cette bonne mère Céleste qui savait toujours la réconforter d'un regard ou d'un mot d'espoir, elle est partie quelques mois pour Bizerte, assurer l'intérim d'une mère souffrante.

La Circassienne resta un long moment, le regard vide dirigé vers la mer ; au-delà, il y avait la Turquie et, encore plus loin, le Caucase.

Calmement, Safiyé regagna le bureau où était posé le pli envoyé par Natacha. Elle retourna l'enveloppe et fit glisser dans le creux de sa main la croix qu'elle avait réclamée. C'était une petite croix de vermeil sertie de grenats de Bohême.

Après un court instant d'hésitation, elle détacha le cordon plat qu'elle portait au cou et y enfila la croix qui vint tinter contre la petite médaille de l'institution. Puis, d'un geste nerveux, elle renoua le cordon. Sur la robe bleu marine de son uniforme, la petite croix de grenats scintillait à côté du médaillon.

Le regard brillant, Safiyé ébaucha un mince sourire. D'un pas décidé, elle quitta la pièce.

*

— *Je Vous salue, Marie pleine de grâce...*

La vaste pièce haute de plafond résonnait des voix des pensionnaires. Tous les matins avant les classes, les élèves debout entonnaient d'une même voix l'hymne à la Vierge. Seules, Safiyé et trois élèves juives étaient normalement dispensées de cet exercice mais se tenaient néanmoins comme leurs camarades.

Pourtant, depuis une semaine, sœur Émilie-Julien n'en croyait pas ses yeux. Abasourdie, elle voyait Safiyé dressée devant le pupitre, une croix brillante au cou, et l'entendait déclamer l'*Ave Maria Stella* avec autant de zèle et d'ardeur que ses camarades.

On avait bien dit à sœur Émilie-Julien que les musulmans vénéraient eux aussi la Vierge, qu'ils appelaient Myriam, mais elle n'en était pas moins surprise.

Pendant toute la leçon, sœur Émilie-Julien, troublée,

n'avait cessé d'épier les moindres faits et gestes de l'odalisque. L'un des grands artifices du démon n'était-il pas de prendre toutes les apparences de la vertu ?

Pourtant, très vite, elle avait dû convenir que le comportement de Safiyé paraissait des plus normal. Avec une assiduité nouvelle, la jeune femme suivait sagement l'enseignement ronronnant de la religieuse qui débitait les affirmations stéréotypées qu'elle répétait depuis des années. À certains moments, sœur Émilie-Julien remarquait le regard de la jeune fille, baigné d'une lueur étrange, qui se levait vers le Ciel et son visage paraissait alors comme transfiguré. Non, assurément, ce ne pouvait être l'inspiration du Malin qui guidait ce comportement.

Quand la sonnerie de la récréation avait retenti, sœur Émilie-Julien s'était dirigée vers Safiyé. La jeune femme prenait un livre dans le casier de son pupitre.

La religieuse en déchiffra rapidement le titre : c'était le *Catéchisme de persévérance* de l'abbé Gaume.

— Le catéchisme vous intéresse donc, ma fille ?

— J'ai assisté à quelques leçons de mère Marie-Marthe et elle m'a prêté ce livre, car je souhaitais combler mes lacunes.

Sœur Émilie-Julien continuait de détailler la Circassienne.

— Et pourquoi portez-vous donc cette croix ? Vous êtes musulmane, que je sache !

Safiyé fixa la sœur ; plus aucune trace d'insolence ne se lisait dans son regard.

— Oui, c'est vrai, ma sœur, mais j'ai maintenant le sentiment que c'est la main de Dieu qui m'a conduite jusqu'ici ! Cette croix, ma sœur, c'est celle du Sauveur qui s'est sacrifié par amour pour nous !

La Circassienne baissa la tête puis, les pommettes colorées, poursuivit, la voix chargée d'émotion :

— Vous savez, ma sœur, que j'ai beaucoup souffert depuis mon arrivée parmi vous ! J'étais aveugle, hélas, je ne voyais pas derrière les épreuves que la Providence m'imposait le souffle du Sauveur qui m'emmenait doucement vers Son Père, le Dieu des miséricordes...

Sœur Émilie-Julien toussota pour essayer de cacher son trouble. Sans le savoir, elle aussi, en tyrannisant la jeune fille, avait été l'instrument de la Divine Providence.

— Allez rejoindre vos camarades ma fille ! Allez en paix !

*

Mère Thérésiane tapotait de ses longs doigts effilés le bureau d'acajou. Le regard posé sur un grand tableau accroché face à elle, la mère semblait attendre une réponse. C'était le portrait de la Bienheureuse Émilie de Vialar, la mère fondatrice de la congrégation des sœurs de Saint-Joseph-de-l'Apparition. Encadré d'une cornette du siècle dernier, le visage doux et serein de la bonne mère était bien celui d'une sainte. Un visage dans lequel mère Thérésiane savait toujours trouver, dans le regard comme dans l'expression, une réponse à ses états d'âme. Pourtant, depuis quelques jours le portrait de la bienheureuse restait désespérément muet à ses sollicitations.

La révérende mère quitta son siège et se mit à arpenter la vaste pièce feutrée qui était son cabinet de travail. Elle aurait dû se réjouir et avoir le cœur rempli de satisfaction mais un malaise diffus et une sourde angoisse l'envahissaient cependant.

Les sœurs n'avaient pas tardé à rapporter à notre mère le nouveau comportement de Safiyé dont elle s'était tout de suite félicitée, sachant bien qu'il ne fallait jamais désespérer des créatures du Seigneur. On lui avait dit plus tard que la jeune fille avait assisté à quelques leçons de catéchisme et ne cessait depuis de questionner les religieuses sur les mystères de la

Rédemption et le Dieu de l'Eucharistie, le Sauveur sacrifié sur la Croix.

Sœur Émilie-Julien elle-même, qui avait toujours tenu la Circassienne en défiance, lui avait affirmé que son visage était comme transfiguré et touché par la grâce. Mère Thérésiane l'avait croisée dans les corridors et au réfectoire et elle avait remarqué la petite croix qu'elle affichait ostensiblement, mais aussi sa mine rayonnante.

Et voilà que, maintenant, les sœurs lui assuraient, radieuses, que la jeune fille voulait se convertir au christianisme et s'agenouiller avec elles devant le Dieu-Hostie. « Je voudrais tant devenir votre sœur en Jésus-Christ », ne cessait-elle de répéter aux religieuses.

Oui, mère Thérésiane avait toutes les raisons d'être irradiée d'un bonheur céleste. Pourtant, elle n'arrivait pas à se défaire d'une certaine gêne, d'un malaise intérieur.

En terre d'Islam, le prosélytisme chrétien avait définitivement été banni par les autorités ecclésiastiques pour ne pas déclencher l'hostilité d'une population musulmane farouchement attachée à sa propre foi. Bien sûr, au siècle précédent, les sœurs de Saint-Joseph, qui venaient de créer leur école et leur hôpital à Tunis, avaient bien essayé de sauver quelques âmes en faisant baptiser en cachette des bébés moribonds, mais c'étaient des pratiques désormais révolues. Feu le cardinal Lavigerie, le premier archevêque de Carthage, qui avait fait renaître de ses cendres l'Église d'Afrique, avait lui-même dessiné les lignes de cette politique : les religieux et religieuses de Tunisie devaient se consacrer à leur ministère auprès des Européens chrétiens et ne répandre leurs vertus que par la charité ou l'enseignement. Même le fer de lance de l'Église, les bons missionnaires formés au scolasticat des Pères Blancs de Carthage, n'avait ici pour vocation que l'archéologie ou les études savantes ; c'était en Afrique noire, où existait un terreau plus fertile, que le puissant cardinal les avait envoyés répandre la parole des Saintes Écritures.

On continuait certes à garder le secret espoir qu'un jour les musulmans, gagnés par la force des raisonnements chrétiens autant que par les charmes du dévouement et des charités des religieux, finiraient à leur tour, comme les Hébreux de Jérusalem le jour des Rameaux, par acclamer le Christ-Roi.

Avec la volonté de conversion de Safiyé, ce miracle était-il arrivé aujourd'hui ?

La révérende mère demeurait indécise. Elle avait passé la nuit précédente dans la chapelle, en prières et mortifications, allant jusqu'à souffrir dans sa propre chair en portant un corset d'épines, mais aucune lueur ne l'avait éclairée.

Mère Thérésiane regagna d'un pas rapide son bureau d'acajou. Elle avait été bien vaniteuse de croire que la réponse viendrait en elle et par elle. Il lui fallait le secours de son directeur de conscience. Qui mieux que l'archevêque de Carthage, le premier vicaire du Saint-Père sur la terre d'Afrique, pourrait la guider ?

Le visage redevenu serein malgré de lourds cernes, elle prit sa plume et rédigea d'une écriture allongée faisant crisser le papier :

Illustrissime, Révérendissime,

Dans les épreuves comme dans les consolations, bénissons le Seigneur. C'est une pauvre pécheresse qui vient demander le secours de vos lumières pour l'éclairer et la guider....

*

— Oui, ma très révérende mère, la lumière est enfin apparue devant mes pauvres yeux aveugles !

Safiyé s'était humblement agenouillée devant la mère supérieure qui l'avait convoquée.

— Venez, ma fille !

Elle fit lever Safiyé et l'entraîna vers la grande fenêtre à barreaux qui donnait sur la cour. C'était une journée ensoleillée d'octobre qu'une légère brise marine rafraîchissait agréablement.

La réponse de l'archevêque de Carthage n'avait pas tardé. Ce matin même, l'abbé Boudange était venu remettre en personne à notre mère un pli cacheté à la cire aux armes épiscopales. La mention « *Personnelle et confidentielle* » barrait obliquement l'enveloppe.

« *L'Esprit souffle où Il veut...* », avait commencé par rappeler le prélat à la révérende mère. Il n'y avait eu de sa part ni de celle de ses religieuses aucun prosélytisme contraire à la ligne édictée par l'épiscopat, aucune intention affichée de conduire cette jeune musulmane vers la vérité ; croire le contraire, affirmait-il, serait un grave péché d'orgueil. C'était une pauvre enfant abandonnée par les siens, une brebis égarée que la main du Divin Maître avait ramenée au bercail. Il n'appartenait donc pas à la bonne mère de juger des volontés du Seigneur.

La conscience en paix, mère Thérésiane avait vite été rassurée par la missive ; non seulement Monseigneur ne s'opposait pas à cette conversion mais il semblait même l'appeler de tous ses vœux.

— *Roma locuta est, causa finita est*[1], avait-elle conclu en entourant affectueusement les épaules de Safiyé de son bras. Eh bien, ma fille, préparez-vous donc à recevoir la grâce du saint baptême !

Safiyé regarda la supérieure, un sourire aux lèvres.

— C'est donc vrai, ma mère, je serai bientôt votre sœur en Jésus-Christ ?

Mère Thérésiane lui caressa les cheveux.

— Oui, ma fille, et, si Dieu le veut, l'abbé Bou-

1. Rome a parlé, la cause est entendue.

dange vous baptisera lui-même en notre chapelle le 28 octobre, jour de la fête des Saints Apôtres, saint Simon et saint Jude...

— Laissez-moi aller le dire aux bonnes mères, aux sœurs et à toutes mes camarades !

Mère Thérésiane sourit devant la joie de la jeune fille.

— Oui, ma fille, allez, allez...

Safiyé s'agenouilla en révérence devant la révérende mère et se dirigea prestement vers la porte du cabinet. Sur le seuil, elle se retourna vers mère Thérésiane :

— Pardonnez-moi, ma mère, d'abuser de vos bontés ! Pour ce baptême qui sera pour moi l'entrée dans ma nouvelle vie, j'aurais tant aimé que ma bienfaitrice de tous les instants, ma protectrice à qui je dois tant de choses, soit présente ! Oui, je voudrais tant que Lella Kmar soit là...

La mère supérieure continuait de sourire.

— Mais bien sûr, ma fille, bien sûr ! Mère Marie-Marthe se rendra cet après-midi même au palais !

*

Par l'entrebâillement de la porte du petit salon, Baba Assad, soulagé, aperçut Si Khelil Bouhageb baiser la main de Lella Kmar pour prendre congé. Cela faisait un moment que l'eunuque attendait impatiemment le départ du grand vizir. Il raccompagna le visiteur jusqu'au perron et s'empressa de rejoindre le salon où se trouvait encore Lella Kmar, allongée sur sa méridienne.

— Pardonnez-moi, Effendina...

À la manière de la cour royale d'Égypte, il avait arabisé l'Effendimiz turc — Notre Dame — en lui collant le possessif pluriel de la langue arabe.

— Quoi encore ? Qui est donc mort ? répondit Lella Kmar d'une voix agacée. L'ancienne beya ne semblait pas de bonne humeur.

Baba Assad avait la mine grave et cérémonieuse avec laquelle il annonçait en général les enterrements.

— Non, non, Effendina. Cela concerne Safiyé...

Lella Kmar prit une mine contrariée et lança d'un ton courroucé :

— Je croyais vous l'avoir déjà dit : je déciderai en temps utile !

Elle avait d'autres préoccupations en ce moment : le grand vizir venait de l'informer que le nouveau bey était beaucoup moins facile à manœuvrer qu'elle ne l'aurait pensé.

D'un geste de la main, elle congédia l'eunuque.

Celui-ci réussit cependant à bredouiller, la voix cassée :

— C'est que... c'est... Il y a une religieuse de Saint-Joseph qui est là... et...

Lella Kmar se redressa de sa méridienne.

— Il est arrivé quelque chose à Safiyé ? Un accident ?

Baba Assad regardait sa maîtresse d'un œil lourd de reproches.

— Presque, Effendina, presque...

La voix défaite, il lui expliqua que la religieuse était spécialement venue au palais pour inviter Son Altesse à rehausser de sa présence la cérémonie de baptême de la jeune Safiyé en la chapelle de Saint-Joseph.

— Un baptême... c'est... c'est une conversion, n'est-ce pas ? gémit l'eunuque.

Figée comme une statue, Lella Kmar, les traits décomposés, le fixait, le visage livide.

*

Moins de deux heures plus tard, une Mercedes-Benz rouge sang franchissait à vive allure le portail de Saint-Joseph avant de s'arrêter brutalement devant le perron.

Baba Assad, en jaquette noire et fez rouge, en descendit le premier et se précipita pour ouvrir la portière arrière, discrètement armoriée sous la poignée. Il donna le bras à Lella Kmar qui sortit prestement du véhicule. Elle était voilée, comme à l'habitude, de son yashmak de mousseline claire qui retombait sur les épaules d'un caftan bleu marine.

Les élèves de l'institution qui observaient cet équipage, admiratives et impressionnées, s'étaient instinctivement regroupées à une distance respectueuse.

Mère Thérésiane attendait sur le perron, entourée des mères assistantes. Elle se précipita vers la beya.

— Je vous en prie, Altesse, par ici...

Elle introduisit Lella Kmar dans un petit salon cossu, réservé aux invités de marque.

— Safiyé arrive.

En revenant de Kasr Essaâda, mère Marie-Marthe avait aussitôt informé Notre Mère de la décision de Lella Kmar. Elle allait venir sur l'heure rechercher sa protégée, dont la longue absence, avait-elle justifié, lui pesait cruellement. Bien sûr, de baptême, il n'était plus question.

Mère Thérésiane proposa un fauteuil à Lella Kmar qui déclina son offre et lui déclara par le truchement d'une sœur arabisante :

— Dites à la mère supérieure que nous lui sommes reconnaissante des soins apportés à notre fille mieux que notre âge et notre santé nous permettaient de le faire ! Mais, aujourd'hui, grâce à Dieu, nous allons mieux...

Elle tendit une épaisse enveloppe à mère Thérésiane.

— Voilà d'ailleurs un modeste gage de notre reconnaissance pour aider les œuvres hospitalières de votre remarquable institution !

Mère Thérésiane remercia l'ancienne beya. Soudain, elle se tut. Safiyé venait de paraître dans l'encadrement de la porte.

La Circassienne s'avança dans le salon d'une

démarche ferme et décidée. Elle se dirigea directement vers Lella Kmar, debout face à la porte. Sans un mot, la jeune fille baisa la main de l'ancienne beya. Spontanément, elle avait retrouvé les gestes gracieux et délicats que l'on pratiquait dans les palais beylicaux.

— Je suis heureuse de vous voir en bonne santé, Lella !

Lella Kmar prit la jeune fille par le menton et lui posa un bref baiser sur le front.

— Eh bien, partons maintenant, voulez-vous !

Déjà, elle quittait la pièce, d'une allure moins traînante qu'à l'ordinaire.

Safiyé croisa le regard de mère Thérésiane. La Circassienne s'agenouilla et lui baisa longuement la main.

— Pardonnez-moi, ma mère, je n'avais pas d'autre choix !

La mère supérieure avait le visage grave, mais son cœur était libéré de la sourde angoisse qui l'étreignait. L'Église avait perdu une brebis mais une jeune fille avait retrouvé les siens.

— Allez, allez en paix, ma fille, je prierai pour vous !

*

Les senteurs épicées de *Cuir de Russie* flottaient à l'intérieur de l'automobile. Lella Kmar était restée fidèle à cette eau de toilette du parfumeur *Pivert*, le fournisseur de toutes les cours royales.

Cela faisait maintenant plus de deux ans que Safiyé n'avait pas revu Lella Kmar, mais l'odalisque avait l'impression de l'avoir quittée la veille. Toujours aussi altière et majestueuse, l'ancienne beya n'avait pas changé ; seul un léger tressaillement des tempes trahissait aujourd'hui sa tension nerveuse.

Safiyé l'avait bien compris : jamais Lella Kmar n'aurait pu tolérer de la voir renier leur foi pour se convertir au catholicisme. En Tunisie, les *mtouren*[1], les rénégats de la sorte, se comptaient sur les doigts d'une seule main.

Selon la loi islamique, l'apostasie était un crime puni de la peine de mort. Mais plus que cela, Lella Kmar n'aurait jamais pu supporter le poids de la conversion de Safiyé sur sa conscience. Dieu ne lui en aurait-il pas fait le reproche et voué son âme à la géhenne ? Car, devant Dieu, Safiyé, sans famille, était sous son unique et seule responsabilité. Et cela, la Circassienne le savait.

Toujours silencieuse, l'ancienne beya se tourna vers Safiyé. Elle affichait une expression satisfaite. Safiyé croyait même distinguer une lueur d'estime au fond de ses prunelles. Assurément, la Beya avait compris le stratagème, ce quitte ou double qu'elle avait joué pour s'en sortir. Et loin de lui en vouloir, elle semblait, au contraire, admirative d'un plan qu'elle aurait peut-être aimé imaginer. L'élève suivait les traces de sa maîtresse.

Débarassée de son yashmak, Lella Kmar se pencha vers Safiyé.

— Je crois que vous n'avez plus besoin de ça maintenant !

Un sourire ironique aux lèvres, elle désignait la petite croix qui pendait au cou de la Circassienne.

Sans se départir de son sourire, elle tira d'un coup sec sur le cordon qui se déchira.

Ce fut sur le trajet de Carthage à La Marsa, peut-être au niveau de Sidi Bou-Saïd, que l'on vit dans le sillage d'une Mercedes-Benz rouge, une croix et une médaille de Saint-Joseph qui s'envolaient dans les airs.

1. De l'italien ou du français « se retourner », c'est-à-dire renier.

TUNISIE

1932-1934

29

Raffiné jusqu'au bout des ongles, Sidi Khelil Bouhageb gardait l'affectation et les manières précieuses d'un marquis du XVIIIe siècle. Mais aujourd'hui, ses yeux, habituellement pétillants de malice, paraissaient bien éteints et, derrière la barbe grisonnante soigneusement taillée, son mince sourire d'enfant s'était figé dans un rictus de lassitude. Le Premier ministre du royaume de Tunisie était soucieux.

— Sidna est de plus en plus ombrageux avec moi. J'ai l'impression qu'il se méfie, se plaignit-il à mi-voix en pénétrant dans le salon.

Lella Kmar congédia d'un geste sa dame de compagnie et proposa un siège face à elle au grand vizir.

— Il sait que vous êtes mon allié et il me déteste. Depuis son avènement au Trône, je n'ai pas été invitée une seule fois au palais !

— On ne prononce même pas votre nom devant Sidna, cela suffit à le mettre dans une colère terrible ! confirma le grand vizir.

Le bey Ahmed vouait depuis toujours une antipathie profonde à Lella Kmar. En fait, depuis que, à la fin du siècle passé, elle avait été mariée à son père, le bey Ali III. Et, contrairement aux fils de Naceur Bey, son dernier époux, qu'elle avait finalement réussi à mettre sous sa coupe, les fils d'Ali III, dont Ahmed, lui étaient restés farouchement hostiles. Avant même que d'être bey, Ahmed n'avait jamais caché la défiance que lui inspirait l'immixtion de l'ancienne beya dans toutes les affaires du royaume du vivant de Naceur Bey.

— À la cour, tout le monde fait comme si vous n'existiez plus !

S'il ne s'était agi que de l'indifférence du souverain et de la cour, Lella Kmar aurait pu aisément s'en accommoder. Quitte à se remettre en selle politiquement à la moindre occasion. Elle était mieux placée que quiconque pour savoir que les monarques n'étaient pas éternels et continuait d'entretenir de solides amitiés avec les autres princes proches des marches du Trône. Mais de l'indifférence actuelle du souverain à son hostilité déclarée, il n'y avait qu'un pas qui pouvait être vite franchi.

L'ancienne beya tortillait nerveusement son long collier de perles.

— Vous savez que Slim Dziri, le gendre du bey, est venu me voir hier...

Slim Dziri était le favori du bey qui lui avait même donné une de ses filles en mariage. Grâce à la faveur du Prince, son ascension à la cour avait été vertigineuse : nommé administrateur de la liste civile du souverain puis directeur du protocole, il était désormais l'homme par lequel il fallait passer pour toute démarche auprès du palais beylical. Le favori distribuait de hauts postes à ses obligés et la rumeur lui attribuait une propension certaine à monnayer ses services.

— Mais que voulait-il donc ? demanda Khelil avec une pointe d'inquiétude.

— Il m'a dit que, passant par là, il n'avait pas voulu continuer sa route sans me présenter ses hommages...

Lella Kmar quitta son siège et se dirigea vers une console où elle rectifia la disposition d'un bibelot. Quand elle se retourna, ses yeux brillaient d'une fureur mal contenue.

— Ses hommages ! Figurez-vous qu'il a eu l'outrecuidance de me demander à visiter le palais ! *Mon* palais ! Afin de s'en inspirer, a-t-il dit, pour la construction de sa nouvelle villa à La Marsa...

Le ton de la beya devint plus véhément.

— Mais j'ai bien vu la convoitise s'afficher sur son visage ! C'est sûr, lui ou le bey auront tôt ou tard l'intention de me confisquer mon palais !

Le souverain en avait le pouvoir. Autant le plus humble des sujets du bey était protégé dans sa vie et ses biens par les lois du pays, autant les membres de la famille régnante restaient sous l'autorité d'un monarque absolu. C'était un domaine où même les Français de la résidence générale n'intervenaient pas. Comme par le passé, les princes et les princesses de la famille régnante ne relevaient que de la seule autorité du souverain et ses décisions étaient sans appel.

— J'ai bien essayé dernièrement de nous débarrasser de ce favori, mais...

Le grand vizir lui expliqua qu'il avait réussi à apprendre que Slim Dziri avait touché une commission de trente mille francs sur l'achat d'un yacht dont le bey avait eu envie. Bien au fait des arcanes du sérail, le grand vizir possédait une science consommée de l'intrigue et agissait toujours avec une prudente audace. Il s'était bien gardé de porter lui-même l'information au souverain, il l'avait transmise au général de la garde, un rival de Slim, qui y avait vu l'occasion d'ouvrir les yeux du souverain sur les agissements de son favori.

— Mais cet imbécile en a parlé au bey devant les nains qui l'amusaient ! Ils ont immédiatement rapporté la chose à Slim ! Et, malin comme il est, il a renversé la situation.

Slim Dziri n'avait pas attendu d'être interpellé par le bey. Le visage rayonnant du bon serviteur fier d'avoir protégé les intérêts de son maître, il lui avait remis la somme en la présentant comme un habile marchandage auquel il s'était livré avec les vendeurs du yacht.

Lella Kmar plissa les yeux.

— Trente mille francs ! C'est un argument qui a dû fortement plaire au bey !

Comme tout le monde, elle savait que le sens de l'économie d'Ahmed Bey confinait à l'avarice. C'était l'un des rares princes à être arrivés au pouvoir avec une solide fortune personnelle qu'il continuait de faire fructifier. La plupart des autres membres de la famille beylicale dilapidaient sans compter ; ils suivaient en cela les recommandations de leur ancêtre Husseïn II qui avait appris à ses fils qu'il ne convenait pas à un roi ou à un prince d'être économe.

Le grand vizir approuva :

— Oui, et la cote de Slim n'a fait que monter ! Par contre, le général de la garde, lui, a dû quitter la cour pour un poste en province !

Il se leva et s'inclina respectueusement pour baiser la main de l'ancienne beya.

— En tout cas, croyez bien que je fais tout ce qui est en mon pouvoir pour contrer les attaques de vos ennemis !

Le Premier ministre prit congé, il était attendu au palais pour la cérémonie du Sceau. Lella Kmar le regarda s'éloigner, les épaules un peu voûtées. Il lui fallait au plus vite trouver un autre moyen de se protéger d'Ahmed Bey.

*

— *Hout, hout*, poisson sur lui !

Le petit Réchid glissa précipitamment de son cheval à bascule pour se réfugier en courant derrière un canapé. Le fils d'Amina redoutait les débordements affectifs de Taïta. Elle avait la manie de fondre sur lui pour le couvrir de baisers et, à travers ses culottes, de tripoter son sexe en poussant des exclamations de fierté, proclamant à haute voix qu'il avait bien grandi. À l'âge de quatre ans et demi, Réchid avait appris à se méfier.

— Laisse-le donc tranquille ! sermonna Safiyé.

La jeune fille n'avait pas élevé la voix mais son intonation, ferme et impérative, stoppa net Taïta. Un peu penaude, la grosse femme s'installa sur un divan bas :

— Lella Amina m'a demandé de le ramener après son goûter.

La princesse continuait d'habiter une aile du palais et elle avait emmené le petit Réchid saluer Lella Kmar. Apercevant Safiyé, elle lui avait demandé de bien vouloir le garder pendant qu'elle allait faire des visites. La Circassienne n'avait pas montré son étonnement, il y avait bien deux bonnes douzaines de personnes au palais à qui Amina aurait pu confier son enfant. Elle avait cependant accepté ; Réchid était adorable et plutôt bien élevé pour un garçon que tout le monde pourrissait.

Safiyé se rendait compte que la princesse multipliait les gestes pour tenter de renouer les fils de leur amitié brisée. Elle la sentait sincèrement désolée de ce qui lui était arrivé, mais elle ne parvenait pas à lui pardonner. Plus que sa longue réclusion au pensionnat, c'était le rejet du palais et de cette famille qui l'avait douloureusement meurtrie. Au Kasr Essaâda, elle avait cru un temps retrouver le doux cocon d'un bonheur familial et elle s'était trompée, on l'avait trompée ; elle était restée une odalisque achetée à prix d'argent dont le destin et le sort ne dépendaient que du bon vouloir des maîtres. Plus jamais, s'était-elle juré, elle ne se laisserait prendre aux pièges de l'amour ou de l'affection de tous ceux qui l'entouraient. Comme Baba Assad, elle était finalement une esclave. S'il lui restait un ami en ce monde, c'était bien d'ailleurs l'eunuque et non les princesses. Ils avaient tant de déceptions et de souvenirs communs. Baba Assad excepté, elle réservait désormais son cœur et ses sentiments pour l'homme qu'un jour peut-être elle aimerait et pour ceux qui naîtraient de sa chair et de son sang.

Quand elle vit le petit Réchid qui jouait à la balle avec Taïta, presque malgré elle, son regard se voila.

Depuis son retour du pensionnat, deux ans auparavant, tout le monde s'accordait à la trouver endurcie. Bien sûr, elle avait été accueillie au palais comme une héroïne auréolée de son long martyre, mais les épreuves et les déceptions avaient ajouté à sa réserve et à sa fierté naturelles un masque d'impassibilité et dressé un véritable mur de protection contre le monde extérieur et ses illusions.

Elle n'était plus une enfant, elle n'était plus la jeune fille fière et un peu timide que tout le monde cajolait et protégeait ; elle était redevenue une odalisque prête à se battre et à n'épargner aucun ennemi pour construire elle-même son destin.

Safiyé n'avait pourtant pas encore tous les atouts en main. Lella Kmar détenait toujours les clefs qui lui ouvriraient les portes d'un monde où elle pourrait enfin voler de ses propres ailes. C'était elle qui la marierait, elle qui lui permettrait enfin de s'accomplir tout à fait.

Désormais, leurs relations étaient uniquement tissées d'estime et de respect mutuels ; Safiyé n'avait plus cherché à retrouver chez sa protectrice amour et affection. Elle ne voyait plus maintenant en Lella Kmar qu'une odalisque au parcours prestigieux, une aînée dont elle avait encore des choses à apprendre et qui saurait la guider dans leurs intérêts communs.

Des soupirs plaintifs la tirèrent de ses pensées. Jouda arrivait en larmes. La jeune femme était la fille du colonel Zaccharia et, par sa mère la princesse Bakhta, la petite-fille de Naceur Bey. Encouragée par Lella Kmar qui voyait d'un bon œil cette fréquentation, elle venait régulièrement au Kasr Essaâda rendre visite à

Safiyé. Au début, Safiyé avait été un peu agacée par son tempérament lymphatique mais avait néanmoins fini par la prendre sous sa protection. Jouda s'avança vers Safiyé en tamponnant d'un mouchoir ses yeux rougis.

— Qu'avez-vous donc ? lui demanda-t-elle sans laisser à Taïta le temps de s'émouvoir et de gémir à son tour.

Entre deux hoquets, la jeune fille avoua :

— Le cheikh Ennaïfar m'a passé un savon parce que j'avais le livre de Tahar Haddad à la main...

Un diplômé de la Grande Mosquée avait publié l'année précédente *La Femme musulmane devant la religion et la société*, pour justifier l'émancipation de la femme, citations coraniques à l'appui. Cet essai avait soulevé un véritable tollé chez tous les vieux turbans qui l'avaient condamné comme hérétique et avaient même procédé à un autodafé solennel.

— Et c'est pour ça que vous pleurez ? s'étonna Safiyé. Lui avez-vous au moins demandé s'il a lu le livre et ce qu'il lui reproche ?

La plupart des mandarins de la Grande Mosquée n'avaient même pas ouvert le volume et se contentaient de le dénoncer sur sa seule réputation et le danger social qu'il représentait.

— Oh non, je n'aurais jamais osé !

Jouda avait une voix d'une douceur presque angélique. Comme son caractère d'ailleurs. Elle était la bonté personnifiée, avait la méchanceté en horreur et se laissait souvent faire, ce qui exaspérait Safiyé.

Celle-ci lui sourit, amusée :

— Eh bien, vous auriez dû oser ! C'est lui qui pleurerait maintenant !

Jouda sécha ses pleurs et son visage retrouva une expression sereine. De sa grand-mère circassienne, la deuxème épouse de Naceur Bey, la jeune fille avait hérité les traits délicats et le prénom, Hosn-el-Oujoud, dont le diminutif était Jouda. Grande et élancée, elle était certainement l'une des plus belles femmes de sa génération.

Safiyé lui sourit de nouveau. Ce nouveau rôle de protectrice lui plaisait.

*

Au palais beylical, la cérémonie du Sceau était une survivance des *majalis*, les séances publiques ou privées au cours desquelles étaient adoptées les décisions politiques ou judiciaires sous les anciennes dynasties arabes. Tous les jeudis matin, jour du Sceau, les lois et les décrets étaient ainsi soumis à l'auguste paraphe du bey, « Possesseur du Royaume de Tunis » et détenteur des prérogatives de législateur suprême, même si, depuis l'installation du protectorat en 1881, toutes les lois étaient en réalité préparées et mises en forme par les services du résident général qui, en tant que représentant du gouvernement français, était le véritable maître du pays.

Sur un ordre du bey, le *Saheb Ettabâa*, le garde du Sceau, apposa sur le document le grand cachet de l'État, un sceau ovale en or au centre duquel figurait le monogramme du monarque, entouré de deux vers de la *Quacidat el Bourda*, un ensemble de poèmes à la gloire du Prophète.

Les temps n'étaient plus aux excès de précautions, quand le bey gardait toujours le sceau lié à un cordon attaché à un bouton de sa jaquette ou à la chaîne de sa montre et ne l'abandonnait au Saheb Ettabâa que le temps nécessaire à l'opération. Mais néanmoins, à chaque fin de séance, une fois le dernier décret scellé, le garde du Sceau quittait la petite table qu'il occupait face au souverain et venait s'incliner respectueusement devant lui en lui restituant le précieux sceau.

C'était l'une des rares cérémonies de la cour pendant

laquelle le protocole autorisait les dignitaires à être assis en présence du monarque, mais le bey Ahmed, pénétré des devoirs de sa haute charge, veillait cependant à y faire observer la plus stricte étiquette.

Après le baisemain des dignitaires dans l'ordre habituel des préséances, le bey, suivi de son aide de camp, quitta la salle du Trône pour gagner l'antichambre qui conduisait à ses appartements privés. Ahmed Bey continuait d'habiter le palais de La Marsa que son père, Ali III, avait racheté aux héritiers du comte Giuseppe Raffo, le fils d'un esclave sarde capturé par les corsaires tunisiens et qui avait fait au XIXe siècle une carrière fulgurante à la cour du bey.

Le souverain fit signe au ministre de la Plume de le rejoindre et, comme à l'accoutumée, Khelil Bouhageb suivit le bey pour pénétrer dans le salon attenant. Celui-ci se retourna d'un bloc vers son grand vizir.

Un peu surpris, Khelil eut un léger mouvement de recul. Vêtu d'une curieuse redingote au revers de satin rouge que personne à la cour n'avait encore osé imiter, le bey Ahmed le dominait bien d'une tête. Les épais sourcils et la barbe drue conféraient aux traits graves du souverain une physionomie un peu farouche qui tranchait avec l'aspect de douceur et la mince silhouette, diaphane comme une cire, de son prédécesseur. Le nouveau monarque était une vraie force de la nature et on racontait au palais que, lorsqu'il avait une petite faim, on égorgeait sur-le-champ un veau pour cuisiner incontinent du *mirmiz*, un ragoût dont il était friand.

— Je ne vous ai pas demandé ! Je n'ai pas besoin de vous !

Sa voix, forte et impérative, résonna dans toute la pièce.

— Mais, Sidna..., balbutia Khelil en reculant encore d'un pas.

En principe, le bey n'accordait aucune audience en

tête à tête hors de la présence du grand vizir. Sauf pour les entretiens privés. Mais Khelil avait su s'imposer et empêcher les visites privées en son absence. Le souverain s'était vite rendu compte des manœuvres de son Premier ministre et commençait à nourrir envers lui une animosité grandissante.

— La prochaine fois, vous voudrez peut-être m'accompagner aussi aux commodités ? tonna le bey de sa voix de stentor.

Dans le silence glacial de la longue pièce, personne n'osa même esquisser un sourire. Seule la lueur ironique dans le regard de certains témoignait de leur plaisir de voir rabrouer aussi vertement le grand vizir.

Sans un mot, Khelil Bouhageb baisa la paume de la main de son maître et, encore sous le choc de l'humiliation, se retira à reculons pendant que la silhouette massive du bey s'éloignait, suivie du ministre de la Plume.

Quand il descendit le grand escalier de marbre, salué par un roulement de tambour, le Premier ministre ne s'étonna même pas de l'absence des dignitaires et des nombreux courtisans qui, d'ordinaire, s'empressaient de lui faire cortège. Il ne s'était jamais fait aucune illusion sur la nature humaine ; tout le monde à la cour avait compris que les jours de Khelil Bouhageb dans ses fonctions de grand vizir étaient désormais comptés.

*

Baba Assad n'arrivait pas à détacher son regard du journal posé devant lui. Un flot de douloureux souvenirs submergeait sa mémoire. Les images s'entrechoquaient avec force dans son esprit. C'était d'abord celle du petit garçon enlevé par d'impitoyables négriers. Tout le long des branches supérieures du Nil blanc, au Kordofan, à Darfour ou au Dongola, les marchands d'esclaves avaient razzié des enfants par dizaines.

Enchaînés les uns aux autres, ils avaient marché des jours et des jours jusqu'à épuisement.

L'eunuque ne put retenir un long soupir. C'était à Abou Tig, en Haute-Égypte, sur la route caravanière qui reliait le Soudan à l'Égypte, que son destin avait basculé. Baba Assad revoyait encore le visage couperosé du moine copte penché sur lui ; il dégageait une odeur d'ail et de beurre rance. L'islam interdisait la castration ; on laissait donc aux chrétiens le soin de « fabriquer » les eunuques que les musulmans achèteraient ensuite pour leurs harems.

Baba Assad avait été opéré *sandali*, à fleur de ventre, comme l'on disait pudiquement.

Les yeux fixes, rivés sur le journal qui avait brutalement réveillé en lui cette mémoire enfouie, l'eunuque avait la pénible impression de revivre, étape par étape, sa cruelle mutilation. Terrassé par la fatigue, le jeune garçon s'était laissé faire quand les deux aides du moine lui avaient enserré le ventre et le haut des cuisses dans des bandages blancs, afin de prévenir une hémorragie trop abondante, avait-il appris plus tard. On l'avait à demi allongé, puis baigné les parties viriles dans de l'eau chaude additionnée de poivre. C'était quand le moine avait empoigné son pénis et ses testicules qu'il avait très vite coupés au ras du corps avec un couteau en forme de faucille que le garçon avait poussé un hurlement, tout de suite étouffé par un chiffon qu'on lui avait glissé dans la bouche. L'opérateur avait alors enfoncé une tige d'étain dans l'orifice sanglant puis recouvert la blessure d'un papier imbibé d'eau froide et de bandages.

Encore à moitié inconscient, on l'avait ensuite obligé de marcher tout autour de la pièce pendant trois longues heures. C'était alors seulement qu'on l'avait autorisé à s'allonger. Il était resté ainsi deux jours durant avec interdiction absolue de boire la moindre goutte d'eau.

Baba Assad se racla la gorge. À ces souvenirs, sa langue s'était asséchée. Plus de deux jours, il avait souffert de la soif et d'une douleur cuisante qui lui brûlait le bas-ventre. Quand, enfin, on lui avait retiré le bandage et le fausset d'étain, un flot d'urine avait jailli comme un soulagement.

Certains de ses jeunes compagnons d'infortune n'avaient pu y parvenir ; ceux-là étaient définitivement condamnés à une mort atroce. Mais les négriers n'en avaient cure ; le nombre d'échecs était relativement faible et sur les marchés de l'Orient, le prix d'un eunuque pouvait atteindre plus de dix fois celui d'un esclave normal.

Baba Assad avait aujourd'hui le sentiment douloureux que cette mutilation ne revêtait désormais plus aucun sens. Son regard continuait de fixer le journal posé devant lui. C'était un quotidien turc envoyé à Lella Kmar par des correspondants d'Istanbul.

« *Miss Turquie a été élue Miss Univers !* » annonçait triomphalement l'un des titres en gras de la première page.

Baba Assad essuya ses mains devenues moites. Miss Turquie ! On avait castré un jeune garçon noir, plein de sève et de vigueur, pour en faire un eunuque chargé de veiller à la pudeur du gynécée et voilà que ce gynécée s'exposait aujourd'hui sans retenue ni décence aux regards sacrilèges de tous. Miss Turquie ! Voilà donc où Mustafa Kemal Pacha, dans son obsession d'occidentaliser la Turquie, avait conduit l'Empire ottoman.

— Vous me paraissez bien pensif, Baba Agha !

L'eunuque sursauta et replia rapidement le journal. Safiyé s'adressait souvent à lui en utilisant les deux vocables, le Baba de l'arabe et l'Agha du turc.

Baba Assad s'efforça de sourire et dissimula le quotidien. À la vue de l'article, la jeune femme n'aurait pas manqué de comprendre ses états d'âme ; il connaissait sa perspicacité et son intuition. Et il ne voulait surtout pas qu'elle puisse en être peinée et se remémorer avec amertume les temps bénis de la grandeur de l'Empire ottoman.

— Ah, ma Lionne ! Quelle beauté éclatante ! s'exclama-t-il sans laisser le temps à la jeune femme de le questionner davantage.

Safiyé répondit par un sourire timide aux compliments de l'eunuque. Elle était en effet particulièrement séduisante. Son visage aux traits délicats était radieux et ses yeux noisette brillaient d'une lueur qui virait presque à l'or.

La voix pleine d'excitation, elle informa l'eunuque :

— Ce soir, nous allons au théâtre et Lella Kmar m'a demandé de vous prévenir !

Elle semblait toute à la joie de cette sortie encore inhabituelle et Baba Assad n'eut pas le cœur de faire semblant de maugréer comme à l'ordinaire, en protestant qu'on le prévenait toujours à la dernière minute. Il serait prêt à l'heure dite, en grande tenue, pour escorter Lella Kmar et « sa Lionne » jusqu'au théâtre de la ville.

Safiyé le salua et il l'observa, attendri, tandis qu'elle quittait la pièce à petits pas. Elle portait une robe de velours rouge un peu moulante qui soulignait une ligne et une cambrure parfaites. Avec l'effritement progressif de toutes les traditions et l'engloutissement de ce monde pour lequel on l'avait si durement préparé, Safiyé resterait à jamais en son cœur la dernière odalisque.

*

Safiyé n'avait jamais vu jouer la Sarah Bernhardt tunisienne. Habiba Messika, la célèbre comédienne juive qui avait fait tourner la tête du tout-Tunis masculin, avait finalement connu la fin tragique des héroïnes qu'elle interprétait : brûlée vive par un riche amant éconduit. Aux commentaires qui lui parvenaient de la salle archicomble, la Circassienne n'avait pas tardé à comprendre que les admirateurs endeuillés de l'actrice tunisienne étaient venus applaudir ce soir Fatma Rochdy, dans le seul espoir de retrouver l'illusion de leur idole : ils reviendraient certainement tous demain pour la représentation de *L'Aiglon* en arabe, le rôle fétiche de leur vedette disparue.

Safiyé ne pouvait certes comparer mais elle trouvait la Sarah Bernhardt égyptienne admirable, criante de vérité. D'une beauté tout orientale, Fatma Rochdy interprétait ce soir la reine dans *La Mort de Cléopâtre*, un drame de l'auteur égyptien Chaouki. Safiyé, qui n'avait jamais été d'une sensiblerie exacerbée, ne put cependant s'empêcher de vibrer aux accents pathétiques de Cléopâtre penchée sur le corps sans vie de Marc Antoine. Fascinée, la jeune femme observa la comédienne pleurer de chaudes, de vraies larmes.

— Prenez donc mes jumelles, vous verrez mieux !

Lella Kmar tendit à Safiyé ses « lunettes d'Inde », comme on appelait les jumelles en Tunisie. Toutes deux, accompagnées de Badraja, occupaient une baignoire grillagée en face de la scène. Absorbée par le spectacle, Safiyé remercia brièvement Lella Kmar sans remarquer son air absent et préoccupé. Depuis le début de la représentation, l'ancienne beya s'était médiocrement intéressée aux répliques des acteurs et était restée plongée dans ses propres pensées.

Quand le rideau se referma pour l'entracte, Safiyé, débordante d'enthousiasme, joignit ses applaudissements à ceux des spectateurs en délire. Elle prit soin néanmoins de le faire d'une manière feutrée, sans gestes brusques ni effusions excessives.

— *Vive la Tunisie ! Vive l'Égypte !*

Safiyé ajusta les jumelles sur la salle ; des spectateurs debout hurlaient leurs vivats. Elle les tourna ensuite vers l'une des loges d'honneur du côté de la scène ; l'épouse du résident général était là, accompagnée de William Marçais, un arabisant distingué qui lui traduisait la pièce. Le sourire de la résidente générale était crispé, le nom de la France n'avait pas été associé aux acclamations du public.

Pendant l'entracte, une fillette exécuta sur scène une danse du ventre en faisant des effets de torse et en tortillant des hanches. C'était la petite Aziza Aïd, la fille de l'actrice principale, annonça le présentateur.

— Regardez-moi ça ! Une gamine de sept ans ! C'est honteux...

L'intermède avait de toute évidence mis Lella Kmar hors d'elle et Safiyé n'avait qu'une crainte : qu'elle ne décide de quitter le théâtre avant la fin de la représentation. Heureusement, l'arrivée du prince Moncef, qui venait saluer sa belle-mère pendant l'entracte, permit de faire diversion. Le fils aîné de Naceur Bey s'inclina pour baiser la main de Lella Kmar.

— Elle est formidable, cette Égyptienne ! Cela vous a plu ?

Sa voix tonitruante résonnait dans la petite loge mais Lella Kmar réussit à cacher son exaspération. Depuis l'enfance, le prince était sourd de l'oreille gauche.

— C'est très agréable, en effet, répondit Lella Kmar d'un ton qui indiquait qu'elle avait d'autres préoccupations.

Le prince Moncef lissa sa moustache en crocs impeccablement cirée. Il fixait sa belle-mère d'un air interrogateur. Celle-ci murmura :

— Vous avez appris, pour Si Khelil ?

Les journaux n'avaient pas encore annoncé la nouvelle, mais le prince Moncef avait été informé par l'un de ses cousins que le bey venait de destituer dans la matinée son grand vizir pour le remplacer par Hédi Lakhoua, le ministre de la Plume. Dans l'après-midi même, un émissaire du palais s'était rendu chez lui pour lui signifier sa disgrâce et obtenir la restitution de la plaque en diamants de l'ordre du Sang.

Il essaya de tranquilliser Lella Kmar :

— N'ayez crainte, Lella, toute la famille beylicale vous soutiendra toujours !

Elle aurait aimé en être aussi sûre. Maintenant que Khelil n'était plus grand vizir, il lui fallait très vite nouer de nouvelles alliances ou trouver un moyen de se rapprocher du souverain.

Le regard de Lella Kmar suivit Safiyé qui regagnait son siège aux trois coups de la reprise du spectacle. Dans sa robe de moire vert d'eau coupée pour l'occasion, la jeune femme était particulièrement belle et altière.

Lella Kmar plissa légèrement les yeux, un sourire de satisfaction flottait sur ses lèvres : avec cette ravissante odalisque, elle tenait peut-être une carte maîtresse.

30

Lella Kmar observait en souriant Yvonne Manceron. Son mari avait remplacé Lucien Saint, nommé au Maroc sous la pression du gouvernement italien qui le jugeait trop défavorable au fascisme et proche des francs-maçons. Le nouveau représentant de la France en Tunisie s'était fait la réputation d'un honnête homme, moins rompu à l'intrigue que son prédécesseur et à la personnalité beaucoup plus effacée.

— Je suis honorée, Altesse, de vous connaître enfin !

La résidente générale se répandait en compliments et en amabilités. L'ancienne beya acquiesçait, la mine satisfaite : elle comptait donc toujours pour les Français. L'épouse du résident général n'était certainement pas venue à Kasr Essaâda pour une innocente visite de courtoisie.

Après le service des sorbets et des pâtisseries, Yvonne Manceron posa sa main, d'un geste familier, sur le bras de Lella Kmar et glissa sur un ton de confidence :

— Vous savez, Altesse, la disgrâce de Sidi Khelil Bouhageb n'est pas du tout du fait de la France ! Au contraire, mon mari l'a toujours soutenu. Mais on ne pouvait aller non plus contre la volonté du souverain...

Lella Kmar fixa la résidente générale sans répondre. Elle savait parfaitement que la France n'était pour rien dans la chute de son favori. Mme Manceron, mal à l'aise, poursuivit :

— Oui, d'ailleurs, on voulait lui octroyer la grand-croix de la Légion d'honneur...

— C'était une attention délicate, répondit Lella Kmar d'un ton poli. Ce n'était pas une médaille française qui allait rendre à son favori son influence à la cour.

La résidente générale reprit d'un ton désolé :

— Mais le bey a annoncé que c'était contraire aux usages et que, si on lui décernait pareille décoration, il ne mettrait plus jamais son grand cordon dans les cérémonies ! Mon mari n'a pu que s'incliner devant les traditions de la cour !

Lella Kmar plissa les yeux. Le message était clair. La France était désireuse de garder un contact utile avec elle et compatissait à la disgrâce de son favori, mais elle ne prendrait pas le risque de se mettre le souverain à dos.

Pendant que sa visiteuse plongeait en révérence pour prendre congé, Lella Kmar aperçut Safiyé et Jouda qui chuchotaient entre elles. Elle n'avait pas besoin d'entendre ce qu'elles disaient pour savoir de quoi elles parlaient. Jouda allait bientôt épouser le prince Chedly, fils du prince Lamine et petit-fils de ce bey Mohamed-el-Habib qui lui avait toujours témoigné la plus grande des sollicitudes. Oui, il lui fallait très vite utiliser le seul pion qui lui restait : il lui fallait marier Safiyé. Une union utile qui lui permettrait de se rapprocher du bey Ahmed ou de se protéger de ses foudres par une solide alliance. Depuis toujours, Lella Kmar savait qu'un bon mariage pouvait éviter dix guerres.

*

— *Tunisi a noi... !*

Taïta pressa le pas. Elle n'aurait pas dû passer par

la ville européenne. Une foule impressionnante sortait du théâtre Rossini et scandait des slogans déterminés en brandissant des portraits de Mussolini. Malgré l'interdiction des autorités du protectorat, des dizaines de chemises noires, encadrées par des éléments de la *squadra fascista*, se pavanaient en reprenant comme un défi :

À qui Tunis ? À nous !
À qui Nice ? À nous !
À qui la Corse ? À nous !
À qui la Savoie ? À nous !

Après le refrain, les accents antifrançais se firent plus violents :

Et victorieux nous retournerons
À notre Duce nous rapporterons
La tête tranchée de Marianne...

Taïta, prise dans la foule des manifestants, avait du mal à se frayer un passage. Elle ne fut même pas attendrie comme à son habitude par les adorables bambins impeccablement alignés : en uniforme, ils faisaient eux aussi le salut fasciste. C'étaient des *Figli della lupa* dont la majorité n'avait pas encore huit ans. Derrière eux, les plus âgés, *Piccoli Italiani* et *Balilli*, puis les adolescents, *Avanguardisti* et *Giovani Italiani*. Taïta les observa, une lueur inquiète dans le regard. Comment des garçons de leur âge pouvaient-ils se conduire de manière aussi ignoble ? Ces bandes de jeunes Italiens étaient de vrais voyous. Certains d'entre eux emmenaient le vendredi soir des filles au cimetière musulman de Sidi Younès, où ils s'amusaient à profaner des tombes et à déterrer crânes et ossements. Ils allaient ensuite jeter ces projectiles macabres dans les patios des maisons juives et ricanaient de l'émoi des familles réunies autour du traditionnel repas de Sabbat. Tout était bon pour éblouir leurs belles et se poser en preux fils de la Louve face aux Juifs pusillanimes et couards.

Depuis quelque temps, le fascisme en Tunisie prenait des accents antisémites pour dénoncer l'« insolente ploutocratie juive » ou le « défaitisme hébraïque et antifasciste ». Pourtant, après la marche sur Rome, beaucoup parmi l'élite dirigeante des *grana*, les Juifs originaires de Livourne, s'étaient ralliés au nouveau régime. Aujourd'hui, il s'agissait pour le parti fasciste de prendre le contrôle de toutes les institutions de l'importante communauté italienne de Tunisie et de remplacer leurs dirigeants, souvent des Juifs livournais, par des hommes sûrs envoyés par Rome.

Car la Tunisie restait au cœur des préoccupations du gouvernement fasciste ; jamais la rancœur de l'Italie à l'égard du protectorat français ne s'était éteinte, ni ses revendications sur un pays qui restait, pour elle, le prolongement naturel de la botte italienne.

Pour le Duce, l'avenir de la Tunisie appartenait sans conteste à l'Italie.

Taïta se faufila rapidement dans les ruelles adjacentes. Elle avait hâte de rejoindre le faubourg de Halfaouine où l'attendait son amie Najia qu'elle n'avait pas vue depuis longtemps.

*

L'idéal, pour Lella Kmar, aurait été bien sûr le prince Kemaleddine. Sidi Kemal, comme tout le monde l'appelait, était sans conteste le fils préféré et le chouchou du bey Ahmed. Le souverain ne jurait que par lui et lui passait tous ses caprices, en oubliant même sa pingrerie coutumière. Oui, Sidi Kemal aurait été le choix idéal.

À ce détail près que le prince avait moins de dix

ans. Avec la meilleure volonté du monde, Lella Kmar pouvait difficilement songer à échafauder des plans pour l'attirer dans ses filets et organiser une union avec une odalisque de vingt-trois ans.

Aucun des autres fils du bey Ahmed ne pouvait également convenir. Elle s'était donc rabattue sur un neveu du souverain qu'on disait bien en cour.

Tout sourire, le prince Mustapha ne remarqua pas les gestes nerveux de Lella Kmar qui tortillait son long collier de perles ; elle s'efforçait visiblement de calmer son impatience et son exaspération. Car le jeune prince, plutôt beau garçon au demeurant, était affligé d'un tic qui l'agaçait prodigieusement : rythmiquement, il clignait de la paupière, comme pour ponctuer chacune de ses phrases.

Le jeune homme s'interrompit et leva les yeux. Safiyé déposait devant lui une tasse de moka fumant. La jeune fille était si rayonnante qu'il en oublia un instant de cligner de l'œil. Lella Kmar avait conseillé à sa protégée de porter cette robe de soie parme qui lui dessinait une silhouette élégante et sensuelle. Elle avait habilement manœuvré : après avoir invité le prince sous un prétexte futile, elle avait demandé à Safiyé, « sa fille », d'assurer le service. Les princes de la famille régnante étant les seuls hommes admis à la présence auprès de n'importe quelle femme tunisienne, il convenait donc, avait-elle expliqué, d'honorer l'auguste visiteur et de le faire servir par « sa fille » et non par une simple domestique.

— Et vous me disiez donc ? reprit Lella Kmar en invitant d'un signe Safiyé à prendre place à côté d'elle.

Le prince Mustapha détourna comme à regret son regard :

— Oui, ma tante, ce Slim Dziri est vraiment tout-puissant à la cour et il accapare tout ! L'autre jour, je passais par son bureau et il y avait là trois vénérables cheikhs dont je vous tairai les noms ! Eh bien, figurez-vous qu'ils étaient en train de ramasser à terre des papiers qui s'étaient envolés ! Ce n'était vraiment pas une besogne pour eux !

Lella Kmar acquiesça d'un air faussement résigné pendant que le prince détaillait discrètement Safiyé. Il trouvait la jeune odalisque bien plus séduisante que l'actrice italienne qu'il entretenait en ce moment.

Et soudain, il comprit. Cette histoire fumeuse de terrain mitoyen pour laquelle Lella Kmar lui avait demandé de passer n'était en définitive qu'un prétexte. On voulait simplement présenter une ravissante odalisque à l'un des célibataires les plus en vue de la capitale. Sidi Mustapha esquissa un mince sourire, une lueur de malice dans ses yeux clairs ; c'était sans l'ombre d'une hésitation qu'il mettrait cette fille dans son lit.

— En tout cas, reprit Lella Kmar, dans l'intérêt de toute notre famille, il faut nous débarasser de ce favori !

— Oui, mais que faire, ma tante ? Sidna ne jure que par lui !

Il scruta posément Safiyé, un sourire aux lèvres :

— Qu'en pensez-vous donc ? Je suis sûr que vous allez trouver une solution miracle...

À ce moment, le prince se fichait éperdument de Slim Dziri et de ses frasques ; il voulait simplement écouter Safiyé et retenir son attention et son regard braqués sur elle sans déroger aux règles de la bienséance.

La jeune fille toisa un instant le jeune homme. Lella Kmar l'encouragea d'un signe de tête et d'un sourire ; l'ancienne beya était de toute évidence satisfaite par la tournure que prenait l'entretien.

— Pourquoi ne pas impliquer les Français ? murmura Safiyé.

Devant l'air étonné du prince et de sa protectrice, la jeune femme expliqua d'un ton assuré qu'il fallait pousser la Résidence générale, déjà un peu excédée par les abus de Slim Dziri, à voir en lui un gêneur qui accaparait trop de pouvoir. Une fois les Français convaincus, la chute finale ne devrait guère traîner.

Visiblement, l'odalisque avait compris où se trouvait la réalité du pouvoir. Elle poursuivit, légèrement amusée :

— On pourra même dire au souverain que la disgrâce de son favori s'accompagnera d'une confiscation de ses biens au profit de son maître ! C'est un argument qui devrait plaire à Sidna !

Le prince Mustapha ne souriait plus et son visage s'allongea. Trois fois de suite, il cligna de l'œil, signe d'une grande émotion. Cette odalisque était redoutable. Il venait de l'échapper belle. Le prince n'avait nulle envie d'épouser une seconde Lella Kmar, si belle fût-elle ; il ne se sentait pas l'âme d'un second Naceur Bey.

*

— Ce n'est rien qu'un léger refroidissement, Altesse ! Gardez le lit quelques jours et il n'y paraîtra plus !

Le Dr Alfonso Errera tapota la main de sa patiente et regagna le fauteuil placé à son chevet. L'Italien, originaire de Pantellaria, était un des médecins du bey Naceur et avait continué par la suite de soigner sa veuve qui avait en lui une confiance aveugle. Il rédigea une ordonnance qu'il tendit à Safiyé pour qu'elle la fasse porter au pharmacien de La Marsa qui se chargerait des préparations nécessaires.

La veille au soir, peu après l'entretien avec le prince Mustapha, Lella Kmar, prise de frissons et d'un léger accès de fièvre, s'était alitée et avait demandé à Safiyé de lui tenir compagnie. Hors la présence des dames de compagnie et des suivantes, les deux Circassiennes s'étaient lancées dans une longue conversation en turc.

Sans qu'elle traitât la jeune fille d'égale à égale, il y avait désormais, dans le ton comme dans les manières de l'ancienne beya, une certaine forme de complicité. Safiyé l'avait compris, comme elle avait compris que cette nouvelle connivence n'excluait pas le respect qu'elle devait toujours à son aînée. Aussi avait-elle simplement souri quand Lella Kmar avait évoqué en riant les tics du prince Mustapha.

Lella Kmar demanda des coussins à Safiyé et se redressa sur le lit pour converser avec le médecin.

— Dites-moi, docteur, quelle était donc cette manifestation italienne ? Notre Taïta est revenue l'autre jour toute tremblante de la ville européenne...

Le Dr Errera leva les sourcils avant de répondre d'un ton grave :

— Un proche de Mussolini est venu de Rome pour installer Enrico Santamaria au poste de directeur de *L'Unione* et ils ont voulu mobiliser la colonie italienne...

Après un court silence, il poursuivit, le regard dans le vague, comme s'il se parlait à lui-même :

— Encore un journal contrôlé par les fascistes. Malgré tous nos efforts, ils gagnent sans cesse du terrain...

Pour les fascistes de Tunisie, le Dr Errera était un *carne venduta*, un traître vendu aux Français, qui ne méritait pas la corde pour le pendre. En relations suivies avec Pietro Nenni et les libéraux italiens réfugiés en France, il figurait sur la liste noire de l'OVRA, la redoutable police politique. Sobrement, le médecin raconta à Lella Kmar qu'on était récemment venu le quérir pour un marin accidenté sur un navire italien à l'escale de La Goulette. Son premier mouvement avait été de se précipiter mais un infime soupçon l'avait retenu et, prudemment, il avait dépêché à sa place un confrère français. À bord, il n'y avait pas le moindre marin accidenté. Une fois sur le bateau, le Dr Errera n'aurait certainement jamais revu Tunis.

— En tout cas, vous êtes ici chez vous !

Lella Kmar était émue par le récit du médecin et par le courage qui l'animait face aux pressions que le consulat d'Italie et le parti fasciste exerçaient sur les ressortissants italiens.

— Merci, Altesse !

Il s'inclina pour prendre congé.

— Voyez-vous, je suis inquiet ! Le Parti national socialiste de M. Hitler vient de remporter les élections en Allemagne. Les fascistes vont pouvoir conjuguer leurs velléités d'expansion avec celles des nazis. Pour tout dire, je crains le pire ! La guerre n'est pas loin...

Safiyé sursauta. Elle ne voulait pas envisager que la guerre et son cortège de malheurs puissent la rattraper dans un aussi paisible pays. Pourtant, depuis quelque temps, les rumeurs les plus inquiétantes circulaient : on parlait d'un risque d'invasion de la Tunisie par les troupes italiennes massées en Tripolitaine. Même la très prudente *Dépêche tunisienne* avait évoqué les atrocités commises par les fascistes en Cyrénaïque ; leur jeu le plus innocent consistait à offrir un baptême de l'air aux résistants musulmans avant de les projeter dans le vide.

*

Safiyé dévisagea la fillette qui la regardait, intimidée. Avec ses grands yeux noirs en amande, son teint mat et ses cheveux de jais soigneusement coiffés en tresse, elle était le type même des beautés de ce pays. L'enfant était propre et correctement vêtue ; de toute évidence, on prenait grand soin d'elle. D'emblée, la fillette plut à l'odalisque.

Elle sourit à l'enfant et se baissa pour se mettre à sa hauteur :

— Comment t'appelles-tu ?

La fillette sourit :

— Dalenda ! Et toi ?

Avant que la Circassienne ne puisse répondre, Taïta se mit à gémir, affolée :

— Il faut vite trouver une solution ! Le cadhi n'a laissé qu'une semaine !

Safiyé la foudroya du regard et se tourna vers Baba Assad, debout à côté de Najia :

— Baba Assad, voulez-vous emmener cette enfant prendre une collation et se reposer !

Taïta baissa la tête ; ce n'était pas la première fois que Safiyé la rappelait à l'ordre : on ne parlait pas d'affaires graves devant un enfant.

— Certainement, Arslanim !

L'eunuque jubilait. En cet instant, sa « Lionne » était une vraie souveraine. Elle était encore plus impériale que Lella Kmar ou même Muniré Sultane. Indépendamment de son port altier et de son allure digne et fière, la jeune fille avait acquis une réelle assurance et n'hésitait plus à prendre en main certaines situations. Même si, comme aujourd'hui, elle reproduisait à son insu des gestes ou des comportements qui l'avaient marquée. En la voyant dévisager la fillette, l'eunuque n'avait pu s'empêcher de penser que c'était certainement ainsi que Pakizé, Tevhidé ou plus tard Lella Kmar avaient dû l'examiner elle-même.

Baba Assad prit la petite fille par la main. Comme tous les enfants, après quelques instants d'hésitation, elle s'était vite familiarisée avec le cadre inhabituel et les têtes inconnues, et c'était maintenant elle qui entraînait l'eunuque, toute à la joie de nouvelles découvertes. Elle lança un joyeux « Je reviens, maman ! » à Najia, prostrée et incapable de la moindre réaction.

Dès qu'elle avait appris les malheurs de son amie, Taïta l'avait entraînée avec sa fille Dalenda à Kasr Essaâda en priant tout le long du trajet pour que Lella

Kmar accepte de la prendre sous sa protection. Encore une histoire de beau-frère ! Mais celle-ci était toujours alitée et Taïta n'avait pas osé la déranger pendant sa sieste ; c'était donc vers Safiyé qu'elle s'était spontanément tournée.

Najia se jeta aux pieds de la Circassienne en essayant de baiser les pans de sa robe. Elle prenait pour la maîtresse de maison cette belle jeune femme, un peu hautaine certes mais qui ne devait pas être dépourvue de cœur étant donné la manière dont elle avait traité sa fille.

— Je vous en supplie, aidez-nous ! Ne les laissez pas prendre mon enfant ! Aidez-nous, Dieu vous le rendra !

— Calmez-vous, ici personne n'osera venir vous prendre votre fille. Dites à votre beau-frère que Dalenda sera élevée au Palais, il ne peut rêver mieux...

Dalenda n'était pas la véritable fille de Najia. Son beau-frère l'avait confiée au couple à sa naissance. Au fil des années, l'amour maternel de la jeune femme pour « sa » fille n'avait fait que croître. Mais le véritable père voulait maintenant récupérer son enfant, arguant que Najia devenue veuve ne saurait convenablement l'élever. La femme désespérée avait tout tenté, en vain ; la loi islamique permet d'élever un enfant ou un orphelin comme sa propre descendance, c'est même faire œuvre pie, mais ne reconnaît pas l'adoption plénière. Pour resteindre, expliquait-on, les risques d'inceste entre des personnes ayant changé de nom et ne connaissant pas leur lien de parenté. Najia n'avait d'autre choix que de rendre l'enfant ou de trouver une puissante protection.

Safiyé releva la jeune femme et regarda Taïta :

— Emmène donc Ommi Najia se restaurer. Après toutes ces émotions, elle doit avoir faim ! Ensuite, tu l'installeras avec sa fille dans la pièce qui servait de salle d'étude.

— Mais...

Taïta semblait encore hésitante. Lella Kmar n'avait pas été consultée. Du regard, Safiyé lui fit signe d'aller. Elle murmura :

— Ne t'inquiète pas ! J'expliquerai tout à Lella.

La jeune Circassienne esquissa un sourire de contentement. Dalenda et sa mère l'avaient émue et elle se sentait heureuse de pouvoir les aider. Le pouvoir et la puissance, c'était cela aussi : répandre autour de soi bienfaits et apaisements. Lella Kmar lui en voudrait peut-être d'avoir pris cette décision sans même la consulter mais Safiyé était persuadée que, pour ne pas perdre la face, l'ancienne beya ne pourrait qu'entériner son intiative. En ce moment, d'ailleurs, elle ne cessait de lui prodiguer les attentions les plus délicates. Safiyé était parfaitement consciente que sa protectrice avait besoin d'elle ou du moins d'un minimum de coopération de sa part. Elle avait décidé de jouer le jeu. Seul un mariage princier lui ouvrirait les portes d'un destin qu'elle saurait façonner à la mesure de ses ambitions.

*

Le prince Lamine avait immédiatement été introduit dans la chambre à coucher de Lella Kmar. Ayant appris l'indisposition de l'ancienne beya, le fils du bey Mohamed-el-Habib était venu aussitôt prendre de ses nouvelles.

— C'est gentil de ne pas oublier une vieille dame ! murmura Lella Kmar pendant qu'il lui baisait la main.

Encore alitée, elle s'était redressée, appuyée sur une pile d'épais coussins. Elle sourit au prince puis l'embrassa affectueusement sur les joues. Lella Kmar était de toute évidence heureuse de cette visite ; elle aimait le prince Lamine, il lui rappelait tant son regretté père qui lui avait toujours prodigué les plus grandes marques d'affection.

En souriant, elle observait Sidi Lamine tandis que sa dame de compagnie lui avançait un fauteuil à côté de son lit. Coiffé d'un fez rouge, le prince portait un complet gris perle croisé qui soulignait son élégante prestance. Malgré les grosses moustaches blondes, le visage ne dégageait aucune sévérité mais plutôt un air d'ineffable douceur.

Elle commanda à Badraja de servir le café et autorisa le prince à fumer en sa présence, lui proposant même des *Surfines* qu'elle extirpa d'une belle boîte nacrée.

— Non merci, ma tante ! Je suis heureux de voir que, grâce à Dieu, vous vous rétablissez !

Il l'appelait « ma tante » ou plutôt « épouse de mon oncle » selon l'exacte traduction de la langue arabe dans laquelle existent plusieurs nuances pour désigner les oncles, tantes ou cousins. Lella Kmar n'avait qu'une quinzaine d'années de plus que le prince mais, en tant qu'« épouse de son oncle », Sidi Lamine, à cinquante et un ans, ne se permettait toujours pas de fumer devant elle.

— Mabrouk pour Sidi Chedly, je suis sûre que Jouda le rendra très heureux !

— Merci, Lella, que cela soit de bon augure, pour vous aussi et pour toute notre famille ! On ne pouvait trouver une perle aussi accomplie !

C'était presque un mariage d'amour. Le fils aîné du prince Lamine avait croisé un jour Jouda et avait été subjugué par sa beauté. Il n'avait pas eu trop de mal à convaincre son père de demander sa main ; petite-fille de Naceur Bey par sa mère, la jeune fille était un parti des plus convenables.

— Et comment va donc mon fils, Sidi M'hamed ? Il y a bien longtemps que ce chenapan n'est venu me voir ! demanda Lella Kmar d'un ton faussement grondeur.

Le deuxième des fils du prince Lamine avait la réputation d'un jeune homme entier et impulsif qui ne répugnait pas à se mêler au bon peuple. Sans luxe tapageur, il vivait pleinement sa vie de jeune prince célibataire. On racontait qu'il n'hésitait pas à emmener en balade avec lui sur une simple barque ses propres sœurs au large des côtes de Carthage, en compagnie d'une bande de joyeux drilles, tous milieux confondus. Quand le crépuscule s'abattait sur la mer d'huile, parvenaient jusqu'au rivage, parmi les rires, les sonorités du luth et du tambourin, les voix chaudes et envoûtantes de Louisa Tounsia, Julie la Marseillaise ou bien celle, encore immature mais pleine de vibrants trémolos, du jeune Ali Riahi, ce fils de famille maraboutique qui poussait l'audace jusqu'à nourrir l'ambition de chanter un jour en public. Les mauvaises langues ajoutaient que ces soirs-là, la mer rejetait sur le sable de nombreux cadavres de *Marsaletta*, ce capiteux vin rosé tunisien.

Sidi Lamine fit la moue :

— Il va bien mais il ne faudra pas tarder à le marier, celui-là ! Ça le calmera certainement. Il a déjà dix-neuf ans.

Lella Kmar s'appuya sur un coude et fixa son visiteur. Le regard de ses yeux plissés brillait d'une lueur fiévreuse qui ne devait plus rien à sa maladie. Bien sûr ! Pourquoi n'y avait-elle pas pensé plus tôt ? Le deuxième fils du prince Lamine était bien évidemment ce qu'il lui fallait.

— Eh bien, laissez-moi donc faire, c'est moi qui vais le marier ! J'ai la perle rare qu'il lui faut ! annonça-t-elle d'un ton triomphant.

Devant l'air un peu surpris du prince Lamine, elle poursuivit :

— J'aime Sidi M'hamed comme s'il était mon propre fils ! À qui d'autre pourrais-je le marier, sinon à celle qui est une seconde moi-même, ma fille, Safiyé ?

Le prince Lamine avait entendu parler de cette odalisque élevée par Lella Kmar ; on disait qu'elle avait la beauté des femmes de sa race et le tempérament ainsi que les manières de Lella Kmar. Il sourit à son hôtesse :

— Ma tante, mon fils est votre fils et il ne pourrait y avoir de meilleur choix pour lui que le vôtre !

Lella Kmar ouvrit les bras pour embrasser le prince dans un geste de congratulation mutuelle. En s'alliant, à travers Safiyé, à cette autre branche de la famille régnante, elle consolidait un peu plus sa position et endiguait les éventuelles hostilités du bey Ahmed. Et puis, le prince Lamine n'était-il pas aujourd'hui cinquième dans l'ordre de succession au Trône ? À son âge, avec un peu de chance, il pouvait parfaitement accéder un jour à la plus haute charge.

— Mabrouk, mabrouk, Lella ! Si Dieu veut, nous célébrerons le même jour les mariages de Sidi Chedly et de Sidi M'hamed ! déclara Lamine, visiblement ému.

Ils s'embrassèrent de nouveau. L'idée ne leur avait même pas effleuré l'esprit de consulter les principaux intéressés.

31

Curieusement, pour des peuples aussi religieux que les musulmans, le mariage ne revêt aucun caractère sacramentel. C'est un simple contrat de droit privé de même nature que toute autre convention ; aucune cérémonie religieuse proprement dite ne vient le consacrer. On récite bien sûr la Fetiha, mais comme à l'occasion de la conclusion heureuse de n'importe quel accord.

Quand le prince Lamine, le fils de son prédécesseur et cousin Mohamed-el-Habib, lui avait demandé son autorisation pour le mariage de ses fils, le bey Ahmed n'avait pu faire autrement que de donner son accord ; il n'avait aucune raison objective de le refuser, le mariage d'un prince beylical et d'une aljia étant depuis toujours un événement anodin, même si cette odalisque appartenait à la maison de Lella Kmar. Il aurait bien voulu manifester sa mauvaise humeur en se déclarant malade, mais le souverain tunisien avait une trop haute idée des devoirs de sa charge pour endosser une entorse à l'étiquette et au rituel immuable qui marquait la rédaction d'un acte de mariage princier.

Dans la *seraya* [1] de son palais de La Marsa, Ahmed Bey, le visage renfrogné, avait pris place sur son trône doré. Les ministres étaient alignés debout à sa droite,

1. Sérail. Dans les palais royaux, le terme était utilisé pour désigner la salle du Trône ou le salon de réception du souverain.

puis, leur faisant suite et assis, comme c'était leur privilège, les ulémas membres du Grand Conseil religieux. Deux notaires de la chancellerie beylicale leur faisaient face, assis devant un pupitre.

— Au Nom de Dieu, Clément et Miséricordieux...

Le Cheikh-ul-Islam, le plus haut dignitaire religieux du pays, rappelait dans un court sermon l'objet de la réunion. La *khotba* était des plus classique : le mariage, affirmait-il, trouve sa place parmi les obligations divines ; outre le plaisir qu'il apporte, il concourt à la conservation de la race humaine ; il rend plus solides les liens de parenté ; bref, il a été institué par Dieu à des fins élevées sous le couvert de besoins naturels.

Sur un signe du souverain, les deux notaires s'avancèrent devant le rang des ministres. Le garde du Sceau se tourna alors vers le bey qui acquiesça de la tête ; le dignitaire déclara donner Safiyé en mariage à son futur époux. Le ministre de la Plume, sur la même approbation du souverain, affirma accepter au nom du Très Élevé et Très Noble Sidi M'hamed, l'époux. Aucun des conjoints n'était présent à la cérémonie ; chacun avait son représentant matrimonial, en l'espèce un des ministres désignés par le souverain.

Après la récitation de la Fetiha, les notaires dressèrent l'acte de mariage soulignant la décision royale qui faisait de Safiyé l'épouse d'un prince de la famille régnante. Safiyé *bint Abdallah*, Safiyé fille d'Abd-Allah[1], comme elle était désignée dans l'acte de mariage, était devenue une princesse dont le nom figurerait désormais parmi ceux de la famille régnante qui bénéficiaient des largesses de la liste civile.

*

1. Fille d'Abd-Allah, c'est-à-dire fille d'un serviteur (*abd*) de Dieu, entendu au sens de créature de Dieu. Le terme était utilisé dans les contrats pour désigner les odalisques.

Safiyé répondait d'un ton approprié aux compliments de toutes les dames venues féliciter sa protectrice pour le *sdak*, le contrat de mariage de « sa fille ». Lella Kmar recevait, comme à l'accoutumée, royalement. Les sorbets les plus délicats, les pâtisseries les plus fines et les entremets les plus raffinés circulaient sur de grands plateaux d'argent que des servantes présentaient aux invitées. Dans un salon voisin, l'orchestre de *La Musulmane*, que patronnait Lella Kmar, jouait des airs de Malouf, empreints de ces relents de mélancolie et de plaintes d'amour qui tiraient leurs sources du plus profond de l'Andalousie musulmane.

Safiyé se prit, presque malgré elle, à osciller légèrement avec la musique. La mélodie, lancinante et sensuelle, berçait autant l'âme que le corps.

Le mince sourire un peu timide de la jeune Circassienne n'exprimait pourtant pas toute sa joie intérieure. En cette circonstance, il eût été en effet d'aussi mauvais ton d'afficher une mine trop triste que de manifester une joie et un enthousiasme démesurés, qu'on aurait alors interprétés comme l'ingratitude d'une jeune fille désireuse de quitter les siens au plus vite. Safiyé se souvenait, amusée, de ce que leur racontait Taïta sur les mariages juifs de Tunis ; la mariée, par pudeur et pour montrer tout son regret de quitter sa famille, devait, en se rendant du domicile paternel à celui de l'époux, faire trois pas en avant puis deux en arrière ; plus elle mettait de temps pour regagner le domicile conjugal, plus on chantait ses louanges.

Après la rédaction du sdak, Safiyé était désormais considérée aux yeux de la loi islamique comme une femme mariée, même si la rencontre avec l'époux et la noce ne devaient avoir lieu que dans quelques semaines. L'odalisque était désormais l'épouse du Très Élevé prince Sidi M'hamed, fils du prince Sidi Lamine, et elle en était heureuse, bien qu'elle n'eût pas encore découvert le visage de son jeune époux. Une rencontre aurait pourtant pu être arrangée, la cour beylicale étant à cet égard beaucoup moins conservatrice que les bourgeois de la ville. Mais Lella Kmar s'y était fermement opposée et avait argué des usages et des traditions. De toute évidence, l'ancienne beya ne souhaitait pas renouveler l'expérience malheureuse du prince Mustapha.

L'odalisque ne s'était de toute façon guère souciée jusqu'à présent de l'apparence et du caractère de son futur époux. L'important pour elle était le mariage en soi. Il marquait une nouvelle étape dans sa vie, la porte ouverte sur un destin qu'elle pourrait construire à sa guise. Pas un instant, elle n'avait envisagé qu'il pourrait signifier aussi, comme pour la plupart des Tunisiennes de l'époque, passer de l'autorité d'un père ou d'un tuteur à celle d'un mari.

— Ah ! Safiyé, montrez donc les cadeaux de votre époux à nos invitées !

Lella Kmar venait à sa rencontre accompagnée d'un groupe de dames étincelantes de joyaux. Safiyé reconnut parmi elles Letti, cette vieille princesse qui avait essayé un jour de l'humilier. Elle se précipita vers elle et la prit par le bras :

— Venez, ma tante !

Elle avait volontairement insisté sur le « ma tante » pour bien souligner qu'elle appartenait désormais de droit à la famille régnante. La vieille duègne grimaça un sourire de convenance et la Circassienne fit jouer la bague qu'elle portait au doigt, une magnifique marquise montée d'un rubis cabochon entouré de brillants roses. C'était le premier cadeau qui avait accompagné les accordailles. Lella Kmar avait fait un peu accélérer les choses et le *mlak,* correspondant aux fiançailles proprement dites avec remise de la dot et des présents, avait immédiatement suivi.

Par une pudeur bien compréhensible, Safiyé laissa Badraja, la dame de compagnie de Lella Kmar, commenter et vanter les autres présents. Dans l'antichambre attenante au grand salon, sept corbeilles capitonnées de satin blanc croulaient sous des amoncellements de cadeaux : des pièces d'or et des billets épinglés en éventail dans un coffret de velours cramoisi, montant de la dot que Lella Kmar avait fait réduire au minimum canonique ; une parure composée d'un collier de trois cercles de diamants prolongé par une goutte de pierreries et des pendants d'oreilles assortis ; une montre et un bracelet d'or et de pierres précieuses ainsi que divers autres petits bijoux ; un grand gâteau de poudre de henné, monté en forme de mosquée ; du kohol et son nécessaire en filigrane d'argent, des gants à henné brodés aux armoiries beylicales d'or et d'argent ; une dizaine de flacons de parfums en verre doré ou en cristal ; de monumentales chandelles à cinq branches pour chasser le mauvais œil ; des pains de sucre pour la confection du sherbat, breuvage de la félicité, et cent autres babioles.

Pendant que les dames s'extasiaient poliment comme le voulait l'usage, Lella Kmar entraîna Safiyé vers un canapé confortable un peu à l'écart :

— Je sais bien que les joyaux et les pierreries ne vous ont jamais beaucoup attirée, moi non plus d'ailleurs ! Mais, croyez-moi, pour des femmes telles que nous, ils représentent bien plus que de simples ornements destinés à satisfaire la vanité ou la coquetterie...

L'ancienne beya fixa Safiyé. Son regard était toujours aussi perçant qu'au premier jour, mais les nombreuses rides qui creusaient son visage semblaient curieusement adoucir la sévérité habituelle des traits.

— Les bijoux sont aussi, pour une femme, une sécurité et une liberté, celles que procure la fortune ! Les honneurs, le prestige, le pouvoir même, s'ils ne sont accompagnés de la puissance que procure l'argent, ne sont rien ! J'ai d'ailleurs l'intention de vous offrir certains de mes bijoux, je vous le dois bien...

Safiyé baisa avec chaleur la main de sa protectrice.

— Que votre mari ne s'avise surtout pas un jour de vous demander de les vendre pour payer ses dettes !

Devant l'air vaguement inquiet de Safiyé, Lella Kmar esquissa un sourire :

— Ne vous inquiétez donc pas ! Je ne crois pas que le mari que je vous ai choisi puisse en arriver là. Ce prince est doté des meilleures qualités et promu à un brillant avenir ; il ne tient qu'à vous qu'il devienne plus grand encore...

De sa voix traînante, Lella Kmar lui expliqua comment une femme orientale, malgré le voile ou la réclusion apparente derrière les murs du harem, pouvait s'imposer et construire sa vie selon ses désirs.

— Le respect ! Voilà ce qui est plus important que tout, martelait l'ancienne beya. Que votre mari vous adule pour votre beauté, c'est très bien ! Mais qu'il vous respecte, comme vous-même d'ailleurs le respecterez, voilà qui est essentiel. C'est là le véritable secret d'une union heureuse.

D'amour ou même simplement d'affection, à aucun moment il ne fut question. À la veille du mariage de sa protégée, Lella Kmar n'était pas en veine de romantisme ou de sentimentalisme exacerbé.

— Continuez d'être exigeante envers vous-même, comme vous le serez aussi envers les personnes à votre service. Ne pas l'être, c'est quelque part leur manquer d'égards et de respect !

Lella Kmar plissa les yeux :

— D'ailleurs, à propos de Najia et de sa fille...

Safiyé retint son souffle. L'ancienne beya n'avait émis jusqu'ici aucun commentaire après sa décision d'accueillir à Kasr Essaâda la jeune veuve et son enfant.

— Eh bien, puisque vous avez pris la responsabilité de les accueillir sous votre protection, je vous les

« donne » ! Elles vous accompagneront au palais de Carthage ; vous aurez ainsi votre garde rapprochée...

Il était de tradition pour les jeunes mariées d'emmener avec elles au domicile conjugal une ou plusieurs servantes de leur propre maison dont la fidélité éprouvée était censée les protéger. Safiyé n'osa pas s'enquérir de Baba Assad. La présence de l'eunuque à ses côtés l'aurait pourtant rassurée.

— Quant à moi, je n'attends pas de reconnaissance de votre part..., poursuivit Lella Kmar.

Safiyé allait protester de son dévouement mais l'ancienne beya l'arrêta d'un geste.

— Je n'ai jamais cherché à être votre mère comme je n'ai jamais attendu d'amour filial en retour ! Vous m'avez crainte, admirée parfois, finalement vous avez compris que mon attitude était toujours dictée par les valeurs que je voulais vous inculquer. Considérez que ce que je vous ai transmis est bien plus important que les bijoux que je vous offre ! J'ai tout de suite apprécié votre courage et votre tempérament qui sont bien ceux de notre race ; j'ai su que vous étiez digne de suivre mes traces ! C'est en cela que, aux yeux de tous, vous serez véritablement ma fille !

*

— Je te remercie, c'est très beau !

Safiyé referma l'écrin de maroquin rouge et embrassa Amina sur les deux joues.

— Je sais que tu as toujours aimé cette broche que je tiens de ma grand-mère et je m'étais promis de te l'offrir pour ton mariage.

Amina serra fortement les mains de la Circassienne dans les siennes :

— Je te souhaite tout le bonheur que tu mérites ! Tu verras : mon jeune cousin, Sidi M'hamed, est un homme remarquable...

Safiyé murmura un bref remerciement, se contentant de remarquer que le choix de Lella Kmar ne pouvait qu'être parfait. Amina n'était pas la première personne à qui elle répétait cette phrase et elle comprit tout à coup qu'elle essayait surtout de s'en convaincre elle-même.

La Circassienne observa Amina ; ses cheveux auburn coupés plus court tombaient sur les épaules et cadraient son visage. Ses traits s'étaient légèrement alourdis et l'habituelle lueur pétillante de malice des beaux yeux bleus de la princesse avait laissé place à cette expression blasée des femmes pourvues, sinon comblées. Était-ce le mariage qui avait opéré cette transformation ou simplement le cours des années ?

Safiyé entendait encore Amina lui confier après ses premières nuits de jeune mariée en éclatant de son rire sonore : « Je ne dois pas être une femme honnête ! » Elle faisait bien sûr allusion aux mises en garde de quelques matrones du palais qui n'avaient cessé de lui glisser à l'oreille qu'une honnête femme ne devait pas prendre de plaisir. L'acte d'amour n'était-il pas destiné exclusivement à la jouissance de l'époux et à procurer plus tard à la femme d'autres joies, celles de la maternité ? C'était un exercice qu'il fallait savoir supporter stoïquement, avaient ajouté les veilles duègnes, en mettant en garde Amina contre des refus trop fréquents.

Pourtant, Amina avait avoué à son amie que, après l'appréhension et la crispation naturelle des premiers jours, l'exercice n'avait rien de désagréable, tout au contraire.

Safiyé se mordit la lèvre. Ce mariage qu'elle n'avait envisagé jusque-là que comme le passage vers un monde nouveau, c'était aussi l'acte d'amour, une notion jusqu'ici plutôt abstraite et lointaine. À vingt-trois ans, l'odalisque avait certes déjà éprouvé quelques émois intimes mais, très vite, elle les avait enfouis au fond d'elle-même. Comme toutes les jeunes filles des grandes maisons de

Tunis, elle ne connaissait finalement des rapports avec les hommes que les échos vulgaires des servantes du harem ou les confidences d'amies comme Amina.

Il y avait bien eu, voilà peu, les conseils de la hennana qui avait mentionné certaines caresses, allant même jusqu'à préciser comment l'homme devait se mettre sur elle, visage contre visage, ventre contre ventre, et sans brusquerie, avec une énergique douceur, commencer la pénétration, la femme se tenant immobile, comme en extase.

Un peu effrayée, elle s'était bouché les oreilles aux propos de la vieille hennana. Safiyé se trouva tout à coup transportée bien des années en arrière. Elle revoyait Tevhidé et Refet enlacés l'un sur l'autre, en proie à une vive passion. Quelque chose de sauvage, de beau et de terrifiant à la fois.

Machinalement, elle passa ses doigts sur son ventre et, soudain, se sentit envahie par la peur de l'inconnu.

*

Du coin de l'œil, Safiyé vérifia que Baba Assad avait quitté la pièce puis, ravalant sa fierté, elle se tourna vers Taïta :

— Bon, montre-moi quand même cette photo, puisque tu insistes tellement !

Depuis l'annonce de son mariage, la jeune Circassienne avait essayé de faire abstraction de toute représentation, idéale ou cauchemardesque, de son futur époux. Mais, au fur et à mesure que la date fatidique approchait, l'odalisque était en proie à une angoisse sourde et diffuse ; les questions se bousculaient dans son esprit. À quoi ressemblerait son futur époux ? Safiyé savait seulement que l'homme que Lella Kmar lui avait choisi était prince de la famille régnante, plus jeune qu'elle de quatre ans et qu'il était le fils du prince Lamine, un bel homme à l'allure si distinguée.

Mais le fils, cet époux avec qui elle allait désormais passer toute sa vie, cet homme à qui, bientôt, elle ferait don de son hymen, était-il blond, brun, grand, petit, gros, maigre ; aurait-il les traits délicats de son père ou ceux plus lourds de Lella Djanina, sa mère ? Serait-il doux, tendre et attentif, ou bien violent, égoïste et brutal ?

Elle aurait voulu être assez forte et continuer de faire abstraction de ces « détails » et se persuader que l'époux en soi n'avait en définitive qu'une importance toute secondaire, que seul le mariage comptait. Au fond, elle avait beau avoir dédaigneusement considéré l'amour comme une invention de ces romans français dont toutes ses camarades de Saint-Joseph s'abreuvaient, au moment décisif, elle était comme les autres, elle voulait rêver, avait soif d'aimer.

Elle s'approcha de Taïta.

La Juive fit mine de se faire prier mais, voyant que son manège laissait Safiyé indifférente, elle se résolut à retirer de son couffin une grande photographie enfouie sous les torchons.

— C'est Meïr et Attou qui me l'ont donnée en cachette, chuchota-t-elle. Tu verras, ils t'aiment déjà...

Meïr et Attou étaient un couple de Juifs tunisiens, amis de Taïta, qui habitaient depuis des lustres une dépendance du palais de Carthage et faisaient, pour ainsi dire, partie de la famille du prince Lamine.

D'un air apparemment détaché mais le cœur battant, Safiyé se pencha sur la photographie. Elle représentait le bey en grand uniforme de cérémonie, entouré de dignitaires et de princes au bas de l'escalier des Lions au palais du Bardo.

Taïta pointa du doigt un jeune homme non loin du souverain :

— Lui, c'est le prince Chedly, le mari de Jouda ! Dieu le garde, comme il est beau !

Elle désignait un jeune homme blond au franc sourire et au regard teinté de malice. Safiyé comprenait l'enthousiasme de Jouda ; le prince dégageait un charme certain et une forte personnalité.

La photographie à la main, la Juive garda le silence espérant attiser son impatience. Mais la jeune femme continuait de scruter les personnages réunis autour du bey sans proférer un mot.

— Et voilà, c'est lui ! finit par lâcher Taïta.

Safiyé eut un léger sursaut mais retrouva vite, les lèvres serrées, son masque d'impassibilité.

— Alors, comment tu le trouves ? interrogea la Juive d'un ton doucereux.

— Il me convient parfaitement, répliqua Safiyé un peu sèchement.

Taïta fixa la Circassienne d'un air perplexe.

Le jeune homme désigné par la Juive, en uniforme de colonel de la Garde, était d'une maigreur étonnante, soulignée par un nez busqué et de grandes oreilles décollées dépassant de sa chéchia.

Taïta dévisagea Safiyé, l'air ahuri.

— Oui, il me convient parfaitement, répéta la jeune femme, le visage fermé.

Et soudain elle partit d'un grand rire. Un rire nerveux au début qui se termina en gloussements joyeux et communicatifs.

— Mais... mais... comment... comment as-tu compris ? hoqueta Taïta, incapable de résister au fou rire.

Safiyé lui lança un regard moqueur :

— Mais parce qu'il ne portait pas l'ordre du Sang des princes autour du cou mais la *tassa*, la dragonne qui désigne les militaires de carrière alors que les princes ne sont officiers qu'à titre honorifique !

La Juive en resta bouche bée. Cette Safiyé l'étonnait chaque jour. Elle ne s'attendait certes pas à ce qu'une jeune femme émue à la veille de son mariage et anxieuse de découvrir les traits de son époux puisse avoir la présence d'esprit de remarquer un aussi infime détail.

Elle pointa le doigt sur la photographie.

— Non, le voilà, le vrai prince M'hamed, ton mari ! Attou m'a dit qu'il avait des yeux verts magnifiques !

Taïta se leva en laissant la photographie posée sur le divan. Sur le seuil de la pièce, elle glissa d'un ton taquin :

— Bon, je te laisse rêver toute seule ! Ah oui, j'oubliais : j'ai bien sûr été obligée de confier en échange ton beau portrait en médaillon...

Taïta eut tout juste le temps de s'esquiver et de fermer la porte avant que le lourd coussin envoyé par Safiyé ne l'atteigne. La jeune femme grommela sans conviction que cette Taïta était décidément incorrigible. En tout cas, maintenant les deux époux étaient à égalité, chacun connaissait le visage de l'autre.

Safiyé examina plus attentivement la photographie ou plutôt l'homme qui allait partager sa vie ; tous les autres personnages s'étaient estompés. Le prince M'hamed était grand de taille et son teint, plus mat que celui de son frère, mettait en valeur ses yeux clairs. Il émanait de lui un mélange de puissance et de douceur. L'odalisque se sentit rassurée ; son époux n'avait rien de repoussant, bien au contraire. Elle sentit un frisson la parcourir. Peut-être était-elle plus sentimentale qu'elle ne l'aurait cru ? Elle continua de scruter le visage. Elle aimait tout particulièrement le regard, un regard rêveur que l'objectif du photographe avait surpris voilé de mélancolie. Un homme qui avait cette expression ne pouvait être mauvais.

Safiyé rangea la photographie et essaya de retrouver son masque de fierté et d'impassibilité, mais l'image de son époux continuait de tourner dans sa tête. Bientôt, d'autres visages défilèrent dans sa mémoire. Celui de Sursam, bien sûr, dont les traits maintenant étaient étrangement flous. Quel sentiment avait-elle éprouvé pour le jeune Circassien ? Pouvait-on dire que c'était quelque chose comme de l'amour ? Elle était encore une enfant quand il l'avait aidée à fuir son aoul et échapper ainsi au massacre.

Que connaissait-elle d'ailleurs à l'amour ? Si peu. Jusqu'ici, elle s'était persuadée qu'il n'était somme toute pas nécessaire de connaître son mari et de l'aimer par avance pour l'épouser et se donner entièrement à lui.

L'amour... se trouvait-il dans ce que distillaient les chansons sentimentales diffusées par la TSF ou les rares films égyptiens qu'elle avait vus, ou bien encore dans ces vieilles poésies bédouines exaltant la passion amoureuse jusqu'à l'extrême : « Mes amis, avez-vous vu dans votre vie un mort pleurer d'amour pour celle qui l'a tué... ? »

Elle avait toujours préféré à tout cet étalage de sentiments, qu'elle jugeait vulgaire et indigne d'elle, l'image de pureté et d'héroïsme moral qui se dégageait de l'histoire de *Tristan et Iseult*, que des jésuites de Beyrouth avaient traduite en arabe.

L'amour... Jusqu'ici elle n'avait connu qu'un seul amour, entier et profond. Celui de ses parents qu'elle avait si tôt perdus.

Malgré elle, ses yeux s'embuèrent.

En cette période qui allait marquer son entrée dans une nouvelle vie, son père, sa mère, tous les siens lui manquaient terriblement.

32

Le prince M'hamed lâcha la décoration qu'il avait à la main et s'empressa vers son épouse pour lui rapprocher un fauteuil.

— Non, non, ne bougez surtout pas, je vais réussir à la faire tenir tout seul ! protesta-t-il.

Safiyé se cala confortablement dans le siège.

— Vous devriez me laisser faire, lança-t-elle, amusée.

Son mari s'escrimait à attacher l'insigne de l'ordre du Sang. La décoration avait l'apparence d'un gros bijou entièrement serti de diamants qu'on laissait pendre autour du cou par un cordon liséré de vert et de rouge ; une agrafe à l'arrière de la plaque permettait de l'épingler également au plastron pour éviter de disgracieux balancements. C'était à cela que le prince s'évertuait en vain.

Safiyé le regarda, attendrie, pendant qu'il enfilait sa redingote et posait la grande plaque du Nichan Iftikhar, l'équivalent tunisien de la Légion d'honneur ; Sidi M'hamed se rendait avec son frère et son père au palais du Bardo pour une cérémonie en présence du souverain. Ainsi vêtu, coiffé de sa chéchia écarlate, il était bien tel que l'avait représenté la photographie, puissant et doux à la fois.

— Dépêchez-vous, sinon vous serez en retard ! gronda-t-elle.

M'hamed s'approcha. Ses yeux verts brillaient de

lueurs où l'on pouvait lire toute l'adoration et tout l'amour qu'il lui portait. Tendrement, il lui prit la main qu'il porta à ses lèvres.

— Voulez-vous que je reste ? murmura-t-il.

C'était plus une prière qu'une question. Safiyé secoua négativement la tête. Sa place était au Bardo, près du souverain.

M'hamed sourit et lui recommanda affectueusement :

— Promettez-moi au moins de ne pas vous fatiguer...

Sa main caressa le ventre de son épouse. Délicatement, il lui baisa de nouveau la main et, comme à regret, quitta la pièce en promettant de revenir sitôt la cérémonie terminée.

Safiyé le regarda s'éloigner. Depuis le premier jour de leur mariage, le jeune prince s'était follement épris d'elle. Tendre et attentionné, il ne cessait de multiplier les marques d'amour. Elle, était par tempérament moins démonstrative. Elle sourit. Un an et demi avait passé depuis leur union et elle se sentait toujours autant flattée et touchée par ces débordements incessants, émue même.

Aimait-elle son mari ? Elle n'aurait su répondre. Et puis, dans cette langue où « je t'aime » était « je te veux », où un seul verbe, *hebb*, signifiait à la fois aimer et désirer, chérir et vouloir, elle ne savait plus que penser. Elle n'y pensait donc pas.

Safiyé allongea les jambes sur un tabouret bas. Ici, dans cette chambre feutrée, lambrissée de faïences napolitaines et recouverte d'épais tapis, elle se sentait en sécurité, heureuse comme elle ne l'avait pas été depuis très longtemps. Elle était reconnaissante à son mari de lui avoir apporté ce bonheur-là, de l'avoir comblée.

Tendre et doux, il l'avait été dès le premier instant. Elle n'avait plus peur. Il l'avait aimée de toute la fougue de ses vingt ans et elle y avait répondu avec des élans passionnels qu'elle ne soupçonnait pas. La femme distante, réservée et froide qu'elle croyait être avait laissé la place à une amante enflammée. Comme Amina, elle ne devait pas être une « honnête femme » et, comme son amie, cela ne lui déplaisait pas.

Avec M'hamed, c'était tout son passé qui avait sombré dans l'insignifiance. Jusqu'ici elle avait toujours appartenu à quelqu'un, à ses parents tout d'abord, puis à Pakizé, à Tevhidé et, enfin, à Lella Kmar. Jusqu'ici elle n'avait guère eu d'autre choix que d'accepter ces protections qui s'étaient enchaînées les unes aux autres. Aujourd'hui, elle appartenait tout entière à M'hamed mais elle le désirait et c'était, pour la première fois, sans crainte. M'hamed l'aimait et son amour la rendait enfin libre.

Safiyé posa les mains sur son ventre rond. Elle en guettait le moindre frémissement, le moindre signe sous sa paume. Elle aimait déjà cette partie d'elle-même qui allait bientôt voir le jour. C'était comme si, par ces caresses, elle lui transmettait la certitude de cet amour, de cette adulation dont elle était l'objet et dont lui-même était le fruit.

Protégée, dorlotée, aimée, dans l'attente d'un bonheur maternel, Safiyé songea qu'elle réalisait aujourd'hui ce rêve qui, enfant, l'avait poussée, avec une force irrésistible, à fuir son aoul natal et ses parents : être princesse et mère. Mais par-dessus tout elle comprenait qu'elle était bien plus qu'une princesse, elle était une femme accomplie, avec tout ce que cela signifiait de bonheur et de promesses. Un an et demi avait passé et elle était enfin heureuse et maîtresse de son destin.

Elle sourit. Lella Kmar lui avait bien tout transmis, sauf son infécondité, cette étrange malédiction qu'elle traînait derrière elle.

*

Archéos contre Néos, la bataille était sévèrement engagée. Le mouvement nationaliste s'était radicalement transformé. Au sein du parti du Destour, de jeunes loups formés à l'école française avaient rué dans les brancards pour reprocher aux anciens leur manque de dynamisme et de réalisme dans l'action politique. Très vite, ils avaient pris la tête d'une sécession qui finit par donner naissance à un deuxième parti nationaliste issu de la scission du premier ; Néo-Destour et Archéo-Destour se disputaient désormais la représentativité des revendications du peuple tunisien. La rivalité entre les deux factions avait nécessairement entraîné des surenchères et le ton des nationalistes à l'égard de la puissance protectrice s'était durci. La France avait réagi par une série de mesures répressives.

— Ils ne veulent toujours pas les libérer, il n'y a rien à faire ! explosa le prince M'hamed en enlevant sa jaquette.

Son regard furieux s'adoucit subitement lorsqu'il se posa sur Safiyé qui somnolait.

— Mais je ne vais pas vous fatiguer avec toutes ces histoires !

Safiyé se redressa. Bien au contraire, ces histoires la stimulaient plutôt. Elle encouragea son mari à poursuivre.

— Oui, à la sortie de la cérémonie, un groupe de militants a tenté d'arracher à Sidna la grâce des internés mais le service d'ordre les a vite repoussés et il y a même eu de nouvelles arrestations !

Son ton était enflammé. Sans se l'avouer, Safiyé était fière de le voir ainsi.

— J'ai honte pour notre famille ! Nous sommes devenus des marionnettes aux mains de ce satrape ! Peyrouton peut faire arrêter qui il veut et Sidna ne bouge pas le petit doigt...

M'hamed était hors de lui. Marcel Peyrouton, le nouveau résident général, était un homme à poigne, partisan de la manière forte, qui avait imposé au Souverain des décrets l'autorisant à embastiller, sans en référer aux magistrats, des Tunisiens coupables d'actes hostiles ou de propagande : le représentant de la République française pratiquait à Tunis les lettres de cachet.

— Et votre ami Bourguiba, vous avez réussi à avoir de ses nouvelles ? interrogea Safiyé.

Elle avait rencontré ce jeune avocat frais émoulu des universités françaises lors d'une visite qu'il avait rendue à Sidi M'hamed et à son frère pour justifier la création du Néo-Destour dont il était l'un des fondateurs. La jeune femme avait été impressionnée ; une barbe fournie qui devait plus aux romantiques ou aux poètes maudits qu'aux partisans de l'Islam masquait un visage émacié au regard clair et pénétrant. Le dirigeant nationaliste était convaincant. « Nous avons perdu dix années précieuses en polémiques stériles », avait-il déclaré à M'hamed qui l'écoutait admiratif. Il leur avait expliqué que, contrairement aux Vieux-Destouriens ancrés sur le passé et nostalgiques de leurs anciens pouvoirs, eux, sans refuser la tradition, repoussaient l'idée d'une coupure totale avec le monde moderne et l'Occident. Ils allaient combattre le protectorat français et non les valeurs de la France, en utilisant les armes qu'ils avaient appris à manier à l'école française.

M'hamed caressa la main de Safiyé et lui répondit qu'il avait rencontré son épouse Mathilde qui venait de recevoir une lettre de lui.

— Il souffre de la chaleur mais avec tous ses camarades, il tient bon ! Dieu fasse que nous les revoyions bientôt..., soupira-t-il.

À la suite des manifestations et des grèves du mois de septembre précédent, le résident général avait envoyé en résidence surveillée à Bordj-le-Bœuf, dans le désert de l'extrême Sud tunisien, trois militants communistes et huit dirigeants du Néo-Destour, dont l'avocat Habib Bourguiba.

— Si vous voulez, je peux faire préparer des colis, proposa Safiyé. Il faut que nous aidions Mathilde, c'est une femme admirable qui se dévoue pour son mari.

Souriant, M'hamed la remercia pour son idée généreuse. Il jugea plus opportun de ne pas lui rapporter précisément le contenu de la lettre de son ami qui commençait par : « *20 novembre 1934. Très chère Mathilde,... les biscottes que j'ai reçues étaient sans sel. Faut faire attention, car elles étaient bien fades...* » Tous les grands hommes avaient leur petite faiblesse.

*

— Baba Assad, cet enfant va être noir avant de naître à force de vous voir ! plaisanta Ommi Najia.

La petite Dalenda se précipita vers l'eunuque pour l'embrasser ; à chaque visite, il arrivait les bras chargés de friandises.

— Lella Safiyé est dans le petit salon après le patio, précisa Najia. Vous pouvez y aller, elle est seule.

L'eunuque s'avança en souriant. Safiyé était désormais Lella Safiyé, comme sa protectrice était Lella Kmar. Le mot semblait fondre comme une confiserie dans sa bouche. Il savait qu'elle n'avait eu aucun mal à s'y faire très vite. C'était vrai qu'au palais de Carthage, entre tous ses beaux-frères et belles-sœurs, tout le monde était Sidi ou Lella. Sa nouvelle famille comptait en effet pas moins de douze princesses et princes, non inclus ses beaux-parents.

Son seul regret, c'était de n'avoir pu l'accompagner ici comme elle l'aurait désiré. Lella Kmar ne l'avait pas proposé et souhaitait sans doute encore le garder à son service. Mais, à la moindre occasion, l'eunuque s'arrangeait pour déserter son poste et passer de longs moments avec elle. Depuis que Safiyé était presque au terme de sa grossesse, il venait même tous les jours et Ommi Najia se félicitait intérieurement que l'enfant fût déjà bel et bien formé, de peur qu'il n'« attrape » la noirceur de peau de l'eunuque.

— Ah, Baba Agha...

Safiyé se redressa de son fauteuil mais l'eunuque se précipita pour l'en empêcher.

— Ne bougez pas, Arslanim, sinon Mehmet Effendi va m'en vouloir !

Il prononçait Mehmet Effendi pour Sidi M'hamed. Dès qu'il se trouvait seul avec Safiyé, l'eunuque dont l'arabe, malgré les années, était resté approximatif, employait toujours la langue turque.

Baba Assad eut un large sourire découvrant deux rangées de dents bien blanches. Il sentait Safiyé épanouie et son cœur en était transporté de joie. La passion et la dévotion du jeune prince M'hamed pour son épouse n'étaient un secret pour personne. Peut-être vivraient-ils un amour tel que celui que Sidi Lamine partageait avec Lella Djanina. Après plus de trente ans de mariage, leur histoire s'apparentait à un véritable conte de fées cité en exemple par tous.

Il contempla, attendri, la jeune femme. Malgré sa grossesse avancée, son corps n'avait pas été déformé.

Safiyé lui proposa, dans une boîte d'argent ciselé, des bonbons auxquels il fit aussitôt honneur. Comme tous ses semblables, il était friand de douceurs et de sucreries.

— Je reconnais bien ces délicieux bonbons, ils viennent de chez Albertina, malheureusement, elle est partie maintenant...

L'Italienne et sa famille qui tenaient une confiserie réputée en ville avaient été dans l'obligation de s'exiler en France ; antifascistes notoires, ils s'étaient sentis menacés dans leur vie après les intimidations répétées des sbires du consulat d'Italie et l'incendie suspect de leur magasin.

— *Afiyet cheker olsun* [1] ! s'exclama Safiyé, selon la traditionnelle formule turque pour souhaiter un bon appétit.

L'eunuque répondit par la formule adéquate, souhaitant à son hôtesse douceurs et bonheurs. On pouvait ainsi échanger des heures durant des politesses adaptées à chaque situation. Il s'enquit ensuite de la santé de sa « Lionne » et de sa grossesse.

— Je suis un peu fatiguée mais tout va bien ! Je sens que c'est pour bientôt ; d'ailleurs, Sidi M'hamed retient la sage-femme en otage au palais depuis une semaine...

Elle rit. L'eunuque la couva d'un regard intense ; il y avait une telle fierté et un tel bonheur dans ce regard qu'on aurait pu croire qu'il était le père de l'enfant à naître.

Pendant que l'eunuque avalait un chocolat fourré à la crème de menthe, Safiyé le regarda, songeuse. Que pouvait-il penser de sa grossesse, lui que la méchanceté des hommes avait mutilé à jamais ? Elle se rendit compte qu'elle ne savait finalement rien de l'eunuque, de ses sentiments, de ses joies ou de ses souffrances. Leur proximité était faite de silences.

Elle le dévisagea. Sans doute parce qu'il était imberbe, l'eunuque conservait un air d'éternelle jeunesse. Il ne ressemblait vraiment pas du tout à ces eunuques que représentaient les peintures orientalistes ou le cinéma, Noirs athlétiques richement enturbannés et exhibant des torses musculeux, le sabre toujours rutilant de pierreries à la ceinture.

Safiyé se fit la réflexion qu'il n'en était pas moins bel homme, mince sans être maigre ; son visage couleur pain d'épices foncé avait des traits fins et régu-

1. « Que cela soit doux et bénéfique ! »

liers. Toujours élégamment vêtu, avec ses manières de majordome anglais, il émanait de lui une distinction certaine. L'odalisque se rendit compte qu'elle avait toujours regardé l'eunuque sans vraiment le voir. Il faisait partie de son environnement familier ; trop de pudeur et de convenances les séparaient. Lui s'était comporté avec elle en serviteur fidèle et dévoué toujours prêt à la gâter ou à la consoler. Et elle... elle s'était conduite comme ces sottes de petites princesses à qui tout était dû. En échange de son affection et de sa dévotion, qu'avait-elle pu lui apporter ? Bien peu, finalement.

Son sourire s'était figé et le voile de mélancolie qui avait recouvert son visage n'échappa pas à l'eunuque. Il devait posséder un sixième sens :

— Cet enfant qui va naître, ma Lionne, ce sera ma plus grande joie et mon plus grand bonheur ! Le bonheur de vous savoir heureuse, entourée de tout l'amour que vous méritez.

Sa voix s'étrangla :

— Vous avez été le seul rayon de soleil dans l'obscurité de ma vie ! Dieu vous garde, vous et les vôtres !

*

Ommi Najia leva les yeux au ciel et soupira bruyamment pour manifester son impatience et son exaspération. Elle n'osa pourtant pas renvoyer brutalement le prince M'hamed qui arpentait nerveusement la chambre dans tous les sens. Elle suggéra alors habilement à Dalenda de l'entraîner dans le salon voisin. Avec l'assurance des enfants de son âge, celle-ci le prit fermement par la main. Sidi M'hamed se laissa faire mais son visage continuait de refléter son anxiété. Dans la chambre, une sage-femme italienne, Ommi Najia et une servante, des bassines d'eau chaude à la main, s'affairaient ; Safiyé venait d'avoir ses premières douleurs.

Sur le pas de la porte, le prince lança un regard à son épouse allongée : son visage était crispé mais elle ne semblait pas trop souffrir.

— Je vais immédiatement envoyer prévenir votre mère, assura-t-il la voix tremblante.

— Elle est loin..., répondit Safiyé comme dans un songe.

Sidi M'hamed eut un sourire compréhensif.

— Mais non, Kasr Essaâda n'est pas loin ! Je vais envoyer quelqu'un avertir Lella Kmar.

— Ce n'est pas ma mère, coupa Safiyé sèchement.

Elle laissa retomber sa tête sur l'oreiller. Pourquoi fallait-il qu'il gâche ce moment ? Pourquoi ne comprenait-il pas ? C'était vrai aussi qu'elle ne lui en avait jamais rien dit. Par une espèce de pudeur consensuelle, ils n'avaient jamais évoqué ensemble son passé. À peine avait-on effleuré quelques souvenirs proches, Jouda ou quelques connaissances communes. Rien de plus. M'hamed avait bien un soir évoqué la Turquie mais à la réponse évasive de son épouse, il n'avait pas insisté. Elle lui en avait été reconnaissante. M'hamed l'aimait et rien d'autre ne comptait pour lui. Finalement, qu'aurait-il pu dire d'autre qui l'eût moins blessée : « je vais faire prévenir votre protectrice » ou « votre maîtresse à qui vous devez tout » ? Délicatement il avait employé « votre mère » ; l'odalisque étant bien pour lui la digne fille de Lella Kmar. Sa maladresse partait d'un bon sentiment.

Safiyé redressa la tête et regarda son mari toujours sur le pas de la porte :

— Faites pour le mieux, souffla-t-elle en souriant.

M'hamed prit alors dans ses bras Dalenda qui trépignait d'impatience. Il la couvrit de baisers. Il aimait cette petite fille si vive et affectueuse. Au palais de Carthage, Dalenda avait désormais deux mères : Ommi Najia qui l'élevait et Safiyé qui l'éduquait à sa façon. Le prince M'hamed estimait d'ailleurs l'éducation de son épouse un peu trop rigoureuse et, en cachette, il passait tout à l'enfant. Il caressa les cheveux noirs ramassés en queue de cheval :

— Bientôt, *Inch Allah*, si Dieu le veut, tu vas avoir une petite sœur ou un petit frère.

*

Ce fut un garçon.

Le prince Lamine, ému et attendri, tenait dans ses bras un minuscule poupon emmailloté dans une robe de dentelles, son premier petit-fils. À cinquante-trois ans et après avoir donné naissance à neuf princesses et trois princes, il était largement temps d'être grand-père, estimait-il. Il s'extasia un moment devant le bébé, pourtant rouge et fripé comme tous les enfants à la naissance. Il lui posa un baiser sonore sur la joue et le remit dans les bras de sa mère allongée sur une pile d'épais coussins.

— Sidi, prenez du *zrir* !

Ommi Najia lui présentait un minuscule gobelet de cristal et une petite cuillère de vermeil. Le zrir, sorte de confiture très consistante à base de miel et de graines de sésame, était servi de façon systématique à toute personne venue présenter ses compliments à l'accouchée. Cet usage avait vu le jour, expliquait-on, par référence à l'*assida*, une crème à base de graines de pin, de noisettes ou de pistaches, obligatoirement préparée dans toutes les maisons à l'occasion de la célébration de la naissance du Prophète.

Pour sacrifier à la tradition, Lamine goûta une cuillerée de la lourde mixture.

— Sidna m'a laissé toute latitude pour prénommer l'enfant, annonça-t-il.

Le bey Ahmed, informé de la naissance princière, se désintéressait apparemment de la question. S'il n'avait tenu qu'à lui, il aurait choisi Sidi Kemal pour tous les enfants de la famille régnante, du nom de son fils adoré.

— Quel prénom voulez-vous donc, Sidi ? interrogea M'hamed, rayonnant de joie.

Le prince Lamine lissa ses moustaches et son regard plein de bonté se posa sur sa belle-fille.

— J'ai pensé... j'ai pensé que Lella Safiyé souhaiterait peut-être lui donner le prénom de son père...

C'était une délicate attention. Sidi Lamine sourit à Safiyé qui l'observait, un peu hébétée. Son mari l'encouragea :

— Eh bien, Lella, que souhaitez-vous ?

Safiyé avait la respiration haletante. Elle déglutit et regarda tour à tour son mari et son beau-père. Les deux hommes attendaient sa réponse. Comme dans un songe, elle murmura :

— Refet...

On lui fit répéter ce prénom inusité. C'est avec une voix plus sûre qu'elle s'entendit énoncer :

— Refet !

Était-ce vraiment le prénom du père de Safiyé ? Ou bien l'image du bel officier de la place de l'Hippodrome s'était-elle étrangement imposée à son esprit ? Personne ne le sut jamais.

En tout cas, le premier prince, le premier Tunisien même, du nom de Refet — vite déformé en Rafet — fut enregistré solennellement par le ministre de la Justice dans le Livre des Princes, affirmant la qualité d'agnat dynastique de l'enfant. Un jour peut-être, le fils de Safiyé, l'odalisque circassienne, pourrait régner sur la Tunisie.

TUNISIE

1942-1957

33

À la cour beylicale, les astrologues et les devins avaient toujours été légion. Ils savaient invariablement prédire au souverain une longue vie, comme à son héritier présomptif une promotion prochaine. De passage à Tunis, c'était l'ancien astrologue du sultan Abdulhamid qui avait prédit au bey Ahmed qu'il enterrerait trois princes héritiers mais qu'il suivrait de peu le troisième dans la tombe.

— Et c'est effectivement ce qui est arrivé !

Le prince M'hamed essayait de convaincre sa jeune épouse incrédule.

— Allons, ce sont des inepties, rétorqua Safiyé.

— Mais écoutez donc, reprit calmement M'hamed. Pendant dix ans Ahmed Bey avait vécu dans la sérénité la plus totale. Jusqu'au décès du prince héritier Adel en février 1939, suivi deux ans plus tard de celui du prince héritier successeur Tahar.

— Pourtant mon oncle Sidi Tahar était un vrai roc ! s'étonna M'hamed.

Safiyé se souvenait de ce prince à l'allure sévère et aux convictions nationalistes inébranlables. C'était lui qui, lors de la pseudo-abdication de Naceur Bey, avait menacé de tuer les princes de sa famille qui ne jureraient pas sur le saint Coran de rester solidaires de leur chef. Amina lui avait alors raconté qu'il avait surnommé son chien « Foch » et qu'il s'amusait à l'appeler de sa voix de stentor en plein centre-ville. La Résidence générale avait suspendu sa dotation de la liste civile pour lui faire entendre raison.

— Ensuite le prince Béchir est mort et moins de deux mois après le bey Ahmed le suivait dans la tombe ! conclut M'hamed.

Safiyé n'était pas vraiment convaincue. Il faut dire qu'elle éprouvait maintenant une certaine répulsion pour tout ce qui concernait les voyants et les sorcières.

— En tout cas, grâce à Dieu, c'est maintenant mon oncle Sidi Moncef qui est sur le Trône ! Enfin un vrai souverain qui ne va pas se laisser manipuler par les Français !

Safiyé observa son mari, il lui faisait penser à Moncef avec son caractère patriote, entier, volontiers impulsif et chatouilleux sur l'honneur national.

— Il faut nous réjouir aussi du fait que c'est maintenant Sidi Lamine votre père qui est le prince héritier, souligna-t-elle.

Dans son euphorie, son mari semblait l'avoir oublié.

— Oui, oui bien sûr, répondit-il.

Sidi M'hamed se réjouissait en tout cas qu'entre le souverain et son père, la meilleure entente régnât. Le bey Moncef savait la vie et la mort entre les mains de Dieu et ne voyait pas dans son héritier présomptif un ennemi qui guignait sa place. Il lui témoignait la plus affectueuse sollicitude et l'associait à tous ses déplacements et à ses conseils privés. Habituellement, le prince héritier devait se montrer le plus discret possible aux yeux du souverain pour ne pas lui rappeler un prochain jour funeste.

— Voilà ce que Sidna nous a offert aujourd'hui au cours de ma visite !

M'hamed ouvrit un coffret ; des pièces d'or scintillaient aux côtés d'épaisses liasses de billets de banque.

Le corps du bey Ahmed n'était pas encore froid que le nouveau souverain avait envoyé ses hommes au palais de La Marsa. Ils s'étaient fait ouvrir les coffres ; ceux-ci regorgeaient d'alignements de bourses pleines de louis d'or, de napoléons, de pièces diverses de métal précieux, de lingots, de bijoux et d'amoncellements de billets de banque. Devant les regards impuissants des fils du monarque défunt, ils avaient fait main basse sur ce trésor accumulé au cours d'un long règne. Moncef en avait redistribué une partie aux pauvres et aux princes de sa famille qui, heureux de cette aubaine, ne juraient plus que par lui. M'hamed jugea inutile de préciser que l'entourage peu scrupuleux du nouveau souverain s'était personnellement approprié une grande partie de ces richesses ; dans leur avidité, ils avaient même emporté les invraisemblables quantités de pâtisseries, les brocarts d'or, les tissus de prix et les bijoux que le bey Ahmed avait rassemblés pour le mariage prochain de son cher Sidi Kemal. Le prince M'hamed ne voulait pas ternir aux yeux de son épouse l'image de cet oncle monté sur le Trône et qu'il idéalisait ; après tout, les grands hommes n'étaient pas responsables des mesquineries de leur entourage.

Ironie du sort : au cours de son long règne, Ahmed Bey n'avait pas confisqué le palais et les biens de Lella Kmar, et maintenant son patrimoine à lui était soumis à la convoitise des proches du nouveau souverain, le propre beau-fils de l'ancienne beya.

— Il y a longtemps que nous ne sommes pas allés voir Lella Kmar avec les enfants, fit remarquer M'hamed. Il faudrait aller la féliciter pour l'avènement de Sidi Moncef.

Safiyé acquiesça ; Lella Kmar ne connaissait pas encore son dernier-né, Noureddine — Lumière de la Foi —, un garçon qui avait hérité de la finesse de traits de sa mère. L'ancienne beya adorait les enfants de Safiyé, Rafet et surtout le deuxième, Mimoune, un garçonnet blond comme les blés au regard pétillant de malice. Et puis il faut dire que Safiyé était curieuse de revoir Lella Kmar en ces circonstances. L'ancienne beya avait certes bien vieilli mais elle continuait d'avoir un doigt dans toutes les sauces politiques. Aujourd'hui, Lella Kmar devait jubiler : son beau-fils Moncef qui ne jurait que par elle était sur le trône de ses ancêtres et sa « fille », l'odalisque qu'elle avait élevée et formée, était la bru du prince héritier. Elle n'aurait pu rêver mieux. Elle retrouvait là une prépondérance à laquelle elle avait dû renoncer vingt ans auparavant.

*

Un protecteur lui-même placé sous tutelle n'est pas sans perdre son prestige et son autorité. C'était le cas de la France. Vaincue, humiliée, son territoire occupé après la « drôle de guerre » et l'armistice de juin 1940, la puissance protectrice de la Tunisie n'était plus que l'ombre d'elle-même. Subordonné à l'Allemagne nazie qui occupait la moitié de la France, le gouvernement du maréchal Pétain essayait tant bien que mal d'affirmer sa domination sur les terres de protectorat et l'empire colonial dont les statuts n'avaient pas changé après la défaite.

Chevaleresque, le bey Moncef n'avait pas cherché, malgré les conseils de certains, à tirer profit de la situation. Il souhaitait simplement réaffirmer la souveraineté beylicale sans toutefois rompre tout lien avec la France à laquelle l'unissait le traité du Bardo. Le souverain tunisien avait compris qu'il ne servirait à rien d'échanger le protectorat d'un État affaibli contre la domination d'un maître fort et exigeant ; car l'Italie qui avait rallié tardivement la guerre contre la France exigeait maintenant sa récompense, le gâteau tunisien. L'allié allemand avait cependant fait la sourde oreille et le gouvernement fasciste s'était alors tourné vers les nationalistes et le bey, leur promettant une « aide » efficace pour leurs revendications. Habilement, Moncef Bey s'était esquivé.

Mais le peuple tunisien attendait aujourd'hui beaucoup de son monarque. L'avènement de ce nouveau bey, à la réputation de prince nationaliste proche du petit peuple, avait été accueilli avec un enthousiasme débordant ; il est vrai que la fin des treize années de règne de son prédécesseur avait cruellement éprouvé le peuple tunisien. Après le court intermède libéral du Front populaire et des velléités réformatrices, les tenants de la prépondérance française en Tunisie avaient repris le dessus. Les conflits s'étaient multipliés pour culminer lors de la manifestation populaire du 9 avril 1938 sauvagement réprimée dans le sang. Le parti du Néo-Destour avait alors été dissous et ses chefs déportés au fort Saint-Nicolas en France.

À tous ces événements dramatiques, Ahmed Bey avait opposé l'indifférence la plus totale.

Le conflit mondial avait heureusement épargné le sol tunisien mais ses répercussions économiques se ressentaient tous les jours ; la flambée des prix et la raréfaction des denrées plongeaient la population dans la plus grande misère.

Pour un avenir meilleur, le peuple tunisien tout entier avait placé ses espérances dans son nouveau souverain, Moncef Bey.

*

M'hamed, amusé, vit le héraut qui ouvrait la marche du cortège beylical s'époumoner en vain en brandissant son sceptre aux chaînettes d'argent.

— *Salam... Salam wa Rahmat Allah... ! Salut... Salut et Miséricorde d'Allah... !*

Il était censé adresser à la foule le salut du souverain, car, selon l'étiquette, le monarque ne prenait jamais la parole en public. Mais avec le bey Moncef, l'étiquette était vite oubliée. Le souverain répondait lui-même aux acclamations, s'arrêtant parfois au seuil d'une échoppe ou auprès de simples gens pour écouter leurs doléances ou simplement les encourager d'un mot ou d'une accolade. Les vivats fusaient : « Vive le Roi ! », « *Allah younsour Sidna !* Que Dieu apporte la victoire à notre Seigneur ! » De toutes les classes de la population mêlées, s'élevait un même cri d'allégresse et de foi.

Le prince M'hamed n'avait jamais vu ça ; c'était un véritable délire, une ferveur populaire telle que le cortège du souverain avait du mal à se frayer un passage à travers les ruelles de la médina encombrées d'une foule dense et enthousiaste. Comme le voulait l'usage, en cette veille du vingt-septième jour de Ramadan, le bey rendait visite à sa capitale pour assister au sermon de la Grande Mosquée et se recueillir aux mausolées des différents saints de la ville. Après la rupture du jeûne au palais du Dar-el-Bey, il effectuait maintenant, entouré de sa cour, une promenade à pied pour recevoir l'hommage des habitants de sa capitale.

Le spectacle était féerique. Les souks étaient éclairés *a giorno*, brillant de l'éclat de mille lustres chargés de veilleuses à huile ; tous les marchands avaient sorti leurs plus riches étoffes et leurs plus beaux tapis pour en pavoiser leurs échoppes. Partout, le portrait de Moncef Bey était accroché, parfois entouré de flambeaux ou de simples bougeoirs dans des sortes de chapelles votives peintes aux couleurs nationales.

— Laissez-les venir !

Le bey invectivait des agents du service d'ordre qui refoulaient à l'arrière des mendiants la main tendue. Moncef hurla plutôt qu'il ne s'adressa aux policiers :

— Je n'ai pas besoin de vous ; je suis chez moi, ces hommes sont mes sujets, mes enfants...

Puis, il se tourna vers le prince M'hamed qui était resté dans sa proximité :

— Donne-moi ton argent, avec ce *keșbet* je ne peux rien avoir sur moi !

Le bey portait le kesbet de cérémonie, la grande tenue d'apparat, une tunique lourdement brodée d'or, constellée de décorations et retenue à la taille par une ceinture fermée par deux gigantesques émeraudes ; le tailleur n'avait apparemment pas prévu d'emplacement pour la petite monnaie.

En souriant, M'hamed remit au souverain tout l'argent qu'il possédait. D'un regard circulaire discret, le jeune prince désigna les ministres et les courtisans qui les entouraient. Moncef Bey rit de bon cœur en lui donnant une bourrade dans le dos.

— Ha ! ha ! ha... ! Allons, allons messieurs, à votre tour de vider vos poches maintenant ! s'exclama-t-il à la cantonade.

Tout le monde s'exécuta aussitôt et le bey, visiblement satisfait, distribua le pactole aux pauvres qui se pressaient autour de lui. L'un d'entre eux s'était agenouillé et, les larmes aux yeux, lui baisait la main.

— Relève-toi ! ordonna-t-il.

Le pauvre hère se releva tout tremblant. Moncef Bey lui prit la main qu'il serra dans la sienne.

— Il n'y a plus de baisemain, tonna-t-il. J'exige qu'on me serre la main !

Le bey leva alors sa main, tenant toujours celle du mendiant, et apostropha toute la foule réunie :

— Soyez tous des hommes égaux, des frères étroitement unis comme ces deux mains serrées !

Le prince M'hamed était ému ; il vivait un moment intense, la communion de tout un peuple autour de son souverain, autour de la dynastie à laquelle il appartenait.

Depuis son avènement au Trône, Moncef avait aboli le baisemain et c'était tant mieux, estimait le jeune prince qui y voyait un geste servile inutile. Son épouse pourtant ne partageait pas son point de vue. « Votre oncle en fait trop », avait-elle soupiré avant de lui expliquer : « Vous trouvez pourtant bien normal de baiser la main de votre père ou de vos aînés ; eh bien, le Souverain ici est réputé être le père de tous ses sujets et c'est à ce titre qu'ils lui baisent la main pour manifester respect et attachement filial. » Safiyé se méfiait des innovations qu'elle jugeait superficielles, voire démagogiques.

*

— *Adonaï lamma sebbahtani !* ô Dieu pourquoi m'as-Tu abandonné !

Comme dans les heures les plus sombres de leur histoire, c'était le cri que tous les Juifs tunisiens devaient pousser au fond de leur cœur, rappelant au Seigneur le pacte contracté avec Abraham, Isaac et Jacob. Cette fois-ci, ils ne s'étaient pas rendus revêtus de sacs, le front couvert de cendres, dans les synagogues et les oratoires pour entourer les tables de la Loi d'un haillon noir et sonner la trompe du jugement dernier.

Non, ils étaient simplement là par dizaines, hagards, désemparés, dans la cour de cet immeuble vétuste de la rue de la Commission. Au fond de leur cœur, le même cri de désespoir résonnait : ô Dieu pourquoi m'as-Tu abandonné !

Taïta s'accrochait à un jeune homme qu'elle essayait en vain de retenir et d'entraîner vers la sortie :

— Mon petit Bichi, écoute-moi, ce n'est pas la peine d'y aller ! Lella Kmar me l'a dit, toute notre famille est sous sa protection, ils ne peuvent rien nous faire...

Le jeune homme repoussa sa tante d'un geste excédé :

— Je n'ai pas honte d'être juif et je n'ai besoin de

la protection de personne ! La seule protection qui compte, c'est celle des lois d'un pays.

Il désigna à Taïta la plaque de cuivre vissée devant l'entrée :

— Et tu vois, même la France nous rejette... !

Taïta leva un regard inquiet, la plaque indiquait :

Délégation du Commissariat général
aux Questions juives
Bureau de recensement des Juifs

Le « statut des Juifs » et les lois raciales édictées par le gouvernement de Vichy avaient rapidement été étendus au protectorat tunisien et le résident général français, l'amiral Esteva, homme-lige de Pétain et ami de Darlan, avait eu la responsabilité de les mettre à exécution. Certaines mesures heurtaient cependant la conscience de ce chrétien pratiquant enclin au mysticisme et c'était sans zèle excessif qu'il appliquait les directives de ses supérieurs. Mais Darquier de Pellepoix, le nouveau commissaire général aux Questions juives, qui avait toute la confiance des nazis, réclamait avec insistance l'application stricte de la législation antijuive : recensement des Juifs et de leurs biens, exclusion de la fonction publique et des professions touchant à la presse, à la radio, au théâtre et au cinéma, mise sous séquestre des entreprises juives et accès limité aux professions libérales.

Taïta essayait de convaincre son neveu :

— Mais nous ne sommes pas en France, ici, nous sommes en Tunisie et notre souverain nous protège...

Comme Bichi ne répondait pas, elle poursuivit :

— Oui, Sidna a encore répété aux caïds la semaine dernière qu'il ne faisait pas de différences entre musulmans et Juifs, que nous sommes tous ses sujets, tous ses enfants...

Moncef Bey était furieux des mesures édictées par

Vichy et de la discrimination qu'on imposait à ses sujets. Mais seuls les journaux arabes avaient rapporté les propos du souverain.

Bichi fixa sa tante d'un regard teinté de mépris :

— Que peut faire le bey contre les Français ? Oui, bien sûr, toi, notre famille, le Dr Nataf ou l'avocat Paul Guez, les Bessis, les Valensi et autres gros bourgeois sont protégés...

D'un geste circulaire de la main, il désigna les groupes qui remplissaient les files d'attente :

— Mais eux, tous les pauvres, tous les miséreux de la hara, qui s'en soucie, qui les protège ?

Il avait haussé le ton et Taïta affolée essayait de lui plaquer sa main sur la bouche pour le faire taire. Il réussit à se dégager :

— Moi je resterai ici avec mes frères ; je leur expliquerai que même la France nous abandonne et qu'il nous faut un pays à nous où nous serons les maîtres, sans peur et sans crainte.

Le visage du jeune garçon exprimait toute l'humiliation ressentie. La situation des Juifs tunisiens était certes incontestablement moins pénible qu'en France non occupée, en Algérie ou au Maroc, mais, outre la peur ou l'angoisse devant l'avenir, tous se sentaient humiliés, bafoués ; la France humaniste et généreuse, la France des Droits de l'homme les avait trahis.

Taïta regarda Bichi. Elle ne reconnaissait plus son neveu préféré ; le petit garçon timide et rêveur qu'elle gâtait à outrance était devenu un beau jeune homme au regard décidé et aux convictions affirmées. Elle s'accrocha à lui et implora :

— Je t'en prie, rentre avec moi ! Tu vas nous tuer de chagrin, ta mère et moi !

Bichi ne répondit pas, il était habitué aux jérémiades et au chantage sentimental de sa tante. Celle-ci finit par s'emporter :

— Ce sont tous ces *kouasi*[1] que tu fréquentes qui te donnent ces idées !

Elle faisait allusion aux activités politiques de son neveu. Bichi avait commencé par distribuer *Le Réveil juif* avant de militer dans le *Betar*, la plus active des organisations sionistes implantées en Tunisie. Cela avait fait sourire toute sa famille mais au moins, pensait-on, ça l'occupait et l'empêchait de traîner dans les cafés. Pour lui faire plaisir, Taïta avait même payé son *shequel*, sa contribution financière. Mais tout cela bien sûr ne restait qu'une utopie, un vague idéal ; personne n'aurait sérieusement songé à quitter le paradis tunisien pour rejoindre un problématique Foyer juif en Palestine.

— Je t'en supplie, rentre, murmura-t-elle une fois de plus.

Elle continuait de s'accrocher au jeune garçon qui avait du mal à s'en dépêtrer. Taïta avait peur, elle savait où toutes ces affaires politiques pouvaient mener. Ses yeux s'embuèrent, elle se souvenait d'un jeune garçon qui ressemblait à son Bichi. Ahmed, lui aussi, était animé d'une même foi, du même rêve d'un avenir meilleur pour son peuple. Taïta s'était lacéré les joues de douleur quand elle avait appris la nouvelle ; le jeune romantique qui s'était épris de Safiyé était tombé sous les balles du colonisateur lors des manifestations du 9 avril, fauché dans la fleur de l'âge.

Elle lâcha le bras de son neveu qui en profita pour s'esquiver et, sans cris, sans gémissements, elle plaça ses mains sur son visage et longuement elle pleura tout son soûl.

*

1. Pluriel de *Kasi*, par référence à Kasi Ouz, un personnage du théâtre d'ombres réputé pour sa ruse. *Kouasi* pourrait être traduit par « énergumènes ».

La chanteuse prit une mimique suggestive en susurrant :

— *Babourino*[1]...

Moncef Bey enchanté caressa sa barbe récente, un attribut obligatoire de sa fonction, qu'il portait néanmoins le moins fournie possible. Ses yeux pétillèrent quand la belle Fethia Khaïri reprit de sa voix chaude :

Babourino vogue sous le vent et franchit les vagues
À son bord, il transporte le bien-aimé du peuple
Sidi Moncef Bey...

Assise à côté du souverain, Lella Kmar donna le signal des applaudissements. À son doigt scintillait un gros diamant monté sur platine, cadeau du monarque à l'occasion de son avènement.

Safiyé alla à la rencontre de Lella Kmar qui s'était levée. L'ancienne beya dont la démarche était devenue plus hésitante s'appuyait sur une fine canne au pommeau d'ivoire sculpté. Depuis quelque temps, sa santé donnait d'ailleurs du souci à ses proches et à ses médecins qui lui demandaient, sans grand succès, de se ménager.

— Mabrouk Lella, Sidna a l'air de beaucoup apprécier ! félicita Safiyé.

Le souverain était effectivement ravi ; il venait d'embrasser chaudement la chanteuse et de lui remettre une bourse de dix mille francs en pièces d'or. Une petite fortune. À ce train-là, le trésor patiemment accumulé par son prédécesseur fondait comme neige au soleil.

Lella Kmar s'appuya de son autre bras sur Safiyé :

— J'essaie de le distraire, il a tellement de soucis !

Depuis l'avènement de Moncef, Lella Kmar avait organisé pas moins de trois concerts en son honneur

1. Petit bateau — déformation de *vaporino*, bateau à vapeur.

dans le parc de Kasr Essaâda. L'ancienne beya continuait avec le fils ce qu'elle avait su si habilement mener avec le père. Et cette nouvelle chanson spécialement composée à la gloire du souverain était vraiment un coup de maître.

— En tout cas, maintenant les Français ne peuvent plus jouer le prince héritier contre le bey ! s'exclama Safiyé.

— Je n'en attendais pas moins de Sidi Lamine, répondit Lella Kmar en toussant.

Les autorités françaises commençaient à s'inquiéter sérieusement de la popularité du bey Moncef et de ses démonstrations unilatérales de souveraineté. Discrètement, elles avaient envoyé un émissaire qui avait habilement rappelé au prince héritier que la loi musulmane exigeait l'intégrité de corps et d'esprit du monarque. Or, Moncef Bey étant à moitié sourd, peut-être le prince héritier pourrait-il alors se rendre à la Résidence générale examiner ce point de vue et préparer son accession au Trône de ses ancêtres. Sidi Lamine s'était tout de suite précipité. Non à la Résidence générale mais chez son cousin le bey Moncef à qui il avait rapporté les nouvelles manigances des Français.

— Sidi Moncef a déjà commencé à renvoyer de la cour tous les vendus, continua Lella Kmar avec un sourire de satisfaction. Son intention est de gouverner en vrai monarque et non plus de simplement régner comme ses prédécesseurs et d'apposer son sceau sur les lois que les Français préparent...

L'ancienne beya désigna Taïta prostrée dans un coin, le regard éteint. La Juive n'avait pas le cœur à participer aux réjouissances musicales.

— Ce matin encore, Sidi Moncef a envoyé le Premier ministre chez le résident général pour protester contre le statut des Juifs et lui signifier qu'il n'admettrait pas qu'on touche à ses sujets.

Safiyé observa Lella Kmar. Courbée sur sa canne,

elle marchait avec peine mais, malgré la vieillesse et la maladie, elle n'avait rien perdu de sa superbe. La proximité du pouvoir était assurément la meilleure des cures de jouvence.

*

Au palais de Carthage, le téléphone avait été relié à une énorme sonnerie, un grelot assourdissant qui résonnait dans le patio central. Heureusement, vu le nombre des abonnés au réseau téléphonique, il ne sonnait pas souvent. Quand le 33 à La Marsa demandait le 12 à Carthage, on savait toujours que c'était Kasr Essaâda pour Lella Safiyé. Cette fois c'était Baba Assad qui, n'ayant pu s'éclipser, s'était résolu à user de cet engin diabolique :

— *Tebrik ederim !* Toutes mes félicitations ! glapissait l'eunuque, la voix déformée par le grésillement de l'appareil.

Safiyé raccrocha l'écouteur en souriant. La nouvelle s'était déjà ébruitée. Ce matin, son mari, le visage rayonnant de joie, lui avait offert un beau bracelet de perles, un travail persan du siècle passé. La Circassienne ne lui avait pourtant pas directement parlé de sa nouvelle grossesse ; c'étaient bien sûr des choses dont on ne discutait pas entre époux. Elle avait simplement informé Lella Kmar de son état lors de sa dernière visite et celle-ci s'était chargée de répercuter la nouvelle pour ménager la pudeur de sa protégée.

D'un pas alerte, elle rejoignit le salon où l'attendait Ommi Najia en compagnie des enfants. Les trois garçons étaient impeccablement alignés pour saluer leur mère ; Rafet avait maintenant huit ans et, comme son frère Mimoune de deux ans son cadet, il portait des socquettes longues et des bermudas, n'étant pas encore en âge de porter des pantalons. Noureddine était, lui, toujours en barboteuse. Safiyé les embrassa plus tendrement qu'à l'ordinaire. N'eût été cette maudite guerre, heureusement lointaine, elle aurait été comblée. Elle complimenta Ommi Najia pour la bonne tenue des garçons. Celle-ci grommela une vague réponse, les trois jeunes princes la rendaient chèvre mais elle leur passait tout, dissimulant aux parents tous les sujets de réprimande.

Safiyé remercia Dieu de tout le bonheur qu'Il lui avait dispensé. Après les dures épreuves que le destin lui avait imposées, elle était aujourd'hui en paix.

Ce que la princesse Safiyé ne savait pas, c'est que la guerre allait choisir la Tunisie pour champ de bataille en Afrique du Nord.

34

— *Allô, allô, Robert arrive... Allô, allô, Franklin arrive...*

Le poste de TSF ne cessait de diffuser le message. Brusquement, Taïta, l'oreille collée contre le poste, poussa un hurlement de joie. La nouvelle était finalement tombée : en ce matin du 8 novembre 1942, les premiers éléments des contingents anglo-américains étaient arrivés en Afrique du Nord. Après que l'armée de Montgomery eut réussi à enfoncer dans le désert égyptien d'El-Alamein le dispositif germano-italien, les Alliés débarquaient au Maroc et en Algérie pour se substituer au gouvernement de Vichy. L'opération « Torch » avait commencé.

Taïta poussa une série de youyous sonores et entraîna Ommi Najia dans une folle farandole sous l'œil ébahi du jeune prince Rafet. La Juive embrassait Ommi Najia en criant :

— *Zana Khammouss ! zana Khammouss.*

Ommi Najia, sans vraiment comprendre, poussa à son tour des youyous. Elle finit par demander :

— Mais qui est ce Khammouss qui est venu ?

Taïta était en pleine euphorie. Leurs malheurs allaient enfin prendre fin. Elle répétait :

— *Zana Khammouss !* Khammouss est arrivé !

Les Juifs tunisiens avaient mis tous leurs espoirs dans la victoire des Alliés contre l'Allemagne nazie et les collaborateurs qu'elle traînait à sa remorque — le régime de Vichy et les fascistes. Comme il était bien sûr difficile d'évoquer ouvertement les Alliés, Anglais ou Américains, on les désignait dans la conversation sous le terme plus discret de Khammouss. Ce prénom qui tire sa racine du chiffre cinq, dont les vertus contre le mauvais œil n'étaient plus à démontrer, plaçait ainsi les forces alliées sous une protection efficace.

Essoufflée, Taïta finit par se poser sur le canapé. Elle couvrit le fils de Safiyé de baisers jusqu'à l'en étouffer. La Juive était radieuse, tout allait vite s'arranger et la Tunisie redevenir comme avant.

*

Mais Khammouss prit son temps. Pour les Alliés, il s'agissait dans un premier temps d'occuper l'Algérie et le Maroc afin d'y constituer une base de départ pour la reconquête de l'Europe du Sud.

L'opération « Torch » entraîna une série de réactions allemandes immédiates : occupation par la Wehrmacht de la zone Sud en France et de la Tunisie pour tenir la côte méditerranéenne.

L'armistice de juin 1940 qui plaçait l'empire colonial français sous la seule autorité de Vichy était violé.

Dès le 9 novembre, les premiers avions à croix gammée, remorquant de Sicile d'immenses planeurs, atterrissaient à l'aérodrome d'El-Aouina, proche de Tunis. Ils étaient suivis le lendemain de vingt avions gros porteurs italiens.

À la Résidence générale de France à Tunis, la confusion était la plus totale, ordres et contrordres fusaient de toutes parts. En soldat discipliné, l'amiral Esteva se rangea aux directives du maréchal Pétain appelant à une collaboration avec les forces de l'Axe pour contrer l'invasion anglo-américaine. L'amiral Derrien, préfet maritime commandant la IVe région, livra ainsi les installations portuaires et la flotte de Bizerte aux Allemands. En revanche, le commandant supérieur des troupes de Tunisie, le général Barré, qui avait reçu pour instructions de se porter au-devant de l'agresseur, fit volte-face avec ses troupes et opéra sa jonction avec les armées alliées venues d'Algérie. Les forces franco-anglo-américaines réussirent à atteindre Djédeïda, à une vingtaine de kilomètres de Tunis, où leur progression fut stoppée par une contre-offensive de l'Axe. Au fil des semaines, le front des belligérants se stabilisa finalement à une cinquantaine de kilomètres de la capitale, le long d'une ligne nord-sud, laissant aux Allemands et aux Italiens toute la Tunisie orientale et son littoral.

Entre-temps, les Germano-Italiens consolidaient leur tête de pont en acheminant d'importants renforts et établissaient à Tunis leur quartier général militaire et politique. Dans les rues, camions, chars, tanks et canons de la DCA défilaient sous les yeux d'une population abasourdie et inquiète, pendant que des sentinelles allemandes prenaient position dans les emplacements stratégiques.

*

Safiyé émit un soupir de soulagement ; les bombardements avaient enfin cessé. Elle regarda autour d'elle en serrant dans ses bras le petit Noureddine ; son mari était sorti juger de la situation mais ses deux autres enfants étaient à côté, entourés d'Ommi Najia et de Dalenda ; tous paraissaient encore sous le choc. Pendant l'alerte, les occupants du palais de Carthage, du prince Lamine jusqu'à la dernière des servantes, se regroupaient dans cette longue pièce sans fenêtres, l'abri le plus sûr ; des matelas et des lits de camp y avaient été disposés. La plupart des vitres des autres salons avaient été soufflées par les bombardements et des éclats et des débris jonchaient les sols. Depuis quelques jours, le hululement lugubre de la sirène d'alerte retentissait régulièrement : l'aviation alliée bombardait sans répit.

— Que Dieu maudisse ces Anglais et ces Américains, s'écria une servante en se lamentant.

Safiyé entendit son beau-père rabrouer sèchement la servante. Le prince Lamine captait secrètement Radio-Londres pour connaître les nouvelles de la France libre et ne pas s'abandonner à la déception devant l'excessive prudence des Alliés ; en ne pénétrant pas tout de suite en Tunisie, ils avaient laissé le temps aux Allemands d'amener des renforts et d'organiser une contre-offensive. Les Alliés essayaient maintenant par des bombardements ininterrompus de couper les communications de l'Axe et de détruire ses installations. Sur Tunis, mais aussi sur les ports de Bizerte, Sousse et Sfax, pleuvait tous les jours une avalanche d'obus et de bombes soufflantes auxquels répondaient les tirs de la DCA allemande.

— Les gens sont à bout, ils n'en peuvent plus, dit Safiyé à son beau-père pour excuser la pauvre servante en larmes.

À ce moment, l'aide de camp du prince, affolé, vint les prévenir que le pont du TGM avait été détruit et que de nombreuses tentes de Bédouins étaient en flammes sur les champs de Carthage. Sidi Lamine donna des ordres pour porter secours aux victimes, puis passa son bras autour des épaules de Safiyé dans un geste de réconfort.

— Je prie Dieu, ma fille, de nous délivrer bientôt des horreurs de la guerre ! murmura Lamine.

Elle s'efforça de dissimuler ses tremblements. L'image de son aoul dévasté, en flammes, de ses habitants égorgés, lui revenait à la mémoire. La guerre qu'elle avait fuie dans le Caucase puis à Istanbul la rattrapait encore une fois à Tunis.

— Sidi Moncef essaie de proclamer Tunis ville ouverte, comme Paris en juin 1940, pour épargner la population civile, annonça le prince Lamine.

Il lui raconta qu'à la cour, l'émoi était considérable ; les bombardements avaient fait d'innombrables victimes parmi la population civile. Dans le quartier populaire de Sidi Mansour, de nombreuses familles avaient péri, d'autres se retrouvaient sans abri après des raids particulièrement meurtriers ; dans la rue Sidi-Béchir, un bain maure avait été enseveli sous les bombes, provoquant la mort des nombreux baigneurs, femmes et enfants.

La population était consternée et désemparée ; les cibles atteintes par les avions alliés n'offraient pas un grand intérêt militaire alors que les vrais objectifs étaient rarement touchés. Toutes ces destructions et le nombre croissant de victimes civiles innocentes faisaient le jeu de la propagande allemande. Tous les jours, Radio-Stuttgart et Radio-Bari diffusaient des bulletins et des commentaires en arabe et en français pour stigmatiser la barbarie des Anglo-Américains, ennemis des peuples arabes, et soulever les sentiments de la population contre les Alliés.

— Les gens croient que les Allemands vont nous débarrasser des Français ! soupira Sidi Lamine.

Safiyé savait que, dans une certaine partie de la population analphabète comme aussi chez certains dirigeants nationalistes, la défaite de la France avait été accueillie avec satisfaction ; l'humiliation de l'arrogante puissance protectrice avait été ressentie comme un juste châtiment de Dieu. Les gens ne partageaient pas les convictions de l'idéologie nazie, mais suivaient de manière simpliste l'équation : l'ennemi de mon ennemi est mon ami.

— De toute façon, ce n'est plus qu'une question de temps, l'Allemagne va perdre la guerre...

À sa répugnance de l'idéologie véhiculée par les

nazis, le prince Lamine ajoutait une foi inébranlable dans la cause des Alliés. Sur tous les fronts, les puissances de l'Axe perdaient l'initiative militaire. Rommel reculait dans le désert et au nord de l'Europe, la Wehrmacht s'engluait dans l'hiver russe autour de Stalingrad.

— Il faut pour le moment renoncer à toutes nos revendications et apporter un soutien inconditionnel aux Alliés, déclara le prince Lamine. C'est la seule chance pour notre pays.

— C'est aussi ce que pense Bourguiba, souligna Safiyé. Sidi M'hamed a lu sa lettre à tous les militants nationalistes. Il recommande de laisser de côté les questions d'indépendance et d'entrer en relations avec les Français gaullistes de Tunisie pour les aider dans l'action clandestine.

Les dirigeants du Néo-Destour, Bourguiba et ses amis Ben Youssef et Ben Slimane, libérés par les Allemands, avaient été transférés à Rome où le gouvernement fasciste leur prodiguait les plus grands égards ; l'Axe espérait les utiliser pour rallier à sa cause l'opinion musulmane, comme il l'avait fait avec le Grand Mufti de Jérusalem.

Safiyé approuvait de tout son cœur les prises de position de son beau-père et du bey qui avait su résister malgré les pressions des Germano-Italiens. Il s'était fermement opposé à toute déclaration de guerre aux Alliés ou même à une proclamation flétrissant leurs actes. La Circassienne honnissait les doctrines nazis, elles insultaient sa foi. L'islam ne reposait-il pas sur la tolérance, la fraternité et l'égalité de tous devant le Dieu Unique, Dispensateur de toutes choses ?

*

La première victime juive de l'occupation allemande fut le malheureux Mazouz, un jeune garçon de dix-huit ans au pied bot. Il n'arrivait pas à marcher assez vite et l'officier SS l'avait froidement abattu au bord de la route.

— Ce sont des Bédouins qui l'ont enterré à la sauvette, murmura Taïta.

En arrivant à Kasr Essaâda, Safiyé était tombée sur la Juive, prostrée dans l'antichambre de Lella Kmar. Entre sa maîtresse gravement malade et tous les siens menacés par les nazis, la pauvre femme était accablée et visiblement à bout de nerfs. Safiyé s'installa à côté d'elle en essayant de la réconforter :

— Grâce à Dieu, tous les membres de ta famille sont ici sains et saufs !

— Oui, sauf mon petit Bichi, gémit Taïta.

Entre deux hoquets, elle expliqua à Safiyé que son neveu n'avait pas voulu se réfugier à Kasr Essaâda comme le reste de sa famille. Il avait tenu à participer aux souffrances des siens, astreints au travail obligatoire imposé par les Allemands. Car dès le début de l'occupation, la Kommandantur, installée dans une villa réquisitionnée de l'avenue de Paris, en plein centre-ville, avait directement pris en main les affaires juives. Malgré les protestations des autorités beylicales et même de la Résidence générale, les nazis avaient très vite appliqué les méthodes établies par Heydrich en Pologne avec la création d'un *Judenrat*, un Conseil juif, forcé d'exécuter par ses propres moyens les mesures antijuives qu'ils ordonnaient. L'occupant avait tout d'abord exigé une amende collective de vingt millions de francs avant de réclamer deux mille travailleurs équipés dans un délai de vingt-quatre heures. L'Einsatzkommando SS avait alors raflé de nombreux otages parmi les notables, dont le Grand Rabbin Haïm Bellaïche, et Moïse Borgel, un vieillard septuagénaire, président du Conseil de la communauté israélite ; leur exécution était suspendue à la moindre désobéissance ou incartade.

Taïta sanglota :

— Bichi est maintenant dans un camp de travail forcé près de Bizerte...

Malgré son inquiétude et sa souffrance, une lueur brillait dans le regard de la Juive ; quelque part, elle était fière de l'attitude de son neveu. Sous le sceau du plus grand secret, elle n'hésita pas à confier à la jeune femme qu'il était entré en contact avec le réseau de résistance Mounier et que, par l'intermédiaire des paysans du coin, il avait pu transmettre des lettres et des informations.

— Grâce à Bichi, dix-sept avions allemands ont été cloués au sol par les bombardements alliés..., chuchota-t-elle.

Elle frissonna. À la menace des nazis s'ajoutaient les dangers des bombardements ; de nombreux travailleurs des camps étaient déjà morts sous les obus des Alliés.

Safiyé serra les poings jusqu'à ressentir la meurtrissure de ses ongles sur la peau. Le bey, au titre pompeux de « Possesseur du Royaume de Tunis », le prince héritier Lamine, Sidi M'hamed son mari ou tous les princes de sa famille étaient impuissants. Hier pour défendre les nationalistes, aujourd'hui pour protéger leurs sujets juifs, ils ne pouvaient que manifester leur sympathie ou à la rigueur intervenir pour des cas particuliers qu'on se hâterait de résoudre pour leur donner l'illusion d'un pouvoir qui leur échappait.

Comme chaque fois qu'elle se trouvait face à une injustice ou à une frustration, le visage de la Circassienne s'était fermé. Un goût amer dans la bouche, Safiyé était incapable de prononcer la moindre parole, elle se sentait aussi meurtrie que la Juive. Celle-ci, d'un geste résigné, lui indiqua la porte de communication avec la chambre de Lella Kmar qui venait de s'entrouvrir sur Baba Assad. L'eunuque affichait son air grave. Il annonça d'un ton de circonstance :

— Le médecin est parti, Lella Kmar vous attend, Lella Safiyé...

*

Les rideaux de la chambre étaient tirés, plongeant la pièce dans une obscurité inhabituelle.

— Ah ! Safiyé...

La voix hésitante et rauque de Lella Kmar guida Safiyé avant que son regard ne s'accoutume à la pénombre. L'ancienne beya était allongée sur son lit, la tête soutenue par plusieurs coussins.

— Asseyez-vous là plutôt !

Lella Kmar tapota sur le lit auprès d'elle. Safiyé lui baisa la main qu'elle garda un moment dans la sienne. La longue main, fine et racée de Lella Kmar était glacée, d'une blancheur de porcelaine, comme si tout le sang s'en était déjà retiré. La jeune femme observa sa protectrice tandis qu'elle lui souhaitait un prompt rétablissement. Ses cheveux blancs entièrement lâchés s'étalaient en désordre sur les coussins, dévoilant le visage livide et amaigri, couvert de rides. C'était la première fois que Safiyé la voyait ainsi, c'est-à-dire non plus comme une souveraine au caractère de fer et à la volonté inflexible que rien ne pouvait abattre, mais tout simplement comme une très vieille femme sur laquelle planait déjà l'ombre de la mort. Depuis quelques jours, Lella Kmar était au plus mal et les médecins ne voulaient pas se prononcer. Elle toussa violemment, puis fixa Safiyé d'un air attendri. Même son habituel regard perçant avait laissé la place à une expression d'une douceur inaccoutumée.

— Vous avez pris plus de poids cette fois-ci ! murmura-t-elle en caressant la main de Safiyé posée sur la sienne.

La jeune femme répondit par un sourire. Elle avait effectivement quelques rondeurs aux hanches et sa grossesse était aujourd'hui bien visible. Le visage qu'encadraient des cheveux coupés court s'était lui aussi légèrement alourdi, dévoilant l'expression mature et épanouie d'une femme de près de trente-trois ans.

Lella Kmar grimaça un sourire en désignant le ventre arrondi :

— C'est le signe que ce sera une fille !

Elle toussa de nouveau et sa respiration se fit sifflante. Safiyé lui proposa d'appeler l'infirmière, une sœur franciscaine à demeure depuis quelques jours. Lella Kmar hocha négativement la tête :

— Ce n'est pas la peine ! Cette fois-ci, je le crains, je ne serai plus là pour voir votre enfant...

Safiyé protesta :

— Dieu vous garde, Effendimiz, et vous accorde encore une très longue vie...

— Vous n'avez jamais su mentir, interrompit Lella Kmar.

En s'appuyant sur les coudes, elle se redressa. Elle semblait avoir retrouvé une certaine énergie.

— Il faut savoir partir ! murmura-t-elle. Et je dois vous avouer que je ne suis pas mécontente de voir venir la fin. Dieu m'aura tout accordé, même de me retirer quand il est temps ; voyez-vous, je n'ai maintenant plus rien à faire ici, c'est un monde que je ne comprends plus et qui ne me comprend plus...

Avec cette nouvelle guerre mondiale, Lella Kmar se sentait dépassée par l'accélération des événements. L'ancienne odalisque circassienne était certes devenue tunisienne ; elle avait appris à aimer une terre dont elle connaissait les particularités et la prestigieuse civilisation. Mais, au fond d'elle-même, l'ancienne beya était restée une véritable Ottomane, qui ne connaissait d'autres frontières que celles qui séparent l'Orient de l'Occident. Pour Lella Kmar, il y avait la *Umma*, la grande nation islamique qui n'excluait pas le cosmopolitisme et la tolérance, et en face il y avait l'Occident et les valeurs vénales qu'il véhiculait. Aujourd'hui, tout semblait si confus.

— Mon seul souci reste Sidi Moncef, reprit Lella Kmar d'une voix faible. Dieu fasse que je me trompe, mais j'ai un mauvais pressentiment...

Devant l'air étonné de Safiyé, elle poursuivit d'un ton las :

— Voyez-vous, le bey Ahmed ne m'aimait pas, et c'était d'ailleurs réciproque, mais je me suis toujours plu à reconnaître que c'était un souverain qui avait le sens de sa haute charge. Croyez-moi, si un monarque descend de son piédestal, pour le peuple il ressemblera alors à n'importe lequel de ses semblables.

Safiyé partageait pleinement cet avis. Comme elle l'avait souvent répété à son mari, la popularité n'était pas nécessairement synonyme de familiarité.

— À bien des égards, Sidi M'hamed votre époux ressemble à Sidi Moncef, poursuivit Lella Kmar. Veillez, si un jour le pouvoir lui échoit, à freiner son impulsivité et ses penchants naturels à vouloir être trop près du peuple.

Elle poursuivit en circassien, un mince sourire complice aux lèvres :

— Une épouse comme vous réussira certainement à obtenir ce qu'une belle-mère comme moi ne peut plus faire aujourd'hui !

Elle laissa sa tête retomber sur les coussins avant d'ajouter dans un murmure :

— Souvenez-vous toujours, un bon souverain n'est pas nécessairement celui que le peuple aime, c'est plutôt celui que le peuple craint !

35

Ce jeudi 31 décembre 1942, la cérémonie du Sceau avait été exceptionnellement repoussée à l'après-midi. Car, contrairement à l'usage, c'était le bey Moncef en personne qui conduisait le deuil. Dans le cimetière du Djellaz, le terrain en pente au bas du mausolée de Sidi Belhassen était noir de monde. Conformément à ses volontés, Lella Kmar ne reposerait pas au Tourbet-el-Bey, la nécropole de la famille régnante au cœur de la médina, mais dans son propre *turbé*, à l'ombre des prières d'une confrérie qu'elle n'avait cessé de soutenir de son vivant. C'étaient d'ailleurs les lecteurs de Coran de la confrérie qui avaient accompagné de leurs psalmodies et de leurs cantiques la dépouille de l'ancienne beya du palais de Kasr Essaâda jusqu'à sa dernière demeure.

Le prince M'hamed loua le ciel qu'il n'y ait pas eu d'alerte aérienne. La veille, Lella Kmar s'était éteinte doucement, dans un demi-sommeil ; depuis, la sirène n'avait pas troué les airs, comme si, d'un commun accord, les belligérants s'étaient entendus pour respecter le dernier voyage sur terre de l'ancienne beya. Comme toutes les femmes, qui ne suivaient pas l'enterrement, Safiyé était restée à La Marsa. Sidi M'hamed qui n'avait pu s'empêcher de verser quelques larmes s'était étonné de voir que les yeux de son épouse étaient restés secs. Elle semblait presque sereine alors que peu à peu se détachaient les fils qui la liaient à son passé, un passé que la princesse Lella Safiyé voulait peut-être oublier.

— C'est ici aussi que je veux qu'on m'enterre ! Au milieu de mon peuple !

La voix forte de Moncef Bey perça au milieu du brouhaha. M'hamed se joignit aux protestations de l'entourage souhaitant au souverain une longue vie. Il savait aussi qu'au Tourbet-el-Bey, depuis la mort du bey Ahmed, il n'y avait plus d'emplacement dans la salle des Pachas où sont ensevelis les souverains. On envisageait actuellement des travaux d'extension autour de Sidi Kacem Essbabti où se trouve la tête du fondateur de la dynastie husseïnite, décapité par un neveu félon.

Faisant partie de la famille proche, le prince M'hamed resta derrière le bey pendant que se formait la longue file des dignitaires et des courtisans. Avec Chedly Hayder, le bourgmestre de Tunis, le bey Moncef, debout, recevait les condoléances des assistants. La procession était interminable. Au bout d'un long moment, un aide de camp finit par avancer un fauteuil pour permettre au monarque de se reposer. Sidi M'hamed entendit distinctement Moncef tandis qu'il s'adressait au grand vizir en lui proposant le siège :

— Vous êtes plus âgé que moi et vous devez être fatigué ! C'est mon devoir de vous faire asseoir...

*

En arabe, le même verbe signifie « faire asseoir » et « mettre à la retraite » : c'était donc sans grand étonnement que Sidi M'hamed apprit dans la soirée que, au cours de la cérémonie du Sceau, le bey avait invité son Premier ministre à remettre séance tenante sa démission et celle de son cabinet. Moncef Bey s'était ainsi débarrassé d'un gouvernement hérité de son prédécesseur et inféodé aux Français. Dès le lendemain, Moncef Bey constituait un nouveau ministère présidé par un patriote dynamique, Chenik, et constitué d'éléments connus pour leurs tendances nationalistes. Le résident général avait bien essayé de repousser ce changement mais, sentant que le bey était bien décidé à passer outre, il s'était incliné. La France n'était plus en mesure d'exercer de contraintes sur le souverain tunisien. Fidèle à l'esprit du traité de protectorat qui accordait à la France la gestion des affaires extérieures du pays, le souverain n'en continuait pas moins de demander à la puissance protectrice d'intervenir auprès des belligérants pour affirmer la neutralité de la Tunisie et sauver son peuple des horreurs de la guerre.

*

Deutsches Konsulat für die Regentschaft Tunis — *17 Av. de Londres Postfach 747 Tel. : 43.33*

Les Gouvernements britannique et des USA ont reçu, par l'intermédiaire du Gouvernement suisse, la communication suivante (traduction) : « Sur la demande de S.A. le Bey de Tunis, les Gouvernements allemand et italien, soucieux de la sécurité de la personne de S.A. le Bey et de sa cour, ont institué avec effet immédiat, une zone neutre.

Cette zone comprend la résidence actuelle de S.A. le Bey, Hammam-Lif. Elle est limitée par une ligne passant à 1,5 km à l'est et 500 m à l'ouest du lieu ; la limite nord est formée par des forces armées des puissances de l'Axe et ne sera pas utilisée pour des actions de combat.

Le Gouvernement allemand et le Gouvernement italien s'attendent à ce que les forces armées adverses respectent également cette zone et qu'elles n'entreprendront notamment pas d'attaques aériennes contre elle. »

Signé : Rahn.

*

Au pied du Bou-Kornine, la montagne à deux cornes, le palais d'Hammam-Lif étirait sa longue façade blanche ponctuée de fenêtres à barreaux et de loggias de bois bleu ciel. Traditionnellement, le souverain et la cour y passaient une partie de la saison d'hiver, profitant de la douceur du climat et de la présence de sources thermales réputées. La princesse Safiyé avait retrouvé avec une certaine émotion ce palais qui avait été son premier port d'attache en Tunisie, vingt ans auparavant. Elle y venait aujourd'hui pour se protéger, ainsi que sa famille, des bombardements et de la guerre qui faisait rage autour d'eux. Le bey Moncef avait en effet prié le prince héritier et toute sa suite de venir le rejoindre au palais d'Hammam-Lif où ils seraient tous en sécurité.

Depuis le règne de Naceur Bey, le Palais avait subi des agrandissements et des aménagements. Safiyé ne retrouva pas le grand salon doré qui émerveillait Taïta, ni d'ailleurs le haremlik tel qu'elle l'avait connu. En fait, les mœurs avaient évolué et il n'y avait plus de harem à proprement parler, toute cette partie avait été divisée en appartements. C'était l'un d'entre eux que la Circassienne et sa famille occupaient.

— Alors ? demanda-t-elle à Lella Jouda qui venait d'entrer dans le petit salon.

— Ils sont encore tous chez Sidna !

Comme tous les après-midi, Lella Jouda était allée porter un verre de lait chaud au souverain, autour duquel étaient réunis son frère, le prince Hassine, le grand vizir, le prince héritier et ses fils ainsi que quelques conseillers. Le bey était préoccupé. Les diplomates allemands et le haut commandement germano-italien l'assaillaient pour obtenir de lui une déclaration et sa caution au sujet du travail obligatoire en l'assurant de leur soutien dans ses aspirations nationalistes.

Encore une fois, Moncef Bey avait su rester sourd à l'appel des sirènes : « Je ne demande rien pour l'instant ; j'attendrai la fin de la guerre ! » avait-il déclaré.

Lella Jouda soupira :

— Ce qui l'inquiète le plus, c'est le sort de la population ; il refuse même de manger le pain blanc qu'on fabrique spécialement pour le Palais, parce que ses sujets manquent de tout...

L'occupant non seulement n'apportait rien mais prélevait, consommait et emportait. Les stocks s'épuisaient et la plupart des denrées, dont le pain, étaient rationnées.

— Et les gens continuent d'affluer, poursuivit-elle en désignant, derrière les moucharabiehs, les longues cohortes de réfugiés qui envahissaient les places.

Hammam-Lif, résidence du souverain, ayant été considérée comme ville ouverte, des dizaines de milliers d'habitants de la capitale l'avait prise d'assaut. En quelques semaines, la petite station balnéaire avait vu sa population quintupler. Faute d'habitations en nombre suffisant, des bourgeois, des citadins qui n'avaient jamais quitté leur demeure cossue de la médina, s'entassaient dans des baraquements de fortune ou des tentes que la municipalité avait mises à leur disposition.

Finalement, songeait Safiyé, toutes les guerres se ressemblaient. À vingt ans d'intervalle, la Circassienne retrouvait l'horreur à laquelle elle croyait avoir échappé à jamais. Malgré l'évolution du monde, l'humanité n'avait pas changé ; la seule différence avec la guerre qu'elle avait déjà côtoyée, c'était le perfectionnement des engins de mort et de destruction.

Au bruit d'une altercation et d'une porte qui claquait, elle se retourna. Ommi Najia en furie sortait de la chambre qu'elle partageait avec Dalenda et les trois garçons. Sous le corsage à épaules carrées, sa fouta de couleur était défaite, révélant le caleçon bouffant à dentelles blanches.

— Qu'est-ce que ces trois monstres ont encore inventé ? demanda Safiyé en se levant.

Ommi Najia se calma instantanément, elle n'avait pas vu Lella Safiyé et Lella Jouda dans le salon.

— Rien, rien, répondit la brave femme.

Safiyé regarda Jouda en levant les yeux au ciel. Dans cette atmosphère tendue, les garçons étaient plutôt agités, mais Ommi Najia n'en continuait pas moins à protéger ses enfants de la moindre réprimande.

— En tout cas, Noureddine ne vous embêtera plus, je vais aller chercher son canard.

Depuis qu'on avait laissé à Carthage le canard en feutrine avec lequel il s'endormait tous les jours, Noureddine multipliait les crises de colère.

— Comme il dort dans le même lit qu'Ommi Najia, il passe ses nerfs sur elle et renverse même la bouillotte sur elle ! La pauvre femme ne s'en plaint pas, bien sûr, mais on me l'a répété et je préfère encore aller chercher ce maudit canard...

— À Carthage ! Mais comment comptez-vous vous y rendre ? Toutes les automobiles sont prises !

— Ne vous inquiétez pas, Baba Assad a réussi à trouver un chauffeur pour la petite Mathis et il va m'accompagner !

Depuis la mort de Lella Kmar, Baba Assad avait rejoint la cour où il secondait le vieux Baba Serour qui avait gardé ses fonctions de premier eunuque du Palais.

Safiyé murmura :

— N'en dites rien à Sidi M'hamed, ce n'est pas la peine de l'inquiéter inutilement et je n'en aurai pas pour longtemps !

— Soyez prudente, souffla Lella Jouda. Vous m'avez dit vous-même que cette grossesse était plus difficile que les précédentes.

*

Originaire de Caserte, près de Naples, le sous-lieutenant Castro n'avait eu aucun mal à s'adapter à la vie tunisienne. Cantonné aux alentours d'Hammam-Lif, il avait vite sympathisé avec les habitants de la petite bourgade et était même devenu un visage familier du Palais beylical où il avait ses entrées. Sculpteur dans la vie civile, il avait proposé au prince Lamine de réaliser son buste. Les séances de pose avaient commencé depuis quelques jours.

— Il ne reste plus qu'à fignoler la barbe et ce sera fini ! s'exclama-t-il joyeusement. Et quand cette argile sera complètement sèche, je ferai un moule.

Le prince caressa en souriant la barbe grisonnante qui donnait tant de mal à l'artiste italien. Elle était récente. C'était précisément le signe extérieur de sa dignité d'héritier du Trône. Car, hormis le bey et son successeur présomptif, aucun prince de la famille régnante n'était autorisé à porter la barbe en collier. Quelques jours avant l'investiture de l'héritier du Trône, le monarque l'autorisait à laisser pousser sa barbe puis, devant toute la cour réunie, le chef de la corporation des coiffeurs la taillait en collier.

— J'espère, Altesse, que le jour de votre accession au Trône viendra bientôt !

Sidi Lamine, interloqué se récria :

— Le plus tard possible, à Dieu ne plaise ! Je souhaite à mon cousin Sidi Moncef, notre bien-aimé Souverain, une longue vie...

L'Italien baissa la tête, contrit. Il n'avait effectivement pas vu les choses sous cet angle. Sidi Lamine poursuivit :

— Prions plutôt, mon fils, pour que cette maudite guerre prenne fin ! Que de nouveau, Tunisiens, Italiens, musulmans, juifs ou chrétiens puissent vivre en paix sur cette terre...

*

— *Saujuden !* Cochons de Juifs ! À genoux, têtes baissées, les mains derrière le dos...

Le SS Hauptscharführer Pohl cingla d'un geste rageur sa badine contre ses bottes. Il se tourna ensuite vers un homme en uniforme bleu flambant neuf. Celui-ci exultait :

— Ce sont bien eux ! Ces youpins cachent des véhicules dans le garage...

Les membres du PPF, le Parti populaire français, étaient les plus zélés collaborateurs des nazis dans la chasse aux Juifs.

— Même sans étoile jaune, on les renifle et on les trouve ! poursuivit-il d'un ton méprisant.

Moncef Bey s'était violemment opposé au port de l'insigne infamant et avait finalement réussi à tenir tête aux occupants et à obtenir gain de cause.

La tête baissée, Meïr regarda du coin de l'œil son épouse Attou ; malgré la peur, leurs visages exprimaient une certaine résignation, presque sereine. Leurs deux fils Braïtou et Victor avaient eu le temps de se réfugier en lieu sûr. Eux étaient trop vieux pour renoncer à leurs habitudes et quitter le palais de Carthage que tous les autres occupants avaient déserté.

— *Schnell, schnell...*

D'un geste impératif, l'officier SS désigna à la patrouille qui l'accompagnait l'immense porte à deux battants en bois, sous un porche. Elle était cadenassée d'une épaisse chaîne et il ordonna de la faire sauter.

— Si nous trouvons des voitures cachées là, vous êtes bons pour le peloton d'exécution, siffla-t-il.

— Eh bien, messieurs ! Depuis quand des officiers du Reich se permettent-ils de violer le domicile du prince héritier ?

L'Hauptscharführer Pohl se retourna d'un bloc sur

la jeune femme en élégant tailleur, un voile de soie plié sur le bras. Elle le fixait d'un regard interrogatif.

— C'est la princesse Lella Safiyé !

Baba Assad s'était avancé et toisait l'officier allemand qui recula d'un pas. Avec son air grave sous le fez rouge, l'eunuque était impressionnant.

Le SS claqua les talons.

— Pardonnez-moi, Altesse, il y a ici des Juifs qui cachent des voitures !

Il montra la porte du garage que ses hommes venaient d'enfoncer. On apercevait, à l'intérieur, la Hotchkiss noire de Sidi Lamine et plusieurs carrosseries recouvertes de bâches.

— Ces automobiles sont celles du prince héritier et de sa famille, rétorqua Safiyé d'un ton qu'elle voulait sûr.

Intérieurement, la Circassienne priait que l'officier n'en demande pas plus ; les voitures de la famille étaient immobilisées à cause des restrictions d'essence, mais Sidi Lamine avait aussi accepté de cacher dans son garage celles des Bessis, des Bismuth et des Nataf, pour éviter leur réquisition par les nazis.

Le SS avait l'air sceptique. Safiyé s'enhardit :

— Mon mari et moi assisterons ce soir au concert que donne votre orchestre, j'en parlerai au colonel Rauff...

Safiyé n'avait jamais vu le chef des SS à Tunis ; son nom, qu'on avait évoqué un jour devant elle, lui était resté en mémoire parce qu'il ressemblait au prénom tunisien Raouf.

L'officier hésitait, il n'était pas vraiment convaincu que toutes ces voitures appartiennent véritablement au prince héritier. D'un autre côté, il connaissait tous les efforts de ses supérieurs pour s'assurer la collaboration du souverain tunisien, ce n'était pas vraiment le moment de provoquer un incident avec une princesse de la famille régnante. Il claqua de nouveau les talons et aboya à ses hommes :

— Fermez la porte de ce garage et embarquez-moi ces Juifs !

Safiyé se porta au-devant de Meïr et Attou.

— Je crains que cela ne soit pas possible, commandant !

L'officier darda sur Safiyé un regard plein de hargne.

— Ces Juifs ne se sont pas présentés au recensement et je peux les abattre sur-le-champ...

Safiyé soutint le regard du SS en fouillant dans son sac.

— Sidi Moncef, notre Souverain bien-aimé, réclame leur présence immédiate en son palais d'Hammam-Lif ; j'ai là un sauf-conduit revêtu de son auguste sceau !

Elle tendit à l'officier un papier aux armes beylicales couvert de tampons et d'un sceau ovale.

— Mais c'est écrit en arabe...

— C'est effectivement la langue du pays, répliqua Safiyé.

L'officier esquissa un sourire narquois :

— Nous avons un interprète avec nous ; capitaine Rossi...

Un officier vêtu de l'uniforme kaki de l'armée italienne qui s'était tenu à l'écart s'avança et prit le papier qu'il parcourut attentivement.

Safiyé sentit son cœur faire un bond dans sa poitrine. Les lèvres serrées, elle réussit à garder un visage impassible. Sur le document qu'elle avait remis à l'officier SS on pouvait lire : ... *deux lustres vénitiens à cinq branches, une paire de consoles en noyer sculpté, dix fauteuils dorés dans le style...* ; c'était un inventaire partiel du mobilier de la Couronne entreposé au palais de Kassar Saïd. Elle l'avait en sa possession car le bey Moncef leur avait proposé de choisir quelques meubles pour leur appartement d'Hammam-Lif.

À ses côtés, Baba Assad s'agita nerveusement quand l'officier italien leva son regard vers eux. D'un geste courtois, il remit le papier à Safiyé et se tourna vers l'officier allemand :

— C'est effectivement un sauf-conduit émanant du Souverain.

L'Allemand hésita un court instant puis cracha un juron dans sa langue et rappela ses hommes.

Safiyé se retint de ne pas pousser un soupir de soulagement. Ce capitaine italien avait du cœur. Malgré l'antisémitisme affiché des fascistes, de nombreux militaires italiens ne suivaient qu'avec répugnance leurs alliés nazis dans les persécutions.

— *Permesso, principessa...*

L'officier italien revenait vers elle pendant que les Allemands embarquaient dans leurs véhicules, traînant avec eux le collaborateur du PPF. Le capitaine Rossi, souriant, semblait hésiter. Safiyé songea qu'il voulait peut-être lui demander de l'argent pour prix de son silence. L'Italien salua militairement, enleva sa casquette puis s'inclina :

— J'ai admiré votre courage. Permettez-moi de vous baiser la main, *principessa...*

*

Sidi M'hamed était heureux de retrouver son ami après presque cinq ans d'absence. Dans la longue galerie à moucharabiehs du palais d'Hammam-Lif, l'avocat Habib Bourguiba, arrivé la veille en Tunisie, était reçu en audience particulière par Moncef Bey entouré de ses familiers.

— C'est un officier du nom de Klaus Barbie qui est venu nous libérer ! précisa le dirigeant nationaliste.

Le bey grimaça un sourire désabusé avant de lancer d'un ton bourru :

— Dire que je n'ai pas cessé d'intervenir auprès des Français et, maladroitement, ils ont laissé le bénéfice du geste aux Allemands et aux Italiens...

Les autorités françaises avaient fait la sourde oreille pour libérer les dirigeants du Néo-Destour emprisonnés au fort Saint-Nicolas à Marseille depuis les manifestations sanglantes du 9 avril 1938. Après l'occupation totale du territoire français, les Allemands avaient finalement retrouvé leur trace au fort militaire de Vancia, près de Lyon. C'était là que Klaus Barbie était venu « les libérer au nom du Führer ».

— Nous avons ensuite passé quelques jours à l'hôtel *Negresco* à Nice où un italien originaire de Tunisie est venu nous conduire à Rome...

Le gouvernement fasciste avait accueilli les leaders nationalistes avec les honneurs réservés aux personnalités officielles. Bourguiba et les deux autres chefs du Néo-Destour avaient été installés au palais Respighi contigu à la villa Colonna, retenue pour le cheikh Emine Husseini, le Grand Mufti de Palestine.

— Les autorités italiennes se sont précipitées vers moi pour négocier une collaboration étroite en vue de la libération de la Tunisie du joug français...

Le prince M'hamed sursauta devant la réaction de son oncle. Moncef Bey laissa tomber son poing sur la table avant de lancer d'un ton véhément :

— Quelle négociation ? C'est avec moi qu'il faut négocier ! Je suis prêt à laisser ma place si le bien du pays l'exige mais jusqu'à nouvel ordre, c'est moi le maître !

Bourguiba, décontenancé par la remarque du bey, bredouilla :

— Mais... mais, Sidna, c'est... c'est bien ce que j'ai répondu...

M'hamed se fit la réflexion que son ami avait l'air

d'un enfant pris en faute. Malgré son charisme certain, le leader nationaliste ne pouvait rivaliser avec la forte personnalité du souverain qui avait réussi à cristalliser autour de lui les espérances du peuple tunisien.

Moncef Bey retrouva très vite son calme et sourit à son interlocuteur pour l'encourager à poursuivre. Il avait ainsi des sautes d'humeur et des accès de colère qui disparaissaient aussi rapidement qu'ils étaient arrivés.

— De toute façon, conclut Bourguiba, l'Axe va perdre la guerre, c'est une simple question de temps ! Il faut maintenant préparer l'avenir !

— Pour que l'avenir de notre pays soit heureux, il faut que tous mes sujets, tous mes enfants, soient groupés autour de moi ! lança Moncef avec emphase.

Le dirigeant nationaliste s'inclina pour prendre congé et assura le monarque de sa fidélité et de son attachement à sa personne. Il se tenait prêt à répondre à tous les désirs du bey.

M'hamed savait qu'on avait prévu en conseil privé d'offrir à Bourguiba un portefeuille de ministre, celui de l'Éducation, pour orienter la jeunesse et échapper aux éventuelles foudres des Alliés dont l'arrivée ne saurait tarder. L'avocat nationaliste attendait impatiemment cette nomination. Mais le frère du souverain s'y était opposé. D'un tempérament plus réfléchi que le bey, froid et calculateur, le prince Hassine se méfiait des jeunes loups aux dents un peu trop longues.

*

Heureusement Sidi M'hamed était encore auprès du souverain. À peine rentrée au palais d'Hammam-Lif, Safiyé fut soudain prise de tremblements. Quand elle pénétra dans sa chambre, son visage était blême et Ommi Najia s'empressa de lui porter un verre d'eau de fleur d'oranger. La nausée l'envahissait. Incapable de maîtriser son tremblement, la Circassienne s'allongea sur le lit. L'émotion avait été trop forte. L'étonnant était qu'elle ait réussi à garder son sang-froid et son calme jusqu'à la fin. Après le départ de l'officier SS et de ses hommes, elle avait bousculé Meïr et Attou encore abasourdis et ils s'étaient tous entassés dans la petite Mathis. Elle avait même eu la présence d'esprit, avant le démarrage de l'automobile, de grimper à son appartement afin de récupérer le canard fétiche de son fils. Safiyé avait ensuite accompagné le couple à Kasr Essaâda où Taïta et sa famille se trouvaient en attendant la fin de la guerre. Malgré la disparition de Lella Kmar, la Juive avait l'impression que ce palais jouissait d'une protection surnaturelle. Les bombardements meurtriers, qui avaient fait des dizaines de victimes à La Marsa, n'avaient même pas éraflé ses plâtres ou égratigné ses boiseries.

Safiyé avait trouvé Taïta dans un état de grande excitation ; son neveu Bichi s'était finalement évadé et avait réussi à rejoindre les lignes alliées qui approchaient de Bizerte. Sa joie de le savoir loin des menaces nazies était cependant ternie par la nouvelle de la mort de deux de ses compagnons d'infortune, abattus par les sentinelles : « Je les avais vus grandir... », s'était lamentée la Juive.

À quelques jours d'une issue qu'on espérait heureuse, Safiyé avait été consternée ; tous ces morts, toutes ces victimes, c'était vraiment trop bête alors que les Alliés étaient aux portes de Tunis. Tout le monde vivait dans l'attente de la libération prochaine.

Elle continuait d'être parcourue de frissons et sous la douleur aiguë qui lui enserrait les côtes, elle avait du mal à respirer. La tête lui tournait. Comme dans un songe, elle sentit Ommi Najia se pencher sur elle et lui frictionner le visage d'eau de Cologne. La brave femme, sans alerter Sidi M'hamed, avait été aussi chercher une sage-femme qui la palpait et posait son oreille contre son ventre. Elle entendit sa voix lointaine qui s'adressait à Ommi Najia :

— Je n'entends plus battre le cœur de l'enfant ! Il faut appeler un chirurgien ! C'est à la mère qu'il faut penser maintenant...

Safiyé voulut parler, questionner, mais aucun son ne sortait de sa bouche. Elle perdit connaissance.

Baba Assad, qui se rongeait les sangs dans le couloir, accourut, alerté par les cris d'Ommi Najia. Il s'empressa d'aller chercher le prince M'hamed pendant que la sage-femme s'activait. Toute la nuit, les femmes s'affairèrent ; Safiyé à demi inconsciente gémissait sans parvenir à comprendre toute cette agitation autour d'elle. Elle aperçut dans un brouillard le visage de son mari penché sur elle. Il lui serrait fortement la main et tremblait autant qu'elle.

Au moment où les Alliés franchissaient l'oued Akarit, tandis que le prince M'hamed, après une nuit de prières, s'endormait épuisé, Safiyé ressentit enfin les premières contractions. L'enfant était bien vivant et ne demandait qu'à venir au monde. Ce qu'il fit pendant que les Allemands entreprenaient les démolitions de leurs batteries côtières à Sfax et reculaient.

— C'est une fille, Sidna ! Et Lella Safiyé se repose enfin !

Ommi Najia, le visage rayonnant malgré la nuit blanche, était venue aussitôt annoncer la naissance au souverain. Moncef Bey eut un large sourire qui soulignait toute la bonté de son visage

— Que cela soit mabrouk pour notre famille et notre pays ! s'exclama-t-il.

Le souverain attendait impatiemment la fin de la guerre. La VIIIe armée de Montgomery avait réussi une percée à travers la ligne Mareth, la ligne Maginot du désert, et obligé les forces de l'Axe à une retraite sur Enfidaville. À l'ouest, le deuxième corps d'armée américain marchait sur Bizerte et les cinquième et neuvième corps d'armée britanniques visaient Tunis à partir de Medjez-el-Bab. Les troupes françaises du général Leclerc avaient, elles, infligé de lourdes pertes aux Allemands et étaient arrivées au pont du Fahs.

Moncef farfouilla dans une cassette posée sur un guéridon et en retira une bague en or sertie de petits brillants roses.

— Voilà pour toi ! s'exclama-t-il en tendant la bague à Ommi Najia.

La femme remercia le bey pour la *beshara*, le cadeau traditionnel que l'on donne au porteur de bonne nouvelle. Moncef resta un moment songeur, le regard dans le vide, puis s'exclama ému :

— Qu'on l'appelle Frida...

Son regard se voila ; c'était le prénom de sa fille adorée qu'il avait récemment perdue.

36

Les bruits de la canonnade parvenaient assourdis jusqu'au *dammouss*, un souterrain creusé dans la montagne. Il communiquait directement avec le palais d'Hammam-Lif et avait été spécialement aménagé en abri fortifié avec de longs corridors ouvrant sur de vastes pièces. Safiyé, Lella Jouda et leur suite s'étaient installées dans deux chambres attenantes. La Circassienne tenait Frida dans ses bras et la dorlotait tendrement ; malgré l'atmosphère étouffante et toute l'agitation autour d'eux, la petite fille somnolait tranquillement, sans pleurs ni cris. Safiyé embrassa sa fille ; l'enfant qui venait de naître serait-elle le symbole d'une libération prochaine ? Comme s'ils avaient compris la gravité de la situation, les autres enfants étaient sages eux aussi. Ommi Najia ne les lâchait pas d'une semelle de crainte qu'ils ne s'aventurent à l'extérieur, mais ils semblaient surtout fascinés par les caisses qui encombraient toutes les pièces du souterrain, pleines à ras bord de masques à gaz.

— Ahhh...

Un murmure général se fit, toutes les lampes électriques venaient de s'éteindre. Ommi Najia craqua une allumette pour allumer une lampe à pétrole.

— Ce n'est pas la peine, ça va vite revenir ! Tenez les enfants par la main ! cria Safiyé.

La Circassienne jugeait que, dans cette atmosphère

confinée, les émanations pouvaient être plus à craindre que l'obscurité. De fait, au bout d'un court moment, les lampes vacillèrent timidement puis la lumière revint. Sans interruption, des hommes se relayaient pour pédaler sur des espèces de tricycles afin de recharger les dynamos du groupe électrogène.

Cela faisait maintenant deux interminables jours que Safiyé et sa famille vivaient à ce rythme. Car le bey Moncef avait ordonné à tous ses proches de se réfugier à l'abri du dammouss. Lui-même avait refusé de les suivre et persistait à rester exposé au danger dans les appartements du Palais ; il voulait partager le sort de son peuple et ne pas trahir la confiance de ceux qui avaient cru être à l'abri dans la ville habitée par le souverain.

Les Allemands avaient renié leur parole de tenir Hammam-Lif hors des combats. Dès l'entrée des Alliés à Tunis le 7 mai, ils s'étaient repliés sur la petite station thermale pour y établir un verrou de défense et protéger l'évacuation de leurs troupes vers la presqu'île du Cap-Bon. Un officier général était alors venu prier le bey de se laisser conduire à Berlin, ce que Moncef avait énergiquement refusé, comme de quitter Hammam-Lif pour un lieu plus sûr. Le résident général et plusieurs hauts fonctionnaires français avaient été, eux, directement expédiés à Vichy.

Safiyé observa son mari qui faisait nerveusement les cent pas sans tenir en place. M'hamed aurait voulu rester en compagnie de son oncle, mais celui-ci lui avait fermement enjoint de demeurer dans le souterrain pour veiller sur sa famille et sa fille nouveau-née. Le prince avait obéi mais ne pouvait s'empêcher par moments de « monter » jusqu'au Palais sous prétexte de remplacer Lella Jouda et de porter le rituel verre de lait chaud au souverain.

— On n'entend plus rien !

Sidi M'hamed et son épouse essayèrent de prêter

l'oreille ; depuis un long moment on n'entendait plus les échos assourdissants de la bataille.

— Je vais aller voir ! lança-t-il.

Il embrassa sa femme et câlina Frida toujours endormie.

— Soyez prudent, supplia Safiyé.

*

La première chose que vit le prince M'hamed fut le buste en argile de Sidi Lamine, brisé, et les morceaux épars sur le sol ; le képi de Castro traînait par terre mais l'officier italien avait disparu. Avait-il réussi à fuir sous un déguisement civil, avait-il été tué ou fait prisonnier, personne au Palais ne semblait le savoir. Le prince croisa un aide de camp un peu hagard qui l'informa que les combats avaient enfin cessé ; les chars anglais avaient réussi à s'infiltrer sur la plage, derrière les canons allemands qu'ils avaient ensuite attaqués à revers. Les derniers soldats de l'Axe avaient fui ou étaient prisonniers, les Alliés s'étaient rendus maîtres de la place.

M'hamed se dirigea d'un pas rapide vers la seraya où se trouvait le souverain. Dans les couloirs et les salons, le spectacle était désolant, partout des débris de verre et de bois, des meubles calcinés ou des rideaux arrachés jonchaient le sol. Il pressa le pas en entendant le brouhaha dans le salon de réception du bey ; la vaste pièce avec ses balcons à moucharabiehs et ses larges baies de verre de couleur n'était pas en meilleur état que le reste du palais. Tous les assistants se congratulaient néanmoins, heureux d'être encore en vie. Deux capitaines en uniforme de l'armée britannique avaient été introduits auprès de Moncef Bey qui, un large sourire aux lèvres, s'apprêtait à les féliciter. M'hamed n'eut pas le temps d'embrasser son oncle. L'un des militaires l'avait déjà devancé.

— Il faut qu'il vienne avec nous, un général veut le voir !

Le capitaine parlait assez correctement le français avec un accent canadien. Son ton familier fit frémir d'indignation le directeur du protocole :

— Il, comme vous dites, est Sa Majesté le Souverain de la Tunisie et les usages protocolaires interdisent à notre monarque de se déplacer pour accueillir ses hôtes étrangers...

— *Bullshit !* Il faut qu'il vienne...

Le grand vizir et les dignitaires essayèrent de raisonner l'officier en lui faisant valoir la qualité de chef d'un État neutre du bey, mais rien ne semblait y faire. Le capitaine leur annonça que la Garde beylicale avait été désarmée et qu'il embarquerait le souverain de force s'il le fallait.

M'hamed se retenait pour ne pas sauter à la gorge de l'impudent. Pourquoi imposait-on à son oncle cette humiliante convocation ? Moncef Bey se leva de son trône, son visage était blême.

— Mes enfants, dit-il d'un ton calme, je vais les suivre. Vous connaissez mon tempérament et, s'il ne s'était agi que de moi, jamais je n'aurais obéi ! Mais aujourd'hui, je ne veux créer de difficultés ni au peuple tunisien, ni à vous-mêmes !

Le cœur serré, M'hamed attendit de voir démarrer la limousine, précédée et suivie de voitures blindées chargées de soldats en armes. Sur l'automobile beylicale, le drapeau tunisien flottait avec fierté ; Moncef l'avait fait cravater de blanc, à l'instar d'un commandant en chef.

*

Un tank avait pris position devant l'entrée principale du Palais et un détachement des *Royal Guards* en armes se tenait en faction. Safiyé longea la longue façade blanche du Palais criblée d'éclats et percée de trous pour rejoindre l'une des anciennes portes du harem, à l'arrière. Elle avait laissé les enfants aux soins d'Ommi Najia dans le souterrain et s'était mise en quête de son mari dont la longue absence commençait à l'inquiéter. On était venu les prévenir que la bataille s'était achevée et elle avait préféré rejoindre le Palais à l'air libre plutôt que d'emprunter le corridor de communication. La route qui conduisait à la capitale était envahie de milliers de personnes en débandade ; ceux qui avaient cru trouver un refuge illusoire à Hammam-Lif fuyaient maintenant cette bourgade dévastée par les combats où bon nombre des leurs avaient péri, victimes des obus allemands et de l'artillerie anglaise.

À l'intérieur du Palais, dans l'ancien harem, la situation n'était pas moins confuse. Des princesses et des servantes qui avaient regagné leurs appartements s'étaient trouvées nez à nez avec de solides gaillards, mitraillette au poing, qui lançaient des ordres tonitruants dans un jargon inconnu. Ils fouillaient le moindre recoin, ouvraient les grandes armoires à glace et les placards à la recherche de soldats allemands qui auraient pu y être dissimulés. Safiyé ne savait pas où pouvait bien être Baba Assad ; l'eunuque devait être révulsé de voir ainsi violer le sacro-saint gynécée.

La Circassienne réussit à se faufiler le long du corridor en chicane et à gravir le petit escalier qui menait à son appartement. Son cœur battait la chamade. Intérieurement, elle priait de toutes ses forces pour trouver M'hamed. Cette absence prolongée la tourmentait. Elle aimait son mari, plus qu'elle ne l'aurait jamais cru. Il lui avait fallu cette maudite guerre, près de dix ans de mariage et quatre enfants pour comprendre à quel point elle tenait à lui. Le verbe arabe *hebb*, aimer ou désirer, chérir ou vouloir, prenait aujourd'hui tout son sens pour elle.

Elle se mordit la lèvre. La veille de leur claustration

dans la promiscuité du dammouss, ils avaient fait l'amour ; c'était la première fois depuis la naissance de Frida. Il n'avait pas voulu la brusquer, écrasant sa poitrine contre la sienne, étendant ses caresses sur tout son corps pendant que leurs langues se mêlaient et que leurs corps se confondaient. M'hamed l'avait prise doucement, reculant son plaisir, guettant ses gémissements, attentif à son approbation. Ils avaient continué à s'aimer impétueusement, avec cette frénésie qui suit les longues abstinences, avec peut-être aussi cette peur d'un lendemain incertain.

Encore troublée par le souvenir de leurs étreintes, elle pénétra en trombe dans le salon.

— Ah, enfin, vous êtes là !

C'était un cri sorti du plus profond d'elle-même. Instinctivement, elle se jeta dans les bras de son mari. Elle avait eu si peur de le perdre.

— J'étais venu inspecter l'appartement avant de venir vous chercher ! murmura-t-il en lui caressant les cheveux.

Ils s'embrassèrent amoureusement, le monde se remettait à tourner. Puis M'hamed finit par lui confier :

— Je suis quand même très inquiet ; les Alliés ont emmené Sidi Moncef !

*

Dans *La Tunisie libérée*, un journal publié au nom de tous les quotidiens d'expression française, la déclaration du général Giraud s'étalait en lettres grasses en première page.

La Résidence Générale communique :

Le Général Giraud, Commandant en Chef civil et militaire, après avoir étudié sur place, dans un esprit d'équité, la situation créée par la libération de la Tunisie, a reconnu que, dans les circonstances actuelles, la présence de Son Altesse Sidi Moncef Pacha Bey, régnant pendant l'occupation de la Tunisie par les troupes de l'Axe, était de nature à compromettre la sécurité extérieure et intérieure de la Régence que la France, nation protectrice, s'est engagée à assurer. Le Commandant civil et militaire a donc décidé que Son Altesse Sidi Moncef Pacha Bey soit déposé. Le bey du Camp, Son Altesse Sidi Lamine Bey, lui a succédé selon la tradition de la dynastie husseïnite.

Le Général d'Armée Juin, résident général de France en Tunisie, présidera le samedi 15 mai à l'investiture de Son Altesse Sidi Lamine Bey.

*

Le sort du bey Moncef était en fait scellé bien avant l'entrée victorieuse des Alliés dans Tunis. Malgré sa prudente réserve et sa loyauté pendant l'occupation, on l'avait rendu responsable des actes de collaboration de l'amiral Esteva et de certains de ses sujets tunisiens, pas plus nombreux qu'en France d'ailleurs. Mais la véritable raison était qu'on ne lui pardonnait pas d'avoir tenu tête à la France protectrice en cristallisant autour de lui les aspirations du peuple tunisien et en soutenant ouvertement ses revendications.

Les tenants d'un colonialisme pur et dur réclamaient avec insistance de profiter de la confusion pour annexer définitivement la Tunisie ou tout au moins éloigner Moncef et le prince héritier pour former un Conseil de régence à leurs ordres. Le général Juin, qui savait qu'il commettait une injustice en déposant Moncef, réussit néanmoins à obtenir des autorités d'Alger le respect de la règle dynastique.

Sidi Lamine, après quelques hésitations, estima de son devoir de ne pas laisser le Trône vacant mais son avènement était assombri par la déposition et l'exil forcé de son cousin dans le Sud algérien.

*

Pour Baba Assad, tout cela n'était cependant que des considérations très secondaires. Nourri des intrigues du sérail ottoman, l'eunuque estimait qu'un souverain qui en remplaçait un autre, même dans des circonstances dramatiques, n'avait rien que de très ordinaire. Le fez tremblotant d'émotion, il s'inclina devant Safiyé.

— Toutes mes félicitations, Effendimiz !

La Circassienne esquissa un sourire. Elle avait encore grimpé dans la hiérarchie des titres dont usait l'eunuque ; c'est vrai qu'elle était désormais la belle-fille du bey Lamine, le nouveau souverain.

— Alors, racontez-moi..., interrogea-t-elle.

L'eunuque revenait du palais du Bardo où avait eu lieu l'investiture de Sidi Lamine. Safiyé était curieuse de connaître les détails.

— La cérémonie s'est déroulée dans la plus grande conformité aux usages, déclara pompeusement Baba Assad. Tous les princes de la famille étaient là, même les frères de Sidi Moncef ont fait allégeance au nouveau bey...

Safiyé se sentit rassurée, plus pour son beau-père et son mari que pour elle-même.

Baba Assad lui raconta ensuite les fastes de l'événement. Le canon tonnait pendant que le bey, dans son carrosse de gala, suivi du cortège des princes et des dignitaires, avait pénétré dans l'enceinte du palais du Bardo, escorté par un escadron de cavalerie. Dans le Salon des Glaces, le résident général avait solennellement remis au nom du gouvernement français les insignes de grand-croix de la Légion d'honneur à Sidi Lamine qui s'était ensuite rendu dans l'immense Salle du Trône du premier étage : là, les dignitaires, les corps constitués et le corps diplomatique avaient défilé. Il avait ensuite reçu dans le Salon des Glaces l'hommage des ulémas par la traditionnelle formule de bai'a, d'allégeance.

L'eunuque sourit, amusé :

— Quand il a pris place sur le trône, les hérauts ont clamé le souhait de longue vie ; c'était en turc et bien sûr ni eux ni l'assistance ne comprenaient un traître mot...

C'était toujours en langue turque que les *chaters*, les hérauts, revêtus d'une éclatante tunique rouge barrée de brandebourgs dorés, prononçaient la rituelle formule ouvrant les cérémonies beylicales au palais du Bardo. Baba Assad la répéta mot à mot à la jeune femme :

— « Dieu était Seul, Il plut à Sa Souveraineté universelle d'envoyer au monde Notre Seigneur le Prophète pour assurer le bonheur de Ses créatures. Tu es sur ce Trône, le successeur du Prophète. Que ta vie soit longue et que tes années restent toujours glorieuses ! »

C'était, lui expliqua-t-il, une réminiscence de la domination ottomane en Tunisie. À la cour d'Angleterre, les formules laudatives ne continuaient-elles pas d'être prononcées en langue française...

— Que son règne soit glorieux et prospère ! conclut l'eunuque.

— *Inch Allah*, répondit Safiyé en se dirigeant vers le berceau de la petite Frida. L'enfant s'était réveillée et elle la prit dans ses bras. Baba Assad câlina le bébé et posa un baiser sur sa petite main.

— Que la princesse Frida soit pour vous le symbole et l'emblème de cet heureux événement ! C'est sa naissance qui vous a apporté ce bonheur, Dieu vous la garde !

37

— Je crois que vous avez eu tort !

Safiyé regardait son mari d'un air de reproche. Le prince M'hamed avait secoué assez rudement le colonel Abbès, un officier de la Garde beylicale un peu lèche-bottes, et qu'il jugeait de surcroît vendu aux services de renseignements de la Résidence générale.

— Croyant me faire plaisir, ce traître est venu vers moi avec une liste d'officiers moncéfistes à la main, pour proposer à Sidna de les dégommer...

Les moncéfistes étaient les partisans du bey Moncef déchu, c'est-à-dire en fait la grande majorité de la population. Après sa déposition, Moncef Bey avait finalement abdiqué en faveur de Sidi Lamine ; dès la libération totale du territoire français en 1945, il avait alors été transféré à Pau dans le sud de la France. La villa Cadaval, mise à sa disposition par le gouvernement de la République, était vite devenue le lieu de pèlerinage obligé de tous les nationalistes tunisiens. L'ancien souverain continuait de focaliser autour de lui les aspirations populaires ; cette situation était certes délicate pour Lamine Bey et de nombreux courtisans, soucieux de plaire, n'hésitaient pas à flétrir l'ancien monarque.

M'hamed poursuivit :

— Je lui ai fait remarquer qu'il manquait un nom à sa liste et, devant son air idiot, je l'ai pris à la gorge en lui hurlant que ce nom, c'était moi, que Sidi Moncef est mon oncle et que nous sommes tous moncéfistes...

Il était inutile d'ajouter que le malheureux colonel avait détalé sans demander son reste.

— Vous avez eu tort, persista Safiyé. Il ne faut pas décourager les gens de cette manière. Ils s'imaginent vous soutenir ! Votre père a maintenant le pouvoir, il nous faut l'assumer !

— Mais vous savez bien qu'il est très peiné par cette situation délicate !

Lamine avait été sincèrement affecté par le sort réservé à son cousin Moncef à qui il vouait une grande amitié. Safiyé avait été témoin du conseil de famille au cours duquel il avait pris sa décision. Elle-même était d'avis qu'il était du devoir de son beau-père de ne pas laisser le Trône vacant. Son refus aurait-il d'ailleurs servi à l'ancien monarque ou aux intérêts du pays ? En ces temps troublés, le sort de la petite Tunisie aurait pu facilement basculer.

— Écoutez, votre père n'a ni conspiré ni trahi, il a accepté le Trône auquel sa naissance lui donnait droit, parce que c'était son devoir, répliqua la Circassienne.

— Oui, oui, bien sûr, mais le peuple...

Safiyé l'interrompit d'un geste agacé :

— Le peuple ! Depuis plus de deux siècles, les membres de votre famille s'entre-tuent pour le Trône...

Elle le fixa calmement avant de marteler en détachant chaque mot :

— Sur l'instigation du bey son frère, le prince Mimoune, votre arrière-grand-père, est mort d'un mauvais café, votre ancêtre Mahmoud a tué de sa propre main son cousin Osman pour lui reprendre le Trône et enfin Husseïn lui-même, le fondateur de votre dynastie, a eu la tête tranchée par son neveu.

Elle s'était emportée et ses yeux lançaient des éclairs.

— Et qu'a fait le peuple ? Rien ! Non, croyez-moi,

pour le peuple ce ne sont que des querelles de palais, des incidents de parcours ! L'essentiel est que les traditions que symbolise le glorieux Trône husseïnite soient respectées !

Devant l'air un peu abattu de M'hamed, elle s'adoucit et prit sa main qu'elle porta tendrement à ses lèvres.

— Si vous m'y autorisez, je vais envoyer un cadeau à ce colonel pour faire oublier votre geste brutal ; j'expliquerai que vous étiez encore sous le coup du chagrin de savoir votre oncle loin de son pays depuis des années...

Il ne fallait surtout pas en ce moment décourager les bonnes volontés de leurs partisans, fussent-ils un peu excessifs ou veules. Par Badraja, qui venait souvent passer de longs séjours chez elle, Safiyé avait appris que les proches de Moncef s'agitaient beaucoup dans les antichambres des ministères parisiens pour remettre sur son trône le souverain déchu ; lui-même aurait écrit de Pau au président de la République française. Des rumeurs circulaient que la France, dans un geste d'apaisement, serait prête à réparer l'injustice commise après la guerre. Mais son beau-père, sans avoir rien demandé, était maintenant sur le trône tunisien depuis cinq ans : la France allait-elle réparer une injustice par une autre injustice ?

*

On n'avait jamais vraiment su qui avait le premier donné à Frida le surnom de « Nana ». En tout cas, tout le monde désignait maintenant la jeune princesse par ce surnom qu'on pourrait traduire par « petite maîtresse ». À cinq ans, Nana était à croquer. Elle avait hérité des beaux yeux clairs de la famille, du tempérament et de l'expression de son père, assortis de la finesse des traits de sa mère ; même ce nez « beylical », propre à la dynastie, avec ses narines assez fortes, ne parvenait pas à l'enlaidir. Dès son réveil, la petite fille s'était précipitée dans la chambre de ses parents ; d'un saut, elle grimpa sur le lit en marqueterie de loupe d'orme. Elle embrassa sa mère, puis se précipita vers son père qui commençait à s'habiller. Elle savait qu'il serait le plus facile à convaincre :

— *Baba*[1], laissez-moi jeûner aujourd'hui, je n'ai encore rien mangé ce matin !

— Mais, Nana, tu es encore trop petite ! s'émut Sidi M'hamed.

Devant la mine déconfite de l'enfant, il cligna de l'œil en direction de son épouse.

— Qu'en pense Lella Safiyé ? C'est vrai qu'ici on dit pour Ramadan, *bard arbatach, tach*[2]...

Safiyé sourit à sa fille déjà blottie dans les bras de son père. Elle aurait aimé que ses aînés soient aussi motivés ; Rafet et Mimoune étaient largement en âge de jeûner maintenant, ce qu'ils prétendaient d'ailleurs. Mais elle avait quelques doutes, Rafet s'était trahi un jour même si son frère Mimoune lui avait astucieusement sauvé la mise. Il faudrait qu'elle en touche un mot à leur répétiteur de Coran.

Elle ouvrit les bras vers sa fille :

— Bien sûr que tu peux jeûner, mon trésor ! Tu vas d'abord aller prendre ton petit déjeuner puis ensuite tu jeûneras jusqu'au déjeuner de midi et demain et après-demain, tu feras la même chose.

— Ah bon, vous croyez que Dieu acceptera ?

Frida n'avait pas l'air convaincu. C'était pourtant ainsi que l'on procédait pour les enfants qui voulaient imiter les grandes personnes pendant le Ramadan ; on les autorisait à jeûner quelques heures qu'on leur promettait de « coudre » ensuite ensemble pour en tirer de vraies journées de jeûne.

1. Papa.
2. Après le 14, c'est fini. Cela signifiait qu'après le quatorzième jour de Ramadan, c'était fini, car le plus dur était fait.

— Dieu voit surtout l'intention et la pureté des cœurs, répondit Safiyé. Et ton cœur, ma chérie, est le plus pur qui soit.

Elle poursuivit d'un ton ferme :

— Allez, va maintenant déjeuner, je te retrouverai au baisemain.

Tous les matins, les membres de la famille se présentaient au baisemain pour saluer le souverain avant qu'il ne commence ses audiences officielles. Pendant le mois de Ramadan, les horaires étaient plus souples car chacun se levait tard.

Safiyé attendit que Frida ait quitté la pièce avant de s'adresser à son époux :

— J'espère que Sidna ira mieux, il n'a pas desserré les dents hier !

Le visage de Sidi M'hamed s'assombrit. Il avait accompagné le souverain la veille pour la traditionnelle vingt-septième nuit du Ramadan. Le cortège avait parcouru les ruelles de la médina plongées dans un silence de mort ; la plupart des échoppes avaient fermé leurs portes. Comme par défi, les devantures étaient ornées de portraits du bey Moncef, parfois aussi de ceux de ce jeune roi Farouk d'Égypte, un pays vers lequel tous les regards du monde arabe étaient tournés. Seuls quelques commerçants plus opportunistes avait accueilli Sidi Lamine avec force flatteries et flagorneries.

— Mon père souffre beaucoup de ne pas être populaire...

Safiyé soupira. L'amour du peuple. Son beau-père et son mari ne savaient-ils pas qu'on pouvait faire le bonheur du peuple sans son amour ? Quel besoin curieux avait cette famille de vouloir à tout prix être aimée de ses sujets ! La phrase qu'avait prononcée devant elle Lella Kmar sur son lit de mort lui traversa la mémoire. D'un ton décidé, elle n'hésita pas à emprunter les propres termes de sa protectrice :

— Croyez-moi, un bon souverain n'est pas celui que le peuple aime, c'est celui que le peuple craint !

*

L'accueil de Safiyé fut glacial. Taïta était venue présenter à la famille ses vœux pour l'Aïd, la grande fête musulmane qui marque la fin du mois sacré de Ramadan. La Juive habitait maintenant dans la médina de Tunis chez sa sœur Kamouna et, à l'occasion, elle rendait visite à Safiyé au palais de Carthage ou à celui d'Hammam-Lif en hiver.

— Mabrouk pour l'Aïd ! Que cela soit mabrouk pour Sidna et toute la famille, Dieu vous garde tous ! répéta Taïta.

Safiyé remercia les lèvres pincées et d'un geste négligent montra du doigt des pâtisseries sur un plateau. Taïta émit un refus poli, s'attendant à ce que la princesse, comme c'était l'usage, réitère sa proposition et insiste une demi-douzaine de fois. Comme Safiyé semblait avoir oublié cette règle la plus élémentaire de la convivialité tunisienne, elle hésita un court instant avant de se saisir d'un baklawa dégoulinant de sirop. La bouche pleine, elle essayait de meubler la conversation, sans succès. Brusquement, Safiyé se tourna vers elle et lui demanda à brûle-pourpoint, d'un ton sarcastique :

— Alors, toi aussi, tu vas partir ?

Taïta la regarda les yeux ronds :

— Partir ? Mais partir où ?

Elle était véritablement étonnée ; les plus grands voyages qu'elle avait connus jusque-là ne s'étendaient pas plus loin que La Marsa au nord et Hammam-Lif au sud de Tunis.

— Dans ce pays que les Anglais ont confisqué à ses habitants pour le donner aux Juifs !

Safiyé fixait la Juive comme si elle la tenait pour

personnellement responsable de la création de l'État d'Israël. L'ONU avait finalement ordonné le cessez-le-feu et consacré le partage de la Palestine : l'État juif avait solennellement été proclamé. La Circassienne se souvenait de ce que l'on racontait à Istanbul quand les fondateurs du sionisme avaient rencontré le sultan Abdulhamid pour lui proposer d'acheter la Palestine. « Gardez votre argent, avait répondu le souverain ottoman, quand mon empire sera dépecé, vous l'aurez pour rien ! » Quelques centaines de volontaires tunisiens étaient bien partis combattre en Palestine dans les armées arabes, mais ils en étaient revenus aigris et désabusés par les rodomontades des leaders du panarabisme.

Taïta prit une expression attristée. La création de l'État d'Israël avait soulevé une certaine émotion dans les milieux musulmans et ce n'était pas la première fois qu'elle était prise à partie de la sorte.

— Ça, c'est pour les Juifs russes, les Allemands ou les Polonais. Nous, nous sommes tunisiens, c'est ici notre pays !

La propagande sioniste n'avait pas eu beaucoup de succès jusqu'à présent parmi les Juifs tunisiens attachés à leur terre et à leur mode de vie. Même Bichi, son neveu, qui pourtant militait activement, n'avait pas encore parlé de faire son *aliyah*, son retour vers la terre d'Israël.

— Enfin, si on veut bien de nous ici, soupira Taïta.

Les larmes lui étaient montées aux yeux et Safiyé se sentit un peu gênée ; elle avait été injuste et s'en voulait de son comportement impulsif et puéril. Elle passa le bras autour des épaules de Taïta.

— Pardonne-moi, souffla-t-elle. Bien sûr que ta terre est ici, tu es même plus tunisienne que moi, c'est toi qui m'as appris à connaître ce pays !

Safiyé fixa Taïta avant de reprendre doucement :

— Il ne faut simplement pas que les Juifs donnent l'impression que leur corps est ici et leur cœur là-bas !

Taïta ne répondit pas. Pourquoi fallait-il choisir ainsi ? Bien sûr, comme tous ses coreligionnaires, même les plus attachés à la Tunisie, une petite partie de son cœur était en Terre sainte. Les musulmans avaient bien les yeux tournés vers La Mecque, pourquoi les Juifs ne regarderaient-ils pas vers Jérusalem ?

*

La princesse Safiyé eut la pudeur de ne pas montrer de satisfaction. Le tragique événement du 1er septembre 1948 simplifiait pourtant beaucoup les choses. Au petit matin, à Pau, Moncef Bey avait succombé à un accès d'urémie ; la Tunisie était en deuil et le nom du souverain défunt gravé à jamais dans l'histoire du pays.

— Sidna a remis en place le grand vizir, explosa M'hamed encore sous le coup de l'émotion.

Le grand vizir, un large sourire aux lèvres, s'était précipité chez Lamine Bey pour lui annoncer la « bonne » nouvelle. Son cousin ne pourrait plus dorénavant lui faire de l'ombre. Sidi Lamine l'avait vertement rabroué avant d'aller se recueillir et prier pour le repos de l'âme de son cousin et prédécesseur. Le drapeau tunisien et celui de la dynastie husseïnite qui flottaient sur les mâts du palais de Carthage avaient aussitôt été mis en berne. Mais, avec les prières de chacun, c'étaient les seules manifestations que la proche famille de Sidi Lamine pouvait se permettre. On avait jugé déplacé la présence du souverain ou de ses fils aux obsèques du très populaire prédécesseur.

— Votre frère a raison, vous ne pouviez y aller sans courir le risque d'être conspué ou ridiculisé...

Safiyé s'approcha de son mari debout à la fenêtre ; de grosses larmes coulaient sur son visage. Il pleurait cet oncle martyr qu'il avait aimé et admiré, il pleurait aussi de l'humiliation de ne pouvoir le conduire jusqu'à sa dernière demeure, comme des dizaines et des dizaines de milliers de Tunisiens. Par la fenêtre, M'hamed pouvait apercevoir les gardes mobiles en tenue ; un impressionnant dispositif de sécurité avait été mis en place autour du palais de Carthage, par crainte de manifestations hostiles ou de débordements de la foule massée du port de La Goulette jusqu'au cimetière du Djellaz où, selon sa volonté, Moncef Bey reposerait au milieu de son peuple.

Jamais la Tunisie n'avait connu un tel rassemblement ; des coins les plus reculés du pays, des hommes, des femmes, des enfants en sanglots étaient venus rendre un dernier hommage à celui qui avait été leur souverain, leur père, celui en qui ils avaient placé toutes leurs espérances.

La Circassienne caressa la main froide de son mari. À eux maintenant de tout faire pour que Sidi Lamine soit le digne et légitime continuateur de l'œuvre de Moncef Bey. Il ne fallait surtout pas laisser ce soin à d'autres.

38

Le bey Lamine n'avait pas tardé à être réintégré dans sa dignité de souverain légitime et à reconquérir la confiance et l'estime populaires. Ses visites à Kairouan et à Sousse avaient été un véritable triomphe au milieu de foules en délire. Sur les conseils de ses fils, Chedly et M'hamed, le monarque reçut régulièrement les membres du Destour et soutint ouvertement leurs revendications, allant même jusqu'à écrire au président de la République française pour réclamer des réformes substantielles. De son côté, encouragé par Sidi Lamine, Bourguiba se rendait à Paris plaider la cause tunisienne ; le leader nationaliste ne voulait pas laisser au seul souverain le bénéfice d'un éventuel geste de la France.

Au moment où l'ONU votait le principe d'indépendance de pays comme la Libye, le gouvernement français, malgré les pressions des puissants lobbys colonialistes, semblait avoir reconnu l'évolution du peuple tunisien. Louis Périllier, un libéral qui connaissait déjà la Tunisie pour y avoir fait son service militaire, fut nommé résident général avec mission d'entamer des négociations pour conduire le pays à la gestion de ses propres affaires. Lamine Bey appelait à la charge de Premier ministre, Chenik, celui-là même qui avait été le principal collaborateur de Moncef. La boucle était bouclée.

*

Baba Assad n'avait pas préparé le délicieux yoghourt qu'il avait promis aux enfants de Safiyé, une recette à base de lait qu'il laissait cailler avec de la paille selon la tradition des bergers bulgares à Istanbul et qui lui valait un franc succès au Palais.

L'eunuque avait eu d'autres obligations. Aidé des religieux de la mosquée, il avait procédé à la toilette funéraire de Baba Serour, décédé la veille.

Safiyé s'inclina devant la dépouille du vieil eunuque et récita intérieurement la Fatiha pour le repos de son âme. Les mains du défunt étaient serrées sur une énorme clef en fer posée sur sa poitrine. Baba Assad avait tenu à respecter ce rituel qui n'avait pourtant rien d'islamique. Les eunuques reproduisaient ainsi des rites païens, venus des tréfonds de leur Afrique natale. Safiyé ne se souvenait plus de la signification précise de cette clef ; était-ce pour ouvrir les portes du paradis ?

La Circassienne effectua un rapide calcul mental : il y avait maintenant presque trente ans qu'elle avait rencontré Baba Serour pour la première fois au palais de Naceur Bey ; trente ans déjà qu'elle avait quitté le Caucase et la Turquie pour vivre sur cette terre tunisienne. Tout cela paraissait si loin maintenant.

— Que Dieu ait son âme et l'accueille dans Sa grande miséricorde ! dit-elle en s'inclinant.

Baba Assad, l'air grave, conduisit la princesse jusqu'au salon attenant et lui proposa un fauteuil. Avec la mort de Baba Serour, il devenait le premier eunuque noir du Palais et aurait désormais le privilège d'escorter la beya dans tous ses déplacements. Il évita le regard de Safiyé et lança d'une voix décidée :

— Après les funérailles, j'ai décidé de partir ! Je pense que Sidna ne me refusera pas son autorisation, je veux me retirer et terminer ma vie à Médine, la ville du Prophète...

Le visage de Safiyé se décomposa.

— Partir ! Vous n'allez pas me laisser seule !

L'eunuque eut un sourire compréhensif.

— Mais vous n'êtes pas seule, ma Lionne ! Votre mari vous entoure de tout son amour et de toute son affection, vous avez des enfants merveilleux qui vous aiment, votre beau-père est le souverain de ce pays ! Je n'ai plus maintenant aucune inquiétude pour vous, ma mission est remplie, je peux m'en aller le cœur en paix !

De nombreux eunuques allaient finir leur carrière à Médine comme gardiens du Tombeau du Prophète ; Baba Jawhar, un des anciens eunuques du Palais, y était actuellement ; il avait certainement dû écrire à Baba Assad pour lui suggérer de le rejoindre. Safiyé essaya de le convaincre de renoncer à son projet.

— Mais, Baba Assad, vous êtes maintenant le premier Agha du Palais...

Par délicatesse, elle n'utilisait pas le terme d'eunuque. Baba Assad poussa un soupir sans répondre. Qu'était-ce donc qu'un premier eunuque du Palais en 1950 ? Ce n'était certes plus le puissant *Kizlar Aghasi*, le grand chef des eunuques noirs de l'Empire ottoman, le troisième personnage de l'État après le Sultan et le grand vizir. À tout moment, il pouvait approcher le souverain et servait d'intermédiaire entre celui-ci, le harem et la cour. Informé de tous les secrets de ses maîtres, fortuné et redouté, il était souvent le dignitaire le plus corrompu de l'Empire. Il n'était pas rare qu'il finisse pendu haut et court au gré des conspirations du sérail.

Si Baba Assad ne courait plus un tel risque, sa fonction était aussi moins glorieuse. Certes, il continuerait de jouir d'un certain prestige ; ce n'était pas un simple serviteur, il disposerait au contraire de son appartement au Palais et de sa propre domesticité. Mais son rôle serait limité à escorter la souveraine ou à régler certaines cérémonies de la cour. Par tradition, il aurait aussi la charge de gérer les revenus des mausolées des santons noirs de la capitale, comme Sidi Saad Chouchane dont l'invocation suffit à faire étouffer les voleurs de bétail.

Safiyé saisit la main osseuse de l'eunuque. Le regard de la jeune femme était suppliant, elle ne voulait pas perdre ce fidèle compagnon de route. Surtout en cette période de sa vie. Safiyé n'avait jamais été aussi heureuse ; son mari, ses enfants la comblaient et aujourd'hui le pays qui l'avait accueillie semblait promis à un avenir paisible et radieux. Elle se réjouissait aussi pour son mari et son beau-père de cette popularité reconquise, même si la mort de Moncef avait moins profité à Lamine qu'au Destour et à Bourguiba, son chef. Habilement, le leader nationaliste avait su capter à son profit l'héritage moncéfiste et récupérer la popularité et l'aura du roi martyr ; d'agitateur, de militant de parti, l'avocat avait acquis la stature d'un homme d'État.

Safiyé ne voulait pas que ce bonheur soit assombri par le départ de l'eunuque. Avec émotion, elle lui rappela qu'on avait déjà voulu les séparer une fois mais que le Destin s'était vite chargé de les réunir. Une idée lui traversa l'esprit :

— Et puis, Baba Agha, si un jour — Dieu allonge la vie de Sidna et que ce jour soit le plus tard possible —, mais si un jour mon mari monte sur le Trône et que je sois la beya, la souveraine de ce pays, qui sera là pour m'escorter, qui aura toute ma confiance pour me protéger de mes ennemis ? Il n'y a que vous !

L'eunuque resta un instant silencieux. C'était le seul argument qui pouvait le convaincre ; de fait, Baba Assad imaginait déjà l'odalisque, sa Lionne, reine de Tunisie. Non, il ne pouvait pas, il ne voulait pas manquer ça. Ce serait sa plus grande fierté, le couronnement de sa carrière.

Avec une moue résignée, Baba Assad annonça finalement qu'il resterait encore un peu avant de se décider. Safiyé, les yeux brillants de joie, lui sauta au cou, telle une enfant à qui l'on ne peut rien refuser.

*

— Ali et Sousse..., décida le bey.

Frida attendit que son grand-père ait donné le mot de passe au général de la Garde avant de courir vers lui. Elle lui baisa la main pendant que le général inscrivait le mot.

— Vous ne direz rien à personne, chuchota Sidi Lamine d'un ton complice. L'enfant embrassa le souverain en riant.

Asm Ellil[1], composé d'un mot d'ordre — un prénom — et d'un mot de ralliement — un nom de lieu —, était exigé par les sentinelles de toute personne souhaitant entrer au Palais beylical dès la tombée de la nuit. Le général scella l'enveloppe contenant le mot devant le souverain avant de la placer dans une boîte en argent. Il se retira ensuite à reculons pour aller faire porter la boîte à la garnison du palais du Bardo. Frida profita de l'absence de l'officier :

— *Baba Azizi*, grand-père, je ne veux plus manger à l'école !

Frida était la seule à s'adresser au souverain autrement que par l'appelation de Sidna, Notre Seigneur. Le bey Lamine sourit avec attendrissement et indulgence à sa « petite-fille de l'accession au Trône ».

— Mais, Nana, c'est vous qui aviez insisté pour rester avec vos camarades ! Pourquoi, vous n'êtes pas bien ?

1. Littéralement le « mot de la nuit », c'est-à-dire le mot de passe.

Frida posa plusieurs baisers sonores sur la main du souverain puis grimpa sur le coussin de velours rouge au pied du trône. Elle était arrivée dans la seraya peu avant dix heures en étant sûre de pouvoir parler au monarque avant ses audiences officielles.

— Si, si, au contraire, répondit Frida. J'aime rester avec les autres...

Elle baissa la tête, gênée et débita d'une traite :

— Mais je veux alors manger la même chose que les autres, j'ai honte, je ne veux plus de repas spécial pour moi.

Tous les matins, la Chrysler verte conduite par Bab Tijani, le chauffeur de Safiyé, déposait Frida à l'école pour revenir ensuite à midi porter les paniers contenant le repas de la princesse, préparé à son intention par les cuisiniers du Palais. On avait jugé insensé de laisser Frida partager l'ordinaire de l'école.

Le regard plein de bonté de Sidi Lamine se posa sur sa petite-fille adorée :

— Eh bien, soit, c'est d'accord !

La fillette sauta au cou du souverain. La musique de la Garde qui défilait sous les fenêtres parvint jusqu'à eux.

— Allez vite regarder ! proposa Sidi Lamine en lui donnant une petite tape sur l'épaule.

Frida se précipita vers la cour d'honneur du Palais. On entendait les tambours et le clairon jouer la sonnerie « Au drapeau ! » : comme tous les matins, c'était la cérémonie du lever des couleurs. Frida connaissait bien ce rituel mais elle adorait la mascotte du régiment, un bélier pomponné et décoré de rubans multicolores qui suivait la fanfare. À peine la fillette avait-elle quitté la Salle du Trône que le bey appela le général de la Garde :

— Téléphonez à la directrice de l'école de la princesse Frida. Vous lui direz qu'à partir de demain, c'est le Palais qui enverra les repas pour toutes les filles de sa classe.

Frida pouvait ainsi sans problème partager l'ordinaire de ses camarades.

*

Heureusement qu'il y avait Frida pour dérider Lamine Bey, car les négociations avec le gouvernement français avaient échoué. Sous l'influence des tenants du colonialisme, la France, malgré ses promesses, avait opposé une fin de non-recevoir aux revendications tunisiennes. Dans tout le pays régnait la consternation et certains parlaient même d'actions plus énergiques, voire de lutte armée.

Chaque fois qu'une crise survenait dans les relations franco-tunisiennes, la France ne changeait pas sa politique, elle changeait le résident général. Sous la pression des ultras, le gouvernement de la IVe République choisissait son représentant le plus borné et le plus obtus. Le 13 janvier 1952, l'ambassadeur Jean de Hauteclocque débarquait à Tunis d'un navire de guerre ; le ton était donné. Le bey avait toutes les raisons d'être sérieusement préoccupé.

*

— Maman, c'est lui que je veux épouser !

Frida découpait dans *Paris Match* une photographie qui représentait un jeune garçon en pantalon court timidement assis au bord d'un immense fauteuil qui ressemblait à un trône.

— C'est le roi Fayçal d'Irak ! précisa-t-elle.

La fillette découvrait émerveillée qu'il existait des souverains de son âge alors qu'elle n'imaginait les rois qu'avec une barbe bien grisonnante comme son grand-père.

Safiyé fit la moue.

— Tu es trop belle pour lui !

Il lui semblait un peu trop basané, ce jeune roi. Pas assez circassien en tout cas. Sidi M'hamed, amusé par la réaction de sa femme, se contenta de rappeler :

— Ils sont chérifs, descendants du Prophète !

Safiyé ne put que s'incliner et autorisa Frida à placer la photographie à son chevet.

— Il y a un cadre vide dans le Salon syrien, proposa-t-elle.

Frida se dirigea vers la pièce qui devait son nom à l'ameublement inscrusté de nacre et d'ivoire. Malgré son excitation, sa démarche était lente comme si elle se déplaçait avec difficulté.

Safiyé, songeuse, n'y prêta pas attention. Elle se tourna vers son époux :

— Je trouve que Frida vous ressemble !

M'hamed ne releva pas. Il n'était pas sûr qu'il s'agisse vraiment d'un compliment.

— L'autre jour, poursuivit Safiyé, elle a encore donné une de ses poupées, celle que lui avait offerte Matteï...

Sa fille avait été folle de cette poupée grandeur nature, avec ses longs cheveux blonds et ses yeux si expressifs qu'on aurait cru qu'elle allait parler. Pierre Matteï, l'administrateur de la liste civile, un Corse dont la famille était installée en Tunisie depuis le XVIIIe siècle, la lui avait rapportée de France.

— Je l'ai appris, répondit Sidi M'hamed. Elle l'a donnée à une petite fille pauvre et elle est venue me voir ensuite pour obtenir la libération du père de l'enfant qui est en prison.

— Un nationaliste ?

— Non, dans ce cas je n'aurais jamais pu, Sidna lui-même n'aurait pas réussi, soupira-t-il d'un ton las.

Une semaine après son arrivée, Hauteclocque avait procédé à des vagues d'arrestations parmi les nationalistes et déporté les principaux chefs, dont Bourguiba. Lamine Bey avait vainement réclamé leur libération. Heureusement, le père de l'enfant qui avait ému Frida n'était pas un militant nationaliste.

— C'était seulement un malheureux qui avait volé une poule et des œufs pour nourrir sa famille. Je suis parvenu à le faire libérer et, sur l'insistance de Frida, je l'ai installé avec sa famille dans notre verger de La Soukra. Nana a vraiment un cœur d'or !

Que sa fille eût du cœur, Safiyé n'en doutait pas. Mais elle n'arrivait pas toujours à comprendre ses élans spontanés, comme ceux de son mari d'ailleurs. La Circassienne était capable de générosité, de se révolter contre une injustice et de défendre les plus faibles, mais c'était toujours une générosité et des actes utiles. Elle avait d'ailleurs adressé quelques reproches à sa fille : plutôt que d'offrir une poupée de luxe à une miséreuse, ne valait-il pas mieux lui donner un manteau, des vêtements ou de la nourriture ? Frida l'avait dévisagée, étonnée, avant de lui raconter le regard émerveillé de la fillette et tout le bonheur qui se dégageait de son visage. N'était-ce pas leur rôle d'apporter au peuple du rêve et des joies autres que matérielles ?

C'était bien un comportement et un langage de princesse de sang que tenait sa fille. Ceux d'une personne comblée, entourée d'amour dès sa naissance et qu'aucune épreuve n'avait jamais meurtrie. Comme Lella Kmar avant elle, Safiyé n'oubliait pas qu'elle était une odalisque, une esclave devenue princesse à la seule force de son caractère ; un caractère que les souffrances et les drames avaient façonné et qui excluait toute faiblesse ou tout apitoiement. Sa fille aujourd'hui le lui rappelait.

— Maman, Baba, regardez comme il est beau dans ce cadre !

La photographie contre son cœur, Frida s'avança vers ses parents d'une démarche claudicante.

— Qu'est-ce que tu as ? s'inquiéta Safiyé.
— J'ai un peu mal au genou.
Safiyé et son mari se précipitèrent vers leur fille. Sous la jupe, le genou, anormalement enflé et rouge, était douloureux au moindre contact.

*

Le système du protectorat tunisien, aménagé par l'ingénieux Paul Cambon à la fin du XIXe siècle, donnait à la France tous les avantages de l'annexion sans ses inconvénients. Ainsi, alors que dans la colonie algérienne proche, la construction du moindre tronçon de voie ferrée exigeait la longue procédure d'un vote parlementaire à Paris, en Tunisie il suffisait du sceau du bey pour faire exécuter les décisions des fonctionnaires français. Curieux paradoxe, la volonté de la France démocratique s'exerçait à Tunis par le sceau d'un monarque absolu.

Une honorable liste civile allouée au bey et à la famille régnante était certes moins onéreuse que l'entretien de plusieurs régiments et constituait à coup sûr un gage de bonne entente.

Ce système bien rodé réclamait évidemment une collaboration et un loyalisme sans faille de la part du bey, Possesseur du Royaume de Tunis.

Mais cette fois Lamine Bey n'était pas prêt à céder.

— J'ai formé ce gouvernement en plein accord avec la France pour négocier l'autonomie interne. J'ai toujours confiance dans mes ministres qui n'ont pas failli à leur mission. Malheureusement, votre gouvernement n'a encore rien proposé de sérieux...

Le résident général, venu exiger du bey de sceller certains décrets et de renvoyer Chenik et les ministres nationalistes, se montra alors mençant. Mais le bey tint bon et s'indigna vigoureusement auprès du président de la République du ton comminatoire employé par le représentant de la France. Dans la soirée le résident général faisait arrêter Chenik et les ministres et les déportait dans le Sud tunisien. Dans le pays, l'agitation grandit. À la répression policière répondaient les manifestations nationalistes, les sabotages et les attentats. Plutôt que d'entamer un dialogue, les autorités du protectorat multipliaient les rafles et les arrestations pour isoler le souverain de tout contact qu'elles jugeaient tendancieux.

*

Dans les appartements privés du Palais, la tension montait aussi. Mais Jean de Hauteclocque n'y était pour rien. Safiyé elle-même, qui n'avait pas l'habitude de se laisser gagner par l'affolement de son époux devant la moindre poussée de fièvre de leurs enfants, n'était pas tranquille cette fois-ci. Le genou de Frida n'avait pas désenflé et la jeune princesse avait toujours du mal à marcher ; malgré son courage, elle semblait beaucoup souffrir. Les médecins avaient prescrit quelques anti-inflammatoires et des antalgiques, sans grand effet. Safiyé serra sa fille contre elle et lui posa un baiser sur le front avant de laisser le Dr Ben Salem examiner son genou. Le médecin était l'époux de la princesse Zakia, la belle-sœur de Safiyé ; ministre de la Santé dans le gouvernement de Chenik, il avait été lui aussi déporté dans le Sud tunisien ; il avait été récemment relâché et les autorités policières du protectorat l'avaient enfin autorisé à quitter son domicile. Safiyé, qui avait une entière confiance dans son diagnostic, lui avait alors demandé de venir examiner sa fille. Frida dut sentir l'anxiété de sa mère :

— Ne vous inquiétez donc pas, maman ! Vous savez, je n'ai presque plus mal !

Elle embrassa Safiyé et lui glissa à l'oreille :

— Heureusement que Baba n'est pas là aujourd'hui !

Frida connaissait bien son père. Pour un écart d'un demi-degré de température, les enfants étaient consignés d'office dans leur chambre pendant trois jours avec bouillon chaud, huile de foie de morue et autres potions.

Ben Salem palpa le genou de l'enfant et essaya de plier la jambe. Il mâchouilla son cigare en marmonnant :

— Bon, c'est ridicule, ça ne sert à rien de donner tous ces médicaments à cette gamine ! Il faut d'abord faire une radio !

Safiyé, perplexe, le regarda griffonner fébrilement une ordonnance. Il se tourna vers elle d'un air grave :

— Allons plus loin, j'ai à vous parler !

Elle sentit son cœur faire un bond dans sa poitrine ; le médecin avait-il découvert quelque chose de grave chez Frida dont il ne voulait pas parler devant l'enfant ? La respiration coupée, elle se laissa entraîner hors de la chambre.

— Sidi M'hamed a bien giflé le colonel Abbès ? demanda Ben Salem.

Safiyé respira, soulagée. Il ne s'agissait donc que de cela.

— Oui, affirma-t-elle, et il ne l'a pas volé !

Cette fois-ci, Safiyé n'avait pas fait de reproches à son mari à propos de cette altercation. Le colonel Abbès avait transmis mot pour mot à la Résidence générale des propos confidentiels échangés entre Sidi M'hamed et son frère. Hauteclocque s'était empressé de répéter ces mêmes paroles devant le bey en exigeant l'arrestation immédiate des princes. Le souverain, très digne, lui avait aussitôt répondu : « Si vous avez des preuves, arrêtez-les vous-même, comme vous le faites pour les autres de mes sujets ! » Le résident général ne demandait que cela mais le Quai d'Orsay, averti, lui interdit ce geste prématuré qui aurait mis la France dans une fâcheuse posture.

Le Dr Ben Salem renchérit :

— Sidi M'hamed a eu raison. Ce traître l'a bien mérité, mais vous savez qu'après la gifle, il a téléphoné au colonel de La Paillonne à la Résidence générale...

Les communications téléphoniques n'étant pas automatiques entre Carthage et Tunis, Ben Salem avait soudoyé des standardistes de la poste de Carthage pour qu'elles le mettent en contact chaque fois qu'une communication importante serait établie. C'était ainsi qu'il avait réussi à intercepter la conversation entre l'espion de la Résidence et ses chefs.

— La Paillonne lui a dit texto : « Vous étiez armé ! Dommage que vous ne l'ayez pas descendu, c'était l'occasion ! Vous comprenez, il vous a humilié et dans la colère, tout est excusable... »

— Ils appellent mon mari le « destourien du Palais » ; ils savent que c'est lui qui a introduit les nationalistes auprès de Sidna et ils veulent lâcher leurs chiens sur lui ! On murmure que ce La Paillonne serait le chef de la Main rouge...

Les colons français accrochés à leurs privilèges avaient créé une organisation terroriste secrète dont les hommes de main intimidaient, voire assassinaient, les militants nationalistes.

Safiyé soupira :

— Comme si leur police et leur armée ne suffisaient pas !

Le Dr Ben Salem acquiesça tristement. Hauteclocque avait envoyé ses légionnaires ratisser le pays. Sur instructions du bey, le médecin avait lui même parcouru les régions où la répression avait sévi. Son rapport dénonçait les exactions les plus odieuses : pillages, incendies, humiliations et viols. Une fillette de huit ans avait même été violée par un militaire. Les journaux et l'opinion internationale s'étaient émus. Le général Garbay, éminence grise du résident général et responsable de ce maintien de l'ordre musclé, avait simplement répondu qu'en Tunisie, « les viols et les pillages font partie du folklore local » !

*

En Tunisie, les problèmes majeurs de santé publique étaient le trachome, la tuberculose et les maladies infectieuses, la mortalité infantile et la malnutrition. Au Palais beylical, c'était plus souvent le *sukkar*, le diabète, l'hypertension, la goutte ou la *boumina*, l'albumine dans les urines. Le bey Lamine, passionné des choses de la médecine, avait fait installer un petit cabinet attenant à sa chambre où il pratiquait quelques analyses à la liqueur de Fehling ou au papier tournesol, et concoctait lui-même des préparations médicamenteuses. Le souverain aimait aussi s'entourer de médecins et ne ménageait pas ses encouragements aux jeunes Tunisiens pour qu'ils embrassent cette profession. Presque quotidiennement, le Dr Mami, son médecin particulier, le chirurgien Demirleau, l'oto-rhino Léon Moatti, le Dr Ben Salem, son gendre, ou le Dr Lellouche, le bon praticien de La Goulette qui soignait gratuitement les pauvres, étaient reçus en audience privée. Lamine Bey manifestait un grand intérêt à leur conversation et eux-mêmes appréciaient la pertinence de ses remarques.

Ce matin-là pourtant, le souverain ne semblait pas avoir compris le diagnostic. Plusieurs radiographies et des analyses avaient été pratiquées sur Frida et une dizaine d'hommes de l'art s'étaient penchés sur ces examens. Un peu inquiet néanmoins, Sidi Lamine intervint :

— On fera venir tous les médicaments qu'il faut ! Il y a maintenant des antibiotiques très puissants !

Les médecins réunis autour du souverain se regardèrent en silence. Le chirurgien Demirleau allait prendre la parole en usant de circonlocutions diplomatiques mais le radiologue Fourati le devança :

— Sidna, les antibiotiques ne pourront malheureusement rien ! C'est un cancer ! Un cancer des os...

*

« Jusqu'ici, on a bandé mou, maintenant on va bander dur ! » s'était exclamé en termes peu diplomatiques l'ambassadeur Jean de Hauteclocque.

Heureusement pour les Tunisiens, l'érection du résident général ne fut pas de longue durée. Le président Vincent Auriol et la plupart des responsables français doués d'un minimum de bon sens condamnaient sa politique répressive et son manque de discernement qui ne pouvaient que nuire à la France. Soutenu par le lobby colonialiste, le résident général avait cependant réussi à garder sa place en profitant de l'instabilité gouvernementale de la IVe République.

Son rappel à Paris par un cabinet moins laxiste fut ressenti à Tunis et au Palais beylical comme un immense soulagement.

*

Le vol de la TWA en provenance de New York via Le Caire, Athènes et Rome faisait escale tous les mardis à Tunis. Safiyé attendait toujours avec anxiété son arrivée et tremblait au moindre retard. C'était par ce vol qu'étaient acheminés les médicaments pour Frida. Le bey avait fait appeler un spécialiste américain en consultation ; celui-ci s'était rangé au diagnostic de ses confrères, mais avait néanmoins suggéré un nouveau traitement issu des dernières recherches de l'université de Boston.

Safiyé et M'hamed s'étaient agrippés à cet ultime espoir. Car très vite, l'état de Frida s'était sérieusement dégradé ; elle ne parvenait pratiquement plus à marcher et s'aidait d'une chaise roulante qu'un soldat de la Garde poussait.

L'enfant essayait vainement de donner le change sur son état. Safiyé lisait cependant dans le regard de sa fille la progression irrémédiable du mal et avait l'impression de sombrer dans un gouffre. Elle ne vivait plus que pour Frida, essayant de masquer son désespoir et sa détresse devant l'enfant, mais aussi devant son mari à qui elle voulait insuffler du courage et de l'espoir. Le malheureux prince était désemparé : sa fille souffrait et son pays souffrait. Car si Hauteclocque avait finalement été rappelé à Paris, le nouveau résident général n'avait pas réussi à restaurer un climat de confiance. La population qui s'était sentie flouée et méprisée par la France se révoltait ; dans le bled, les *fellaghas*[1] multipliaient les attentats contre les colons et les intérêts français. La Main rouge se vengeait en assassinant des patriotes tunisiens. La violence était désormais quotidienne dans la paisible Tunisie.

Les soubresauts de la vie politique, les aléas du pouvoir qui l'avaient tellement fascinée, tout cela laissait Safiyé bien indifférente aujourd'hui. L'ancienne odalisque circassienne n'était plus une seconde Lella Kmar, elle était simplement une mère anxieuse, attentive au moindre souffle.

Frida était aujourd'hui un peu plus âgée qu'elle-même quand elle avait quitté le Caucase. Son errance et sa souffrance avaient finalement trouvé une issue bien plus heureuse qu'elle ne l'aurait imaginé dans ses rêves de grandeur. Mais son innocente petite fille, princesse par sa naissance, serait-elle le prix à payer quand elle croyait le bonheur enfin acquis ?

Safiyé et son mari voulaient s'accrocher au moindre espoir, à la moindre lueur. Devant l'impuissance des

1. Littéralement « coupeurs de route ».

médecins, ils avaient fait venir de France un guérisseur qui prétendait contrer le mal par son fluide magnétique.

Ils avaient tout essayé, et chaque jour Safiyé s'en remettait à Dieu pour Le supplier d'épargner sa fille.

*

Rafet, une chéchia rouge enfoncée jusqu'aux oreilles, conduisait la Hudson jaune qu'on avait décapotée. Tous les jeunes princes escortaient l'automobile, Mimoune, Noureddine, Habib, Salah, Ezzeddine et tous les cousins sur leurs scooters, leurs Vespa ou leurs motocyclettes ; la plupart étaient en uniforme à brandebourgs dorés, taillés à leur mesure. À l'arrière de la Hudson, Frida saluait de la main, souriante et altière comme une souveraine ; à sa gauche, Dalenda jouait les dames de compagnie. Elle avait aidé la fillette à monter dans l'automobile ; Frida, qui paraissait avoir retrouvé une certaine énergie, avait refusé d'utiliser son fauteuil roulant et, surmontant sa douleur, avait réussi à marcher appuyée sur Dalenda. Pour la fête que la princesse Fatma, sa tante, donnait en son honneur, Frida avait été parée et maquillée comme une princesse de conte de fées. Un voile de mousseline rose accroché à ses cheveux par un diadème encadrait son visage aux pommettes colorées. Elle portait aussi plusieurs rangs de perles fines et des broches en diamants sur une robe longue à volants et à traîne spécialement coupée pour l'occasion.

Pour ne pas parcourir trop vite les quelques centaines de mètres qui séparaient leur domicile de la villa de la princesse Fatma, le cortège avait remonté l'allée du Palais pour revenir sur le perron principal et passer sous les fenêtres du souverain qui de son balcon les avait salués en souriant.

À part les plus jeunes, tout le monde semblait être déjà là. Devant la résidence de la princesse Fatma, on voyait alignées en rangs serrés, la Buick noire de Lella Jouda et la Ford Vedette de Sidi Chedly arrivés séparément, la Chevrolet de Sidi M'hamed, la Cadillac de la beya et toute une file de Packard, Chrysler ou autres Oldsmobile. Le plan Marshall qui avait renfloué l'Europe après la guerre avait au moins permis à la Tunisie de découvrir ces impressionnantes limousines américaines.

Les klaxons intempestifs de l'escorte avertirent la maîtresse de maison. La princesse Fatma accueillit elle-même sa nièce ; vêtue d'une robe bois de rose changeant serrée à la taille, la princesse aurait fait pâlir d'envie une starlette de Hollywood. Lella Fatma, l'une des plus jeunes filles du souverain et la plus belle peut-être, menait avec panache une vie assez libre et opposait à ses détracteurs ou aux médisances l'indifférence d'une beauté flamboyante.

En l'honneur de Frida, elle avait réuni toutes ses jeunes cousines et ses amies d'école. Jeux, magicien, sorbets, gâteaux à la crème onctueuse, chants, éclats de rire... L'après-midi fut éblouissant pour l'enfant ; elle était la reine de la fête. Ses yeux brillaient de joie et sa tête résonnait encore de tous ces délicieux moments quand, un peu fatiguée, elle se jeta dans les bras de ses parents. Ils la couvrirent de baisers en la serrant très fort.

— Maman, Baba, je vous aime tellement...

*

Frida mourut le 2 avril 1954. Elle avait onze ans.

39

Le visage de Baba Assad était rayonnant. Malgré la gravité qu'il affichait lors des circonstances solennelles, l'eunuque jubilait. En tenue d'apparat, il se tenait debout sur le marchepied du grand carrosse de cérémonie à l'attelage doré, armorié aux portières et capitonné de satin rouge ; c'était un présent de la reine Victoria au siècle précédent. Escorté des cavaliers de la Garde sabre au clair, le carrosse dévalait au petit trot la route ombragée d'eucalyptus ; il était suivi d'un landau découvert et d'une longue file d'automobiles. Le cortège conduisait la future princesse de son palais d'Amilcar, au pied de la colline de Sidi Bou-Saïd, jusqu'au palais de Carthage où se déroulerait le mariage.

Devant la consternation et la tristesse qui s'étaient abattues au foyer de Sidi M'hamed et Lella Safiyé après la mort de Frida, le bey s'était décidé : en ce mois d'octobre 1954, il mariait l'aîné de ses petits-fils, Rafet. Quelques visites dans les meilleures familles avaient suffi à Lella Jouda pour dénicher la perle rare. Petite-fille d'Ali Kahia, l'un des fondateurs du Vieux-Destour, la jeune fille descendait aussi de Suleïman Kahia, un mamelouk géorgien affranchi qui avait été le compagnon d'armes du fondateur de la dynastie husseïnite. Ravissante, fraîche émoulue du très huppé collège des sœurs de Notre-Dame-de-Sion, elle pouvait être, à dix-sept ans, la compagne idéale d'un prince beylical de dix-neuf ans. L'affaire fut rondement menée ; fiancée en juin, la jeune Lella Mamia se mariait en octobre. On espérait que cet heureux événement serait le parfait prélude à un avenir radieux pour le pays et la famille régnante.

Car « la France avait retrouvé la raison », s'était exclamé Lamine Bey. Comme dans les contes, un homme providentiel s'était présenté à l'improviste au palais de Carthage le 31 juillet 1954 : Pierre Mendès France. Le président du Conseil, à peine élu, avait tenu sa promesse de faire taire les armes en Indochine et se proposait maintenant de trouver une solution au problème tunisien. La France reconnaissait sans arrière-pensées, affirmait-il solennellement devant le souverain, l'autonomie interne de la Tunisie. La période terrible qui avait vu le pays endeuillé par la mort de nombreux patriotes s'achevait.

Malgré les dissenssions entre Bourguiba et son rival Ben Youssef dont les partisans respectifs continuaient de se quereller, le pays entrait dans une phase nouvelle. Lamine Bey affirmait publiquement sa volonté de doter le pays d'institutions démocratiques représentatives et de céder au peuple une partie de ses prérogatives souveraines. Jamais sa popularité ne fut si grande et les almanachs qui associaient son portrait à celui du bey Moncef, le « Roi Martyr », le qualifiaient de « Notre Seigneur et Maître le Roi Très Démocrate », une épithète nouvelle dans la langue arabe.

Le souverain appelait à la présidence du Conseil des ministres un libéral, Tahar Ben Ammar, qui constitua un cabinet comportant des destouriens. Le nouveau gouvernement était chargé de régler, au nom du bey, les modalités des étapes qui devaient conduire au plein épanouissement de la souveraineté tunisienne, dans une relation étroite et privilégiée avec la France.

*

Louange à Dieu

Nous, Lamine Pacha Bey, Possesseur du Royaume de Tunis.

Sur la proposition de notre Premier ministre, président du Conseil.

Avons pris le décret suivant :

Article Unique — Le Yom Kippour de chaque année est jour férié.

Vu pour promulgation et mise à exécution. Le délégué à la Résidence générale, Seydoux.

Rayonnante, Taïta avait fait encadrer la coupure du *Journal officiel.* Certes, les Juifs, même fonctionnaires de l'administration, avaient toujours pu dans le passé disposer facilement de cette journée chômée supplémentaire, mais ils étaient enfin considérés comme des sujets à part entière, partageant avec les musulmans les mêmes droits et les mêmes devoirs.

Si Taïta sentait confusément la dimension sentimentale de l'événement, elle en retirait surtout qu'il n'y avait plus d'appréhensions à avoir pour l'avenir. Mais elle ne percevait pas cependant toute la portée symbolique d'un décret pris par un souverain musulman en faveur de ses sujets juifs, contresigné pour exécution par un ministre protestant.

Le nouveau résident général, Boyer de La Tour, et son délégué Seydoux avaient montré assez de tact et de compréhension pour effacer le sinistre souvenir des exactions de Hauteclocque. Les Tunisiens se préparaient pacifiquement à l'indépendance. Le bey lui-même l'avait affirmé, les Français continueraient d'être des hôtes respectés dans leurs biens et leur honneur ; quant à ses sujets, qu'ils soient musulmans ou juifs, il entendait ne pas faire de distinction entre eux.

C'était ce que Taïta s'évertuait à répéter à certains membres de sa famille, inquiets d'un éventuel retrait de la France qu'ils croyaient garante de leurs droits et de leur sécurité. Mais la France les avait-elle protégés face aux menaces nazies ?

Aujourd'hui, en revanche, dans cette Tunisie où ils avaient leurs racines, leur vénéré souverain manifestait les attentions les plus affectueuses à toutes les communautés, à tous ceux qui aimaient le pays et apportaient quotidiennement leur pierre à l'édifice. Les larmes lui venaient aux yeux quand elle évoquait cette journée mémorable au cours de laquelle Sidi Lamine avait inauguré personnellement la Maison de la Communauté israélite. Ce jour béni avait symbolisé le rassemblement des Tunisiens, toutes religions confondues.

L'entrée, pour la première fois, d'un prince musulman dans la grande synagogue de Tunis avait été saluée par la plus extraordinaire des ovations. Les assistants debout manifestaient une joie unanime, sans mélange. Ils étaient des milliers, dans la synagogue et au-dehors, perchés sur les terrasses ou accrochés aux balcons. Lamine Bey, entouré de ses fils et des dignitaires de sa cour, était visiblement ému de cet accueil. Il ne cessait de saluer et de sourire de tous côtés et le service d'ordre avait grand-peine à libérer l'accès qui conduisait à son trône dressé près de l'autel. Le Grand Rabbin, venu à sa rencontre, s'inclinait devant lui au moment où l'on ouvrait l'armoire sainte où reposent les rouleaux de la loi.

Dans l'enceinte de l'autel, princes, dignitaires, fonctionnaires français, ulémas, ecclésiastiques ou dirigeants du Néo-Destour se côtoyaient dans la plus grande fraternité.

... Dernièrement Sidi Lamine, notre Souverain vénéré, a daigné poser la première pierre de l'Université Zeitounienne, réalisant ainsi l'aspiration la plus chère à ses fils musulmans. Il daigne aujourd'hui poser la première pierre de la Maison de la Communauté,

réalisant de ce fait le désir le plus ardent de ses fils israélites...

Tous les assistants avaient vibré aux accents de cette journée, ô combien symbolique. Une même communion d'esprit se lisait sur tous les visages. Tous semblaient attendre du souverain que vienne enfin cette période de retrouvailles où le temps ne serait plus voué aux combats, mais au dialogue et à la fraternité, afin que chante de nouveau la joie de vivre dans l'union de tous les habitants de cette terre bénie.

*

La tombe de Frida jouxtait celle de Sidi Abdelaziz, le saint patron de La Marsa. Fugitivement, Safiyé se demanda qui, de l'âme pure de sa fille ou de celle du saint homme, veillait sur l'autre. *Frida est-elle morte ? Mais ne serait-elle pas un ange de lumière ?* avaient déclamé les poètes de la cour.

Ses yeux s'embuèrent quand elle pénétra sous la coupole du sanctuaire. Des nattes entouraient la tombe du saint et celle de Frida, toutes deux recouvertes de tentures brodées ; sur les murs, pendaient les étendards rouge et vert du marabout. Safiyé but une gorgée dans le broc de terre cuite que lui tendait la vieille gardienne des lieux et se déchaussa avant de s'agenouiller devant la tombe de sa fille.

Nana était partie... Safiyé avait plongé dans un gouffre sans fin, un trou noir, avec l'impression que tout était fini. La douleur atroce, indescriptible avait peu à peu laissé place à la résignation, celle que tous les musulmans se doivent de montrer face aux volontés du Tout-Puissant. Et la vie avait fini par reprendre ses droits ; n'était-ce pas le secret de la création ? La chambre de Frida où tout était demeuré en place avait finalement été vidée pour aménager un appartement à

Rafet et Mamia son épouse. À quarante-cinq ans, Safiyé n'allait pas tarder à être grand-mère. En pleurant, elle avait rangé les objets et les jouets de Frida ; les beaux meubles de ses poupées recouverts de soie rose, les dînettes avec leurs petites assiettes en porcelaine de Limoges, les minuscules verres de cristal ou l'argenterie miniature. Un monde de conte de fées pour une princesse de conte de fées.

Safiyé joignit les paumes de ses mains ouvertes devant ses yeux et pria. Elle priait et les larmes coulaient, ruisselaient sans qu'elle réagisse.

Elle passa la main sur son visage en psalmodiant les dernières invocations et le Salut au Prophète puis se recueillit, muette.

Dans son esprit, aucun souvenir, aucune mémoire ne ressurgissait ; il n'y avait plus que l'image de Frida, elle seule la hantait. Sa fille disparue, les fantômes de son passé s'étaient évanouis.

Personne au Palais ne l'avait compris. Son mari peut-être. Au directeur du protocole qui lui demandait au nom du souverain si Lella Safiyé voulait bien jouer les interprètes pour une audience que le bey accordait à un ministre turc, M'hamed avait répondu que son épouse avait tout oublié. Le dignitaire n'avait pas montré son étonnement et s'était gardé du moindre commentaire chaque fois qu'il entendait la princesse s'adresser à l'eunuque en une langue qui n'était pas de l'arabe.

Quelques semaines plus tard, ce fut le bey lui-même qui, ému par sa détresse, lui proposa de rechercher, par toutes les voies diplomatiques et officielles, les membres de sa famille dans le Caucase ou en Turquie. Son visage s'était fermé, mais encore une fois M'hamed lui avait serré fortement la main. Elle avait répondu à Sidi Lamine que sa famille, c'étaient eux, qu'elle n'en avait pas d'autre. Cela avait fait jaser quelques princesses de la cour qui déclaraient à qui voulait l'entendre que Lella Safiyé devait être de basse extraction pour ne pas vouloir retrouver les siens. Le souverain ne lui en avait que davantage manifesté son affection.

Safiyé en était maintenant consciente, son seul passé, c'était Frida. Dans la tombe de sa fille, c'était une partie d'elle-même qui était enfouie sous la terre tunisienne. L'ancienne odalisque avait planté ses racines. Safiyé était tunisienne.

*

Les Conventions qui devaient aboutir à l'autonomie de la Tunisie avaient été conclues par le gouvernement de Tahar Ben Ammar. Les ministres destouriens avaient joué un rôle prédominant et Bourguiba, du château d'Amilly où le gouvernement de la République l'avait installé, n'avait pas manqué de faire sauter les derniers verrous. Son retour à Tunis le 1er juin 1955 fut un véritable triomphe. Précédé d'une flottille de bateaux de pêche arborant le grand pavois, le *Ville-d'Alger* transportant le chef du Néo-Destour faisait son entrée dans le port de Tunis au milieu d'ovations jaillies de milliers de poitrines. Le prince M'hamed ainsi que son frère Chedly et Lella Aïcha, l'aînée des princesses du sang, étaient aussi sur le quai pour accueillir Bourguiba. La première visite de celui-ci fut pour le bey à Carthage et il déclara au journal *Le Monde* à sa sortie de la longue audience : « Le peuple tunisien est très attaché à la Famille beylicale qui depuis deux siècles et demi incarne sa personnalité politique. Il n'oublie pas que ses princes ont largement aidé à la lutte de la nation pour la liberté... toutes ces souffrances en commun ont créé une solidarité profonde entre la nation tunisienne et la Famille régnante. »

Quelques semaines plus tard rentrait à Tunis l'autre grand leader destourien : Ben Youssef. Opposé aux conceptions de Bourguiba et à son opportunisme politique, il n'allait pas tarder à croiser le fer avec lui. Deux grandes tendances divisaient désormais les militants nationalistes.

40

— Je ne veux plus voir cette pute !

Safiyé jeta à son mari un regard furieux. Le prince ne s'étonnait plus des mots un peu crus que pouvait employer parfois son épouse, surtout quand il s'agissait de la maîtresse de Bourguiba qu'elle méprisait.

— Calmez-vous ! Et puis ce n'est pas notre affaire !

— C'est honteux, persista Safiyé. Avec tout ce que Mathilde a fait pour lui !

La Circassienne tenait en grande estime cette femme à l'allure un peu provinciale dont elle saluait le courage et la dignité. Elle admirait aussi cet amour proche de la dévotion que Mathilde vouait à son mari. Safiyé avait été émue par sa droiture et sa grandeur d'âme quand elle lui avait avoué un jour : « Je ne fais pas de politique pour deux raisons : j'aime mon pays, la France, et je suis mère ! » Tout ce que Mathilde entreprenait avec ténacité et ardeur, c'était par amour pour son turbulent mari avec lequel elle avait plus connu les parloirs des prisons que la sérénité d'un foyer. Peut-être aussi se dévouait-elle pour ce pays qui l'avait vite adoptée en lui donnant même le prénom tunisien de Moufida, L'Utile.

— Ce n'est vraiment pas juste, s'indigna Safiyé.

M'hamed fit une moue résignée. En sa présence, la maîtresse de Bourguiba s'était accaparé le traditionnel cadeau que le bey avait remis à son Premier ministre après sa nomination. Une superbe paire de pendants d'oreilles en diamants de la plus belle eau. Bourguiba avait consenti de bonne grâce.

Depuis le retour du leader nationaliste, les événements s'étaient précipités ; les étapes de l'autonomie n'avaient pas encore été franchies que le Maroc accédait à l'indépendance le 3 mars 1956. La France ne pouvait qu'accorder l'indépendance à la Tunisie. Le 20 mars, Tahar Ben Ammar et Edgar Faure paraphaient le protocole mettant fin au protectorat et consacrant la souveraineté pleine et entière de la Tunisie. Fidèle à sa promesse de doter le pays d'institutions démocratiques, le bey appelait ses sujets à élire une Assemblée constituante. Lamine Bey abandonna aussi la titulature jugée désuète et peu démocratique de « Possesseur du Royaume de Tunis » pour devenir Sa Majesté Lamine Ier, roi de Tunisie, une appellation qui avait d'ailleurs toujours existé dans les textes arabes. Le 1er avril, il nommait Bourguiba Premier ministre, président du Conseil.

— Oublions tout ça, murmura M'hamed. Vous allez voir, il va réaliser de grandes choses pour notre pays...

Safiyé fixa son mari d'un air dubitatif.

— Je l'espère, mais en tout cas je trouve ses pouvoirs trop étendus, c'est un nouveau résident général...

Bourguiba cumulait aussi les portefeuilles des Affaires étrangères et de la Défense. Il détenait de fait, avec le contrôle de la police et de l'armée, les anciens pouvoirs du résident général français.

Sidi M'hamed s'amusa de la méfiance de son épouse qu'il jugeait injustifiée.

— Ne vous inquiétez pas, c'est un ami de longue date et il sait parfaitement tout ce que nous avons réalisé pour la patrie. Et puis, n'oubliez pas que c'est un cousin maintenant...

Bourguiba avait reçu du bey l'ordre du Sang en diamants décerné au Premier ministre, une distinction qui l'élevait au rang de membre de la famille régnante.

Safiyé aurait voulu être aussi confiante que son époux. Elle ne se faisait pas d'illusions sur les amis de longue date. Bourguiba ne venait-il pas de déclarer hors la loi et de contraindre à l'exil Ben Youssef, son compagnon de route devenu un rival gênant ?

*

Pour une fois, Baba Assad n'avait pas son habituelle démarche altière et pleine de dignité. Safiyé se fit la réflexion qu'il avait bien vieilli. Il était voûté et se déplaçait avec une certaine nonchalance. Il retrouva cependant toute sa vigueur pour brandir un magazine devant la jeune femme.

— Je crois que l'ami de Sidi M'hamed a dépassé les bornes !

D'un air furieux qui surprit la princesse, il lui mit sous les yeux *L'Express*. En couverture, Bourguiba, le sourire charmeur, dévoilait une dentition carnassière. La photographie était barrée d'un bandeau : « L'homme de la semaine ».

— Il se prend pour Mustafa Kemal ! fulmina l'eunuque en pointant du doigt un passage de l'interview.

L'auteur de l'article, très élogieux pour Bourguiba, citait cette déclaration du dirigeant turc : « *... L'islam, cette théologie absurde d'un bédouin immoral, est un cadavre putréfié qui empoisonne nos vies...* »

— Mais ce n'est pas Bourguiba qui a dit ça, lui, il veut simplement moderniser le pays...

Baba Assad ne fut pas dupe. Au ton de la jeune femme, il sentait qu'elle était ébranlée et essayait de se convaincre elle-même.

— C'est un impie, un *keffar*[1] qui ne respecte rien ! Il va détruire toutes les traditions et l'âme du pays ! pesta l'eunuque.

1. Athée.

Il laissa planer un silence puis soupira :

— Je suis inquiet, Effendimiz...

Safiyé ne répondit pas. Tous deux pensaient la même chose. Le spectre de Mustafa Kemal ressurgissait. Mais ici ce n'était pas pareil. Le souverain, les princes, le peuple entier avaient participé à la lutte pour l'indépendance ; Bourguiba lui-même l'avait maintes fois déclaré.

Elle décida de dérider l'eunuque et de lui raconter l'anecdote qui avait fait le tour du Palais :

— Vous savez qu'il est venu voir Sidna l'autre jour, il était hors de lui...

Un article paru dans le journal égyptien *Dernière Heure* attaquait violemment Bourguiba. Ce dernier avait fait part à Lamine Bey de sa décision d'interdire sa diffusion en Tunisie. Le bey narquois lui avait répondu : « Vous savez, il ne faut pas vous émouvoir outre mesure. Un homme politique doit s'attendre à de pareilles choses. Ainsi moi, votre journal *L'Action* a bien prétendu que j'avais envoyé 400 millions en Suisse ! » Bourguiba s'était récrié : « C'est ridicule ! » à quoi le souverain avait immédiatement répliqué : « Pourquoi ne le dites-vous pas à votre journal ? »

*

— Merci, ma mère...

Safiyé sourit à sa bru. Elle était satisfaite que Lella Mamia l'appelle « ma mère ». Elle savait bien pour l'avoir vécu que ce n'était pas toujours facile à prononcer.

— C'est très beau !

Safiyé tenait cette broche ancienne, d'or et de pierreries de couleur, de Lella Kmar. Sa belle-fille avait reçu une quantité invraisemblable de bijoux, mais une parure ancienne avait un charme particulier. Et Safiyé voulait combler sa belle-fille : avec ses délicats yeux verts et son sourire enjôleur, elle était belle tout en sachant rester naturelle. Assurément, elle formait un beau couple avec Rafet ; leurs sorties au théâtre où ils occupaient la loge du bey, ou aux *Dunes* où ils allaient dîner pour écouter l'orchestre en canotier, ne passaient pas inaperçues. Et puis elle avait apporté à Sidi M'hamed et à Safiyé leur plus grande joie : leur premier petit-fils. La princesse Mamia venait aussi de confier à sa belle-mère qu'elle était de nouveau enceinte, c'est pourquoi celle-ci lui avait offert la broche.

Un coup de klaxon intempestif parvint jusqu'à elles.

— C'est Raf... c'est mon mari ! s'exclama Lella Mamia.

Elle s'était rattrapée à temps. On leur avait bien fait remarquer que des époux de leur rang, même encore très jeunes, ne s'appelaient pas par leur prénom au Palais.

— Il a reçu sa nouvelle voiture, poursuivit-elle en prenant congé pour rejoindre son mari.

Rafet inaugurait sa superbe Porsche vert émeraude.

Safiyé soupira. Une Oldsmobile, une Studebaker et maintenant ce monstre allemand, c'était la troisième voiture en moins de deux ans.

Lella Safiyé n'avait rien à reprocher au jeune couple, sauf peut-être leur insouciance. Cette légère insouciance de jeunes princes heureux qui s'étourdissent sans songer que l'avenir peut être autrement que radieux.

Elle s'efforça de chasser ses vagues inquiétudes. La liste civile et le budget du Palais avaient été sabrés et Bourguiba prenait de plus en plus d'assurance à mesure qu'il asseyait son pouvoir. Au cours d'une récente cérémonie, il avait cavalièrement interpellé la beya qui en était restée interloquée. À la place de Lella Djanina, Safiyé l'eût vertement remis à sa place. Mais toutes les beyas n'étaient pas circassiennes !

Les photographies révélaient aussi un Premier

ministre bombant le torse, gonflé d'ambition, devant un Lamine Bey calme et serein. La lueur de dépit qu'elle avait cru déceler dans son regard l'avait alertée, lors de la visite du roi Saoud d'Arabie Saoudite, puis celle du sultan Mohammed V du Maroc. Bourguiba, Premier ministre, n'était placé selon le protocole qu'en troisième position après le souverain et le prince héritier et cela semblait beaucoup l'irriter. Baba Assad avait mimé à Safiyé sa mine courroucée dans les cortèges officiels quand il passait après le bey, chef de l'État. Sidi M'hamed avait ri des inquiétudes de son épouse : Bourguiba avait tous les pouvoirs, lui avait-il fait remarquer, il n'allait pas les renverser pour une question de préséances protocolaires. Son trouble ne s'en était pas dissipé pour autant.

*

— *Yahia Bourguiba !* Vive Bourguiba !

Ce n'était pas un militant du Néo-Destour ni un patriote tunisien qui, juché sur une chaise du café *El Alia* à La Marsa, lançait ces acclamations. C'était Richard Nixon, vice-président des États-Unis d'Amérique. L'Oncle Sam avait apparemment fait son choix.

L'Américain représentait son pays à la célébration du premier anniversaire de l'indépendance tunisienne. Il était rentré peu après minuit d'un spectacle folklorique au Théâtre municipal et regagnait Kasr Essaâda [1], transformé en résidence des hôtes officiels du royaume. Devant l'entrée du Palais, il était descendu de sa voiture tout souriant et, avec l'aide d'un interprète, avait harangué la foule.

Quarante-neuf pays avaient été invités aux fêtes de l'indépendance et la Tunisie tout entière s'était mobili-

1. L'ancien palais de Lella Kmar est aujourd'hui le siège de la municipalité de La Marsa.

sée pour accueillir dignement ses hôtes, malgré le manque d'infrastructures et de moyens.

Lamine Bey avait longuement reçu les délégations et réservé un accueil particulièrement chaleureux à François Mitterrand, le ministre de la Justice de la IVe République. Un hommage solennel avait été rendu à la France, en sa présence, à l'Assemblée tunisienne. Mais le délégué français avait néanmoins quitté Tunis vingt-quatre heures avant la date prévue parce qu'il ne parvenait plus à croiser sans les voir les représentants du FLN algérien invités pour la circonstance. Car, dans le pays voisin, la lutte s'engageait avec violence.

*

Taïta ne teignait plus au henné ses cheveux blanchis. Elle n'avait plus cette coquetterie ni peut-être l'esprit à le faire. La Juive avait maigri et cette nouvelle minceur mettait en relief les nombreuses rides de son visage et les lourds cernes qui encadraient ses yeux.

Ommi Najia n'en revenait pas :

— On t'a pris de l'œil ! Il faut mettre du *bkhour*[1] et...

Taïta fit un geste las et embrassa Ommi Najia qu'elle serra dans ses bras. Ses yeux étaient remplis de larmes. Elle plaça ses mains sur son visage et chuchota :

— Je vais partir... Je vais quitter Tunis...

Ommi Najia secoua affectueusement la Juive.

— Eh bien, tu reviendras bientôt ! Toi, tu vas certainement aller te marier avec un Américain...

Depuis qu'elle avait vu la photo de Nixon dans les journaux et qu'on lui avait dit qu'il allait apporter beaucoup de dollars à la Tunisie, la brave femme n'avait plus que le mot « Américain » à la bouche.

1. Encens supposé éloigner les mauvais djinns.

Taïta n'eut pas le cœur de rire à la plaisanterie de son amie. Elle redoubla de pleurs. Ommi Najia s'inquiéta :

— Mais où vas-tu ?

La Juive hésita un instant puis renifla dans un mouchoir qu'elle extirpa de son corsage.

— Nous partons tous avec Kamouna et sa famille ! Nous allons en France d'abord.

Elle finit par lui avouer que Marseille n'était qu'une étape avant le départ pour Israël, son neveu Bichi avait tout arrangé.

— Mais c'est ici ton pays, c'est ici chez toi ! s'insurgea Ommi Najia.

Bien sûr que Tunis était son pays. Elle y avait ses racines, ses repères. Ses morts y étaient enterrés au cimetière juif du Borgel. Comme tous ses coreligionnaires, elle était viscéralement attachée à cette terre, à son mode de vie, à sa douceur, à ses couleurs, à ses odeurs. Les Juifs tunisiens ne comptaient-ils pas parmi les plus anciens habitants du pays ? Les premiers venus descendraient de Sipho, fils d'Esaü et neveu de Jacob. Après ce premier exode, contemporain de l'époque de la captivité de Babylone, cinq cents ans avant Jésus-Christ, une nouvelle vague de réfugiés, descendants des tribus de Juda et de Benjamin, avait fui les foudres de Titus. Depuis, la Tunisie avait accueilli à bras ouverts tous ceux que pourchassait la Sainte Inquisition en Espagne ou, en un temps plus proche, ceux que les événements politiques de l'Italie du XIXe siècle avaient fait fuir.

Aujourd'hui Taïta avait peur. Elle ne voulait plus trembler comme lors du régime de Vichy ou de l'occupation allemande. Avec la rivalité entre les partisans de Ben Youssef[1] et ceux de Bourguiba, la Tunisie

1. Ben Youssef sera assassiné dans une chambre d'hôtel à Francfort en 1961.

n'avait pas retrouvé sa sérénité d'antan ; Bourguiba n'avait-il pas demandé l'aide de l'armée française pour réduire au silence le clan de son rival ? D'anciens patriotes sincères étaient exécutés après un jugement sommaire par des tribunaux d'exception. Mais ce qui avait décidé Taïta, c'était l'affaire de Suez qui avait secoué tout le monde arabe. Le conflit entre l'Égypte et l'État d'Israël — auquel s'étaient joints les Anglais et les Français — avait provoqué des remous jusqu'en Tunisie. Pour venir à bout des dernières réticences de sa tante, Bichi lui avait appris l'expulsion par le colonel Nasser de tous les Juifs d'Égypte ; c'était pourtant une des communautés juives les mieux intégrées, du temps des rois, le Grand Rabbin était même sénateur à vie de plein droit.

*

Depuis quelque temps, Bourguiba, dans sa causerie radiodiffusée hebdomadaire, s'en prenait violemment à la famille régnante, n'épargnant pas même le souverain qu'il assurait quelques mois plus tôt de sa fidélité et de son dévouement à sa personne et au Trône husseïnite. De son côté, *L'Action*, le journal du parti, distillait quotidiennement des critiques et des commentaires acerbes sur la monarchie tunisienne.

Dès le 15 juillet 1957, la Garde beylicale était remplacée par l'armée ; le souverain était prisonnier dans son palais. Le plus jeune fils du bey, le prince Salaheddine, était arrêté sous un prétexte fallacieux ; il s'agissait de tester la capacité de résistance de la cour et les éventuelles réactions internationales.

Lamine Bey, qui avait courageusement tenu bon face à Hauteclocque et aux pressions des militaires français, baissa les bras. Toutefois, il refusa d'abdiquer comme on le lui suggérait ; cela aurait été reconnaître une faute qu'il n'avait pas commise.

Le palais de Carthage fut encerclé et la présence ostensible de policiers en civil dissuada les éventuels visiteurs. Le téléphone était coupé. Les habitants du Palais qui furent consignés à domicile n'avaient la possibilité de sortir qu'à pied, après avoir subi une fouille.

Dans cette atmosphère de fin de règne, seule la musique beylicale venait comme à l'accoutumée, dans sa tenue chamarrée, suivie du bélier qui plaisait tant à Frida, donner l'aubade sous les fenêtres du souverain.

*

« Les bijoux sont pour une femme bien plus que de simples ornements destinés à satisfaire la vanité ou la coquetterie... » La phrase de Lella Kmar résonnait dans la tête de Safiyé. Jamais sa protectrice n'avait vu plus juste.

— Vous avez quand même laissé des choses dans votre coffre ? demanda-t-elle, un peu inquiète, à sa belle-fille.

Tous les bijoux de Mamia, même ceux venant de sa propre famille, ceux de Safiyé et une partie des joyaux de la beya avaient été rassemblés dans une impressionnante valise. Pour donner le change, Safiyé avait abandonné quelques pièces dans son coffre.

Du regard, elle interrogea Rafet qui venait d'entrer.

— J'ai la voiture, répondit-il.

Le jeune prince était sorti à pied après avoir subi la fouille réglementaire. Il s'était rendu à quelques centaines de mètres de là, chez le garagiste Jean Pentus qui, sans poser de question, lui avait prêté une Simca Aronde break. Rafet avait alors garé le véhicule derrière les thermes d'Antonin, hors de vue du Palais.

Safiyé embrassa son fils, récita une courte prière et lui confia la valise.

Rafet noua une corde autour de la malle et par le mur mitoyen la fit glisser dans le jardin de la villa des

Bessis. Il y atterrit à son tour et, la valise sur la tête, gagna la mer où, de rocher en rocher, il réussit à rejoindre les thermes d'Antonin.

Son plan était simple : cacher les bijoux chez son ami Spiteri à Salambô à côté des anciens ports puniques. Le Corse venait souvent au Palais pour faire de la photographie avec Rafet qui en était passionné. Il avait accepté de dissimuler la malle dans sa cave où se trouvait son laboratoire photo. Rafet sourit ; il n'avait pas précisé à sa mère que la valise serait enfouie au milieu de bouteilles de vin...

*

Le 25 juillet 1957, Bourguiba convoqua l'Assemblée constituante dans la grande Salle du Trône du palais du Bardo.

Malgré les réticences de certains — rien ne pressait, ne valait-il pas mieux attendre la mort du vieux monarque ? —, le Premier ministre tint bon et chapitra ses troupes.

Baba Assad, que rien ne pouvait plus surprendre, écouta à la radio la retransmission des débats. Les orateurs se succédaient pour conspuer la monarchie et flétrir le monarque. Un monarque qui, de sa propre volonté et de son Sceau, avait lui-même installé cette assemblée. L'eunuque nota que certains, qui avaient joui de l'amitié du souverain et largement profité de ses libéralités, étaient parmi les plus virulents. Par contre, l'ambassadeur du royaume de Libye quitta la salle et celui du Maroc, rappelé à Rabat, brillait par son absence. Les journaux marocains s'étaient inquiétés les jours précédents des attaques de Bourguiba contre un monarque qui l'avait toujours soutenu. Rassurés par leurs amis américains, les ambassadeurs des autres royaumes arabes — Arabie Saoudite et Irak — étaient restés présents.

Il était presque dix-huit heures quand, sous les portraits en pied de tous les souverains de la dynastie husseïnite, les députés, un par un et à main levée, votèrent à l'unanimité l'abolition de la monarchie et la proclamation de la République. Habib Bourguiba était désigné provisoirement premier président.

Une délégation se rendit à Carthage pour en informer le souverain. Tous ces jeunes gens, souvent frais émoulus des universités françaises et pétris de l'histoire de la Révolution, étaient peut-être un peu grisés de jouer les Robespierre ou les Saint-Just.

Mais au milieu de la seraya du Palais où les attendait Sidi Lamine dans sa djellaba blanche immaculée, ils se sentirent subitement un peu gauches, gênés devant celui à qui la veille ils baisaient la main, qui affectueusement les appelait ses fils. Ce fut donc avec courtoisie, presque avec déférence qu'on informa le dix-neuvième et dernier souverain de la dynastie husseïnite qu'il n'était plus qu'un simple citoyen.

La délégation se retira et le directeur de la sûreté pria le monarque déchu de le suivre.

En franchissant une dernière fois la porte de son palais, Sidi Lamine traça de son doigt : *La Illaha Illa Allah*, Il n'y a de Dieu que Dieu.

Encadré par des policiers et précédé de motards, le cortège s'ébranla sous les regards silencieux des femmes du Palais. Aux côtés de Sidi Lamine avaient pris place la beya, ses fils Sidi Chedly et Sidi M'hamed ainsi qu'une de ses filles.

Par un itinéraire qui contournait la ville de Tunis, le souverain et ses proches étaient conduits à leur lieu de résidence surveillée, un vieux fortin délabré à La Manouba.

41

— Le président est encore dans sa chambre mais il va vous recevoir !

La nièce de Bourguiba passa son bras autour de Safiyé et chuchota :

— Je vous prie, essayez de ne pas l'énerver. Il a pleuré toute la matinée !

Devant l'air surpris de la princesse, elle poursuivit, gênée :

— Il lisait l'ouvrage de Ben Dhiaf et n'a pu retenir ses larmes !

— Il doit choisir les mauvaises pages ! répliqua Safiyé sèchement.

Ben Dhiaf avait été le Saint-Simon de la cour tunisienne au siècle passé. Secrétaire particulier de trois beys successifs, il avait rédigé une chronique très détaillée de l'histoire de la Tunisie pendant la période husseïnite. Certains passages relataient la répression féroce de revendications populaires, la corruption de la cour ou la misère noire qui sévissait peu avant le protectorat, mais la majeure partie de l'ouvrage témoignait plutôt de la prospérité du pays ou de son rayonnement international sous le règne du bey Hammouda ou encore des efforts réformistes du bey Ahmed Ier qui avait doté le pays de son drapeau national et aboli l'esclavage des Noirs avant la France.

La nièce de Bourguiba soupira :

— Vous savez combien nous aimons Sidi M'hamed !

Safiyé préféra ne pas relever. Les deux nièces de Bourguiba, militantes de la première heure, venaient souvent chez elle et avaient une réelle estime pour son mari ; elle voulait sans doute sous-entendre que de mauvaises influences avaient conduit à cette situation. Safiyé suivit la jeune femme le long du corridor. La Circassienne n'était pas maquillée et était assez sobrement vêtue, comme à son habitude. Elle portait un léger tailleur du couturier Jacques Fath qu'elle avait glissé dans sa valise avec quelques vêtements, de petits souvenirs et la mèche blonde de cheveux de Frida glissée derrière sa photographie. Une semaine après la déposition de Sidi Lamine, le gouverneur Zaouche était venu leur signifier qu'ils devaient tous quitter le Palais en emportant le strict minimum. Tous leurs biens étaient confisqués. Ils étaient à la rue, sans aucune ressource. Certains des habitants du Palais avaient emménagé chez des amis ou des parents ; Safiyé et sa famille avaient été accueillies chez sa belle-fille au palais d'Amilcar, où une aile leur avait été réservée.

Mais ce n'était pas pour récupérer son palais ou ses biens que Lella Safiyé venait voir leur « ami » Bourguiba, c'était pour obtenir la libération de son mari, toujours séquestré à La Manouba avec ses frères et le souverain, dans des conditions déplorables.

Le président Bourguiba était encore au lit en pyjama. Il fit signe à sa nièce de se retirer et proposa à Safiyé une tasse de café au lait.

— Je vous remercie, Si l'Habib, je n'en bois pas ! répondit-elle froidement.

Le visage de Bourguiba se rembrunit :

— Il n'y a plus de Si l'Habib ! C'est monsieur le président...

Safiyé l'observa sans répondre. Sa mâchoire prognathe s'avançait plus qu'à l'ordinaire, la lèvre inférieure couvrant toute la bouche. Les yeux clairs brillaient d'une lueur satisfaite. Elle ne jugea pas utile de s'enquérir de sa santé et aborda tout de suite l'objet de sa visite :

— Je ne crois pas que mon mari, qui a toujours été un patriote sincère, représente un danger pour le pays ! Pourquoi ne l'avez-vous pas relâché ?

Bourguiba leva la main, agacé.

— Mais c'est M'hamed qui ne veut pas quitter son père !

Safiyé serra les lèvres. En d'autres temps, c'était de « Sidi » M'hamed qu'il parlait. Elle poursuivit néanmoins d'un ton calme :

— Parce que vous croyez que Sidna a mérité le sort que vous lui faites ? Ne pensez-vous pas qu'il est temps maintenant de tous les libérer ?

Le président eut un rire sarcastique.

— Estimez-vous heureux déjà ! Cela aurait pu être pire !

Il se redressa, puis d'un geste sec passa le tranchant de sa main sur sa gorge. Certains excités de l'entourage de Bourgiba avaient demandé de pendre haut et court tous les princes et leur famille. La France, les États-Unis et certains pays arabes avaient alors fait part de leur préoccupation.

Safiyé se souvenait de toutes les attentions, de tous les encouragemens et de la fidélité que le souverain n'avait cessé de témoigner au leader nationaliste. Certes, elle ne s'était jamais fait d'illusions sur la nature humaine, surtout dans les hautes sphères du pouvoir, mais tout de même, tant d'ingratitude la révoltait.

Elle croisa le regard du président Bourguiba et, brusquement, elle comprit. Ce n'était pas l'autorité du souverain, purement symbolique, qui le gênait dans son action politique. Le bey constituait simplement l'arbitre suprême, un rempart pour préserver la démocratie et s'opposer aux appétits despotiques que commençait à manifester le nouveau président de la République. Il avait chassé l'occupant français mais ce n'était que pour mieux prendre sa place. Elle se leva et l'apostropha en le fixant dans les yeux :

— Vous avez la mémoire courte, Si l'Habib ! C'est vous qui pouvez vous estimer heureux d'être encore là aujourd'hui ! Sidna n'a cessé de vous soutenir, de vous financer, de réclamer votre libération au risque de perdre son Trône et sa vie, et c'est ainsi que vous le remerciez...

Bourguiba leva le bras dans un geste de colère mais sa respiration était bloquée, aucun son ne sortait de sa bouche. Les yeux plantés dans les siens, la Circassienne martela d'une voix forte :

— N'oubliez pas, Si l'Habib, même si vous ne croyez pas en Lui, il y a un Dieu ! Et un jour, Il vous demandera des comptes ! C'est à Sa justice que je me remets !

Le président laissa tomber le bras. Ses yeux lançaient des éclairs et son visage était congestionné. La respiration haletante, il était au bord de l'explosion. Brusquement, il se saisit à deux mains du poste de TSF en bakélite qui se trouvait sur son meuble de chevet et l'expédia de toutes ses forces à l'angle de la chambre.

— Sortez ! Sortez !

Le fracas de l'appareil brisé et les cris du président ameutèrent sa nièce et un officier d'ordonnance. Ils pénétrèrent presque simultanément dans la chambre.

Safiyé continuait de fixer Bourguiba. Dans le regard de la jeune femme, l'humiliation de devoir lui demander la libération de son mari avait laissé la place à une lueur satisfaite, insolente presque. Son mari ne serait peut-être pas libéré mais au moins elle avait déversé tout ce qui lui pesait sur le cœur. Safiyé était toujours une Tcherkesse, la vieille Kanaria aurait été fière d'elle.

Elle tourna les talons et quitta la pièce pendant que la nièce du président essayait de calmer son oncle.

Au moment où elle dépassait le corridor, Mathilde la rattrapa. L'épouse du président serra fortement la main de Safiyé avant de murmurer d'un ton réconfortant :

— Ne vous inquiétez pas, il va se calmer ! Je vous promets que tout s'arrangera !

*

Tout s'arrangea presque. Sidi M'hamed fut finalement libéré et put rejoindre sa famille à Amilcar. Le bey et son épouse furent placés en résidence surveillée dans une petite villa plus confortable au milieu du verger que possédaient Safiyé et son mari à La Soukra ; la propriété avait été confisquée, comme le reste. Seul le prince Chedly restait emprisonné, transféré à Kairouan, dans un camp où les mauvais traitements étaient quotidiens. Homme de dossiers, on ne lui pardonnait pas d'avoir soigneusement accumulé les secrets de chacun, les petites bassesses, les lâchetés ou les compromissions de certains, devenus les hommes du jour.

Très vite, la famille régnante dut affronter un environnement hostile auquel rien ne l'avait préparée. Ils étaient désignés à l'opprobre général et le moindre petit fonctionnaire pouvait se montrer à leur égard arrogant et injuste sans susciter d'émotion. Tel cheikh qui jadis appelait les foudres du bey, champion de la foi islamique, contre les tendances laïcisantes de Bourguiba, lançait aujourd'hui du haut de la même chaire ses anathèmes contre le souverain déchu.

Néanmoins, Sidi Lamine refusa fermement de prendre le chemin de l'exil. Il voulait terminer sa vie dans son pays.

*

Rafet s'était à peine engagé rue de Turquie pour arriver à *Mazocolor*, un laboratoire photographique, qu'il croisa Marcel Cezar affolé. À son expression, le jeune homme comprit que quelque chose de grave était survenu. Ernest Spiteri avait été arrêté et les policiers perquisitionnaient sa villa de Salambô. La valise aux bijoux n'allait pas tarder à être découverte.

C'est donc sans surprise que, après avoir emprunté le TGM, il aperçut la 2 CV grise de la police qui l'attendait à la gare. Il fut d'abord transféré au commissariat de La Marsa pour les premières formalités avant d'être conduit à Tunis au siège de la direction de la Sûreté.

L'interrogatoire fut musclé ; curieusement, celui qui s'acharnait le plus était un ancien indicateur de la police coloniale. Sans doute avait-il des choses à faire oublier.

Dans la soirée la police arrêtait Safiyé ainsi que son époux. Ils furent aussitôt dirigés vers la prison civile de Tunis. Par les indiscrétions de ses anges gardiens, la Circassienne réussit à apprendre qu'ils n'étaient pas seuls. On avait également appréhendé Lella Jouda et Tahar Ben Ammar, l'ancien président du Conseil, et son épouse. Peut-être ne lui pardonnait-on pas d'être entré dans l'histoire de la Tunisie en paraphant de son nom le protocole d'indépendance du pays.

Quand la lourde porte se referma sur sa cellule, Safiyé n'eut que la force de prier, plus pour les siens que pour elle-même.

Épilogue

Safiyé est ma grand-mère.

J'avais deux ans lorsque nous avons quitté le palais de Carthage.

Je ne me souviens pas de la période d'emprisonnement de mon père et de mes grands-parents. Je sais seulement qu'après quelques mois, ils ont été libérés sans jugement ; ils avaient quitté la prison, comme ils y étaient entrés, par le seul fait du Prince.

Je me souviens vaguement de Baba Assad qui nous rendait parfois visite ; un grand homme noir sans âge, toujours élégamment vêtu, qui paraissait encore plus grand avec son fez rouge vissé sur la tête ; il arrivait les bras chargés de douceurs. De sa voix haut perchée, il parlait un arabe guttural qu'il parsemait de mots étranges que je ne comprenais pas. J'appris par la suite que le premier eunuque noir du Palais, vestige d'un monde à jamais révolu, avait fini sa vie avec une maigre retraite de *chaouch*, de commis d'administration. Les nouvelles grilles de la fonction publique n'avaient pas prévu le statut d'eunuque. Quant à Manoubi, le dernier nain du Palais, autre vestige d'un monde englouti, je l'ai revu plusieurs fois quand il nous accueillait pompeusement au *Magasin général* où il était groom.

C'est à Saint-Joseph, où j'avais commencé par user mes fonds de culotte sur les bancs des classes maternelles, que les chuchotements et les regards des sœurs m'apprirent la mort de mon arrière-grand-mère, la souveraine. Je ne garde d'elle que l'image d'une vieille dame brune dans son caftan aux manches brodées, qui lançait des regards attendris à son royal époux.

Je me souviens mieux en revanche du souverain. Je le revois dans le petit deux-pièces de la rue Fénelon, tête nue dans une djellaba blanche immaculée, assis près du balcon dans l'un de ces fauteuils de jardin en plastique pliant. Je baisais sa main et surprenais les chuchotements et les confidences des grandes personnes ; le mot *sortti*[1] revenait souvent ; ils faisaient sans doute allusion à ces curieux personnages en imperméable, aux complets identiques, qui déambulaient toujours devant l'entrée de l'immeuble. Sidi Lamine ne survécut pas longtemps à son épouse ; il s'éteignit le 1er octobre 1962. Il ne repose pas au mausolée royal du Tourbet-el-Bey, mais au cimetière de Sidi Abdelaziz à La Marsa, au côté de celle qui fut son seul et unique amour. Le cheikh Tahar Ben Achour brava les foudres du nouveau régime, et récita comme le voulait l'usage la prière des morts sur la dépouille de l'ancien monarque. Parce qu'il avait osé photographier et fixer pour l'Histoire l'enterrement du dernier roi de Tunisie, le photographe Victor Sebag, un familier des bons et des mauvais jours, devait lui passer la nuit au commissariat ; il n'avait pas compris que, pour le nouveau maître de Tunis, l'histoire de la Tunisie commençait le 25 juillet 1957.

La famille souveraine s'était fondue au reste de la population et mes grands-parents ont habité l'étage

1. Policier en civil.

d'une modeste villa près de Carthage. Avec un petit carré de terre pour que mon grand-père puisse continuer de soigner ses multiples pots de plantes grasses.

Curieusement, je connais le nom, parfois même le surnom, de mes aïeux à la énième génération mais je ne savais toujours rien des origines de ma grand-mère. Lorsque je questionnais notre entourage, on me répondait invariablement d'un ton mystérieux : c'était une *aljia*, une odalisque.

À chacune de mes visites, je baisais sa main parcheminée et scrutais son visage. De qui tenait-elle donc ces mains racées, fines et aristocratiques, ce regard volontaire, cette allure distante et hautaine et cet air de perpétuel ennui qui dégageait une distinction innée ? Des rudes montagnards du Caucase ? Je ne voulais pas y croire. Je m'inventais alors de rocambolesques histoires de sérail où la fille chérie d'un pacha, d'un vizir ou pourquoi pas du Sultan aurait été échangée à la suite de quelque obscur complot.

Safiyé, elle, ne disait jamais rien. La Tunisie avait-elle envahi son cœur et son âme ? Je ne le savais pas encore.

J'avais toujours essayé de lire dans les rides de son visage. J'y découvrais ces sillons creusés par les larmes qu'elle avait pleurées de tout son corps ; à la mort de ma tante, la princesse Frida — cette princesse de conte de fées que tout le monde appelait Nana —, puis bien plus tard quand un destin cruel lui arracha mon oncle, le prince Mimoune.

Ce furent, je crois, ses seules larmes !

Les autres rides, les autres sillons, racontaient les larmes qu'elle n'avait jamais versées, celles qui n'avaient pas coulé. Les larmes de peur de la petite enfant arrachée à sa terre et aux siens, plongée dans un monde dont elle ne connaissait ni la langue ni les mœurs. Les larmes de tristesse, de dépit, de rage et de haine quand l'affection de Lella Kmar était comptée ou quand les jalousies du sérail se déchaînaient. Les larmes de bonheur quand mon grand-père lui apporta l'amour de toute une vie, celles de joie et de fierté à la naissance de mon père, le prince Rafet, à qui tout était permis. Les larmes d'indignation, d'horreur et d'effroi quand la « révolution » l'arracha au palais de Carthage pour la promiscuité sordide de la prison. Les larmes d'humiliation quand elle supplia Bourguiba de libérer mon grand-père. Les larmes de résignation quand elle comprit que rien ne serait plus jamais comme avant...

Aucune de ces larmes n'avait jamais coulé. Son visage n'était que larmes retenues.

Je n'étais pas présent à ses derniers instants. On m'a raconté que, à demi inconsciente, elle appelait mon grand-père, puis elle s'était mise à parler une langue étrange.

À qui s'adressait-elle, Sursam, Djemal-Nour, Tevhidé, Baba Assad ou Lella Kmar ?

Table

Composition réalisée par NORD COMPO

IMPRIMÉ EN ESPAGNE PAR LIBERDUPLEX
Barcelone
LIBRAIRIE GÉNÉRALE FRANÇAISE - 43, quai de Grenelle - 75015 Paris
Dépôt légal Édit. : 32382-06/2003
ISBN : 2 - 253 - 15488 - 1

Second life

⊕ 31/5488/7